KB000307

흑검

黑武
御神火御殿

옮긴이 **김소연**

경북 안동에서 태어났다. 한국외국어대학에서 프랑스어를 전공하고, 현재 출판 기획자 겸 번역자로 활동하고 있다. 옮긴 책으로는『우부메의 여름』,『망량의 상자』,『웃는 이에몬』,『엿보는 고헤이지』 등의 교고쿠 나쓰히코 작품들과『음양사』,『샤바케』, 미야베 미유키의『마술은 속삭인다』,『외딴집』,『혼조 후카가와의 기이한 이야기』,『괴이』,『흔들리는 바위』,『흑백』,『안주』,『그림자밟기』,『미야베 미유키 에도 산책』,『맏물이야기』,『십자가와 반지의 초상』,『희망장』,『삼귀』,『금빛 눈의 고양이』,덴도 아라타의『영원의 아이』, 마쓰모토 세이초의『짐승의 길』,『구형의 황야』 등이 있으며 독특한 색깔의 일본 문학을 꾸준히 소개, 번역할 계획이다.

* 이 도서의 국립중앙도서관 출판예정도서목록(CIP)은 서지정보유통지원시스템 홈페이지(http://seoji.nl.go.kr)와 국가자료공동목록시스템(http://www.nl.go.kr/kolisnet)에서 이용하실 수 있습니다. (CIP제어번호 : CIP2020033296)

* 표지에 쓰인 작품
— 우타가와 히로시게(歌川広重) 〈山伏谷〉(1853)

미야베 월드 제2막
黒武御神火御殿
눈물점
黒武御神火御殿
미야베 미유키 지음
김소연 옮김
북스피어

◎

일러두기

* 작게 표시된 본문의 주는 옮긴이 주입니다.
* 괄호로 표시된 주는 원저자의 주입니다.

서序

에도 간다神田 미시마초에 있는 주머니가게 미시마야에서는 지난 몇 년 동안 조금 독특한 괴담 자리를 마련해 왔다.

괴담 자리라고 하면 사람들이 한곳에 모여 밤새도록 괴담 이야기를 나눈다――는 형식의 오락이기도 하고 처세나 교양을 익히는 사교의 장이기도 하다. 그 수순도 대개 정해져 있다.

이야기를 시작하기 전에 백 개의 초를 켜 두고 이야기 하나가 끝날 때마다 하나씩 꺼 나간다. 이야기가 진행될수록 자리는 점점 어두워지고 마침내 백 번째 이야기에 다다르면 어둠에 휩싸여 진정 괴이한 일이 일어난다고 한다.

미시마야의 특이한 괴담 자리에서는 가게 안쪽에 있는 '흑백의 방'으로 한 번에 한 명, 또는 한 무리의 이야기꾼을 부른다. 마주

앉아서 귀를 기울이며 듣는 이도 한 명이다. 거기에서 오가는 이야기는 결코 바깥으로 새어 나가지 않는다.

"이야기하고 버리고, 듣고 버리고."

이것이 가장 중요한 규칙이기 때문이다.

지난 삼 년 동안 많은 사람들이 흑백의 방을 찾아와 괴이하고 불가사의한 이야기를 들려주었다. 누군가는 신상에 관해 털어놓았고, 누군가는 본인이 저지른 죄를 고백했으며, 또 누군가는 추억을 떠올리는 등 가지각색이었다.

이야기꾼의 목소리 또한 십인십색이어서 흑백의 방에 흐르는 한때의 시간을 다채로운 색으로 물들여 왔다.

본래는 미시마야의 주인 이헤에의 충동적인 생각으로 시작된 특이한 괴담 자리지만 그동안 듣는 역할을 맡아 온 조카 오치카가 올해 봄에 시집을 가게 되었기 때문에 다음 듣는 이는 이헤에의 차남 도미지로로 바뀌었다.

장사를 배우러 나갔다가 그곳에서 싸움에 휘말려 크게 다치고 본가로 돌아온 차남은, 몸은 나았지만 아직도 얼마쯤 부모를 걱정시키는 처지여서 그렇다면 당분간은 빈둥빈둥 지내는 편이 효도가 되겠다며 느긋하게 얹혀사는 김에 청자의 역할에 지원한 것이다.

솔직하고 마음씨가 착하며 맛있는 음식을 좋아하고, 후계자가 아니니 '도련님'이라고 자칭하는 도미지로.

오치카가 괴담 듣는 일을 했을 무렵, 우연한 인연으로 미시마야에 들어와 괴담 자리의 호위 역할을 맡은 오카쓰.

도미지로가 어렸을 때부터 미시마야에서 고용살이를 해 온 고참 하녀 오시마.

앞으로 이 세 사람이 이야기꾼을 맞이하여 새로운 괴담 자리의 막이 열린다.

눈물점

특이한 괴담 자리가 처음 시작되었을 때부터 이야기꾼의 주선은 도안이라는 직업소개꾼 노인에게 부탁해 왔다.

오치카도, 미시마야의 고용살이 일꾼들도 몰래 '두꺼비 신선'이라고 부르며, 미워할 정도는 아니지만 다소 개운치 않은 구석이 있고, 싫어할 정도는 아니지만 꽤 성가시게 여기던 이 노인은, 그냥 이야기꾼을 골라서 보내오는 것만이 아니라 가끔 미시마야를 직접 찾아올 때가 있다.

이 '가끔'의 안배를 미시마야 측에서는 짐작할 수가 없었다. 두꺼비 신선이 무거운 엉덩이를 들고 찾아올 정도로 중요한 용건이란 대체 무엇일까.

가령 이 년쯤 전에 미시마야가 강도를 당했을 때나, 작년 초겨울 무렵 간다가와 강 바로 북쪽에 있는 간다 마쓰나가초에서 늦은 밤 화재가 일어나 계절 특유의 북풍 탓에 미시마야 사람들의 간담이 서늘해졌을 때도, 도안 노인 쪽에서는 나이 많은 대행수가 "고생 많으셨습니다" 하며 얼굴을 내미는 데 그쳤다.

심지어 바로 한 달 전, 오치카가 다초 2번가에 있는 세책상 효탄코도의 작은 주인 간이치와 혼례를 올렸을 때조차, 큰 경사였지만 직업소개꾼으로부터는 말쑥한 젊은이 한 명이 찾아와 "축하드립니다" 하며 술통을 두고 간 후로는 아무런 기별이 없었다.

쩨쩨하다고 말하고 싶은 것은 아니다. 인사가 부족하다고 불평을 하고 싶은 것도 아니다. 다만 이처럼 재난이나 경사에는 데면데면하면서, 대단한 용무도 없이 변덕스럽게 찾아와 이헤에나 오치카에게 꽤 많은 시간을 쓰게 해 온 도안 노인의 속내를 알 수 없다고 여길 뿐이다.

그러다 보니 특이한 괴담 자리를 물려받게 되었을 때 도미지로는 각오했다.

──뭔가 말하러 오겠지, 그 두꺼비 신선은.

오치카에게는 얼굴을 마주할 때마다 "꾸물거리다간 눈 깜짝할 사이에 노처녀가 될 게다"라든가, "아무리 미인이라도 기가 세면 아무짝에도 못 쓴다"며 깔쭉깔쭉 비아냥대곤 했던 모양이니 도미지로에게 무슨 말을 할지도 쉽게 짐작이 간다.

밥벌레, 부모에게 얹혀사는 놈, 한량, 정도가 아닐지.

그렇다면 웃어넘겨 주리라, 마음먹고 있었더니 아니나 다를까 그는 화창한 봄날에 찾아왔다. 유키 명주이바라키 현 유키 지방에서 생산하는 명주. 쪽으로 물들인 가는 명주실로 짜서 견고하며 질기다에 고쇼 비단의 하오리기모노에서 격식을 갖출 때 입는 겉옷를 겹쳐 입고, 벗겨진 머리와의 경계를 알 수 없는 이마에 물이 고일 듯 깊은 주름을 지으며,

"다음 이야기꾼에 관한 일로 상의할 것이 있어서요."

라고 탁한 목소리로 말한 도안 노인은 언제나처럼 이헤에의 거실로 안내되었다. 특이한 괴담 자리에 관한 용건이라면 곧 자신이 불려 가겠다 싶어서 도미지로도 가볍게 준비하려는데 마침 다과를 가져가는 사환 신타의 모습이 보였다.

"어, 네가 가는 게냐?"

오시마가 아니냐고 묻자, 신타는 한심하게 눈썹을 늘어뜨렸다.

"제가 제비뽑기에서 졌어요."

너무들 하는군.

"얘야, 도미지로. 잠깐 와 보렴."

이헤에의 목소리를 듣고 도미지로가 거실로 들어갔다. 장식물처럼 떡하니 자리를 차지한 직업소개꾼 노인이 얄미운 얼굴로 이헤에와 마주 앉아 있다. 그러고 보면 아무도 이 사람의 나이를 정확히 모르지만 상당한 고령일 텐데도 전혀 쪼그라드는 기색을 느낄 수 없다. 덩치가 크다거나 건장하다는 식의 체격 운운하는 이야기가 아니라 몸에 두르고 있는 분위기가 크다고 할까 두껍다고 할까.

——다시 말해서 뻔뻔스러운 거지.

도미지로가 속으로 중얼거리고 있자니,

"오치카의 뒤를 이어받은 괴담 자리의 듣는 이로서는 처음 뵙는 거겠구나."

하며 이헤에만은 이 직업소개꾼이 대하기 어렵지 않은지 쾌활하게 말한다.

"도안 씨, 새삼스럽지만 이 녀석이 우리 집 차남 도미지로입니다."

두 사람이 형식적인 인사를 나누는 사이에,

"그럼 도미지로, 앞으로의 일을 잘 상의해 보렴."

하고 이헤에가 자리를 뜨는 바람에 도미지로는 뒤에 남겨지고 말았다. 이제부터는 홀로 두꺼비 신선과 대결해야 한다.

"여전히 미시마야는 장사가 잘되는 것 같으니 다행이군요."

담뱃진이 엉킨 것 같은 걸걸한 목소리로, 우선 저쪽에서 칼을 한 번 휘둘렀다.

"예, 덕분에 장사가 번창하고 있으니 감사한 일이지요."

도미지로가 받아치며 싱긋 웃었다.

"에치가와에서도 마루카쿠에서도, 역시 벌레에게 조시치지미(이바라키 현에서 생산되어 조시銚子 시를 통해 전국으로 퍼져 나간 목면. '치지미'는 오글오글하게 짠 직물을 통칭하는 말이다)를 입히지는 않을 텐데."

에치가와도 마루카쿠도 에도 내에서는 이름난 주머니가게의 이름이다. 이헤에는 미시마야를 처음 낸 이후로, 언젠가는 두 가게와 손님을 놓고 다투리라——는 기개를 가슴에 품은 채로 지금껏 장사에 힘써 왔다. 이제 미시마야는 세 번째로 유명한 가게이고, 에치가와 · 마루카쿠의 만만치 않은 경쟁 상대가 되었다.

하지만 이 말은 무슨 뜻일까.

"벌레에게 조시치지미를 입힌다고요?"

그렇게 말하며 도미지로는 자신의 가슴팍을 내려다보았다. 확실히 조시치지미의 감색 줄무늬 고소데소매통을 좁게 만든 평상복 기모노를 입고 있다.

태평한 팔자인 도미지로지만 매일 놀고 있는 것은 아니다. 가게에서 손님을 응대하거나, 일터와 가게 사이를 오가며 물품을 나르는 등, 이따금 장사를 돕고 있다. 주인의 아들이니 허술한 옷차림을 할 수도 없지 않은가. 조시치지미는 수수하지만 값이 비싼 만큼 한눈에 알아볼 수 있는 품위가 느껴지기 때문에 딱 적당하다. 이헤에도 종종 이것을 입는다.

"——벌레라는 건 저를 말씀하시는 겁니까?"

도미지로는 자신의 콧등을 가리키며 물었다.

도안 노인이 뚱하게 고개를 끄덕인다.

"달리 누가 있겠소."

"제가, 벌레라고요?"

중얼거리던 도미지로는 그제야 알아들었다.

"돈벌레?"

도안 노인은 흥 하고 코웃음 치며 말했다. "밥벌레라는 생각으로 한 말이었지만 그것도 좋군."

도미지로는 두꺼비 신선의 얼굴을 찬찬히 쳐다보았다. 오호, 이렇게 나오시겠다.

“밥뿐만 아니라 저는 메밀도 팥도 먹으니까요. 아아, 차조떡도 좋아합니다. 혼고쿠초의 과자가게 ‘이시카와’는 식감이 아주 좋은 차조떡을 판답니다. 구름을 씹는 것처럼 부드럽고 은은하게 단짠의 맛이 나서 절묘하지요. 다음에 간식으로 대접하겠습니다.”

도미지로는 맛있는 음식을 좋아하고 그중에서도 단것이라면 사족을 못 쓴다. 평소에도 맛있는 것을 찾아다니는 한편으로 요미우리(에도 시대에 신문과 같은 역할을 했던 읽을거리. 당시의 중요한 사건을 와판瓦版으로 한 장씩 인쇄한 것을 길에서 소리 높여 읽으면서 팔러 다녔다)나 평판기評判記를 부지런히 훑어보곤 한다.

“말이 난 김에 제가 순서를 매긴 에도 시중의 단것 순위를 말씀드리자면——.”

“아아, 그만 됐소.”

도안 노인은 귀찮다는 듯이 손을 저었다. 야위어서 뼈가 불거진 손바닥이 체격이나 분위기와는 반대로 두꺼비 신선의 나이를 보여주고 있었다.

우선은 이쪽이 한 판 따낸 것 같다.

“특이한 괴담 자리 일로 용무가 있다고 들었는데요.”

두 판째 판도 먼저 공격해 들어가 보았다. 도안 노인은 여전히 불쾌한 표정으로 마치 값이라도 매기듯 눈알만 데구르르 움직여 도미지로를 훑어보는 중이다.

"그쪽이 듣는 역할을 물려받는다는 건 사실이오?"

사람을 주선해 달라고 부탁하는 손님을 '그쪽'이라고 부르다니 웬 무례인가 싶었지만,

"사실입니다."

도미지로는 사근사근하게 대답했다.

"도안 씨에 비하면 세상 물정 모르는 애송이지만 대강의 예의는 알고 있습니다. 소홀함 없이 듣는 역할을 하면서 인생 수업을 쌓아 갈 생각입니다."

도안 노인은 자그마한 눈으로 비스듬히 도미지로를 노려보았다.

"인생 수업이라……."

"안 됩니까? 오치카도 괴담 자리를 통해 꽤 많은 것을 배운 모양이던데요."

"그쪽이 배워야 할 것은 장사 일이 아니겠소."

"장사 일이야 부모님께 잘 배우고 있습니다만. 그런데 무슨 용무이신지요?"

두꺼비 신선의 이마에도 콧날에도 불쾌한 기름이 서서히 배어 나오기 시작했다. 이 기름을 짜면 만병통치약이 생기는 걸까 하고 도미지로는 속으로 장난스러운 생각을 해 보았다.

"나는 걱정이 된다오."

도안 노인이 또다시 묘한 말을 꺼냈다. 탁한 목소리가 한층 더 낮아지고 박력을 띤다.

“오치카 씨는 아직 시집을 안 간 아가씨였기 때문에 내가 고르고 고른 이야기꾼의 이야기를 들으며 처세술을 익히고 손님을 대하는 방법을 배우는 것이 분명 이익이 되었지요. 하지만 그쪽은 빈둥거리는 한량이오.”

“빈둥거리는 한량이니 더더욱 데릴사위로서 좋은 인연과의 만남에 대비하여 처세술을 익히고 손님 대하는 방법을 배우는 것이 오치카와 마찬가지로 이익이 되리라고는 생각하지 않으십니까?”

두꺼비 신선의 입가가 비틀린 것 같았다.

“그쪽은 재미있어하고 있군요.”

“재미있어하면 안 됩니까?”

“다른 사람의 이야기를 듣는 것을 가벼이 여기고 있소.”

“그럼 가벼이 여기지 않도록 조심하겠습니다.”

사실 두꺼비 신선의 충고가 아니더라도 이미 수차례 호된 일을 당했던 도미지로는 뼈에 사무치도록 확실하게 깨달은 바 있다.

언젠가 듣게 된 무참한 이야기가 앙금처럼 마음에 가라앉아 자신이 변해 버린 듯한 기분에 사로잡힌 적도 있다. 다행히도 그때는 오치카가 격려해 주었다.

──괜찮아요, 오라버니는 제대로 듣고 버리고 있어요.

도미지로는 어릴 때부터 그림에 재주를 보였다. 미시마야를 떠나 있는 동안에는 고용살이를 하던 곳에서 만난 그림 스승으로부터 붓을 쓰는 법이나 소재를 잡는 법 등을 짧게나마 배우기도 했다.

그래서 지금도 초보의 소일거리이기는 하지만 자주 수묵화를 그린다. 특이한 괴담 자리에서 이야기를 듣게 된 후로는 하나 들을 때마다 이를 소재로 한 장의 그림을 그리게 되었다.

물론 밖에는 내놓지 않는다. 어디까지나 도미지로의 마음을 가다듬기 위해서 그릴 뿐, 이후로는 전용 오동나무 상자에 넣어 오카쓰에게 맡긴다. 말이 난 김에 덧붙이자면, 그 오동나무 상자의 이름은 '기이한 이야기책'이다.

"실은 저도, 마침 좋은 기회이니 도안 씨께 여쭙고 싶은 것이 있습니다."

연기에 그을린 두꺼비 같은 면상을 마주하며 도미지로는 야무지게 말을 꺼냈다.

"우리 가게의 특이한 괴담 자리가 좋은 평판을 얻게 되고, 당신의 가게에는 이야기꾼이 되려는 분들이 길게 줄을 선다더군요. 정말 감사한 일입니다. 신세를 많이 지고 있어요."

도미지로는 가볍게 머리를 숙이고 나서 말을 이었다.

"다만 방금 오치카를 위해 이야기꾼을 고르고 골랐다고 말씀하셨는데, 평소 무엇을 근거로 고르시는지가 궁금합니다."

사람의 인상이나 풍채일까, 아니면 신원일까.

"이야기꾼은 괴담 자리에서 자신의 신분이나 이름을 숨겨도 되지요. 그 편이 이야기하기 쉬우니까요. 하지만 도안 씨에게는 제대로 신원을 말하겠지요? 역시 그게 가장 중요한 근거일까요? 아니면 그 외에 사람을 분별하는 중점이 있습니까?"

으르렁거리듯이 한숨을 내쉰 도안 노인이 불쾌함을 드러내며 말했다.

“그쪽이 직업소개꾼이 될 요량이 아니라면 가르쳐 줄 수 없소.”

호오.

“직업소개꾼의 비밀이란 말씀이시군요.”

“그런 말을 천연덕스럽게 입에 담는 것이 재미있어하고 있다는 뜻이오.”

“죄송합니다.”

두꺼비 신선이 여전히 떫은 얼굴을 하고 있어서 도미지로는 혼자 밝게 웃었다.

사실을 말하자면 오치카가 시집을 가기 전까지 최근의 몇 번인가는 도미지로도 함께 이야기꾼의 이야기를 들었다. 처음에는 옆방에 숨어 있었지만 우연한 계기로 흑백의 방에 발을 들여놓았고 어느 순간부터는 오치카 옆에 앉게 되었다. 그러다 보니 점점 더 이야기에 몰입하여 때로는 불안한 기분도 맛보았다.

그래도 특이한 괴담 자리는 재미있었다. 오치카에 비하면 활동 범위가 넓다고 생각하던 도미지로였지만 모르는 것투성이라는 깨달음도 얻었다.

때문에 듣는 역할을 물려받는 일에 아무런 망설임도 없었다. 자백하자면 오치카의 혼례 때 일어났던 으스스한 일에 신경이 쓰여 잠깐 마음이 흔들리긴 했다. 하지만 호위 역할인 오카쓰가 곁을 지켜 주고, 오치카가 이겨내 온 일에 사촌오라비인 자신이 굽히고 마는 것은 한심하다고 생각하니 그 흔들림도 끊어 낼 수 있었다.

“어쨌거나 당장 내일이라도 새로운 이야기꾼을 주선해 주셨으면 좋겠습니다. 잘 부탁드립니다.”

도미지로가 무릎 위에서 손을 모으자 도안 노인은 길게 코로 숨을 내쉬더니 뭔가를 비틀어 뜯어내듯이 말했다.

“거짓말쟁이에 대해서는 조심합니다.”

“예?”

“이야기꾼을 고를 때의 중점 말이오. 그쪽이 아까 물으셨지 않소.”

아아, 그것이 답인가.

“이야기꾼을 지원하는 분이 거짓말을 하면 고르지 않는다는 건가요?”

“아니, 거짓 이야기를 할 것 같은 분임을 이쪽에서 알아채면——.”

그러더니 초조한 듯 머리를 흔들며 덧붙인다.

“작은 거짓말이 아니오. 허풍을 늘어놓을 것 같은 분은 제외했다는 뜻입니다.”

미시마야의 특이한 괴담 자리가 좋은 평판을 얻게 되고 나서는 더욱 조심했다고 한다.

“거짓말을 해서라도, 허풍을 늘어놓아서라도, 어떻게든 평판 좋은 일에 끼고 싶다는 구경꾼은 어디에나 있으니까요.”

도미지로는 소박하게 놀랐다.

"도안 씨는 그걸 분별할 수 있습니까?"

"분별하는 것이 직업소개꾼이 하는 일이오."

대단하다. 놀리거나 비꼬려는 게 아니라 정말로 그 안력眼力의 날카로움에 놀랐다.

"지금까지 흑백의 방에서 이야기꾼이 허풍을 늘어놓은 적은 없었습니다. 도안 씨가 이야기꾼을 잘 골라 주신 덕분이었군요."

두꺼비 신선은 눈을 부릅떴다.

"그쪽이 어떻게 단언할 수 있소?"

"아니, 아하하, 오치카를 보고 있으면 그 정도는 알 수 있지요."

자신도 함께 이야기를 들은 적이 있다는 사실을 이 까다로운 노인에게는 단단히 숨겨 두자. 들켰다간 두꺼비의 무서운 저주가 내릴 것 같다.

"——앞으로는 모릅니다."

또 뭔가를 비틀어 뜯어내어 집어던지는 듯한 말이다.

"오치카 씨는 규중의 아가씨였으니 이쪽도 신경을 쓸 수밖에 없었지요. 하지만 그쪽은 어엿한 사내이니 속든 구르든 다치지는 않을 테지."

거짓말이나 허풍은 도미지로가 직접 분별하라는 뜻이리라.

"냉정하시네요."

도미지로는 목덜미를 긁적여 보였다.

"그렇다면 좀 가르쳐 주십시오. 이야기꾼의 거짓말이나 허풍을 분별하는 방법을요."

"그런 것은 없소."

안개를 먹는 신선이 아니라 두꺼비 요괴가 되어 버린 것처럼 도안 노인의 얼굴은 번들번들했다.

"있다 해도 말로 가르칠 수 없고. 그쪽은 정말로 사람을 우습게 보고 있소. 조금은 호된 꼴을 당해 봐야지."

어라라, 핏대를 세우고 있다.

"뭐, 저는 말씀하신 대로 밥벌레이니 특이한 괴담 자리에서 속는다 한들 미시마야에 흠이 되지도 않을 테니까요. 너무 어렵게 생각하지 않고 듣는 역할을 즐기려 합니다만."

그러나 달랠 생각으로 한 말도 오히려 좋지 않았던 모양이다. 도안 노인은 단단히 화를 내며 돌아갔다.

——잘못했나.

반성하는 부분도 있었기 때문에 도미지로는 이 일을 오카쓰에게 털어놓았다. 그러자 호위 역할의 하녀는 방울을 굴리는 것 같은 목소리로 웃었다.

"도안 씨를 진심으로 화나게 하다니 과연 도련님이세요."

"하지만 그 사람, 심술이 나서 앞으로는 일부러 거짓말쟁이 이야기꾼만 보낼지도 몰라."

"그것도 재미있겠네요."

오카쓰는 그렇게 말하며 상냥한 눈빛을 보냈다.

"대개의 사람들은 급박한 사정이 있지 않은 한 거짓말을 잘하지는 못하는 법이에요. 게다가 큰 거짓말을 하려면 큰 기량이 필요하지요."

오카쓰도 날카로운 말을 한다.

"그러니 만일 도련님을 거꾸러뜨릴 만한 큰 거짓말쟁이를 만나시거든 대인大人을 만났구나 하고 소중히 여기도록 하지요."

만약 거짓말 뒤에 절실한 이유가 숨어 있을 것 같다는 생각이 든다면,

"그 이유까지 들어 보면 어떨까요? 특이한 괴담 자리의 듣는 이로서는 더없이 뿌듯한 일이 되지 않을까요?"

그렇군, 하며 도미지로는 힘차게 고개를 끄덕였다.

도안 노인이 심술이 났는지 어떤지는 제쳐 두고, 그로부터 얼마 지나지 않은 춘분날 오후 두 시에 새로운 이야기꾼이 미시마야를 찾았다.

준비를 위해 도미지로는 흑백의 방의 도코노마일본식 가옥의 객실 한 쪽에 바닥을 한 단 높여 꾸민 곳. 벽에 족자를 걸고 꽃이나 장식품을 놓아 둔다에 반지半紙 습자에 쓰는 일본 종이를 붙인 족자를 걸었다. 이야기꾼이 돌아가면 이 반지에 방금 들은 이야기를 소재로 한 수묵화를 그릴 요량이다.

족자 밑에는 오카쓰가 새로 한 꽃꽂이를 놔두었다. 검은 칠기의 둥근 화기花器에 봄구슬붕이와 홀아비꽃대를 함께 꽂았다.

"꽃장수가 홀아비꽃대와 쌍동꽃대를 둘 다 가져와서 봄구슬붕이에는 어느 쪽을 함께 꽂아도 예쁠 거라고 권해 주었지만,"

홀아비꽃대는 한 개의 이삭에 사랑스러운 하얗고 작은 꽃이 핀다. 쌍동꽃대는 이 이삭이 두 개인데 역시 하얗고 작은 꽃이 청초하다.

"듣는 이와 말하는 이, 두 사람이 다 조용해져 버리는 건 왠지 징조가 좋지 못하니 홀아비꽃대 쪽으로 했지요일본어로 홀아비꽃대는 '히토리시즈카一人静', 쌍동꽃대는 '후타리시즈카二人静'라고 한다. '히토리'는 '한 명', '후타리'는 '두 명'이라는 뜻이고 '시즈카'는 '조용하다'라는 뜻."

꽃꽂이를 마무리하면서 요염하게 미소 짓는 오카쓰는, 이미 중년의 나이임에도 여전히 풍성하고 검은 머리카락에 허리가 가느다란 미인이다. 다만 얼굴과 몸의 많은 부분이 마맛자국(두창)으로 덮여 있다.

포창은 목숨이 위험할 수도 있는 무서운 돌림병이다. 앓고 난 후에 남는 마맛자국도 특히 여자의 몸에는 무섭다. 오카쓰는 마맛자국 때문에 힘들고 외로운 시절을 보낸 적이 있다. 그러나 한편으로 강한 역병신인 포창신의 가호를 온몸에 받아 다른 사악함과 재앙거리를 멀리하고 몰아내는 '액막이'의 힘을 갖게 되었다.

때문에 평상시에는 오시마처럼 미시마야의 하녀 중 한 명으로 일하다가도 특이한 괴담 자리의 이야기꾼이 찾아오면 호위 역이 되어 옆방에서 대기한다. 그렇게 계속 오치카 곁을 지켜 주었던 오카쓰의 사람 됨됨이나 조심스러운 태도에서 이따금 배어 나오는 높은 교양에, 도미지로는 깊이 감탄할 때가 종종 있다.

"오늘부터 오카쓰 씨는 내 호위야. 부디 잘 부탁드립니다."

오카쓰도 그 자리에서 손가락 세 개를 바닥에 짚으며 의연한 목소리로 말했다. "액막이로서 호위로서 정성을 다해 모시겠습니다."

오바코여자의 머리 묶는 방법 중 하나. 머리카락을 한데 모아 좌우로 작은 고리를 만들고, 옆에 비녀를 꽂아 중앙을 남은 머리로 감은 것로 묶은 오카쓰의 머리카락에서 희미하게 풍기는 동백기름의 향을 맡으며 도미지로는 떠올렸다. 지금은 원래대로 돌아왔지만 작년 겨울, 찬바람이 불기 시작할 무렵에 맞이한 이야기꾼의 이야기가 남기고 간 '액'으로 인하여 한때 오카쓰의 앞머리는 한 움큼 정도가 새하얗게 변했고 잡아당기면 스르륵 빠져서 무서웠는데.

이야기꾼을 맞이할 때 오치카는 매번 무엇을 입을지 고민하곤 했다. 듣는 사람이 화려한 옷차림을 할 수는 없지만 너무 아무렇게나 입으면 실례가 된다. 그 적절한 가감이 어렵다.

하지만 각별한 멋쟁이도 아닌 '그저 그런 남자' 도미지로는 그런 점이라면 마음이 편하다. 이번에도 조시치지미로 지은 감색 줄무늬 고소데에 하카타오비하카타오리博多織라는 직물로 만들어진 띠. 옷감을 짜기 전에 미리 실을 염색하는 것이 특징이다. 날실의 밀도가 높아 잘 느슨해지지 않는다를 세로 매듭으로 묶고, 문양을 하나만 등에 새긴 이헤에의 회남색 하오리를 빌렸다. 본격적인 나들이복은 아니고 이헤에가 회합이나 친한 상인 동료를 찾아갈 때 입곤 하는데 문양 부분에 미시마야의 옥호가 수 놓여 있다. 무례해 보이지 않고 지나치게 중후하지도 않으며 사치스러운 구석 없이 단정하여 듣는 이에게는 딱 좋다.

그래서 쉽게 정했다.

어려운 것은 오히려 다과 쪽이다. 처음에는 도미지로가 계절에 따라 '어느 가게의 무엇'이라는 식으로 정한 다음 내달라고 부탁할 작정이었지만, 마른과자는 괜찮아도 생과자는 가게 사정에 따라 그날은 만들지 않는다거나 일찌감치 품절되어 버리는 일도 있다. 그래서 오시마와 상의해 '어느 가게의 무엇'을 5번까지 적어두고 오시마가 쉽게 수배할 수 있는 순서대로 내오는 형태가 되었다.

때문에 도미지로도 다섯 개 가운데 무엇이 나올지 알 수 없다.

이야기꾼의 나이와 성별과 신분에 따라 과자가 입에 맞아서 마음이 풀리면 다행이지만, 입에 맞지 않아서 '이건 뭐야' 하며 좋은 얼굴을 하지 않는다면 이야기의 진행에도 문제가 생기려나.

――아무튼 두근거리는군.

시집가는 오치카 앞에서 가슴을 두드리며 '뒷일은 내게 맡겨 둬'라고 큰소리칠 때만 해도 괜찮았는데 막상 하려고 보니 불안하기 짝이 없다.

"도련님, 손님이 오셨어요."

드디어 오시마가 이야기꾼이 도착했음을 알려주었다. 기분을 다잡기 위해 도미지로는 자신의 뺨을 양손으로 철썩철썩 때렸다.

그러고 보니 아까 도미지로의 첫 출진이라며 일부러 보러 온 미시마야의 안주인 오타미가 빙그레 웃으며 말했다.

"기합을 넣고 가렴. 좋은 사람을 만난다면 맞선을 보아야 하는 수고가 없어질 테니까."

"싫어요, 어머니."

라고 대꾸하기는 했지만 꽃 같은 소녀가 왔으면 좋겠다는 기대, 아니, 흑심이 없는 것도 아니었으니——.

"미시마야의 특이한 괴담 자리에 와 주셔서 감사합니다."

정중하게 인사하고 머리를 드는 사이에 도미지로는 좀 전에 품었던 흑심을 정리했다. 교습소에서 아이가 틀리게 쓴 글씨를 엄한 스승의 시선으로부터 숨기듯 순식간에 흔적조차 남기지 않고 집어넣었다.

흑백의 방에서 상석이라 할 방석에는 도미지로와 비슷한 연배의 남자가 손깍지를 끼고 목을 움츠린 채 예의 바르게 앉아 있다. 몸집은 상대적으로 작아 보인다. 이초쓰부시에도 시대에 가장 일반적이던 남자의 머리 모양. 이마에서 머리 중앙에 걸쳐 머리카락을 깎고 상투를 만들어 정수리를 향해 젖혀서 끝을 은행잎 모양으로 편 것으로, 신분이나 직업에 따라 묶는 모양이 달랐다로 상투를 튼 얼굴도 홀쭉하고 자그마하다.

이헤에의 대리로 손님을 맞이하는 입장이라 도미지로는 하오리를 입고 있다. 오는 쪽은 더 부담이 없기 때문에 감색 가스리치지미'가스리'는 먹을 적게 묻힌 붓으로 살짝 긁은 것 같은 문양을 넣은 직물을 말함의 평상복 차림이다. 고쿠라 무명에도 시대 고쿠라 번(현재의 후쿠오카 현 기타큐슈 시)의 특산물로, 세로 줄무늬가 특징인 질 좋고 튼튼한 무명천으로 된 허리띠를 가이노구치남자용 허리띠 묶는 방법 중 하나. 한쪽 끝을 접어 반대쪽으로 꺾고 다른 한쪽 끝을 반으로 접어 그것과 옭매듭으로 묶는다로 묶은 모습이 지극히 평범해 보인다. 거드름을 부리는 기색은 전혀 없다. 협기가 느껴지지도 않는다. 건달도 아닌 모양이다.

작은 가게 주인의 아들이거나 그럭저럭 규모가 있는 가게의 고용살이 일꾼일까. 옷차림만으로는 어느 쪽인지 구별하기가 어렵다.

"——미시마야의 도미지로 씨."

이야기꾼이 입을 열었다.

"역시 제 얼굴은 잊으셨습니까."

도미지로는 당황했다. 이런 시작은 전혀 예상하지 못했는데.

"전에 어디에선가 뵈었던가요?"

저도 모르게 몸을 내밀어 되묻자, 상대가 자그마한 얼굴을 구깃하게 뭉치다시피 하며 웃는다.

"전에 만난 정도가 아니라 어릴 때……."

이 단정한 웃음, 하얀 피부에 아담한 얼굴.

어라? 뭔가 기억이 날 듯도 한데.

상대가 자신의 이마를 문지르며 말한다.

"간다 사쿠마초의 애 많은 두부집의……,"

거기에서 도미지로도 생각해 냈다.

"마메네 하치!"

도미지로가 저도 모르게 들이댄 손가락 끝이 가리킨 곳에서 이야기꾼은 기쁜 듯이 활짝 웃었다.

"맞아, '마메겐'의 하치타로야."

아니! 진짜 하치 맞아? 오랜만이네, 응, 도미 너도 건강해 보여서 다행이야, 미시마야는 대단하네, 시중에서 손꼽히는 유명한 가게가 되었잖아, 덕분이지, 아버지랑 어머니가 열심히 해 왔으니까, 나는 계속 다른 가게에 가 있었고——.

숨까지 헐떡이며 수다를 떨다가 자리에서 일어나 손을 맞잡았을 때 오시마가 다과를 가지고 들어왔다. 도미지로와 이야기꾼이 갑자기 허물없는 분위기라 깜짝 놀란 듯하다.

"오, 단것이 왔군."

다과는 찹쌀떡이다. 얼핏 보기엔 어디에서나 쉽게 구할 수 있는 찹쌀떡이지만, 실은 팥소에 질 좋은 쌀가루로 만든 쌀가루떡과 찹쌀떡을 이중으로 둘렀기 때문에 베어 물면 식감과 입에서 녹는 느낌이 절묘하다. 도미지로가 오늘의 다과 중 세 번째로 꼽아 둔 '하부타에곱고 부드러우며 윤이 나는 순백색의 비단 찹쌀떡'이다.

"오시마 씨, 이 사람은 내 어렸을 적 친구야. 사쿠마초의 두부 가게 하치라고 하면 기억나지 않으려나?"

아니, 아니, 하며 하치타로가 몸 둘 바를 몰라 하다가 오시마를 향해 말했다. "제가 도미지로와 같은 교습소에 다녔던 건 일곱 살 때, 일 년도 채 되지 않는 시간이었습니다. 댁에는 놀러 간 적도 없으니 아마 저를 기억하지 못하시겠지요."

"그럼 마메겐의 두부 맛은?"

아, 마메겐이요? 하며 오시마도 눈을 크게 깜박거리더니 그제야 신이 난 목소리로 말했다.

"그거라면 기억납니다. 유부도 맛있었지요."

흑백의 방에서 이야기를 시작하기도 전에 추억을 터놓기도 처음이다.

"정말 그립네요."

오시마의 웃는 얼굴에는, 그러나 약간 거북한 빛도 있다. 그도 그럴 것이,

"죄송합니다. 지금은 간다가와 강 이쪽 기슭의 두부가게에 신세를 지고 있어서 마메겐과는 교류가 끊겨 버렸네요……. 가게는 잘되시지요?"

그런가. 부엌일에 어두운 도미지로는 미시마야가 지금 어디에서 두부를 사고 있는지 모른다.

"하치가 교습소를 그만둔 이유는 아마 양자로 갔기 때문이었지?"

하치타로는 앉은 자세를 고치더니 양쪽 무릎 위에 손바닥을 올려놓고 오시마를 향해 고개를 끄덕였다.

"그 해에 저는 여덟 살이 되자마자 양자로 갔고 마메겐은 아버지의 먼 친척에게 통째로 넘겨 버렸지요. 그래서 지금도 사쿠마초에 있는 그 가게는 이름만 마메겐이니 신경 쓰지 마십시오."

도미지로도 오시마도 웃는 얼굴이 굳어졌다. 하치타로만이 시치미를 떼고 있다.

"우리 아버지가 운영하시던 마메겐의 맛을 10이라고 하면 지금

의 마메겐은 3 정도의 맛이지요. 미시마야가 다른 두부가게의 단골이 되어서 다행입니다."

"그래……."

도미지로가 기억하고 있던 마메겐은 먼 옛날에 사라진 것이다.

"그때 우리 가족은 뿔뿔이 흩어지고 말았어요. 그 경위가 꽤 드문 이야기라 특이한 괴담 자리에 딱 맞지 않을까 하고 오늘 찾아뵌 것입니다."

그렇다, 하치타로는 오늘의 이야기꾼이다. 오시마는 제정신으로 돌아온 듯이 쟁반을 안고 나갔다.

"우리 가게의 특이한 괴담 자리에서 이야기를 듣는 사람은 나 하나야" 하고 도미지로는 말했다.

"듣고 버리고, 이야기하고 버리는 거지?"

하치타로가 말하고 또 얼굴을 구기며 웃는다.

"그것도 평판을 들어서 알고 있었어. 듣는 역할을 맡고 있던 아가씨가 시집을 가고 나서 도미 너로 바뀌었다는 건 벌써 이 근처에 소문이 났고."

이 근처의 소문이 귀에 들어왔다는 말은 지금의 하치타로가 간다 부근에 있다는 뜻일까.

"이야기하기 어렵겠다 싶으면 지금의 생활에 대해서는 덮어 두어도 돼."

도미지로가 하고 싶은 말을 알아챘는지 하치타로는 가볍게 고개를 저었다.

"나는——이 아니라, 저는 양자로 있던 집에서 다시 데릴사위로 가는 바람에 지금은 간다에 없어요."

하지만 두부가게를 하고 있지요, 라고 한다.

"부모님이 물려주신 가업이니까요."

"그래?"

"요즘 원래의 마메겐에서 불사佛事도 있고 해서 몇 번인가 이쪽에 왔었지요. 마침 좋은 기회이니 미시마야의 특이한 괴담 자리에서 이야기할 수 있다면."

그리운 도미지로도 만날 수 있겠다고 생각했다.

"서로 사정이 잘 맞아서 다행이에요."

도안 노인이 무엇을 생각하고 하치타로를 골라 보냈는지 모르겠지만 도미지로는 기뻤다.

"도미네 형님, 이치로 씨였던가요?"

"이이치로."

"지금 미시마야에는 없나요?"

"장사를 배우러 나가 있어."

그러자 하치타로는 안도한 듯한 얼굴을 했다. "그렇다면 만나버릴 걱정은 없겠네요. 형님은 십사 년 전에 우리 집이 어수선했을 때——역시 근처에서는 소문이 났으니까 뭔가 듣고 눈치 챘을 거예요."

지금도 만나면 부끄러울 것 같다고 하치타로는 말했다.

맛있는 두부를 만드는 가게를 통째로 넘기고 가족이 뿔뿔이 흩어질 만한 일이 부끄럽다고?

"십사 년 전에는 우리 형도 열 살 정도밖에 안 된 꼬마였는데."

"열 살이면 눈치챌 만한 어수선함이기는 했어요."

그러더니 작고 모양이 단정한 코를 움켜쥐다시피 하며 하치타로는 눈을 내리깔았다.

"나——가 아니라, 저는."

"나라고 해도 돼. 나도 반말로 할 테니까."

둘이서 웃었다.

"나는 그 무렵 나이가 일곱 살인가 여덟 살이었거든. 말썽이 시작되고 나서 마무리가 지어질 때까지 반년 정도 우리 집 안에서 무슨 일이 일어나고 있는지 거의 몰랐는데 바로 위의 누나는 전부 다 알고 있었대. 여자들이 원래 더 조숙하잖아."

도미지로가 웃으며 말했다. "조숙하다는 말이 나올 만한 종류의 일이었나 보군."

하치타로가 고개를 끄덕인다. "그러니까 보기에 따라서는 웃기는 이야기야. 나도 지금이라면 웃을 수 있어."

하지만 그 얼굴은 몹시 진지하다.

"나는 재작년에 아내를 얻었을 때도 우리 집에서 옛날에 일어났던 일이 떠오르는 바람에, 아아 하며 무릎을 치고 싶은 기분이 들었거든."

그러고는 웃는 얼굴로 덧붙였다.

"아버지가 되니까 말이지."

"오오, 그거 경사스러운 일이군!"

여자아이가 태어난 것이다.

"갓 태어난 아기를 안으며 나도 부모가 되었다고 생각하니 이번에야말로 옛날의 소란이 얼마나 큰일이었는지 모래땅에 물이 스며들듯이 아주 잘 알겠더라고."

그러자 등골이 써늘해졌다고 한다.

기분이 나빠서 토할 것 같았다면서.

"얼마나 부끄럽고 한심하던지. 당시 이웃 사람들이 우리 집을 어떤 눈으로 보고 있었을까 생각하니 죽고 싶어졌어."

하치타로의 말에 도미지로도 등이 오싹해졌다.

"그런 걸 전부 토해 내고 싶어져 버렸어. 안절부절못하게 되었다고 할까. 하지만 우리 형이나 누나들은,"

——이제 와서 생각나게 하지 말아 줘.

——이미 잊었어. 아미타불, 아미타불.

"그래서 미시마야의 특이한 괴담 자리를 떠올린 거야."

도미지로의 마음속에서는 듣는 이로서보다 소꿉친구로서의 호기심이 부풀어 간다.

"알았어, 좋아. 말해 봐. 완전히 토해 내고 이야기해 줘. 내가 듣고 버릴 테니까."

도미지로가 자못 늠름하게 말하자, 하치타로는 안도한 듯이 웃음을 띠며 또 코를 쥐고 아래를 향했다.

"으음…… 어디서부터 얘기하면 좋을까."

잠시 생각에 잠겨 말을 꺼내지 못한다.

"그럼 우선 마메겐 사람들을 소개해 줘" 하고 도미지로는 말했다. "나도 너희 집에 사람이 많았다는 건 기억하지만 얼굴과 이름까지는 잘 생각나지 않으니까."

"이름?"

말문이 막히는 기색이다. '죽고 싶어질 정도로' 부끄러운 이야기이기 때문이리라.

"미안, 한꺼번에 이름을 들어도 다 기억하지 못할 거야. 나이랑 하치와의 관계만 듣는 게 확실하겠다. 내가 좀 적어도 될까?"

흑백의 방 한쪽 구석에는 도미지로가 평소 사용하는 책상이 놓여 있다. 그는 책궤를 열어 반지를 펴고 먹통을 들어 작은 접시에 먹물을 따랐다.

"이게 하치야."

동그라미를 그리고 그 머리에 머리카락을 대강 그려 넣는다.

하치타로는 들여다보며 웃음을 터뜨렸다.

"맞아, 맞아, 나 머리숱이 적어서 좀처럼 상투를 틀 수가 없었어."

"나도 똑똑히 기억나."

동그라미 안에는 '하치'라고 적었다.

"우선 우리 아버지랑 어머니."

하치타로의 말에 동그라미를 두 개 그린 다음 '마메겐 아버지' '마메겐 어머니'라고 적어 넣던 도미지로의 머리에 문득 불쾌한 기억이 떠올랐다.

작년 겨울의 어느 날, 오치카와 함께 이야기를 들으며 지금처럼 이야기꾼 앞에서 등장하는 사람들을 그려 넣은 적이 있다. 이야기꾼 한 사람만 남기고 일가가 전멸하는 이야기여서 그때 도미지로는 몹시 큰 충격을 받았다.

"하치. 먼저 이런 걸 물어서 미안한데 마메겐에서 그 일이 일어났을 때 말이야, 혹시 사람이 죽었어?"

하치타로가 진지한 얼굴로 돌아왔다. 머리숱이 적었던 탓도 있어서 어린 시절에는 정말로 대두 콩 같았는데.

"우리 아버지가 돌아가셨어. 마흔둘의 대액大厄 대액이란 중대한 재액이 돌아온다는 액년 중의 액년으로, 남자는 마흔두 살, 여자는 서른세 살 때를 말한다이었지."

그걸로 끝났다고 한다.

"아버지만?"

"응. 그 외에는 모두 건강했어. 어머니가 돌아가신 건 작년 초봄이었고."

"그 말을 들으니 안심이네."

도미지로는 오른손에 붓을 든 채 왼손으로 하부타에 찹쌀떡을 집어 입에 물었다.

"다음은?"

"제일 위의 형이랑 형수."

큰형 스물네 살, 형수 스물두 살. 도미지로는 동그라미를 그린 다음 그 안에 '큰형', '큰형수'라고 적었다.

"큰형 부부에게는 아이가 둘 있어. 내 조카들인데 당시 다섯 살, 세 살이었지만 내가 하려는 이야기에서는 어린아이가 나오지 않으니까 빼 줘."

하치타로도 찹쌀떡을 먹으면서 우물우물 말한다.

"와아, 이거 맛있네."

"그렇지? 다음은?"

"둘째 형 부부."

둘째 형 스물두 살, 둘째 형수 스무 살.

"둘째 형 부부에게도 아이가 있었지만 빼 주고."

다음은 큰누나 스물한 살, 결혼했다가 이혼하고 집으로 돌아왔다.

"시어머니의 시집살이가 고되어서 뛰쳐나왔는데 누나 본인도 드센 사람이야."

지금도 전혀 달라지지 않았다며 웃는다.

"가정을 꾸린 형들도 다함께 한 지붕 아래 살면서 두부가게 장사를 하고 있었구나."

"응."

다음이 둘째 누나, 나이는 열아홉 살. 둘째 누나와 혼인하기로 결정되어 있던 고용살이 일꾼이 열여덟 살.

"두 사람 역시 가정을 꾸리고 나서도 같이 살면서 가게를 돕기로 되어 있었어."

동그라미 안에 둘째 누나, 둘째 누나 약혼자라고 적는다.

"바로 아래가 셋째 누나, 나이는 열여섯. 우리 집에 대두를 납품하던 도매상의 행수와 혼담이 오가는 중이어서 두 사람도 자주 오가곤 했어."

도미지로는 셋째 누나, 도매상 행수를 줄여서 '도행'이라 하고 동그라미를 그렸다.

"셋째 형이 열세 살. 넷째 누나가 열 살이고 내가 일곱 살."

스물네 살부터 일곱 살까지 팔남매다. 거기에 아내와 남편에다가 약혼자까지 붙어 마메겐에서 함께 일하며 먹고살았으니 자식이 많은 정도가 아니라 그야말로 대가족이라 하겠다.

"조숙하고 당시에도 전부 다 알고 있었다는 누나가 하치의 바로 위인 넷째 누나구나."

"응. 치이 누나라고 불렀지."

도미지로는 재주 좋게 하부타에 찹쌀떡을 다 먹더니 붓을 놓고 미지근해진 차를 꿀꺽 마셨다.

"자, 그럼."

양손을 비비자 찹쌀떡의 하얀 가루가 후두둑 떨어진다.

"이제 배우는 다 모였나?"

"그리고 하녀가 한 명. 서른이 넘은 사람이었어. 남편과 사별하고 홀몸으로 우리 집에서 같이 살고 있었지."

도미지로는 동그라미를 그리고 나서 말했다.

"한 명이라면 이름을 알려 줘."

"으음…… 오코마 씨."

동그라미 안에 '오코마'라고 써 넣는다. 고양이 같은 이름이네.

"빠진 사람은 없지?"

도미지로가 확인하듯 묻자 하치타로는 찬찬히 그림을 둘러보고 고개를 끄덕였다.

"시작되었을 때는 이 사람들밖에 없었으니까 지금은 이거면 될 거야."

가슴이 술렁거리지 않는가. 대체 무엇이 '시작된' 것일까.

후우――하며 호흡을 가다듬고 하치타로는 시선을 들었다.

"두부가게는 아침 일찍 시작하는 장사야."

한겨울에도 캄캄할 때 일어나 대두를 삶는 데서부터 시작하고 해가 질 무렵 다음날 아침에 쓸 대두를 씻어 물에 담가 놓으면 하루가 끝난다.

"일찍 자고 일찍 일어나고 다른 장사를 하는 가게에 비하면 한나절 정도 어긋난 생활을 하지."

물을 쓰는 일이고 힘을 쓰는 일이기도 하다.

"우리 집에서는 부엌일이나 청소, 세탁은 오코마 씨한테 맡겨두고, 가족들은 모두 두부가게 일을 해왔어. 손이 비는 사람부터 밥을 먹고 자고 일어나고 부지런히 일을 하고 또 밥을 먹고 자고."

큰형수와 둘째 형수는 어린아이나 갓난아기를 돌보아야 했기 때문에 더욱 바빴다.

"젖은 줄 수 없지만 아기를 보는 일이라면 나도 치이 누나도 할 수 있으니까 자주 거들었지."

"응, 기억나. 하치가 아기를 업고 교습소에 데려왔었지."

"모두 대신 업어 주기도 하고 얼러 주기도 해서 도움이 됐어."

마메겐 아버지는 '우리 애는 글씨를 읽고 쓰고 주산만 할 수 있으면 된다', '빨리 일을 배워 주지 않으면 곤란하다'는 생각이었기 때문에 하치타로의 형들과 누나들은 교습소에 반년도 다니지 않았다.

"나만 일 년 가까이 다니게 해 준 건 어머니가."

──형제 중 한 사람 정도는 좀 더 학문을 가르치고 싶어요.

"그렇지 않으면 다들 두부가게 일밖에 모르게 돼 버릴 거라면서."

"현명하시네."

"그런가? 나는 그냥 교습소에 가면 친구랑 놀 수 있으니까 즐거웠을 뿐인데."

막내는 좋겠다며 셋째 형이 부러워했다고 한다.

"셋째 형은 내 나이 때부터 이미 매일 두부를 팔러 나가곤 했으니까."

행상 일은 둘째 형도 하고 있었다. 그날 팔 두부와 유부를 모두 함께 만들면 이후로 가게에서 두부를 파는 일은 어머니와 며느리들에게 맡기고 남자들은 밖으로 나간다.

"아버지랑 큰형은 요릿집이라든지 배달요릿집이라든지 굵직한 단골 거래처에 주문을 받으러 가곤 했어."

부지런한 두부가게 일가다.

"그래서…… 이제 본론인데."

자신의 말을 일일이 확인하듯 천천히 하치타로가 이야기를 시작한다.

"그해의 정월 초이레가 지나고 1월 중순이 되었어. 그 무렵에 나는 셋째 형이랑 치이 누나랑 셋이서 우리 집 안채의 한 평 반짜리 방에서 잤는데."

마메겐의 집 북서쪽 모퉁이, 측간에서 가까운 방이었다.

도미지로는 떠올려 보았다.

"마메겐은 넓었지? 판자지붕을 인 단층집이고 남쪽이 가게로 되어 있고."

"맞아, 맞아! 오래된 집을 빌린 거지만 방은 많았어."

마메겐의 가게 겸 집은 직사각형 두부의 북서쪽 모퉁이를 한 조각 잘라 낸 것 같은 모양으로 되어 있고,

"그 잘라 낸 부분에 마당이라고 할 정도는 아니지만 땅이 좀 있어서 남천이랑 떡갈나무를 심고 측간을 만들었지."

측간이 집 바깥에 있었기 때문에 오가려면 측간용 나막신을 신었다.

"나는 아직 오줌을 싸는 버릇이 있었거든. 치이 누나가 밤중에 깨워 주거나, 스스로도 조심해야겠다고 생각해서 매일 밤마다 한 번은 측간에 가는 게 습관이었지."

"대단하네."

"대단치 않아. 오줌싸개가 낫지 않았기 때문이니까."

겨울이나 초봄에 아직 추울 때는 바깥 측간에 가는 일이 상당히 힘들다.

"두부가게의 한밤중은, 세상 사람들은 초저녁이라면서 웃겠지만 그래도 추워서 졸음이 날아가 버릴 정도였어."

그날 밤에도 오줌이 마려워서 잠을 깬 하치타로는 침실을 빠져나갔다. 두 손을 비벼 데우고 맨발에 바닥이 차가워서 깡총깡총 뛰는 듯한 발걸음으로.

"그런데 집 안 어디에선가 사람 목소리가 나는 거야."

세상 사람들에게는 초저녁이어도 마메겐에서는 모두 조용히 잠들어 있을 시각이다.

"달이 뜬 밤이라 나한테 불빛은 필요 없었어. 집 안 어디에도 불은 켜져 있지 않았지."

두런두런, 소곤소곤…… 이야기 소리가 계속 들린다. "남자와 여자의 목소리였는데 말이 빠르고 뭔가 다투고 있는 느낌이었어."

부부싸움인가, 하고 하치타로는 생각했다.

"세 쌍, 아니, 둘째 누나랑 약혼자까지 합하면 네 쌍의 남녀가 있는 집이니까."

"응. 하지만 우리 집 사람들은 거의 말다툼 같은 건 하지 않았어. 사이가 좋았다기보다 어쨌든 매일 바빴으니까."

딱 한 사람 드센 기질의 큰누나를 제외하면 나머지는 성미가 온화한 사람들이 모여 있었다.

“아버지랑 형들은 말수도 적었고 말이야. 우리 집에서는 내가 제일 수다쟁이였어.”

그렇게 말하는 하치타로도 교습소에서는 시끄러운 아이가 아니었다. 도미지로 쪽이 훨씬 더 수다스러웠을 것이다.

“큰누나가 혼자서 앙알앙알 화를 내면 다른 사람들이 네네 하면서 듣는 사이에 큰누나도 지쳐서 입을 다무는 식이었거든.”

가끔 “나 혼자만 화를 내니까 바보 같아” 하며 큰누나가 울 때도 있었지만 그것도 “네, 네”로 흘려보낸다.

“그래서 밤중의 부부싸움이라면 신기한 일이라 측간에 갔다가 돌아오는 내내 나도 모르게 귀를 기울였어.”

그런 상황이라면 도미지로도 똑같이 했으리라.

“소곤거리는 소리가 끊이지 않아서 대체 누가 누구랑 무슨 이야기를 나누는지 알 수 없을까 하고 방 앞에 멈추어 숨을 죽이는데.”

복도 저편――하치타로가 자는 방보다 더 안쪽에 있는 방의 장지문이 여닫히는 소리가 나고 누군가가 나왔다.

“나는 순간적으로 덧문 그늘에 달라붙었어.”

엿보느라 눈만 내놓은 채로.

“그랬더니 큰형수가 잠옷 옷깃을 여미면서 복도를 따라 이쪽으로 쭉 걸어오는 거야.”

측간에 가나 싶었는데 아니었다. 그냥 지나쳐서 복도 모퉁이를 돌아 모습을 감추었다.

"뭐야, 하다가."

이상하다는 것을 깨달았다.

"큰형네 방은 집 반대쪽에 있었거든."

동쪽에 있는 세 평짜리 방에서 부부와 아이 둘이 같이 잔다.

"이런 시간에 측간에 가는 것도 아닌데 왜 집 이쪽 편에 있었을까."

하치타로의 맞은편에서 이야기를 듣던 도미지로가 새 반지를 꺼내어 직사각형 두부의 북서쪽 모퉁이를 한 조각 잘라 낸, 집의 겨냥도를 그리기 시작했다.

"측간이 여기, 하치랑 셋째 형이랑 치이 누나의 방이 여기지."

선을 그어 방을 에워싼다.

"둘째 형 부부랑 아이들의 세 평짜리 방은 여기."

직사각형을 마주보고 왼쪽 옆구리.

"우리 옆방은 한 평 정도 되는 이불방이었고."

그 옆은 둘째 누나의 약혼자인 고용살이 일꾼이 지내는 좁은 마루방이었다.

"아직 제대로 혼례를 올리지 않았기 때문에 둘째 누나랑은 따로 잤지."

"그렇구나. 그럼 '약혼자'가 아니니까 이참에 이름을 붙여 둘까. 마메스케 씨 어때?"

알기 쉽네, 하며 하치타로가 고개를 끄덕인다.

“지금 들은 대로라면 큰형수님은 하치네 방의 옆옆——.”

이불방 하나 건너편의 마메스케 씨가 자는 마루방에서 나온 것이 된다.

“있잖아, 도미.”

나는 순진했거든, 하고 하치타로가 말했다.

“부부니까 같이 잔다, 아직 정식으로 부부가 되기 전에는 따로 잔다, 라는 말이 무슨 뜻인지 전혀 몰랐어.”

도미지로는 생각했다. 자신이 일곱 살 때는 알고 있었을까.

“그래서 그때도 이런 밤중에 큰형수가 마메스케 씨한테 무슨 볼일이 있었나 보다 여겼을 뿐이고.”

하치타로의 콧등이 희미하게 빛난다. 땀이 나기 시작한 것이다.

“다음 이야기를 하기 전에 우리 집의 구조를 좀 그려 줄래?”

“알겠어.”

직사각형 안에 복도를 그리고 복도로 나뉘어 있는 칸막이 안에 하치타로의 설명에 따라 마메겐 사람들을 배치해 나간다. 주인 부부, 큰형 부부의 방은 이웃해 있고 둘째 형 부부와 둘째 누나·셋째 누나의 방이 그 맞은편.

“골방이나 벽장이 많은 집이라 당지문을 열면 바로 옆방이 나오는 구조는 아니었어.”

“그럼 그것도 다 그려 두자.”

주인 부부와 큰형 부부의 방 사이에는 골방이 있고 작은 형 부부와 둘째 누나 · 셋째 누나의 방 사이에는 한 평짜리 마루방이 끼어 있는데 여기에는 둘째 형 부부 쪽에서만 들어갈 수 있었다.

"큰누나는?"

"제일 가게에서 가까운, 여기."

원래는 주인 부부인 하치타로의 부모님 방으로 장롱처럼 커다란 불단도 놓여 있었지만,

"소박을 맞고 돌아와서 조상님들을 뵐 낯이 없으니 최소한 불단 손질은 자기가 하겠다고 큰누나가 우겨서."

도코노마가 딸린 네 평짜리 방, 남서쪽이니 볕도 잘 들고 바람도 잘 통할 것이다.

"하녀 오코마 씨는?"

"부엌 옆의 마루방."

하치타로가 가리키는 곳에 도미지로는 마루방을 그려 넣었다.

"여기는 낮에는 우리가 밥을 먹는 곳이고 오코마 씨는 밤이 되면 이불을 깔고 잠만 잤어."

이게 전부다. 확실히 넓은 집이고 비어 있는 방도 몇 개 있다.

"빈방은 장지문이나 당지문을 활짝 열어 둘 때가 많았지."

"객실은?"

"그런 대단한 건 없었어. 누가 와도 가게 앞에서 볼일이 다 끝나 버리는걸."

하치타로는 손등으로 콧등의 땀을 닦았다.

"그리고…… 아까 이야기한 일이 있고 며칠 지나서."

2월이 되었다.

"아침 일찍——두부가게의 2월 아침 일찍이니까 동이 트기 전이야. 아직 캄캄할 때."

이번에야말로 남녀가 심하게 말다툼하는 또렷한 목소리에 하치타로는 잠에서 깼다.

"마메스케 씨의 방에서 둘째 누나가 울며불며 소리를 지르고 있었어. 마메스케 씨도 뭔가 큰소리로 대꾸했지만 엄청 허둥거리면서 당황하고 있었지."

무슨 일인가 하고 셋째 형, 치이 누나, 하치타로는 방에서 나가 그쪽으로 가 보았다.

"그랬더니 둘째 누나가 바닥에 주저앉은 채로 잠옷 소매를 물고 당장이라도 물어뜯을 것처럼 잡아당기면서 울고 있는 거야."

놀란 얼굴을 하고 둘째 형수와 셋째 누나도 방에서 나왔다.

——식전 댓바람부터 왜 싸워.

——나참, 그만해.

"그랬더니 둘째 누나가 소리쳤어."

봐, 봐, 이것 봐, 너무해 너무해 너무해, 이게 무슨 짓이야!

"나도 봐 버렸어."

얇고 허름한 이불 옆에 아랫도리 속옷 한 장 차림의 마메스케가 왠지 정좌를 하고 있다. 그 얼굴이 빨개졌다 파래졌다 하느라 바쁘다.

"그 이불 위에서——."

솜을 둔 잠옷을 걷어 올리고 가슴이 훤히 보일 만큼 앞섶을 풀어헤친 채 단정치 못하게 다리를 벌린 모습으로 앉아 있던 큰형수가 흐트러진 머리를 가다듬는 중이었다.

“엑” 하고 도미지로가 소리쳤다. “역시 그런 거였어?”

가족들 모두가 잠들어 있는 한밤중에 스물두 살의 큰형수가 열여덟 살의 고용살이 일꾼 마메스케가 자고 있는 곳에 숨어 들어간다는 것은,

“응. 그런 거였어.”

그날 아침에 처음으로 현장을 발견한 사람은 둘째 누나였는데.

“나 때랑 똑같았어. 자다 깨서 측간에 다녀오다가 무슨 소리를 들었대.”

——마메스케 씨의 목소리네.

“귀를 기울여 보니 세상에, 큰형수의 목소리도 나더라는 거야.”

대체 어떻게 된 건가 싶어서 방에 들어갔는데 두 사람이 솜을 둔 잠옷에 푹 싸여 엉겨 있었다고 한다.

“둘째 누나의 얼굴을 본 순간 마메스케 씨는 벌떡 일어나 큰형수에게서 떨어지더니 변명을 하고 사과를 하고.”

그러나 둘째 누나는 광란의 고함을 멈추지 않았다.

“큰형수는 전혀 기가 죽지 않았어. 뭔가, 몽롱~한 얼굴로 옅게 웃는다고 할까.”

그런 것은 ‘요염하게 웃는다’고 표현하면 될 테지만 ‘몽롱~’이라는 말도 잘 들어맞으니 묘하다.

"마메스케 씨의 변명은?"

도미지로가 묻자 하치타로는 잠시 숨을 멈추고 나서 단숨에 털어놓았다.

"뭔가 잘못된 거다 꿈이다 나는 그럴 생각은 없었다 작은마님이 이불에 들어와서 유혹했다 하지만 나는 아무 짓도 안 했다 죄송하다 미안하다 나쁜 꿈이다."

미안하게도 도미지로는 웃고 말았다. 하치타로도 웃음을 터뜨렸다.

"그 대목에서 나는 셋째 형한테 목덜미를 붙들려 밖으로 끌려나가고 말았지만."

소동은 가라앉지 않았다. 아니, 이제 막 시작되었다고 해야 할까.

"큰형이 그 자리에 오고 나서가 더 큰일이었던 모양이야."

그야 당연하다.

"수라장이었겠군."

그러나 남편인 큰형이 핏기가 가신 얼굴로 난리를 쳐도, 시어머니의 놀람과 혐오가 담긴 얼굴을 보아도 큰형수는 '몽롱~'한 채로 여전히,

"모두가 보고 있는데도 마메스케 씨한테 다가가려고 했대."

마침내 마메겐 아버지가 그 얼굴을 손바닥으로 때렸다.

"코피가 났다고 하니 굉장한 힘으로 때렸겠지."

그 일격에 큰형수는 겨우 제정신으로 돌아왔다. 실로 씌었던

무언가가 떨어져 나간 것처럼, 보기에도 민망한 자신의 모습을 내려다보고, 주위 가족들의 얼굴을 둘러보고, 방금 전까지의 둘째 누나보다도 새된 비명을 지르는가 싶더니 덜컥 정신을 잃고 말았다.

"그대로 오후까지 죽은 듯이 자다가 눈을 떴을 때는 아침의 일을 전혀 기억하지 못하더래."

도미지로는 자신이 그린 마메겐의 겨냥도에 시선을 떨어뜨리고 가슴 앞에서 팔짱을 꼈다.

"그거, 거짓말이나 연극은 아니겠지?"

하치타로는 턱 끝을 가슴에 댈 듯이 고개를 끄덕였다.

"정말로 잊고 있었어——잊어버린 것으로밖에 보이지 않았대."

"그 이야기는."

"치이 누나가 들려주었어. 방금 말한 첫 번째 소동을 포함해서 모든 성가신 일이 끝날 때까지 내가 뭔가를 물을 수 있는 사람도, 내게 뭔가를 설명해 준 사람도 치이 누나 하나뿐이었지."

그렇게 말하다가 하치타로는 뭔가 생각난 듯이 웃었다.

"열세 살이었던 셋째 형보다 열 살이었던 치이 누나가 이 일에 대해서는 훨씬 더 잘 아는 것 같았어."

"여자는 무섭지."

"아니야, 아니야. 남자는 여자한테 당해낼 수 없는 거야, 도미."

이크. 이 말은 아내를 얻기는커녕 어슬렁거리며 부모에게 얹혀

지내는 밥벌레 도미지로의 가슴에는 아직 실감으로 다가오지 않았다.

"큰형수는 잊어 버렸어. 즉, 자신이 그런 짓을 했다고 누가 나무라도 전혀 기억에 없는 거야."

본인에게는 무서운 사태다. 슬프고 무섭고 도무지 영문을 알 수가 없었으리라. 당사자로서는 남편도 시부모도 머리가 이상해졌다고 생각하지 않았을까.

"아니면 터무니없는 트집을 잡아서 자신을 마메겐에서 쫓아내려는 게 아닐까."

——저는 그런 여자가 아니에요. 저지르지도 않은 부정不貞을 인정할 바에는 목을 매고 죽겠어요!

"마메스케 씨한테도, 당신 나한테 무슨 원한이 있어서 말도 안 되는 거짓말을 하는 거냐, 기분 나쁘다, 끔찍하다고 소리쳤지만."

큰형수가 화내고 한탄하는 모습이 오늘 아침의 '몽롱~'을 목격한 사람들에게는 더더욱 무서울 따름이었다.

"그런 이야기가 오가는 동안 둘째 누나는 어땠는데?"

"그쪽도 그쪽대로 난리였어."

무턱대고 큰형수에게 덤벼드는 바람에 일단 떼어 놓은 다음 시어머니인 마메겐 어머니와 둘째 형수가 번갈아 감시하면서 열심히 달랬다고 한다.

"내버려 두었다간 큰형수의 눈알을 파내 버릴 기세였거든."

"셋째 누나는?"

"어처구니없는 싸움에 휘말리고 싶지 않다면서 약혼자인 행수가 있는 대두 도매상으로 도망쳤어."

마침내, 쓸데없는 말은 하지 마라! 하고 마메겐 아버지가 못을 박았다고 한다.

"십사 년 전 2월이라고 했지? 나도 떠올려 보았는데……."

도미지로는 기억을 더듬었다.

"우리 어머니가 웬일로 마메겐이 장사를 쉰다고 했던 날이 있었던 것 같기도 하고 없었던 것 같기도 하고."

"응, 그날이야." 하치타로는 손뼉을 짝 쳤다. "가게를 열지 못한 건 그날 하루뿐이었으니까."

"아침 된장국에 두부도 유부도 들어 있지 않고 푸성귀 부스러기뿐이어서 나도 기억나."

생각해 보면 어릴 때부터 음식에는 까다로웠던 도미지로다.

"큰형이 엉엉 울면서 계속 토하고 어떻게 해도 진정되지 않았어. 그런데 두부를 만들 수는 없으니까 큰맘 먹고 가게를 쉬었지."

두 아이를 낳은 아내의 터무니없이 '몽롱~'한 부정에 남편인 큰형은 화를 내기보다 마음이 망가지고 만 것이다.

"큰형님은 착한 사람이었구나."

"그렇다기보다 마음이 약했어."

하치타로는 태연하게 말했다. "큰형수한테 푹 빠져 있었고. 가족인 내가 말하기도 좀 그렇지만 큰형수는 미인이었으니까."

집 안에서 일어난 남녀의 사고, 엄격하게 말하자면 간통이다. 그런데 여자 쪽은 기억이 나지 않는다며 울기만 하고 남자 쪽은 사고를 인정하지만 고용살이 일꾼의 입장이니 납작 엎드려 빌고 있다.

"보통 같으면 당장 마메스케 씨를 집에서 내쫓았겠지만."

성가시게도 마메스케 씨는 둘째 누나의 남편이 될 사람이니까.

"게다가 마메스케 씨는 계속 말했어."

──작은마님 쪽에서 제 방으로 왔습니다. 유혹을 당한 건 이번이 처음이 아니었고 전에도 몇 번인가 있었어요.

"그때마다 필사적으로 거절하고 내쫓았지만 어젯밤에는 결국 넘어가고 말았다는 거지."

미인인 작은마님이니까. 여자는 아이를 하나나 둘 낳은 후가 가장 아름답고 색기도 있다고 했던가.

"그 말을 듣고 둘째 누나는 더 화를 내면서."

──새언니랑 이혼해!

그러나 큰형은 울고 토하면서도 아내의 주장을 받아들여 편을 들었다. 아이도 있는데 어떻게 선뜻 이혼할 수 있겠느냐며 오히려 작은 누나를 꾸짖었다.

둘째 누나는 미친 듯이 화를 내더니 이번에는 큰형의 얼굴을 할퀴고 눈알을 파내려고 했다.

"아비규환이로군. 가게를 열 정신이 없었겠어."

"나랑 치이 누나는 하루 종일 애만 봤어."

지금이니까 이렇게 이야기할 수 있지만,

"그날은 밥도 제대로 먹지 않았어. 이런 것도 재난이지."

어엿한 재앙, 무서운 불행이다.

"평소에는 성미가 온화한 사람들이 모여 있는 집이라 더더욱 그랬어."

모두들 전날 일어난 변사를 어떻게 해결하면 좋을지 알 수가 없었을 것이다.

"결국 우리 집의 관리인을 모셔서."

땅 주인 · 집 주인을 모시는 관리인은 세입자에게 의지가 되는 상담 상대이기도 하다.

"우선 마메스케 씨를 맡기기로 했어."

물론 마메겐의 일도 쉬게 한다.

"관리인은 그 무렵에 이미 바싹 말라비틀어진 느낌의 할아버지였지만——."

"박고지라고 부르지 않았던가?"

하치타로는 웃었다. "맞아. 하지만 그 박고지 관리인은 대단한 사람이었어."

납작하게 말라비틀어질 정도로 살아온 지혜로운 사람이라 중재를 잘했다.

"그날 중에 우선 마메스케 씨의 머리를 박박 깎아 버렸어."

——우리 집에서 깊이 반성하게 하겠습니다.

그리고 큰형수에 대해서는,

"어쩌면 피가 흐르는 길에 큰 병이 생겼는지도 모르니 생약방과 상의해 보시지요."

라며 가족들을 달래주었다.

박고지 관리인은 마메겐의 둘째 누나에게도, 어떤 사정이 있든 차려진 밥상을 먹었다면 먹은 남자가 잘못이라고 딱 잘라 말하더니 큰형수를 원망해서는 안 된다면서.

――마메스케를 용서할 수 있을지 없을지 자신의 마음과 잘 상의해 보고 우리 집으로 만나러 오렴.

"그렇게 해서 간신히 일이 수습되었지."

"우헤에……."

하지만 이야기가 기묘해지는 것은 지금부터다.

"그날은 저녁도 늦어서."

내내 아이를 보고 있던 하치타로와 넷째 누나와 아이들, 마메겐 어머니와 하루 만에 몰라보게 야위어 버린 큰형수, 둘째 형수, 그리고 하녀 오코마가 부엌 옆 마루방에서 대충 있는 반찬으로 밥상을 차리고 둘러앉은 것은 저녁 여덟 시가 지났을 무렵이었다.

"평소 같으면 우리는 벌써 잠들었을 시간이었어."

일단락되었다고는 해도 분위기는 어둡다. 하치타로의 어린 조카들은 겁을 먹은 표정이었고, 놀란 나머지 젖이 멈추어 버린 둘째 형수의 갓난아기는 칭얼대고 있었다.

"거북한 분위기로 밥을 먹고 있는데 우리 어머니가 느닷없이 말했어.”

――얘야, 새아가.

“너 요즘 왼쪽 눈 밑에 점이 생겼지 하고.”

모두가 큰형수의 얼굴을 보았다.

“그랬더니 정말로 점이 있었어.”

“그때까지는 몰랐어?”

“응. 작았거든. 좁쌀만 했어.”

마메겐 어머니의 말로는, 자신이 알아차린 건 이삼일 전이지만 색깔이 검지 않아서 눈에 띄지 않았고 일일이 말할 필요도 없다고 생각해서 내버려 두었는데,

――지금은 등롱 불빛으로도 작은 점이 반들반들 빛나는 게 잘 보이는구나.

그러나 정작 본인은 전혀 몰랐는지 “예?” 하고 놀라며 손가락으로 자신의 왼쪽 눈 아래를 만졌다.

그러자 좁쌀만 한 점이 툭 하고 마루방에 떨어졌다.

“어머니는 웃음을 터뜨렸어. 뭐야, 뭐가 묻은 거였구나. 얼굴 정도는 잘 씻으렴.”

그런 얘기를 나누고 있는데 뒷문이 열리고 셋째 누나가 약혼자인 행수와 함께 돌아왔다. 낮에는 내내 도매상에서 장사를 거들며 저녁도 얻어먹은 후, 행수가 바래다주어 돌아온 것이다.

고용살이 일꾼인 마메스케가 없어지고 집 안에는 여전히 불온한 공기가 고여 있었지만, 어쨌거나 재난의 하루가 끝나자 마메

겐 사람들은 모두 잠자리에 들었다.

"셋째 형이랑 치이 누나랑 나랑 같이 자리에 누웠는데 셋째 형이 잠들어 버리고 나니까."

——하치, 깨어 있니?

치이 누나가 소곤거리는 목소리로 불렀다.

——응.

치이 누나는 몸을 뒤척여 하치타로 쪽으로 바싹 붙었다.

"그러더니 너, 아까 봤어? 라고 묻는 거야."

무엇을?

"새언니의 얼굴에서 떨어진 점."

——마루방 위를 벼룩처럼 뛰어서 등롱 불빛이 닿지 않는 어두운 곳으로 도망쳤잖아.

하치타로의 이야기를 듣던 도미지로가 몸을 부르르 떨었다.

"하치 너도 그걸 봤어?"

하치타로는 고개를 저었다. "나는 큰형수의 얼굴에서 점이 떨어진 것밖에 못 봤어."

무엇보다 점이 어떻게 움직인단 말인가.

하지만 나는 분명히 봤어. 치이 누나는 어두운 천장 쪽을 바라보며 작은 목소리로 말했다.

"오늘 아침의 소동이 시작되었을 때부터 새언니의 왼쪽 눈 밑에 눈물점이 생겼다는 것도 알고 있었대."

——엄마의 말이 사실이라면, 며칠 전부터 생겼고 점점 색이

짙어지다가 어젯밤이나 오늘 아침에 윤기가 도는 새까만 점이 된 거야.

"그게 어쨌다는 거냐고 나는 생각했어."

하치타로가 말을 이었다. 목소리는 담담하지만 표정은 굳어 있다.

"어쨌든 일곱 살짜리 꼬마라, 여자의 눈물점이 무슨 의미인지 몰랐으니까."

눈물점은 마치 눈물방울이 달려 있는 것처럼 보이기 때문에 눈물점이라고 한다.

"훨씬 나중에서야 여자의 눈물점을 두고 요염하다거나 정이 헤프다거나 남자를 유혹할 팔자라는 의미로 얘기한다는 걸 알게 되었지."

아직도 오싹거림이 가라앉지 않았기 때문에 도미지로는 양손의 손바닥으로 자신의 가슴을 문지르고 있었다.

"그에 비하면 치이 누나는 확실히 조숙했어."

하치타로가 눈가를 누그러뜨리며 싱긋 웃었다.

"지금은 좋은 남편을 만나서 세 아이의 어머니야."

"아아, 그거 잘됐네."

도미지로는 아까 사용한 붓의 끝을 가지런히 모아 책궤에 넣었다. 하치타로가 미지근해진 엽차로 목을 축인다.

"결국 마메스케 씨는 마메겐으로 돌아오지 않았어."

관리인의 주선으로 다른 두부가게에 고용살이를 가기로 하고,

"둘째 누나가 그 사람을 쫓아 집을 나갔지."

말리는 부모를 뿌리치고, 차가운 눈을 하며.

――나는 마메스케 씨가 더 소중해요.

"가족과는 이것을 마지막으로 인연이 끊어져도 좋다면서 말이야. 어머니는 울었어."

마메겐은 남녀 한 쌍의 일손을 잃고 말았다.

"그랬더니 셋째 누나가 약혼자인 행수와 상의했다면서."

일찌감치 혼례를 올리고 둘이서 마메겐에 들어와 살고 싶다는 말을 꺼냈다.

도미지로는 눈썹을 약간 치켜 올렸다. "이야기를 끊어서 미안한데 장남 부부는 그 후에 어떻게 됐어?"

"아무것도 달라지지 않았어."

원래처럼 부부로 살면서 둘 다 열심히 일했다.

"응어리가 남지 않은 걸까……."

남기지 않으려고 노력한 걸까.

"큰형이 큰형수를 용서했다기보다 그냥 아무 일도 없었던 걸로 정리했다는 느낌이었어."

큰형 부부를 생각하면 고용살이 일꾼인 마메스케가 돌아오지 않은 것도, 둘째 누나가 남편을 선택하고 가족과는 인연을 끊은 것도 어쩔 수 없는 일이 아니었나 싶었다고, 하치타로는 말했다.

어딘가 한 군데 정도는 깨지 않으면 그대로는 이상하니까.

"셋째 누나와 행수는 가족들끼리만 축하하고 서둘러 부부가 되었어."

벚꽃이 피기 시작할 무렵이었다.

"도매상에서도 축하해 주어서 셋째 누나는 기쁜 것 같았지."

그다지 미인은 아니었지만 이때만큼은 빛나 보였다고 한다.

그러나.

"기묘한 사건이 또."

신록이 세상을 감싸고 일 년 중에서 가장 기분 좋은 바람이 불던 어느 날 아침에 시작되었다.

"교습소에 가려고 준비하는데 치이 누나가 오더니 무서운 표정으로 내 손을 잡아당겼어."

——하치, 잠깐만.

"같이 가서 둘째 형수의 얼굴을 봐 달라는 거야."

——몰래.

도미지로는 숨을 죽였다. "봤더니, 어땠는데?"

하치타로는 말했다. "오른쪽 눈 밑에 좁쌀만 한 작은 점이 나 있었어."

그때까지 둘째 형수에게는 눈물점 같은 게 없었는데.

"큰형수 때와 달리 처음부터 희미하게 색깔이 있어서 금방 알았어. 매미 날개 같은 색깔이었지."

치이 누나는 "내 기분 탓이 아니지?" 하고 하치타로에게 확인하더니 어머니에게 말하러 갔다.

"하지만 어머니는 상대해 주지 않았어. 내심으로는 뭔가 생각했는지도 모르지만, 너는 무슨 소리를 하는 거냐, 무슨 얘기냐면서."

치이 누나를 가볍게 쫓아내고 당사자인 둘째 형수에게도 점에 대해서는 말하지 않았다.

"지금 생각하면 입 밖에 내는 것도 불길하다는 기분이었겠지."

그리고 다음날.

"이번에는 대낮이었기 때문에 나는 교습소에 가 있었어."

점심을 먹으러 일단 마메겐으로 돌아와 보니 집 안이 온통 난리였다.

"아니나 다를까, 사건의 중심은 둘째 형수였는데."

"상대는 누구였어?"

"행수."

셋째 누나의 남편이다.

"아버지와 형들이 주문을 받거나 행상을 하러 나가 있는 사이에 행수는 가게에서 두부를 팔려고 남아 있었어. 장부를 보거나 손님의 얼굴을 익히면서."

갓 장가를 왔기 때문이다.

"그 행수랑 둘째 형수가 집 안쪽의 빈 방에 살짝 들어가서."

말하다가 하치타로는 얼굴을 붉혔다.

"이상한 이야기라서 미안해, 도미."

"아니, 아니, 여기는 이상한 이야기를 하는 방이야. 더 이상한 이야기도 얼마든지 있으니까,"

신경 쓰지 말라고 얘기했지만 이런 종류의 이야기는 처음이다.

어째서일까 생각하다가 도미지로는 내심 무릎을 쳤다. 당연하다.

그도 그럴 것이 오치카가 듣는 역할을 맡는 동안에는 백 년이 지난다 해도 하치타로가 와서 가슴속에 담아두었던 이야기를 꺼내자고 생각했을 리가 없기 때문이다. 듣는 사람이 어릴 적 친구인 도미지로니까,

——게다가 동년배의 남자니까.

이야기해서 토해 낼 기분이 들었던 것이다. 처음이라서 다행이다.

"이번에는 둘째 형수가 행수한테 접근했겠군?"

도미지로가 앞질러 말하자 하치타로는 고개를 끄덕였다.

"하필이면 셋째 누나한테 발각되었대."

평소에는 당지문을 활짝 열어 두는 빈방이 어째서인지 닫혀 있다. 거기에서 인기척이 나니 의아해하던 셋째 누나가 벌컥 열었다가 한창 일을 치르는 중인 두 사람과 대면하고 말았다.

"내 얼굴을 보고 큰형수가 달려와서는, 교습소에 가 있어요, 빨리 가세요, 점심은 가져다드릴게요! 하더라고."

하치타로가 큰길 쪽으로 쫓겨난 후에도 여전히 셋째 누나가 울부짖는 목소리와 행수가 변명하는 당황한 목소리가 들렸다고 한다.

"이웃에서도 이상하게 여겼겠지."

용케 내버려 둬 주었다고, 하치타로는 감탄한 듯이 말을 이었다.

"가엾게 여겨 준 걸까?"

"마메겐에 신용이 있었기 때문이야" 하고 도미지로는 말했다. "손님들도 이웃 사람들도 모두 마메겐을 소중히 여겼으니까."

"고마워."

하치타로가 얼굴을 구기며 웃는다.

"내가 일단 교습소로 돌아가고 얼마나 지났을까. 이런 때에도 배가 고프구나 하고 생각하던 참에 아기를 업은 치이 누나가 주먹밥 꾸러미를 가져와 함께 먹었지."

——또 눈물점의 짓이야.

"치이 누나는 도토리처럼 딱딱해진 눈으로 그렇게 말했어."

이번에는 셋째 누나가 둘째 형수에게 달려들었을 때 툭 떨어졌다.

그러더니 재빨리 어디론가 도망쳤다고 한다.

"치이 누나는 또 그걸 본 거로군."

"응. 살아 있는 것의 움직임이었대."

크기는 점만 한데 사람의 피부에 달라붙었다가 떨어지면 얼른 종적을 감춘다. 벌레 같지 않은가. 도미지로는 얼굴이 간질간질해지기 시작했다.

"눈물점이 떨어지니 둘째 형수는 실이 끊어진 것처럼 정신을 잃고 말았어."

그대로 죽은 듯이 자다가 다음날 아침이 되어 눈을 떴을 때는 어제의 일을 전혀 기억하지 못했다고 한다.

"큰형수 때랑 똑같군."

하치타로는 고개를 끄덕였다. "하지만 상대인 행수 쪽은 똑똑히 기억하고 있었어. 터무니없는 잘못을 저질렀다며 새파랗게 질려서 싹싹 빌었으니까. 죄송합니다, 죄송합니다 하며 변명하는 것도 큰형수와 통정하고 말았을 때의 마메스케 씨랑 똑같아서……."

——둘째 처남댁이 갑자기 다른 사람처럼 다가들고 그 눈이 흐리멍덩해서 저는 갈팡질팡하다가 홀리고 말았습니다.

으음, 하고 도미지로는 신음했다. 남자란 이렇게 난잡한 존재일까.

"셋째 누나는 혼이 나간 사람처럼 울기만 했어. 견딜 수 없었겠지."

하치타로도 길게 한숨을 내쉬었다.

흑백의 방에서 마주한 이야기꾼과 청자. 서로의 눈 속에 비치는 것은 지금의 어른이 된 두 사람이 아니라 옛날의 사내아이 두 명이다.

"하부타에 찹쌀떡 하나 더 먹어."

과자를 권하고 도미지로는 새로 차를 끓였다. 오치카도 적당한 시점마다 이렇게 분위기를 맞추거나 이야기꾼을 위로하곤 했지.

뜨거운 엽차가 하치타로의 기운을 북돋워 준 모양이었다.

"뒤처리 때문에 또 박고지 관리인을 모셔다가 이삼일 옥신각신 했으려나" 하고 이야기를 계속한다.

장사는 쉬지 않았다. 이럴 때야말로 져서는 안 된다고, 어머니가 말했다고 한다.

"무엇에 이기고 지는 걸까. 그래도 두부를 팔러 나가지는 않았고."

가족들끼리 상의해서 셋째 누나와 행수 부부는 행수가 고용살이를 했던 대두 도매상으로 가게 되었다.

"부부가 들어가 살면서 일을 하는 형태로 말이야."

"셋째 누나는 그런 잘못을 한 행수를 용서할 수 있었을까?"

"모르겠어."

고개를 젓는 하치타로의 입가에 찹쌀떡 가루가 살짝 묻어 있다.

"하지만 이럴 때 여자가 용서할 수 없는 쪽은 자신의 남편이 아니라 상대 여자가 아닐까?"

"그, 그런가?"

도미지로가 쩔쩔매자 하치타로는 웃었다.

"여자가 될 수는 없으니까 그냥 짐작일 뿐이었지만 나, 아내를 얻고 나서는 그렇게 생각하게 됐어."

셋째 누나와 행수는 한참 전부터 부부의 연을 맺기로 약속했고 이런 변사가 있기 전까지는 사이도 좋았다.

"그래서 도매상의 주인도 이대로 헤어지기는 아깝다며, 원래

자기네 가게의 일꾼이었던 행수의 잘못인 만큼 제대로 따끔하게 다시 가르칠 테니까 자기를 봐서 셋째 누나도 참아달라고.”

——헤어지는 건 언제든 할 수 있네. 인연이 있어 부부가 되었으니 지금은 한번 참아 보게.

한편 둘째 형 부부도 헤어지지 않고 마메겐에 남았다.

“그건…… 둘째 형이 괴로운 건 둘째치고 둘째 형수도 싫었겠군. 저지른 일을 스스로는 잊어버렸는데 주위에서는 똑똑히 기억하는 거잖아.”

망측한 모습을 보였다. 거북하다는 정도의 말로는 다 표현할 수도 없다.

“하지만 부부니까.”

마메겐 부모의 필사적인 수습도 있었고 무엇보다 아기의 존재가 컸다.

“큰형과 큰형수가 어떻게든 되었으니까 둘째 형과 둘째 형수도 어떻게든 될 거라고, 어머니가 얼굴을 새빨갛게 붉히면서 설득하시던 모습이 기억나.”

마메겐 어머니의 마음을 생각하면 안타깝다. 두 아들이 나란히 며느리에게 배신당하고, 당사자인 며느리는 자신의 부정함을 깨끗이 잊었고, 손자를 생각하면 다짜고짜 며느리들을 내쫓아 버릴 수도 없고.

말로 다할 수 없는 울분을 안은 시부모와 장남 부부와 차남 부부. 세 쌍의 남녀가 한 지붕 아래에서 살아가는 것도 일종의 지옥이 아닐까.

마메겐이 망측한 소동으로 흔들릴 무렵——그러니까 도미지로와 하치타로가 일곱 살인가 여덟 살이었던 때는 마침 미시마야가 이곳에 가게를 낸 시기와도 겹친다. 작년 말, 도미지로는 형 이이치로와 함께 당시의 추억을 떠올리다가 철없던 자신과 달리 형이 남몰래 얼마나 마음고생을 했는지 알고 숙연해진 바 있다.

하지만 이것은 형의 '평범한' 마음고생과는 비교도 되지 않는다. 가족들끼리의 난잡한 소란이 한 번도 아니고 두 번이나 일어나다니.

도대체가 그 눈물점의 정체는 무엇일까. 아마도 요괴이거나 귀신일 터인데.

"치이 누나가 묘한 눈물점에 대해서 다른 사람들한테 알리지는 않았어? 하치한테 말한 대로, 형수들이 한때 이상해져 버린 건 눈물점의 짓이라고."

"몇 번이나 말했어. 두 눈으로 똑똑히 보았다고."

하지만 사람들은 전혀 들어 주지 않았다.

"뭐, 확실히 기이한 이야기지. 그렇더라도 전혀 이해할 수 없는 일이 갑작스럽게 벌어졌으니 무언가에 씌었다거나 홀린 게 아닐까 하는 이야기가 나왔을 법도 한데."

"안 나왔어……."

하치타로는 품속에 손을 집어넣고 곤란한 듯이 목을 움츠렸다.

"미시마야는 그동안 훌륭하게 가게를 키워 왔고 괴담 자리를 만들어 운영할 정도이니 다들 박식해서 기이한 이야기에 대한 이해도 빠르겠지만 우리는 평범한 두부가게니까."

"아니, 박식한 건 아니고."

도미지로도 뭐라 말하기가 곤란하다.

"나중에는 치이 누나가 점 얘기만 꺼내도 다들 화를 냈어. 아버지한테 얻어맞기도 하고."

——어린애가 똑똑한 척하지 마라!

당사자인 두 쌍의 부부도 어린 막내 누이를 피하고 멀리 했다. 새언니들은 도망치고 오빠들은 싫은 얼굴을 하면서.

"사람들을 웃기려고 그랬겠지만 셋째 형은 자꾸 눈물점 얘기를 꺼내는 치이 누나를 놀리곤 했어. 이 녀석은 거짓말쟁이다, 거짓말쟁이는 염라대왕님한테 혀를 뽑힌다면서."

가족들 사이를 어떻게든 중재하려고 열세 살의 형이 할 만한 소리이기는 하다.

"어머니도 그 얘기를 들어 주지 않았어? 큰형수 때는 눈물점이 생긴 걸 눈치 챘었고 눈앞에서 점이 툭 떨어지는 걸 보셨잖아."

"그렇긴 한데……."

하치타로는 킁 하고 코를 울렸다.

"역시 어머니도 어쨌거나 싫은 일에 뚜껑을 덮고 싶은 마음뿐이었을 거야."

열 살짜리 딸이 하는 말을 상대해 주기보다 가족을 원만하게 유지하는 일이 더 중요하다. 도로 파내지 않고, 건드리지 않고,

입에 담지 않고.

“계속 바보 같은 말을 하면 집에서 쫓아낼 거라며.”

줄곧 마메겐에 살면서 아이들도 보살펴 온 하녀 오코마 씨가 몇 번이나 야단맞는 치이 누나를 보다 못해 울면서 중재해 주었다고 한다.

“그렇다고 해서 오코마 씨가 치이 누나의 말을 믿은 건 아니었어. 이상한 이야기를 지어내지 말라고 내내 말했으니까. 달래고 어르고, 빌다시피 설교할 뿐이었지.”

——이제 그런 말을 하면 안 돼요. 착한 아이가 되어야죠.

“하지만 오코마 씨는 그나마 나았어.”

당시의 기분이 되살아난 건지 하치타로의 얼굴에 노기가 깃들었다.

“제일 나빴던 사람은 큰누나야. 어쨌거나 눈물점 때문이라는 지어낸 이야기를 치이 누나가 혼자서 생각해 냈을 리가 없다, 큰형수와 둘째 형수가 자신들의 행실을 없었던 일로 하려고 치이 누나한테 불어넣었다는 식으로 말했으니까.”

도미지로도 깜짝 놀랐다. 원래 드센 성격이라는 큰누나지만 이트집에는 심술궂은 데가 있다.

“아버지도 어머니도 바보 같은 말을 하지 말라고 야단쳤지만 특히 큰누나의 말에는 어지간한 치이 누나도 풀이 죽어서.”

자신이 눈물점에 대해 계속 호소하면 오히려 일이 성가셔지고 마니까.

"나한테 이제 두 번 다시 말하지 않겠다, 잊겠다면서 울상을 지었어."

의기소침해진 치이 누나의 모습이 떠올라 도미지로는 가슴이 아팠다.

"그래서 우리는 모두 아무 일도 없었던 것 같은 생활로 돌아갔지."

돌아갈 수 있을까. 돌아갈 수 있었겠지. 그 무렵 매일같이 미시마야의 밥상에 올랐던 마메겐의 두부는 맛있었는데.

도미지로는 새삼 깨달았다. 사람은 뻔뻔스러워서 숨 막힘에도 거북함에도 익숙해질 수가 있는 것이다.

"하지만 큰누나만은, 소박맞고 돌아와 가게에서 가까운 방에 처박혀 혼자 지내며, 그 왜 불단을 관리하고 있었으니까."

가끔 불단을 향해 혼잣말처럼 중얼중얼 싫은 소리를 했다고 한다.

──남편의 코앞에서 고용살이 일꾼이나 시누이의 남편을 유혹하는 천박한 인간들과 함께 살다니 참을 수 없어.

챙챙챙, 하고 시끄럽게 종을 치기도 했다.

──애가 누구의 씨인지 알 게 뭐람. 왜 쫓아내지 않는 걸까.

"누군가 지나가면 들리도록 중얼거리는 거야."

"뭔지 알 것 같다."

천박하다니. 흑백의 방에서 이런 욕설이 나오기도 처음이리라. 도미지로는 이 평온한 방에게 사과라도 해야 할 것 같은 기분이 들었다. 내가 듣는 이가 된 순간 품위가 없어져 버려서 미안하구나.

"큰형도 둘째 형도 들었다면 속이 뒤집혔을 거야. 아이의 씨 운운하는 건 생트집이고."

그래도 큰누나에게는 화내지 않고 말대꾸도 하지 않은 채 입을 다물었던 까닭은, 자신들의 아내가 잘못을 한 것은 확실하고 더 이상 다투고 싶지 않았기 때문이다.

"큰누나는 시집에서 이렇다 할 잘못도 없이 시어머니랑 맞지 않았고 아기도 좀처럼 생기지 않아서, 그래서 이혼하게 된 사람이니까."

질투도 있었을 거라고 하치타로는 말했다.

"요란한 일을 저질렀는데도 혼나지 않는 며느리들이 얄미워서 견딜 수 없었겠지."

아무리 미워도 가장인 마메겐 아버지가 며느리들을 용서한다면 큰누나는 어떻게 할 수도 없다. 아니, 입장상으로는 큰누나 쪽이 오히려 부끄러운 신세다.

"불단을 상대로 불평하는 정도라면 내버려 둬도 되지 않을까 하고."

"여자는 힘들겠네."

도미지로가 중얼거리자 하치타로는 아하하 하고 웃었다.

"미안. 내가 할 말이 아닌데."

"도미 너는 착하구나. 가만 보면 우리 집에서는 큰형이 제일 마음씨가 착했어. 둘째 형은 심술궂은 데가 있었고, 셋째 형은 덜렁이였고."

먼 곳을 바라보는 듯한 눈이 되어 하치타로가 말을 이었다. "우리 집의 기이한 이야기는 이제 한 고비 남았어."

여러 가지로 뚜껑을 덮고 지내던 마메겐에도 이윽고 장마철이 찾아왔다. 두부는 계절을 가리지 않는 음식이지만 여름철에는 역시 매상이 오른다.

"올해 여름에도 많이 벌자고 아버지가 사람들한테 기합을 넣으니까 형들도 조금씩 기운을 되찾아서 잘됐다 싶었는데——."

장마철에 며칠 추웠던 탓인지 마메겐 어머니가 감기에 걸렸다. 기침이 나고 열이 오르고 온몸이 아프다며 앓아눕고 말았다.

"어머니가 앓아눕다니, 나는 처음 보는 일이라 깜짝 놀랐어. 나을 때까지 고작해야 사흘 정도였지만 아버지랑 다른 사람들도 허둥거렸지."

자신들이 걱정을 끼친 탓이라고 생각했는지 며느리들은 열심히 병구완을 했다.

이것이 주효했다. 모두가 한마음으로 어머니를 돌보다 보니 집 안에 맺혀 있던 응어리가 조금씩 풀리는 듯했다.

"열이 내린 어머니가 자리에서 일어나자 오랜만에 모두가 웃기도 했어."

늘 그렇듯이 셋째 형이 덜렁이다운 바보짓을 하자 모두가 재미있어하며 웃었다. 일상의 사소한 변화였지만 마메겐 사람들의 마음이 확실하게 회복되어 화해가 이루어졌다는 증거로서의 웃는 얼굴이고 웃음소리였다.

"큰누나까지, 무심한 척하면서도 웃음을 터뜨리곤 했으니까."

하지만 그때.

"웃으면서 큰누나가 계속 왼쪽 눈 밑을 긁고 있었어."

손가락 끝으로, 손톱을 세워서.

"오코마 씨가 가려우시냐고 물었지."

——따끔따끔해.

——살짝 빨개졌어요. 벌레에 물린 걸까요.

그때는 별일 아니라며 넘어갔지만 이튿날이 되어도 큰누나는 여전히 같은 곳을 긁고 있었다. 게다가 살짝 빨개진 곳은 어제보다 크게 부풀어 있었다.

도미지로는 저도 모르게 몸을 내밀었다. "치이 누나는 그걸 봤어?"

하치타로는 고개를 끄덕였다. "봤지만 아무 말도 하지 않았어. 실컷 혼나고 조심하게 된 거겠지."

그리고 그날 밤, 막 잠이 들었을 때의 일이다.

"두부가게는 일찍 잠자리에 드니까. 세상 사람들한테는 아직 초저녁이야."

초저녁까지는 아니겠지만 메밀국수 노점이 장사를 시작할 무렵이다.

"무더운 밤이었어. 나는 좀처럼 잠이 들지 못하고 뒹굴거리다가."

어느 순간 배가 빵빵해지기 시작하자 측간에 가고 싶어졌다. 그러자 치이 누나도 일어났다.

"나도 갈래, 하면서."

한데 함께 복도로 나갔을 때 넓은 집 한가운데쯤에서 "쿵!" 하고 장지문을 여닫는 높은 소리가 났다.

그것이 끝이었다. 다시 조용해졌다.

"왠지, 나는 가슴이 두근거렸어."

모두 자고 있는데 누가 저렇게 함부로 장지문 소리를 냈을까.

아무래도 큰형수의 부정이 시작되었을 때를 떠올리지 않을 수 없었다.

또 무슨 일이 일어나는 걸까.

같은 술렁거림을 치이 누나도 느낀 모양이다.

입술 앞에 손가락을 세우고,

——하치, 넌 여기 있어.

"속삭이더니 벽을 손으로 더듬으면서 소리가 난 쪽으로 가 버렸어. 나도 가만히 있을 수 없어서 서둘러 뒤를 쫓아갔지."

어둑어둑한 어둠에 휩싸인 마메겐의 밤 속.

"복도 모퉁이를 하나 돌아서 막다른 곳을 오른쪽으로 돌아가는 치이 누나의 등이 얼핏 보였을 때."

우와앗, 하고 커다란 고함소리가 났다. 이어서 우와아, 우오오오, 오오오오오. 울부짖는 것 같은, 깨질 듯한 노성.

──너, 대체 무슨 짓이냐!

"말을 알아듣게 되니까 금방 알 수 있었어. 아버지의 목소리였지."

뒤집어지고 허둥거리는 목소리가 오오오, 우와아, 끄아아아 하고 비명으로 바뀌었다.

"그만해, 하지 마, 왜 그러냐, 어떻게 된 거야, 그만해."

거기까지 말하고 하치타로는 엄숙하게 도미지로의 얼굴을 보았다.

"도미, 무슨 일이 일어나고 있었을지 짐작이 가니?"

도미지로는 목구멍이 막힌 듯 당장은 목소리가 나오지 않았다.

"또, 또, 그, 잘못?"

이걸로 세 번째.

당시의 광경을 다시 눈앞에서 보고 있는 것처럼, 하치타로의 검은자위가 커졌다.

"모두 일어나서 달려오고, 불이 켜지고, 내가 본 건."

알몸의 큰누나가 마메겐 아버지에게 매달려 있는 모습이었다.

"아버지는 잠옷의 띠가 풀려서 앞이 벌어져 있었어. 눈을 부릅뜨고 입에서 거품이 튀어나올 만큼 당황한 모습으로 그만해, 그만해, 하며 큰누나를 뿌리치려고 필사적으로 버둥거리셨는데."

실오라기 하나 걸치지 않은 모습의 큰누나는 젖은 수건처럼 마메겐 아버지에게 달라붙어 떨어지려고 하지 않았다.

"어머니도 아버지한테 가세해서 큰누나를 떼어 내려고, 그만해 그만해 소리치면서 기세를 못 이겨 누나의 머리며 어깨를 철썩철썩 때렸지만 전혀 효과가 없었어."

큰누나의 눈은 초점을 잃고 머리는 흐트러지고 얼굴에는 엷은 웃음을 띠고 있었다. 너무나도 똑똑히 기억 속에 남아 있던 그 표정을 다시 마주하자 하치타로는 온몸에 소름이 돋았다.

"그때의 큰형수와 똑같았거든."

몽롱~.

"입술 끝에서 침이 흐르고 있었어."

가끔 헐떡이듯이 입을 벌리면 혀끝이 얼핏얼핏 보였다.

"큰누나는 말랐고 별로 힘이 세지도 않았어. 그런데 아버지 어머니 두 사람이 달라붙어도 당해 내질 못하는 거야."

결국에는 큰누나가 마메겐 아버지를 밀어 쓰러뜨리고 그 위에 올라탔다. 몽롱~, 하게 아버지를 끌어안고 얼굴을 가까이 한다.

"그러면서, 큰누나는 뭔가 말을 했어?"

하치타로가 강하게 고개를 젓는다. "아무 말도 하지 않았어. 말없이, 그냥 어딘가가 느슨해져 버린 사람처럼 엷게 웃을 뿐이었지."

도미지로도 등이 차가워지기 시작했다.

"기가 막혀서 우두커니 서 있던 큰형과 둘째 형이 고함을 지르면서 달려들었어. 간신히 큰누나를 떼어 내어 방구석으로 내던지고 아버지를 부축해 일으켰지."

큰누나는 끈질기게 일어나서 실실 웃으며 또 아버지에게 달려

들려고 했다.

"알몸인데 손으로 몸을 가리려고 하지도 않았어."

둘째 형이 허겁지겁 뒤에서 꼼짝 못 하게 붙들었다. 그러자 이번에는 둘째 형에게 엉겨 붙었다. 팔을 얽고 두 다리 사이에 자신의 몸을 끼우려 했다.

깜짝 놀란 둘째 형이 저항하며 밀어내려고 하자 큰누나는 엷은 웃음을 띤 느슨해진 얼굴을 살짝 돌렸다. 그때 하치타로는 보았다.

"큰누나의 왼쪽 눈 밑에 팥알만 한 크기의 눈물점이 나 있었어."

점이 등롱의 불빛에 매끈하게 빛난다.

침에 젖은 입술도 빛난다.

붉은 혀도 빛난다.

밀치락달치락하는 동안 윤기 없는 피부에 땀이 뱄다.

징그럽고, 심란하고, 생생하다.

──그거, 떼세요!

"치이 누나가 소리쳤어."

큰누나의 눈물점을 똑바로 가리키고 있었다.

"점을 떼세요! 빨리 빨리! 떼어 주세요."

소리치면서 울고 있었다.

남자들이 당혹스러워하고 여자들이 겁먹은 가운데 머리를 덜컹 흔들며 큰누나가 치이 누나를 노려보았다. 눈의 초점이 딱 맞았다.

그러자 젖은 혀를 내보이면서 끈적끈적하게 교태를 부리듯이 큰누나가 말했다.

——뭐 어때.

큰누나의 목소리인데도 왠지 다른 사람의 목소리처럼 울렸다. 목소리가 끈적끈적하게 실을 끌며 그곳에 있던 사람들의 몸에도 끈끈하게 달라붙는 것처럼 느껴졌다.

"치이 누나는 새파랗게 질려서 뒷걸음질 쳤어."

어린 넷째 딸을 감싸듯이 마메겐 아버지가 앞으로 나섰다. 하지만 다리가 풀려 곧 무릎을 꿇고 눈은 큰누나의 얼굴에 못 박은 채 싫다는 듯이 도리질을 했다. 그는 쉰 목소리를 쥐어 짜냈다.

——요, 용서해 줘.

"그랬더니 큰누나가 웃기 시작했어."

날카로운 웃음소리였다. 무섭게도, 그 웃음소리에는 뭐라 표현하기 힘든 농염함이 깃들어 있었다.

마메겐 아버지는 울음을 터뜨렸다. 웅크리고 신음하면서 몸을 흔든다. 우우, 우우, 우우. 어머니가 아버지의 등에 손을 대고, 여보, 여보, 하고 불렀다. 정신 차려요, 여보.

오호호호호 우아하하하하아아아.

여자의 웃음소리가 울려 퍼져 귓속까지 들어오자 문 앞에 서 있던 큰형수와 둘째 형수는 서로를 꼭 껴안았다. 하녀 오코마 씨가 떨면서 장지문에 매달리는 바람에 문이 덜걱덜걱 흔들린다.

큰형은 막대기를 삼킨 것처럼 뻣뻣하게 서서 식은땀을 흘렸다. 큰누나를 뒤에서 붙들고 있던 둘째 형은 요괴라도 붙잡은 것처럼 새파랗게 질려 주저앉기 직전이다.

아하하아, 아아, 후우, 우후후후후우우.

큰누나는 숨이 찰 때까지 웃어 젖혔다. 만족스러운 듯이 눈을 가늘게 뜨고 헤엄치듯이 팔을 돌려 둘째 형의 얼굴에 얼굴을 가까이 한다.

그때.

나직한 신음소리를 내며 어머니가 일어섰다.

그 눈이 불타올랐다. 단순히 부릅떴다는 의미가 아니다. 분노로 번들거리고 있었다는 뜻이다.

어머니는 큰누나에게 다가가더니 왼손으로 턱을 덥석 움켜쥐었다.

두 여자의 얼굴과 얼굴이 마주 본다. 어머니와 딸이다. 그러나 그때는 노골적으로 여자와 여자였다.

——미안하다.

한마디 내뱉고 나서 마메겐 어머니는 큰누나의 왼쪽 눈 아래에 있는 반들반들한 점을 잡아 뜯었다.

피가 튀었다.

꺅 하고 소리를 지른 큰누나가 몸을 뒤로 젖히더니 이를 아득아득 갈고 나서 정신을 잃었다.

"어머니는 피투성이 손바닥 안에 뜯어낸 점을 움켜쥐고 있었어."

어떻게 할 셈일까.

한순간 숨을 삼킨 어머니는 그것을 입 안에 던져 넣었다. 이를 드러내 몇 번이나 씹고 또 씹고, 퉤 하며 발치에 뱉어 냈다.

그걸로도 모자라 뱉은 것을 위에서 짓밟고 뒤꿈치로 짓뭉갰다. 그동안 내내 반야般若 질투와 한으로 가득 찬 여자 귀신 같은 얼굴로 어깨에 힘을 바짝 주고 숨을 거칠게 내쉬었다.

"그러더니 이제 되었느냐고 치이 누나한테 묻고는."

표정을 누그러뜨렸다. 평범한 마메겐 어머니의 얼굴로 돌아왔다.

"치이 누나는 소리 내어 울기 시작했어. 아기처럼 손 놓고 엉엉 우는데 그런 모습도 처음 봤지."

그 울음소리에 씻겨 사람들도 저주가 풀린 듯 원래대로 돌아왔다.

"부끄럽지만 나는 오줌을 싸고 말았어."

무리도 아니다. 십사 년 전 가족의 수라장을 이야기하는 하치타로의 얼굴을 바라보며 도미지로도 몸을 움츠리고 있었다.

"어머니가 아주 상냥한 목소리로, 있잖아, 하치타로는 배가 차가워지면 안 된다고, 너희들이 목욕탕에 데려가 주라고 형들에게 부탁했어."

서두르면 아직 마지막 목욕 시간에 맞출 수 있다.

"데려가 줘라, 그건 잠깐 집을 비워 달라는 뜻이야."

마메겐 아버지는 아직도 머리를 끌어안고 웅크린 채 움직이지 않는다.

"나한테, 아버지의 참담한 모습을 더 이상 보여주지 않겠다는 의미가 아니었을까."

네 형제는 목욕탕으로 달려갔다.

"엄청난 소동이 있은 후인데도, 나는 어렸으니까, 형제들끼리 다함께 마지막 목욕물에 들어가다니 좀처럼 없는 일이라 즐거웠지."

잊을 수 없는 추억이었다고 한다.

"느긋하기도 했지."

아니, 그때는 느긋해지는 게 돕는 일이었다.

"돌아와 보니 큰누나는 불단이 있는 방에 눕혀져 있었어. 왼쪽 눈 밑에는 지혈 연고가 발라져 있었고."

치이 누나도 울음을 그친 후였다.

"그날 밤에 우리는 손을 잡고 잤어."

이튿날 아침에는 모두들 평소처럼 일어나서 두부를 만들기 시작했다.

"큰누나는 계속 잠들어 있었고 아버지는 유령처럼 야위었고 형들도 말을 하지 않았지만."

마메겐 어머니는 앞장서서 부지런히 일하며 달라진 기색을 보이지 않았다. 며느리들이나 오코마 씨도 어머니를 배려할 셈이었는지 다부지게 일했다.

큰누나는 만 이틀이나 잠들어 있다가 눈을 떴을 때는 아니나 다를까,

"자신이 한 짓을 조금도 기억하지 못했어."

옛날이야기로 듣기만 하는 도미지로도 그래서 정말 다행이라며 가슴을 쓸어내렸다.

"점을 잡아 뜯은 곳은 깜짝 놀랄 정도로 깊이 파여서 청보라색으로 부어올랐고 큰누나도 아파했어."

큰누나의 상처를 매일 약탕으로 씻고 고약을 바르는 일은 치이 누나가 맡았는데 완전히 다 나을 때까지 보름이나 걸렸고 한 푼짜리 동전만 한 크기의 흉터가 남았다고 한다.

"하지만 큰누나는 그런 짓을 저지르기 전보다는 모난 데가 많이 없어졌어."

불단 앞에서 혼잣말로 싫은 소리를 중얼거리지 않았다. 형수들에게 모진 말을 늘어놓는 모습도 더 이상 볼 수 없었다.

"아마 어머니한테서 들었겠지. 전부 다 상세히는 아니겠지만——네가 잠에 취해서 터무니없는 짓을 저질렀다거나, 이제 형수들한테 따끔하게 말할 수 있는 입장이 아니게 되었다는 정도라도."

"……충분히 통했을 테니까."

지나치게 망측하고 기이했던 일은 그게 마지막이었다.

세 번째 사건도 가만히 뚜껑을 덮어 땅에 묻었다.

"특히 이번에는 아버지의 입장이 걸려 있는 만큼."

누구도 캐묻지 못하도록 신경을 써서.

"하지만 내가 딱 한 번, 치이 누나한테 몰래 물어봤거든."

점의 정체가 뭘까, 또 다시 나타나지 않을까 하고.

치이 누나는 하치타로의 머리를 쓰다듬어 주었다고 한다.

——어머니가 퇴치해 주었으니까 두 번 다시 나타나지 않을 거야.

"누나는 마치 스스로에게 들려주는 것처럼 말했어."

장마가 끝나고 여름이 오자 장사는 더욱 바빠졌다.

"두부가게에서는 물을 많이 쓰니까 겨울에는 추워서 힘들겠다는 말을 자주 듣는데, 불을 사용하기 때문에 실은 여름이 더 힘들어."

두부를 만드는 공정은, 우선 전날 밤부터 물에 담가 둔 대두를 갈아서 커다란 냄비에 넣고 끓인 다음 '콩물'이라고 불리는 즙을 짜는 데까지가 1단계다.

콩물을 끓일 때는 불이 너무 세면 대두의 풍미가 날아가 버리고 서서히 끓이면 물기가 많아진다. 도중에 불이 약해지면 콩물이 거칠어진다. 고르게 제대로 끓이려면 숙련된 기술이 필요하다.

"우리 가게에서 이걸 할 수 있는 사람은 아버지뿐이었어. 계절뿐만 아니라 날씨에 따라서도 물의 양이나 불의 세기가 달라져야 하거든. 요령을 모르면 곤란하지. 가끔 큰형이 아버지의 역할을 대신하면 정말로 콩물의 풍미도, 완성된 두부의 맛이나 식감도 차이가 났어."

매일매일 대나무 대롱숨을 불어서 불을 피우는 데 사용하는 대나무로 만든 대롱을 손에 들고 아궁이 앞에 자리를 잡는 마메겐의 아버지는, 그래서 여름만 되면 야위어 갔다. 더위 때문에 살이 빠지는 것이다.

"하지만 그해에 아버지는 평소보다 더 심하게 야위었어. 아궁이 앞에서 헐떡거리다가 도중에 큰형한테 대나무 대롱을 넘겨줄 때도 있었고."

이제 할아버지니까 어쩔 수 없지, 하며 그답지 않게 마음 약한 소리도 자주 했다.

"다들 아무리 모르는 척하고 있어도 역시 본인은 마음이 쓰였겠지."

그게 몸에도 영향을 주었으리라. 친딸이 아버지에게 알몸으로 달려든 기억을 쉽게 떨쳐 낼 수는 없었을 테니까.

도미지로는 만일 자신이 같은 일을 겪는다면 영원히 떨쳐 낼 수 없을 거라고 생각했다. 지금은 아직 딸은커녕 아내조차 없는 홀몸이지만 어렵지 않게 짐작할 수 있었다.

"평소의 여름과 다른 모습은 손님들한테도 보였겠지. 다들 많이 걱정해 주었어. 마메겐의 주인장에게 무슨 일이 생겼냐면서."

뭐, 두부가게 사람은 여름이면 마르는 법이니까요, 하고 정작 본인은 웃으며 대답했던 모양이다.

"그러다가…… 7월 중순, 아침부터 무더운 날이었는데."

두부 만드는 일을 끝내고 가게에서 두부를 팔기 시작했을 때 마메겐 아버지가 얼굴과 손발을 씻고 옷을 갈아입더니 가게를 나셨다.

"나가는 모습은 큰형수와 오코마 씨가 보았어. 옷차림이 단정해서 단골손님한테 볼일이 있나 보다 생각했대."

——다녀오세요.

하고 인사했더니 아버지가 여자들 쪽을 향해 머리를 숙이며 말했다.

——가게를 부탁한다.

그러자 큰형수도 오코마 씨도 뭘 새삼스럽게 저런 말씀을 하시나 싶어서 당황했다고 한다.

이후로 아버지는 돌아오지 않았다.

해가 저물고 돌아올 때가 한참 지났는데도 기별이 없자, 알고 지내던 두부가게에 혹시 회합이 있었는지 물어보았지만,

"오늘은 아무런 모임도 없었다는 거야."

이상하다 여기며 얼굴을 마주 보는 사이에 밤이 되니 더더욱 이상한 생각이 들었다.

아버지는 어디로 가셨을까. 파수꾼 초소에 알려야 하지 않을까. 요즘 몸이 약해지셨으니까 어딘가에서 탈이 나는 바람에 쓰러졌을지도 모른다고.

어머니는 갈팡질팡하는 아이들과 며느리들을 달래며 소란 떨지 말라고, 아버지는 무사하실 거라고 했지만.

"결국 아버지는 그날 돌아오지 않았어."

하치타로의 매끈하고 하얀 얼굴에 일곱 살 남자아이가 겪은 아

픔이 되살아나 있었다.

"이튿날 아침에도 가게 일은 모두 함께 평소처럼 했어. 큰형이 땀을 뻘뻘 흘리면서 콩물을 만들었는데 완성된 두부의 맛은 역시 평소와 달랐지."

아버지는 돌아오지 않았다.

"형들이 걱정이 되어서 다시 어머니한테 상의했지만."

——괜찮으니까 기다려라.

그렇게 하루, 이틀, 사흘.

아버지가 없는 날은 속절없이 지나갔다.

"말로는 우리를 달랬지만 어머니도 걱정이 많았겠지. 멍하니 주저앉으신 채 손이 놀고 있는 모습을 나도 가끔 봤으니까."

마메겐 사람들도 내심 눈치는 채고 있었다.

아버지는 그날 밤의 일이 부끄럽고 아무래도 마음의 타협이 되지 않아서 결국 집을 나갔으리라. 더 이상 아내와 아이들, 손자들과 함께 살아갈 수는 없다는 속내를 어머니에게만은 털어놓았겠지.

그래서 괜찮다고 말하는 것이다.

"아버지는 그냥 나간 게 아니다, 가출이다. 열흘이나 지나고 나서야 우리도 절실하게 깨달았지."

하치타로가 어른들의 눈을 피해 훌쩍훌쩍 울고 있자니 치이 누나가 위로해 주었다.

——하치, 이제부터는 아버지가 언제 돌아오시려나, 돌아오실

때 무슨 선물을 사오실까 하고 생각하자.

도미지로는 말했다. "치이 누나는 정말 똑똑하고 착한 아이였네. 하치는 훌륭한 누나를 두었구나."

"나도 그렇게 생각해."

마메겐의 손님들에게는 아버지가 몸이 안 좋아져서 친척 집에 요양하러 갔다고 해두었다. 가게에 있으면 환자의 마음이 편하지 않을 테니까.

"도미 너는 모를지도 모르지만 그때 미시마야에서는 문병도 왔었어."

"어, 정말?"

"응. 마님이 일부러 와 주셨지."

도미지로의 어머니, 오타미다운 일이기는 하다.

"우리는 그때, 이 근처의 가게로는 신참이었으니까."

꼼꼼하게 신경을 썼으리라.

이헤에와 둘이서, 아니면 오시마도 같이 왔을까. 마메겐 나리의 병은 어떠신지요, 빨리 나으시면 좋겠네요, 가게는 아들들한테 맡길 수 있으니 안심이라도 한창 귀여운 손자의 얼굴을 보고 싶으실 테고요——하며 잡담을 했을지도 모른다. 설마 마메겐의 포렴 안쪽에서 일가가 이런 괴로움을 안고 있었으리라고는 짐작도 못한 채.

한 호흡 쉬고 나서 하치타로는 말을 이었다.

"아버지가 가출한 지 스무하루째 아침이 되어서."

하나카와도에 있는 '마메초'라는 두부가게의 주인이 마메겐을 찾아왔다.

"머리가 거의 벗겨졌고 아버지보다 약간 나이가 많은 사람이었어."

듣자 하니 마메초는 젊을 때 마메겐 아버지와 같은 가게에서 수업을 한 사형제 사이였다고 한다.

——내가 먼저 독립해서 지금의 가게를 열고 가정도 꾸렸기 때문에 마메겐과는 교제가 끊기고 말았지만 몇 년 전 회합에서 우연히 얼굴을 보게 되어서요.

두 사람은 서로에게 자신의 소식을 들려주었다. 이미 간다 근처에서는 마메겐의 두부가 가장 맛있다는 평판도 들었던 터라 실제로 얼마나 훌륭해졌는지 실감했던 모양이다.

"아버지는 가출한 뒤로 지금껏 마메초에 들어가서 신세를 지고 있었대."

갑자기 혼자서 찾아와 자세를 바로 하고 머리를 숙이며,

——형님, 죄송하지만 한동안 여기서 일하게 해 주시면 안 됩니까. 급료는 필요 없어요. 밥만 먹게 해 주시면 됩니다.

이유를 물어도 대답하지 않는다. 납작 엎드려서 "여기 있게 해 주십시오. 부탁입니다"라고 말할 뿐. 심각하게 야윈 아버지의 모습을 보며 마메초의 주인은 부탁을 들어주기로 했다.

"정말 열심히 일해 주었고 어쨌거나 맛있는 두부를 만들어서 우리 고용살이 일꾼들의 본보기도 되었지요."

곧 본인이 마음만 먹으면 마메겐을 나온 이유도 이야기해 주리라. 그때까지 가만히 내버려 두자. 그래서 지금껏 느긋하게 생각하며 함께 지내 왔지만,

"어제 저녁에 가슴이 답답하다면서 쓰러지고 말았소."

당황해서 눕히고 보살폈지만 순식간에 핏기가 가시고 숨이 가늘어졌다.

이건 위험할지도 모른다. 무엇보다 본인에게 기력이 없고 힘없이 누운 채 점점 그림자가 옅어져 간다.

"이 녀석은 안주인에게도 자제분들에게도 알리지 말아 달라고 하는데 나로서는 그럴 수가 없어서요. 지금까지 말하지 않아서 미안하지만 어쨌든 좀 와 주실 수 없겠소."

물론 마메겐 어머니는 곧장 하나카와도의 마메초까지 달려가서——.

"아슬아슬하게 아버지의 임종을 지킬 수 있었어."

하치타로는 담담하게 말했지만 도미지로는 맞장구조차 나오지 않았다.

——마메초에는 크게 폐를 끼치겠지만 내 관은 여기에서 내보내 주시오.

집에는 돌아가지 않을 것이고 장례식조차 마메겐에서는 하지 말아 달라는 부탁이다.

——장사를 쉬지 말고. 열심히 일하시오.

"왜 집으로 돌아가지 않는 건지, 이유는 말해 주시지 않았어?"

"응. 그냥, 미안하다, 미안하다고."

마메겐 어머니는 아버지가 말한 대로 했다.

조용히 장례를 치렀다.

마메초에는 폐를 끼쳤다. 특히 안주인에게는 남편의 지인이 굴러들어와 그대로 죽고 말았으니 터무니없는 재난이었을 텐데, 화도 내지 않고 잘해 주었다고 한다.

"무슨 병으로 죽었는지는 모르지만 아버지는 갈비뼈가 도드라질 정도로 야위어 있었어."

약해져서 돌아가신 것이다.

"마메겐 쪽은 아버지가 시킨 대로 장사를 쉬지 않았어."

자식들과 며느리들 그리고 손자들은 교대로 마메초를 찾아와 아버지와 작별인사를 했다.

"치이 누나랑 나는 그날 저녁에 오코마 씨가 데려가 주어서 갔는데."

아버지는 마메초의 안쪽 방에 머리를 북쪽으로 두고 눕혀져 있었다.

"마메초에서 불러 준 스님이 머리맡에 앉아 경전을 소리 내어 읊다가 마침 우리가 도착했을 때 끝나서 돌아가는 참이었어."

마메초의 주인 부부와 어머니가 스님을 전송하고 하치타로 일행은 아버지의 시체 옆으로 안내되었다.

시체의 머리맡에는 거꾸로 세운 병풍죽은 사람의 머리맡에는 병풍을 거꾸로 해서 세운다이 둘러져 있고 향과 초가 하나씩 있었다. 문 옆에는 심지가 거의 타버린 작은 등롱이 놓여 있다.

"어둑어둑한 방 안에서 아버지가 입은 가타비라명주실이나 삼베로 지은 홑옷가 유독 하얗게 떠올라 보였어."

시체의 얼굴을 들여다보던 오코마 씨가 울며 주저앉았다. 치이 누나도 울고 있었지만 하치타로의 얼굴이 눈물과 콧물로 엉망진창이 되자 자신의 소매로 닦아 주었다.

이내 마메초의 주인 부부와 마메겐 어머니도 돌아오자, 아버지의 얼굴을 보고 이마를 쓰다듬거나 뼈와 살만 남은 손을 문지르며 어른들은 목소리를 낮추어 이야기했다.

——네, 집 안에 작은 문제가 있긴 했어요.

——아들들은 효자고 좋은 며느리를 데려와 주었어요. 그러니까 가출을 한 건 남편의 잘못이에요.

——하치타로가 넷째 아들이랍니다. 이 아이는 넷째 딸이고 오코마 씨도 우리 가게에는 오래 있었어요.

——이렇게 세상을 떠날 수도 있군요.

어머니의 가느다란 목소리와 눈은 울어서 부은 채 일일이 고개를 끄덕이는 오코마 씨와 마메초 주인 부부의 위로와 격려의 말.

"다들 모르는 척하고 있었어" 하고 하치타로는 말했다. "신경 쓰는 기색이 없어서 마메초 사람일 거라고만 생각했지."

맥락을 파악할 수 없는 말에 도미지로는 되물었다. "누구 얘기야?"

하치타로는 눈을 깜박이고 얼굴을 들더니 이쪽으로 상반신을 내밀었다.

"방구석에."

하나뿐인 촛불의 불빛도, 등롱이 뿜어내는 약한 빛의 고리도 닿지 않는 곳에.

"여자 하나가 이쪽에 등을 돌리고 서 있었어."

화려한 요로케씨실 또는 날실을 활모양으로 구부려서 직물 표면에 파도모양의 줄무늬를 만든 직물 줄무늬 기모노에 주야오비한쪽에 검은색, 한쪽에는 하얀색 천을 댄 여자 허리띠를 매고, 틀어 올린 머리에는 비녀가 몇 개나 꽂혀 있다. 목깃이 얼마나 깊이 파였던지 긴 목덜미에서 하얀 등 위쪽까지가 다 보였다.

"정신을 차려 보니 거기에 서 있었어."

볼일이 있는 걸까 하고 생각했다.

"그런데 무슨 볼일일지?"

마메초의 주인 부부도 마메겐 어머니도 여자 쪽으로는 눈길조차 주지 않는다. 일부러 그러는 걸까. 여자는 바로 옆에 있는데. 머리 꼭대기부터 발꿈치까지, 기모노의 무늬부터 띠의 모양까지 똑똑히 보이는데.

어둑어둑한데도 그곳만 또렷하게.

어라, 이상하지 않나?

"나도 제대로 쳐다보면 안 될 것 같은 기분이 들었어."

그때, 바싹 몸을 붙이고 앉아 있던 치이 누나가 하치타로의 귓가에 속삭였다.

——저쪽을 보면 안 돼.

치이 누나는 알고 있는 것이다. 고집스럽게, 방구석 여자의 시선을 피하고 있다.

하지만 누나처럼 잘할 수가 없었던 하치타로는 몸을 꼼지락거리며 부스럭거리고 말았다.

방구석의 여자가 머리를 약간 움직이더니 등을 스윽 편 것처럼 보였다.

마메겐 아버지의 베갯맡에 있던 촛불이 흔들렸다.

향의 재가 툭 떨어졌다.

어른들은 목소리를 낮추고 계속 이야기하고 있다. 마메겐 아버지의 가슴 위에 올려놓은, 마를 쫓는 가위의 날이 둔하게 빛난다.

방구석의 여자가 돌아보았다.

치이 누나와 하치타로에게 얼굴을 향했다.

젊지는 않다. 입 양쪽의 주름이 눈에 띈다. 이마가 예쁘고 눈은 갸름하고 입은 작게 오므라져 있다. 얼굴색은 하얗다. 죽은 사람처럼 하얗다.

그리고 왼쪽 눈 밑에, 핏기 없는 새하얀 피부에 검은 옻을 한 방울 떨어뜨린 것처럼 매끈매끈하게 빛나는 눈물점이 있었다.

여자가 웃자 눈물점이 움직였다.

목소리는 내지 않고, 작게 오므라진 입을 움직여 여자는 뭔가를 말했다. 입 안의 붉은 혀가 보였다.

마메겐의 어린 남매는 숨을 죽였다.

동시에, 촛불과 등불이 한꺼번에 꺼졌다.

——뭐 어때.

눈물점을 가진 여자는 그렇게 말했다.

"잘못 본 게 아니야. 나중에 치이 누나한테 확인했고."

마메겐의 큰누나가 이상해졌을 때 끈적끈적하게 교태를 부리듯이 같은 말을 했다. 그때 큰누나의 목소리는 다른 사람의 것처럼 들렸다.

그렇다면, 즉.

"씌, 씌었던 거 아니야?"

도미지로는 더듬더듬 목소리를 냈다.

"그거, 망령이야!"

정말이지 오치카는 대단했구나. 나는 아직 수업이 부족하다. 너무나도 부족하다. 이런 이야기에 겁을 먹지 않을 수 없다.

아직 대낮인데, 흑백의 방의 구석에 시선을 줄 수가 없었다. 정면은 그나마 괜찮지만, 옆구리는 참을 수 없다. 돌아보았는데 여자가 서 있으면 어쩌지.

"큰누님도 큰형수님도 둘째 형수님도, 이상해졌을 때는 그 여자의 망령이 옮겨 가 있었던 거야."

눈물점은 뭐랄까, 망령의 증거라고 할 수 있다. 망령이 씌면 눈물점이 생기고, 툭 떨어지면 씌었던 것이 떨어진다.

"그래서 세 사람 다 점이 떨어지고 제정신으로 돌아오면 자신이 한 짓을 전혀 기억하지 못했구나."

"역시 도미 너도 그렇게 생각해?"

"달리 생각할 수가 있어?"

"그렇겠지" 하며 하치타로가 머리털을 민 부분의 끝을 손가락으로 긁적인다. 도미지로는 당황해서 식은땀을 흘리고 있는데 하치타로는 오히려 침착하다. 이야기해서 토해 냈기 때문이다.

"그때는 치이 누나랑 둘이서 필사적으로 이야기했더니 어머니도 진지하게 들어 주었어."

마메초의 주인 부부도 몹시 진지하게 귀를 기울여 주었다. 꾸짖거나 비웃지 않았다. 급히 마메겐 아버지를 다른 방으로 옮기고 다시 스님을 부르러 가서 정성껏 독경을 외어 달라고 했다.

"그런 덕분일까? 더 이상 눈물점 여자가 나오는 일은 없었어."

하지만 일은 끝나지 않았다.

"우선 여자의 정체를 몰랐으니까."

마메겐 아버지와 어머니는 동갑으로 열여덟 살에 부부가 되었다. 그 후로 하룻밤도 떨어지지 않고 함께 살았다.

"그러니까 어머니랑 가정을 꾸리고 나서는 아버지가 어떤 식으로든 여자랑 관련될 시간이 없었어. 그건 정말로 맹세해도 좋다고 어머니는 단언했어."

——너희들의 아버지가 다른 여자와 바람을 피울 남자는 아니었다.

"그렇다면 어머니랑 혼인하기 전에 아버지와 연관이 있었던 여자일까."

사형제 사이였던 마메초도 젊은 시절의 아버지가 어떻게 살았는지를 전부 다 아는 것은 아니지만.

"적어도 눈물점이 눈에 띄는 여자는 기억에 없다는 거야."

——애초에 여자를 울리는 난봉꾼과는 거리가 먼 고지식한 녀석이었으니까.

"미남도 아니었고. 그렇게 따지자면 눈물점 여자도 딱히 미인은 아니었지만."

여러 사람의 증언대로라면 마메겐 아버지가 여자의 망령에게 저주를 받을 만한 일은 없다.

"그냥 운 나쁘게 망령의 눈에 들고 말았을 뿐인지도 모르지."

원한을 가진 여자의 망령이 아니라 요괴나 요물이고 우연히 마메겐 사람들에게 나쁜 짓을 했을 뿐인지도 모른다.

"그래…… 확실히 그럴 수도 있지. 내 생각이 짧았어."

미안, 하고 사과하는 도미지로를 하치타로는 당황하며 말렸다.

"아니, 아니, 하지만 아버지도 수상한 점이 전혀 없다고는 할 수 없잖아?"

이상해졌을 때의 큰누나가 다른 사람 같은 여자의 목소리로 "뭐 어때"라고 하자, 벌벌 떨고 동요하며 "용서해 줘"라고 말했으니까.

"여자의 목소리가 기억에 있었는지도 몰라."

"꼭 그렇다는 법은 없어. 엄청난 아수라장이었잖아. 게다가, 그렇다면 눈물점이라는 단서가 나왔을 때 이미 눈치 채셨을 거야."

억측이라면 얼마든지 할 수 있다. 젊은 시절에 눈물점이 있는 중년 여성을 상대로 일을 저질렀던 아버지가 나이를 먹고 몸이 약해지자 업보가 드러나게 되었다거나.

약해져서 죽음에 이르게 된 것은 애당초 아버지의 수명이 정해진 탓이고 목숨이 경각에 달린 상황이었기 때문에 여자의 원한에 저항할 수 없게 되었다고도 생각할 수 있다.

아니면 아버지 쪽은 정말로 완전히 깨끗하고 모든 것은 그저 재난이었을지도 모른다. 화재나 홍수, 벼락을 맞는 일처럼.

"그중 하나일 수도 있고 아무것도 아닐지도 몰라. 다만 한 가지는 확실했어."

대들보를 잃은 마메겐은 원래처럼 살아갈 수 없게 되었다.

"아버지를 잃자 다들 세 번의 잘못으로 생긴 응어리를 더 이상 견딜 수 없게 되었어."

가족은 일그러지고, 상했다.

제일 먼저 포기한 사람은 마메겐 어머니였다.

――더 이상은 안 되겠다. 슬프지만 우리는 다 헤어지는 편이 좋겠어.

"큰형 부부와 둘째 형 부부는 각각 아이를 데리고 집을 나갔어."

새 집은 박고지 관리인이 알아봐 주었다.

"오코마 씨는 큰형네 집으로 갔지. 먼저 집을 나갔던 둘째 누나 부부와, 셋째 누나 부부는 그대로 살고."

셋째 형은 덜렁대는 사내아이 나름의 괴로움을 느꼈으리라. 이제 두부가게는 싫다고 해서, 이 또한 박고지 관리인이 분주히 뛰어다녀 고용살이할 곳을 찾아 주었다.

마메겐은 아버지의 먼 친척에게 통째로 넘겨주었다.

"나한테는 마메초의 주인이 말을 걸었어."

——장래에 두부장수가 될 생각이라면 우리 집으로 오너라.

"마메초에는 아들이 있었기 때문에 어머니는 거절했지만. 마메초의 주인은 일할 남자라면 몇 명이 있어도 좋다, 반드시 나를 훌륭한 두부장수로 만들겠다면서."

마메겐 주인의 유복자이니 고용살이 일꾼이 아니라 양자로 맞겠다고까지 하자 어머니도 받아들이기로 했다.

"어머니나 치이 누나와 헤어지는 건 쓸쓸했지만 큰누나랑 헤어질 수 있어서 다행이라고 생각했지."

알몸의 망측한 모습은 어떻게 해도 뇌리에 새겨져 떨어지지 않았던 것이다.

"어머니랑 큰누나, 치이 누나는 오카와 강을 건너 후카가와로 옮기고 살 집과 일거리를 찾았어."

어머니도 더 이상 두부가게 일로는 돌아가지 않았다. 근처의 밥집이나 술집에서 일하며 장사의 요령을 익힌 뒤에 냄비 하나로 니우리밥이나 생선, 채소 등을 익혀서 파는 것 장사를 시작했다. 치이 누나는 후카가와에 있는 공동주택의 관리인이 주선해 주어서 어머니처럼 전혀 다른 장사인 등롱가게에 고용살이를 나갔다.

"그 등롱가게의 친척 중에 아내와 사별한 아저씨가 있었는데."

큰누나를 후처로 맞이하고 싶다는 이야기가 순조롭게 진행되어 큰누나는 갑자기 네 아이의 어머니가 되었다.

"처음에도 말했지만 어머니는 건강한 사람이라 계속 혼자 사셨어. 돌아가셨을 때는 이웃 사람들이 모두 어머니의 음식을 먹을 수 없게 되었다며 아쉬워했지."

치이 누나는 등롱가게의 직인과 가정을 꾸렸다. 지금은 태어났을 때부터 등롱가게 직인의 아내였던 것 같은 얼굴을 하고 있다. 마메초에서 일을 배우고 같은 업종의 가게에 데릴사위로 가게 된 하치타로는 장인과 장모의 사랑을 받고 있다.

"내 아내는 그리 미인은 아니지만 마음씨가 착해. 아기도 귀엽고."

하치타로의 얼굴에 편안한 웃음이 돌아왔다.

"이제 옛날 일은 멀어졌어. 무서웠던 일도 싫었던 일도 빛깔이 옅어졌기 때문에 이야기를 들려주어서 매듭을 짓자는 생각이 든 거야."

도미지로도 그제야 한숨 돌렸다. 이야기꾼이 후련한 표정으로 이야기를 마칠 수 있어서 기쁘다.

"그렇다면 다행이야."

다만 마지막으로 쓸데없다고 여길지도 모르지만 딱 하나 묻고 싶은 것이 있었다.

"하치, 눈물점이 있는 여자가 나타났던 마메초로 가는 건 무섭지 않았어?"

하치타로는 잠시 생각하더니 고개를 저었다.

"처음에는 벌벌 떨었는데 곧 익숙해졌어. 아까도 말했듯 그 여자는 두 번 다시 나타나지 않았으니까. 게다가 고작 스무 날 정도이기는 했지만 아버지가 마지막으로 살았던 곳이었잖아."

아아, 그런 마음이었구나.

"하치는 효자네. 그 말을 들으니 내 마음도 후련해졌어."

도미지로는 마메겐 사람들의 이름을 적은 반지를 가지런히 모아 옆으로 치웠다.

"모처럼 왔으니 자리를 바꾸어서 좀 더 배부른 거라도 먹을까?"

아니, 아니, 하며 하치타로는 손을 들었다.

"아쉽지만 다음에 하자. 시간이 꽤 걸렸어. 지금 몇 시지?"

아내가 미시마야 앞에 와 있을 거라고 한다.

"불사가 있어서 같이 이쪽에 와 있었거든. 적당히 틈을 보아서 예쁜 주머니로 눈보신이라도 하고 있으라고 말해 놨어."

"그런 건 빨리 말했어야지."

두 사람은 서둘러 흑백의 방을 나섰다. 감사하게도 가게는 여전히 손님들로 북적인다. 와중에 행수 한 사람과 염낭이나 돈지갑을 바라보며 이야기하던 여자가 하치타로를 향해 "아, 여보" 하고 손을 흔들었다.

여자의 얼굴을 바라본 도미지로는 순간 "엇" 하고 소리를 지를 뻔했지만 가까스로 인사를 나누었다.

"우리 가게는 이리야에 있는 '마메하치'야. 요즘 '시중 두부가게 5판3승'이라는 평판기에서 선봉으로 뽑혔으니까 한번 들러 줘."

자랑스러운 표정을 짓는 하치타로 옆에서 젊은 아내도 생글생글 웃으며 머리를 숙였다.

"좋아. 꼭 들를게."

도미지로도 밝게 대꾸했다.

멀찌감치 떠나가던 두 사람을 지켜보던 도미지로의 귀에 "배고파졌어요"라고 말하는 하치타로 아내의 목소리가 들렸다.

계산대에 있는 이헤에가 말을 걸었지만 도미지로는 건성으로 대꾸하며 안채로 되돌아갔다. 웃어야 할지 무서워해야 할지 기분 나빠해야 할지, 스스로도 갈피를 잡을 수 없었기 때문이다.

"수고하셨습니다."

흑백의 방에서는 오카쓰가 차 도구를 정리하고 있다가 우두커니 서 있는 도미지로에게 물었다.

"왜 그러세요?"

"방금 하치의 아내한테 인사하고 왔거든."

그렇게 말하고 무릎을 꿇으며 주저앉은 도미지로가 자신의 얼굴을 가리켜 보였다.

"오카쓰 씨, 나 지금 어떤 얼굴을 하고 있어?"

오카쓰도 무릎을 가지런히 모으며 이쪽을 향한다.

"도련님, 소꿉친구인 하치타로 씨와의 이야기가 끝났으니 이제 어린애 같은 말투는 안 돼요."

그렇다. 여덟 살 사내아이에서 스물두 살의 남자로 돌아가야 한다.

"다시 말하지. 나는 지금 어떤 얼굴을 하고 있지?"

오카쓰는 미소를 지으며 고개를 갸웃거렸다.

"글쎄요, 수수께끼를 내시는 거겠지만."

갑자기 미소가 사라졌다.

"설마, 하치타로 씨의 아내분 얼굴에 눈물점이 있었나요?"

도미지로는 입을 꾹 다물었다. 숨이 막힐 때까지 그러고 있다가 토해 냈다.

"아니, 아니야."

하지만 가득 있었다.

"네?"

"하치의 아내의 얼굴에는, 점이 가득 있었어."

좁쌀만 한 작은 것이지만 얼굴 전체에 흩어져 있었다.

"피부가 하얘서 눈에 띄더군."

두 사람은 잠깐 동안 입을 다물었다.

"그게 마음 편할지도 몰라요" 하고 오카쓰는 부드럽게 말했다.

"그렇지." 도미지로도 대답했다. "행복해 보였으니 되었어."

이윽고 도코노마의 족자에서 반지를 내린 도미지로는 실컷 고

민한 끝에 한쪽 끝을 잘라 낸 두부의 그림을 그린 후에 마무리를
지었다.

시어머니의
무 덤

꽃놀이의 계절 봄이다.

미시마야에서는 매년 스미다 제방으로 꽃구경을 나간다. 가족은 물론 고용살이 일꾼과 바느질 직공, 그들의 식솔까지 다함께 모여서 배를 타고 봄을 만끽한다.

미시마초에 있는 가게는 그날 문을 닫지만 그렇다고 장사를 쉬는 것은 아니다. 스미다 제방에서 단골 대석貸席 모임 등을 열기 위한 장소를 돈을 받고 빌려 주는 가게의 방을 하나 빌려 가게를 차리고 꽃구경 온 사람들이 좋아할 만한 세련된 주머니를 간판 대용인 조릿대에 매달아 팔기 때문이다.

임시 가게에서 주머니를 파는 일은 이헤에와 오타미가 맡는다. 아랫사람들은 마음껏 꽃을 즐기고, 맛있는 도시락으로 배를 채우고, 얼큰한 술에 취하라는 주인 부부의 배려다.

하지만 아무리 '상관하지 말라'고 일러두어도 대행수 야소스케나 사환 신타, 오시마와 오카쓰는 거들고 싶어 하고, 작년에는 오치카도 즐거운 얼굴로 일했다.

이번에 꽃놀이 준비를 하는 동안에는 오치카가 시집을 간 세책가게 효탄코도도 불러서 갓 혼인한 따끈따끈한 젊은 부부와 함께 꽃을 구경하면 어떨까 하는 의견도 나왔다. 그러나 이헤에가 매우 적극적이었던 반면 만사에 분별에 까다로운 오타미는 단호하게 고개를 저었다.

"며느리의 본가가 나서서 시댁에 이러쿵저러쿵 하는 건 뻔뻔스러워요. 일 년에 한 번인걸요, 효탄코도에서도 단골손님들을 불러 꽃놀이를 할지 모르잖아요. 우리 마음대로 젊은 부부를 데리고 나오다니 당치도 않아요."

오타미의 말은 언제나 앞뒤가 맞는다. 오치카가 빠진 것은 몹시 쓸쓸하지만 그만큼 도미지로는 분발해서 주머니 파는 일을 맡기로 했다.

어쨌거나 만개한 벚나무 숲에 들뜨고 술에 취해 지갑 끈이 느슨해진 꽃놀이 손님들이 고마울 정도로 주머니를 척척 사 주는 바람에 임시 가게는 정신없이 바빴다.

와중에 몇 명이나 되는 손님이 오치카에 대해 물었다. 시집갔다고 알려주자 "감축드립니다". "그거 축하할 일이군요. 좋은 소식을 전해 주셔서 고맙습니다" 하며 기뻐해 주었지만 딱 한 사람만은 화를 돋우었다. 가부키 무늬가부키 의상을 바탕으로 한 무늬의 총칭. 가부키의 인기 배우로부터 유행한 것이 많은데, 에도 시대의 배우는 연출 효과를 노리고 각자 의상에 힘을 많이 썼으며, 단골손님들은 앞다투어 그것을 모방해서 유행이 되었다의 고소데를 차려입고 다쓰마쓰 풍에도 시대의 유명한 인형사 다쓰마쓰 하치로베에가 시작한 남자의 머리 형태. 끈으로 상투 밑 부분을 높게 감아 올려 묶은 것으로, 교호(享保, 1716~1736) 연간에 시작되었다으로 묶은 머리를 물까치처럼 길게 늘인 한량이다.

"작년에는 미인이 있었는데 올해는 안 왔나?"

"덕분에 좋은 곳에 시집을 가게 되어서요."

"뭐야, 시집을 보내 버렸다고! 이런 빌어먹을, 어째서 그랬나. 울적해지잖아."

볼을 붉히고 눈초리를 치켜 올리며 시끄럽게 불평을 늘어놓는 그를 향해 영업 미소를 보이면서도 도미지로는 내심 울컥해서 간신히 쫓아 보낸 남자의 뒷모습에 대고 메롱을 해 주었다.

"시집을 보내 버렸다니 무슨 말이 저래. 아아, 화가 나니까 배가 고프다."

"도련님, 잠깐 쉬세요."

오시마의 배려로 도미지로는 가게를 나섰다. 미시마야의 방은 대석의 2층이라 전망이 좋다. 난간 너머로 호화로운 벚나무들이 내려다보인다. 왁자지껄하게 찬합이며 도시락을 둘러싸고 앉아 있던 일행들 사이에 도미지로가 와서 앉자 바느질 직공과 일꾼들이 차례차례 술을 따르러 와주었다. 도미지로도 그들의 손에서 술병을 건네받아 마주 술을 따랐다.

"도련님은 저희를 취해 쓰러지게 만들 생각이시군요."

"그럼, 일 년치는 마셔 주게."

아이들을 위해서는 단것이나 과일을 많이 준비해 두었다. 전부 도미지로가 꼼꼼하게 고른 것으로 함께 먹으며 어느 가게의 어떤 과자라고 재미있게 설명도 해 준다.

"도련님은 야담가 같네요."

아이들이 도미지로를 매우 잘 따라서 이쪽에 와서도 바쁘다. 슬슬 주머니를 파는 일로 돌아가는 편이 좋으려나.

임시 가게에서는 야소스케와 오시마, 신타 세 사람이 손님을 상대하고 있었다.

"사쿠라모치밀가루로 만든 피에 팥소를 넣고, 소금에 절인 벚나무 잎으로 싸서 찜통에 찐 것랑 하나아라레설월화雪月花, 눈과 달과 꽃의 형태로 떡을 잘라 내어 굽고 설탕이나 간장 등으로 맛을 낸 작은 전병가 사라지기 전에 먹고 와."

도미지로는 오시마와 신타를 대석의 2층으로 올려 보내고 요통이 있는 야소스케를 자리에 앉혔다.

"어서 오세요, 간다 미시마야입니다. 꽃놀이에 오신 기념으로 벚꽃 무늬 보자기는 어떠신지요? 오늘을 위해 특별히 준비한 칠색칠향七色七香의 향낭도 있습니다."

이럴 때의 나는 아무리 생각해도 목소리가 좋단 말이야, 하고 기분 좋게 여기면서 도미지로가 신나게 주머니를 파는 동안 어느새 해도 뉘엿뉘엿 기울었다. 돌아가는 배에서는 저도 모르게 꾸벅꾸벅 졸고 말았는데 그동안 벚꽃색 꿈을 꾸었다.

그로부터 며칠 후, 도안 노인으로부터 사환이 심부름을 와서 미시마야에서 괜찮다면 다음 이야기꾼을——이라는 말을 꺼냈다.

"언제든 보내 주십시오. 그리고 도안 씨한테 전언을 좀 부탁해도 될까요?"

"예, 무슨 전언이십니까?"

"도미지로의 첫 자리에 좋은 이야기꾼을 골라 주셔서 고맙습니다, 꽤 공부가 되었습니다, 라고요."

얌전해 보이는, 가느다란 눈의 사환이 성실하게 암송하더니 "알겠습니다" 하고 돌아갔다.

듣는 이의 역할을 물려받고 나서 처음으로 맞이한 이야기꾼이 어릴 때 같은 교습소에 다니던 친구였던 것은 우연이 아니리라. 하치타로의 내력을 들은 도안 노인이 꾸민 일임에 틀림없다. 그래서 도미지로의 마음이 편해질지 오히려 거북해질지는 이야기의 내용에 달렸겠지만, 두꺼비 신선의 성정으로 미루어 볼 때 한껏 거북해지길 바라며 심술궂게 회심의 미소를 띠지 않았을까.

죄송합니다. 이쪽은 주저앉지 않아요. 뭐…… 그림은 그리기 어려워서 재미없는 것이 되고 말았지만.

그리하여 맞이한 다음 이야기꾼은 오타미와 비슷한 연배의 여자였다. 백발이 섞인 마루마게에도 시대부터 메이지 시대까지 가장 대표적인 기혼여성의 머리 모양으로, 틀어 올린 머리의 고리가 두껍고 넓어져서 둥글어 보이게 된 것. 이 틀어 올린 머리의 크기로 나이를 알 수 있는데, 젊을수록 크기가 크다를 자그마하게 묶고,

검붉은 색 바탕에 금갈색 오기치라시완전히 편 것, 반만 편 것, 접은 것 등 여러 개의 부채를 흩어 놓은 무늬 무늬의 기모노를 입고, 금갈색 천으로 바탕을 맞춘 검은색 공단 주야오비를 허리에 둘렀다.

바로 며칠 전 꽃놀이에 갔을 때 오타미가 바로 이런 옷차림을 하고 있었다. 그렇다면 미시마야만큼 잘 사는 에도의 마나님일 것이다. 아마 상가의 마님이거나, 큰마님일 테지.

——어머니보다 얼굴의 주름은 적네.

아마도 지나치게 마른 오타미에 비해 얼굴이 둥글고 통통하기 때문이리라.

하지만 오타미와 달리 목덜미와 소매 입구에 드러난 손목 언저리에는 점점이 검버섯이 흩어져 있다.

"미시마야의 특이한 괴담 자리에 와 주셔서 고맙습니다. 저는 듣는 역할을 맡은 도미지로라고 합니다."

도미지로가 인사하자 여자도 정중하게 손가락 세 개를 바닥에 짚었다.

"이렇게나 빨리 초대해 주셔서 고맙습니다."

사투리는 없지만 약간 말을 잡아끄는 버릇이 있는 듯하다. '이렇게나아' '주셔서어'. 느긋한 느낌이 들어 듣기에는 편하다. 목소리도 상냥했다. 오타미의 목소리가 목면이라면 이쪽은 비단이라고 할까.

"빨리라는 말씀은……."

도미지로가 묻자 이야기꾼은 작은 입을 오므리고 미안한 듯이 가볍게 머리를 숙였다.

"제가 이곳에서 이야기를 하기로 결심하고 주선해 주시는 분한테 부탁을 드린 게 불과 사흘 전이었으니까요."

전부터 순서를 기다리던 이야기꾼들을 건너뛰고 자신에게 차례가 왔다고 한다.

"가능하다면 지금 이 시기, 벚꽃이 완전히 져 버리기 전에 이야기하고 싶다는 제 바람을 도안 씨가 들어 주신 거지요."

두꺼비 신선은 이 이야기꾼의 품위 있는 태도를 좋게 봤던 모양이다.

얼굴 생김새는 평범하고 단정하다. 젊었을 때도 미인이라 불릴 정도는 아니었겠지만 아련한 빛이 있다. 이 사람의 몸짓에서 풍아하고 따뜻한 무언가가 전해져 온다.

"벚꽃이 필 무렵의 이야기는 당연히 벚꽃이 필 때 들어야 제격이지요. 와 주셔서 미시마야로서도 기쁩니다."

듣고 버리고, 이야기하고 버리고. 이름을 대지 않아도 무방하며 세세한 부분을 숨겨도 상관없다는 이곳의 규칙을 도미지로가 이야기하는 동안, 오시마가 조용히 들어와 다과를 두고 갔다.

오카쓰는 상대가 어떻든 변함이 없지만, 오시마는 손님이 고상하면 우아해지고 그렇지 않으면 약간 거칠어진다고 할까, 활력이 앞선다.

과자는 벚꽃색 구즈요세잘게 자르거나 으깬 재료에 물에 녹인 갈분(칡가루)을 섞어 끓이면서 뭉치게 한 후, 틀에 부어 굳힌 젤리 같은 음식다. 옻칠을 한 작은 접시에

탱글탱글하게 올라가 있다. 입에 넣으면 싸락눈처럼 녹는다. 이것도 벚꽃이 피는 시기에만, 이케노하타나카초의 '류스이'라는 과자가게에서 파는 것이다. 오늘의 이야기꾼에게 잘 어울린다. 신타를 보내 사 오게 하길 잘했다.

"제 이름은 오하나라고 해요."

가슴에 살짝 손가락을 대어 호흡을 가다듬으며 이야기를 시작한다.

"제 고향은 겨울이 길고 눈도 많이 오는 곳이에요. 대신 봄이 오면 꽃이란 꽃이 일제히 핀답니다. 소귀나무도 벚나무도 살구나무도 유채꽃도 마취목도 철쭉도 한꺼번에, 실로 백화난만百花爛漫이라 할 만한 풍경이 되지요."

그곳에서 태어났기 때문에 '하나(꽃)'라는 이름이 지어졌다고 한다.

"위로 오라비가 둘 있고, 막내이자 하나뿐인 딸이었기 때문에 그 점에서도 꽃이라고."

도미지로는 미소를 지었다. "금이야 옥이야 하는 꽃 같은 따님이었군요."

"당치도 않아요."

오하나가 또 부끄럽다는 듯이 입을 오므린다. 소녀 같은 이 표정,

——어머니는 보인 적이 없는데.

어쩌면 당연한 일이려나. 마흔이 넘은 아주머니가 소녀 같은

행동을 해도 보기 괴로울 뿐이니까.

하지만 눈앞의 오하나 씨에게는 이상하게도 젊어 보이는 몸짓이 어울린다. 청초하고 사랑스러워 보인다.

왜일까. 이야기를 들어 보면 수수께끼가 풀릴지 모른다고 생각하니 기대가 되기 시작했다.

"열여섯 살 때 혼담이 정해져서 멀리 에도로 오게 되었지요. 시댁은 대대로 비단 장사를 해왔는데 남편 대부터 손을 댄 목면 장사가 감사하게도 잘 되어서 저는 지금껏 생활이 곤란했던 적은 없답니다."

남편과의 사이에는 일남 이녀가 있다. 장남이 스무 살, 장녀가 열여섯, 둘째 딸은 열넷.

"일전에 남편이랑 아이들과 함께 스미다 제방에 꽃구경을 갔다가 이 댁이 내신 가게를 발견하고 들렀지요."

"오오, 그거 고맙습니다."

특이한 괴담 자리에서 가게의 구성원으로 잠시 돌아와 도미지로는 정중하게 인사했다.

"뭔가 마음에 드시는 게 있었습니까?"

"네. 남편이 저한테는 다모토오토시끈의 양쪽에 하나씩 연결하여 품속에서 좌우의 소매에 떨어뜨려 두는 작은 주머니를, 큰딸에게는 품에 넣고 다니는 지갑을 사 주었어요. 둘째 딸은 춤을 배우러 갈 때 쓸 보자기를 갖고 싶어 해서 이것저것 보여 달라고 했는데 결국은 사지 못하고 폐만 끼쳤네요."

오하나는 임시 가게에서 발견한 미시마야의 상품에 대해 이야기해 주었다. 조릿대에 매달려 있는 모습이 신기하고, 만개한 벚꽃의 풍경 속에서도 미시마야의 물건은 화려해 보이더라. 평판은 전부터 듣고 있었지만 좀처럼 미시마야에 들를 기회가 없었기 때문에 임시 가게를 발견했을 때는 기뻤다면서.

"저희 중에서는 어떤 사람이 응대하였을까요?"

"대행수님이었어요" 하고 말하며 오하나는 눈을 가늘게 떴다. "도미지로 씨, 당신도 옆에 계셨답니다."

오하나의 가족이 왔을 때 젊은 아가씨 두 사람에게 칠색칠향의 향낭을 보여 주고 있었다고 한다.

"떠들썩한 아가씨들이었는데 일곱 개의 향낭을 번갈아 가며 냄새 맡더니 뭐가 무슨 냄새인지 모르게 되었다고 법석을 떨더군요."

두 아가씨라면 도미지로도 기억하고 있다. 평범한 시중의 처녀가 아니라 료고쿠 가로街路에 가건물을 내고 물을 이용한 곡예나 마술을 보여 주는 극단 사람이었다. 둘 다 무서운 스승 밑에서 공부 중이고 말단 단원이라 돈이 없었다. 미안해요, 이렇게 잘 만든 주머니는 살 수 없어요. 하지만 오라버니, 우리 공연의 표를 줄게요. 여름까지는 무대에 올라갈 수 있도록 어떻게든 할 테니까 이 표를 가지고 보러와 주지 않을래요? 관람료를 깎아 줄 거예요.

"게다가 저희 임시 가게에서 표를 나눠 주지 않겠냐는 부탁을 해 와서 웃으며 얼버무리고는 보냈습니다."

어머나, 힘드셨겠네요, 하며 오하나도 웃는다.

검붉은 기모노에 감싸인 가느다란 어깨 뒤로 도코노마의 족자에 붙인 오늘 이야기 몫의 반지半紙가 보인다. 족자에 새하얀 종이만 붙어 있을 뿐인데도 그 앞에 앉는 사람이 누구냐에 따라 제대로 된 정취를 자아낼 수도 있구나 하고 도미지로는 생각했다. 오카쓰가 바깥은 벚꽃 일색이니까, 라며 질그릇 병 같은 화기花器에 꽂꽂이한 미나리아재비의 노란색도 오하나가 두른 금갈색 띠와 대비를 이루어 예뻐 보인다.

"두 아가씨들이 돌아가자마자 이번에는 화려한 옷차림의 젊은 남자분이 오셨어요."

상투를 이마아안큼 높게 올린——하는 오하나의 손짓에 도미지로는 손뼉을 쳤다.

"네! 왔지요."

'빌어먹을' 한량이다.

"옷은 구름과 번개 무늬였지요. '5인의 도적들'가부키 각본 '청지고화홍채화青砥稿花紅彩画'의 통칭. 대도적 닛폰 다에몬과 네 명의 부하 다다노부 리헤이, 난고 리키마루, 아카보시 주자부로, 벤텐 고조가 주인공으로 등장하는 가부키로, 1862년에 초연되었다의 난고 리키마루 말이에요."

과연 비단과 목면을 파는 가게의 안주인답다. 똑똑히 보았다.

"그 사람, 시집이 어쩌고저쩌고 하면서 입을 삐죽거리지 않았나요?"

"맞습니다. 그것도 들으셨습니까?"

실은 이전에 괴담 자리의 듣는 역할을 맡았던 사촌누이 오치카에 대한 이야기였다고 설명하자, 오하나는 갑자기 진지한 얼굴이 되었다.

"아아, 그렇다면 당신이 아내를 맞았다는 것은 아니군요."

도미지로는 웃고 말았다. "저는 아직 제 밥벌이도 하지 못하는데 아내를 맞이하다니 무리지요."

그렇군요…… 하며 오하나는 몇 번인가 작게 고개를 끄덕였다. 뭔가를 깊이 생각하는 얼굴이다.

"사실을 말씀드리자면."

잠시 후 입을 열었을 때는 한층 더 진지한 눈빛이 되어 있었다.

"미시마야는 주머니로 유명한 가게일 뿐만 아니라 괴담 자리의 평판이 자자하다는 것도 저는 잘 알고 있어요."

소문으로 들었고 요미우리도 보았기 때문에 기회가 된다면 언젠가 자신도 이야기하고 싶다는 생각을 어렴풋이 해왔던 모양이다.

"하지만 좀처럼 결심이 서지 않아서요. 제 가슴에 응어리져 있을 뿐인 이야기를 굳이 꺼내서 들려드린다 한들 무슨 의미가 있을까 싶고."

"아니요, 어떤 이야기든 들어 보지 않으면 그 무게는 알 수 없지요."

도미지로는 단호하게 말했다.

"그리 말씀해 주시니 기쁘네요."

오하나는 또 입을 오므리며 작게 한숨을 쉰다.

"애초에 저 같은 늙은이한테는 다른 사람을 향해 신상 이야기를 할 기회는 없어서 이번이 처음입니다. 말이 부족하거나 이해가 되지 않는 부분이 있다면 그때그때 물어 주세요."

"알겠습니다."

금갈색 띠의 가장자리를 단단히 조이고 자세를 바로 한 오하나가 먼 곳을 바라보는 눈으로 이야기를 시작했다.

"제가 태어난 고향은 에도에서 꽤 멀리 떨어진 산속 마을이에요. 누에를 많이 치는 곳이라서 저희 친정도 생업으로 삼고 있었지요."

마을 이름은…… 하고 망설이기에,

"벚꽃 마을, 이라고 하면 어떨까요."

도미지로가 거들어 주자,

"네, 그럼 그렇게 할게요."

하고 고개를 끄덕이던 오하나가 눈을 크게 떴다.

"아까도 말씀드렸지만 봄이 되면 온갖 꽃이 일제히 피는 곳이었고, 저희 마을 근처에는 산벚나무가 아주 많아서 이웃의 다른 마을 사람들한테는 정말 벚꽃 마을이라 불리곤 했어요."

"그렇다면 딱 맞는군요."

험준하다기보다 경단을 늘어놓은 듯 완만한 모습의 산들에 둘러싸인 골짜기에 벚꽃마을은 조용히 자리하고 있었다.

"둥근 산은 개간해서 뽕나무밭을 만들기에도 좋았어요. 겨울에는 저편의 험한 산등성이에서 불어 내려오는 북풍으로부터 지켜 주는 대신에 여름에는 바람이 없어서 찌는 듯이 더웠지만 매일같이 소나기가 내렸지요. 샘물도 풍부해서 물을 구하느라 고생하는 일은 없었고요."

풍요롭고 살기 좋은 땅이었다고 한다.

"예전 전국 시대부터 수리水利가 좋기로 유명했기 때문에 이곳을 빼앗기 위한 전쟁에 휘말린 적도 적잖이 있었다고 아버지가 말씀해 주셨어요."

도쿠가와 쇼군 가가 세상을 평정하고 얼마 지나지 않아 벚꽃 마을에서는 양잠이 활발해졌는데,

"겐로쿠元禄 1688~1704년 사이에 쓰인 일본의 연호 무렵에는 이미 에도 시중의 부유층 상인의 아내와 아가씨들 사이에서 유행한 '기모노 겨루기' 때 인기가 높았던 질 좋은 비단을 전부 우리가 보살핀 누에의 실로 짰다고 하더군요."

"굉장하네요."

"저희 아버지는 이야기를 부풀리는 버릇이 있는 사람이었으니 '전부'라는 말을 다 믿기는 어렵지만,"

장난기를 머금고 오하나가 웃는다.

"벚꽃 마을을 비롯하여 둥근 산들이 지켜 주던 땅의 누에 님이 주시는 비단실이 질이 좋은 건 사실이에요."

누에를 키우는 것이 아니라 보살핀다, 누에에서 실을 얻는 것이 아니라 누에 님이 실을 주신다고 한다. 벚꽃 마을을 비롯하여

둥근 산들이 지켜주던 땅에서 생활하는 사람들에게 누에로부터 얻은 비단실이 어떤 의미인지를 쉽게 짐작할 수 있는 표현이다.

"우리 미시마야에서 사용하는 직물에도 벚꽃 마을의 실이 사용되고 있을지 모르겠군요."

"그런 인연이 있다면 고마운 일이지요."

나중에 야소스케에게 물어보자.

"마을에서는 비단실을 얻을 뿐 견직물까지는 만들지 않는 건가요?"

"네. 일대의 마을에서 자은 실은 성의 감찰鑑札을 받던 도매상에게 넘겼는데 비단실로 그냥 팔거나 성 아래 마을의 베 짜는 집에서 견직물로 만들어 에도나 교토로 나가거나 하지요."

"그리고 비싼 값에 거래되어 멋쟁이들에게 인기를 얻는 것이로군요."

번에 있어서도 귀중한 재원財源이리라.

"벚꽃 마을이 실 가게나 비단 장수와 교류한 덕분에 저도 지금의 시댁과 인연을 맺을 수 있었습니다."

벚꽃 마을에는 크고 작은 규모의 '다나누시棚主'가 다섯 곳 있었다. 농가라면 지주에 해당하는 집이다. 그 외의 마을 사람들은 다나누시 밑에서 마치 소작인처럼 일했다.

"제 친정은 다나누시 중 하나였는데 감침용 바늘 표식을 옥호로 삼고 있었기 때문에 '가가리야'라고 불렸어요'가가리'는 일본어로 '감침질'이라는 뜻이다."

가가리야의 딸은 지주의 딸이나 다름없다. 오하나는 좋은 집안에서 곱게 자라 좋은 집으로 시집을 갔고 나이를 먹은 지금도 품위 있고 청초하다. 이런 사람의 인생 어디에, 흑백의 방에서 이야기하고 싶다고 생각할 만한 일이 있었을까.

"벚꽃 마을 같은 시골에서는 드물지 않다……기보다, 그게 보통인데요, 가가리야의 뒷산에는 마을의 묘지가 있었어요."

마을을 둘러싼 둥근 산 중 하나의 산자락에 툭 튀어나와 있는 야트막한 언덕이 전부 묘지로 조성되었다고 한다.

"저희 집 쪽에서 보면 정북쪽에 해당되지요. 이 언덕에도 칠엽수나 떡갈나무에 섞여 산벚나무가 많이 자라고 있었어요."

꽃이 필 무렵이면 언덕이 벚나무 숲이 되고 묘지는 꽃에 파묻힌다.

"언덕 꼭대기에서 내려다보는 일대의 풍경이 얼마나 아름다운지."

미묘하게 색깔을 달리 하는 세 종류의 산벚나무에 복숭아나무와 살구나무의 만개가 섞인다. 봄꽃이 가득 핀 풍경은 마치 지상낙원 같았다. 눈을 돌려 산을 올려다보면 머리 위에서도 꽃들이 하늘을 가득 뒤덮고 있는 듯했다.

"맑은 날도 좋지만 흐린 날 또한 각별했어요."

지상의 꽃 색깔이 비친 회색 구름이 마치 금실로 무늬를 짠 옅은 복숭앗빛 비단을 덮어놓은 듯 보인다고 한다.

"지금 여기에서 말씀만 듣고 있어도 황홀해지는 풍경이네요."

에도 시중에 벚꽃 명소는 몇 군데나 있다. 미시마야가 찾아간 스미다 제방도 그중 하나다. 하지만 같은 꽃이라고 해도 오하나의 고향처럼 산속 마을과 도미지로가 사는 에도 시중의 풍경은 전혀 다르지 않을까. 그 앞에 선 인간이라면 하늘이 내린 선물과도 같은 자연의 웅대함에 압도되었으리라.

"정말이지 산속 마을 사람들도 봄이 올 때마다 마주하는 풍경에 마음을 빼앗기지 않을 수 없었어요."

그림 같은 풍경과 더불어 살아가는 기쁨과 마을을 개척한 조상들에 대한 감사의 마음을 담아, 벚꽃 마을에서는 매년 묘지로 조성된 언덕에서 꽃놀이를 하는 것이 관례였다.

"다섯 다나누시의 가족과 그곳에서 일하는 고용인들의 관리인——이것을 '다나가시라棚頭'라고 부르는데요, 그리고 뽕나무밭 쪽의 소작인 우두머리가 모여서 묘지 참배도 겸하여 찾아가지요. 제주祭酒는 마시지만 가무歌舞는 없고요. 음식을 담은 찬합을 둘러싸고 앉아 시간을 보내는 거예요."

여기에는 각 집안의 안주인이나 며느리들도 합세하지만 가가리야만은 달랐다.

"저희 집만은, 여자는 아무도 이 꽃놀이에 낄 수 없었어요."

기묘한 이유가 있었기 때문이다.

그해 봄, 오하나는 열두 살이었다.

할아버지와 아버지, 오라비가 언덕의 묘지에 들고 갈 찬합을 채우는 것을 도운 후에는 나들이옷으로 갈아입고, 평소에는 동그랗게 묶어 올리거나 아무렇게나 빗에 감아 틀어 올리는 머리도 좌우로 갈라 고리처럼 묶고 예쁘게 살쩍을 부풀렸다.

꽃놀이를 가지 않는 가가리야의 여자들은 넓은 방에 둘러앉아서 소소한 연회를 즐긴다. 툇마루에 면해 있는 장지문을 전부 열어젖히면 둥근 산들을 장식한 꽃이 방 안으로 밀려들어오는 듯한 장대한 광경을 목도할 수 있다.

다른 네 곳의 다나누시 집에서는 할머니도 며느리도 딸들도 꽃놀이를 하러 언덕에 올라갈 수 있는데 왜 가가리야만은 안 되는지, 오하나가 특별히 이상하게 여긴 적은 없다.

"묘지의 꽃놀이는 예의라고는 차리지 않는 자리야. 마을의 규칙이니 불평을 할 생각은 없지만, 우리 집에서는 대대로 일가의 주인이나 후계자와 여자들이 뒤섞여 연회를 벌이는 것을 좋게 보지 않았기 때문에 이를 금해 왔지."

철이 들었을 때부터 같은 말을 들었고, 재작년에 돌아가신 할머니나 어머니의 입에서 불평불만이 나온 적은 한 번도 없었다. 오린 고모는,

"예의를 차리지 않는 자리라고 해도 막상 가 보면 여자들은 아무것도 하지 않고 앉아 있을 수가 없어. 남자들이 먹고 마시는 데 시중을 들어야 하니까 집에 남아 있는 편이 낫지."

라고 몰래 말했을 정도다.

가가리야의 여자들도 평소의 묘지 참배나 청소, 벌초를 위해서

는 묘지가 있는 언덕에 오른다. 꽤 경사가 가파른 언덕이지만 기슭에서 꼭대기까지 통나무를 파묻은 계단이 만들어져 있기 때문에 비가 많이 와서 어지간히 미끄러울 때가 아니면 오하나의 다리로도 올라갈 수 있다.

다만 누가 이토록 생각 없이 만들었는지는 몰라도 통나무 계단의 층계참층계의 중간에 있는 좀 넓은 곳은 하나뿐이어서 내려갈 때는 몹시 무섭다. 꼭대기에서 층계참까지, 그리고 층계참에서 기슭까지는 거의 일직선이다. 언덕의 윤곽을 따라 얼마쯤 휘어지기는 하지만 위험하기는 마찬가지다. 자칫 발이 미끄러졌다간 초가지붕보다도 높은 곳에서 단숨에 굴러 떨어지는 꼴이 된다.

그래서 오늘 아침에도 어머니는 아버지에게,

"술을 마시고 돌아오는 길이니 모쪼록 발밑을 조심하세요."

하고 못을 박았다.

"조상님들의 무덤을 참배하고 나서 무덤에 들어가는 꼴이 된다면 웃음거리도 되지 않을 테니까요."

알았소, 알았어, 하고 아버지는 귀찮은 듯이 대답했다.

할머니가 돌아가시고 대신 오라비가 색시를 얻어 지금의 가가리야는 일곱 명이 일가를 이루고 있다. 할아버지, 아버지와 어머니, 아버지의 누이인 오린 고모, 오라비의 새언니 오케이 씨, 그리고 오하나다. 오라비인 요노스케와 오하나는 일곱 살 차이로, 남매 사이에는 또 한 명 사내아이가 있었지만 태어난 지 얼마 안 되어 죽었다.

빨리 환생하라는 마음을 담아 이름조차 짓지 않았던 그는 마을의 아기나 일곱 살이 되기 전에 죽은 아이들과 함께 묻혀 있다. 이 무덤은 묘지가 있는 언덕의 층계참 근처에 조성되어, 오하나의 어머니는 무언가 볼일이 있어 언덕을 올라갈 때면 제일 먼저 여기에 합장을 하러 간다.

오린 고모에게도 언덕에 올라가면 제일 먼저 참배하는 무덤이 있다. 다섯 다나누시 중 하나, 가네야의 조상들이 대대로 묻혀 있는 무덤이다. 그곳에 요절한 고모의 약혼자가 잠들어 있기 때문이다.

히코마쓰라는 이름의 죽은 약혼자를 오하나는 전혀 기억하지 못하지만 오라비는 지금도 그리워하고 있다. 도르래 장난감이나 팽이, 물총을 잘 만들어 주는 사람이었다나. 가네야의 차남으로 고모와 혼인하면 가네야와 가가리야 양쪽에서 누에 닌을 나누어 받아 새로운 다나누시로서 일가를 꾸리기로 약속되어 있었다.

히코마쓰 씨는 뽕나무밭에서 일하던 중 벌레에 쏘였는지 잔가지에 찔렸는지 하여간 팔꿈치 안쪽의 작은 상처가 낫지 않고 점점 부풀어 올랐는데 나중에는 고름까지 나오고 열도 떨어지지 않아서 몹시 괴로워하다가 죽었다고 한다.

한시도 떨어지지 않고 곁에 붙어 간병하던 고모는 언제 약혼자의 뒤를 따라도 이상하지 않다 싶을 정도로 삶의 의욕을 잃은 채 몇 년을 보냈다. 간신히 회복한 뒤로는,

"이제 어디로도 시집가지 않을 거예요."

그렇게 딱 잘라 말하고 히코마쓰 씨의 추억을 가슴에 안고 살아가고 있다.

오하나의 어머니는 둥근 산을 두 개 넘은 곳에 있는 마을에서 시집을 왔다. 그쪽 다나누시의 딸인데 복잡한 사정으로 후계자인 장남과 어머니가 다르다. 그 탓에 싫은 일을 잔뜩 겪었는지 지금껏 친정을 그리워하는 기색은 전혀 보이지 않고 시어머니인 가가리야의 할머니를 잘 따라서 친모녀처럼 사이가 좋았다.

세상에서는 '귀신 천 마리'라고 하는 시누이, 오린 고모와도 마음이 잘 맞는 모양이다. 할아버지와 아버지에게,

"언제까지나 친정에 있으면 안 된다."

"빨리 시집을 가지 않으면 아이가 생겨도 낳기 힘들어질 거야."

하는 설교를 들어도,

"제 마음은 모르시잖아요. 내버려 두세요."

하고 뻗대는 오린 고모지만 어머니와는 가끔 차분하게 이야기를 나누며 눈물지을 때가 있다.

"계속 홀몸으로 있으면 히코마쓰 씨도 슬퍼하지 않을까요."

"글쎄요. 죽은 사람의 마음은 알 수 없지요. 하지만 나는 싫어요. 히코 씨와 둘이서 가정을 꾸리면 이렇게 하자, 저렇게 하자고 생각했던 것을 다른 사람과 할 마음이 들지 않아요."

이야기를 나눈 후에는 어머니도 약간 풀이 죽어 버려서 오하나는 몰래 가슴 아파했다.

이와 같은 사연을 가진 여자들이 사는 집안에 시집을 온 오케

이는, 성 아래에 있는 실 가게 '마사키야'의 딸이다. (훗날의 오하나와는 반대로) 떠들썩한 상점가에서, 이웃 마을에 가려면 산을 하나 넘어야 하는 마을로 시집을 온 것이다. 나이는 열여덟. 위로 오라비가 둘 있는 막내딸로 태어나서 지금까지 비단실은 본 적이 있어도 누에는 본 적이 없다. 반짇고리보다 무거운 물건은 들어 본 적도 없는 아가씨였다.

번의 시책으로 큰 재원인 누에를 키우는 다나누시가 오랫동안 이 일에 종사하다 보면 평민이라도 성씨를 쓰고 칼을 찰 수 있었으며, 징용에서 면제되거나 관리를 대신해 연공年貢의 징수를 맡는 등 여러 가지로 존중을 받았다. 성 아래에 있는 실 도매상이나 비단 도매상과 빈번하게 교류하는 만큼 관계가 깊어지면 혼담이 성립하는 일도 그리 드물지 않다.

그러나 마사키야는, 에도로 치면 기노쿠니야에도 시대 중기에 전설적인 호상豪商 기노쿠니야 분자에몬이 창업했다는 상점와 비슷할 만큼 부유한 상인이다. 오케이의 숙모 중 한 사람은 쇼군의 시녀에서 선대 번주의 측실의 위치까지 올랐다. 마사키야 정도의 가문과 벚꽃 마을의 일개 다나누시는 어울리지 않는다(오하나의 친정은 양잠의 규모가 작고 다나누시가 된 지 겨우 2대째다). 매우 수상쩍은 혼담이었다.

그래도 이야기는 매끄럽게 진행되어 요노스케와 오케이는 가가리야에서 집안사람들끼리만 모여 소소하게 혼례를 올렸다. 마사키야에서는 오케이의 유모였다는 나이 든 하녀와 대행수 하나가 따라 왔고 혼수도 기모노나 소품뿐이었다. 다만 지참금은 매우 많았다. 아울러 당사자인 신부가 부루퉁해 있었다는 점으로 대강의 사정을 짐작해 볼 수 있겠다.

오케이는 엄청난 말괄량이었던 것이다. 열여섯 살 때 부모가 정한 혼담이 싫어서 소꿉친구인 상가商家의 아들과 도망쳤으나 세상 물정 모르는 도련님과 아가씨는 금세 빈털터리가 되었고 부부 흉내는 반년도 못 가 끝났다.

마사키야에 도로 끌려올 때 이미 회임한 상태였던 오케이는 달이 차자 사내아이를 낳았다. 그러나 아이는 함께 도망쳤던 상대 쪽에서 데려갔다. 처음부터 다시 교육을 받는다는 명목으로 본가에서 근신하던 오케이는 감시의 눈을 피해 또 도망쳤다. 이번에는 마사키야의 젊은 행수가 상대였다.

아무리 귀여운 막내딸이라지만 마사키야의 주인은 역시 대격노했다. 이대로 오케이를 집에 잡아두면 간판에 상처가 생길지 모른다. 아들들의 장래에 지장을 초래할 수도 있다. 차라리 비구니가 되거나, 성 아래 마을을 벗어나 어딘가 먼 곳으로 시집을 가는 편이 낫겠다.

아버지의 강요에 오케이는 후자를 골랐기 때문에, 불운한 시댁으로 약소弱小한 신참 다나누시이긴 하지만 마침 나이가 적당히 어울리는 아들이 있었던 가가리야가 선택되었다――는 경위이다.

누가 봐도 성가시기 이를 데 없는 혼담이 들어왔을 무렵, 할머니가 돌아가신 지 반년이 지났을 뿐이었던 가가리야에서는 "상중입니다"라는 핑계를 대며 말괄량이를 떠맡지 않으려고 열심히 저항했으나 마사키야는 양보하지 않고,

"뭐, 상이 끝날 때까지 기다려도 되니까 부디 혼담을 받아 주십시오."

라며 강행해 버린 것이다.

이러한 사연을 오하나는 전~부 오린 고모한테 들었다.

"집에서 숨긴다 해도 이미 마을 전체에 소문이 났으니까 가르쳐 줄게."

때문에 오하나는 혼례가 끝나고 한동안은 예쁜 새언니를 무서워했다. 틀림없이 제멋대로에 기가 센 사람이겠지. 세상 사람들은 시어머니가 시집살이를 시킨다지만 우리 집의 경우는 반대로 마사키야의 간판을 믿고 으스대는 새언니가 어머니를 괴롭히지 않을까.

부부의 맹세를 하는 잔을 나눌 때도 부루퉁한 얼굴이었던 오케이는, 가가리야 안에서 제대로 모습을 보이지 않았다. 물론 새색시다운——일가의 여자다운 일도 하지 않는다. 부부가 함께 기거하는 방에 틀어박혀 밥도 따로 먹었다.

심지어 남편인 요노스케도 가까이 오지 못하게 했다. 아침저녁으로 오케이의 밥상은 그가 나르고 그때마다 말을 걸어 보았지만 상대도 해 주지 않았다.

오케이를 벚꽃 마을까지 데려온 유모 노파와 대행수는 조촐한

혼례가 끝나자 도망치듯 성 아래 마을로 돌아갔다. 그래도 유모는 눈물을 글썽이며 꾸물거렸지만 대행수가 여지없이 재촉하여 떠난 후로 방에 틀어박힌 오케이를 야단치거나 달랠 사람은 하나도 남지 않게 되었다.

할아버지와 아버지는 당연하다는 듯 불평을 늘어놓곤 했다.

"아무리 흠이 있는 말괄량이라도 공주님을 데려온 거나 마찬가지니 어쩔 수 없지."

"진심으로 우리 집 며느리로 대했다간 마사키야에서 화를 낼지도 모르니까요."

앞뒤가 맞지 않긴 해도 어쩔 수 없는 부모의 마음이다.

"또 도망쳐 주면 좋을 텐데."

"하지만 아버지, 요노스케를 데리고 도망쳐 버리면 큰일입니다."

"요노스케도 그렇게까지 바보는 아닐 게다. 다른 누군가, 마을의 젊은이라도 좋으니 따라가 주었으면 좋겠구나."

나중에 돌이켜 보면 할아버지도 꽤 심한 말을 했다.

가가리야의 안주인이자 오케이를 며느리로 맞은 요노스케의 어머니는 화도 내지 않고 불평도 하지 않고 신경도 쓰지 않았다.

"네 색시이니 우선은 네가 어떻게든 해 보렴. 얼굴을 보여 주지 않아도 이야기는 할 수 있겠지."

요노스케에게 그렇게 말하고는 여느 때와 마찬가지로 집안일을 하고 누에 님을 보살폈다.

한편 오린 고모는 오케이에게 상당한 관심을 보였다. 오하나가 깜짝 놀랐을 정도다. 한편으로 고모의 호기심 어린 행동에 지나친 구석도 있는 듯하여 약간은 꺼림칙한 기분도 들었다.

오린은 요노스케가 밥상을 나를 때 함께 따라가려고 했다. 요노스케가 거절하자 몰래 오케이에게 접근하려고도 했다.

한번은 "청소해 줄게"라며 젊은 부부의 방 당지문을 열려고 해 보았지만 적도 만만치 않아서 빗장을 질러 놓았는지 꿈쩍도 하지 않자, "큰일이다 큰일, 불이야!" 하고 소리를 지르는 바람에 (오케이는 나오지 않고) 다른 집안사람들만 허둥지둥 달려온다――는 소동을 일으킨 적도 있었다.

"고모, 제 아내니까 저한테 맡겨 두세요."

요노스케가 아무리 부탁해도,

"무슨 소리야. 가가리야의 며느리잖니."

너도 참 무르다며 꾸짖는다.

"오케이 씨! 아니면 오케이 님인가? 공주님? 뭐든 상관없지만, 바깥 날씨가 참 좋아요!"

긴 겨울의 출구가 보이기 시작해, 쌓여서 굳어 있던 눈이 녹고 얼어붙은 나뭇가지들에 새싹이 부풀어 오를 무렵이었다. 고모의 말대로 파란 하늘의 색깔도 점차 부드러워지고 있었다.

"틀어박혀 있기만 하면 달마 대사님 같잖아요. 깨달음을 얻으려는 거라면 말리지는 않겠지만 오케이 씨는 그렇게 바싹 말라비틀어진 여자가 아닐 텐데요. 비구니가 되는 게 싫어서 멀리 이곳까지 시집을 온 거니까 하루에 한 번 정도는 이 집 사람들의 얼굴을 보세요."

공덕을 쌓는 일이 될 거예요, 하고 아무 말이나 늘어놓으며 혼자서 웃는다. 오린은 매일, 오케이가 가타부타하지 않아도 떠들썩하게 말을 걸거나 놀리거나 비꼬아 댔다.

그러던 어느 날 마을 안에 쌓여 있던 눈이 완전히 사라지자 요노스케가 기쁜 듯이 말했다.

"어젯밤에 밥상을 물릴 때, 매일 시끄럽게 구는 저 여자가 누구냐고 묻기에 우리 고모라고 가르쳐 주었더니."

——이상한 사람이네요.

"오케이 씨가 우리 집 사람에 대해서 뭔가 말하는 건 처음이에요."

"그게 기쁠 일이니?"

하고 헐뜯었지만 반응이 있어서 오린도 기분이 좋아진 것이리라. 그 후로 한층 더 기합을 넣고 오케이의 방 앞에서 시끌벅적하게 굴었다.

게다가 막무가내로 오하나까지 끌어들이더니.

"뭐라고 하면 좋을지 모르겠어요……."

"아침밥은 어땠냐고 물어 봐. 오늘 아침의 참마죽, 오하나 네가 만든 거잖니."

"젓기만 했는데."

오케이 씨! 하고 고모는 명랑한 건지 화난 건지 알기 어려운 목소리를 내질렀다.

"이 애는 오하나예요. 당신 남편 요노스케의 누이지요. 당신한테는 시누이지만 얌전한 아이니까 심술은 부리지 않을 거예요. 오히려 오하나가 당신을 무서워하고 있어요."

"고모, 그만해요."

오하나는 목을 움츠리며, 가가리야 사람들이 오케이에게 미움받고 있다는 것을 잘 알지만 일부러 화를 돋울 필요가 있을까 하고 생각했다.

"오케이 씨, 오하나는 열 살 때부터 매일 누에 님을 돌봐 왔어요. 이 마을은 누에 님 덕분에 밥을 먹고 살고 있으니까요."

당신 친정도 마찬가지죠?

"마사키야도 처음부터 큰 가게는 아니었잖아요. 비단실을 한 묶음, 또 한 묶음 팔아서 재산을 불려 왔겠지요. 덕분에 당신은 고생을 모르고 자랐을 테고요. 이제 다나누시의 집안에 시집을 왔으니까 한 번 정도는 누에 님께 머리를 숙여도 괜찮지 않을까요?"

마음이 내키면 나오세요. 집 안을 보여 줄게요. 누에 님이 줄줄이 늘어서 있는 시렁이 있는 오두막도, 요노스케가 경작하고 있는 뽕나무밭도 안내해 줄게요.

"지금은, 겨우내 딱딱하게 얼어 있던 흙을 파내고 있어요. 우리 집에서 먹을 만큼은 밭벼 농사도 짓고 있으니 그쪽 밭도 만들어야 하고요. 당신이 먹는 쌀은 하늘에서 내려오는 게 아니에요."

실컷 말하고 나서 오하나의 손을 끌며 재빨리 물러난 오린의 얼굴에 오케이의 대답을 기대하는 기색은 보이지 않았다. 그저 하고 싶은 말을 속에 담아 두지 않고 입으로 토해 냈을 뿐이다.

그동안 오린의 모습을 때로는 기막혀하며 때로는 웃으면서 지켜보던 어머니는 이날 고모에게 고마움을 표했다.

며느리의 오만과 나태에 가장 화를 내야 할 입장에 있는 어머니지만 오케이의 뒤에는 아무래도 마사키야의 간판이 어른거린다. 마사키야 정도의 가문에서 일개 다나누시 집안으로 시집을 보냈으니 오케이가 의절을 당한 셈이나 마찬가지라고 수군거리지만 확실한지 어떤지는 누구도 알 수 없다. 만에 하나 마사키야의 분이 풀리고 오케이가 성 아래 마을로 도로 불려가게 되어,

――가가리야에서 실컷 시집살이를 시켰어요.

라고 일러바치는 날에는 이쪽도 매우 무섭다.

그래서 참고 있는 어머니의 울분을,

"어차피 나는 노처녀 더부살이니까."

라는 고모가 풀어 준 것이다.

"애초에 새언니는 시집살이 따위를 시킬 수 있는 사람도 아니고."

"그건, 나도 어머님이 정말 잘해 주셨으니까 시집살이 시키는 법을 모르는 것뿐이에요."

어느 날 저녁밥을 둘러싸고 나누는 두 사람의 대화를 가만히 듣고 있던 할아버지가 밥을 씹다가 말고 무언가 말하고 싶다는

표정을 지었다.

어라? 뭘까. 하고 싶은 말이 있지만 입을 열지 않는 할아버지를 곁눈질하며 아버지도 뭔가 눈치 챈 것 같은 얼굴을 했다.

방에만 틀어박힌 며느리를 소중히 에워싸고 있는 가가리야에도 꽃이란 꽃으로 주위가 가득 메워지는 봄이 찾아왔다. 이맘때쯤에는 벚꽃이 피는 정도와 날씨를 맞추어 보고 늘 열리는 꽃놀이의 날짜를 결정한다.

당일 아침, 남자들에게 음식을 담은 찬합을 들려 보내고 가가리야 여자들만의 꽃놀이를 준비하던 어머니가 오하나를 불렀다.

"같이 오케이 씨를 부르러 가자."

더없이 푸른 하늘을 부드럽게 가로지르던 바람이 갖가지 꽃 냄새를 실어온다. 어머니는 오늘도 꼭 닫혀 있는 당지문 앞 복도에 무릎을 꿇었다.

"오케이 씨, 괜찮으시면 나와서 우리랑 꽃놀이하지 않으실래요?"

오늘은 마을 사람들이 묘지가 있는 언덕에 올라가는 꽃놀이 날이지만 가가리야의 여자들은 거기에 섞일 수 없어서 여자들만의 꽃놀이를 하는데 넓은 객실의 툇마루에서 우리끼리 바라보는 풍경이 정말 근사하다는 이야기를 하며 어머니는 말했다.

"제 시아버지도 남편도, 요노스케도 묘지에 가서 없어요. 여자들만 남았지요. 이참에 오케이 씨의 가슴속 사연을 들려주고 앞으로의 생활에 대해서 상의해 보면 어떨까요?"

오케이가 벚꽃 마을에서 나가고 싶다면 팔을 걷어붙이고 돕겠다는 말도 했다.

"체면이나 면목을 중히 여기는 남자들을 상대로 이야기해 봐야 전혀 통하지 않으니까요. 요노스케가 당신을 여기서 내보내지 않는 것도 반쯤은 남편으로서의 오기일 테고, 반쯤은 당신 친정의 눈치를 살피고 있기 때문이에요."

하지만 나는 여자니까, 하며 어머니는 살짝 웃었다.

"당신의 마음을 모르지 않아요. 당신 좋을 대로 해 주고 싶어요. 시어머니라고 생각하면 귀찮을 테니 여자끼리라고 생각하고 나와 주세요."

당지문 너머로 건네는 온화한 말을 듣는 동안 오하나는 깨달았다. 어머니는 오케이 씨뿐만 아니라 내게도 이 말을 들려주고 싶었던 거로구나. 여자는 이런 불행한 처지에 떨어질 때도 있다, 하지만 어떤 순간에도 어머니는 딸의 행복을 바라며 같은 편이 된다는 이야기를.

"우리는 집에서 제일 큰 방에 있어요. 복도 끝에서 오른쪽으로 꺾으면 바로 나와요. 오늘은 고용살이 일꾼들도 밖에서 마음껏 꽃놀이를 하니까 정말로 우리뿐이에요."

오케이에게 이곳은 가난하고 아무런 재미도 찾을 수 없는 산속 마을에 불과하리라.

"하지만 이 계절의 꽃 풍경만은 천하제일이니까, 나오세요."

마지막 말을 남기고 어머니는 오하나와 함께 자리를 떠났다.

오늘은 할머니의 위패도 불단에서 꺼내, 어머니와 오린 고모와 오하나가 나란히 음식을 둘러싸고 앉는다. 죽순과 새끼토란찜, 산나물무침과 튀김. 아침에 걷어 온 달걀은 두툼하게 부친다. 민물고기의 껍질은 바삭하고 향긋해서 두툼한 흰살이 살살 녹는 것 같다. 유채꽃밥은 주먹밥으로 만들어 두었다. 지게미로 만드는 백주白酒는 감주처럼 산뜻한 맛이라 오하나도 마실 수 있다.

올해의 산벚나무는 노란 기가 짙다거나, 꽃이 흐드러지게 피어서 산이 한층 둥글게 보인다거나, 살구꽃 향기가 바람에 실려와 꽃놀이에 어울린다는 이야기도 하고, 전적으로 오린 고모가 주워 오는 마을의 소문도 듣는다. 어머니가 할머니와의 추억을 한 자락 꺼내자, 오하나는 어린아이답게 누에 님을 돌보는 틈틈이 다니는 서당의 선생님이 무섭다거나 가네야의 막내 미이가 울보라거나 사이좋게 지내는 사내아이가 있지만 나무꾼의 자식이라서 조만간 어디론가 떠날지도 모른다는 이야기를 했다.

한창 수다에 열을 올리고 있는데 복도에서 사람 그림자가 스르륵 다가오더니 넓은 방 앞의 작은 방으로 들어왔다. 그러고는 딱 한 장만 열려 있는 당지문 앞에 조용히 앉았다.

오케이였다.

"어머나!"

제일 먼저 소리를 지른 사람은 오린 고모였다.

"달마 대사님이 나왔네."

놀리는 것 같지만 가시 돋친 목소리는 아니다.

어머니는 오케이를 바라볼 뿐 아무 말도 하지 않았다. 하지만 미소 짓고 있다. 기뻐하고 있다.

"어, 어서 오세요" 하고 멍청한 말을 건넨 사람은 오하나다.

문지방 맞은편에서, 오케이는 물건처럼 굳어 있었다. 눈은 툇마루 너머에 펼쳐져 있는 벚꽃 마을의 꽃, 꽃, 꽃, 꽃이 넘치는 풍경에 못 박혀 있다. 매료된 기색이었다.

누에 님을 키워 비단실을 얻는 것이 생업이어도 벚꽃 마을 사람들이 몸에 걸치는 것은 마麻로 된 옷이다.

그러나 오케이는 비단옷을 입고 있었다. 피부는 하얗고 풍성한 머리카락은 이초가에시로 묶었다. 요노스케가 신경을 써서 하녀에게 잘 보살펴 달라고 부탁했으리라. 방에만 틀어박혀 있었는데도 오케이는 단정한 몸차림을 하고 있었다.

역시 이런 산속 마을에는 어울리지 않는 세련된 미인이다. 가엾다고, 오하나는 생각했다.

오케이의 눈이 깜박이는가 싶더니 가가리야의 여자들을 순서대로 바라보았다. 눈빛이 흔들리고 있다.

그러더니 별안간 그 자리에서 손을 짚고 오케이는 엎드리듯이 머리를 숙였다.

"어머니, 오린 씨, 오하나."

미안해요――하며 울음을 터뜨렸다.

"그 후에는 여자 넷이서 이야기를 나누었어요."

흑백의 방 상좌에 앉아, 이제 스스로를 '할머니'라 칭할 나이가 된 오하나는 열두 살 여자아이 같은 밝은 눈을 하고 말했다.

"실컷 울고 얼굴을 닦더니 배가 고팠는지 오케이 씨는 음식을 맛있게 먹고."

기운을 차리자 자신의 마음을 털어놓았다고 한다.

"마사키야의 주인은 바깥에선 숙련된 장사꾼이고 뛰어난 인물이었지만 집 안에서는 지나치게 엄했던 모양이에요."

화를 잘 내고 음험하고 작은 일에도 깐족깐족 꾸짖고 기분이 상하면 오래간다. 가끔 무슨 일로 웃는 얼굴을 보여서 안심한 집안사람들이 같이 웃으면,

――뭐가 우스워.

하며 순식간에 귀신같은 얼굴이 되었다.

"그래도 아들들에게는 손을 대지 않았지만 안주인과 오케이 씨는 자주 얻어맞았대요."

오케이는 지기 싫어하는 성미였기 때문에 철이 들고 나자 너무 말도 안 되는 일로 야단을 맞거나 혼이 나면 아버지에게 대들었다.

"그러면 어느 안전이라고 그딴 소리를 하냐며 뺨을 호되게 꼬집는다는 거예요."

아무리 부모라도 여자의 얼굴을 꼬집는 것은 너무하지 않은가.

"손가락 자국이 남을 정도로 세게 꼬집어서 안주인이 말리려고 끼어들면 이번에는 안주인을 때리고요. 비슷한 일이 되풀이되다

보니 오케이 씨는 자신의 아버지가 완전히 싫어졌대요."

마사키야 안에서는 숨을 죽이며 살다가, 언젠가 지긋지긋한 집에서 나가자, 그때는 어머니도 데려가자고 결심했다.

"하지만 열여섯 살이 되자마자 혼담이 결정되고 말았지요."

상대는 마흔이나 된 남자로 아이도 셋 있었다. 큰아이는 오케이보다 연상이었다. 즉, 후처 자리였던 것이다.

"열여섯 살짜리 딸을 갑자기 마흔 살 남자의 후처로 주려는 아버지를 세상에서 그리 흔하게 볼 수는 없을 텐데요" 하고 도미지로는 말했다.

기린麒麟이나 뇌수雷獸보다도 드물지 않을까.

"마사키야의 주인은 돈이 많았으니 빚 때문은 아니겠지요? 어지간히 의리가 있는 사람이었나요?"

오하나는 고개를 저었다. "당치도 않아요. 같은 비단장수인데, 마사키야만큼 규모가 큰 가게는 아니었고 그저 상대가 오케이 씨를 보고 첫눈에 반해서 꼭 아내로 달라고 했을 뿐이었어요."

미인이 좋다며 열여섯 살의 어린 처녀를 달라고 조르는 마흔 살 남자라니, 아무리 돈이 많고 잘생겼어도 징그럽다. 백 보 양보해서 '내 집에 두고 싶다'는 거라면 그나마 삼킬 수 있는 징그러움이지만, 어차피 그 제안을 덥석 받아들이고 마는 마사키야의 주인도 제정신이 아니다.

"꼭 딸에게 심술을 부리는 것 같네요."

도미지로가 저도 모르게 내뱉듯이 말하자 오하나는 크게 고개를 끄덕였다.

"우리도 그건 그냥 심술이라고 말했어요."

오케이 본인은 "아버지의 벌이에요"라고 말했다고 한다.

──얌전한 오라비들과 달리 저는 반항을 했으니까 아버지한테 미움을 사고 만 거지요.

"그럼 소꿉친구와 도망을 쳤던 까닭은 아버지가 내리는 음험한 벌을 피하기 위해서였겠군요."

"바로 그랬어요. 자세한 사정을 알게 된 상대가 오케이 씨의 손을 잡고 도망쳐 준 것이었는데."

도피 중에 돈이 떨어져 곤란해지자 소꿉친구는 (일을 하거나 돈을 빌리거나) 다른 방법을 생각하지 않고 곧 본가에 돈을 달라고 요구했다.

"그러다 붙잡히는 바람에 오케이 씨도 도로 끌려왔지요."

오하나는 한숨을 쉬었다.

"우리 어머니는 처음에 사정을 들었을 때부터 의아하게 여겼다고 했어요."

──도대체가, 두 사람이 그대로 부부가 될 수 있도록 해주자고 나서는 사람이 주위에 하나도 없었나요. 오케이 씨의 배 속에 아기가 있었다면 더더욱, 그대로 맺어 주었으면 좋았을 텐데.

"저도 같은 생각입니다만. 왜 안 되었던 걸까요?"

"오케이 씨의 이야기로는, 소꿉친구의 집안에서도 찬성했지만 마사키야의 주인이 거절해 버렸다고 해요."

태어난 아기만 그쪽에 넘기고 오케이는 다시 새장 속의 새 신세로 돌아가고 말았다.

"무슨 일이 있어도 딸을 자기 마음대로 하겠다는 심보로군요."

이런 부모가 있을까. 도미지로는 망연자실했다. 아이의 행복보다, 자신의 말대로 하게 만드는 게 먼저라니.

"그럼 그다음에 도망친 것도——."

"네, 사랑의 도피가 아니었어요. 함께 도망친 행수도 가게 안에서 괴롭힘을 당하고 있었기 때문에 오케이 씨와 서로 동정했을 뿐이라고 해요."

그러나 두 번째 도망도 실패하고, 마사키야의 아가씨는 바람기가 있다, 음탕하다는 소문이 나서,

"오케이 씨는 우리 마을로 쫓겨 온 것이었지요."

도미지로는 콧등을 긁적이면서 신음했다.

"한쪽만의 이야기나 소문을 믿어서는 안 되겠군요."

듣는 이로서도 명심해 두어야겠다.

오케이는 벚꽃 마을로 끌려오는 길에 도망칠 생각도 했다. 하지만 자신이 사라지면 시중 역할(감시 역할)을 맡은 유모와 대행수에게 해가 미치게 되니 미안해서.

——혼례 때까지는 참고 있다가 두 사람이 성 아래의 마을로 돌아가면 죽어 버릴 생각을 하고 있었어요.

혀를 깨물든지 절벽에서 뛰어내리든지 강에 뛰어들든지, 방법은 얼마든지 있다.

"하지만 혼례를 마친 날 밤에 우리 오라버니가 이렇게 말했다고 해요."

이 혼담이 오케이에게 어울린다고 여길 사람은 아무도 없고, 자신도 본의는 아니다. 반년쯤 이 집에 있다가 세간의 관심이 식으면 어디론가 도망치게 해 주겠다.

"어머니도 고모도 저도 깜짝 놀랐어요. 오라비인 요노스케는 그런 사려 깊은 말을 할 사람이 아니었거든요."

육 척 장신에 힘이 세고 늘 앞장서서 부지런히 일하는 사람이지만 말수가 적고 고지식하다.

"평소에 말수가 적고 고지식한 사람이 하는 말이니까 더욱 진실하게 느껴지지 않았을까요?"

"하지만 오케이 씨로서는 곧이곧대로 믿을 수 없었겠지요. 아직 오라버니의 성정도 몰랐으니 진짜 도망치게 해 줄지 어떨지 가늠하기가 어렵지 않았을까요. 어차피 마사키야의 권세에 이길 수 없는 시골 다나누시의 아들 따위가 하는 말은 믿을 수 없고요."

단숨에 말하고 오하나는 웃었다.

"일단은 상황을 보기로 하고 방에 틀어박혀 있었다고 털어놓았어요."

요노스케의 태도는 변함이 없었다. 매일 친절하게 보살피는 한편으로 하녀에게도 분부해 오케이가 편하게 지낼 수 있도록 손을 써 두었다.

"무슨 속셈인지 몰라도 고모는 매일 말을 걸어 주었고, 달마 대사 노릇을 계속 하는데도 누구 하나 자신을 탓하거나 구박하지 않아서,"

오케이의 마음은 점점 술렁거리기 시작했다.

——가가리야 사람들이라면 의지해도 괜찮지 않을까.

"그러던 차에 여자들만의 꽃놀이에 와서 앞으로의 일을 상의하자던 어머니의 말이 단숨에 마음을 풀어버렸지요."

게다가 가가리야의 큰 방에서 보이는 지상은 봄 일색이었다. 꽃이란 꽃이 온통 흐드러지게 피어 있다.

"그 풍경이, 오케이 씨의 울적한 마음을 전부 날려 보내 주었을 거예요."

꽃놀이를 하는 가가리야 여자들의 행복한 얼굴도 한몫했음에 틀림없다.

실컷 이야기를 나누다가 해가 질 무렵, 묘지가 있는 언덕으로 꽃놀이를 갔던 남자들이 돌아올 때쯤에는 가가리야 여자들도 오케이도 마음을 정할 수 있었다.

——어디론가 도망치게 해 주신다 해도 제게는 갈 곳이 없어요. 붙잡혀서 도로 끌려오면 상황이 더욱 나빠지고 가가리야에도 폐를 끼치게 될 테니까요.

그렇다면 차라리 이 인연을 받아들이고 싶다.

——불민하고 모자란 여자지만 저를 가가리야의 진짜 며느리로 삼아 주세요.

"꽃놀이 때 마신 술로 얼굴이 벌게져서 언덕을 내려온 오라버니는 오케이 씨의 말에 더욱 새빨개졌어요."

싫다고 할 리가 없다. 가가리야 입장에서도 좋은 결말이다.

"이튿날부터 오케이 씨는 우리와 똑같이 마로 지은 작업복을 입었어요. 머리는 동그랗게 묶어 올리고 어깨띠도 맸고요."

그러나 평생을 아가씨로 자란 터라 우선은 집안일을 배우는 데서부터 시작해야 했다.

"처음에는 불쌍하다 여겨질 만큼 아무것도 못하더군요."

다다미 결의 반대 방향으로 비질을 하고 쌀을 어떻게 씻어야 하는지도 모르며 물을 길으면 서 있기조차 힘들어 한다. 걸레 한 장을 꿰매기는커녕 잘 짜지도 못한다.

"진짜 아가씨였군요."

도미지로는 웃고 말았다. 그러다가 문득 생각났다는 듯이 오하나에게 사과했다.

"죄송합니다. 이야기를 처음 시작하셨을 때 저는 다나누시의 딸인 오하나 씨도 귀하게 자라 아무것도 못하는 아가씨인 줄 알았어요."

"어머나" 하며 오하나는 눈을 크게 떴다.

"하지만 착각도 무리는 아니예요. 시골에서는 촌장의 딸이든 지주의 후계자든, 본인이 방탕하고 돼먹지 못한 사람이 아닌 한 가업을 돕고 일을 하는 게 당연하지만, 이리로 시집을 와서 에도 시중에서는 생활 방식이 다르구나, 하고 저도 옛날에는 당황했으니까요."

지금은 무위도식 중인 도미지로에게도 귀가 따끔해지는 이야기다.

"우리 어머니도 고모도 어린아이였던 저도, 오케이 씨의 마음은 충분히 헤아렸지만 과연 몸이 버텨낼지 걱정했어요."

그러나 오케이는 잘 버텼다. 포기하지 않고 내던지지 않고, 시어머니의 격려를 받고 오린 고모에게 명랑하게 엉덩이를 얻어맞고 오하나의 도움을 받으면서 점차 한 사람 몫의 일을 감당해 나갈 수 있게 되었다.

"집안의 일이 대충 몸에 익고 나면 다음은 누에 님을 돌보는 일이지요."

비단옷을 입고 비단실을 손에 든 적은 있지만 이전에는 단 한 번도 누에를 보거나 만져본 경험이 없던 오케이가 처음으로 누에 님과 맞닥뜨렸을 때는 가엾을 정도로 기분 나빠했다고 한다.

"생긴 모양은 애벌레니까요."

뽕잎을 주고 똥을 치우며 소중히 키우다가 누에 님이 고치를 만들 수 있을 만큼 자라면 납작한 상자에서 한 마리씩 꺼내어 전용 틀 안으로 옮겨야 하는데.

"다나누시, 다나가시라의 '다나棚'는 납작한 상자나 틀을 넣는 시렁을 뜻하지요."

뽕나무밭을 경작하는 일은 남자들이 하지만, 뽕잎을 따서 광주리에 담아 가져오고 지저분하거나 벌레 먹은 것을 제거하는 작업은 여자들이 분담해서 한다.

"뱅어 같던 오케이 씨의 손가락이 거칠어지고 갈라지자 오라버니가 마유麻油를 발라 주면서 잘 돌보아 주었어요."

부부 사이는 좋았던 것이다.

"또 하나, 오랫동안 누에 님과 생활해 온 사람들한테는 별 문제도 아니지만."

실을 얻기 위해서는 누에 님의 고치를 삶아야 한다. 이때 피어오르는 김에서 엄청난 냄새가 풍긴다고 한다. 오케이는 고치를 삶을 때마다 늘 구역질을 하며 힘들어했기 때문에,

——이래서는 입덧이 있어도 모르겠어요. 어머니, 어떡하지요?

"우리 어머니는, 나는 아니까 괜찮다며 웃었어요."

"어떤 냄새인가요?"

도미지로의 물음에 오하나는 고개를 갸웃거렸다.

"우리는 어릴 때부터 맡아서 익숙했고 냄새가 난다고도 싫다고도 생각하지 않았으니까요……."

잠시 생각하고 나서 눈을 들었다.

"그러고 보니 이리로 시집을 오고 나서 이런 일이 있었어요."

시댁에서 하녀가 실수로 삶은 달걀을 썩히고 말았다.

"음식을 함부로 하다니 괘씸하다면서 시어머니가 관자놀이에 핏대를 세우고 막 야단을 치는데, 저는 새까매진 달걀에서 나는 냄새를 맡으며 그립다고 생각했어요."

아아, 고치를 삶는 냄새구나, 하고.

오하나의 이야기를 듣고, 젊을 때 알고 지내는 다나누시 밑에서 일한 적이 있다는 시아버지가 손뼉을 치며 동의했다고 한다.

"그건…… 꽤 고약하군요."

도미지로는 가슴을 눌렀다.

"고치를 삶을 때 나오는 김은 열기도 대단하지 않나요?"

오하나는 태연하게 대답했다. "맞아요. 굉장히 뜨겁지요. 하지만 오케이 씨도 어떻게든 적응해 나가더라고요."

언제부터인가는 누에 님이 '귀엽다'는 말까지 하게 되었다.

"마을에서 누에 님은 신이니까 손아랫사람을 대하듯 귀엽다는 식으로 말하면 실례지만, 뭐 큰 소리로 떠드는 것도 아니니까요."

다행히 손재주가 있었던 오케이는 고치에서 실을 뽑는 작업도 일단 요령을 익히자 금세 실력이 좋아졌다.

"고모가, 나보다 잘하게 돼 버렸다면서 심통을 부릴 정도였어요."

오케이가 진정으로 가가리야의 며느리가 되고, 요노스케의 아내가 되고, 가족 모두가 진짜 입덧을 기다리는 동안 이곳에서의 시간은 바쁘고 행복하게 지나가 곧 이듬해 봄을 맞이하였다.

둥근 산들이 흐릿하게 복숭앗빛이나 벚꽃색으로 물들고, 수많은 봉오리가 부푸는 소리까지 희미하게 들려올 것 같던 어느 날의 일이다.

"우리 할아버지와 부모님, 오케이 씨의 입장에서 보자면 시할아버지와 시아버지, 시어머니일 텐데, 거기에 오라버니까지 더해서 매년 있는 언덕 묘지의 꽃놀이 준비를 하고 있을 때였어요."

며느리 된 몸으로 건방진 소리라는 건 알지만——하며 오케이가 조심스럽게 끼어들었다.

"어째서 가가리야의 여자들만 묘지의 꽃놀이에 가면 안 되는 건가요?"

오케이의 물음에 시할아버지도 시아버지도 시어머니도, 남편인 요노스케까지 입을 딱 벌렸다.

"어머님, 지금까지 이상하게 생각하지 않으셨어요?"

"그야, 그렇게 정해져 있으니까."

당황한 요노스케도 고개를 끄덕인다.

"돌아가신 할머니도, 할머니의 시어머니도 언덕의 꽃놀이에는 가지 않았다고 했소."

"어째서요?" 하고 오케이는 물고 늘어진다. "누가 왜 그렇게 정한 건가요?"

다른 다나누시의 집에서는 가족이 모두 함께 묘지가 있는 언덕에 올라가는데, 가가리야의 여자들만 집에 남는다니 좀 이상하지 않은가.

"백 보 양보해서 벚꽃 마을의 다나누시가 모두 마찬가지라면 그나마 알겠는데요."

지금의 상태로는 가가리야의 여자들만 따돌림을 당하는 꼴이다.

"따돌림이라니."

여자들만의 꽃놀이는 마음 편하고 즐겁다, 가가리야의 여자들이 훨씬 더 득을 보고 있다는 시어머니의 말에,

"맞는 말씀이지만 언덕 위에 올라가지 않으면 정말로 천하제일의, 지상의 극락 같은 풍경은 볼 수 없잖아요?"

"뭐, 그렇긴 한데……."

"오케이 씨, 언덕 위에서 보는 풍경이 궁금하시오?"

제대로 부부가 되고 나서도 여전히 아내에게 '씨'를 붙여서 부르는 요노스케다.

"네, 보고 싶어요. 언덕 아래에 있어도 벚꽃은 충분히 예쁘지만 언덕 위에서 보면 그냥 예쁘다거나 멋있다는 것 이상의 풍경이라고 요노스케 씨가 가르쳐 주었잖아요."

너 며늘아기한테 그런 말을 했느냐며 아버지가 노려보자 요노스케는 목을 움츠리며,

"아, 그렇다면," 하더니 얼굴이 확 밝아졌다. "꽃이 하루 만에 지는 건 아니니까 마을 꽃놀이가 끝나면 내가 오케이 씨를 언덕 위로 데려가 주——."

그 말을, 시할아버지가 엄청난 기세로 가로막았다. "안 돼 안 돼 안 돼 안 돼 안 돼!"

"예?"

"마을의 꽃놀이가 아니더라도, 어쨌든 벚꽃이 피는 시기에 가가리야의 여자는 언덕에 오를 수 없다. 절대로 안 된다!"

젊은 부부는 얼굴을 마주보고, 시아버지와 시어머니는 시할아버지의 성난 얼굴에 눈을 깜박거렸다.

"아버님, 그렇게까지 화내실 필요는……."

"맞아요, 할아버지."

아들과 손자가 달랬지만, 그래도 시할아버지는 주먹을 움켜쥐고 야윈 몸을 떨었다. 시할아버지의 안색이 돌변하는 모습을 보며,

"제가 정말 해서는 안 될 말을 해 버렸나 봐요. 죄송합니다."

오케이가 순순히 사과했기 때문에 일단의 소동은 마무리되었다.

하지만 오케이는 납득하지 않았다.

가가리야에서는 그녀 혼자만 외부인이다. 성 아래 마을의 친정에 있었을 때와는 생활이 구석구석까지 전혀 다르다. 벚꽃 마을에서의 경험은 거의 전부가 처음 겪는 일이었다.

겨울이 한창일 무렵, 처마 아래까지 쌓이는 큰 눈에 놀라고 앞이 보이지 않을 정도의 눈보라에 겁을 먹고 어른의 팔만 한 굵기로 변하는 고드름을 보며 기겁하는 오케이에게,

"온 세상을 얼려버릴 듯한 겨울이 끝나면 얼마나 아름다운 봄이 오는지 아시오?"

봄의 풍경을 바라보는 일이 얼마나 즐겁고 기쁜지, 거칠어지고 곱은 오케이의 손끝을 따뜻하게 감싸주며 지겨워하지 않고 계속 들려주었던 요노스케의 다정함에 기대어 처음으로 열심히 일하면

서 혹독한 겨울을 보낸 오케이다. 그런데,

——이 세상에서 제일가는 풍경이오.

라고 남편이 말하는 언덕 위에서의 풍경은 볼 수 없다니. 둘이 서 어깨를 나란히 하고 바라볼 수 없다니.

실망이다. 부조리하지 않은가.

아버지의 부당한 처사로 고통받던 친정 마사키야를 떠나 간신히 가가리야에서 보통 사람들의 행복을 붙잡았다고 생각한 참이라 더더욱 '부조리한 규칙'에 화가 난다. 배신당한 기분이 든다.

오케이는 오린에게 자신의 불만을 이야기했다. 오하나에게도 "언덕 위에서 꽃놀이를 하고 싶지 않아요?"라고 물었다. 가급적 소곤소곤 말할 작정이었겠지만, 좋은 며느리가 되었다 해도 아가씨로 자라면서 몸에 밴 기운이 남아 있어서, 오케이의 솔직한 불평은 온 집안에 들리고 말았다.

이래서는 더더욱 "안 돼!"라는 생각이 강해질 뿐이다. 이튿날 저녁을 먹은 후, 가가리야의 시할아버지는 가족들을 불러 모았다.

"좋은 이야기가 아니라서 말하지 않아도 된다면 입을 다물고 싶었다만."

가가리야의 규칙에 따르지 못하겠다는 며느리가 있는 이상 가만히 두고 볼 수도 없다. 떫은 감을 씹은 것 같은 얼굴로 시할아버지는 말을 꺼냈다.

"가가리야의 여자가 묘지가 있는 언덕에서 꽃을 구경할 수 없는 까닭은, 그렇게 하면 목숨을 잃기 때문이다."

위험한 계단에서 굴러 떨어진다고 한다.

오하나로서는 완전히 처음 듣는 이야기였다. 어머니도 오린 고모도 눈을 부릅뜨고 있다. 오케이 새언니만이 침착하게,

"요노스케 씨는 알고 있었나요?"

하고 묻자 오라버니는 입을 딱 벌렸다.

"아니, 나도 아무것도 모르오."

"그래서, 말하지 않아도 된다면 파헤치고 싶지 않았다고 말한 게다."

이렇게까지 험악한 표정을 짓는 할아버지를 오하나는 본 적이 없다. 새언니가 며느리로 잘 적응하자 안심이 됐는지 올해 겨울에는 자주 고뿔로 앓아누우셨고 요즘은 봄의 조짐에 기분이 풀린 탓인지 툇마루에서 볕을 쬐는 고양이처럼 꾸벅꾸벅 졸기만 하셨는데.

"내 증조모님 때부터 일이 시작되었다."

한참을 거슬러 올라가야 하는 이야기다.

"그 무렵에는 아직 우리 집은 다나누시는커녕 가네야의 고용인 중 하나로, 다나가시라도 못 되었지."

가가리야는 가네야의 고용인에서 출세하여 우선 다나가시라가 되었고, 다나누시가 될 때는 가네야의 누에 넘을 나누어 받았다.

오린 고모와 죽은 히코마쓰 씨의 혼담도 양가가 교류해 온 세월을 통해 이루어졌다. 본래 벚꽃 마을은 좁은 곳에서 혼인이 복

잡하게 얽히는 것을 몹시 싫어하여 며느리는 대부분 바깥에서 맞아들이기 때문에 두 사람이 무사히 혼인했다면 보기 드문 한 쌍이 될 참이었다.

다만 누에 님을 서로 나누는 일은 드물지 않다. 사람과 마찬가지로 누에 님도 여러 피가 섞이면 튼튼해질 뿐만 아니라 좋은 실을 토하는 씨가 태어나기도 쉽기 때문이다. 일일이 나누어 준 쪽을 위로, 나누어 받은 쪽을 아래로 취급하는 것도 아니다. 오래된 다나누시 쪽이 윗사람이 되기는 하지만, 그뿐이다.

"내 증조부님과 증조모님은 둘 다 가네야의 고용인이었다가 부부가 되었다. 증조모님은 이 마을 사람이 아닌데 실은 어디 출신인지 확실하지 않다고 들었다."

이웃에서 싸움을 일으켜 마을에서 쫓겨난 집의 딸이라는 둥, 성 아래 마을에서 망한 상가의 딸이라는 둥, 토지를 버리고 도망친 사람이 흘러흘러 벚꽃 마을의 고용인이 된 거라는 둥, 어쨌든 좋지 않은 일을 겪고 난 이후에 친척도 없이 가네야로 들어가 살며 일했다고 한다.

"그래도 증조부님은 증조모님에게 반했기 때문에 부부가 되었지."

일남 이녀의 자식까지 낳고 부부는 열심히 일했다. 원만한 가족이었고 딸들도 좋은 집안으로 시집을 갔다. 그런데 아들이 다른 마을에서 며느리를 데려오자 지금껏 다소 우울한 구석은 있었지만 모난 데 없이 점잖은 성격이었던 증조모가 사람이 달라진 것처럼 모진 시집살이를 시키기 시작했다.

"절대 녹록치 않은 고용인 생활 중에도 남편에게 불평 한 마디 하지 않던 사람이었는데 아들이 데려온 며느리한테는 귀신이 씐 것처럼 심하게 대했던 거야."

며느리는 성격도 나쁘지 않았고 몸도 튼튼했으며 부지런했다.

다만 남편보다 두 살이 많았다. 이런 것은 사람에 따라, 집안에 따라서는 흠이라고 생각할지도 모른다. 그래도 중매를 해 준 촌장 부부는,

——연상의 아내는 끈질기게 쫓아다니라고 하지 않나.

하며 오히려 축하해 주었는데 증조모만은 눈을 치켜 올리며 나이를 문제 삼았다.

제대로 아이를 낳을 수 있겠는가. 그 나이까지 시집을 못 간 이유는 행실이 나빴기 때문이겠지. 아무 근거도 없는데 트집을 잡고, 말도 못하게 구박했다.

며느리에게만 밥을 주지 않는다. 여름철 더운 때에 물을 마시지 못하게 한다. 한겨울에 맨발로 밖으로 쫓아낸다. 뭔가 마음에 안 들었다며 때린다. 머리채를 잡고 끌고 다닌다. 하는 일이 느리다며 걷어찬다. 밤중에 침상에서 끌어내어 시끄럽게 설교를 늘어놓으며 못 자게 한다.

"증조부님도 아들도 증조모님이 제정신을 잃어버렸다고 생각했지."

틈만 나면 며느리를 감싸고 증조모에게 의견을 말하며 어떻게

든 며느리 구박을 멈추게 하려고 했지만

"증조부님이나 아들이 감싸면 감쌀수록 증조모님은 더욱 오기를 부리며 며느리를 나무랐어."

갈수록 심해지는 구박에 지쳤기 때문인지 시집을 오고 나서 만 이 년 동안 아들 부부는 자식을 갖지 못했다. 그것도 며느리를 구박하는 이유가 되었다.

그러다가 삼 년째가 되어 겨우 며느리가 아이를 가졌다. 기쁘다, 손자가 생긴다고 하면 증조모님도 마음을 고쳐먹어 주지 않을까, 하고 다른 가족들은 생각했지만――.

안이한 생각이었다. 증조모님은 배 속의 아기와 함께 며느리를 없애려고 했다.

"밭에서 뽕잎을 벨 때 모두 죽통으로 만든 물통을 가져가잖느냐. 증조모님은 며느리의 수통에 쥐약을 섞었어."

쥐는 누에 님을 먹어 버리기 때문에 벚꽃 마을에서는 어느 집에나 쥐약이 갖추어져 있다. 무서운 독이다.

"다행히 물맛이 이상하다고 여긴 며느리가 곧 뱉어 냈기 때문에 목숨에 지장은 없었지만 증조모님이 발을 동동 구르며 분하게 여겼지."

악귀 같은 증조모의 모습에 증조부님의 정도, 아들의 어머니에 대한 마음도 바닥을 드러내고 말았다.

"촌장과 가네야에 상의해서 가네야의 장작 창고를 비워 달라고 하고 증조모님을 가두기로 했다."

하루 한 끼와 물은 가져다주지만 본인의 머리가 식을 때까지는 아무도 상대하지 못하도록. 가만히 놔두면 더 이상 며느리를 지킬 수 없겠다고 판단한 것이다. 창고의 판자문에 빗장을 지르며 아들은 엉엉 울었다고 한다.

"——그런데 어찌된 셈인지 닷새도 지나지 않아 증조모님은 창고에서 도망쳤어."

그러고는 묘지가 있는 언덕으로 올라가, 꼭대기에 있는 산벚나무 가지에 목을 매달아 죽었다.

마침 눈이 녹기 시작할 무렵이었다고 한다.

"증조모님은 묘지가 있는 언덕에 묻혔다. 원한을 남기고 죽은 사람이니 더더욱, 공양은 두텁게 했다더구나."

벚꽃 마을의 무덤은 집안별로 나뉘어 있는데 흙을 다져서 만든 울타리를 따라 솔도파率都婆를 꽂아 나간다. 솔도파는 손으로 만든 소박한 것으로 이름과 향년을 적어 둔다.

"증조모님의 솔도파는 몇 번을 흙에 꽂아도 쓰러져 버려서 결국 밧줄로 울타리에 묶어야 했다더구나."

솔도파마저 밧줄에 묶인 모습을 보며 아들은 더 이상 울지도 않고 며느리와 함께 얼굴을 굳힐 뿐이었다.

이윽고 봄이 찾아왔다. 꽃이란 꽃이 온통 흐드러지게 피어오르자 벚꽃 마을 사람들은 꽃놀이를 하기 위해 묘지가 있는 언덕에 올랐다.

"아직은 마을의 고용인 수도 적었기 때문에 다나누시나 다나가

시라뿐만 아니라 온 마을 사람들이 다 모여서 꽃놀이를 했다더구나."

남녀노소가 함께, 전해에 겨우 꼭대기까지 만들어진 계단을 올랐다.

"증조부님은 며느리의 손을 잡고 아들은 며느리의 허리를 밀고 배 속의 아기에게 지장이 없도록 천천히, 아주 천천히 올라갔지."

며느리는 내키지 않는 듯, 발걸음이 무거웠다.

——제가 여기에서 꽃놀이를 하면 어머님이 또 화내실지 몰라요.

더 이상 그런 말은 하지 말아 다오. 죽은 사람은 성불했다. 이제 잊으렴. 그보다 한 번 보면 수명이 늘어날 것 같은 언덕 위에서의 풍경을 배 속의 아기한테도 보여 주려무나.

그렇게 격려하면서 며느리를 언덕 위까지 데려갔는데.

"며느리가 계단의 마지막 단을 올라간 순간, 무서운 소리가 났다고 하더라."

모든 사람이 자리에 우뚝 멈춰 선 채 얼어붙을 정도로 뚜렷하게 울려 퍼졌다.

뽀각.

"놀라서 살펴보니 증조모님의 솔도파가 둘로 부러져 있었다는군."

며느리는 겁에 질렸다. 증조부도 아들도 벌벌 떨었다. 우향우해서, 며느리를 이곳에서 떨어뜨려 놓으려고 통나무 계단 가장자리까지 돌아갔을 때——.

뒤에서 누군가가 등을 세게 민 것처럼 며느리는 머리에서부터 계단 쪽으로 튀쳐나갔다.

한순간, 며느리의 두 다리가 지면에서 뜨는 것을 증조부님도 아들도 보았다. 며느리는 앞으로 고꾸라져, 붙잡을 곳을 찾아 두 팔을 허공에 허우적거렸다. 아들도 허둥지둥 며느리의 뒷덜미를 움켜쥐려고 했다. 증조부는 가까스로 며느리의 기모노 소매를 붙잡았다.

기모노 소매는 어깨의 바느질한 부분에서 맥없이 찢어졌다.

데굴데굴, 데굴데굴. 굴러 떨어지는 며느리의 눈은 뜨여 있었다. 무슨 일이 일어난 건지 모르겠다, 대체 어떻게 된 일이냐고 묻는 모양으로 입이 벌어져 있었다. 비명을 지를 새도 없었다. 몇 단째인가로 굴렀을 때 목뼈가 부러졌기 때문이다.

뚜둑.

증조모의 솔도파가 부러졌을 때와 비슷한 소리가 났다.

"며느리의 몸은 계단참 부근에서 간신히 멈췄지만 목뿐만 아니라 팔다리도 부러져서."

오른쪽 다리의 무릎 아래와 오른쪽 팔꿈치 아래가 터무니없는 방향으로 비틀려 있었다고 한다.

"증조부님도 아들도 깊이 후회했다. 아무리 후회해도 모자랄 정도겠지."

쥐어짜내듯이 말하고 할아버지는 입을 다물었다. 주름진 얼굴에 어두운 그림자가 드리워져 있다.

너무나도 무서워서 오하나는 목숨이 줄어든 기분이었다. 옆에 앉은 오케이 씨의 몸이 바짝 굳어 있다. 어머니는 입을 다문 사람들의 얼굴을 둘러보고, 아버지는 입을 시옷자로 구부리며 고개를 숙이고 있다.

"——그 며느리, 어디에 묻혔나요?"

오린 고모가 물었다.

"설마 언덕에 있는 묘지는 아니겠지요. 그렇다면 너무 불쌍한 걸요."

목이 메는지 약간 기침을 하고 나서 할아버지는 고개를 저었다.

"태어난 마을로 돌려보냈다고 하더라."

"아아, 다행이에요."

아들은 오랫동안 후처를 들이지 않았다. 아니, 들이지 못했다는 표현이 더 정확하겠다. 며느리가 모든 마을 사람들의 눈앞에서 믿을 수 없는 죽음을 당했으니 혼담을 가져오는 사람이 없었던 것이다. 그래서는 아들이 불쌍하다며 멀리 있는 마을이나 성 아래 마을 상가의 딸과 혼담을 주선하려는 사람이 나타나도, 반드시 누군가가 '이전 며느리는 배 속의 아기와 함께' 하고 상대측에 알리는 바람에 전부 없던 이야기가 돼버렸다.

"자칫하다간 집안의 대가 끊길 상황이었는데."

——한 마을 안에서 그런 일이 있으면 또 다른 원한이 된다.

"촌장이 그렇게 말하며 중재해 주어서 이전 며느리가 죽은 지 육 년 후에 성 아래 마을에 있는 실 도매상에서 고용살이를 하던 여자를 후처로 맞이할 수 있었지."

증조부도 아들도 이전 며느리와 아기를 잃었을 때의 공포와 후회를 결코 잊지 않았기 때문에 이 후처는 결코 마을의 꽃놀이에 데려가지 않았다. 애초에 묘지가 있는 언덕을 오르게 하지도 않았다.

"그래서 무사히 장남을 낳았다. 바로 내 아버지지."

이어서 차남, 장녀, 삼남 순으로 건강한 아이를 순산한 후처(오하나의 할아버지의 할머니)는 완전히 벚꽃 마을 사람이 되어 정착했다. 그것을 지켜보고 안도한 듯, 할아버지의 아버지가 여덟 살이 되었을 때 증조부는 돌아가셨다.

부상이나 큰 병이 아니라 나이를 먹어 몸이 약해짐으로 인한, 마치 등불이 바람에 꺼지듯 온화한 죽음이었다. 그래도 며칠 전부터 본인에게는 무언가 느껴지는 바가 있었는지,

——해두고 싶은 말이 있다.

하며 아들과 후처를 불렀다.

묘지는 집안별로 나뉘어 있기 때문에 증조부는 죽으면 먼저 세상을 떠난 증조모와 같은 곳에 묻히게 된다.

——내 장례 때도 절대 며느리가 언덕에 오르게 하지 말아라.

부탁이니 약속해 다오.

——저세상에 가면 내가 마누라를 잘 타일러서 이제 두 번 다

시 저주를 내리지 못하게 할 작정이다. 하지만 집요한 할멈이니 쉽사리 분노를 거둘지는 모르겠구나.

——이치에 맞지 않는 일이니 분하겠지. 하지만 목숨이 제일 소중하다. 우리 집 며느리는 언덕의 묘지에 가까이 가면 안 돼.

아들과 후처는 아버지의 가르침을 굳게 지켰다. 몇 년이고, 꽃놀이가 아니라 무덤 청소나 잡목림 벌채, 벌초 때도 후처는 묘지가 있는 언덕에 오르지 않았다.

흐르는 세월 속에서 아들은 가네야의 다나가시라 중 하나가 되었다. 말할 나위도 없이 기쁜 일이지만 누에 님으로 밥을 벌어먹고 사는 마을에서 다나가시라 정도의 중요한 직책을 맡으면 그에 상응하는 책임을 지고 고용인이나 고용인의 가족들에게 좋은 본보기가 되어야 한다.

한데 본보기인 며느리가 묘지가 있는 언덕에 관련된 어떠한 노역도 하지 않자 싫은 목소리가 간간이 들려오기 시작했다.

그야말로 제멋대로인 사람들 아닌가. 이전 며느리가 횡사한 후로 아들의 혼담이 있을 때마다 어김없이 방해하며 '그 집 시어머니의 원념은 무섭다'고 난리를 친 주제에, 드디어 후처가 자리를 잡고 집안이 부유해지자 바로 손바닥을 뒤집다니.

——먼 옛날에 죽은 시어머니의 원념이 무서워서 지금의 며느리를 게으름뱅이로 지내게 하다니 한심하다.

어처구니없는 트집이었다. 하지만 신경이 쓰였다. 아들보다는 후처가 더 마음 아파했다. 방패가 되어 줄 증조부도 이제 없다.

부부는 머리를 맞대고 상의했다. 그러다가 '노역이라면 괜찮지 않을까' 하고, 후처는 여름 벌초 때 처음으로 묘지가 있는 언덕에 오르게 되었다. 당시에는 목숨을 건 결심이었으리라.

다행히 아무 일도 생기지 않았다.

그렇구나, 일을 하기 위해서 오르면 괜찮은가 보다. 증조모의 분노도 원념도, 며느리가 놀거나 즐기기 위해서가 아니면 괜찮다.

이것은 집안의 규칙으로서 아들과 후처의 입을 통해 후계자인 장남과 그가 맞이한 며느리에게도 전해졌다.

"내 아버지와 어머니지."

오하나의 할아버지는 그리운 듯이 눈을 가늘게 뜨며 말했다.

"두 분 다 건강하고 부지런했다. 어머니의 친정은 촌장의 먼 친척에 해당하는 집안이었기 때문에 촌장이 이것저것 신경을 써 주었지."

촌장이 어느 집안의 며느리만 배려하더라며 시기심 많은 마을 여자들이 싫은 소리를 할 때도 있었지만 후처와의 사이에 고부 갈등은 일절 일어나지 않았다.

이 또한 명심해야 할 가르침이었다. 시어머니가 며느리를 괴롭히는 것은 증조모만으로도 충분하다. 얼마나 무서운 일이 벌어지는지 뼈에 사무치도록 깨달았다. 우리 집의 시어머니와 며느리는 서로 도우며 사이좋게 지내야 한다. 시어머니도 며느리였음을 떠올린다면 그리 어려운 일도 아니잖나.

거기까지 들었을 때 퍼뜩, 오하나는 깨달았다. 이전에 저녁 식사 자리에서 어머니와 오린 고모가 "새언니는 시집살이 따위를 시킬 수 있는 사람도 아니고", "어머님이 정말 잘해 주셔서 시집살이 시키는 법을 몰라요"라는 대화를 주고받는 동안, 할아버지가 무언가 말하고 싶은 표정을 지었던 이유를, 아버지가 뭔가 눈치 챈 얼굴을 하고 있었던 까닭도, 할아버지의 이야기를 들으니 비로소 이해가 갔다.

"아버지는 알고 계셨군요."

오하나의 말에 아버지는 조금 당황했다. "이렇게까지 자세히는 몰랐다. 하지만 아버지의 할머니와 어머니는 정말 사이가 좋았고, 내게 혼담이 들어올 정도의 나이가 되자 어머니가 말씀하신 적은 있지."

——이 집안의 여자들은 사이좋게 서로 돕고 격려하면서 살지 않으면 천벌을 받고 말아. 그러니 네 아내가 될 사람도 그런 마음으로 우리 집에 와 주었으면 좋겠구나.

오린 고모가 "흐음" 하며 말했다.

"전부 이 집안의 '며느리'에게만 해당하는 이야기네요. 딸은 상관이 없는 거 같은데."

어째서 '가가리야의 여자는 모두 꽃놀이를 하러 (즐거움을 위해) 묘지가 있는 언덕에 올라가서는 안 된다'는 쪽으로 규칙이 정해졌을까.

그러자 오하나의 할아버지는 또 떫은 감을 씹은 얼굴이 되어 오린 고모를 바라보았다.

"그건 말이다, 우리 아버지한테 지금의 너와 똑같이 주제넘은 소리를 하는 누이가 있었기 때문이다."

할아버지의 할아버지와 할머니의 장녀, 즉 할아버지의 고모는 오린 고모처럼 시원시원한 성격으로 머리가 좋고 이치에 맞는 말을 하는 버릇이 있었다.

봄이 한창이던 어느 날 "나는 가가리야의 며느리가 아니라 딸이니까" 하며 고모는 묘지가 있는 언덕에 올랐다.

"마침 혼담이 정해져서 다른 집으로 시집을 가기 전이었거든."

——이 집을 나가기 전에 언덕 위에서 꽃이 활짝 핀 풍경을 한 번쯤 보고 싶어.

"하지만 아버지가 꾸짖으며 마을 꽃놀이에 끼워 주지 않자,"

고모는 다음날 소꿉친구인 마을 처녀를 꼬드겨 한창 꽃이 핀 언덕을 올라갔다.

"그래서 어떻게 되었나요?"

진지한 얼굴로 오케이 씨가 물었다. 무릎 위에서 손을 움켜쥐고 있다.

"꼭대기에 도착하기 전에, 층계참에서 산기슭까지 굴러 떨어졌다."

이야기하는 할아버지의 목소리에는 낮게 위협하는 듯한 울림이 있었다.

"같이 있던 소꿉친구는 반쯤 정신이 나간 채 울부짖었지."

――갑자기 누군가가 어깨를 떠민 것처럼 벌렁 뒤로 나자빠져 떨어졌어요.

할아버지의 고모는 언덕을 끝까지 오르지도 못하고 또 목이 부러져 죽고 말았다.

오하나는 어머니의 얼굴을 보았다. 어머니는 어깨를 축 늘어뜨리고 자신의 손을 만지작거리다가 중얼거리듯이 말했다.

"그 이야기는 처음 시집을 왔을 때쯤 시어머니한테 들은 기억이 있어요."

그래서 가가리야의 여자는 어떤 형태로 누구와 함께하더라도, 꽃놀이를 하러 묘지가 있는 언덕을 올라가서는 안 된다.

언덕 꼭대기에서 '시어머니의 무덤'이 감시하고 있다. 이 집안의 여자들이 즐겁지 못하도록, 놀지 못하도록. 자신의 분노를, 원한을, 저주를 가볍게 여기지 못하도록.

"내 대에서 우리 집이 다나누시가 되고 가가리야라는 옥호를 받았을 때는 촌장님이 매우 기뻐해 주었다. 마침 초봄이라 묘지가 있는 언덕 위에서 천하제일의 꽃을 바라보며 축하를 하자고 권해 주었지만."

할아버지는 거절했다. 축하를 한다면 부지런히 일하는 여자들과도 함께하고 싶다. 그러려면 언덕 위의 묘지는 안 된다. '시어머니의 무덤'에, 가가리야 여자들의 행복한 모습을 보여 주어서는 안 된다.

할아버지를 둘러싸고 앉아 있던 모두가 입을 다물었다.

아까는 할아버지에게 '딸은 상관없지 않느냐'고 말대꾸를 한 오린 고모가 몹시 험악한 얼굴을 하고 있다. 그 옆에서 허공을 응시하던 오케이 씨가 그대로,

"정말 심술궂네요."

누구를 향해서도 아니고 허공을 향해 싸움을 걸듯이 내뱉었다.

"꼭 우리 아버지 같아요. 횡포하고 거만하고 성격이 비뚤어졌고."

오케이 씨——하고 요노스케가 달랜다. 오라비는 겁을 먹은 거라고 오하나는 생각했다.

"아무리 그래도 함부로 말을 해선 안 돼요."

"죄송해요. 하지만 정말로 화가 나서."

오린 고모가 말했다. "인과와 숙명에 화를 내 봐야 이쪽만 손해예요."

"고모님이 그렇게 약한 소리를 하시다니."

"약한 소리가 아니에요."

기분이 상했는지 고모의 말투가 날카로워졌다. "그저 성질 나쁜 저주라고 생각할 뿐이지. 자신과 같은 혈족의 여자라도 봐주지 않는 거잖아요?"

이럴 때는 포기하고 옛날부터 내려온 규칙을 따르는 게 상책이다.

"우리 집안 여자들만의 꽃놀이는 즐거웠잖아요? 올해도 똑같이 하면 돼요."

"여자들끼리 하는 꽃놀이의 즐거움과 이 저주의 심술궂음은 이야기가 달라요."

오하나의 어머니가 쭈뼛거리며 두 사람 사이에 끼어들었다.

"시간이 늦었으니 이제 그만하지요. 마을 꽃놀이 때까지는 여유가 있으니까 천천히 생각해 보면 되지 않을까요?"

그래, 그게 좋겠다고 아버지와 오라비가 말을 거든다. 긴 이야기를 마친 할아버지도 파김치가 되었기 때문에 자리는 곧 파했다.

그러나 이야기는 아직 끝이 아니었다.

오케이에게도 한번 말을 꺼내면 다른 사람이 뭐라 한들 듣지 않는 구석이 있다. 마을 꽃놀이에 가네 마네 하는 문제로 불평을 하다가 안 된다며 화를 내는 할아버지의 안색을 보고 처음에는 물러났지만, 금방 또다시 불만을 털어놓으며 가족들에게 이것저것 물었을 때와 마찬가지로, 이번에도 순순히 "네, 그렇군요" 하고 포기할 마음이 전혀 없었다.

"할아버님의 고모는 먼 옛날에 돌아가셨잖아요. 지금은 저주도 사라지지 않았을까요?"

글쎄, 어떨까. 가가리야의 여자들은 이제껏 꽃이 피는 시기에 언덕을 올라가지 않았으니 확인할 길이 없다.

"그럼 제가 확인해 볼게요."

그러지 말아 달라고 요노스케가 울듯이 말리자 더욱 오기를 부린다.

"요노스케 씨도 분하지 않아요? 먼 옛날에 세상을 떠나서 흙으로 돌아간, 몇 대나 전의 성격 나쁜 시어머니 때문에, 당신의 어머니도 고모도 누이도 아내인 저도 천하제일의 풍경에서 멀어져 있는 거라고요."

"그야 그렇지만……."

"내가 통나무 계단에서 굴러 떨어지는 게 걱정된다면 요노스케 씨가 업어 주지 않을래요?"

몸집이 큰 요노스케라면 가볍게 오케이를 업고 언덕 꼭대기까지 올라갈 수 있다.

"나는 이 심술궂은 저주를 물리쳐 주고 싶어요."

그렇게 함으로써 자신 같은 말괄량이를 받아들여 끈기 있게 가르치고 키워 준 가가리야의 여자들에게 은혜를 갚고 싶다. 벚꽃 마을만의 천하제일 봄 풍경을 시어머니가, 고모가, 오하나가 바라볼 수 있게 해 주고 싶다.

며칠 동안 젊은 부부의 대화를 (전적으로 오케이가 말하는 쪽이지만) 옆에서 듣기만 하다가 뭔가 떠올랐는지 어머니가 말을 꺼냈다.

"——마을 꽃놀이 전에 묘지 청소를 하러 간다면 괜찮지 않을까?"

어머니와 오케이 씨 둘이서 빗자루와 쓰레기를 담을 마 부대자루를 들고 작업복에 어깨띠를 두르고 언덕을 올라간다면, 놀러 가는 것은 아니게 된다. 즐거운 일도 아니다.

"오랫동안 마을 꽃놀이에 참가하지 않고 돕지도 않았던 가가리야의 여자들이 올해는 적어도 사전에 청소를 해 드리고 싶다고 촌장님께 부탁드려 보지요."

그러면 정식으로 일이 된다. 누구의 눈으로 보아도 어엿한 노역이다.

"즉흥적으로 하는 말이 아니에요. 실은 저도 계속 마음에 걸렸어요. 마을 꽃놀이에 가는 다른 다나누시의 안주인이나 며느리들은 남자들이 먹고 마시는 데 시중을 드느라 나름대로 바쁠 테니까."

비슷한 말을, 분명히 오린 고모도 한 적이 있다. 그러니까 집에 남아 있는 편이 좋다고.

"정말인가요, 어머님?"

오케이 씨는 기쁜 듯 달려들었다. 하지만 요노스케는 안색이 달라졌다.

"말도 안 되는 변명을 만들어서라도 가야만 속이 후련하다면 나도 같이 따라가겠소."

오케이 씨를 업어 주겠다, 어머니도 업어 주겠다. 두 사람이 자신의 다리로 언덕을 올라가거나 내려가지 않아도 되도록 내가 업어서 데려다주겠다!

오라비의 기운 넘치는 모습에 오케이 씨는 기뻐했고 어머니도 웃음을 지었다. 오하나의 마음도 스르륵 풀렸다.

"그럼 나도 가고 싶어요."

언덕 위에서 극락정토 같은 풍경을 보고 싶다고 그동안 쭉 생각해 왔으니까. 마음속에는 동경이 쌓여 있었다.

"좋아, 너도 업어 주마."

할아버지는 화난 얼굴이고 아버지는 갈팡질팡하는 가운데 이야기가 정해졌다.

"가가리야에서 그리 해준다면야 더할 나위가 없지. 고마운 제안일세."

촌장은 마을 꽃놀이 전에 묘지 청소를 하러 가고 싶다는 어머니의 자청에 쾌히 대답해 주었다. 그러면서,

"일부러 날짜를 다르게 하지 말고 가가리야 여자들도 마을 꽃놀이에 같이 가면 어떨까. 나는 물론이고 다른 사람들도 매년 아쉽게 생각하고 있었네."

하고 권하기에 어머니는 정중히 머리를 숙였다.

"저희 집에 대대로 내려오던 여자들만의 꽃놀이 규칙을 올해부터는 어떻게든 바꾸려는 참이니까요."

"음…… 뭐, 갑자기 전부 바꿔 버리는 건 무리이려나. 허긴, 하루이틀 날짜를 다르게 한다고 해도 만개한 꽃의 풍경은 그대로일 테니까."

라고 해서 가가리야의 묘지 청소는 마을 꽃놀이 하루 전으로 정해졌다.

그날은 하늘이 맑게 개고 기분 좋은 봄바람이 불고 마을을 둘

러싼 둥근 산은 꽃으로 한층 둥글게 부풀어 꽃놀이하기에 마침맞은 날씨였다.

가가리야 사람들은 아버지를 선두로 어머니, 요노스케 · 오케이 부부가 뒤를 따르고, 뒤에 오하나가 바싹 붙어 묘지가 있는 언덕을 향해 발길을 옮겼다. 어머니는 바가지를 넣은 물통을 들고, 오케이와 오하나는 각각 빗자루를 손에 들고, 세 사람 다 어깨띠를 두르고 크고 작은 꾸러미를 등에 비끄러매었다. 요노스케는 자귀와 괭이, 둘둘 만 멍석을 등에 짊어지고, 기모노 자락을 걷어 올려 허리띠에 끼우고 머리띠까지 맨 씩씩한 모습이다.

묘지가 있는 언덕의 기슭, 통나무를 나란히 놓은 계단 밑에 다다르자 아버지가 새삼 격식을 차린 얼굴을 하고 언덕을 향해 절을 한 번 하더니 큰소리로 인사했다.

꽃을 보기 위해서가 아니라 일을 하기 위해서라고 정확하게 양해를 구하지 않으면 허락하지 않겠다고, 할아버지가 주장했기 때문이다.

"벚꽃 마을의 조상님들, 가가리야 사람들이 지금부터 청소를 하러 갑니다. 소란스럽겠지만 잠시 참아 주십시오."

그러고 나서 가족의 얼굴을 둘러보았다.

"그럼, 다녀오려무나."

아버지는 언덕 기슭에서 발길을 돌렸다. 이것도, 대신 요노스케만은 여자들과 함께 언덕 위로 올라가게 해달라고 부탁한 결과다. 할아버지는 한때,

"며느리가 제멋대로 구는 것을 오냐 오냐 들어 주고 우리 집안의 규칙을 깨려고 하는 후계자는 필요 없다. 요노스케는 의절이야."

라는 말까지 하며 화를 냈다.

한편 무덤 청소라는 명목의 언덕 꽃놀이에 오린 고모가 빠진 것은 고모 본인의 생각이었다.

"나한테는 별로 좋은 일이 아니겠다는 생각이 들어서요."

늘 그랬듯 어머니에게만큼은 솔직한 속내를 털어놓는 오린 고모의 이야기를 오하나도 언제나처럼 몰래 엿들었다.

"이러니저러니 해도 아버지의 기세가 꺾이고 오라버니가 편을 들어 준 이유는 오케이 씨가 평범한 며느리가 아니라 마사키야에서 데려온 며느리이기 때문이에요."

오케이가 마사키야의 위광을 믿고 가가리야의 규칙을 거역하고 있다는 얘기다.

"그렇게까지 나쁘게 받아들이지 않아도……."

어머니가 쓴웃음을 지었지만 오린 고모는 조금도 웃지 않았다.

"새언니도 마찬가지 아닌가요. 처음부터 마사키야가 신경 쓰였기 때문에 오케이 씨 편을 들어주었잖아요. 그렇다고 새언니를 타박할 마음은 없어요. 다만 시집도 못 가고 얹혀사는 나는 옆에서 지켜보기만 하는 사람이라 그런 게 잘 보인다는 걸 알아 둬 주었으면 하는 것뿐이지요."

그래서 고모는 집에 남아 아침부터 혼자서 부지런히 일하고 있다. 배웅조차 나오지 않았다.

무덤 청소를 하려면 도구 준비도 필요하기 때문에 요노스케가 정말로 여자들을 업어 줄 수는 없다. 게다가 어머니도 오케이도 오하나도, 통나무의 가파른 계단을 올라가는 발걸음은 가벼웠다.

도중의 층계참에서 아이들의 무덤을 향해 손을 모으고 나서 어머니는 죽은 아이에 대해 이야기했다.

"저도 빨리 아이를 갖고 싶어요."

상냥한 눈을 한 오케이의 중얼거림에 요노스케가 부끄러워한다. 오하나는 귀여운 아기를 안고 있는 자신의 모습을 상상해 보았다. 두 사람 사이에서 아이가 태어나면 고모가 되는 거라고 생각하니 마음이 들떴다.

언덕 꼭대기, 통나무 계단의 마지막 한 단에서는 어머니와 오케이와 오하나 세 사람이 어깨를 바싹 붙이고 나란히 손을 잡은 채,

"영차!"

하고 목소리를 모아 함께 발을 내디뎠다.

누가 처음이고 말고 할 수가 없으니 누구를 탓하고 말고 할 수도 없다. 가가리야의 세 여자가 동시에 오랜 관습을 깬 것이다.

언덕 정상은 평평하고 마을의 명문가마다 울타리로 구분 지어진 묘소가 화창한 햇빛을 받고 있었다. 벚나무와 살구나무와 복숭아나무와 매화나무에 섞여 떡갈나무와 상수리나무도 자라고 있다. 초록빛 나무들은 쉴 그늘을 만들어 주고, 꽃나무는 한껏 가지

를 뻗어 지금이 한창때라는 듯 흐드러지게 피어 있었다.

가가리야의 세 여자는 처음으로 내려다보는 아래 세상의 광경에 잠시 할 말을 잃었다.

꽃으로 채색된 둥근 산에 둘러싸여, 벚꽃 마을은 예쁘다거나 아름답다거나 멋지다는 말로는 표현할 수 없을 정도다. 어떤 말을 늘어놓아도 거기에서 꽃의 아름다움이 넘쳐나고 만다.

넋을 잃고 보는 사이에 오하나의 머릿속은 꽃으로 물들었다. 가슴속에도 꽃이 가득 찼다. 숨을 쉬면 코에서도 입에서도 갖가지 색깔의 꽃잎이 넘쳐날 것 같은 기분이 들었다.

"——이 마을에 오게 되어서 다행이에요."

오케이가 곱씹듯이 말했다.

"어머님, 고맙습니다. 요노스케 씨, 고마워요."

오하나는 어머니의 얼굴을 올려다보았다. 꽃의 색깔이 비쳐 살짝 홍조를 띤 뺨에 눈물 자국이 나 있다. 어머니는 미소를 지으면서 눈물을 흘리고 있었다.

"어머니와 오케이 씨와 오하나와 함께 이 풍경을 볼 수 있어서 다행이에요."

요노스케도 눈을 가늘게 뜨며 말했다.

"매년 마을 꽃놀이를 올 때마다 어머니한테도 보여 드리고 싶다고 생각했었어요."

또 누구부터라고 할 것도 없이 이번에는 요노스케도 섞여 넷이서 손을 마주 잡고 언덕 꼭대기에서 크고 깊게 숨을 쉬었다.

"자, 시작할까."

어머니의 재촉을 받아 무덤 청소를 시작했다. 마을 사람들이 당번을 정해서 한번씩 청소를 해 온 터라 넷이서도 힘에 부치지는 않았다. 풀을 뽑고, 튀어나온 가지를 자르고, 쌓인 낙엽을 쓸고, 거미줄을 치운다.

언덕의 묘지에는 돌로 둘러싼 빗물받이를 설치해 두었기 때문에 청소를 할 때는 그곳의 물을 퍼다 쓴다. 벚꽃이 피기 전까지 내린 봄비로 물은 가득 고여 있었다.

오하나는 열심히 일했다. 가끔 고개를 들었다가 어머니나 오케이의 반짝이는 눈과 마주칠 때면 가슴이 뛰었다.

가가리야의 울타리 안쪽을 청소하는 일은 가장 마지막으로 미뤄 놓았다. 촌장의 허락을 받아 마을 대표로 청소하러 왔으니 자신들의 묘지는 나중으로 돌리는 것이 당연한 예의라 생각했기 때문이다.

할머니가 돌아가신 후로 가가리야에 불행은 없었다. 덕분에 거의 평평해진 봉분 위로는 벚꽃이나 복사꽃의 꽃잎이 많이 떨어져 있었다.

"밧줄에 묶여 있다던 솔도파는 보이질 않네요."

오케이의 말대로 솔도파는 울타리를 따라 질서정연하게 늘어서 있다. 너무 오래된 솔도파는 매년 두 번 춘분과 추분 때에 새것으로 바꾸기 때문에 새것과 옛날 것도 구분하기가 어렵다.

"듣고 보니 그러네요."

요노스케는 머리를 긁적였다.

"지금까지는 어떤 사연이 있는지 몰랐으니까 주의 깊게 보지도 않았지만."

만일 딱 하나 밧줄에 묶인 솔도파가 있었다면 엄청나게 눈에 띄어서 신경이 쓰였으리라.

"그렇지요? 옛날 시어머니의 저주는 이미 한참 전에 풀렸을 거예요."

오케이의 목소리는 밝고, 기분 탓인지 안심한 듯한 울림을 머금고 있었다.

"어느 솔도파일까요?"

솔도파에 적혀 있는 향년과 이름을 살펴보려고 하는 오케이를 어머니가 말렸다.

"거기까지는 하지 마라."

청소를 마치자 요노스케가 묘지 구석에 구멍을 파고 모은 쓰레기를 묻었다. 그 사이에 세 여자는 꾸러미에서 초와 향을 꺼내 부싯돌로 불쏘시개에 불을 피우고, 낙엽으로 작은 모닥불을 만들어 묘지의 모든 울타리 입구에 향을 피우며 돌아다녔다.

봄꽃 향기에 향냄새가 섞인다.

잠시 후 손을 씻고 어깨띠를 푼 오케이가,

"여기가 좋겠어요!"

하고 정한 곳에 멍석을 깔고 점심을 먹었다.

아래 세상의 꽃구름을 바라보며 먹는 주먹밥은 맛있었다. 씹을 때마다 꽃향기가 코로 빠져나가는 기분이었다.

이야기는 거의 하지 않았다. 하긴 네 사람이 풍경과 함께하는 행복한 순간에 무슨 말이 더 필요하랴.

정리를 하고 돌아올 때는 통나무 계단의 입구 앞에 나란히 서서 모두 함께 묘지를 향해 머리를 숙였다.

"부족하지만 청소를 했습니다." 어머니가 목소리를 높여 말했다.

"내일은 마을 사람들이 꽃놀이를 올 것입니다. 천하제일의 풍경, 천하제일의 꽃놀이가 되기를 기원하며 저희는 물러가겠습니다."

그러고는 합장을 했다. 요노스케와 오케이, 오하나도 따라 했다.

부드러운 바람이 불어와 나무를 흔들고, 꽃잎이 춤춘다.

합장을 푼 오하나는 오케이의 머리카락에 붙어 있던 꽃잎 한 조각을 떼어 냈다. 손가락을 떼자 꽃잎은 손톱만 한 크기의 작은 배와 같이 바람을 타고 언덕 꼭대기에서 지상으로 노를 저어 나갔다.

"내가 먼저 내려갈게요."

계단으로 한 발짝 내려선 요노스케에게 바가지를 집어넣은 물통을 든 오케이가,

"아니, 같이 가요."

그러더니 둘이서 한 계단, 한 계단, 주의 깊게 통나무를 밟으며

내려가기 시작했다.

오하나는 어머니와 나란히, 잠시 계단 입구 앞에 서 있었다. 어머니는 합장하던 손을 내리고 그대로 서 있다. 언덕 꼭대기의 묘지를 둘러보면서.

그 얼굴에, 표정이 사라지고 없었다.

순간 오하나는 한기를 느꼈다. 어머니가 어머니가 아닌 것처럼 보였기 때문이다.

"……어머니?"

말을 걸었지만 어머니는 꼼짝도 하지 않는다.

눈을 크게 뜨고 깜박이지 않는다. 입은 한일자로 꾹 다물었다. 어느새 두 손은 주먹을 쥔 모습이다.

오하나는 어머니를 만지려고 손을 뻗었다. 하지만 손은 허무하게 허공을 움켜쥐었다. 재빨리 몸을 돌린 어머니가 무서운 기세로 계단을 내려갔기 때문이다.

요노스케와 오케이는 벌써 일고여덟 단 아래까지 내려가 있었다. 어머니는 성큼성큼 뛰어 내려가 두 사람의 한 단 위까지 따라잡더니 우뚝 멈추어 서서,

"오케이" 하고 불렀다.

오케이가 뒤를 돌아본다.

시어머니와 며느리 사이에는 통나무 계단 한 단이 놓였을 뿐이다. 머리 하나 남짓, 어머니 쪽이 위에 있다.

시어머니를 올려다보는 오케이의 얼굴에는 행복한 웃음이 떠

올라 있었다. 눈동자는 빛나고, 뺨은 홍조를 띠고, 입술은 촉촉하다.

성 아래 마을에서 시집와 가가리야의 자랑이 된 아름다운 며느리.

갑자기 어머니가 양손을 들어 올려 두 손바닥을 펴더니, 돌아보느라 몸을 반쯤 이쪽으로 향하고 있는 오케이의 두 어깨를 힘껏 떠밀었다.

그래도 오케이는 웃고 있었다. 만면에 가득한 미소를 지은 채로 몸이 허공을 향해 튀어나갔다.

아!

누구도 목소리를 낼 수 없었다.

허공을 가르고 낙하하면서 오케이의 입이 반쯤 벌어진다.

오하나는 보았다. 놀람의 빛이, 벌어진 입에서부터 얼굴 전체로 퍼져나가는 모습을.

몸을 반쯤 비튼 자세 그대로 오케이는 턱을 젖히고 떨어져 대략 열 계단 아래에서 머리부터 통나무 단에 부딪쳤다.

둔한 소리가 울린다.

뚜둑.

오케이는 망가진 인형처럼 부러져 양손을 휘저으며 옆으로 계단을 구르더니 기세를 이기지 못하고 다시 허공으로 튀어나갔다. 그 바람에 신이 한 짝 벗겨졌다. 오케이의 몸은 완만한 호를 흐리며 떨어졌다. 이번에는 얼굴부터 계단에 부딪쳐 피가 튀었다.

데굴데굴, 데굴데굴.

떨어진다 떨어진다 떨어진다.

그 몸은 층계참까지 가서야 겨우 멈추고, 팔다리를 늘어뜨린 채 하늘을 향했다.

목이 구부러져 있었다. 오른팔 팔꿈치 아래도 평소에는 구부러지지 않는 쪽으로 구부러져 있다. 두 다리는 춤을 추는 자세가 되어, 그 모습만 보면 익살을 떨고 있는 것 같았다.

눈은 크게 뜨고 있다. 놀란 기색이 가득 담긴 채로.

"우, 우, 우."

요노스케가 신음했다.

"우우우우우우와아아아아아~!"

날 듯이 계단을 뛰어 내려가더니 꼼짝도 하지 않는 오케이를 안아 일으킨다. 오케이는 목이 축 늘어지고, 깨진 이마에서 흘러나온 피로 얼굴에서부터 기모노 옷깃까지 새빨갛게 물들어 있었다.

"오케이, 오케이, 오케이!"

오하나는 계단 꼭대기에 서서 얼어붙은 채 모든 광경을 지켜보았다.

"——물론, 오케이 씨는 숨을 거둔 후였어요."

봄 햇살이 밝게 흑백의 방 구석구석을 비춘다. 그러나 상좌에서 이야기하는 오하나의 얼굴에는 그림자가 드리워져 있다.

이야기를 듣고 있던 도미지로의 굳게 움켜쥔 양손 안에서는 차가운 땀이 흐른다.

"어머니도 무사하지는 못해서, 마치 허수아비처럼 되어 버렸다고 할까요."

숨은 쉰다. 하지만 말을 하지 않는다. 누가 불러도 대답하지 않고, 눈동자는 흐려져 초점이 맞지 않는다.

"물이나 음식도 스스로는 먹으려고 하지 않았어요. 고모와 제가 옆에 붙어서 죽을 입가로 가져가고, 물그릇을 입에 대어 백비탕을 마시게 했답니다. 하루에 몇 번 측간에 데려가고, 몸을 씻겨 드리고, 머리를 빗어 드리고."

필사적으로 돌보았지만 몸은 약해질 뿐이었다.

"석 달 정도 지나자 앉아 계실 수도 없게 되고 일단 자리에 눕고 나니 날이 갈수록 약해지셔서."

여름이 끝날 때쯤 세상을 떠났다고 한다.

"끝까지, 결국 한 마디도 하지 않으셨어요."

가가리야에서는 우선 오케이의 장례를, 이어서 어머니의 장례를 치렀는데 엎친 데 덮친 격으로 할아버지까지 뒤를 쫓듯 돌아가시고 말았다.

"돌아가시는 순간까지 할아버지는 후회하셨어요."

――내가 잘못했다. 집안의 규칙을 지켜야 했어.

"다만 오케이 씨의 일로 마사키야가 책임을 묻는다거나 책망을 하는 일은 없었어요."

오케이는 의절당한 셈이나 마찬가지였기 때문이다.

"어쨌거나 안주인도 며느리도 없어지니 아버지도 오라버니도 얼이 빠져서 더 이상은 가가리야를 꾸려 나가기가 힘들어졌어요."

대관절 이제부터 어떻게 해야 할까. 촌장과 네 집의 다나누시가 머리를 맞대고 상의한 결과 가가리야에 데릴사위를 들이도록, 즉 오린의 혼담을 주선하자는 얘기가 나와서,

"가네야의 친척 가운데 산고로 안주인을 잃은 사람을 소개받았지요."

알고 보니 죽은 히코마쓰의 육촌에 해당하는 사람이었다.

――이것도 인연이구나.

하며 오린은 고개를 끄덕였다고 한다.

가가리야에서는 여자들이 꽃이 한창 피는 시기에 묘지가 있는 언덕에 올라가는 일은 두 번 다시 없었다. 뿐만 아니라 여자들만의 꽃놀이도 그만두었고 남자들도 마을 꽃놀이에 참가하지 않았다.

"차례차례 불행한 일이 일어나도 고모는 다부지게 행동했지만 이전처럼 활달한 모습은 더 이상 볼 수 없었지요. 별로 웃지도 않고."

오린은 이미 아이를 낳을 수 있을지 어떨지 알 수 없었지만 데릴사위가 죽은 아내와의 사이에서 낳은 사내아이를 둘 데려왔기 때문에 가가리야의 후계자 걱정은 사라졌다.

"고모의 남편은 착한 사람이었어요. 울적해서 약해진 아버지와 오라버니를 잘 격려해 주었지요. 게다가 저한테까지 신경을 써 주었지만."

역시 오하나의 삶은 쓸쓸해졌고 거북한 일도 많았다. 열여섯 살이 되자마자 들어온 혼담을 두말없이 받아들인 이유도,

"더 이상 가가리야에 제가 있을 곳은 없다고 생각했기 때문이에요."

다행히 시댁에서는 오하나를 소중하게 대해 주었다. 시집을 간 지 얼마 지나지 않아 남편으로부터 두 사람의 혼담에 마사키야의 소개가 있었다는 얘기를 듣고,

"오케이 씨가, 어머니의 얼굴이, 오라버니의 울음소리가 사무치게 생각나서 밤새 울고 말았어요."

그러고는 뚜껑을 덮은 채 모든 일을 잊기로 했다.

"아버지와 오라버니는 제가 시집을 간 후 둘이서 가가리야를 나가 순례 여행을 떠났다더군요."

두 번 다시 벚꽃 마을로 돌아오지 않았고 소식을 듣지도 못했다고 한다.

"――괴로우셨겠네요."

달리 어떤 말도 찾을 수 없었던 도미지로가 겨우 말했다.

오하나는 차분하게 머리를 숙였다. 얼굴을 들자 그 눈이 젖어 있었다.

"정말 오랜만이에요. 이렇게…… 이야기하는 건."

오하나의 시어머니는 가르침에 엄했지만 부조리한 시집살이를 시키는 사람은 아니었다. 남편은 부지런하고 자식을 끔찍하게 사랑했다. 일남 이녀를 낳고 매일의 생활에 바삐 쫓기다가 정신을 차려 보니,

"올해 저는 돌아가셨을 때의 어머니와 같은 나이가 되어 있더군요."

그리고 장남의 혼인이 결정되었다.

"경사스러운 일이네요. 축하드립니다."

앉은 자세를 고치며 도미지로가 절을 한다.

오하나는 품에서 종이를 꺼내어 눈가를 닦았다.

"혼담은 올해 설이 지난 직후에 결정되었고."

혼례는 5월 중순에 올리기로 했다.

"지금은 한창 준비로 분주하시겠네요."

미시마야도 오치카를 시집보낸 지 얼마 안 되었기 때문에 짐작이 간다.

"시끌벅적하고 즐거운 분주함이지요."

도미지로가 웃음을 짓는데도 오하나의 표정은 개운치 않다.

"이번에는 드디어 제가 시어머니가 되는 거예요."

중얼거리듯이 말하며 눈을 내리깐다.

"자신이 없고 불안해서 무엇을 해도 마음이 진정되지 않아요."

말로 표현할 수조차 없었던 언덕 위에서의 풍경과 꿈처럼 즐거웠던 한때와 이후로 닥쳤던 흉사만이 생각난다.

"오하나 씨는 이제 가가리야의 사람이 아닙니다" 하고 도미지로는 말했다. "가가리야를 묶고 있던 그 옛날 시어머니의 저주는, 벚꽃 마을에 두고 오셨어요."

그러자 갑자기 오하나가 얼굴을 들고 매달리듯이 몸을 내밀었다.

"두고 오는 일이 가능하다고 생각하시나요?"

절박한 물음이었다.

"정말로 두고 왔을까요? 두고 왔다는 착각을 하고 있는 건 아닐까요?"

오하나도 규칙을 깨고 묘지가 있는 언덕에 올라간 것은 틀림없다.

"그렇게 생각하면 너무나도 무서워서 안절부절못하게 돼요."

야윈 두 팔로 가슴을 안고 오하나가 몸을 움츠린다.

"누군가에게 전부 다 털어놓고 위로받고 싶었어요. 하지만 애당초 제 이야기를 믿어 줄지 어떨지 알 수 없어서."

망설이고 고민하던 차에 스미다 제방에 꽃놀이를 하러 나갔다가 미시마야에서 낸 가게를 발견했다.

"마침 물건을 팔고 있던 당신이 시집 어쩌고 하는 이야기를 꺼내서,"

도미지로가 아내를 들이는 모양이라고 착각하긴 했지만,

"아아, 이거야말로 인연의 안배구나, 하고 생각했어요."

특이한 괴담 자리로 평판이 자자한 미시마야가 며느리를 맞이하고 안주인이 시어머니가 된다. 마침 자신이 고민하고 두려워하던 이때에 마침맞은 이야기가 귀에 들어오다니 필시 무슨 의미가 있겠구나 싶어서.

"미시마야에 가서 제 이야기를 들려 드리자고 결심할 수 있었지요."

도미지로는 오하나를 향해 힘차게 고개를 끄덕였다.

"그렇군요, 인연의 안배가 틀림없어 보입니다."

갑자기 도미지로가 앉은 자세를 바로 했다.

"특이한 괴담 자리의 듣는 이로서 확실하게 말씀드립니다. 오하나 씨는 지금 여기에서 이야기하고 버리셨어요. 제가 그걸 듣고 버리겠습니다."

이제 가가리야의 재난은 떠나갈 것이다. 지나간 과거는 다시 한번 슬픔과 함께 봉해 버리면 된다.

"오하나 씨는 앞으로 맞이할 며느리에게 당신의 시어머니가 해 준 것처럼 하시면 됩니다. 본보기는 가가리야가 아니라 지금의 시댁에 있다고 저는 생각하거든요."

애송이가 아는 척 말한다——고 부끄러워할 틈을 스스로에게 주지 않고 도미지로는 반드르르하게 말을 던졌다.

오하나가 아무 말 없이 도미지로를 똑바로 응시한다. 그러는가 싶더니 천천히 띠를 풀고 가슴을 풀어헤치기 시작했다.

"예? 저기, 그, 무슨."

당황하는 도미지로에게 아랑곳하지 않고 오하나는 옷깃을 힘껏 잡아당겨 오른쪽 어깨를 드러내 보였다.

순간 도미지로는 시선을 피했다. 하지만 오하나가 매달리듯이 목소리를 쥐어 짜낸다.

"봐 주세요."

제발, 부탁이니까요.

순간적으로 숨을 멈춘 도미지로가 큰맘 먹고 시선을 들었다.

맞은편에 앉아 있는 오하나가 보인다.

조금 야위고 뼈가 불거진 어깨에서부터 어깻죽지 부근까지가 드러나 있다. 피부는 윤기를 잃고 늘어져 있다. 점점이 검버섯이 피어 있다.

그것뿐이다.

대체 무엇을 보라는 걸까.

오하나의 눈물은 마르고 이제 그 눈은 공포로 굳어 있었다.

"이 멍 말이에요."

무슨 멍이란 말인가. 어디에 있다고?

오하나가 고개를 옆으로 비틀어 왼손으로 오른쪽 어깨를 두드려 보인다.

"어머니가 오케이 씨를 떠밀었을 때 그 사람의 오른쪽 어깨의 딱 이 부근에 어머니의 손바닥이 닿았어요."

그 손바닥과 똑같은 크기의 새빨간 멍이 여기에 남아 있다고 오하나는 말했다. 아니, 주장했다.

"왼쪽 어깨에도 있어요. 오른쪽보다 엷고 손바닥 절반만 한 크기예요. 아마 어머니의 오른손이 더 세게 닿았기 때문일 텐데——."

오하나는 몸을 버둥거리며 왼쪽 어깨도 드러냈지만 거기에도 멍은 없었다. 오하나가 '있다'고 호소하는 붉은 멍은 어디에도 보이지 않았다.

그러나 오하나는 헛소리처럼 점점 더 격하게 말했다.

"아들의 혼담이 정해진 날 밤에 흐릿하게 떠오르기 시작하더니 날이 갈수록 짙어졌어요. 지금은 이렇게 또렷하고 선명해져서, 저는 이제 하녀에게 옷을 갈아입는 걸 도와 달라고 할 수도 없어요."

오하나의 눈에만 보이는 멍이다. 오하나의 두려움과 망상이 빚은 멍이다. 오하나의 두려움과 망상이 깊어질수록 점점 짙어져가는 멍이다.

도미지로는 열심히 마음의 동요를 억눌렀다. 당지 한 장을 사이에 둔 옆방에 호위 역인 오카쓰가 있어서 다행이라고 생각했다.

정신 똑바로 차려, 도미지로. 오치카의 뒤를 물려받은 두 번째 주자에게는 이게 첫 번째 고비다.

"가가리야의 오하나 씨."

찬찬히 타이르듯이 다정하게 도미지로는 불렀다.

제정신으로 돌아온 듯 오하나가 이쪽을 본다.

"……네."

목소리가 가냘프게 잠겼다.

"확실히, 붉은 멍이 있었네요."

제게도 보였습니다, 하고 도미지로는 말했다.

"하지만 잘 보세요. 지금은 사라졌습니다."

엇 하며 눈을 깜박이며 오하나가 자신의 두 어깨를 내려다본다.

"아무것도 없지요?"

도미지로는 더욱 부드럽게 말을 이었다.

"당신이 두 어깨를 드러내셨을 때, 끝에서부터 사라져 가더군요. 멍이 있었던 것도, 순식간에 사라져 가는 것도, 저는 이 눈으로 똑똑히 지켜보았습니다."

손바닥 모양의 붉은 멍이 햇빛에 녹는 봄눈처럼 사라져 가는 모습을.

기모노 옷깃을 양손으로 움켜쥔 채 오하나는 떨기 시작했다. 머리가 흔들흔들 흔들린다.

"당신이, 가슴에 응어리진 옛날이야기를 용기 있게 말씀하셨기 때문입니다."

시어머니의 무덤에 얽힌 저주도, 눈앞에서 일어난 무참한 죽음의 공포도, 가족이 뿔뿔이 흩어지고 만 슬픔도, 오하나의 몸에서 사라져 간다. 마치 독기가 빠지듯이.

어머니에서 시어머니가 되려는 자그마한 몸집의 노파를 위로하고, 격려하고, 힘을 주기 위해서 무슨 말을 더 하면 좋을까. 도미지로는 열심히 생각했다.

"게다가 애초에 멍이 나타난 이유도, 과거로부터의 인연이 아니라 좀 더 영험한 무언가와 얽혀 있는 듯 보입니다."

"영험한…… 무언가?"

오하나가 어리둥절한 표정을 지으며 작게 되풀이했다. 도미지로는 고개를 끄덕였다.

"손바닥 모양의 멍은, 예전에 당신의 어머니가 오케이 씨를 떠밀었을 때의 흔적일 리가 없어요."

집요한 원념에 씌어, 시어머니가 며느리의 목숨을 빼앗아 버렸다는 흉사의 흔적이 아니다.

"돌아가신 당신의 어머님이, 훌륭하게 키워 낸 아들의 며느리를 맞이하며 처음으로 시어머니가 되려는 당신의 두 어깨를 꼭 껴안고."

부드럽게, 그리고 따뜻하게.

——잘하렴.

"격려하기 위해서 나타난 것이 분명하지 않습니까."

꽃이 흐드러지게 핀 묘지가 있는 언덕에서 내려오기 직전까지, 그리운 어머니가 시어머니로서 보여주었던 모습을 오하나는 기억하고 있다.

말괄량이에 세상 사람들이 보기에는 '흠 있는 여자'고 성 아래 마을에 있는 친정에서 의절을 당하다시피 산속 마을로 쫓겨 온 오케이를 다정하게 받아들이고, 그 앵돌아진 마음을 풀어 주고,

집안일을 처음부터 가르치고, 함께 웃고 함께 일하고 함께 살아가는 기쁨을 알게 해 준 모습을.

여전히 두 어깨를 드러낸 채 오하나가 고개를 떨구었다. 그러고 나서 천천히 두 손을 들어 올려 자신의 두 어깨를 끌어안았다.

흑백의 방에 고요한 오열이 흐른다.

"아아…… 정말로."

그러네요, 하고 속삭이며 오하나는 몇 번이고 고개를 끄덕였다.

"훌륭하셨습니다."

오카쓰가 간결한 말로 칭찬해 주었다.

하지만 오하나가 떠난 뒤에도, 해가 완전히 질 때까지 도미지로는 흑백의 방을 나갈 수가 없었다.

돌이켜 생각하면 생각할수록 한심한 기분이 들었기 때문이다. 그런 말을 해도 좋았을까, 그게 옳았을까 고민이 되고, 건방졌다, 겉만 번드르르한 말이 아니었나 싶어서 얼굴에 불이 나고 식은땀이 배어 나와 견딜 수가 없었다.

——정말이지 오치카는 대단한 아이였구나.

그에 비하면 자신은 아직 멀었다. 아니, 이제 막 시작하였으니 아직 먼 것이 당연하나, 자신에게는 오치카라는 본보기가 있지만 이야기를 듣기 시작했을 때의 오치카는 오카쓰조차 없이 그야말로 혼자였으니. 자신이 아무리 노력한들 당해낼 수 없겠다는 마음도 든다.

그러나 도미지로에게는 그림을 그린다는 기술이 있다.

요전의 하치타로 때는 깊이 생각하기가 괴로워서 한쪽 끝이 없는 두부만 그리고 도망쳐 버렸다. 이번에는 도망치지 않을 것이다.

오하나의 이야기를 진정으로 버리기 위해서는, 대체 어떤 그림을 그리면 좋을까.

하루, 이틀, 사흘을 고민했다. 가족과 밥상을 둘러싸고 앉을 때도 도미지로가 건성이라,

“너 왜 그러느냐?”

“또 현기증이 나는 건 아니겠지.”

하며 부모님이 걱정했을 정도다. 오시마도 걱정했다. 사환 신타까지도 요즘 항간에서 평판이 좋은 단것 이야기 등을 가져왔다가 도미지로가 건성으로 대답하자 불안해했다.

혼자서만 침착한 오카쓰는 입가에 부드러운 미소를 띠고 고민에 빠진 도미지로를 내버려 두었다.

——이야기를 처음부터 그려 볼까.

하고 드디어 그리기 시작했지만 버리는 종이가 늘어날 뿐이었다. 벚꽃이 만개한 묘지가 있는 언덕. 온통 꽃에 파묻힌 산속 마을. 손을 잡고 통나무 계단 위에 서 있는 두 여자와 한 소녀. 불길하게도 묘지의 울타리에 비끄러매어져 있는 솔도파.

그리고 버리고, 그리고 버리고.

간신히 찾아낸 답은, 알고 보면 그것밖에 없었다.

여자의 손바닥, 좌우 한 쌍. 살짝 손가락에 힘을 빼고, 부드럽게 무언가를 감싸려 하고 있다.

그것을 그리고 나서야, 도미지로는 두 발을 뻗고 잘 수 있었다.

동행이인

빈도리가 피고, 방한용으로 기모노에 대놓은 솜을 안감으로 바꾸고, 부처님의 탄신을 축하하는 사월 초파일의 관불회를 맞이할 무렵이 되면, 에도 시중을 오가며 목이 터져라 외치는 행상꾼의 고함소리가 바뀐다. 이제부터는 여름을 준비하기 위한 물건들을 팔아야 하기 때문이다. 모기장 장수, 나팔꽃이나 박꽃 묘목을 파는 사람에 금붕어 장수, 사월 중순이 지나면 부채 장수도 나타난다.

주머니 가게 장사가 삶의 보람이고 놀이라면 마흔이 넘어서 배운 바둑 정도밖에 없는 미시마야의 주인 이헤에지만, 이 계절이 되면 두견새의 첫 울음소리를 '좋은 곳'에서 듣는 것에 열을 올린다. 지금까지는 매년 조강지처 오타미를 꾀어 아사쿠사 고마가타토에 가거나, 첫 울음소리의 명소인 고이시카와 하쿠산 부근을 어슬렁거리거나, 단골손님을 초대해 오카와 강에 놀잇배를 띄워 풍류를 즐기곤 했다.

하기야 여름의 징조가 보이면 두견새가 시중의 곳곳에서 울기 시작하니 무엇이 첫 번째이고 두 번째인지 알 도리는 없다. 말하자면 기분 문제라는 뜻이다. 본인이 '지금 저게 첫 울음소리다'라고 정하면 그게 첫 울음소리가 된다.

그리고 올해 이헤에는 두견새의 첫 울음소리를 흑백의 방에 있을 때 들었다.

"특이한 괴담 자리에 내주고 나서는 전혀 오지 않았으니까."

가끔은 주인인 내가 상좌에 앉아야겠다. 이렇다 할 용무도 없이 도미지로와 둘이서 편하게 앉아 엽차를 마시고 관불회에 시주로 들어왔다며 나누어 받은 마른과자를 먹고 있자니, 정원에서 두견새 울음소리가 들려온 것이다.

"아아, 좋은 소리구나."

이헤에는 눈을 감고 차분하게 말했다.

"우리 집의 방에서 소중한 아들과 차를 마시고 이야기하며 듣는 이 소리야말로 평생에 가장 큰 보물 같은 첫 울음소리지."

올해는 첫 울음소리를 정하기 위한 외출에 나서지 않겠다. 대신 네 어머니도 꾀어서 가메이도텐진에도 가메이도에 있는 신사의 이름. 스가와라 미치자네를 모신다에 등나무꽃을 보러 가야겠구나. 그러고 보니 오치카가 오카쓰와 처음 만난 것은 그 신사에 매화를 보러 갔을 때였지. 그때 오치카가 하고 간 가타카케숄가 홍매색에 양쪽 끝에 장식 자수가 되어 있는 아름다운 것이어서 말이다, 그리로 매화 구경을 온 사람들 사이에 소문이 나는 바람에 우리 가게의 간판 상품이 되었단다.

신이 난 아버지의 얼굴을 보며 도미지로는 생각했다. 여태껏 유람 다니는 즐거움에 대한 이야기를 듣기는 처음인데.

——나이가 드셨다는 뜻일까.

장사에 대한 열의는 여전하지만 비로소 장사만이 전부가 아님을 알게 되셨는지도 모르지. 앞으로 남아 계신 동안 맛보고 즐겨야 할 것들이 눈에 띄자 마음이 그쪽으로 향하게 됐는지도.

여전히 건강한 이헤에의 입에서는 아직 은퇴의 '은'자도 나오지 않았다. 어머니 오타미는 백발이 늘고 나서 더욱 부지런히 일한다. 한데 아들로서 이런 불효막심한 생각이나 하고 있다니. 죄송합니다, 하며 마음속으로 머리를 긁적이고 도미지로는 싱글벙글 웃으며 이야기에 어울렸다.

이튿날 아침, 도안 노인으로부터 심부름꾼이 도착했다. 듣는 이가 도미지로로 바뀌고 나서 세 번째 이야기꾼이 오게 되었다는 소식을 전하기 위해서다.

오후부터 부슬부슬 부드러운 비가 내리기 시작해, 특이한 괴담 자리로서는 안성맞춤인 조용한 오후다. 오카쓰는 손님맞이용 꽃을 꽂기 위해 꽃장수를 불러다가 이것저것 상의한 모양이지만, 막상 도미지로가 준비를 갖추고 흑백의 방에 들어가 보니 도코노마에는 빗방울을 두른 하얀 빈도리 꽃이 꽂혀 있었다. 통 모양의 질그릇 화기花器 옆에는 우즈치卯槌 악귀를 물리친다는 작은 망치. 헤이안 시대에 정월 상묘일上卯日에 열리는 행사에서 사용되었으며, 옥 · 서각 · 상아 또는 복숭아나무 · 매화나무 · 동백나무 등을 사각으로 자른 길이 약 10cm, 너비 약 3cm 정도의 것으로, 세로로 구멍을 뚫어 오색으로 꼰 실을 통과시켜 늘어뜨린다를 나란히 놓았다.

"빈도리는, 옆집 생울타리에 피어 있는 것을 부탁해서 받아 왔어요."

오카쓰와 이야기하는 동안에도 빈도리에 깃든 빗방울이 툭 떨어진다.

"우즈치는 새해 첫 참배 때 제가 가메이도의 미타케 신사에서 받아 왔고요."

예로부터 빈도리 꽃을 피우는 빈도리 나무에는 악한 것을 물리치는 영력靈力이 있다고들 했다.

"아마 이 시기의 비를 '빈도리를 끝내는 비'라고 부르지."

"네. 하지만 빈도리 꽃은 져도 우즈치의 마를 물리치는 힘은 사라지지 않아요."

늘 그렇듯이 느긋하고 온화한 기색의 오카쓰지만 도코노마에 빈도리나 우즈치를 장만해 두고 묘한 얘기를 하는 까닭은 무언가 느끼는 바가 있기 때문일까.

"혹시 오늘의 이야기꾼한테 불길한 예감이라도 드는 건가?"

도미지로의 물음에 오카쓰는 끝이 길게 빠진 눈을 부드럽게 떴다.

"어머나, 당치도 않아요."

그저 계절에 맞는 풍류라고 한다.

"마음에 드시지 않으면 다른 걸로 바꿀게요."

도미지로는 당황하며 손을 저었다. "괜찮아, 괜찮아."

정말 괜찮다.

"두 사람으로부터 연달아 가족 사이에서 일어난 재앙 이야기를 듣는 바람에 내 쪽이 조금 마음 약해진 건지도 모르겠군."

그렇다면 우즈치는 든든하다. 호위 역인 오카쓰가 사다 주었으니 영험함은 몇 배가 될 것이다.

"가메이도의 신사라면 오카쓰 씨한테도 오치카와의 추억이 있다면서, 아버지가 등나무꽃을 보러 갈 거라고 신나 하시며 말씀해 주시던데."

오카쓰는 생긋 웃었다.

"가끔은 도련님도 특이한 괴담 자리와는 상관없이 아름다운 등나무 시렁 그림 같은 것을 그려 보시면 마음이 편안해지시지 않을까요."

족자에 새 반지半紙를 붙여 기분도 새로이 한 후 도미지로는 이야기꾼이 오기를 기다렸다. 오늘의 다과에는, 이 또한 정말로 우연이지만 가메이도텐진 근처의 유명한 가게에서 흑밀黑蜜 향이 풍부한 구즈모치갈분 또는 밀가루, 밀기울 가루를 뜨거운 물에 반죽해 틀에 부어서 찐 여름 과자. 식힌 후 콩가루나 시럽을 발라 먹는다를 준비하게 했다.

우연이란 재미있게도 자주 겹치기 마련이라, 세 번째로 찾아온 이야기꾼은 '가메이치'라고 자신을 소개했다. 게다가 가메이도 텐진 바로 뒤쪽에 있는 공동주택에서 태어났는데, 어릴 때는 힘이 세고 툭하면 주먹을 앞세우는 성미였다고 한다.

"텐진 뒤의 가메이치라고 하면, 감당할 수 없는 녀석으로 유명했지요."

가메이치는 올해 딱 쉰 살. 소위 말하는 지천명의 나이다.

"인생의 큰 매듭을 지어야 할 시기를 맞아, 잊을 수 없는 옛날이야기를 들려 드리려고 한참 전부터 직업소개꾼 도안 씨에게 부탁을 해 두었는데 오늘에야 겨우 이루어졌네요."

가메이치는 쉰 목소리지만 발음이 좋다. 볕에 그을린 얼굴 생김새도 나쁘지 않다. 작지만 탄탄한 몸매에 쥐색을 띤 남색의 유키 목면유키 명주를 모방하여 짠 면직물 소매 사이로 보이는 팔도 튼실하다.

과연 이 사람의 생업은 무엇일까. 몸을 상당히 많이 쓰고, 배짱과 대담함이 없으면 하기 어려운 종류의 일이 아닐까. 혹시 소방수라면……. 피부에 문신이 보이지 않지만,

——등에 인왕仁王님이나 귀자모신鬼子母神을 잔뜩 새겼을 수도 있지.

들썽거리며 억측하는 도미지로 앞에서 가메이치는 활달하게 이야기하기 시작했다.

"우리 아버지는 정식 목수도 되지 못하는 새끼 목수였는데 그런 주제에 또 술과 도박을 좋아해서 어머니를 실컷 울리더니 술독으로 일찍 죽고 말았지요."

가메이치를 비롯하여 네 명의 자식을 남긴 채로.

다행이라고 해야 할지 어머니는 곧 다음 남편을 만났다. 이 계부가 성실한 땜질 직인이었기 때문에 일가는 그럭저럭이나마 어떻게든 먹고살 수 있었다.

“어머니가 재혼했을 때 저는 열한 살이었습니다. 평범한 사내아이라도 건방져질 나이지만 저는 한층 더 심했어요.”

계부가 하는 일마다 족족 마음에 들지 않아 밥을 먹여 주는데도 반항만 했다.

“저를 새아버지 같은 땜질 직인으로 만들려고 해서 특히 화가 났지요.”

땜질 직인이 없으면 냄비나 솥의 구멍을 고칠 수 없다. 매일의 생활에는 중요한 일이고 직업이지만,

“7척 5촌짜리 기다란 멜대에 도구 상자를 들고 비가 오는 날에도 바람이 부는 날에도 시중을 돌아다니는 모습이 제게는 쩨쩨하고 남자다움이라고는 조금도 없는 일처럼 보였거든요. 진심으로 싫었습니다.”

반쯤 백발이 된 이초마게에도 시대를 통틀어 가장 일반적이었던 남자의 머리 모양. 이마의 머리털을 중앙에 걸쳐 반달 모양으로 깎고 상투를 틀어 정수리를 향해 접은 후 그 끝을 은행잎처럼 펼친 것. 신분이나 직업에 따라 묶는 방법이 다르기도 했다의 벗겨진 이마를 가로지르는 주름이 가메이치를 따라 웃는다.

“지금 생각하면 참으로 벌 받을 짓이지만 콧대가 높은데다 힘도 세었던 저는 새아버지에게 야단을 맞아도 기죽지 않았습니다.

그 사람의 키가 작고 말랐다는 이유로 바보 취급을 하며 우습게 여겼지요."

딱 한 번 계부에게 주먹으로 얻어맞은 적이 있다고 하는데,

"저도 같이 때렸더니 상대방은 다리가 풀려 버려서요."

그런저런 일로 어머니가 눈물을 보이기도 했다.

――너는 죽은 아버지랑 똑같다. 나쁜 점만 꼭 닮았어.

"그게 또 분하고 화가 나서 저는 집을 뛰쳐나갔는데."

갈 곳은 없고 목에 미아 명찰미아가 될 때를 대비해 주소와 이름을 써서 어린아이의 몸에 달아 두는 명찰을 걸고 있었던 탓에 밤이 되자 에도 시중의 성문 파수꾼에게 붙잡혀 도로 끌려왔다.

"평생의 실수였습니다. 허세를 부리며 동생들에게도 이번 생에서는 이별이라고 말하고 가출했는데 미아 취급을 당해 돌아왔으니 꼴사나운 일이었지요."

한참 전부터 직업소개꾼 도안 씨에게 부탁을 해두고 특이한 괴담 자리에 오는 날만을 손꼽아 기다렸다던 가메이치는 남몰래 연습을 하지 않았나 싶을 만큼 이야기를 풀어놓는 데 막힘이 없었다. 도미지로는 고개를 끄덕이며 듣고만 있어도 즐거웠다.

"또 어머니가 울고, 관리인한테 단단히 혼쭐이 났어요. 이 관리인은 매미 허물처럼 물기라곤 없이 바싹 마른 할아버지였는데 어찌나 노련한지 설교하는 방식에도 기술이 있었습니다."

꾸짖는 한편으로 어머니의 눈물에도 끄떡하지 않는 가메이치의 마음을 흔들어 놓으려고 어린 동생들이 설득하도록 했다.

——형이 없으면 쓸쓸해.

——오라버니, 어머니를 울리지 마.

우리가 착한 아이가 아니라서 형이 집을 나가 버린 거야?

마침 그 대목을 이야기하고 있을 때 오시마가 뜨거운 차와 구즈모치를 가져왔다. 가메이치는 턱을 당겨 오시마에게 목례를 하며,

"맛있겠군요. 잘 먹겠습니다" 하고 쉰 목소리로 짧게 말했다.

조용히 방을 나가던 오시마는 한순간 '홀'과 '멍'이라는 표정을 지었다. 홀딱 반했다는 '홀', 멍해진다는 '멍'이다. 쉰 살이 되었어도 멋있는 남자는 여자를 홀린다. 쟁반으로 얼굴을 가렸지만 도미지로는 똑똑히 목도할 수 있었다.

"구즈모치는 콩가루 향이 날아가기 전에 먹는 게 더 맛있습니다. 자, 드시지요."

단것으로 슬쩍 화제를 돌리며, 당지 맞은편에서 오카쓰가 웃어 주었으면 좋겠다고 도미지로는 생각했다.

가메이치도 자신은 정말로 단것을 좋아한다며 시원시원하게 구즈모치를 이쑤시개로 찌르고는 이야기를 이어나갔다.

"관리인의 기술 덕분에 조금 마음을 고쳐먹었나요?"

"고쳐먹기는커녕 속으로는 불만이 가득했지만 동생들이 우니 당해낼 수가 있어야지요. 이 년쯤 꾹 참고 땜질 일을 배웠습니다."

하지만 안 되는 일을 억지로 할 수는 없는 법이다.

"저는 손재주가 없었고, 이건 어른이 되고 나서야 더 확실해졌지만 눈이 나빴어요. 안경을 살 수 있는 형편도 아니었습니다. 근처에서 본 적도 없었으니까요."

안경이 뭐지? 먹는 건가?

"게다가 땜질장수만이 아니라 직인에게 안경은 어울리지 않지요."

단언할 일은 아니지만 미시마야에서 바느질을 하는 직인 중에도 안경을 쓴 사람이 없긴 하다.

"무엇보다 저 스스로 의욕이 없으니 어떻게 할 수도 없었어요. 결국 새아버지도 포기하더군요."

가메이치는 해가 바뀌면 열네 살이 될 나이였다.

"죽은 아버지처럼 목수가 되려고 해도, 어딘가에 고용살이를 나가려고 해도, 이제부터 먹고살 길을 찾으려면 더 이상은 꾸물거릴 수 있는 나이가 아니었습니다."

그러나 땜질 일을 배우면서 쌓인 울분을 밖에서 푸는 짓을 되풀이하다 보니 걸핏하면 싸우는 '텐진 뒤의 가메이치'라는 별명이 널리 알려졌고 가게에서 일하는 것은 무리일 게 뻔하다며 처음부터 아무 제안도 들어오지 않았다.

"그러던 차에 신사를 중심으로 근처 일대를 맡고 있던 마을 소방 조직의 대장이 도움의 손길을 내밀어 주었습니다."

——이런 난폭한 녀석은 우리한테 보내게.

도미지로는 저도 모르게 손뼉을 딱 쳤다.

"오오! 실은 저도 가메이치 씨를 뵙자마자, 이분은 소방수가 아닐까 생각했습니다."

가메이치가 목덜미에 손을 대고 살짝 머리를 숙이며 웃었다.

"미시마야의 안력眼力에 탄복했다고 말씀드리고 싶은 마음은 굴뚝같지만 실은 그렇지 않습니다."

"예? 소방수가 된 것이 아닙니까?"

대장의 신세를 지긴 했지만 가메이치는 한 사람 몫을 해내는 소방수는 되지 못했다고 한다.

"대장의 집에 맡겨진 제가 우선 했던 일은 청소, 빨래, 물 긷기에 아궁이 당번, 그리고 잔심부름이었습니다. 허드렛일을 하는 애송이에 불과할 따름이었지요."

봉당에 마련되어 있는 소방수의 도구, 조組 표식은 물론이고 사스마타에도 시대에 죄인을 잡을 때 사용하던 도구. 나무로 만든 긴 막대 끝에 날카로운 반달 모양의 쇠 장식을 단 무기로, 멱에 걸어 눌러 잡는다나 큰 망치 등은 만지지도 못했다. 가까이 다가가는 것조차 허락하지 않았으니까.

——누구든 허드렛일부터 하나하나 시작해야 한다.

"이걸 참지 못하면 어차피 쓸 만한 놈은 못 된다고 하면서."

이번에는 사나이다움의 극치인 소방수가 되기 위한 일이라 가메이치는 참고 또 참았다.

"대장을 따르는 소방수 형님들은 대부분 생계를 꾸려나갈 직업을 가지고 있었기 때문에 생활도 각자 했지요."

마을 소방수는 일종의 명예직이라서 불을 끄는 일만으로 먹고 사는 경우는 거의 없다.

"그래도 도구 손질이니 뭐니 하면서 대장의 집에 노상 드나드는 형님들의 밥을 챙기거나 술을 사오는 일은 제 몫이었습니다. 속옷 빨래까지 해야 했지요."

돌 위에도 삼 년을 앉아 있으면 따뜻해진다고들 하는데 정말로 만 삼 년 동안 허드렛일을 계속하다 보니 간신히 소방수 표식이 있는 한텐등에 옥호나 가문의 이름 등을 물들인 짧은 윗도리을 만질 수 있게 되었다.

"얼룩을 빼거나 터지거나 실이 끊어지거나 그을린 부분을 수선하는 일이었지요."

가메이치는 한텐을 손질하며 또 일 년을 보냈다.

비로소 조 표식을 제외한 다른 도구류는 어떻게 손질하는지 배울 수 있었다.

그리고 심하게 괴롭힘을 당했다.

"저는 제가 성미가 급하고 힘이 세다며 우쭐거렸지만 형님들한테는 당할 수가 없었거든요."

상대적으로 몸집이 작아서 불리하기도 했다.

"전부 힘이 세고 덩치가 큰 사내들뿐이었습니다. 화재 현장에서는 집 한 채를 단번에 큰 망치로 때려 부수는 일도 하니까요. 우리 조에는 용토수龍吐水 메이지 시대 중기까지 사용되었던 소화 장비. 커다란 상자 속에 펌프를 장치하여, 손잡이를 올리거나 내리면 상자 속에서 물이 나온다가 한 대 있었는데 불과 연기에 쫓기는 사람들을 거슬러 화재 현장까지 장비를 밀고 가는 것만으로도 엄청난 수고가 들었지요."

애초에 체격이 좋지 않으면 일할 수 없는 곳에, 몸집이 작고 콧대가 세고 '텐진 뒤의 가메이치'라는 별명을 자랑하며 위세가 좋았던 병아리가 들어온 셈이다.

——건방진 꼬맹이.

소방수들이 가메이치를 놀리고 그의 고집스럽고 지기 싫어하는 얼굴 표정을 얄미워하여 근성을 뜯어고쳐 주겠다며 괴롭히거나 구박한 것도 전혀 까닭 없는 일은 아닌 듯했다.

"지금에 와서는 말이지요" 하며 가메이치가 웃는다. "하지만 그 무렵에는 동경하던 소방수 형님들이 지옥의 옥졸처럼 보이기까지 했습니다."

무언가 일을 시켰을 때 조금 울컥한 기분이 얼굴에 나타나면 곧 노성이 날아왔다. 사과를 해도 말투가 건방지다며 다음에는 얻어맞는다. 뒷덜미를 붙잡아 집어던진다. 야단맞은 후에는 반드시 한 끼를 굶어야 했는데 식욕이 왕성한 가메이치로서는 무엇보다도 힘든 일이었다.

"그런 허드렛일을 하는 동안에는 화재 현장에 나갈 수 없는 건가요?"

도미지로의 물음에 가메이치는 수도手刀를 긋듯이 손을 저었다.

"가까이 갈 수도 없습니다. 집을 지켜야 하지요. 불을 끄고 난 형님들이 돌아온 후부터가 바빴어요."

덕분에 지금도 화상이나 타박상 치료에는 익숙하다고 한다.

"상처에 잘 듣는 고약이 떨어지지 않도록 늘 주의를 기울이는 일도 허드레꾼의 임무였지요."

하지만 언젠가는 나도——하며, 가메이치는 희망을 잃지 않았다.

"대장 역시 저랑 비슷한 생각을 하지 않았을까요. 제 힘만 믿고 건방을 떠는 꼬마를 데려다가 괴롭힐 목적으로 침식을 제공했을 리는 없지요."

반면에 형님들은 어땠을까.

"처음부터 끝까지 저를 싫어할 뿐이라는 느낌이었습니다. 그래도 어쩔 수 없을 만큼 저도 얄미운 애송이였지요."

허드렛일을 계속하다가 열여덟 살이 되고 이미 나이는 젊은이인데 입장은 여전히 애송이였던 가메이치는 그해 초봄에 결국 돌이킬 수 없는 싸움을 일으키고 말았다.

"전날 도박에 졌는지 여자한테 차였는지 기분이 좋지 않은 형님이 있었습니다."

그 소방수의 한텐 수선이 엉성하다며 야단을 맞고 한 끼를 굶게 되었는데 이를 시작으로 다른 소방수들에게도,

"불렀는데 대답이 없다, 눈매가 나쁘다, 태도가 불손하다며 트집을 잡는 일이 되풀이되어 저는 만 하루 동안 밥을 굶었지요."

공복이라 어질어질해졌다. 그래도 이튿날 일찍 일어나서 집 주위를 청소하고 다음에는 봉당에 들어가 쓰레기를 줍고 비질을 하기 시작했을 때,

"아침부터 무슨 볼일이 있었는지 몇몇 형님들이 떼 지어 찾아왔습니다."

그중에는 가메이치가 특히 불편하다고 여기는──솔직히 무섭다고 생각하는, 구름을 찌를 듯 커다란 남자가 섞여 있었다.

"이 사람을 다이太 씨라고 부를까요?"

가메이치가 요령 좋게 이름을 붙였다.

"다이 씨가 왔기 때문에 저는 쭈뼛거리고 있었습니다. 팔다리가 굳어 버렸지요. 그만큼 무서워했거든요."

게다가 공복이다. 아침밥도 아직 안 먹어서 위장은 텅 비어 있다.

"봉당의 먼지를 쓸려고 오른손으로 빗자루를 잡고 이렇게, 몸을 구부린 순간."

갑자기 눈앞이 하얘져 몸의 균형을 잃었는데.

"왼손을 휘저어 벽을 짚으려다가 거기에 세워져 있던 큰 망치의 자루를 만지고 말았지요."

망치 같은 위험한 도구들은 그냥 벽에 기대 놓지 않고 그 앞에 막대를 가로질러 누르거나 잠금장치를 사용하여 움직이지 않도록 해둔다.

"한데 운이 나빴는지 그날따라 잠금장치가 헐거워져 있었나 보더군요."

그러던 차에 가메이치가 자루를 건드리자 큰 망치의 머리 부분이 하필이면 봉당 끝에 세워져 있던 조 표식 쪽으로 향한 것이다.

"조 표식을 두는 곳은 화재를 막는 방향이라서 해마다 바뀝니다. 그해에는 우연히 거기에 있었던 셈이니 아무래도 제 운이 거듭 나빴다고 해야겠죠."

망치는 조 표식의 자루 부분을 아슬아슬하게 스치고 쿠웅 하는 무거운 소리를 내며 봉당에 쓰러졌다. 조 표식의 장식이 가볍게 흔들렸다.

"하마터면 제 실수로 소방수의 영혼인 조 표식에 흠집을 낼 뻔한 겁니다."

가메이치는 순간, 자신이 얼마나 큰일을 저질렀는지 깨달았지만 이미 엎질러진 물이었다.

"정신이 들었을 때는 다이 씨가 저를 후려갈기고 있었습니다."

머리부터 봉당에 내동댕이쳐져 눈에서 불을 번쩍이며 쓰러져 있던 가메이치를 그가 멱살을 잡아 일으켜 세웠다.

"가까이에서 다이 씨의 얼굴을 보고."

──죽겠구나.

"그렇게 생각한 순간 저도 모르게."

주먹을 움켜쥐고 다이 씨의 얼굴 한가운데를 때렸다.

"덕분에 다이 씨의 손이 느슨해지자 저는 뒤도 보지 않고 꽁지에 불이 붙은 것처럼 밖으로 도망쳐 나갔습니다."

가메이치는 달렸다. 목숨을 걸고 귀신에게 쫓기는 사람처럼 달렸다.

"조금이라도 걸음을 늦추면 끝장이라고 생각했으니까요."

아침의 길거리를 몇 정이나 (1정은 약 109미터) 달렸을까. 제정신으로 돌아오니 평소에 본 적도 없는 풍경이 넓게 펼쳐진 곳까지 와 있었다.

"스스로 생각해도 기가 막혔습니다. 나는 얼마나 겁을 먹었던 건가 싶어서요."

숨을 죽이고 이야기를 듣던 도미지로도, 가메이치가 웃자 맥없이 따라 웃었다.

"그것참…… 정말 큰일이었군요."

"예. 이걸로 나는 끝장이다, 죽는 게 낫겠다 싶더군요."

하지만 그곳에서 쓰러져 버릴 수도 없어서 대장의 집을 향해 터벅터벅 되돌아갔다. 죽어라 달린 뒤라 목이 마르고 더욱더 배가 고파져 도중에 몇 번이나 쪼그려 앉아야 했다.

"돌아와 보니."

대장의 집 입구에서 안에 있던 조 표식과 불 끄는 도구가 훤히 들여다보일 만큼 판자문이 활짝 열려 있었는데.

"그 앞에 비백 무늬를 넣은 기나가시기모노의 하카마를 입지 않은 간편한 평상복를 입고 셋타대나무 껍질로 만든 조리 밑바닥에 가죽을 댄 신발를 신고 머리를 하나로 묶은 마흔 남짓의 남자가 팔짱을 낀 채로 우뚝 서 있었습니다. 저를 보더니 기쁜 듯이 웃더군요."

——돌아올 때는 걸어왔나? 꽤 오래 기다렸다.

"약간 새된, 코에서 빠져나오는 것 같은 울림이 좋은 목소리였습니다."

기름을 바르지 않고 물만으로 머리털 끝을 위로 향하게 묶어 흩뜨리는 세련된 머리 모양이다. 상가에서 일하는 점원이나 직인, 상인이 묶는 머리가 아니다. 협객이 좋아하는 방식이다.

"게다가 남자의 얼굴 생김새가 뭐랄까, 평범해 보이진 않았어요."

눈 하나 깜짝 하지 않고 손가락 두어 개 정도는 간단히 자를 수 있는 사람 같았다.

대장의 용서를 받으려면 정말로 손가락을 내놓아야 할지도 모른다는 생각에 온몸의 피가 얼어붙는 기분이었던 가메이치에게 남자가 말했다.

——대장한테는 이야기해 두었다. 네 신병은 내가 맡기로 했어.

따라오라고 시원스럽게 말하며 남자는 대뜸 걷기 시작했다.

"따라가면 지옥이 열리는 걸까 하고."

당혹스러워하는 가메이치의 눈앞에 대장의 집 안에서 보따리가 날아왔다.

"제 물건들이었습니다."

눈을 돌려보니 다이 씨가 그곳에 서서 무서운 얼굴로 노려보고 있었는데,

"얼른 가라고 손을 휘젓더군요."

정말로 저 기나가시 차림의 남자를 따라가라는 것일까. 그러면 용서해 준다는 것일까.

“보따리를 주워 들고 푹푹 꺾이는 무릎으로 저는 남자를 쫓아 갔습니다.”

남자는 이쪽을 돌아보지도 않고 부지런히 걸음을 옮기면서 쾌활한 말투로 말했다.

――그런데 잘 뛰더구나.

“잘 뛴다고요?”

앵무새처럼 되풀이하는 도미지로를 향해 가메이치는 가지런하고 튼튼해 보이는 이를 훤히 드러내며 웃었다.

“네. 저의 그 점을 높이 샀다더군요.”

그가 가게 된 곳은 파발꾼을 파견하는 업소였다.

에도 시중에는 파발꾼 업소가 많다.

바로 얼마 전 도미지로가 흥미가 생겨 읽었던 ‘에도 장사 안내’에는 붉은 선 안에에도 성을 중심으로 하여 시나가와, 오키도, 요쓰야오키도, 이타바시, 센주, 혼조, 후카가와 안쪽의 땅을 에도 시내, 그 바깥쪽을 에도 시외로 구분하였는데, 지도에 이 경계선을 빨간색으로 표시하였다 ‘대략 70곳’이라고 적혀 있었다.

파발꾼의 발상發祥은 오래되었고 종류도 다양하다.

미시마야가 있던 시대에는 대략 ‘막부 직영 파발’, ‘다이묘 파발’, ‘마을 파발=시중의 파발꾼 업소’로 나뉜다. 앞의 둘은 공용이고 다시 세분화되지만, 시중 사람들에게 친숙한 것은 뭐니 뭐니 해도 파발꾼 업소다.

“미시마야도 자주 마을 파발을 이용하시겠지요” 하고 가메이치가 말했다. "다만 저희 가게는 간다에서 멀리 떨어져 있기 때문에 지금껏 이용해 주신 적이 없을 겁니다."

특이한 괴담 자리에서는 이야기꾼이 먼저 말하지 않는 한 개별 가게의 이름은 묻지 않는 것이 원칙이다. 따라서 도미지로도 가메이치가 말한 '저희 가게'에 관해서는 거론하지 않고 대화를 이어 나갔다.

"저희는 장사용 외에 가와사키 역참에 있는 친척 집과 자주 편지를 주고받고 있습니다. 하기야 여관을 운영하는 친척이라서 에도와 가와사키, 가마쿠라 근처를 자주 왕래하는 행상이나 단골손님들이 오가는 김에 전해 주실 때도 많지만요."

"세상에는 참으로 친절하신 분이 많군요. 그렇지만 항간의 편지 왕래가 전부 오가는 인편으로 이루어지면 우리는 먹고살기가 힘들겠네요."

싱글벙글 웃는 가메이치의 눈에는 '어지간해선 먹고살기 힘든 처지가 되지 않을 일을 하고 있다'는 긍지가 반짝이고 있었다.

"제 옛날이야기에는, 먼저 파발꾼 업소에 대해서 이것저것 알고 있어야 이해하기 쉬운 구석이 있습니다. 조금 참고 들어 주시겠습니까."

바라던 바이다. 도미지로는 앉은 자세를 바로 했다. "네, 알려 주시면 얼마든지 듣겠습니다."

미지근해진 차로 목을 축이고 잠시 뜸을 들이던 가메이치가 천천히 입을 열었다.

"우선은 파발꾼 업소 전체부터 시작할까요."

수많은 파발꾼 업소는 물론 가게마다 규모의 차이가 있다.

"제 다리를 높이 사서 맡아 준 가게는 그중에서도 고참이었는데요."

벌써 말허리를 자르는 것 같아서 미안했지만 도미지로가 끼어들었다. "가게 이름이 없으면 설명하기가 불편하니 '가메야'라고 하면 어떨까요."

가메이치는 젊은이처럼 부끄러운 듯 웃었다.

"가게로 돌아가면 혼날 것 같지만, 그럼 그렇게 하겠습니다."

이 부끄러운 듯한 웃음의 의미는 나중에 알게 되었다.

"파발꾼 업소는 에도 시중이나 근처만 도는 작은 가게와 더 멀리까지 짐이나 서찰을 운반하는 큰 가게로 나뉩니다."

전자가 도미지로에게도 친숙한 '파발꾼'의 일이다. 짐 상자의 자루에 방울을 달고 다니기 때문에 딸랑딸랑 하는 소리로 '파발꾼이 왔음'을 알 수 있다. 매일 정해진 길을 딸랑딸랑 다니며, 이를 불러 세운 손님으로부터 짐이나 서찰을 건네받아 대금을 받고 한꺼번에 배달하는 장사 방식도 있다.

"저희 가메야도 물론 파발꾼 일을 하지만, 큰 것은 정定파발꾼 업소로서의 장사 쪽이어서요."

정파발꾼 업소는 에도에서 주로 교토 쪽으로 가는 짐의 운송을 맡는다. 동업자들이 모여 '동료'를 이루는데, 시대에 따라 참가하는 업소의 수가 달라지기 때문에 '9채동료'라든가 '10채동료'라고 부른다.

"정파발꾼은 아무나 시작할 수 있는 장사가 아니라, 조합원이 아니면 안 됩니다."

도미지로는 고개를 끄덕였다. 이 '동료'는 '조합원 동료'인 것이다.

"쌀 도매상이나 약재 도매상과 마찬가지로군요."

"맞습니다. 조합원이 되려면 나라님의 허가를 받아 명가금冥加金 에도 시대의 세금 종류 중 하나. 상공업이나 어업, 또는 그 밖의 업종에 종사하는 사람이 막부 또는 번주로부터 영업 허가를 받는 대가로 내는 돈을 내고, 단순히 짐이나 서찰을 옮길 뿐만 아니라 어음 결제나 환전상으로서의 일도 할 수 있으니…… 일종의 면허장 같은 것이지요."

정파발꾼 업소쯤 되면 더욱 신용이 제일이지만 이 파발꾼이라는 직업의 발상은 인부를 수배하는 직업소개꾼이고, 또한 말을 이용하든 사람이 달리든 가도를 왕래하는 동안에는 위험한 일을 당하는 경우도 드물지 않기 때문에,

"난폭한 사람, 힘에 자신이 있는 사람, 아무리 그래도 전과가 있는 사람은 안 되지만 상대적으로 성미가 거친 놈들이 모이는 일거리이긴 합니다."

'텐진 뒤의 가메이치'에게는 안성맞춤이라고 할 수 있었다.

"그렇다고 해서 고용살이를 하러 들어가면 누구나 당장 짐 상자를 짊어지고 여기저기로 달려갈 수 있는 것은 아니고요."

파발꾼 업소의 고용살이 일꾼의 구조는 다른 장사와는 조금 다

른 데가 있다.

“우선 고용살이 일꾼으로서는 가장 위인, 대행수에 해당하는 사람을 ‘지배인’이라고 부릅니다.”

지배인 밑에 가게의 고용살이 일꾼으로 행수 · 사환이 있고, 실제로 마을이나 가도를 달리는 파발꾼이 있다.

“잘 뛴다는 평가를 받았던 저도 처음에는 사환 일을 했습니다. 새 앞치마를 받기 때문에 ‘신마에新前 일본어로 앞치마는 ‘마에카케前掛け’라고 한다’라고 하는데 나이로 치면 더 이상 사환이 아니어서 거북했지요.”

가게의 고용살이 일꾼은 손님을 응대하고, 손님이 가져온 짐이나 서찰을 맡고, 장부를 쓰고, 가게 주위를 깨끗이 청소하고, 불단속을 하는 등등.

“장사를 배우려면 어디에서나 시작은 청소, 끝도 청소입니다.”

가메이치는 시원스럽게 말했다.

“저희 가게에서는 후견인이 청소 감독을 하기 때문에 사환이 늘 벌벌 떨지요.”

“후견인이라니요?”

“아아, 죄송합니다. 파발꾼 업소에서는 지배인이 나이를 먹고 은퇴해도 가게에 드나들면서 다음 지배인을 돕는 관습이 있거든요. 이것을 후견인이라고 부릅니다.”

그만큼 경험치가 필요한 일이라는 뜻이다.

“제가 소방수 대장의 집에서 도망친 그날, 지나가는 길에 달리는 모습을 눈여겨봐 주었던 남자는 당시 가메야의 파발꾼 중에서 가장 오래 일한 사람이었습니다."

그가 가메이치를 가게로 데려가,

——건방지지만 다리는 빠릅니다, 배짱도 있으니 써먹을 수 있을 거예요,

하며 고용해 달라고 지배인에게 제안해 주었던 것이다.

"지금 생각하면, 그렇게 형님들을 화나게 하고 이제 죽을 일만 남아 있던 애송이를 용케도 거두어 주셨다는 생각이 듭니다."

머리를 하나로 묶은 남자에게도, 남자의 말을 받아들여 준 가메야의 지배인에게도 보는 눈이 있고 인정이 있었다는 뜻이다. 동시에, 우는 아이도 뚝 그친다는 에도의 마을 소방수와 교섭하여 '이 녀석은 우리가 맡을 테니 그만 용서해 주시지요' 하고 태연한 얼굴로 다툼을 수습할 만한 힘과 위광이 오래된 정파발꾼 업소에게 있다는 걸 나타내기도 한다.

"지배인의 주요 임무 가운데 하나가 고용살이 일꾼을 채용하는 일입니다. 그중에서도 파발꾼이 될 만한 사람을 찾는 데는 늘 눈을 빛내고 귀를 곤두세워야 하지요. 실수가 있었을 때의 처분도 지배인의 실력을 볼 수 있는 부분이고요."

난폭한 사람도 있는 직업이고 한편으로 돈과 어음도 취급하다 보니 지배인의 기량이 부족하면 순식간에 가게가 위태로워진다.

딸랑딸랑 하는 파발꾼에게 서찰을 맡기고, 덕분에 편리하다고 고마워하고, 비 오는 날에도 바람 부는 날에도 달리는 그 모습을

든든하게 바라보며 멋과 호기를 느끼고 시를 한 수 짓거나 그림을 그리는 것만으로는 좀처럼 거기까지 생각이 미치지 않는다.

세상에는 들어 보지 않으면 알 수 없는 일이 많이 있다. 도미지로는 그저 어린아이로 돌아간 것 같은 기분이 들었다.

"다행히 지금껏 저는 지배인에게 그런 뒤처리를 시키는 일 없이 지내 왔습니다."

이렇게 지옥이 아니라 가메야로 들어간 가메이치는,

——모처럼 타고난 다리를 썩히는 것도 재미없지 않느냐.

"지배인 덕분에 가게 안의 신마에 노릇을 석 달만 하고 파발꾼이 되었는데."

처음에는 심부름꾼 아이와 큰 차이 없이, 딸랑딸랑 하는 짐 상자도 없이,

"한 통의 서찰, 하나의 짐을 부탁받은 곳에 가져다주기만 하는 일을 반복했습니다."

아울러 손님에 대한 인사, 말씨, 서찰이나 짐을 다루는 방법, 옷을 입고 신을 신는 법, 고용살이 일꾼이라면 응당 알아야 할 예의범절에서부터,

"달리는 방법과, 달릴 때의 자세도 배웠지요."

시중에서 짧은 거리를 갔다가 돌아오는 일을 가메야에서는 '마을 심부름'이라고 불렀다. 덧붙여 말하자면 이때의 달리는 방법과, 먼 곳에 긴 거리를 갈 때의 달리는 방법은 전혀 다르다고 한다.

"마을 심부름을 반년 동안 하고 겨우 짐 상자를 짊어진 딸랑딸랑으로 올라갔는데, 그것도 처음에는 시중만 다녔어요. 근교에 나갈 수 있게 되기까지는 일 년이 더 걸렸습니다."

가메야가 자신의 목숨을 구해 준 은혜가 있고, 무엇보다 파발꾼이라는 일에 마을 소방수 못지않은 남자다움을 느꼈기 때문에 가메이치는 열심히 했다. 비가 오든 눈이 오든 하루도 쉬지 않고, 힘들어도 약한 소리를 하지 않고, 건방진 말버릇도 급한 성미도 싸움도 삼갔다.

"제 입으로 말하기도 뭣하지만 다시 태어난 셈이지요."

가메이치는 부끄럽다는 표정을 지으며 살짝 웃었다. 볕에 그을려 검게 탄 얼굴이나 팔다리가 지난 세월을 말해주는 듯했다. 이 사람의 인생은 몸에 새겨져 있음을 도미지로는 깨달았다.

"처음으로 딸랑딸랑 하는 파발꾼이 되어 어머니가 있는 공동주택에 얼굴을 보이러 들렀을 때는, 자랑스러웠습니다."

어머니가 또 울었다고 한다.

"이번에는 기뻐서 우셨겠네요."

솔직히 부럽다.

"예에."

가메이치는 이마의 한 줄 주름까지 깊이 웃음 지었다.

"송구하게도 이야기가 왔다 갔다 하는데, 파발꾼에는 달리는 파발꾼과 재령宰領 파발꾼 두 종류가 있습니다."

달리는 파발꾼은 이름처럼 사람이 두 다리로 달린다. 재령 파발꾼은 말을 타고 커다란 짐이나 큰돈을 옮긴다. 귀중한 물건이나 값비싼 특산품, 금화 상자를 맡을 때도 있다고 한다.

“저는 두 다리 덕분에 거두어졌고 또 달리는 일이 성미에 맞았습니다. 전혀 고생스럽지 않아서 마흔이 넘을 때까지 달리는 파발꾼 일만 했지요.”

말은 잘 타지 못했던 모양이다.

“엉덩이 모양이 승마에는 맞질 않았거든요. 말은 영리하기 때문에 타는 사람이 서툴면 싫어하고요.”

그런 일이 있단 말인가. 처음 듣는다.

“아까 다이묘 파발꾼이라고 했는데 대개의 다이묘 가에서는 자기네 가신――하급 무사 같은 가벼운 신분의 사람을 파발꾼으로 부립니다. 하지만 번에서 출입하는 파발꾼 업소를 정해 영지와의 서찰이나 짐 왕래를 그곳 파발꾼에게 맡길 때도 있지요. 이것이 다이묘 파발꾼이고 대개는 재령 파발꾼이 이 일을 맡지만 한 달에 한 번 있는 왕래라든가 하는 정해진 편에 문서처럼 가벼운 것이라면 달리는 파발꾼이 맡을 때도 있습니다.”

우선 에도 시중, 다음에 근교까지 나갈 수 있게 되고, 그 후에는 도카이도에도 시대의 5대 가도 중 하나. 에도에서 교토에 이르는 길로, 해안선을 끼고 있다를 달린다. 그것이 정파발꾼 업소 가메야의 달리는 파발꾼 가메이치의 출세 단계였는데,

“점차 먼 거리를 달리게 되었을 뿐만 아니라 뒤로 갈수록 전보다 더 중요한 손님의 짐을 맡았다는 사실로도 제 출세를 가늠해

볼 수 있었습니다."

상가 등 민간용의 서찰과 짐을 맡은 지 삼 년, 그 짐에 어음이나 증서가 들어가고 나서 또 몇 년이 지나자 그는 다이묘 파발꾼으로도 달릴 수 있게 되었다.

"가메야에서 어엿한 한 사람의 몫을 해내게 된 셈이지요."

예전의 악동, 텐진 뒤의 가메이치가 하루도 쉬지 않고 쌓아 온 노력과 신용의 결과물이다.

"저희도 교토의 니시진교토의 니시진에서 나는 고급 비단을 파는 직물가게와 거래할 때는 파발꾼에게 어음을 운반해 달라고 합니다" 하고 도미지로는 말했다.

"주머니를 만드니까 대부분은 자투리 천을 구입하지만, 가끔씩 단골손님의 주문을 받아 값비싼 니시진을 사들일 때가 있지요."

그럴 때는 어음을 지불한다.

"지금껏 파발꾼에게는 어음을 운반해 달라고만 하는 줄 알았는데 아까 하신 이야기로는 가메야에서 환전상도 겸하고 있다고요. 그렇다면 파발꾼이 결제도 할 수 있는 건가요?"

가메이치는 싱긋 웃었다. "이제부터 말씀드릴 참이었는데, 큰 파발꾼 업소에서는 그런 일을 하기 위해 각지에 중개소를 설치합니다."

중개소란 지방의 분점이다.

"가도를 따라 요소요소에 중개소가 있으면, 파발꾼은 짐이나 어음이나 증서를 그곳에서 주고받기만 하고 뒷일을 맡기거나, 먼

길을 가는 경우에는 사람이나 말을 바꾸는 데도 편리하니까요."

"아아, 그렇군요."

"저는 승마가 서툴러 재령 파발꾼에는 맞지 않았기 때문에 나이를 먹어 다리가 약해지고 나서는 여기저기에 있는 중개소에서 일하기도 했습니다."

에도 시중밖에 모르고, 지금껏 멀리 여행을 간 적도 없던 도미지로로서는 좀처럼 짐작이 가지 않는 생활이다.

"스루가현재의 시즈오카 현 중부를 가리키는 옛 지명의 누마즈시즈오카 현 중부, 스루가 만灣 부근의 도시. 도카이도의 53역참 중 하나, 미카와현재의 아이치 현 동부를 가리키는 옛 지명의 요시다현재의 도요하시 시. 아이치 현 남동부에 있는 도시 이름이다. 도카이도의 53역참 중 하나, 이세현재의 미에 현 대부분을 가리키는 옛 지명의 가메야마미에 현 북부의 도시. 도카이도의 53역참 중 하나 같은 곳인데."

중개소는 가메야가 그 지역에서 본진本陣 에도 시대의 역참에 있던 숙소 중 다이묘나 막부의 공인을 받은 업소이나 돈야바問屋場 에도 시대에 가도의 역참에서 인부나 말을 바꾸어 사람이나 짐을 수송하던 사무 등을 행하던 곳. 도이야바라고도 한다를 경영하는 주인과 계약을 맺고 파발꾼의 짐 취급 대행을 부탁하는 형태로 성립하는데, 그렇게 생긴 중개소가 해당 지역의 파발꾼 업소를 겸하는 경우도 있다. 가메이치는 가메야 본점에서 파견된 지배인으로 그곳에 가서 일했다고 한다.

"이세까지 가셨습니까?"

도미지로는 감탄했다.

"저는 아직 이세 신궁 참배를 간 적도 없는데요."

"참배라면 또 이야기가 샛길로 빠지게 되는데, 파발꾼은 멀리 있는 절이나 신사에 참배를 대행하는 일도 합니다."

가메이치가 가장 많이 참배 대행을 한 곳은 가와사키다이시川崎大師 가와사키 시 다이시마치에 있는 절. 헤이켄지平間寺라고도 하는 진언종의 절로, 도쿠가와 이에미쓰가 다이지大治 연간(1126~1131)에 창건했다. 액막이 대사로 유명인데, 이세 신궁에도 몇 번 참배를 갔다. 딱 한 번뿐이었지만 도카이도보다 더 먼, 사누키현재의 가가와 현을 가리키는 옛 지명의 고토비라구金刀比羅宮 가가와 현 나카타도 군 고토히라야마 산 중턱에 있는 신사. 매년 10월 10일에 성대한 대제大祭가 열린다까지 간 적도 있다고 한다.

"제게도 공덕이 쌓이는 것 같아서 참배 대행은 기쁜 일거리였습니다."

이렇게 달리는 파발꾼으로서의 경험과 신용을 쌓던 가메이치는 서른이 되어 겨우 아내를 얻었다. 당시 지배인의 친척뻘 되는 처자로,

"제 입으로 말하기도 쑥스럽지만 나이는 열여덟, 미인에 성격도 좋아 불평할 데가 없는 아내였습니다."

그런 처자를 짝 지워 줄 정도였으니 가메야의 지배인이 가메이치를 얼마나 신뢰했는지도 짐작이 간다.

젊은 부부는 가게 근처의 집을 빌려서 살았다.

"하는 일이 일이다 보니 저는 아무래도 집을 자주 비우게 됩니다. 아내를 외롭게 만들어 버리는 셈이라서 집에 있을 때는 힘이 닿는 한 비위를 맞추었지요."

덕분인지 젊은 부부는 곧 아이를 가졌다. 이렇다 할 어려움도 없이 달이 차서 태어난 것은 옥 같은 여자아이였다.

처자식을 갖게 되자 비로소 가메이치는 그동안 어머니와 계부가 얼마나 힘들었을지 실감했다고 한다. 가족을 먹여 살리는 일에 귀천은 없고 남자다움 따위도 필요치 않다는 걸 절실하게 깨달았다. 그는 텐진 뒤의 공동주택을 찾아가,

"고생해서 키워 주셨는데 반항만 했던 것이 부끄럽다, 면목 없다, 용서해 달라고, 처음으로 새아버지에게 순순히 사과할 수도 있었습니다."

아기를 안은 아내도 따라와 함께 머리를 숙여 주었다고 한다.

"그 무렵에는 새아버지도 연로하시고 가벼운 중풍을 앓은 탓도 있어서 땜질 일은 그만두신 후였습니다."

가메이치의 동생들은 각각 먹고살 길을 찾아 집을 떠났기 때문에 어머니와 계부 단 둘이 그날그날 일을 해서 먹고살았지만 생활은 힘들었다.

"앞으로는 제가 돕겠다고 했더니 어머니가 갑자기 무서운 얼굴을 하시면서."

——바보 같은 소리 마라. 너는 처자식을 위해서 돈을 벌어야지.

"새아버지도 고개를 끄덕이며 웃으시더군요. 돌아오는 길에, 훌륭한 아버지와 어머니라면서 아내가 눈물을 지었지요."

이지러진 데라곤 없는 보름달 같은 행복.

그러나 오래가진 않았다.

"딸이 두 살이 되던 해의 한겨울에 에도에서 못된 고뿔이 돌았습니다."

고열이 며칠이나 계속되고 심한 구토와 설사로 순식간에 약해진 병자가 결국에는 끓여서 식힌 물조차 마시지 못하게 되어 죽고 만다. 뼈와 가죽뿐인 시체의 아랫배만 볼록하게 부풀어 있어서 너나없이 '아귀 고뿔'이라고 부르며 두려워했다.

"오카와 강 양쪽 기슭에서 시작되어 점점 에도 동서쪽으로 퍼져 갔으니, 지금 생각하면 단순한 고뿔이 아니라 물 때문에 생긴 돌림병이었을지도 모릅니다."

듣기만 해도 무섭다.

"여름철도 아닌데 그럴 수가 있을까요?"

"당시에는 저도 믿을 수 없었지만 그럴 수도 있나 봅니다. 여름에는 누구나 끓이지 않은 물이나 음식을 조심하지만 겨울에는 방심하지 않습니까."

고약하게도 아귀 고뿔은 쉽게 옮았다. 간병하는 사람도 차례차례 이 병으로 쓰러지기 때문에 특히 병자가 많았던 혼조 후카가와에서는 스쿠이고야에도 시대에 화재나 기근, 홍수, 돌림병 등이 발생했을 때 이재민을 구조하기 위해 세운 오두막까지 지어졌다고 한다.

"텐진 뒤의 공동주택도 다들 이 병에 당했습니다."

우선 중풍을 앓고 난 후라 몸이 약해져 있던 계부가 쓰러지고 이어서 어머니가 앓아누웠다.

"내버려 둘 수 없어서 제 아내는 딸을 이웃집에 맡기고 간병을 하러 다녔습니다. 그러다가 병을 얻었는데."

아내도 움직일 수 없게 되고 병은 곧 딸에게까지 옮았다.

"그래도 저는 달렸습니다."

당시에는 다이묘 파발꾼의 일도 맡았기 때문에 가메야에 피해가 가지 않도록 하기 위해서도 쉽게 쉴 수는 없었다.

"제 아내는 젊고 건강하고 야무진 사람이었어요. 걱정이 되기는 했지만 틀림없이 이겨내 줄 거라고 아무런 근거도 없이 기대하고."

1월 중순, 에도 시중에 겨울비가 내리던 날, 가메이치가 열흘 정도 멀리 갔다가 돌아와 보니 텐진 뒤의 부모님은 돌아가신 후였다. 한창 귀여울 때인 딸도 죽고, 아내도 임종이 가까워 있었다.

"뺨이 복숭아 같던 두 사람이었는데 소문대로 아귀처럼 바싹 야위어 있었습니다."

아내는 가메이치가 돌아오기를 기다리고 있었던 것이리라.

"뼈가 불거진 손으로 제 손을 잡고."

——미안해요.

그것이 마지막 말이 되었다.

흑백의 방 상좌에서 이야기하는 가메이치의 안색이 어느새 뒤의 족자에 붙어 있는 반지와 똑같을 정도로 하얗게 변했다. 이마의 주름 한 줄이 상처처럼 깊어져 있었다.

도미지로는 뭐라고 말해야 좋을지 알 수가 없었다.

아까부터 '아내'와 '딸'이라고밖에 말하지 않는 가메이치에게 두 사람의 이름을 물어볼까, 이야기 속에서 필요하니 가명을 붙이자고 할까 망설였으나,

──물어서는 안 돼.

가슴을 찔리듯이 깨달았다.

──지금도 가메이치 씨는 그리운 아내와 귀여운 딸의 이름을 입에 올릴 수가 없는 것이다.

너무나도 괴롭고 슬퍼서, 가슴이 찢어져 버리니까.

"저는 악운에 강해서."

갑자기 입가를 떨며 가메이치는 말을 이었다.

"아귀 고뿔에는 걸리지 않았습니다. 가메야에서도 가게 안의 사환이 병에 걸려 죽을 뻔했고, 단골인 다이묘 저택에서도 죽은 사람이 나올 정도로 난리였는데도."

큰돈이 드는 마을 의원을 그리 쉽게 만날 수 없는 평민들과 달리, 다이묘 저택이라면 의원도 약사도 언제든 부를 수 있을 뿐만 아니라 늘 양질의 음식을 먹었을 텐데도 이 병으로 쓰러질 정도였던 것이다.

"부모님과 아내와 딸의 장례를 치르고."

가메이치는 여기에서 처음으로 어머니와 계부를 묶어 '부모'라고 불렀다.

"저는 파발꾼 일로 돌아갔습니다."

달리지 않으면 정신이 나가 버릴 것 같았다. 상중에는 얌전히 있으라고 위로해 주는 지배인과 교섭하여 가능한 한 먼 곳에, 날짜가 걸리는 일을 받았다.

"달리고 또 달리고, 혼자서 달리는 동안에는 에도에서 아직 모두 건강하게 지내고 있다고 생각할 수 있었거든요."

텐진 뒤의 공동주택에서는 늙은 부모님이 서로 보살피며 살고 있다. 자신의 집에서는 사랑하는 아내가 슬슬 딸의 기저귀를 떼려고 '쉬'를 가르치고 있다. 딸을 위해 죽을 끓이고 속옷을 꿰매어 주고 동요를 부르며 놀아 주고 있다.

무엇 하나 달라지지 않았다. 아무것도 잃지 않았다. 그렇게 생각하기 위해, 가메이치는 달렸다.

"서론이 길어졌는데, 미시마야에 들려 드리고 싶은 이야기는 당시의 제게 일어난 일입니다."

가느다란 줄무늬가 들어가 있는 기모노의 엉덩이 자락을 걷어 올려 허리춤에 끼우고, 장갑을 끼고 각반을 차고, 이마에는 하얀 머리띠를 동여맸다. 기장이 짧은 둥그런 소매는 쪽으로 물들이고, 윗도리의 등에는 동그라미 안에 '정定'이라는 정파발꾼 업소의 표식과 동그라미 위로 '3대째 가메야 진자부로'라는 글씨를 하얗게 새겨놓았다. 진자부로는 대대로 가메야의 주인이 물려받는 이름이다.

서장이 든 상자를 비끄러맨 멜대 끝에는 용무에 따라 다른 어용패가 매달려 있다.

'봉행소' '월정기' '○증'(○할 증가) 등의 어용패에 더해, 붉은 패를 매다는 것은 속달에도 시대에 파발꾼이 에도에서 교토나 오사카까지를 7일 안에 전해주던 서장書状을 말함일 때다. 가메야에서는 이 외에 노란색과 파란색 패를 사용하는데, 노란색은 '어음', 파란색은 에도의 하타모토가에서 멀리 있는 영지로 보내는 서장을 운반하고 있음을 나타낸다.

하늘은 푸르고 건조한 바람이 기분 좋게 뺨을 스치는 5월 중순의 어느 날. 가메이치는 이런 차림새로 신록이 물든 도카이도를 달렸다. 서장이 든 상자에는 노란색 패가 매달려 있었다.

이것은 한 달에 한 번 있는 정기편으로, 시중의 몇몇 상가에서 한꺼번에 맡은 어음을 거래가 있는 곳들에 전달하는 일이다. 니혼바시를 떠나 무사시현재의 도쿄, 사이타마 현, 가나가와 현의 일부를 가리키는 옛 지명의 호도가야, 사가미현재의 가나가와 현을 가리키는 옛 지명의 오다와라, 스루가의 누마즈, 도토우미현재의 시즈오카 현 서부를 가리키는 옛 지명의 가나야, 미카와의 요시다, 오우미현재의 시가 현을 가리키는 옛 지명의 구사쓰에 있는 가메야의 거래소에 들러, 갈 때는 어음을 전달하고 돌아오는 길에 그 결제증을 수령하는 것이 가메이치의 임무였다.

그에게는 익숙한 일, 친숙한 길이다. 게다가 일 년 중에서도 초여름의 이 무렵과 가을 중반이 달리기에는 더없이 좋다. 장마가 시작되면 길이 질척거리고, 초가을에는 태풍으로 인한 도강渡江 금지로 길이 자주 가로막히곤 한다.

어음은 중요한 물건이지만 교환하기 전까지는 돈이 되지 않기 때문에 뜨내기 도적이나 노상강도도 노란색 패를 든 가메야의 파발꾼을 덮쳐 봐야 헛수고일 뿐이다. 다만 상대가 어음의 쓰임을 알 거라는 보장이 없고, 위협을 당한다고 해서 "자, 보시다시피 돈은 없습니다" 하며 쉽사리 서장 상자 안을 보여 줄 수는 없는 것이 파발꾼의 자존심이다.

하지만 지금의 가메이치는 그런 것조차 아무래도 괜찮았다.

부모와 처자식을 잃은 후로 죽은 사람이나 마찬가지였기 때문이다. 숨을 쉬고 배가 고프니 살아 있음은 분명하다. 그러나 마음은 죽었다. 조악한 관에 하나, 둘 뚜껑을 덮고, 마지막으로 딸의 작은 관을 떠나보내며 가메이치라는 남자의 속은 텅 비고 말았다.

그래서 눈물도 나지 않았다.

젊은 시절 자신의 행실이 나빴기 때문에 일어난 일이다. 계부를 우습게 여기며 멸시하고 어머니를 슬프게 만들었다. 운 좋게 얻은 파발꾼이라는 직업에 감사하며 겸손하지 못할망정 분에 넘치는 아내와 딸을 얻어 행복한 나머지 지나치게 들떠서 자만했다. 하나부터 열까지 전부 제멋대로였다. 스스로를 돌아본 적도 없다. 계부에게 한 번 머리를 숙인 정도로는 안 되는 것이었는데 계부가 다정하게 대해 주어 만족하고 있었다. 결국 아귀 고뿔이 가메이치의 목숨보다 소중한 사람들을 송두리째 빼앗아 갔다. 그가 쌓아 온 오만과 횡포를 한번에 청산한 것이다.

자신에게는 이제 무엇 하나 남아 있지 않다. 달리는 이유는 그저 가메야의 간판을 지키려고, 멋을 부리며 강한 척하는 돼먹지 못한 놈이었던 가메이치를 바꿔 준 가메야에 은혜를 갚기 위해서다.

일을 나갔다가 죽으면 가게에 폐가 된다. 하지만 폐가 되지 않는 형태라면 언제든 죽어도 좋다고 생각한다.

누구라도 상관없으니 자신의 목숨을 빼앗아 갔으면 좋겠다는 마음으로 가메이치는 이른 아침의 오다와라 역참을 떠났다. 에도에서 20리(1리는 약 4킬로) 하고도 20정. 다른 여행자들은 여기에서 2박째지만, 달리는 파발꾼인 가메이치는 어제 밤늦게 역참에 들어가, 오늘 아침 거래소가 열리기를 기다리는 동안 처마 밑의 대기실을 빌려 쉬었을 뿐이다.

다음 하코네 역참까지 도카이도는 하코네 산을 향해 뻗어 있다. 가메이치는 초록이 넘치는 산길을 달리면서, 아내 오에이에게 도카이도의 명소에 대해 이것저것 들려주던 기억을 떠올렸다. 그가 이야기하면 오에이는 늘 눈을 빛내 주었다.

——하코네 산 저편에는 도깨비가 있지요?

——있다면 위쪽에는 사람이 살 수 없겠지. 모두 잡아먹히고 말 테니까.

둘이서 나이를 먹으면 하코네 온천 순례를 하자. 가메이치도 언젠가는 달리는 파발꾼 일을 하느라 지친 다리를 쉬어야 할 때가 올 테니까.

그 '언젠가'가 반드시 오리라 믿고 있었다.

함께 산마이바시 다리오다와라에서 하코네로 가는 도카이도의 길목에 있는 다리. 현재 하코네유모토 역 부근에 있으며, 이 다리로 하야카와 강을 건널 수 있다를 건너고, 온나코로바시 언덕하코네의 험한 곳 중 하나로 경사가 가파른 언덕. 말을 탄 여인이 이 부근에서 떨어져 죽었기 때문에 온나코로바시女転し 언덕이라고 불리게 되었다고 한다에서는 오에이의 손을 붙잡아 주고, 감주찻집에도 시대부터 이어져 내려오는 도카이도 가도의 찻집. 감주와 떡이 유명하다에서 쉬고, 곤겐자카 언덕과 아시노코 호반湖畔의 삼도천 모래밭'삼도천 모래밭'은 부모보다 먼저 죽은 자식이 이곳에서 부모를 위해 돌탑을 세운다는 곳. 아무리 돌탑을 세워도 곧 귀신이 허물기 때문에 아무 소용이 없다고 한다. 아시노코 호수의 호반에는 옛날에 많은 석불이나 돌탑이 있었다고 하고, 에도 시대에 하코네 신사의 첫 번째 도리이 옆에 이 불상과 돌탑을 모아 놓은 곳을 가리켜 '삼도천 모래밭'이라고 불렀다을 지나면 나오는 삼나무 길을 함께 걸을 수 있으리라 여겼는데.

하코네의 관문에서는 품에 넣고 다니는 정파발꾼의 낙인패를 관리에게 검사받는다. 부모와 처자식을 잃고 나서, 가메이치는 낙인패와 함께 네 사람의 계명戒名을 적은 종잇조각을 가슴에 품고 다녔다.

무사히 관문을 지나치면 탕치를 하러 온 손님들로 북적거리는 역참의 중심은 그냥 지나치고 단숨에 고개를 넘는다. 휴식은 관백도関白道 '관백'은 헤이안 시대 이후 천황을 보좌하고 정무를 집행하던 최고위 대신을 가리키는 말이다. '관백도'는 도요토미 히데요시가 열었다고 하는 길로, 하코네의 아시카와 역참에서부터 히데요시가 오다와라 성을 공격할 때 하룻밤 만에 쌓았다는 이치야조一夜城 성까지의 길이다 앞에서 취하는데, 늘 오다와라의 거래소에서 준비해 두는 떡 꾸러미를 펼쳐 놓고 잠시 쉰다.

허기를 채우고 나면 가파른 고갯길로 발을 내딛는다. 이미 지도상으로는 하코네 길의 '내리막'이지만, 후지산을 올려다보고 아시노코 호수를 내려다보는 언덕 꼭대기까지는 계속 오르막이다.

그곳은 사가미와 이즈의 경계다. 가메이치는 벌써 몇 번이나, 몇 개나 되는 경계를 넘으며 도카이도를 왕래해 왔다.

파발꾼에게 돌아가는 길은 없다. 길을 벗어나서도 안 된다. 하지만 가메이치는 언젠가부터 자신이 사람의 길에서 벗어난 게 아닐까 하고 생각했다. 그래서 혼자 살아남는다는 쓰라린 일을 당한 거라고.

——내가 잘못한 거야.

텅 빈 마음을 향해 몇 번이나 들려주었다.

——이건 벌이다.

때로는 작게 소리 내어 중얼거리기도 했다.

그렇게라도 하지 않으면 분해서 날뛰고 싶어질 것 같았기 때문이다.

어째서 내가 이런 일을 당해야 하지?

내가 뭘 했다고. 뭘 잘못했다고?

아니, 하고 강하게 고개를 끄덕인다. 내가 잘못했어. 알고 있다. 나쁜 짓을 했으니 벌을 받는 게지. 알았어, 이제 알았어.

정말 그런가. 모르겠다. 이번에는 고개를 가로젓는다. 뭔가 잘못되었다. 부모님도 오에이도, 겨우 두 살인 딸 오히사도, 아무런 나쁜 짓을 하지 않았는데.

걸핏하면 싸움질을 하고 어디서든 성깔을 부리고 성실한 계부의 직업을 코웃음 치며 바보 취급했던 가메이치의 행동은 틀림없는 잘못이다. 그렇다고 이제 와서 죄 없는 처자식의 목숨으로 그 값을 치러야 한단 말인가.

아귀 고뿔로 인하여 수많은 사람들이 고통을 당했다. 목숨을 잃은 것은 가메이치의 부모와 처자식만이 아니다. 네 사람은 운이 나빴던 셈이다.

나빴던 것은 운이지 내가 아니다.

그렇다면 더더욱 모르겠다, 어떻게 그런 부조리를 받아들여야 할까. 어떻게 하면 마음이 진정될까?

끓어오르는 분노와 후회를 곱씹고 자문자답에 헤매며 가메이치는 달렸다.

하코네 고개 꼭대기에서 다음의 미시마 역참까지는 내리막길뿐이지만 여행하는 사람들 대부분이 여기에서 허덕인다. 여행에 익숙하지 않은 사람들은 오르막보다 내리막이 더 힘들다는 사실을 모르기 때문이다.

그래서 하코네 길의 내리막이 끝났음을 나타내는 니시키다의 이정표에서부터 미시마 대사大社 미시마 대사는 시즈오카 현 미시마 시에 있는 신사로, 이즈 지방에서는 가장 격이 높은 신사이다까지의 중간쯤에 여행자를 위한 쉼터가 있다. 교토 쪽에서 하코네 관문을 향해 가는 여행자에게는 이곳이 길채비를 하는 기점이 되기 때문에 짚신이나 상비약,

삿갓이나 도롱이, 등불에 물통, 고개를 넘는 데 필요할 법한 물건을 갖추어 놓은 만물상 한 곳과 찻집 세 곳이 깃대를 세운 채 차양을 치고 있다.

물론 달리는 파발꾼인 가메이치에게는 볼일이 없는 곳이라서 늘 발걸음을 멈추지 않고 지나쳤다. 하지만 오늘은 달랐다.

제일 앞에 보이는 찻집 건물이 불에 타 무너져 있다. 불어오는 바람에 연기 냄새가 섞이고, 불탄 흔적 주위에 모인 사람들이 쭈뼛거리며 웅성거리는 목소리도 들려온다.

찻집에서 실수로 불을 낸 걸까.

——별일이군.

찻집이나 만물상을 운영하는 사람들은 이곳에서 생활도 한다. 마을이라고 할 정도의 규모는 아니지만 몇 가구가 모여 있을 뿐이라서 불을 내면 당분간 따돌림을 당해도 불평은 할 수 없지 않으려나.

그러나 모인 사람들에게 싸움이나 말다툼의 기색은 보이지 않는다. 묘하게 조용한 분위기다.

할아버지 한 명이 불탄 흔적 앞에 웅크리고 있다. 손으로 머리를 끌어안고 우는 모습이다. 가메이치와 비슷한 나이의 남녀가 위로하려는 것인지 할아버지 양옆에 쪼그려 앉아 등을 문지르거나 말을 걸고 있다.

드문드문 섞여 있는 여행자들도 보인다. 걸음을 늦추지 않고 그들 뒤를 지나며 가메이치는 대화의 일부를 들었다.

"정말 불운한 일이었어."

"벼락이 쳤으니 어쩔 수 없지."

"구와바라, 구와바라구와바라桑原는 본래 뽕나무밭을 가리키는 말이지만, 벼락을 피하기 위한 주문, 또는 꺼림칙한 일을 피하기 위한 주문으로 흔히 쓰인다. 천둥을 다스리는 신인 뇌공이 실수로 농가의 우물에 빠졌을 때 농부가 우물에 뚜껑을 닫아 하늘로 돌아가지 못하게 하자, 뇌공이 자신은 뽕나무를 싫어하기 때문에 '구와바라 구와바라'라고 외치면 다시는 벼락이 떨어지지 않을 것이라고 했다는 전설에서 유래한다고 한다."

가메이치는 흐음, 하고 생각했다.

——벼락이 떨어진 게로군.

그러고 보니 어젯밤 가메이치가 오다와라 역참의 거래소에 도착했을 때 빗방울이 얼굴에 투둑투둑 떨어졌었다.

하코네 고개 이쪽 편에서는 본격적으로 비가 내리지는 않았다. 그래도 밤하늘을 올려다보니 서쪽 방향에 시커먼 구름의 윤곽이 보였다. 천둥소리는 들리지 않았지만 구름 속에서 번개 불빛이 번쩍였다.

저 구름이 이쪽으로 흘러오면 귀찮겠다고 생각했다. 쪽잠을 자는 사이에 흠뻑 젖으면 곤란하다. 하지만 오다와라의 날씨는 나빠지지 않았고 조용한 아침을 맞이할 수 있었기 때문에 비도 벼락도 고개 맞은편에서 끝나 버린 모양이라고 짐작했다.

그렇다고 해도 그 벼락이 노린 것처럼 자그마한 찻집에 떨어졌다니, 실로 보기 드문 재난이다.

어느 찻집에도, 만물상에도 들른 적이 없는 가메이치지만, 누구라도 옷차림을 보면 파발꾼임을 금방 알 수 있다. 가게 앞을 지나칠 때 목례를 받거나, "수고하십니다" 하고 격려의 말이 날아올 때도 있었다.

머리를 끌어안고 있던 할아버지가 손을 내리고 주위 사람들의 부축을 받아 비틀거리며 일어섰다.

어깨 너머로 살짝 고개를 돌려서 할아버지의 우는 얼굴과 사람들의 근심스러운 얼굴을 본 순간, 가메이치는 오싹해졌다.

——뭐, 뭐지?

저도 모르게 걸음을 멈추고 말았다.

온몸을 스치는 오한에 그는 몸을 떨었다. 목덜미의 털이 바싹 곤두선 느낌이었다.

할아버지는 힘없이 고개를 떨어뜨리고 있다. 어깨띠를 메고 앞치마를 한 사람들은 서로 기댄 채 몸을 움츠리고 있다. 낙뢰와 화재의 공포 때문이리라. 당연한 일이다.

가엾게 되었다고 가메이치도 생각했다. 그뿐이다. 그런데 왜 갑자기 냉수를 뒤집어쓴 것처럼 추워졌을까.

가메이치는 마음을 다잡고 입을 시옷자로 구부러뜨리며 다시 달리기 시작했다. 연기 냄새를 뿌리치고 앞으로 나아갔다. 운 없는 찻집도, 모여서 한탄하는 사람들도 뒤에 남겨져 점점 멀어져 간다.

가도를 달릴 때면 가메이치의 머리는 텅 비고 몸은 시간이 흐를수록 가벼워진다. 눈은 풍경을 향하지만 실은 아무것도 보고 있지 않다. 귀에는 바람 소리만이 들린다. 그렇기 때문에 가족을 잃고 나서는 더욱더 마음속의 생각과 후회에 푹 잠겨 버렸지만 스스로는 전혀 깨닫지 못했다.

스쳐지나가는 사람들도 거의 신경 쓰지 않는다. 다이묘 행렬이 행차하는 소리를 듣지 못하거나 무사 일행에게 길을 양보하지 않는 등, 위험한 실수를 저질러도 모른 채 지나칠 정도다.

하지만 이날 미시마 대사까지 가는 길의 중반쯤 왔을 때, 가도 저편에서 한 스님이 서둘러 다가오는 것은 어쩐 일인지 금방 알아차렸다. 스님 뒤에는 기모노 자락을 걷어 올려 허리춤에 끼운 젊은 남자가 뒤따르고 있었다.

거리가 가까워지자 스님의 험악한 표정이 보였다. 덩치가 크고 거무스름한 녹색 가사를 걸치고 목에 굵은 염주를 걸고 오른손에도 염주를 움켜쥐고 있다. 함께 오는 젊은 남자는 숨을 헐떡이며 이마에 땀을 흘리고 있었다.

스쳐지나갈 때 가메이치는 목례를 했다. 스님과 젊은 남자는 인사는커녕 아무런 반응도 보이지 않았다. 젊은 남자가 입고 있는 한텐의 등에는 아까 지나쳐 온 찻집 중 하나의 깃대에 있던 표식이 새겨져 있었다.

슬쩍 보기만 하고 지나쳐 와 버렸기 때문에 몰랐지만 낙뢰와 화재로 사상자가 발생했는지도 모른다. 그래서 만물상의 젊은 남자가 스님을 부르러 갔다가 함께 달려오는 참일 것이다.

스님은 꽤 무서운 얼굴을 하고 있었다. 젊은 남자의 표정도 절박했다. 죽은 사람을 저승으로 인도하러 가는 길이 아니라, 죽어 가는 사람이 있어서 돌봐 주기 위해 서두르는 것일까.

어느 쪽이든 괴로운 일이다. 가메이치는 이제 불행은 자신의 몫만으로도 충분하다고 생각한다. 내가 이렇게 슬픈 일을 당했으니 세상의 다른 슬픔은 이제 사라져도 좋을 텐데.

마음이 텅 빌 만큼 슬퍼해도 다른 슬픔은 사라지지 않는 것일까. 바닥을 치는 일은 없는 것일까. 이런 생각조차도 또 새로운 오만의 죄를 쌓는 것일까.

미시마 대사의 도리이와 오가는 참배객들이 눈에 들어왔다. 여기서부터가 미시마 역참, 에도에서 28리 20정. 다음의 누마즈 거래소가 가메이치의 세 번째 목적지이고 거기까지는 앞으로 2리 남짓 남았다.

경내로 들어가는 입구에는 손님을 기다리는 산길 가마가 몇 개 얌전히 서 있다. 가메이치가 여장을 꾸린 사람들 사이를 빠르게 지나친다.

미시마 역참의 서쪽 출구를 지나 이정표 옆을 통과하는 동안 가볍게 땀이 나고 갈증을 느꼈지만 가메이치는 달리는 속도를 늦추지 않았다.

또 머리가 텅 비어 간다. 낙뢰와 화재를 당한 찻집도, 할아버지의 우는 얼굴도, 스쳐지나간 덩치 큰 스님도, 갑자기 오한이 덮쳐왔던 기억도 뒤에 남겨졌다.

마음은 또 같은 곳을 빙빙 돌기 시작한다. 오에이와 오히사는 죽었는데 왜 나만 혼자 살아남았을까. 어째서 이런 부조리가 생기는 것일까. 신이나 부처는 도대체 어디에 있는가. 이래서야 죽으면 죽어서 손해고, 살아 있는 사람은 생지옥이 아닌가.

확실히 나도 잘못했지만 세상에는 더 잘못하고 더 나쁜 짓을 벌인 사람도 있지 않은가. 그런 사람은 벌을 받지 않는 것일까. 그저 벌을 받은 사람이 손해일 뿐인가.

툭.

왼쪽 정강이의 각반 끈이 끊어져 가메이치의 달리기가 흐트러졌다. 기세를 이기지 못하고 발을 헛디뎌 넘어질 뻔하다가 가까스로 버티고 섰다.

가도는 기세가와黃瀨川 강에 가까워지고, 소나무가 길가에 드문드문 흩어져 있다. 걸음을 멈추고 숨을 쉬니 바람에 바다 냄새가 희미하게 느껴진다.

조금 더 가면 스루가 만駿河湾이 보인다. 그 멋진 센본마츠바라千本松原 스루가 만 해안의 해변 명칭. 천 그루의 소나무가 심어져 있다는 제방으로, 예로부터 명승지였다의 풍경도 몇 번이나 오에이에게 이야기해 주었는데.

아무리 초여름 해가 길다지만 어느새 해님도 기울어 서쪽 하늘에 자줏빛 줄을 남기고 있을 뿐이다. 길 이쪽에도, 길 저편에도 사람 그림자는 눈에 띄지 않는다. 가도를 사이에 둔 숲과 덤불은 완전히 어스름에 감싸여 버스럭버스럭 소리를 내고 있다.

속달도 아니고, 오다와라에서 하코네를 넘어 그대로 하코네 산기슭이나 미시마 역참에서 쉬어도 상관없었다. 단숨에 누마즈까지 달려가려는 것은 어쨌거나 혼자서 계속 달리고 싶었기 때문이다. 달리고 또 달리면서 시시각각 스스로를 죽여 버리고 싶은 마음뿐이었다.

일을 시작하기 전에 가메이치는 늘 꼼꼼하게 준비를 한다. 각반의 끈이 도중에 끊어지는 것은 있어서는 안 되는 실수다.

——한심하구나.

가메이치는 멜대를 어깨에 댄 채 땅에 한쪽 무릎을 꿇고 왼쪽 각반을 살펴보았다. 아래쪽 가장 짧은 끈이 끊어져 있다. 우선 각반을 접어 걷어 올리고 한가운데의 끈으로 단단히 매면 달리는 데는 지장이 없을 터이다.

버스럭. 버스럭. 나무가 소리를 낸다.

하늘에서 천천히 밤이 내려온다. 땅바닥에서는 서서히 밤기운이 배어 나온다.

효로로로, 하고 어딘가 멀리에서 새 소리가 난다.

왼쪽 정강이의 각반을 고쳐 매고 일어서다가 가메이치는 깨달았다.

반 정(50미터 남짓)쯤 떨어진 곳에 남자가 한 명 서 있다.

여행하는 옷차림은 아니다. 동업자의 차림새도 아니다. 줄무늬 기나가시에 붉은 어깨띠를 매고 짚신이 아니라 조리를 신었다.

가도를 가는 사람의 옷차림이 아니다.

버스럭버스럭 바람이 분다. 멜대 끝에 단 노란색 패가 팔랑팔랑 춤춘다.

종종 밤길을 달릴 때도 있는 가메이치는 밤눈이 밝다. 남자의 모습은 또렷하게 보인다.

하지만 이목구비까지는 보이지 않는다. 허여멀건 얼굴이 이쪽을 향하고 있다는 사실만 알 수 있을 뿐이다.

멜대를 고쳐 메고 가메이치는 남자에게 목례했다. 그리고 달리기 시작했다. 처음에는 짧은 잔걸음으로 기세가 붙기 시작하면 보폭을 넓혀 간다.

오늘 밤은 반달이다. 등롱이나 등불에 의지하지 않고 달빛만으로도 누마즈 역참까지 달릴 수 있다. 기세가와 강을 건너면 왼쪽으로 바다가 펼쳐지고, 역참의 등불도 드문드문 셀 수 있게 된다.

숲의 술렁거림이 멀어지자 자신의 몸이 바람을 가르는 소리만이 귓가에 들렸다. 가메이치는 다시 슬픔에 잠겨 스스로를 탓하고 스스로를 위로하고 운명에 화내고 운명에 사과하고 끝없는 자문자답을 되풀이하려다가——,

왠지 마음이 흐트러졌다.

무엇일까. 무엇이 신경을 건드린 걸까.

가메이치는 보폭을 바꾸지 않고 발걸음 수를 조금 줄이며 고개를 틀어 등 뒤를 바라보았다.

누군가 따라오고 있었다.

붉은 어깨띠를 맨 남자였다.

발걸음이 흐트러지지 않은 것은 가메이치가 뛰어난 파발꾼이기 때문이다.

그러나 심장은 튀어 올랐다. 이를 악물지 않았다면 입으로 튀어나갔을지도 모른다.

붉은 어깨띠를 맨 남자는 달리고 있지 않았다. 다리를 움직이지도 않았다.

두 다리를 가지런히 모은 채 미끄러지듯 이쪽으로 다가온다.

손은 몸 옆에 축 늘어져 있다. 머리는 가볍게 위아래로 움직이고 있다.

남자의 속도는 가메이치의 속도와 같다. 반 정 정도의 거리를 그대로 유지한 채 계속 따라온다. 가메이치의 뒤를 쫓아온다.

——큰일이다.

자신은 밤눈이 밝다는 생각에 아까는 미처 못 보고 말았다.

처음에 힐끗 보았을 때 알아차렸어야 했다. 해 질 녘의 어스름 속에서, 어떻게 기모노의 줄무늬나 조리의 발가락 끈까지 또렷하게 보일 수 있단 말인가.

저것은 살아 있는 사람이 아니다. 귀신이나 요괴임에 틀림없다.

가메이치는 눈을 다시 전방으로 향한 채 계속 달렸다. 점점 걸음을 빠르게 한다.

신경 써서는 안 된다. 이제 돌아봐서도 안 된다. 저런 것은 사람의 약한 마음에 파고들어 온다. 겁을 먹어서는 안 된다.

하지만 생각과는 달리 악물고 있는 턱이 떨리기 시작했다.

가메이치는 웃었다. 한심하지 않나. 자신은 지금 무서워하고 있지 않은가. 혼자만 세상에 남겨져 언제 죽어도 상관없네 마네 하더니 참으로 꼴사납게 되었다. 가메이치 씨, 뭐가 무서워서 떨고 있지?

가메이치는 달리고 또 달렸다. 초여름의 짧은 밤이 비단을 겹치듯 짙어져 간다. 가도가 완만하게 왼쪽으로 구부러졌다가 다시 오른쪽으로 구부러지며 돌아온다. 거기에서 가메이치는 또 보고 말았다.

붉은 어깨띠를 맨 남자는 아직도 뒤에 있었다.

그래도 두 사람 사이가 좁혀지지는 않았다. 그 사실에 안심하면서도 가메이치는 손등으로 콧등의 땀을 닦았다. 차갑다.

성가신 것의 눈에 들고 말았다. 속도를 빠르게 해서 떼어내 버리자. 호흡을 가다듬고 마음속으로 스스로에게 기합을 넣는다.

──가자!

어린 시절 소방수 대장의 집에서 도망쳐 나왔던 그날의 달리기다. 가메야의 고참 파발꾼이 감탄했던 빠른 발이다.

그날과 똑같이 도망쳐, 도망쳐, 도망쳐. 가메이치는 밤의 밑바닥을 전속력으로 질주했다.

이제 따돌렸을까. 고개를 비틀어 보니 멜대 끝에서 노란색 패가 끊어질 듯 팔락거린다.

붉은 어깨띠를 맨 남자는 변함없는 간격을 유지한 채 딱 붙어 따라오고 있었다.

가메이치의 호흡이 흐트러지고 발걸음도 흐트러졌다. 달리는 속도가 떨어지자 턱이 들리고 팔이 흐느적거린다.

이렇게 되면 일단 멈춰야 한다. 자세를 무너뜨린 채 계속 달리면 단숨에 피로가 나타나 다리가 올라가지 않게 된다.

가메이치는 펄쩍 뛰어올랐다가 착지하고 그 자리에 멈추었다. 숨이 가쁘다.

하늘에는 반달이 떠 있다. 숲은 검고, 가메이치가 온 길과 이제부터 가야 할 길이 흐릿하게 보인다.

호흡이 잦아들 때까지 가메이치는 그대로 견뎠다. 허둥지둥 돌아보아서는 안 된다.

등을 펴고, 멜대를 단단히 쥐고, 이번에는 고개를 비트는 것이 아니라 발을 바꾸어 디디며 뒤를 향했다.

붉은 어깨띠를 맨 남자는 반 정 뒤에 꼼짝도 않고 서 있었다.

가메이치가 달리면 저것도 움직인다. 가메이치가 멈추면 저것도 멈춘다.

으스스함을 뛰어넘어 무서웠다. 이가 딱딱 부딪히고 팔에 소름이 돋는다.

너무 무서워서 화가 나기 시작했다. 가메이치는 본래 성질이 급한 사람이다. 싸움을 걸면 금세 덤벼든다. 지난 십여 년 동안 달리는 파발꾼으로서의 신용을 쌓기 위해 품속 깊은 곳에 집어넣어 두었던 급한 성질이 오랜만에 툭 튀어나왔다.

"야, 야, 야!"

턱을 당기고 두 다리를 적당히 벌리고 서서 배꼽에 힘을 주며 가메이치는 크게 소리를 질렀다.

“이 내가, 바로 이 사람이, 정파발꾼 업소 가메야의 가메이치라는 걸 알면서도 장난을 치는 거냐? 배짱 한번 좋구나. 대체 무슨 불만이 있어서 따라오는 거냐, 이 멍청한 놈아!”

바다 냄새를 머금은 밤바람이 가메이치의 등 쪽에서 불어온다.

붉은 어깨띠를 맨 남자는 움직이지 않는다. 다만 처음 보았을 때와 똑같이, 머리만은 가볍게 위아래로 움직이는 것 같다.

소리를 질러 버리고 나니 한기가 느껴졌다. 목덜미가, 등이, 무릎 뒤가 춥다.

“이런 제기랄.”

한순간 눈을 꼭 감았다가 가메이치는 남자 쪽으로 걸어갔다. 한 발짝, 두 발짝, 세 발짝.

붉은 어깨띠를 맨 남자는 그 자리에서 움직이지 않는다.

세 발짝 더, 앞으로 세 발짝. 위협하듯이 무서운 얼굴을 하고 가메이치는 가까이 다가갔다.

역시 남자는 움직이지 않는다.

에에이, 답답해! 발바닥에 힘을 주고 반 정의 절반 거리까지 단숨에 다가갔다.

그러자 남자의 얼굴이 보였다.

기모노의 무늬도 신발도 처음부터 이상하리만큼 또렷이 보였지만 남자의 이목구비는 흐릿해서 안색이 허옇다는 것밖에 알아볼 수 없었는데.

이번에는 그렇지 않았다. 반 정의 절반까지 다가가니 확실히 알 수 있었다.

이초마게로 틀어 올린 머리 밑의 허여멀건 얼굴에는 눈썹도, 눈도, 코도, 입도 없었다. 두부 같은 놋페라보얼굴에 이목구비가 없는 귀신의 이름였던 것이다.

놋페라보가 종이 인형 장난감처럼 머리만 잘게 위아래로 흔들고 있다.

"어, 어, 어."

어째서 나를 따라오는 거냐.

그렇게 고함쳤다고 생각했다. 하지만 귀에 날아 들어온 자신의 목소리는 달랐다.

"어어우우우와아~!"

혼이 쏟아져 나올 정도로 입을 크게 벌리고 비명을 지르며 가메이치는 도망쳤다.

"우와아아아~!"

도망치면서, 달리면서, 계속 소리를 질렀다. 그래서는 빨리 달릴 수가 없는데. 파발꾼으로서 불명예가 아닌가. 정신 차려라. 하지만 머리가 헛돌 뿐이고 이번에 걸음을 멈추면 다리가 풀릴 것 같았다. 그래서 절대로 멈추지 않았다. 누마즈 역참까지, 그는 한 번도 뒤를 돌아보지 않았다.

가메이치가 이야기를 잠시 멈추었다.

도미지로는 화롯가에 올려 두었던 주전자를 들어 올려 물이 별로 식지 않았음을 확인하고 새 차를 끓였다.

"고맙습니다."

가볍게 머리를 숙이고 나서 가메이치는 찻잔으로 손을 뻗었다.

"이곳에서는 이야기꾼이 미시마야에 무언가 여쭈어도 괜찮습니까?"

"예, 그러셔도 됩니다."

가메이치는 고개를 틀어, 도코노마의 족자 쪽으로 얼굴을 향했다.

"저 반지半紙는 수수께끼입니까?"

도미지로는 오싹한 기분을 느꼈다. 지금 가메이치의 몸짓은 해질 녘의 도카이도에서 뒤를 쫓아오는 요괴를 알아챘을 때 바로 그가 했을 몸짓이다. 게다가 반지는 백지다. 새하얗다. 놋페라보.

"트, 특별히 수수께끼는 아닙니다."

저도 모르게 말을 더듬고 말았다.

"딱히 풍류도 아니고요……. 제 전에는 사촌누이가 이야기를 듣는 역할을 맡았는데, 그 무렵에는 날씨나 계절이나 꽃꽂이한 꽃에 맞춰 족자를 고르곤 했지요."

가메이치가 고개를 끄덕인다. "그 아가씨에 대해서라면 저도 물론 소문으로 들어 알고 있었습니다. 미인이시라고요."

"사내놈으로 바뀌어 버려서 죄송합니다."

도미지로는 콧등을 긁적이며 머리를 꾸벅 숙였지만 가메이치는 싱긋 웃었다.

“미인을 뵙고 싶은 마음이야 굴뚝같지만 어쨌거나 제 이야기는 이러하니까요. 다 큰 어른이――그것도 사내다운 척하는 파발꾼쯤 되는 자가 요괴의 위협에 소리를 고래고래 지르면서 도망쳤다는 한심한 이야기이니 상대가 도미지로 씨라서 다행이지요.”

저한테도 아직 얼마쯤 부끄러움이라는 것이 있으니까요, 라고 한다.

“그렇다면 제가 훨씬 더 부끄럽지요. 아까부터 무서워 죽을 지경이었거든요.”

둘이서 웃었다.

“저 반지는, 나중에 제가 그림을 그리기 위해 붙여두었습니다. 들은 이야기를 그림으로 그리고, 그 그림을 집어넣어 확실하게 ‘듣고 버리기’ 위해서.”

호오, 하며 가메이치는 감탄했다.

“도미지로 씨는 그림을 잘 그리시는군요.”

“취미입니다. 변변치 못해요.”

“어떤 취향의 그림으로 그릴지는 그때그때 도미지로 씨가 생각하시는 거로군요.”

“예.”

가메이치는 아직도 하얀 반지를 보고 있다.

“그럼 제 이야기의 경우에는 저대로 새하얗게, 아무것도 그리지 않아 주시는 편이 좋겠습니다.”

아니, 또 그렇게 으스스한 말을 하지 말아 주십시오.

"그건 이야기를 끝까지 듣고 나서 생각하겠습니다."

그런가요, 하며 또 웃고 나서 가메이치는 도미지로를 돌아보았다.

"제가 고래고래 소리를 지르며 도망친 데서부터 거래소가 있는 누마즈 역참의 번화한 곳까지는 아직 꽤 거리가 있었습니다. 다만 기세가와 강을 건너고 나서는 조온지潮音寺라는 절이 있어서."

절에는 부처님이 계신다고 생각하고 가메이치는 조금 차분해졌다. 어쩌면 저기에서 요괴를 떼어낼 수 있을지도 모른다.

그래도 뒤를 볼 용기까지는 나지 않아서 그대로 달려 역참마을 안까지 뛰어 들어갔다.

"마을의 불빛과 사람의 얼굴을 보니 겨우 살아 돌아온 기분이었습니다. 달리는 파발꾼이 멜대를 움켜쥔 채 무릎에 손을 짚고 앞으로 몸을 숙여 헉헉거리는 꼴이란 더없이 꼴사나운 모습이지만 그때는 체면이고 뭐고 아무래도 상관없었어요."

돈야바 안의 불빛이 길가까지 흘러넘치고 마구간에 묶여 있는 말들의 콧김 소리가 들려온다.

이제 혼자가 아니다. 인기척이 있는 곳에 도착했다. 그 사실이 격려가 되어,

"머뭇머뭇 얼굴을 들고 돌아보니."

붉은 어깨띠를 맨 남자는 4분의 1정 떨어진 곳에 분명히 있었다.

"조금도 다름없는 모습으로, 밋밋한 얼굴을 가늘게 끄덕이면서 이쪽을 향해 서 있었어요."

우와아…… 하며 가메이치는 머리를 끌어안았다.

듣고 있는 도미지로도 지금 이 흑백의 방에서 똑같이 하고 싶다. 머리를 끌어안고 웅크려 눈을 가리고 싶다.

"그때 누군가가 말을 걸었습니다."

돈야바에서 장부 적는 일을 하는 서기가 가메이치를 발견하고 나온 것이다.

——안녕하세요, 가메 씨. 왜 그러세요, 오늘은 또 많이 지치셨나 봐요.

"제가 헉헉거리고 있으니 놀린 것인데."

두 사람은 친하고 허물없는 사이였다.

"분위기가 이상하다고 생각했겠지요. 몸이 안 좋냐, 다치기라도 한 거냐며 다가와 주었습니다."

가메이치는 붉은 어깨띠를 맨 남자 쪽을 가리켰다.

"나도 어떤 잘못을 했는지는 모르겠지만 이상한 것이 들러붙은 모양이라고 말했더니."

서기가 어리둥절한 표정을 지었다.

——뭐야, 저기에 뭔가 있나요?

"붉은 어깨띠를 맨 밋밋한 남자는 사라지고 없었습니다."

아아, 다행이다. 가메이치는 무릎에서 힘이 빠져 자리에 주저앉을 뻔했다.

"미안, 미안, 오늘은 날이 좋지 않았는지 좀 지쳐 버렸다고 서기에게는 변명을 하고요. 거래소 쪽으로 향했습니다."

그러나──

"제가 돈야바 앞을 지나쳐 여관이 늘어서 있는 길을 걸어가는데."

돈야바의 마구간에서 딱 4분의 1정 멀어졌을 때, 갑자기 말들이 소란을 피우기 시작했다.

"뒷발로 일어서서 히힝거리고 서로 머리를 부딪치며 난리법석이었어요."

도미지로는 숨을 죽였다. "그건, 그러니까."

가메이치는 고개를 끄덕였다. "요괴가 거기에 있다는 뜻이겠지요."

모습은 보이지 않게 되었지만 거기에 있다. 그래서 말들이 겁을 먹고 소란을 피우는 것이다.

"성실하게도 제게서 반 정의 반만큼 떨어져서 역시 그놈은 따라오고 있었어요."

가메이치는 거래소로 뛰어들었다.

"어음을 인도하고, 그날 밤에는 거래소에서 하룻밤을 묵었습니다."

날이 밝기 전에 출발할 생각이었지만 벌벌 떨다 보니 아침 해가 뜰 때까지 꾸물거리게 되었다.

"별일도 다 있다며 거래소의 지배인도 저를 놀렸습니다. 하지만 비웃든 놀리든 으스스해서 어쩔 수가 없었어요."

무리도 아닌 이야기다. 한 번 달리기 시작하면, 달리는 파발꾼인 가메이치와 동행해 주는 사람은 없다. 또 그 요괴와 1대 1이 되고 만다.

"그래도 해님의 힘이란 대단하지요."

주위가 완전히 밝아지고 역참마을의 활기가 주위에 가득 차자 가메이치는 기운을 되찾았다.

"아침밥을 먹고 끈이 끊어진 각반도 수선하고 길채비를 단단히 하고서."

막 누마즈 역참을 떠나려고 할 때 소동이 일어났다.

"거래소 근처에 있는 여관에서 작은 불이 난 겁니다."

부엌 부뚜막의 불이 갑자기 크게 타올라 판자벽이 그을리고 밥 짓는 하녀가 화상을 입었다.

"다행히 여럿이 달라붙어 껐기 때문에 더 이상 번지진 않았지만, 위험한 일도 다 있다고."

그때는 그렇게 생각했을 뿐이었다.

"저는 누마즈 역참을 출발했습니다. 역참마을을 떠나면 도카이도는 한동안 가노가와狩野川 강을 따라 뻗어 있어서 물 흐르는 소리가 기분 좋게 들리지요."

가메이치는 오가기 시작한 여행자들과 스쳐지나가면서 점점 걸음을 빨리 했다.

"이제 곧 센본마츠바라인데, 이 계절의 바다의 푸른색과 해님의 반짝임이 합해지면 둘도 없는 풍경이 되거든요."

오에이와 오히사에게도 보여 주고 싶었다——고 생각하면서 문득 뒤를 보니,

"또 있었습니다."

붉은 어깨띠를 맨 밋밋한 남자가 미끄러지듯이 뒤를 따라온다.

"어제 처음 마주친 것은 해 질 녘이었으니까요."

사람이 요사한 것을 만나기 쉬운, 해 질 녘이다.

"뭐랄까, 그런 게 나온 것도 이해가 갔습니다."

그러나 이번에는 초여름의 해가 빛나는 아침이다.

"남자의 모습이 또렷이 보이는 것은 별로 이상한 일이 아니지만."

해가 밝은데도 이목구비가 보이지 않는 것은 이상하다. 다리를 움직이지 않고 스르륵 움직이는데, 머리만은 작게 끄덕이고 있는 것도 이유를 알 수 없어 기분이 나쁘다.

——좀 봐줘.

가메이치는 길을 서둘렀다. 그동안 달려 온 경험으로, 일정한 속도를 유지하지 않으면 지치고 만다는 것을 알고 있다. 하지만 어떻게든 저놈을 뿌리칠 수 없을까 하는 마음에 걸음이 빨라지고, 참지 못해 뒤를 돌아보았다가 남자의 모습을 확인하는 바람에 심하게 땀을 흘리고 말았다.

"그러는 사이에 두 가지를 알게 되었습니다."

하나는 가메이치 쪽에서 가까이 가지 않는 한 밋밋한 남자는

거리를 좁혀 오지 않는다는 사실이다.

"아무리 달려도 4분의 1정이라는 거리를 유지하더군요."

그렇다면 어젯밤 누마즈 역참 앞에서 성미를 이기지 못하고 이쪽에서 성큼성큼 다가가 버린 것은 실수였다. 그런 짓을 하지 않았다면 요괴는 반 정 떨어져 있어 주었을 것이다.

"다른 하나는 그놈의 모습을 볼 수 있는 사람은 저 혼자인 듯하다는 것이었지요."

가도를 오가는 사람들은 아무도 붉은 어깨띠를 맨 남자를 알아채지 못한다. 바로 옆을 스쳐도 소란을 피우거나 놀라지 않는다.

"하지만 말은 달랐습니다."

누마즈의 돈야바에 있던 말들이 소란을 피웠던 점으로 봐서는 요괴가 보이거나 지척에만 있어도 알아채는 듯했다.

"다음의 하라 역참, 그다음의 요시와라 역참, 간바라 역참, 유이 역참을 달려오는 동안 짐말을 끈 행상꾼이나 준마를 타고 달리는 무사님 일행과 몇 번이나 마주쳤는데 붉은 어깨띠를 맨 남자가 지나가면 모든 말들이 반드시 소리 높여 울거나 걸음이 흐트러졌거든요."

미안한 마음에 말을 발견하면 가메이치는 잠시 가도를 벗어나 수풀 속을 가로지르기도 했다.

"유이 역참은 에도에서 38리 반. 누마즈에서는 8리쯤 떨어져 있습니다. 여기에서 한숨 돌리며 음식을 먹고 수통에 물을 가득 채운 다음 세 번째인 후추府中 역참까지 달렸습니다."

후추 역참은 에도에서 44리 26정. 누마즈에서 대략 14리 정도 떨어져 있는데 이 길을 달리는 동안 가메이치는 나름대로 붉은 어깨띠를 맨 밋밋한 남자에게 익숙해졌다.

"성가시지만 그냥 뒤를 따라올 뿐이니까요."

거리를 좁히려고 하지 않으니 쫓아오는 것은 아니다. 이쪽에서 가까이 가지 않는 한은 4분의 1정 떨어져 있다.

"기분 나쁜 일행을 끌고 와 버렸다——는 정도로 생각하려고 했지요."

그날 밤 후추 역참의 여관에서 여럿이 함께 묵는 방에 누울 때는, 이제부터는 자신과 요괴의 참을성 대결이라고 생각할 수 있을 정도가 되었다.

"제 달리기에 저놈이 얼마나 따라올 수 있을지 한번 승부해 보자는 생각이 들었지요."

"그래야 텐진 뒤의 가메이치 씨지요."

도미지로의 추임새에 가메이치는 활짝 웃었다.

"그렇지요, 그렇지요, 완전히 잊고 있었지만 저는 그런 뚝심이 있는 놈이었습니다."

이튿날 아침, 푹 자서 기운을 회복하고 떠날 준비를 시작하는데 여관 하녀들이 웅성웅성 소란을 떨고 있었다.

"왜 그러느냐고 묻기도 전에 연기 냄새를 맡았습니다."

화재는 길을 사이에 둔 건너편의 싸구려 여인숙에서 발생했다. 역참마을에서는 에도 시중의 상가商家가 늘어서 있는 모습과 비슷하게 건물과 건물이 바싹 붙어 있다. 대부분이 목조에 판자 지붕을 올린 형태여서, 본진이나 와키본진본진의 예비 숙소. 다이묘의 수행원이 많아 본진에 다 묵을 수 없을 때 예비로 묵을 수 있게 한 곳이다 같은 격식이 높은 곳이 아니면 기와지붕이나 흙벽은 없기 때문에, 자칫하면 눈 깜짝할 사이에 퍼져 큰일이 된다.

"저도 여관의 남자 일꾼들을 도와 어떻게든 불이 작을 때 껐습니다."

그리고 기묘한 이야기를 들었다. 불은 여인숙 뒤뜰에서 쓰고 있던 풍로에서 시작되었다고 한다. 숙박객 중 한 사람이 떡을 굽고 있었는데,

"숯불에서 불꽃이 확 일더니 가까이 세워 두었던 갈대발에 옮겨 붙었다는 겁니다."

그로 인해 아침밥용 떡을 굽고 있던 손님은 얼굴과 손에 심한 화상을 입고 말았다.

숯불은 그 위에 종이나 짚이라도 덮지 않는 한 불꽃이 높게 일어나지 않는다.

"숯불에서 불꽃이 확 일었다는 점도 이상하지만 그보다 저는 누마즈에서 일어났던 비슷한 화재가 떠올랐습니다."

불이 시작된 곳은 부엌 부뚜막이었다. 누마즈에서 소동을 겪을 때는 딱히 마음에 걸리지 않았지만, 곰곰이 따져 보면 이상하긴 마찬가지다. 부뚜막이란 불을 피우기 위한 장소라 주위에 불이 옮겨 붙지 않도록 흙이나 돌이 빈틈없이 둘러싸고 있지 않은가.

"부뚜막 안에서 태우는 장작도 어지간히 바람을 불거나 기름을 끼얹거나 하지 않는 한, 밥을 짓던 사람이 화상을 입을 정도로 불길이 타오르진 않습니다."

두 번의 기묘한 화재와, 하코네 산을 내려오면서 지나쳤던 찻집의 가건물이 낙뢰로 불타 무너졌던 사실이 이때 처음으로 가메이치의 머릿속에서 이어졌다.

"거기다가 붉은 어깨띠를 맨 밋밋한 남자."

그놈도 불탄 가건물을 지나친 후에 자신을 따라오지 않았던가.

혹시, 하고 가메이치는 생각했다.

"그 요괴는 찻집의 화재로 목숨을 잃은 남자의 혼이 아닐까."

여행하는 옷차림이 아니라 기나가시에 어깨끈, 조리를 신고 있는 이유도 그놈이 찻집 사람이었기 때문이다.

"미시마 역참으로 향하던 도중에 스쳐지나간 스님의 험악한 얼굴을 떠올리니 더욱더 제 추측이 맞아떨어지는 기분이 들었습니다."

스님이 저승길로 인도해 주어야 하는데 늦어 버려, 죽은 남자의 영혼이 길을 잃고 요괴로 모습을 바꾸어 가메이치를 따라오고 있다.

"어째서 저를 골랐는지는 모릅니다. 다만 제가 갔던 곳――특히 하룻밤을 묵은 누마즈와 후추에서 그놈이 저와 함께 있었다는 것은 확실하지요."

그 두 곳의 역참에서 기묘한 화재가 발생했다. 불에 타 죽은 찻집 남자의 원한이 이유가 되어 불이 난 게 아닐까.

——이거 큰일 났구나.

"저로서는 거기에서 죽은 사람의 원한을 살 만한 행동을 한 기억이 없습니다."

그저 불탄 자리에서 울고 있는 할아버지를 가엾게 생각하고 힐끔 쳐다보았을 뿐인데. 설마 그때, 죽은 혼에 씌어 버린 걸까.

"오싹하고 온몸이 싸늘해지는 생각이지만 앞뒤는 맞지요."

하지만 지금은 한 달에 한 번 있는 정기편 업무 때문에 중요한 어음을 몇 개나 맡아 배달하는 중이다. 멋대로 되돌아갈 수도 기일에 늦을 수도 없다.

"어쩔 수 없이 저는 후추 역참을 떠나 다시 달리기 시작했습니다."

힐끔힐끔 뒤를 신경 쓰고 있자니 과연 붉은 어깨띠를 맨 밋밋한 남자도 따라온다.

다행히 이 계절은 일 년 중에서도 좋은 날씨가 이어져 비바람의 방해를 받을 걱정이 없다는 사실에 안도하며, 가메이치는 길을 서둘렀다.

"그러다가 가도 앞뒤에 사람이 없어졌을 때를 노려서 밋밋한 남자 쪽을 돌아보며."

——이봐, 당신, 이름은?

걸음을 멈추지 않고 물어 보기도 했다.

——왜 나를 따라오는 거지? 파발꾼을 길안내로 삼아서 어딘가

가고 싶은 곳이라도 있나?

“대답은 없었습니다.”

가메이치가 쿡 하고 웃는다.

“그때도 저는 혼자서 웃어 버렸는데요.”

대담하다고 도미지로는 생각했다.

“그놈이 대답할 수 있을 리가 없지요. 입이 없으니까요.”

뭔가를 호소하고 싶어도 가메이치에게 말로 전할 수는 없다.

“곤란하겠지요. 하지만 저도 남 걱정할 처지는 아닌지라.”

붉은 어깨띠를 맨 밋밋한 남자는 고개를 위아래로 흔들면서 그저 뒤를 따라올 뿐이다. 가메이치가 멈추면 남자도 멈춘다. 4분의 1정의 거리를 유지하며.

“후추 역참에서 다음 거래소가 있는 가나야 역참까지는 9리 정도입니다. 중간에 한 번 수통의 물을 채운 것 외에는 단숨에 달려서.”

마리코, 오카베, 후지에다, 시마다를 달려가 도토우미의 가나야 역참에는 해님이 서쪽으로 약간 기울기 시작했을 때쯤 도착했다.

“이곳 거래소의 지배인은 가메야에서 저를 거두어 주었을 무렵에는 재령 파발꾼이었던 분입니다.”

머리는 맨질맨질하고 눈매가 날카로워서 스님이나 의원으로는 보이지 않지만 사람 됨됨이는 온후하고 경험이 풍부하여 의지할 수 있는 사람이다.

"곧장 거래소로 들어가 몸에 묻은 흙먼지도 닦지 않고 서장 상자를 열기도 전에 사정을 털어놓았습니다."

만약을 위해 뒤를 가리켜 보았지만 붉은 어깨띠를 맨 밋밋한 남자의 모습은 사라지고 없었다.

"지배인의 눈에도 보이지 않았습니다. 각오했던 일이지요."

단숨에 털어놓아 버리고 나서 가메이치는 깨달았다. 지배인이 몹시 진지하게 들어 주고 있다. 웃거나 야유하지 않고, 당혹한 기색조차 보이지 않았다.

——직접 겪은 저 스스로도 믿을 수 없는 이야기인데 지배인님은 의심하지 않으십니까.

물어보자 지배인은 가메이치의 어깨를 툭 두드렸다.

——어찌 안 믿을 수 있겠나.

자네도 마치 유령 같은데, 라고 말했다.

"그만큼 생기가 빠져나갔던 걸까요?"

도미지로의 물음에 가메이치는 고개를 끄덕였다.

"지배인의 말에 발치를 보고 저도 깨달았는데."

가메이치의 그림자는 지배인의 그림자에 비하면 절반 정도밖에 짙지 않았다.

"그, 그림자가, 여, 엷어."

말까지 더듬는 도미지로에게 가메이치는 쓴웃음을 지었다.

"미시마야는 괴담 자리를 마련하고 계시는데도 일일이 그렇게 무서워하십니까?"

"죄송합니다. 저는 이야기를 듣는 역할로는 신마에라서요."

원래 같으면 조시치지미 위에 새 앞치마를 입어야 할 것이다.

노련한 지배인에게 털어놓고 나자 가메이치의 기분도 진정이 되었다.

이제 어떻게 하면 좋을까.

"찻집의 화재로 죽은 남자의 혼이 변해서 이제껏 따라왔다는 제 추측에 지배인도 고개를 끄덕여 주더군요. 그래서 공양을 하거나 불제를 해 달라고 하면 어떻겠냐고 상의해 보았습니다."

가나야 역참은 규모가 크고 절도 신사도 있다.

"하지만 지배인은 그러면 안 된다는 겁니다."

——복이든 흉이든 주운 것은 주운 곳에 도로 가져다 놓는 것이 도리일세.

"하코네 산 밑에 있는 그 찻집까지 밋밋한 남자를 데리고 돌아가 주라면서."

——다음 장소인 미카와의 요시다 역참과 오우미의 구사쓰 역참 거래소에는 우리 가게에서 다른 파발꾼을 수배해 보내겠네.

"가나야의 거래소는 그 지역의 파발꾼 업소도 겸하고 있었기 때문에 일손은 충분했습니다."

그러니 가메이치, 자네는 발길을 돌려 되돌아가는 파발꾼이 되게, 하고 지배인은 명령했다.

"후추, 누마즈에 들러 결제가 끝난 어음을 받아 가면 되네."

어느 역참에서도 머물러서는 안 되네. 눕고 싶어지면 노숙을 하게. 역참마을에서는 밥이나 물만 조달하고 요괴가 두 번 다시 화재를 일으키지 않도록 해 주게.

"이때 지배인은 딱 이렇게 말했습니다."

화재를 일으키지 않도록 하게, 가 아니고.

화재를 일으키지 못하게 하게, 도 아니고.

"일으키지 않도록 해 주게, 라고."

요괴나 유령이라도 현세의 살아 있는 사람에게 해를 끼치는 짓을 하면 그만큼 업을 쌓게 된다.

"서방정토에 가기 어려워지니, 불쌍하지 않은가."

지금까지는 화재를 두 번 내기는 했어도 두 번 다 사람이 다치기만 하고 끝났네. 붉은 어깨띠를 맨 밋밋한 남자는 사람의 목숨을 빼앗지 않았어. 이제부터는 자네가 막아 주게.

"지배인은 훌륭한 분이군요."

도미지로가 말하자 가메이치도 고개를 끄덕였다.

"맞습니다. 저도 지금이라면 예, 그렇군요, 그러겠습니다, 하고 머리를 숙일 겁니다. 하지만 그때는 아직 사람이 덜 되었던지라."

한 달에 한 번인 정기편을 도중에 내팽개치기가 싫었다. 자신의 신용에도 문제가 생기니 쉽게 되돌아갈 수는 없다고 생각했다.

가메이치가 지배인에게 항변하자, 이번에는 지배인이 가메이치의 어깨를 움켜쥐고 흔들어 대며 타일렀다.

——이보게, 가메이치. 잘 생각해 보게. 이건 자네 인생의 고비

일세.

붉은 어깨띠를 맨 남자는 왜 요괴가 되어 헤매고 있을까. 어째서 가메이치를 골라 따라오는 걸까.

"거기에는 분명히 이유가 있네. 자네여야만 하는 이유가."

——그것을 풀어 주려는 자네의 노력이, 어떤 독경이나 제사보다도 효과가 있을 걸세.

"한 달에 한 번 얼굴을 마주하다 보니 가나야의 지배인은 제가 아내와 딸을 떠나보냈다는 사실도 알고 있었습니다. 역시 숨겨 둘 수는 없었으니까요."

지배인은 가메이치의 우는 얼굴은 보지 않았어도 그의 한탄과 절망이 어느 정도인지는 충분히 짐작하고 있었다.

"그래서 어쨌다는 말은 하지 않았습니다. 다만 제 안에 죽은 사람의 혼을 끌어들이는 무언가가 있다면, 그 무언가를 해결할 사람은 저 자신밖에 없다는 말을 해주더군요."

오랫동안 파발꾼 일을 하다 보면 여러 가지 것들을 만나게 된다. 여러 가지를 줍고 여러 가지를 보고 듣는다.

——전부, 일생에 한 번밖에 없는 인연일세. 설령 상대가 요괴라 해도, 세상의 이쪽에서 저쪽까지 달리는 일이 직업인 파발꾼이 소매가 스친 인연을 함부로 해서는 안 돼. 딱 버티고 서서 사내다움을 보여 주게.

"직접 들을 때는 몰랐는데 미시마야에 와서 이야기하다 보니 알겠네요. 지배인의 충고가 얼마나 훌륭했는지."

도미지로도 진심으로 맞장구를 쳤다.

"정이 있고 배짱이 두둑한 사람이 아니면 할 수 없는 말이로군요."

"저도 왠지 넘어가서 납득할 뻔했습니다. 하지만 요괴가 따라오고 있는 사람은 지배인이 아니라 저니까요."

사내다움을 보여주다가 요괴의 저주를 받아 죽게 되면 어쩝니까.

"그렇게 대꾸했더니 지배인은 껄껄 웃었습니다."

——그때는 그때일세. 그게 자네의 수명이니 포기해야지.

"뭐야, 자기 멋대로 말하다니, 하고."

가메이치가 또 껄껄 웃는다.

"어쨌거나 다른 방법은 없었습니다. 지배인이 저를 가나야 다음으로는 보내지 않겠다고 결정했으니 돌아갈 수밖에 없지요."

지배인은 변경된 일정에 대해 하나하나 변명하지 않아도 되도록, 돌아가는 길의 거래소 앞으로 서찰을 써 주었다.

그 사이에 배를 채우고 휴식을 취한 가메이치가 역참을 나서자 붉은 어깨띠를 맨 밋밋한 남자는 곧 모습을 나타냈다.

"정말이지 전부 다 네놈 탓이다, 하고 욕도 해봤지만."

으스스한 기분도, 성가신 기분도 이전과 다를 바 없었다. 다만 친해진 듯한 기분도 들어서,

——터무니없는 동행이인이로군.

하고 생각했다. 고보 대사弘法大師 헤이안 시대 초기의 승려이자 일본 진언종의

시조인 구카이空海의 시호가 아니라 요괴와 둘이서 길을 같이 간다는 점은 다르지만동행이인同行二人이란 시코쿠四国를 순례하는 순례자들이 길을 가는 동안 항상 고보 대사와 함께 있다는 뜻으로 갓 등에 적어 넣는 말이다.

노숙이라면 몇 번이나 한 적이 있다. 가도 옆의 무너져 가는 사당이라든지 신사의 처마 밑을 빌리거나 길가 수풀 속에서 몸을 웅크리고 잔 적도 있다.

"원래 저는 밤길이 고생스럽다고 느껴본 적이 없습니다. 강도나, 마주치는 장소에 따라서는 사람보다 훨씬 더 무서운 들개나 곰에 대비하는 방법도 잘 알고 있었거든요."

하지만 이번에 돌아갈 때는 평소보다 더 배짱이 두둑해졌을 뿐만 아니라 마음도 평온해졌음을 가메이치는 이내 깨달았다.

"그놈이 뒤를 따라오고 있었기 때문입니다."

요괴이긴 해도 일행은 일행이다.

"게다가 돌아가는 동안 노숙을 하거나 밤길을 달리면서도 들개가 가까이에서 짖는 소리를 단 한 번도 들은 적이 없었습니다."

붉은 어깨띠를 맨 밋밋한 남자는 결코 가메이치에게 가까이 오지 않았다. 4분의 1정의 거리를 유지하고, 왠지 고개를 작게 끄덕이는 것만은 멈추지 않은 채 따라온다.

"마누라와 딸을 잃고 난 이후, 달리는 동안 처음으로 저는 두 사람을 생각하지 않게 되었습니다."

내가 잘못했다, 아니, 운이 나빴을 뿐이다, 부조리하다, 화가 난다, 하며 되풀이하던 생각을 멈출 수 있게 되었다.

"오랜만에, 정말로 완전히 머리를 비우고 계속 달려서."

머릿속에 등불이 번쩍 하고 켜진 느낌이었다. 나는 지배인에게, 요괴의 저주를 받아 죽게 되면 어떡하냐고 물었다. 언제 죽어도 좋다고 생각하고 있었는데. 왜 나만 살아남은 거냐고 원망하고 있었는데.

나는 목숨이 아까운 것이다.

"그렇게 생각하는 스스로가 한심했지만 살아서 달릴 수 있다는 사실이 기뻐서."

그렇다, 나는 살아 있는 것이 기쁘다.

"결국 그 마음을 인정하고 싶지 않아서 저는 비뚤어져 있었던 것입니다."

누마즈의 거래소에서는 가나야의 지배인이 써 준 서찰 덕분에 쉽게 어음 결제증을 받을 수 있었다.

"그때 이런 말을 들었습니다."

──가메이치 씨, 후련해진 얼굴을 하고 계시네요.

"이상하지요. 4분의 1정 뒤에는 요괴가 따라오고 제 그림자가 옅어지고 있는데도 말입니다."

미시마 역참으로 돌아가 드디어 하코네 길로 향하는 곳까지 왔을 때는,

"역참에서 가도로 나가서 밋밋한 남자의 모습을 확인하고 말을 걸었습니다."

──이제 곧 너를 주운 장소에 도착하게 된다고.

붉은 어깨띠를 맨 밋밋한 남자는 여전히 고개를 끄덕이고 있을 뿐이었다.

"점심 무렵이 되자 마침내 찻집과 만물상이 있는 여행자의 쉼터에 도착할 수 있었습니다."

하늘에는 구름이 약간 끼고 햇빛이 그 틈으로 부드럽게 비쳐들고 있다. 찻집이 하나 줄어 버린 만큼 나머지 두 집은 여행하는 사람들로 붐비고 있었다. 만물상에도 손님이 가득했다.

"불에 탄 찻집은 치워지고 빈 땅이 되어 있었습니다."

땅바닥 한쪽에 그을린 기둥이나 판자벽이 아직 쌓여 있어서 살풍경했지만,

"주위는 시끌벅적하고 즐거워 보였지요. 저 역시 다른 찻집에 들러 경단을 먹기도 했고요."

그날 웅크려 울고 있던 노인의 얼굴은 눈에 띄지 않는다.

대놓고 묻기는 꺼려져서 찻집과 만물상을 드나들며 은근히 찾는데 행상꾼 하나가 "파발꾼 양반, 이런 곳에서 헛시간을 보내도 괜찮은 거요?" 하고 놀렸다.

"파발꾼도 헛시간을 보낼 때가 있답니다, 하고 변명을 하면서 마음에도 없는 웃음을 짓고 있자니."

가게 안쪽에서 소매를 어깨띠로 매고 앞치마를 두른 여자가 나왔다. 손님에게 팔 수건이나 회지 등을 안고 나와 가게 앞에 늘어놓기 시작한다.

"할아버지를 위로하고 있던 여자였습니다."

손님이 끊기면 말을 걸려고 가메이치는 조금 떨어져 분위기를 살폈다.

"밋밋한 남자는 성실하게 4분의 1정 떨어진 곳에 있었습니다."

가메이치의 눈에는 보이지만 다른 누구도 알아채지 못한다. 밋밋한 남자 옆을 하코네에서 내려온 여행자가 지나쳐 간다. 미시마에서 온 여행자도 추월해 간다.

멍하니 선 채 밋밋한 남자는 고개를 끄덕끄덕 흔들고 있다.

"그때 만물상 앞에서 물건을 산 손님을 배웅하던 여자가 갑자기 밋밋한 남자가 있는 쪽을 바라보더니,"

앗, 하고 소리치며 눈을 크게 뜨고 우뚝 멈추어 섰다. 그러고는 곧 몸을 돌려 가게 안으로 뛰어 들어갔다.

"만물상의 여자에게는 그놈이 보인 겁니다."

가메이치는 가슴이 두근거렸다. 주운 것은 주운 곳에 가져다 놓아라. 지배인의 말대로 하기를 잘했다. 저 요괴는 이곳 찻집의 화재와 관련이 있어 보인다는 가메이치의 짐작도 맞았다.

"일단 안쪽으로 들어간 여자가 남자를 데리고 가게 앞으로 돌아왔습니다. 그날 할아버지를 위로하던 남자였지요."

두 사람은 부부인 모양이다. 둘 다 안색이 창백해져서 밋밋한 남자가 서 있는 곳을 바라보고 있다. 여자가 가리키려고 하자 남자가 당황하며 말렸다.

"이윽고 남자가 옆 찻집으로 들어갔는데 이번에는 찻집의 주인도 가게 앞에서 굳어 버렸지요."

가메이치가 지켜보는 동안 열 명쯤 되는 가게 사람들이 모두 길가로 나왔다.

"이 사람들에게는 밋밋한 남자가 보였어요. 저는 알았습니다."

요괴를 본 순간 가게 안쪽으로 도망쳐 들어가 버린 아가씨가 있다. 양손을 모으고 염불을 외기 시작하는 할머니가 있다.

"손님이 이상하게 여기니 각자 아닌 척하고 있었지만 제일 먼저 밋밋한 남자를 알아차린 만물상의 여자가 남편의 만류를 뿌리치고 밋밋한 남자에게 다가가려고 했습니다."

이때다. 가메이치는 재빨리 그들 앞으로 가서 작은 목소리로 속삭였다.

"만물상의 마님도 나리도, 저놈이 보이시지요."

저놈은 누굽니까. 이곳 사람입니까? 일전의 낙뢰와 화재로 목숨을 잃은 겁니까――.

이렇게 해서 가메이치는 수수께끼의 답에 이르렀다.

"전부 우리의 잘못입니다."

만물상 주인의 입에서는 가메이치가 지금까지 몇 번이나 자신의 생각으로 곱씹어 온 말이 나왔다.

"우리가 몰아세우는 바람에 간키치 씨가 귀신이 되어 나오고 말았어요."

손님이 드나들어 바쁜 가게를 안주인에게 맡기고 주인은 가메이치를 집 안쪽으로 들여보내 주었다. 가메이치는 마루방에 둥근 방석을 깔고 앉았다. 옆에는 부부가 사용하는 듯한 이불과 침구가 개켜져 있다.

간키치라는 사람은 낙뢰로 불타 버린 찻집 주인의 아들이었다. 불탄 자리에서 울고 있던 할아버지는 그의 아버지로 이름은 가키치라고 한다.

"가키치 할아버지와 간키치 씨 부부와 외동딸 오마키, 넷이서 사이좋게 살고 있었습니다."

만물상의 부부는 가키치 일가와 친했고, 간키치의 아내 오요시와 만물상의 안주인은 소꿉친구였다.

"우리 두 집은 원래 하코네 역참 출신인데……. 나머지 두 찻집은 미시마 역참에서 낸 가게고요."

십 년쯤 전부터 하코네 산 밑의 이 근처에도 가게가 있으면 손님이 편리하겠다며 자연스럽게 모여들어 네 집이 되었다.

"하코네 역참은 단순한 역참마을이 아니라 탕치 손님도 오니까 일 년 내내 매우 붐비거든요. 하지만 밭농사를 지을 수 있는 땅은 아니라서 먹고살려면 손님 장사를 할 수밖에 없어요. 장사 경쟁이 심하지요."

그 점에서 이곳은 한가로워 좋다. 산을 내려오길 잘했다고, 만물상과 가키치 찻집의 가족들끼리 이야기할 때도 있었다고 한다.

그러나 한가로운 생활은 작년 10월 말에 일어난 뜻밖의 참사로 부서지고 말았다.

"아장아장 걷기 시작한 오마키가 가족이 잠깐――정말로 잠깐 눈을 뗀 틈에 이로리방바닥을 사각형으로 파서 불을 피울 수 있게 만든 화로 안으로 굴러떨어지는 바람에."

찻집 안에는 부뚜막을 둘러싸고, 가게가 열려 있는 동안에는 냄비나 주전자를 걸어 둔다. 어린아이가 가까이 가지 못하도록 늘 주의를 게을리하지 않았지만,

"이 근처의 겨울은 얼어붙을 정도로 추워서 집에도 이로리가 필요합니다. 물론 매우 조심해서 불을 피우고 있었지만 그날은 오마키가 고뿔에 걸려 칭얼거려서 오요시 씨가 죽을 끓이고 있었다는데."

그 불이 있는 곳에 오마키가 굴러떨어지고 만 것이었다.

"하필이면 솜옷에 솜을 두른 하오리를 겹쳐서 껴입혀 둔 터라."

어린아이가 고뿔에 걸렸으니 어머니가 옷을 두껍게 입힌 것이다. 무슨 잘못이 있겠는가.

"거기에 불이 붙어 버려서."

오마키가 울부짖는 소리에 부모들은 곧 달려가 불을 껐지만 화상은 심했다.

"어떻게든 하룻밤은 버텼지만 소용이 없었습니다. 그래서 오요시 씨도."

아장아장 걷는 한창 귀여울 때의 아이를 잃고, 게다가 자신의 잘못이라 여겨서,

"완전히…… 뭐라고 할까요…… 그."

"아니, 그만하면 됐습니다." 가메이치는 만물상 주인의 말을 가

로막았다. "듣지 않아도 알겠습니다."

아는 정도가 아니라, 그것은 가메이치에게 일어난 일과 똑같다. 가메이치의 슬픔, 가메이치의 후회와 똑같다.

만물상 주인은 눈을 가늘게 뜨고 가메이치의 얼굴을 살폈다. 눈빛을 읽히지 않으려고, 마음속을 들키지 않으려고 가메이치는 아래를 향한 채,

"가엾은 일이군요" 하고 낮게 말했다.

만물상 주인은 코를 훌쩍였다.

"오마키를 장사 지내고 나서 오요시 씨는 전혀 먹지도 마시지도 않았습니다. 가키치 할아버지가 꾸짖어도, 간키치 씨가 아무리 설득해도 듣지 않고."

결국 며칠 만에 약해질 대로 약해져서 아이의 뒤를 좇듯이 세상을 떠나고 말았다고 한다.

이야기를 듣는 동안 가메이치는 무릎 위에서 주먹을 움켜쥐고 있었다.

간키치의 처지도 가메이치와 똑같다. 처자식을 잃고 혼자만 뒤에 남겨지고 말았다.

"딸을 잃고 괴로웠던 것은 간키치 씨도 마찬가지입니다. 하지만 오요시 씨가 이상해져 버렸으니 아내를 돌보자고 생각하며 어떻게든 괴로움을 잊고 있었지요."

하지만 오요시도 죽고 말았다. 간키치에게는 더 이상 할 일이 없어진 셈이다.

"단번에 긴장이 풀린 것처럼 그 사람은 아침부터 밤까지 울기만 했어요."

누가 어떻게 위로해도 소용이 없었다. 간키치는 계속 울기만 하며 밥도 먹지 않고 물도 마시지 않았다.

"아버지인 가키치 씨가 칠칠치 못하다고 고함칠 때도 있었습니다."

——이 녀석아, 나도 곧 죽을 게다. 오요시와 오마키의 무덤을 지키는 건 네 역할이 아니냐. 다 큰 남자가 울고만 있으면 어쩌겠다는 게야.

"우리도 차마 볼 수가 없었고, 가키치 씨에게 부탁을 받기도 해서."

만물상 부부도 간키치를 위로할 뿐만 아니라 설교를 하게 되었다.

"당신이 계속 울기만 하면 오요시 씨와 오마키가 걱정이 되어서 이승을 떠돌고 말 거라는 둥."

울지 마라. 정신 똑바로 차려라.

"이곳에 사는 네 집은 서로 도우면서 장사를 하고 있다. 간키치 씨가 울상을 하고 있으면 손님이 싫어하니 장사에도 지장이 생긴다. 이제 그만 예전 모습으로 돌아와 달라는 둥."

나란히 있는 나머지 두 집의 찻집 사람들에게도 부탁해서 모두 함께 간키치를 타일렀다. 위로했다. 꾸짖었다. 격려했다.

하지만 간키치는 회복하지 못했다.

"오마키를 장사 지내고 보름 후, 오요시 씨가 죽고 나서 열흘 만에, 간키치 씨도 죽고 말았습니다."

찻집 뒤의 숲에 들어가 적당한 칠엽수 가지에 오요시가 평소 사용하던 붉은 어깨띠를 걸고 목을 매달았다고 한다.

혼자 남은 가키치 할아버지는 아들을 장사 지낸 뒤 불단에 위패 세 개를 올려 두고 다시 찻집을 열었다.

"일이라도 하지 않으면 어쩔 줄 모르겠다면서."

가키치 할아버지가 찻집 장사를 계속한 마음을 가메이치는 너무나 잘 이해할 수 있었다. 일에 매달려 잊고 싶었기 때문이다. 지금껏 그가 달렸던 이유와 완전히 똑같다.

"그래서…… 겉으로 보기에는 원래의 생활로 돌아왔습니다만."

만물상 주인의 얼굴이 한층 어두워지고 목소리가 가늘어졌다.

"장례를 지낸 지 겨우 이삼일 만에 간키치 씨가 돌아오게 되었습니다."

가메이치는 눈을 크게 떴다. "무슨 말씀이신지."

만물상 주인은 몸을 움츠리고 벌벌 떨면서 가게 앞쪽을 훔쳐보았다.

"저…… 파발꾼 양반도 아시는, 아까 그 모습으로 돌아오는 겁니다."

기나가시에 붉은 어깨띠를 매고 소리도 없이 그늘에서 스윽 나타나 얼굴을 내민다.

"이목구비가 없는 그 얼굴을?"

만물상 주인은 사과하듯이 깊이 몸을 숙이며 고개를 끄덕였다.

"허여멀건 이목구비가 없는 얼굴을 이쪽으로 향한 채 멍하니 서 있다가."

가키치와 만물상 부부가 놀라서 소리를 지르면 휙 사라진다. 하지만 곧 다시 나타난다. 낮이고 밤이고 상관없이.

"처음에는 가키치 찻집과 우리 가게뿐이었지만 이내 다른 찻집 쪽에도 나타나게 되었습니다."

다행히 손님들의 눈에는 보이지 않는 모양이었다. 하지만 어쩌다가 영적으로 민감한 손님이라도 있으면 한기를 느끼거나 갑자기 소름이 돋거나 하는지,

"곧 나쁜 소문이 퍼지고 말았습니다."

그 찻집과 만물상에는 무언가 나쁜 기가 떠돌고 있다——.

"이제부터 하코네 산에 올라가려는 손님은 불길하다며 특히 더 싫어하게 되고 말았지요."

이곳 사람들은 놋페라보 요괴가 되고 만 간키치가 나타날 때마다 손을 모으고 성불을 기원했다. 헤매지 말고 저세상으로 가 달라, 오요시와 오마키도 당신을 기다리고 있다, 이 세상에 미련을 남겨서는 안 된다고, 살아 있었을 때의 간키치에게 했던 것처럼 달래고 타이르고 설득했다.

"하지만 전혀 통하지 않았습니다."

놋페라보 간키치는 집요하게 계속 모습을 나타냈다. 무엇을 하는 것도 아니다. 그냥 나올 뿐이다.

"다들 어지간히도 간키치 씨의 원한을 샀기 때문이 아니겠냐고 절실하게 느꼈습니다."

잘 되라는 마음에 위로하고 격려하고, 이제 울지 말라며 질타했다고 생각했다. 그게 잘못이었을까. 간키치는 그래서 화가 났을까. 분노가 그를 요괴로 바꾸어 버렸을까.

"더 이상 뭘 어떻게 할 수도 없었습니다. 그 사람의 원한이 무서워서 낮에도 가만히 있을 수가 없고."

곤란해진 나머지 장례 때 신세를 졌던 미시마 역참의 절에 있는 주지스님에게 도움을 청했다.

"놀란 주지스님이 어째서 좀 더 빨리 말해 주지 않았느냐며 달려와 주셨습니다."

간키치, 오요시, 오마키의 무덤에서 다시 독경을 하고, 가키치 찻집에 있는 세 사람의 위패 앞에서도 경을 바치고, 작은 불단의 문에 봉인을 해 주었다고 한다.

"그게 4월 초쯤이었는데 간키치 씨가 이후로 나타나지 않아서 우리도 겨우 안도했습니다."

가슴을 쓸어내리며 한 달쯤 평온하게 지내던 차에 난데없는 일이 벌어졌다.

"벼락 님이 마치 노린 것처럼 가키치 찻집에 떨어지고 불이 나서 통째로 타 버리는 바람에."

불단도 위패도 재가 되었다.

"가키치 할아버지는 정말로 입고 있던 옷 한 벌만 가지고 도망쳐 목숨만 건졌습니다."

찻집에 벼락이 떨어져 전 재산을 잃어버렸다는 사실만으로도 불탄 자리에 쪼그려 앉아 울고 싶어지는 것이 당연하지만,

"주지스님이 봉해 주셨던 불단이 타 버렸으니 다시 간키치 씨가 나타나지 않을까. 아니, 애초에 낙뢰와 화재는 간키치 씨 때문이 아닐까 하고."

간키치는 작은 불단에 갇히는 바람에 더욱 화가 나지 않았을까. 간키치의 분노가 벼락을 부르고 화재를 일으킨 게 아닐까.

"이기적인 생각이겠지만 우리 모두 무서워서 견딜 수가 없었습니다."

그래서 이웃 찻집의 아들을 미시마 역참으로 보내 주지에게 알렸다. 급하다는 말을 들은 주지가 서둘러 가키치 찻집으로 향하다가, 길을 가던 가메이치와 스쳐지나간 것이다.

"그때 주지스님이 험악한 얼굴을 하고 계셔서 저도 놀랐습니다. 그런 사정이 있었다면 이해가 가는군요."

가메이치가 만물상 주인의 얼굴을 보며 말했다.

"하지만 걱정하고 계셨던 것처럼 화재 후에 놋페라보 간키치 씨가 다시 나타나는 일은 없었어요. 그렇지요?"

만물상 주인이 고개를 끄덕였다.

"맞습니다. 방금 전에 저기 서 있는 모습을 발견하기 전까지는 나타나지 않았어요. 이제야 성불해 준 건가 하고 모두 가슴을 쓸어내리고 있었는데……."

가키치 할아버지도 안도해서, 미시마 역참의 주지가 있는 절에 몸을 의탁하고 절의 하인으로 일하고 있다고 한다.

"유감스럽지만 간키치 씨는 성불하지 않았습니다" 하고 가메이치는 말했다.

그저 자리를 비우고 있었을 뿐이다.

"계속 저와 도카이도를 달려서 가나야 역참까지 갔다가 돌아왔지요."

그동안은 이유를 알 수가 없었다. 왜 가메이치를 골랐고, 어째서 뒤를 따라오는지.

만물상 주인의 이야기를 듣고 나니 겨우 이해가 간다. 간키치가 지나는 길에 힐끗 바라보았을 뿐인 가메이치에게 다가온 까닭은,

——우리가 서로 비슷한 사람들이기 때문이다.

가메이치는 돌림병으로, 간키치는 불운한 실수로 소중한 처자식을 잃고 말았다. 혼자 살아남아서 자신의 목숨을 주체하지 못하고 있다.

가메이치는 파발꾼이고, 그 일이 혼자서 달릴 구실이 되기 때문에 그저 달려왔다. 자신을 텅 비우고 달려왔다. 눈물도 나지 않을 정도로 텅 비었기 때문에 울지 않았지만, 울려고 했다면 달리면서 실컷 울 수 있었을 것이다.

한편 간키치는 찻집 손님을 상대하는 장사꾼이고 작은 가건물에서 떠날 수가 없었다. 그는 울고 울고 또 울며 지냈다. 그러

자 처음에는 위로해 주던 주위 사람들도 점차 그를 꾸짖기 시작했다. 처자식의 극락왕생을 빌기 위해서도 정신 똑바로 차리라는 격려는 옳은 말이지만, 마음이 부서져 눈물을 멈출 수 없게 된 간키치에게는 가혹한 질타였다.

간키치도 간키치 나름대로 이제는 그만 울자고 마음먹었으리라. 이래서는 안 된다고 생각했으리라. 하지만 아무리 해도 눈물이 멈추지 않자 목숨을 끊어서 울음을 멈추기로 한 것이다.

저승으로 가지 못하고 헤매던 간키치의 혼은 그를 위로하거나 격려해 준 사람들 앞에 얼굴을 내밀었다. 울지 않는 얼굴을. 눈썹도 눈도 코도 입도 없어서 울려 해도 울 수 없는 얼굴을.

거기에 무슨 원한이나 분노가 있으랴. 오히려 바보 같을 정도로 정직한 반성이 있는 것 같다는 생각이 들어 가메이치는 견딜 수가 없었다. 자, 이제 울음을 멈추었습니다. 울지 않지요, 얼굴이 없으니까.

이놈이 일으켰던 화재도, 원한이나 분노 때문이라기보다는 이놈의 바보 같은 인내가 엉뚱하게 나타난 결과가 아닐까 싶다.

간키치가 마음속 깊은 곳에서 자신의 아버지나 이곳 사람들을 원망하고 있었다면 무슨 일이 있어도 이곳에서 떠나지는 않았을 것이다. 비슷한 처지의, 그러나 울려고 하지 않는 고집쟁이 파발꾼을 봤다 한들 어슬렁어슬렁 따라오지는 않았으리라.

참으로 불쌍하다고 가메이치는 생각했다. 위로해 주고 싶고 호통 쳐 주고 싶다. 뭘 하고 있는 거냐고.

어디까지나 따라오는 주제에 자기 쪽에서는 가까이 오지 않는다. 가메이치 쪽에서 거리를 좁히지 않으면 기가 약한 개처럼 거리를 두고 있다.

곤란한 놈이다. 소심한 요괴다. 애초에 모든 일의 발단이 된 낙뢰도, 우연히 불단에 떨어졌을 뿐이고 너는 그런 거창한 일을 할 수 있는 놈이 아닐 테지. 그렇지 않다면 내가 사람을 잘못 본 것이다. 나이든 아버지에게서 생계의 자리를 빼앗아 버린 셈이니까.

――좋아, 내가 확실하게 이야기를 해 주지.

다행히 하코네 산 위에는 망혼亡魂과 다투기에 안성맞춤인 장소가 있다.

"하코네 산 위, 아시노코 호숫가에 펼쳐져 있는 삼도천 모래밭이 언제부터 그와 같은 이름으로 불리게 되었는지는 저도 모릅니다."

가메이치가 온화한 얼굴로 도미지로에게 말했다.

"산을 넘기가 힘들다는 이유로 하코네 역참이 생긴 것은 겐나元和 4년(1618)의 일이라고 하더군요. 그때부터 이미 호숫가의 그 일대 호칭이 정해져 있었고 그림으로도 기록되었습니다."

다만 각별하게 쓸쓸한 풍경은 아니라고 한다.

"그런가요……. 저는 소문으로만 들어서, 어둑어둑하고 무서운 곳일 거라고만 생각하고 있었습니다."

이전에 도미지로가 술술 넘겨본 적이 있는 기행문에는 '음울하다'라고 적혀 있었다.

"물론 날씨가 나쁘면 그렇지요."

가메이치는 싱긋 웃었다.

"삼도천 모래밭이라고 불리는 물가는 하코네뿐만 아니라 다른 곳에도 몇 군데 있는데 막상 가 보면 전부 다 도미지로 씨가 말씀하신 풍경만 볼 수 있는 건 아니에요."

비가 내리고 구름이 드리우면 음울하고, 탁 트인 푸른 하늘 아래라면 바람이 상쾌하다. 계절에 따라 날씨에 따라 변화무쌍하다. 자연이란 그런 것이다.

"하지만 사람은 기분으로 풍경을 보니까요."

기분에 따라서는 흐린 하늘이 기분 좋을 때도 있고 맑은 하늘이 슬플 때도 있다.

"그리고 어째서인지 물가에 서면 누구나 왠지 모르게 숙연한 마음이 들지요."

아, 그건 그렇다.

"옛날 일을 떠올리거나 죽은 사람을 생각하기도 하고요. 그래서 조금 운치 있는 강가는 어디나 삼도천 모래밭이 되어 버리는 것이겠지요."

저승에 가는 사람이 건너는 삼도천. 저세상과 이 세상의 경계에 펼쳐져 있는 강가. 저쪽으로 건너간 죽은 사람들을 이쪽 사람이 그리워하는 곳.

"다만 아시노코 호반의 삼도천 모래밭이 단순한 이름만이 아닌 것은 셀 수 없을 정도로 많은 석불이 있기 때문이고."

크기도 만든 모양도 제각각인 돌 불상이 늘어서 있어 도카이도를 가는 사람들은 여기저기에서 걸음을 멈추고 손을 모으며 머리를 숙인다.

"끈질기게 찾다 보면 반드시 자신과 닮은 얼굴의 석불을 찾을 수 있다고 할 정도로 수가 많지요."

가메이치는 놋페라보 요괴가 되어 버린 간키치를 그곳으로 데려갔다.

"그날 만물상 주인과의 이야기를 마치고 밖으로 나갔는데 그놈이 아직도 길가에 서 있더군요."

이번에는 망설이지 않고 가메이치는 성큼성큼 밋밋한 간키치에게 다가갔다.

"마음만 먹으면 멱살을 잡을 수 있을 정도로 다가가서, 말해 주었습니다."

——자, 출발하자.

밋밋한 간키치는 가메이치의 바로 뒤를 따라왔다. 한때 자신의 집이었던 가키치 찻집의 터에도, 만물상에도 집착하는 기색은 없었다.

"아시노코 호숫가로 나가려면 우선 고개를 넘어야 합니다. 그러고 나서 관문을 지나면 그 너머로 삼도천 모래밭이 보이지요."

거기까지 요괴와 둘이서 간다.

"노숙을 하룻밤 하기는 했지만 그 외에는 계속 앞뒤로 달리면서 저는 간키치에게 이런저런 말을 걸었습니다."

본래 하코네 역참 출신이라고 하니 이 산이 얼마나 험한지는 잘 알고 있겠지. 나는 달리는 파발꾼이 되어 처음으로 고개를 넘었을 때 정말로 산 저편에 도깨비가 살고 있어도 이상하지 않겠다고 여겼어. 사람이 사는 마을이 있을 거라고는 상상도 못했지.

"손님을 찾아다니는 땜질장수였던 계부를 우습게 보다가 나중에 후회했다는 옛날이야기도 하고, 찻집 장사는 얼핏 느긋해 보이지만 제멋대로인 손님이나 싫은 손님도 있을 테니 역시 고생이었겠다며 다소 뜬금없는 이야기도 했지요."

놋페라보 간키치는 여전히 미끄러지듯이 뒤를 따라오면서 그저 얼굴을 위아래로 흔들고 있을 뿐이었지만 가메이치는 아랑곳하지 않고 계속 이야기했다.

"스쳐지나는 여행자들은 묘하게 혼잣말을 하는 파발꾼이라고 생각했겠군요."

도미지로가 말하자 가메이치는 약간 몸을 뒤로 젖혔다.

"보통의 속도로 걸어가는 사람이 입가의 움직임을 알아볼 수 있도록 달려서야 안 되지요."

예정보다 일찍 돌아가게 되었기 때문에 기운도 남아돌았다. 그때의 가메이치는 실로 위타천韋馱天 불법을 수호하는 수호신으로 특히 절을 지키는 신으로 여겨지며, 아이에게 찾아오는 병마를 퇴치하는 신이라고도 한다. 빠르게 달리는 신으로도 알려져 있어, 빨리 달리는 사람을 가리켜 '위타천'이라고 부르게 되었다이었다고 한다.

"빨리 간키치를 삼도천 모래밭으로 데려가 주고 싶기도 했지만 한편으로 그놈이 제 다리를 어디까지 따라올 수 있을지 시험해 보려는 마음도 있었어요."

"녹초가 되지 않고 따라오던가요?"

"요괴 주제에 건방지게도 말이지요."

가메이치가 눈을 가늘게 뜨고 웃는다.

"그놈은 그 지역 출신이었으니까요. 산길에 강할 만도 하지요."

이렇다 할 어려움 없이 점심 전에는 관문 통과가 허가되었다. 삼나무길 사이를 빠져나가 호반을 향해 달리면서,

"저는 간키치에게 말했습니다."

——삼도천 모래밭에서 네 얼굴과 닮은 부처님을 찾아보자.

"이거다 싶은 부처님을 찾을 때까지는 아무리 시간이 걸리더라도 내가 같이 있어 주마. 그러니 찾아내."

발견하면 그 석불의 무릎에 이마를 부딪치고 지옥을 보고 와라. 거기에 있는 처자식에게 사과하고 와.

"네가 이렇게 칠칠치 못하게 헤매며 오마키를 죽게 한 미운 불까지 사방에 옮겨 버리는 바람에, 공연히 네 업보의 불똥이 튀어 오요시 씨도 오마키도 지옥에서 길을 잃고 헤매고 있을 테니까. 미안하다고 사과하고 와. 그러고 나서 어떻게 하면 좋을지 둘이서 생각해 보자."

나도 같이 생각해 주마.

아니, 생각하게 해 다오.

왜냐하면.

──내 아내와 아이도, 틀림없이 지옥에서 헤매고 있을 테니까.

내가 고집을 부렸기 때문에.

혼자 살아남은 내가, 자신의 괴로움밖에 생각하지 않았기 때문에.

──너는 얼굴을 잃었지만 나는 마음을 잃어버렸다.

네가 따라온 탓에, 너와 나란히 달려오면서 겨우 나도 알게 되었지.

"저는 소리 내어, 말로, 그때까지 가슴속에서 쳇바퀴 돌듯 거듭했던 생각을 토해 내기 시작했습니다."

내가 잘못한 걸까. 내 운이 나빴을 뿐일까. 누구에게 사과하면 될까. 이 가슴의 아픔을 어떻게 하면 좋을까.

"점점 다리가 느려져 달리는 것을 멈추고 바람을 얼굴에 맞으며 터벅터벅 걸어서."

간키치와 단둘이 다른 사람들의 눈이 없는 물가 끝까지 갔다. 물 흐르는 소리조차 조용한 어둑어둑한 어둠 속에 빈도리가 피어 있었다.

"걷고 있는데도 왜 이렇게 숨이 차나 했더니."

호흡이 가빠서가 아니었다.

"저는 그제야 울고 있었습니다."

자신의 슬픔 때문이 아니라 처자식을 생각하며 울고 있었다.

"눈물이 그렇게 뜨거운 줄, 저는 잊고 있었습니다."

이윽고 자신의 울음소리에 다른 목소리가 겹쳐 들려왔다.

"간키치의 목소리였습니다."

돌아본 가메이치는 바로 눈앞에서 지켜보았다. 우선 간키치의 입이, 다음으로 코 밑이, 떨리는 콧방울이, 눈물에 젖은 뺨 위에 두 눈과 두 개의 눈썹이 천천히 나타나는 모습을.

"입을 반쯤 벌리고 아아, 아아, 아아, 하며 소리를 내더군요."

끊임없이 머리를 위아래로 흔들면서.

"눈, 코, 입을 잃고 놋페라보가 되어서도 울고 있었던 겁니다. 그래서 머리가 움직이고 있었던 거지요."

다 큰 남자 둘이서 손을 마주 잡을 수 있을 정도의 거리에서 마주 보며, 각자 대놓고 울고 있다. 사정을 모르는 사람의 눈에는 애처롭다기보다는 기묘한 광경이었으리라.

"때마침 나타난 구름이 제 얼굴에도 간키치의 얼굴에도 그림자를 드리워 준 덕분에 해님이 꼴사나운 우는 얼굴을 비추지 않아도 되었습니다."

해 질 녘이 되기 전의 삼도천 모래밭에서 속삭이는 물소리만이 두 남자 곁에 있었다.

——아아, 아아, 아아.

한층 더 크게 소리 내어 울고 나서 처음으로 간키치가 가메이치를 보았다.

"실처럼 가느다랗게, 시옷자로 웃고 있는 눈이었습니다."

——아아, 죄송합니다.

그리고는 갑자기 사라져 버렸다.

마치 촛불을 불어 끈 것처럼.

흔적도 없이.

방금 전까지만 해도 또렷하게 모습이 보이고 목소리까지 들렸는데.

간키치는 가 버렸다. 가야 할 곳으로.

이 세상에 있는 가메이치는 또 혼자가 되었다.

"겨우 팔로 눈물을 닦고 깊이 숨을 내쉬었습니다."

그러고 나서 저도 모르게 허공을 향해 말했다.

——고맙다.

"저는 코를 풀고 옷차림을 정돈하고 다시 달리기 시작했습니다. 달리는 파발꾼으로 돌아온 것이지요."

그 자리를 떠날 때 알았다. 간키치와 둘이 있던 곳은 비바람으로 얼굴 생김새조차 확실하지 않게 된 오래된 석불 바로 앞이었다.

그 후의 인생을 가메이치는 혼자서 살았다. 여기저기에서 몇 번이나 이야기가 들어왔지만 끝내 후처는 들이지 않았다.

"제 아내는 오에이 하나뿐입니다. 아이도 오히사 하나고요. 다만 홀가분한 홀몸인 만큼 가메야 내에서는 사환들을 잘 돌봐 주려고 노력해 왔는데."

달리는 파발꾼 일을 계속하는 동안에도, 각지의 거래소에서 일할 때도, 아이나 젊은이를 만나면 죽은 딸들이 떠올라 돌봐 주지 않을 수 없었다고 한다.

"죽은 딸들……이라고요?"

그런가, 가메이치의 딸과 간키치의 딸이다.

"간키치 씨의 아버지인 가키치 할아버지와는, 다시 만나셨습니까?"

가메이치는 고개를 끄덕였다. "만물상 부부에게서 이야기를 들었다며, 그다음 달의 정기편 때 제가 오기를 기다리고 있더군요."

할아버지도 가메이치의 손을 잡고 울었다고 한다.

"그 후로 아들의 유령은 나타나지 않았다면서요."

——겨우 편히 눈을 감을 수 있게 되었습니다.

"그로부터 석 달쯤 후에 할아버지도 돌아가셨고, 쓸쓸해서 견딜 수가 없다며 만물상 부부도 하코네 역참으로 돌아가는 바람에 다른 만물상이 간판을 내걸어서."

간키치 가족의 일은 점점 기억에서 사라져 갔다.

"제 마음속에 딱 하나 응어리져 있던 것은 가키치 찻집을 덮친 낙뢰와 화재였는데요."

마치 노린 것처럼 일어난 재앙은 만물상 부부가 걱정했던 대로 불단이 봉해지자 화가 난 간키치의 망혼이 일으켰을까.

"그놈은 요괴가 되기는 했지만 원령은 아니었어요. 자기 집에 그런 짓을 할 수 있을 만한 놈도 아니고요. 역시 우연이었겠지만 뭔가 석연치 않았는데."

도미지로도 같은 생각이었다.

"재작년 초봄에 겨우 응어리가 풀렸습니다."

마침 춘뢰春雷가 칠 무렵이다.

"하코네 산 밑의 그곳에는 이제 여덟 개나 되는 가게가 모였습니다."

가메이치 자신은 더 이상 달리지 않는다. 그가 키운 가메야의 젊은 파발꾼으로부터 들은 이야기다.

"그중 한 곳, 가장 하코네 쪽에 가까운 곳에 가게를 낸 밥집에 벼락이 떨어져 화재가 일어났다고 합니다."

가키치와도 간키치 일가와도 전혀 관련이 없는 밥집이다.

"미시마 역참에서 와서 간판을 내건 지 삼 년째라고 하니 생판 남이지요."

다행히 사망자도 부상자도 없었다. 위세가 좋았던 밥집은 곧 간소한 가게를 새로 지었다.

"그때 미시마에서 온 목수 도편수가 말했다고 합니다. 가도 가의 이 부근은 하코네 산과 스루가의 바다 사이에 끼어 있는 평지라서, 산에서 내려오는 구름과 바다에서 불어오는 습기 많은 바람 때문에."

──가끔 이곳만 갑자기 큰비가 내리거나 벼락이 치곤 하지. 내가 젊었을 적에는 맑은 대낮에 떨어진 벼락을 본 적도 있어.

"흔치 않은 일이지만 피해를 볼 수 있는 곳이니 너무 번듯한 집을 지으면 손해라고 쓴웃음을 지었다더군요."

날씨가 급변하는 곳이었던 것이다.

"듣고 나서 깨달았습니다. 저도 다른 지방에서 비슷한 장소를 본 적이 있거든요."

돌풍을 조심해야 하는 들판이나 왠지 일 년 내내 낙석이 많은 산길. 조금만 비가 내려도 넘치는 강. 독기 있는 안개가 끼는 와지窪地.

"그럼 가키치 찻집도——."

가메이치는 목소리에 힘을 주었다. "예, 간키치 때문이 아니었어요. 오히려 그놈은 좀처럼 보기 힘든 낙뢰로 운 나쁘게 불단이 타서 밖으로 쫓겨나는 바람에 어쩔 줄 몰라 하다가."

마침 가메이치가 지나가자 미아처럼 어슬렁어슬렁 따라가게 되었다.

"확실히 그 편이 간키치 씨한테는 어울리네요."

그는 사람을 원망하거나 운명을 저주하지 않았다. 그저 슬픈 나머지 길을 잃은 채 헤매고 있었을 뿐이다. 그 슬픔이 불을 일으키고 다른 사람을 다치게 하는 실수를 저질렀지만 간키치는 결코 원령이 아니었다.

"젊은 파발꾼으로부터 이런저런 이야기를 들으니 간키치와 함께 달렸던 길이 생각나더군요. 한 가지 남아 있던 응어리도 풀렸고, 이제 완전히 안심할 수 있게 돼서 한 번쯤 누군가에게 들려주고 싶었습니다."

그러던 차에 소문으로만 듣던 미시마야의 특이한 괴담 자리가 떠올라 도안 노인에게 부탁하고 순서가 돌아오기를 기다렸다고 한다.

"오래 기다리시게 하고 말았군요."

"아뇨, 제 쪽의 사정도 마침맞아서 오늘이 된 겁니다. 기다리기를 잘했어요. 정말로 좋은 매듭을 짓게 되었습니다."

가메이치의 '매듭'이란.

"저도 늙었지만 은혜를 입은 가메야를 위해 한 번 더 일을 하게 되었거든요."

다음 달 초하루부터 본점의 지배인이 된다고 한다.

도미지로는 기쁨을 감추지 않았다. "오, 정말 축하드립니다!"

이야기를 시작하면서 파발꾼 업소의 이름을 임시로 '가메야'라고 정했을 때 가메이치가 부끄러운 듯 웃었던 이유는 이런 경사가 있었기 때문이다.

"텐진 뒤의 가메이치 씨, 달리는 파발꾼으로서 한길에 매진하시다가 마침내 가게를 짊어지고 달리게 되셨군요."

"당치도 않아요, 이제는 달리지 않습니다. 지배인이 돈을 벌려고 달려서야 파발꾼 업소는 금세 망하지요."

말을 참 잘한다.

"앞으로는 본점을 지키는 것이 제 역할이니 이제 두 다리로 도카이도를 오가는 일은 없을 겁니다."

언젠가 하코네 산에 오른다면, 은퇴하고 탕치를 하러 갈 때 정도일 것이다——라고 했다.

"그날이 꼭 왔으면 좋겠군요."

죽은 처자식 몫까지, 간키치 일가의 몫까지, 온천에서 몸을 달래 주었으면 좋겠다. 한 사람의 여행자로서 하코네 고개에서 내려다보이는 풍경을 맛보아 주었으면 좋겠다.

"예. 명심하겠습니다. 고맙습니다."

도미지로의 눈가가 뜨거워졌다. 하지만 쉽사리 분위기에 휩쓸리지 않았던 오치카가 떠올라, 애써 웃는 얼굴을 유지한 채 흑백의 방을 나가는 가메이치의 등을 지켜보았다.

――아아, 좋은 그림을 그릴 수 있겠다.

이번에는 한 치의 망설임도 없다. 벌써 구도가 떠오른다. 빨리 붓을 쥐고 싶어서 손끝이 욱신거릴 정도다.

그날 밤 안에 밑그림을 정하고 그리기 시작해 조급해하지 않고 꼼꼼하게 붓을 움직여 하룻밤 만에 완성했다.

그림의 오른쪽 끝에 하코네 고개가 있다. 원근은 다르지만 풍류가 느껴진다.

고갯길 아래쪽에는 깃대를 세운 찻집과 포렴을 건 만물상이 처마를 나란히 하고 있다. 찻집 앞에는 앞치마를 한 남자가 한 명. 멀어서 얼굴이 확실히 보이진 않는다.

그림 앞쪽에는 서장 상자에 패를 매단 멜대를 어깨에 짊어지고, 탄탄하게 살이 붙은 허벅지와 장딴지를 보이며 파발꾼이 달린다. 두 눈은 먼 곳을 향한 채 입을 꼭 다문 모습이다.

파발꾼은 그 어깨에 붉은 어깨끈을 매고 있다.

구로타케
어신화
저택

'에도의 초여름 별미'라고 하면 역시 맏물 가다랑어인데 ○○가게에서는 한 토막에 열 냥을 지불했다느니, 부모의 유품을 전당포에 맡겨서라도 먹으라느니 하며 기를 쓰거나 허세를 부릴 만큼 인기가 높다. 이래서야 맏물이 아닌 가다랑어가 불쌍하지 않은가. 같은 시기에 제철을 맞는 날치도 설 자리가 없다.

맛있는 음식이라면 사족을 못 쓰는 도미지로지만 사실 가다랑어에는 딱히 관심이 없다. 단골 거래처나 아는 사람으로부터 맏물 가다랑어를 먹는 자리에 초대를 받아도 이런저런 이유를 붙여서 피하곤 할 정도다. 물론 미시마야의 식탁에 오른다면 천천히 맛을 보긴 할 텐데 이런 말을 하면 또,

"맏물 가다랑어는 천천히 먹는 게 아니야!"

하며 시끄럽게 구는 사람들이 있으니 입 밖으로는 내지 않는다.

하지만 그날 이른 저녁 밥상에서 이헤에와 만물 가다랑어 요리를 안주 삼아 술을 한잔 기울이다 보니 모처럼 '맛있다'는 생각이 들어,

"형님도 있으면 좋을 텐데."

하며 특별한 이유도 없이 무심코 내뱉자,

"도미지로 너도 그렇게 생각하느냐. 나도 슬슬 이이치로를 데려오고 싶다."

하고 이헤에가 몸을 내밀며 붉어진 얼굴로 말했다.

이헤에는 술이 세지 않다. 도미지로는 이헤에보다는 잘 마신다. 이이치로는 주당이다.

"형님한테 무슨 일이든 십 년은 계속하지 않으면 소용이 없다면서 십 년 고용살이를 분부하신 건 아버지잖아요."

미시마야의 장남이자 후계자인 이이치로는 열여섯 살 때부터 도리아부라초에 있는 소품 가게 히시야에 고용살이를 나가 있다. 남의 집 밥을 얻어먹으며 장사를 배우기 위해서다. 올해 스물세 살이니, 십 년의 고용살이를 마치려면 앞으로 삼 년이 더 남았다는 계산이 나온다.

"그래. 내가 생각해도 시시한 말이었지."

이헤에는 얼굴을 찌푸렸다. 진심으로 후회하고 있는 모양이다.

"그럼 형님이랑 이야기해 보시면 되잖아요. 도리아부라초가 무

슨 하코네 산을 넘어야 할 만큼 멀리 있는 것도 아니니 찾아가서 얼굴만 보시면 될 텐데요."

"뭐, 그렇긴 하다만……. 아비가 직접 명령한 것을 스스로 굽히려니 쉽지가 않구나."

어라라, 무슨 말씀을 하시는 건가 했더니.

"십 년 동안 공부하고 오라고 명령했을 때는 정말로 그게 이이치로를 위한 일이라 여겼으니 말이다."

"그건 형님도 알고 있겠지요."

"하지만 그 녀석은 내가 정 없는 아비라고 실망했을지도 몰라."

지나치게 엄했다느니 과하게 냉담했다느니 하며 주정뱅이의 푸념 같은 중얼거림을 늘어놓는다.

지금은 가족의 일로도 장사 일로도 심한 고생을 하고 있지는 않은 이헤에지만, 그래도 해마다 백발은 늘고 눈가의 주름도 점점 깊어 간다. 파도처럼 밀려드는 세월에 하루하루 나이를 먹다 보면 자연히 마음도 약해지는 모양이다.

"별 걱정을 다 하시네요. 형님은 아버지를 진심으로 존경하고 있어요. 제가 잘 알지요."

"그, 그러냐?"

되묻는 이헤에는 어린애 같은 눈을 하고 있다. 귀엽네, 아버지.

"왜 거짓말을 하겠어요. 저도 아버지와 어머니의 아들인데요."

그러냐, 그러냐, 하며 이헤에는 기쁜 듯이 고개를 끄덕였다. 그 웃음을 보고 도미지로는 그만 쓸데없는 소리를 하고 말았다.

"아버지, 저한테는 그렇게 신경 쓰시지 않으면서, 이상하네요."

역시 장남은 부모에게 특별한 존재인 걸까——.

이헤에는 순간 술잔을 탁 내려놓고, 어린아이의 눈에서 어른의 눈빛으로 돌아와 말했다.

"차남인 너를 가볍게 여기고 있는 것은 아니다. 내게도 오타미에게도, 둘 다 소중한 아들이야."

"예? 예, 그야 물론 저도 알지요."

그제야 자신이 괜한 말을 꺼냈구나 하고 놀란 도미지로가 화제를 돌릴 요량으로 미소를 지으며 술병을 집어 들었다.

"자, 한잔 더 드세요. 어머니와 야소스케가 오기 전에 더 마셔야죠."

아버지와 술잔을 나누는 자리는 늘 즐겁지만 이헤에의 즐거움, 자랑스러움, 기쁨은 아들로서는 다 헤아릴 수 없을 정도일 거라고 도미지로도 짐작하고 있다.

그 가슴 뛰는 기분 그대로 장남의 얼굴을 떠올리다가 자신도 모르게 속엣말이 튀어나왔으리라. 이헤에는 확실히 스스로 뱉은 말을 쉽게 굽히거나 바꾸기를 싫어하는 사람이니, 이렇게 푸념을 흘리는 일도 지금뿐, 술자리에서 흘러나온 속마음은 술 탓으로 돌리는 것이 효도일 듯하다.

——아버지도 방금 전에 하셨던 푸념은 잊어버리시길.

하며 술을 권하는 사이에 오타미와 야소스케가 오고, 거기에 오시마가 새 가다랑어 요리 접시를 더 가져다주었다. 모두 함께 술병으로 숲을 만들며 즐겁게 마셨지만 이튿날 아침, 이헤에만은 숙취가 심해 일어나지 못했다.

"터무니없이 맛있는 맏물 가다랑어 때문이야."

"가다랑어는 죄가 없어요. 당신이 신이 나서 너무 많이 마셨을 뿐이지요."

끙끙거리는 이헤에와 그를 꾸짖는 오타미를 보기가 거북했던 도미지로는 자신도 아직 다 빠져나가지 않은 술기운으로 뿌연 머리를 끌어안고 슬금슬금 가게로 나갔다.

오후가 되자 계산대에 앉은 야소스케가, 이헤에에게 손님이 오기로 약속되어 있다는 사실을 알려 주었다.

"고덴마초에 있는 전당포 주인인데 일 년에 한 번 곳간을 대대적으로 정리하고 나면 우리 가게에 오시지요."

"전당포가 주머니가게에 무슨 볼일이 있다고?"

"유질流質 전당 잡힌 물건이 기한이 넘어서 찾을 수 없게 됨된 기모노나 띠 같은 것을 팔아 주시거든요."

야소스케는 충직한 대행수일 뿐만 아니라 미시마야에 있어서나 이헤에와 오타미에게 있어서 장사의 스승 같은 역할도 하는 숙련된 장사치다. 지금보다 더 으스대도 무방한 입장이다. 그러나 늘 겸허하고 붙임성이 좋다.

그거야 인품이니 어쩔 수 없지만 유질품을 팔러 오는 전당포 주인에게까지 '팔아 주신다'고 하는 것은 지나치게 정중한 말이 아닌가.

"그 전당포 사람은 늘 아버지가 상대하나요?"

"네. 진귀한 천을 구하게 될 때도 있으니까요."

"흐음……. 그럼 오늘은 제가 만나 뵐게요. 어젯밤에 아버지를 취하게 만들어 버렸으니 잘못을 메우려면 일을 해야지요."

전당포 '후타바야'의 주인은 당초문 보자기를 짊어진 사환 아이를 데리고 찾아왔다. 금귤 머리머리카락이 없어 금귤처럼 붉게 빛나는 머리에 몸집이 자그마한 노인으로, 안색도 누리끼리하고 얇은 귀가 얼굴 양옆에 납작하게 붙어 있다. 거기에 멋스럽게 낡은 기하치조黃八丈 하치조 비단의 일종으로, 노란색 바탕에 다갈색, 검은색 등으로 줄무늬나 격자무늬를 넣은 견직물. 하치조지마 섬에서 생산되었다를 입고 있으니 계절에 어긋나는 금귤의 신神처럼 보였다.

──한 번 만나면 잊을 수 없는 사람이군.

인사를 나누며 도미지로는 마음속으로 감탄했다. 이 전당포 주인을 그림으로 그리고 싶다는 생각도 들었다.

"제가 미시마야에 찾아오게 된 지 십 년쯤 되었는데."

후타바야의 목소리는 약간 높았다.

"아드님은 처음 뵙는군요."

알이 작고 둥근 이를 보이며 웃는다. 이까지 금귤 씨처럼 보이니 대단하다고 해야 할까.

"이헤에 씨가 숙취를 앓는다는 얘기도 좀처럼 듣질 못했고요."

후타바야와 이헤에는 바둑 모임에서 알게 된 바둑 친구로 장사상으로는 관련이 없다고 한다. 주머니의 소재로 쓸 만한 진귀한 물건이 있을지 모른다며 이헤에 쪽에서 먼저 부탁한 이후로 일 년에 한 번씩 유질품을 보여주러 다녀간다니, 장사를 위해 팔러 온다고는 할 수 없겠다.

보따리 속에 든 물건은 여자 고소데 두 장, 하카마 한 벌, 시루시반텐印半纏 옷깃이나 등에 상호나 이름 등을 물들인 한텐. 장인들 사이에서 사용하거나 또는 고용주가 고용인이나 드나드는 사람에게 지급하여 착용하게 했다 한 장, 띠 하나였다. 대충 보아서 이렇다 할 정도의 물건은 없는 듯하다.

"저는 물건을 볼 줄 모르니 일단 맡아 두어도 괜찮으실까요."

숙취가 나으면 이헤에가 살펴보고 사들일지를 결정할 테니.

"예, 그야 물론이지요."

후타바야가 미시마야에 일부러 가져오는 유질품은 대부분 그대로 되팔기 어려운 낡은 옷이다.

"그래서 매년, 이헤에 씨한테 직접 건넬 때도 기모노 같은 것은 전부 며칠 동안 가까이 두고 솔기를 뜯어보거나 빤 후에 쓸 수 있을지 어떨지를 살펴봐 달라고 하니까요."

그렇다면 대리인 도미지로도 훨씬 마음이 편하다——고 생각했는데,

"다만……."

후타바야가 금귤 머리를 약간 갸웃거리며 말했다.

"이번만은 유질품이 아닌 물건이 하나 섞여 있습니다."

시루시반텐이라고 한다. 색이 바랜 감색 무명, 홑겹이지만 천은 두껍고 바느질을 한 실도 굵어 튼튼해 보인다.

"우리 가게에서 고용살이를 하고 있는 하녀가 꼭 좀 미시마야에 보여 달라면서 제게 맡기더군요."

도미지로는 한텐을 살펴보았다.

"혹시 아버지의 유품이라거나 하는 사연이 있는 물건일까요?"

"글쎄요."

하녀가 자세한 얘기는 하지 않아서 후타바야도 모른다고 한다.

"나이는 먹었지만 늘 부지런히 일하고 얌전한데 돈이 없다고 부모의 유품을 내다파는 불효를 저지를 사람은 아니에요."

무엇보다 팔아서 돈으로 바꾸고 싶다면 일부러 미시마야를 사이에 끼지 않아도 헌옷가게에 가면 될 일이다.

"그리고 제게 옷을 맡길 때 조금 신경 쓰이는 말을 하더군요."

——나리가 매년 가시는 미시마야는 간다 미시마초에 있는 주머니가게 미시마야지요? 조금 독특한 괴담 자리를 마련해 오고 있는 그 미시마야가 맞지요?

확인하듯이 물었다고 한다.

흘려들을 수 없는 말이라 도미지로는 눈썹을 치켜 올렸다.

"저희 가게의 특이한 괴담 자리에 흥미가 있는 걸까요?"

후타바야가 또 고개를 갸웃거린다. "평소에는 그런 것과 인연이 없는 여자인데 말입니다."

낡은 시루시반텐이 갑자기 수수께끼처럼 보이기 시작했다.

"이걸 펼쳐 봐도 되겠습니까?"

"그러시지요."

일반적으로 시루시반텐은 옷깃에 가게 이름이나 사람 이름을, 등에 정식 문장이나 가문家紋, 옥호屋號의 표식을 물들인 것이다. 이 시루시반텐에는 좌우의 깃에 작게 '구로타케黑武', 등에는 네모에 열십자를 겹친 표식이 들어가 있었다. 열십자는 네모 안에 들어가 있는 것이 아니라 조금 삐져나와 있다.

"보기 드문 표식이군요."

도미지로가 말하자 금귤 머리도 고개를 끄덕인다.

"가문의 문장은 아니네요."

"구로타케黑武 가라는 가문 이름은——."

"계보로 더듬어 갈 수 있을 정도로 역사 깊은 성姓은 아닌 듯합니다."

대답이 바로 나오는 것을 보면 후타바야도 하녀의 말이 신경 쓰여 조사해 본 모양이다.

"저희 가게에서는 분명히 특이한 괴담 자리를 열고 있지만 어디까지나 이야기꾼을 초청해서 사연을 들을 뿐이지 사연이 있는 물건을 맡아서 뭔가를 알아내는 일을 한 적은 없습니다."

그러니 꼭 좀 보아 달라고 해도 곤란하다.

"우선 아버지께 보여 드리고 상의할 수밖에 없겠지만……."

"잘 부탁드립니다."

후타바야의 금귤 머리가 초여름의 햇빛에 반짝 빛난다.

그날 해가 질 무렵이 되자 이헤에는 간신히 자리에서 기어 나왔다. 좌우의 관자놀이에 매실절임을 붙이고 있다. 두통에 효과가 있기 때문이다.

"아직도 힘들어 보이시네요, 아버지."

죄송하다며 사과하는 도미지로를 이헤에는 손으로 어색하게 제지했다.

"좀 더 작은 목소리로 이야기해 다오. 후타바야에서 와서, 네가 만나 주었다며?"

오카쓰가 가져온 진한 차를 홀짝이던 이헤에가 얼굴을 찌푸렸다.

"고맙다. 나를 취하게 한 건 그걸로 용서해 주마."

"하지만 인사를 하고 물건을 맡았을 뿐이니까 어린애라도 할 수 있는 일이었는걸요."

도미지로는 보자기를 가져와 이헤에의 방 다다미 위에 펼쳐 보였다. 오카쓰가 거들어 주면서,

"이 고소데는 유젠友禅 염색비단 등에 화려한 채색으로 꽃, 새, 산수, 풍월 등의 무늬를 선명하게 염색하는 것이군요. 가을꽃으로 가득 메워져 있으니 값이 비쌀 텐데, 어깨 부근에 커다란 얼룩이 있네요. 어머나, 아랫자락에도 진흙이 튀어 있어요."

"아깝군."

이런 명품은 소중히 여기고 손질하지 않으면 벌을 받는다고 이헤에는 말했다.

"얼룩이 없는 부분을 잘라 내서 두건 정도는 만들 수 있을까."

다른 한 장의 고소데는 아름다운 잔무늬였지만 겉감은 꽤 상해 있었다. 오히려 안감이 질이 좋아서 떼어 쓸 수 있을 것 같다고 한다.

하카마는 싸구려, 띠는 흔한 주야오비로, 올이 풀린 데가 많지만 꼼꼼하게 수선하면 다시 맬 수 있다.

"올해는 흉작이로군."

"더 좋은 물건이 올 때도 있었군요."

"재작년이었나. 쓰지가하나辻が花. 삼베 홑옷 등에 초화草花 문양 등의 그림 무늬를 붉은색으로 물들인 것. 무로마치 중기에서 에도 초기에 걸쳐 성행하였다 후리소데인데, 훌륭한 물건이었지만 딱 한 군데, 심장 바로 위에 얼룩이 묻어 있었다. 불길하다고 헌옷가게에서도 싫어했다며 후타바야에서 가져왔지. 우리 집에서 가타카케로 다시 지었더니 날개가 돋친 듯 팔렸지만 말이야."

지금까지 후타바야의 유질품을 살펴 온 이헤에와 괴담 자리의 호위 역인 오카쓰이니, 어쩌면 제일 먼저 시루시반텐을 주목하고 '이거 재미있구나'라든가 '도미지로, 이 한텐에 대해서 후타바야는 뭐라고 하더냐?'라는 말을 꺼내지 않을까. 그렇게 생각하며 잠자코 바라보던 도미지로지만 두 사람은 그저 느긋하게 대화를 나눌 뿐이다.

"저기…… 아버지. 이 시루시반텐은 어떤가요?"

한텐에 대해서는 이헤에도 이미 평가를 내렸는지 코앞에서 고개를 끄덕였다.

"천은 좋으니 뜯어서 새로 물들이면 소품에 쓸 수 있겠지."

오카쓰도,

"일할 때 입는 이런 옷을 전당포에 잡히고, 게다가 돈을 갚지 못해 넘겨 버리는 사람도 있군요."

하며 평범하게 여기는 눈치다.

"전당품을 되찾을 마음은 애당초 없지 않았을까. 매입하는 헌 옷가게보다 빚의 담보로 잡는 전당포가 더 좋은 값을 쳐 주니 처음부터 팔 생각이었겠지."

두 사람 다 시루시반텐을 수상하게 여기는 기색은 없다. 도미지로 자신도 등롱 불빛 속에서 다시 살펴보았지만 이상한 기운이 느껴지지는 않았다.

"실은 이 옷만 유질품이 아니라고 하던데요."

도미지로가 사정을 이야기하자 이헤에도 오카쓰도 깜짝 놀란 얼굴이다.

"그런 건 빨리 말해야지."

오카쓰가 시루시반텐을 손에 들더니 펼치고 뒤집으며 감촉을 확인한다.

"이건 직인이 입는 작업복은 아니군요. 틀림없이 시키세仕着せ입니다."

시키세란 큰 상가에서 명절 때 고용살이 일꾼들이나 드나드는 목수, 미장이, 인부 등에게 주는 시루시반텐을 말한다.

"홑겹이지만 등 부분만 두 겹으로 되어 있어요."

도미지로는 몰랐지만, 천이 두껍다고 느꼈던 것은 그 탓이었을까.

오카쓰는 고개를 갸웃거렸다. “한텐의 등에 안쪽에서 천을 덧대어 꿰매다니 흔한 일은 아닌데요. 땀을 흡수하도록 하기 위해서일까요?”

“부적이라도 꿰매어 넣은 거 아닐까? 잠깐 재봉 상자 좀 빌려오게.”

이헤에의 말에 오카쓰는 곧 일어나 나갔다.

“후타바야의 하녀는 이 시루시반텐을 우리 가게의 특이한 괴담자리에서 이야깃거리로 삼으려는 걸까요.”

“그렇다면 아주 멀리 길을 돌아오는 셈인데.”

멀리 돌아올 만한 이유가 있다면 무엇일까.

“이쪽이 뭔가 알아채기를 기대하고 있을지도 모르지요.”

“뭔가라니, 무엇을?”

“시루시반텐에 얽힌 인연——.”

그렇게 말하다가 스스로도 우습다고 여긴 도미지로가 덧붙였다.

“인연이라면 심장 위에 얼룩이 묻어 있는 후리소데 쪽이 훨씬 더 많이 얽혀 있을 것 같긴 하네요.”

“그렇지” 하며 이헤에도 웃는다. “아이고, 아파라.”

얼굴을 움직이면 아직 관자놀이가 아픈 모양이다. 이헤에가 손가락으로 매실절임을 누르고 있자니,

"바느질을 할 수 있을 정도로 주정뱅이가 제정신으로 돌아왔다면서요?"

조금 따끔한 말투로 말하면서 오타미가 당지문을 열고 얼굴을 내밀었다. 그 뒤를 재봉 상자를 든 오카쓰가 따르고 있다.

"바느질이 아니오. 가위가 필요해서 그렇지."

주눅 든 기색 없이 이헤에가 시루시반텐에 대해 이야기했다. 오카쓰가 그 옷을 펼치고 등에 덧댄 천을 보여 준다. 오타미는 재봉 상자에서 가위를 꺼냈다. 오랫동안 천을 자르고 주머니를 꿰매어 온 오타미의 손에 가위가 손가락의 일부처럼 쏙 들어간다.

"어디어디…… 바늘 쓰는 솜씨는 좋네. 실력 좋은 사람이 꿰맸어."

조심스럽게 가위를 움직이면서 오타미가 중얼거린다. 오카쓰가 등롱 심지를 조금 돋우고 불을 오타미 쪽으로 가까이 했다.

찰캉, 찰캉. 가위가 가벼운 소리를 낸다.

"기운 게 아닌 모양이에요. 이게 뭘까."

가위를 내려놓은 오타미가 시루시반텐 안쪽에 손을 넣어 조심스럽게 덧댄 천을 떼어 내기 시작한다.

"찢어지지 않을까?"

"많이 상하지는 않았어요. 빛깔이 바랬을 뿐이지."

갑자기 오타미가 입을 꾹 다물었다.

"왜 그러세요, 어머니?"

도미지로는 고개를 빼고 오타미의 손을 들여다보았다. 오카쓰도 오타미 뒤에서 어깨 너머로 들여다본다.

시루시반텐의 등에 꿰매어져 있던 덧댄 천은 가로가 한 자, 세로가 한 자 반쯤 되는 직사각형으로, 천은 시루시반텐의 본체와 똑같다. 감색 무명이 색이 바래고 엷어져서 허예져 버렸다.

그래서 잘 보였다. 직사각형 안에 빼곡하게 적혀 있는 글씨가.

"이거, 먹이 아니네. 먹은 빨면 지워져 버리는데."

오카쓰가 고개를 끄덕인다. "네. 옻 같네요."

감색 무명천에 검은 옻으로 글씨를 적은 다음 같은 감색 무명 시루시반텐의 등에 꿰맨다.

그런 풍습을 도미지로는 들은 적이 없다. 무언가의 술법이나 기원일까?

"좀 보여 주시오. 뭐라고 적혀 있지?"

직사각형의 덧댄 천은 이헤에의 손으로 옮겨 갔다. 미간에 주름을 짓자 관자놀이에서 마른 매실절임이 툭 떨어졌다.

"한자는 하나도 없는데……."

도미지로는 이헤에 옆으로 다가갔다. 덧댄 천의 글씨가 떠올라 보인다. 히라가나일본의 고유 문자. 한글과 마찬가지로, 처음에는 한자를 잘 쓰지 못하는 여자나 어린아이들이 많이 사용했다뿐이라서 읽기는 쉽다. '아' '와' '하' '시' '토' '메' '치'.

하지만 중구난방인 글씨의 나열이라 이어져서 단어가 되지 않는다.

"이국의 말일지도 모르겠네요."

오카쓰가 말한다. 도미지로도 같은 생각을 하고 있었다. 이국 말의 소리를 히라가나로 적은 것이 아닐까.

"그렇게까지 앞서 가기 전에 불경이 아닌지 확인해 두자. 어딘가에 '나무아미타불'이나 '반야바라밀다'는 나오지 않니?"

이헤에가 열심히 눈으로 글씨를 좇으며 소리 내어 읽어 본다.

"음양도의 주문은 아닐까?"

불경보다 더 생소하니 모르는 이국의 말처럼 생각될지도 모른다.

"신사의 축문도 우리가 귀로 들어봤자 뭐가 뭔지 모르잖아요."

도미지로가 말하자 오카쓰가 생각에 잠긴 얼굴로 고개를 끄덕인다.

"축문이나 주문이라면 시루시반텐의 주인이 늘 몸에 지니고 다니고 싶다고 생각해도 이상하지는 않네요."

오타미는 험악한 눈을 하고 있었다. "싫어, 기분 나빠요."

"하지만 히라가나인걸요, 어머니."

"그래서 지렁이나 거머리가 가득 기어 다니는 것처럼 보인단 말이야. 한자가 섞여 있으면 안 그런데."

히라가나도 참 차가운 말을 다 듣는다.

그러고 보니 미시마야에서는 예전에 『겐지 이야기』나 『헤이케 이야기』의 유명한 한 구절을 히라가나로 물들인 수건을 내놓은 적이 있다. 이헤에의 아이디어였는데 이런 취향을 재미있어하는 일부 멋쟁이들에게는 반응이 좋아서 다섯 종류 정도 만들어 완판

했다. 도미지로가 아직 어렸을 때의 일로, 서당 선생님께 '문장을 잘 골랐더구나' 하고 칭찬을 받았다.

당시에도 오타미는 히라가나로 물들인 수건에 좋은 얼굴을 하지 않았다. 미안하지만 자신은 어쩐지 마음에 안 든다면서.

──글자는 무서운 거야. 장난으로 써서는 안 돼.

"후타바야는 우리한테 꼭 이걸 봐 달라고 했단 말이지."

"아뇨, 그렇게 말한 사람은 후타바야의 하녀예요. 후타바야 주인도 하녀의 말을 의아하게 여기는 기색이었어요."

"그런데 하녀한테 캐묻지도 않고 그대로 맡아서 우리 가게로 가져왔단 말이냐?"

덧댄 천을 오카쓰의 손에 건네고 이헤에는 품 속에 손을 집어넣으며 입 끝만 올려 씩 웃었다.

"아무래도 수수께끼 같군."

특이한 괴담 자리를 마련해 온 미시마야 씨, 이 수수께끼를 풀 수 있겠습니까.

"후타바야 주인은 꽤나 너구리거든. 하녀한테는 자세한 이야기를 더 들었는데 일부러 모르는 척하면서 우리가 어떻게 대답할지 시험하는 거겠지."

그 나이까지 전당포만 해 온 장사치라면 세상 물정에 훤한 너구리가 되어도 전혀 이상하지 않다. 하지만 어째서 미시마야를 시험하려는 걸까.

"그만큼 우리 가게의 특이한 괴담 자리가 평판이 자자하다는 뜻이지. 조금 질투하는 게다."

이헤에는 의기양양한 얼굴이다.

"이 글씨에 어떤 의미가 있는지 어떻게든 풀어내고 싶구나. 이런 것은 어디에 상의하면 좋을까."

그러자 오카쓰의 눈이 반짝 빛났다. 오카쓰의 모습을 보고 도미지로도 떠올렸다. 과연, 그런가.

"어디 짐작 가는 데가 있니?" 하고 오타미가 묻는다.

"네, 효탄코도예요, 어머니."

효탄코도는 다초 2번가에 있는 세책상으로 오치카의 시댁이며, 작은나리인 간이치는 오치카의 남편이다.

"간이치 씨는 책을 많이 읽어서 박식하니까요."

오카쓰는 고개를 끄덕였지만 오타미는 웃었다.

"도미지로와 마찬가지로 에도 시내의 맛있는 음식만 잘 아는 건 아니고?"

"저는 그렇다 쳐도 간이치는 달라요. 조사도 잘하고, 믿을 수 있다고요."

간이치가 모른다면 수수께끼를 풀 수 있을 법한 문인이나 학자에게 연결해 달라고 하면 된다.

"용건이 있으니까 당당하게 오치카를 만날 수도 있고 말이지" 하며 이헤에가 눈을 가늘게 뜬다.

오치카와 간이치가 혼례를 올린 것은 올해 정월 스무날이다. 아직 반년도 지나지 않았으니 어떤 이유를 대든 친정에 돌아오기에는 너무 이르다.

미시마야와 효탄코도는 3정 정도밖에 떨어져 있지 않다. 그러나 시집을 보낸 쪽인 미시마야는 이 3정을 십 리처럼 여겨 왔다. 가까운 곳이니 더더욱 조심해야 한다며 오타미가 엄하게 눈을 부라렸기 때문이다.

——오치카는 이제 효탄코도 사람이 되었어. 친정이 주제넘게 참견하는 건 꼴사나운 일이지.

게다가 설령 오타미에게 혼나지 않더라도 도미지로는 오치카와 간이치 부부에게 왠지 쑥스러운 듯한 기분이 있어서 이전처럼 허물없이 교제하기가 어려워졌다.

질투나 비뚤어진 마음처럼 나쁜 감정 따위는 물론, 전혀 없다. 두 사람의 행복을 진심으로 기뻐하고 있다. 당연하지 않은가. 다만 쑥스러운 것이다. 혼자 뒤에 남겨진 듯한 기분도 조금쯤 있다.

그러나 내일 당장 효탄코도를 찾아가 보기로 결정하자 도미지로는 마음이 들떴다. 그런 자신이 또 부끄러워서, 혼자 들썽거리며 잠자리에 들었다.

*

"어머나, 오라버니. 어서 오세요."

마중을 나온 오치카의 웃는 얼굴에 도미지로는 넋을 잃었다. 입을 반쯤 벌린 채 멍청한 얼굴로 멍하니 바라보고 말았다.

머리는 처녀 시절의 시마다마게에서 유부녀의 마루마게로 바꾸고, 대모갑 빗에 작은 적산호로 만든 옥비녀를 꽂았다. 시집을 갈 때 오타미가 들려 보내며, 적산호는 여자의 마를 쫓아 주니 늘 꽂고 있으라고 했던가.

요로케지마よろけ縞 파도와 같은 곡선의 줄무늬 고소데에 검은 깃을 대었고, 검은 공단 띠는 양쪽 끝이 뿔처럼 튀어나오게 묶었다. 도미지로의 방문이 워낙 갑작스러워 오치카도 앞치마와 어깨띠만 벗었을 뿐 평상복 차림일 텐데, 안쪽에서부터 빛을 내뿜는 것처럼 아름답다.

피부의 윤기, 눈동자의 반짝임, 목소리는 또 얼마나 아름다운지.

──행복하게 살고 있구나.

쓸데없는 감정은 지워 버린 도미지로의 마음도 따뜻한 기운으로 채워져 간다.

그 옆에 오도카니 앉아,

"여보, 오치카, 도미지로 씨가 오셨소."

하고 방금 애처를 불러 준 간이치는, 지금껏 도미지로가 마음속에 품었던 쑥스러움과 부끄러움을 그대로 물려받은 것처럼 뺨을 붉히고 있다. 그래, 그래, 실컷 거북해해 줘.

──당신은 우리한테서 이렇게나 아름다운 오치카를 훔쳐가 버렸으니까.

참으로 얄밉지 않은가. 행복해 보이니 다행이지만, 조금 괴롭혀 주고 싶은 느낌도 든다. 정말이지!

장소는 효탄코도의 계산대 옆에 붙어 있는 작은 방이다. 동향의 방이라 살창에서 오전의 햇빛이 비쳐든다.

"날이 이렇게 상쾌한데 수수께끼 풀이로 이마에 주름을 지어 달라고 부탁하자니 좀 미안하지만."

도미지로는 시루시반텐과 직사각형의 덧댄 천을 펼치며, 이헤에와 후타바야의 교제에서부터 저간의 사정을 차례대로 설명했다. 젊은 부부는 도미지로 맞은편에 나란히 앉아 있었지만 이야기가 일단락되자 오치카가 갑자기 무릎을 움직여 도미지로 쪽으로 다가왔다.

얼굴을 빤히 바라본다.

"왜, 왜 그러니?"

"오라버니, 눈이 빨개요."

이헤에의 표현을 빌리자면 '당당하게 오치카를 만날 수 있다'는 사실이 기뻐서 어젯밤에 좀처럼 잠이 들지 못했어——라고는 말할 수 없다. 사촌오라비의 체통 문제다.

"이곳에 오는 길에 제비가 바로 코앞에 앉았기에 그림으로 그리려고 뚫어져라 관찰하고 왔거든. 그래서 그래."

오치카는 미소를 지었다.

"오라버니한테만 특이한 괴담 자리를 부탁해 놓고, 아직 넉 달도 안 되었지만 만일 오라버니의 안색이 시원찮거나 얼굴이 홀쭉해졌으면 어쩌나 싶었는데."

그런 일이 없어서 다행이에요, 라고 한다.

"나는 여전히 미남이지?"

"네, 네."

"지금까지 세 명의 이야기꾼을 만났어. 이 시루시반텐과 관련해서 이야기하러 올 사람이 네 명째가 될지 어떨지는 아직 모르겠지만."

"세 분이 오셔서, 석 장의 좋은 그림을 그리셨나요?"

"2승 1패지. 맨 처음 들은 이야기는 좀처럼 그려지지 않아서. 하지만 그림을 그림으로써 듣고 버린다는 방식이 나한테는 맞는 것 같아."

"그렇다면 다행이네요."

사촌끼리 대화하는 동안 간이치는 직사각형의 덧댄 천을 손에 들고 찬찬히 살펴보고 있다.

처음 만났을 무렵 오치카는 간이치를 '낮에 켜 놓은 사방등 같은 사람'이라고 했었다.

이목구비가 단정하고 꽤 멋있는 남자지만 성격이 느긋하다고 할까, 나쁘게 말하면 조금 둔해 보이는 분위기가 있기 때문이다.

지금 뜻을 알 수 없는 히라가나 글씨들을 응시하는 그의 표정에도 엄격한 분위기는 전혀 찾을 수 없다. 다만 덧댄 천의 구석구석까지 훑어보느라 눈도 깜박이지 않는다. 어지간히 흥미가 생긴 모양이다.

"……어떻게 생각해요?"

도미지로가 슬쩍 말을 걸었지만 덧댄 천에 집중하고 있던 간이치의 귀에는 들리지 않은 듯하다.

오치카도 고개를 기울이며 남편의 얼굴을 들여다본다. 하얀 목덜미가 청초하면서도 요염하다.

"응?"

하며 그제야 얼굴을 든 간이치가 오치카를 보고, 도미지로를 보고, 다시 덧댄 천을 바라보았다.

"이게 뭔지, 짐작은 갑니다."

선뜻 말한다.

"과연! 그래서, 뭔가요?"

"아직 말씀드릴 수 없습니다."

더욱 선뜻 말한다.

"만일 틀렸다면 헛소동이 될 테고, 맞는다면 조금 성가신 일이 될 것 같으니 섣불리 말씀드릴 수 없어요."

도미지로는 오치카와 얼굴을 마주보았다. 흑백의 방에서 둘이 나란히 앉아 특이한 괴담을 듣는 역할을 맡고 있었을 때의 일이 뇌리에 떠올랐다. 이야기꾼의 이야기에 놀라면 이렇게 서로의 얼굴을 보았지.

"성가신 일이라는 건 어떤 종류의?"

도미지로의 물음에 간이치는 갑자기 입을 다물었다.

"그것도 말하기 어렵나요?"

입을 다문 채 간이치가 고개를 끄덕인다.

"그렇군요. 확인하는 데 며칠쯤 걸릴까요?"

"이삼일 정도. 확실해지면 제 쪽에서 찾아뵙겠습니다."

"고맙습니다. 그럼 기다리지요."

효탄코도에는 마리코라는 허드렛일을 하는 기운찬 사환이 있다. 이름 그대로 공마리鞠처럼 폴짝폴짝 뛰면서 청소를 하거나 급사급한 심부름를 하거나 책을 나르는 유쾌한 아이이다. 간이치는 손뼉을 쳐서 이 사환을 부르더니,

"요즘 도미지로 씨한테서 책 주문이 없어서 꽤 쌓여 버렸답니다."

한아름의 책자와 서적을 가져오게 했다. 명소 그림책과 명물 안내 · 순위표 종류나 음식 평판기다. 에도 시중뿐만 아니라 하치오지나 지치부, 보슈, 조슈, 야슈까지 아우르고 있다.

"하코네 역참의 도시락 순위표도 있군!"

가메이치의 늠름한 얼굴을 떠올리며 도미지로는 저도 모르게 소리를 질렀다.

"그러고 보니 세 번째 이야기꾼이——아니, 아니야. 흑백의 방에서 들은 이야기는 말하면 안 되는 거였지."

"오라버니도 참."

"아직 듣는 이로서의 마음가짐이 부족하구나. 미안, 미안."

잠시 후 밖으로 나간 오치카가 다과를 가지고 돌아왔다. 젊은 부부의 대접에 즐거운 한때를 보낸 도미지로는 효탄코도를 떠날 무렵엔 덧댄 천에 대해 까맣게 잊어버리고 말았다. 하지만 돌아가려는 도미지로를 가게 앞까지 배웅해 준 오치카가 목소리를 낮

추며 속삭였다.

“오라버니가 가져오신 그 덧댄 천, 우리 남편은 자물쇠가 달린 문갑에 넣더군요.”

오치카가 간이치를 ‘우리 남편’이라고 부른다. 좋네. 다정한 호칭이구나. 좋긴 한데. 가정을 갖는다는 건 이런 걸까. 좋긴 하지만.

“오라버니, 듣고 있어요?”

“어? 응, 아아.”

“덧댄 천에 적혀 있는 글씨는 상당히 위험한 것일지도 몰라요.”

맞는다면 조금 성가신 일이 된다. 간이치의 말이 도미지로의 둔해진 머릿속에도 되살아났다.

“그런가…….”

약간 목이 움츠러든다.

“이제 와서 제가 이런 말을 하는 건 뻔뻔스러운 일이지만 만일 후타바야의 하녀라는 사람을 이야기꾼으로 맞이하게 된다면, 부디 조심하세요.”

걱정스러운 표정이 되어도 윤기 도는 뺨이나 반짝이는 눈동자에는 그늘이 지지 않는다.

돌이켜 보면 이 아이는 마음을 심하게 다치는 경험을 하고 슬픔을 짊어진 채 본가를 떠나 에도로 왔다. 눈동자는 항상 수심에 잠겨 마음을 닫아걸고 있었지만.

예전의 오치카는 이제 사라졌다. 지금의 오치카는 효탄코도와 함께 가정을 꾸려 행복하게 잘 살고 있다.

"걱정 마라." 도미지로가 말했다. "나는 이야기를 듣는 사람으로서는 신참이지만 어엿한 성인이니까."

가슴을 탁 두드리고 오치카와 헤어져 미시마야로 돌아와 보니, 이헤에를 비롯해 가게 사람들이 목을 빼고 기다리는 중이다.

"오치카는 잘 지내고 있더냐?"

"아가씨는 어떻던가요?"

오치카의 근황을 전해주는 동안 도미지로는 덧댄 천에 대한 수수께끼를 마음 한구석에 넣어 두었다. 효탄코도가 뭔가 알려줄 때까지 각오를 다지며 기다려 보자.

그다음 날. 도안 노인의 소개로 새 이야기꾼이 와서 흑백의 방으로 안내한 후 참을성 있게 이야기를 들었지만, 결과부터 말하자면 이 사람은 네 번째 이야기꾼으로 인정할 수 없었다.

이십 대 중반쯤으로 보이는, 상가의 도련님 같은 젊은 남자였다. 나이와 옷차림에 비하면 어딘지 모르게 거친 분위기가 묻어나고, 말투는 정중한데 가끔씩 주위를 살피는 듯 불안해 보이는 눈빛에서 불쾌함이 느껴졌다.

남자는, 자신이 태어나고 자란 오래된 집에 출몰하는 유령에 관해 이야기했다. 하지만 이야기 속에 등장하는 유령의 모습이 지나치게 모호하여, 그의 말만 들어서는 남자인지, 여자인지, 어른인지, 아이인지, 당최 알 수가 없었다.

게다가 나타난 유령이 하나뿐이라고 생각하며 듣고 있자니 (처음부터 남자가 하나라고 했기 때문에) 한밤중의 복도에서 유령에게 '협공당했다'고 한다.

"에? 유령이 더 있는 겁니까?"

"아뇨, 유령은 하나뿐입니다."

"하지만 방금 전에 협공이라고——."

"아아, 말을 잘못했네요. 잠시 헛갈렸습니다. 죄송합니다."

도미지로는 점점 남자를 의심하기 시작했다. 이 사람, 서툴게 지어낸 이야기를 하고 있다. 아무래도 누군가에게 전해들은 내용을 그대로 떠벌이는 기색이 역력하다. 그래서 이야기에 알맹이가 빠지고 뼈도 없어서 흐물흐물한 것이다.

도미지로의 심중을 아는지 모르는지, 남자는 자신이 하는 이야기에 취한 듯 손짓 발짓까지 동원하여 벌벌 떨거나, 난데없이 눈을 부릅뜨거나, 어설프게 눈물을 지어 보이는 등 연기하느라 바쁘다.

"이렇게 제 아버지는 유령의 손에 죽고 만 것입니다……."

그 '이렇게'의 경위가 도무지 요령부득이어서 도미지로는 맞장구칠 여력을 상실한 채 잠자코 고개를 끄덕일 수밖에 없었다.

다과로 '다우에가사田植笠'라는 최고급 모나카를 내놓았는데 아까웠다. '다우에가사'는 모양이 모내기'다우에'는 일본어로 '모내기'라는 뜻이다를 할 때 쓰는 삿갓'가사'는 일본어로 '삿갓'이라는 뜻이다과 비슷하고, 팥소는 볏모 같은 연한 초록색으로 잘게 자른 찐 쌀가루가 섞여 있다. 이 계절에만 먹을 수 있는 귀중한 간식인데 이야기꾼인 남자는 한 입 베어 물더니 그걸로 끝이다.

먹지 않으면 먹지 않는 대로 손을 대지 않고 놔둬 주었다면 신타나 오시마한테 주었을 텐데.

도미지로는 먹을 것을 함부로 여기는 사람을 매우 싫어한다.

남자의 이야기는 결말다운 결말도 없이 일가가 그 유령 저택을 도망쳐 나오는 데서 끝났다.

"모두 입고 있던 옷 한 벌밖에 챙길 수 없었습니다."

"지금 떠올려 보아도 몸의 떨림이 멈추지 않습니다."

"유령의 얼굴이 어찌나 무섭던지!"

뻔한 표현을 늘어놓으며 콧등에 땀이 날 정도로 용을 쓴다. 어때, 무섭지, 겁나지, 이런 이야기는 좀처럼 들어보지 못했을 거야, 라고 말하는 것 같은 열연이다.

"감사했습니다."

도미지로는 짐짓 정중하게 머리를 한번 숙이고 얼른 손뼉을 쳐서 오시마를 불렀다.

"손님이 돌아가신다는군."

남자는 당황하며 "예? 이걸로 끝?" 하고 말했다.

"이야기가 더 남아 있습니까?"

"이, 이야기는——여기까지입니다. 목숨만 간신히 건져서 도망쳐 나왔고."

"예, 고생 많으셨습니다. 오시마, 손님이 돌아가신다는군!"

"네네."

어, 거참, 저어, 저는 아직, 아? 정말 끝입니까? 쩔쩔매며 중얼거리고, 아쉬운 듯이 엉거주춤한 자세로 남자는 오시마에게 쫓겨 갔다.

"오카쓰, 시간을 낭비해 버렸군."

옆방에 말을 걸자 오카쓰가 하얀 얼굴을 내밀며 생긋 웃었다.

"혹시 그 느슨한 이야기에서 뭔가 좋은 그림이 보이지는 않던가요?"

"아니, 아니. 아무것도 떠오르지 않아."

"끝까지 실망만 시키는 유령이네요."

얼마 안 있어 오시마가 쿵쾅거리는 발소리를 내며 돌아왔다.

"오랜만이네, 오시마 씨의 거친 발소리를 듣는 건."

"아이고, 죄송합니다. 하지만 도련님."

오카쓰 씨도 좀 들어 보세요, 하며 오시마가 격한 목소리로 말했다. 두 눈이 불타오른다.

"아까 그 남자, 바깥에서 일행이 기다리고 있었어요."

"일행?"

"두 명이, 남자랑 비슷한 또래로 보이던데 하나같이 실실 웃고 있더군요."

하나는 역시 상가에서 일하는 사람 같았고 다른 하나는 협객 같다고 할까, 좀 더 흐트러진 느낌이었다고 한다.

"방탕한 아들과 건달이군요" 하고 오카쓰가 말한다. "놀다가 만난 친구들이겠지요."

그렇군. 한데 그런 놈들이 왜 특이한 괴담 자리에?

오시마가 눈을 부라리고 뺨을 부풀리며, "돈을 노린 거예요" 하고 말했다.

"길 반대편에서 셋이 얼굴을 맞대고 이야기가 다르다느니, 한 푼도 나오지 않았다느니 하는 말을 하고 있었으니까요."

"우리 가게의 괴담 자리에서 이야기를 하면 사례금을 받을 수 있다고 생각한 건가?"

"무슨 착각을 한 걸까요."

"설마 도안 씨가 그런 말을."

했을 리는 없다. 하지만 그 두꺼비 신선이라면 멋대로 그렇게 믿고 찾아오는 사람을 일부러 도미지로에게 보낼 정도의 심술을 부려도 이상하지는 않다. 도미지로를 시험해 보겠다는 심보가 여전히 남아 있을지도 모른다.

"화를 내면 더 손해겠지. 덕분에 거짓말쟁이를 꿰뚫어보는 공부를 한 셈 치자고."

도미지로로서는 유령화의 소재를 얻었다고 생각할 수도 있었다.

창백한 얼굴에, 아니지, 원망이 가득한 얼굴이라고 했던가. 복도 끝에서 스르륵 나왔다고. 정신을 차려 보면 베갯맡에 서 있었다고.

어째서 남자의 이야기는 조금도 무섭지 않았을까. 입으로 묘사하거나 붓으로 그릴 수 있을 정도의 실체감이 느껴지는 유령의 모습과, 거짓 유령의 모습, 이 둘의 차이는 무엇일까.

열심히 그런 생각을 하다 보니, 자기가 무슨 대단한 화공이라도 되는 양 거드름을 피우며 앉아 있구나 싶어서 거북해졌다. 부끄럽네. 오치카와 간이치 부부에게 부끄럽고, 장난으로 붓을 잡아서 부끄럽고, 요즈음 도미지로의 생활에는 부끄러움이 너무 많지 않은가.

덧댄 천의 히라가나 수수께끼가 이삼일 안에 풀릴 거라고 말했던 간이치는 정말로 사흘 뒤 아침에 마리코를 심부름꾼으로 보냈다.

"안녕하십니까. 미시마야 씨, 도련님, 안녕하십니까!"

아침부터 통통 튄다. 안내해 온 미시마야의 사환 신타도, 마중을 나간 도미지로도 따라서 튀어오를 것 같다.

"도련님의 서찰을 전하러 왔습니다!"

"수고가 많다!"

그러나 서찰에는 불온한 내용이 적혀 있었다.

〈히라가나로 적힌 문장에 대해서는 대부분 풀어냈지만 만약을 위해 확인하고 있습니다. 죄송하지만 조금 더 시간을 주셨으면 합니다.〉

〈후타바야와 그 하녀의 내력을 이쪽에서 좀 조사해 보고 싶어요. 미시마야에는 폐가 되지 않도록 조심, 또 조심하겠습니다.〉

〈완전히 해결이 될 때까지 이 일에 대해서는 다른 사람에게 절대로 말하지 말아 주십시오.〉

튀어 오르던 도미지로의 마음은 '다른 사람에게 말하지 말라'는 글씨에 딱 멈추었다.

——상당히 위험한 것일지도 몰라요.

도미지로는 서찰을 품에 넣고 마리코에게 심부름값을 건넨 다음 신타한테는 "좀 나갔다 오마" 하고 일러두었다.

다우에가사를 사러 갈 요량이다. 이 모나카가 유명한 과자가게는 우에노 이케노하타에 있다. 슬슬 갔다가 돌아오면 침침한 기분도 흩어지겠지.

나갔다가 들른 골동품 가게에서 낡은 유령화를 발견한 건 완전히 우연이었다. 가게 앞에 놓여 있는 질그릇 술잔에 끌려서 손으로 집어 들었는데, 누가 쳐다보는 시선이 느껴져 주인이나 안주인인가 싶어 얼굴을 든 순간 안쪽 계산대 뒤에 걸린 족자의 유령화와 눈이 마주쳤다.

무섭지는 않았다.

호리호리한 여자 유령이다. 하얀 홑옷을 입고 있는데 어째서인지 머리카락은 엉성한 시마다로 틀어 올렸다. 귀밑머리는 매혹적이라기보다 성가셔 보인다. 미용을 배워서 다시 묶어 주고 싶다는 기분이 들었을 정도다.

유령화의 유령치고 보기 드물게 여자에게는 다리가 있었다. 홑옷 옷자락에서 오른쪽 발이 앞으로 나와 있고 왼쪽 발은 끝만 살짝 보인다. 걷고 있는 듯한 모습이다.

가까이 가서 자세히 들여다보니, 여자 유령에게는 그 외에도 몇 가지 인간 같은 구석이 있었다. 선명하게 그려진 손톱 하며, 홑옷 가슴팍을 밀어 올린 풍만한 가슴이 특히 눈에 띈다. 입술도 포동포동하고, 갸름한 눈은 내리깔 듯이 누군가를 흘겨보고 있다.

"요염한 여자지요."

어느새 가게 주인이 바로 옆에서 싱글벙글 웃고 있었다.

"이거 죄송합니다. 멋대로 들어와서."

"아뇨, 아뇨, 저야말로 측간에 가 있느라 실례했습니다. 앉으시지요."

가게 주인이 마룻귀틀에 둥근 방석을 깔아 주어서 도미지로는 자리를 잡고 앉았다.

두 사람은 유령화를 올려다보며 대화를 나누었다.

"우리 가게에서 바로 지난달에 족자로 만들었지만 대략 백오십 년쯤 전에 그린 그림입니다."

라고 말하는 가게 주인은 고작해야 서른 중반이려나. 활달하고 기운이 넘치는 사람으로 보인다.

"이렇게 깨끗하게 남아 있다니 대단하군요. 수묵화인데."

"실은 이거, 수묵화가 아닙니다. 검은색 안료를 사용했지요."

"호오……."

듣고 보니 선 하나하나에 밀도가 있다고 할까, 점도가 있는 듯하다.

"저는 취미로 화공 선생님께 그림을 배운 적이 있는데 유령은 그림 소재로서 전문가에게도 초보에게도 인기가 많다더군요."

"알기 쉽고, 시선을 끄니 그렇겠지요."

고개를 끄덕이며 도미지로는 여자 유령을 올려다보았다. 이쪽에서 바라보아도 유령의 시선은 느낄 수 없다. 즉 눈이 마주치지 않는다. 그렇다면 아까의 '누가 쳐다보는' 느낌은 무엇이었을까.

"하지만 손님, 사실을 말씀드리자면 이건 유령화도 아니랍니다."

"예?"

"제가 아까 '요염한 여자'라고 말씀드린 이유도 일본의 유령이 아니기 때문이지요."

그래서 다리가 있다. 다리가 있으니 둥실둥실 떠다니지 않고 걷는다.

"그럼 대체 뭡니까?"

도미지로의 물음에 골동품 가게 주인은 웃음을 띤 채 입가에 손가락을 댔다.

"아무한테도 말하지 말아 주십시오."

가게 안에 다른 손님은 없다. 골동품 가게라면 왠지 대낮에도 어둑어둑하고 대개 먼지 냄새가 나는 법이지만, 이 가게에는 희미한 향냄새가 떠돌았다.

"——마물입니다."

"마물."

"그림 속에서는 평범한 여자의 모습을 하고 있지만 정체는 그렇지 않습니다."

등에 한 쌍의 검은 날개가 돋아 있고, 입에는 이빨이 있고, 그 이빨로 사람의 목덜미를 물어뜯어 생피를 마신다고 한다.

"그건 또…… 무섭군요."

요괴 그림책 같은 데 그려져 있는 요괴나 사령 중에도 사람의 생피를 빠는 존재가 있다. 대개는 거미나 지네 같은 종류의 요괴다. 이렇게 예쁜 여자로 둔갑해 있지만 기실——이라는 얘기는 처음 듣는다.

"이 마물에게 속으면 남자는 모두 혼이 빠져나가 마물이 시키는 대로 한다더군요."

피를 빨리는 즉시 마물의 권속으로 변하여 자신도 사람의 생피를 찾게 된다.

"서양에서는 귀신의 일종으로 두려움의 대상이 되는 존재라고 합니다."

어느 의원이 자신의 집에 소중히 간직하던 이 그림은, 소유주의 증조부가 젊은 시절 나가사키에서 유학하다가 마물에 관해 듣고,

"그림에도 재주가 있는 사람이었기 때문에 마물이 우리 나라에 나타난다면 필시 이런 모습으로 둔갑하겠지, 라는 생각으로 그렸다나요."

흐으음. 감탄하던 도미지로가 무심코 말했다.

"그냥 짐작으로 그렸다고 하기에는 지나치게 생생한데요. 누군

가 바탕이 될 만한 여자가 있지 않았나 싶네요. 무척 요염한 여자가요."

그러자 골동품 가게 주인은 기뻐했다.

"아아, 손님도 보는 눈이 있으시군요."

눈이 좋은 손님들은 모두 비슷한 감상을 피력했던 모양이다.

"소유주였던 의원님의 이야기에 따르면, 그림을 그린 증조부님이 유학 중에 여자 문제로 엄청난 사고를 쳐서 하마터면 의절당할 뻔했다던데요."

나쁜 여자한테 걸렸다――는 옛날이야기인가. 증조부 대부터 집안에서 계속 전해져 왔다면 (이런 말은 좀 그렇지만) 재미있는 일화가 얽혀 있을 듯하다.

"그런데도 상대를 잊을 수 없을 정도였으니, 이 그림의 마물은 증조부님의 혼을 빼앗고 거의 죽일 뻔한 여자의 모습을 그대로 옮기지 않았겠느냐고요."

있을 법한 이야기다.

"날개나 이빨이 없어도 남자를 포로로 만드는 마성의 여자는 있지 않나요."

"있지요. 맞습니다. 손님도 조심하십시오."

가게 주인과 인사를 나누고 밖으로 나오자, 또 누군가 쳐다보는 느낌이 들었다. 초여름의 상쾌한 햇빛을 받으면서 돌아보니, 계산대에 앉은 가게 주인 뒤에서 족자 속의 여자 마물이 도미지로를 바라보고 있다.

——아무래도 그런 느낌이 드는데.

귀한 지식을 얻어 기분이 좋아진 도미지로는 과자가게에 남아 있던 다우에가사를 몽땅 사들고 미시마야로 돌아와 오시마에게 질 좋은 전차煎茶를 끓여 달라고 했다.

서양에도 귀신은 있구나. 흐음.

그렇게 생각하면서 음미하는 모나카의 팥소는 한결 달았다.

도미지로 쪽에서 독촉을 하지도 않았지만 효탄코도의 간이치는 본래 어떤 일에도 동요하거나 허둥대는 양반이 아니다. 그해 첫 오월비음력 5월에 오는 이른 장맛비가 에도 거리를 촉촉하게 적시던 날, 두 사람은 드디어 수수께끼 같은 시루시반텐과 관련한 이야기를 나누기 위해 얼굴을 마주했다.

이번에는 간이치 쪽에서 미시마야로 왔다. 오치카를 데려가고 나서는 첫 방문이라 아무래도 이헤에와 오타미에 대한 인사는 빼먹을 수 없었다.

간이치는 야소스케, 오시마, 신타의

"아가씨는? 아가씨는? 아가씨는?"

하는 물음에 일일이 대답하다가 상황을 눈치 채고 끼어든 오카쓰가,

"이제 아가씨가 아니에요. 효탄코도의 작은마님이지요."

하고 그들을 달래며 막아서 준 덕분에 겨우 기나긴 대화의 터널을 빠져나와 도미지로와 마주 앉을 수 있었다.

"흑백의 방이 아니어도 될까요?"

"네. 이 수수께끼 자체는 특이한 괴담 자리에 어울리지만 제가 이야기하는 것은 도리에 맞지 않지요."

간이치가 평소처럼 느긋한 얼굴로 말했다. 이에 반해 도미지로는 마음의 각오가 필요하다.

"먼저 간단하게 좀 가르쳐 주시지요. 이 일에서 나는 얼마나 조심해야 하는지."

간이치는 잠시 생각했다.

"조심해야 하는 방향에 따라 다르지만……."

"그럼 신벌이라든가 저주라든가."

"전혀 없습니다."

"흉액이 닥친다거나 하는 일은?"

"그럴 걱정도 없지요."

오오, 다행이다. 어깨의 짐이 내려간 기분이 든다. 어느 순간부터 도미지로는 과할 정도로 고민하고 있었던 것이다.

"하지만 조심할 필요는 있다는 얘기지요?"

"있습니다."

간이치는 망설이지 않고 즉시 대답했다.

"다른 사람한테는 절대 말하면 안 되고."

"네."

간이치는 고개를 끄덕이며 도미지로의 눈을 보았다.

"막부의 금제를 건드리는 일이니까요. 저로서는 미시마야가 그런 것과 관련되지 않기를 바라기 때문에 가능하다면 이대로 잊어

주실 수 없을지 부탁드리러 왔습니다."

우헤에.

생각도 해 보지 않았던 방향이다.

한마디로 '금제를 건드린다'고 했지만, 모반이나 위조 화폐 제작 같은 터무니없는 일에서부터 일상에 뿌리를 내린 불법까지 종류는 너무나 다양하다. 가령 지금의 미시마야를 있게 해 준 사치스러운 모양새의 주머니는 만드는 것도, 파는 것도, 몸에 지니는 것도 엄격하게 금지되던 시대가 있었다. 막부에 의한 사치 금지령 때문이다.

금령禁令은 누가 정권을 잡느냐에 따라 달라지게 마련이니, 사치 금지의 시대가 다시금 도래하는 일은 얼마든지 가능하다. 그렇게 되면 금실과 은실을 풍부하게 사용한 염낭이나, 무두질한 가죽에 아름다운 세공을 한 지갑 등을 만들어 판 죄로 수갑에도 시대에 죄인에게 쇠고랑을 채우던 형벌 50일에 처해질지 모른다. 무거운 경우에는 에도 시중에서 십 리 사방에 출입할 수 없도록 추방되거나 재산을 몽땅 압수(궐소)당할 수도 있다. 왁자지껄한 번화가에서 상인으로 사는 법밖에 모르는 도미지로는, 만일 과거와 같은 금령의 시대가 온다면 겨우 며칠 만에 생계가 곤란해지고 말 것이다.

생각하면 아찔하지만 아직까지 두려워서 벌벌 떨 만큼 절실하게 다가오지 않는 까닭은, 도미지로가 가게나 처자식을 짊어진 어엿한 남자가 아니기 때문이리라.

그래도 목소리는 낮추기로 했다.

소곤소곤소곤.

"덧댄 천에 적혀 있던 글씨의 순서를 바꾸어 늘어놓으면 정치에 대한 비판이나 막부의 높은 사람들을 놀리는 풍자시가 될 수도 있겠다는 생각이 문득 들었는데, 혹시 그런가요?

간이치는 짧게 대답했다. "아뇨, 틀렸습니다."

잘 아는군. 방금처럼 위험한 말을 하면 곤란하다고 화내는 게 아니라, 틀렸습니다, 라고 한다. 이래서 도미지로와도 마음이 잘 맞는다고 할까.

"그렇다면 정사를 어지럽히니 항간에 유포해서는 안 된다고 하는 읽을거리의 한 구절이라든가."

간이치는 눈을 깜박였다.

"그건——비슷합니다만."

"음! 아니면 어떤 계략의 서약서? 그 왜, 아코赤穂 효고 현 남서부에 있는 시. 주신구라忠臣蔵의 무대로 유명하다 낭사가 원수를 갚으러 쳐들어가기 전에, 죽은 영주님의 정실부인에게 보낸 서찰 같은."

말해 놓고 도미지로는 허둥지둥 덧붙였다.

"아니, 이건 취소. 서약서라면 한자를 하나도 안 쓸 수는 없었을 테니까."

게다가 아코 낭사의 그 서찰은 혈판장이지. 하지만 혈판을 찍기 전까지는 서약서라고 해도 되려나. 고개를 갸웃거리는 도미지로를 간이치는 조용히 바라보고 있다.

"형님, 즐기시는군요."

도미지로는 씩 웃었다.

"오! 내가 어째서 그대의 '형님'인가요, 딩딩."

입으로 샤미센 소리도 흉내 내며 대꾸하자 간이치의 얼굴이 순식간에 새빨개졌다.

"죄, 죄송합니다."

"아하하! 진지하게 받아들이지 말아요. 오치카는 내 누이나 마찬가지이니, 남편인 당신은 동생이나 다름없지요."

방금 했던 말은 진심이지만, 나는 당신이 오치카를 훔쳐가는 바람에 쓸쓸해서 견딜 수가 없으니 조금쯤 놀리더라도 용서해 주시오.

"그럼 소리 내어 외면 순식간에 무서운 주술이 걸리는 주문인가?"

아직 붉은 기가 남아 있는 뺨으로 간이치가 쓴웃음을 짓는다.

"그런 거라면 지금쯤 저는 무사하지 못할 겁니다."

어, 그래?

"간이치 씨, 그걸 소리 내어 읽었어요?"

간이치는 고개를 끄덕였다. "모든 방법을 동원해 봐야 한다고 생각했으니까요."

그러더니 목을 약간 움츠리며 말했다.

"형님, 부디 말씀을 놓아 주십시오. 동생이나 다름없다면 그게 도리에 맞지 않습니까."

"알았네, 알았어."

도미지로가 웃으며 양손을 들었다.

"항복입니다. 내 지혜로는 알아맞힐 수가 없어. 대체 뭐지?"

힐끗 주위의 기척을 신경 쓰는 간이치의 신중한 모습에 느슨해져 있던 도미지로도 자연히 긴장할 수밖에 없었다.

"읽거나 읊지 말고, 불러야 합니다."

뭐? 도미지로의 가슴이 덜컹 내려앉았다. 부른다고? 하우타端唄 에도 시대 후기에 유행했던 샤미센에 맞추어 부르는 가곡나 나가우타長唄 샤미센에 맞추어 부르는 노래인 것은 하우타와 같으나, 그 길이가 긴 가곡처럼?

"덧댄 천의 글씨가 나타내는 말은 글씨를 읽지 못하는 사람도 구전으로 익힐 수 있을 정도로 쉽습니다."

금제를 건드리게 되니까 함부로 입 밖에 낼 수는 없지만.

"한텐의 등에 숨겨 놓으면 그걸 입는 직인이나 고용살이 일꾼들이 늘 함께할 수 있겠지요."

흐음. 도미지로는 자기도 모르게 콧등을 긁적였다. 히라가나를 읽지 못할 만큼 배움이 짧은 사람이라도 입으로 전하여 익힐 수 있고 부를 수 있는 노래.

"……다이모쿠題目 '나무묘법연화경'의 일곱 글자를 가리키는 말나 염불 같은 건가? 나무묘법연화경이나 나무아미타불이라면 어린애라도 욀 수 있지."

도미지로의 말에 간이치가 다시 진지한 얼굴로 돌아와 고개를 크게 끄덕인다.

"경이나 축문은 아니지만, 비슷하다고 할 수 있습니다. 믿는 사람에게는 중요한 말이고, 신심의——신앙의 핵심이지요."

도미지로는 콧등을 긁적이던 손으로 입가를 덮으며 아까의 간이치보다 더 진지한 얼굴로 주위의 기척을 살폈다.

다행히 가게 앞에는 오늘도 많은 손님이 와 있다. 야소스케와 행수들의 목소리가 들린다. 어서 오십시오, 오늘도 와 주셔서 고맙습니다, 아이고 ○○ 님, 먼 길을 오시느라——.

화기애애하고 시끌벅적하게 미시마야는 오늘도 장사에 힘쓰고 있다.

보지 않아도 가게 앞의 모습이 떠올라 도미지로는 하마터면 빙그레 웃을 뻔했다. 하지만 웃지 않았다. 아니, 웃을 수 없었다. 웃으면서 할 수 있는 이야기가 아니니까. 방금 간이치가 했던 이야기는.

"혹시."

도미지로가 속삭이는 목소리에, 간이치는 머리를 가까이 했다.

"예."

"정말로, 아니, 혹시나 해서 말인데. 그럴 리야 있겠냐만.

"예."

도미지로는 숨을 멈춘 채 말했다. "예수교와 관련이 있나?"

간이치가 대답을 하지 않는다. 하지만 눈을 보면 그것이 정답임을 알 수 있었다.

"예, 예, 예."

도미지로는 말을 더듬었다.

"예수교의 노래란 말이로군."

예수교는 에도 막부가 시작되기 이전부터 엄하게 금지되어 있는 이국의 종교다. 전국 시대에 바다를 건너 이 나라로 온 선교사들에 의해 포교된 역사가 있지만, 이윽고 신자는 심한 탄압을 받았고, 태평성세가 된 지 오래인 지금 그 가르침은 세상 사람들의 생활 속에서 뿌리째 베어져 나가고 말았다.

도미지로가 식은땀을 닦으며 간이치에게 바싹 다가갔다. "그런 걸 어떻게 아는 건가? 자네, 혹시 그쪽에 물들어 있나?"

예○교라고 세 번이나 말하고 싶지는 않다. '그쪽'으로 충분하다.

"그렇다면 용서하지 않을 거야. 오치카는 이혼일세! 우리 집으로 돌려보내!"

갑자기 씩씩거리는 도미지로의 기세에 간이치가 당황하며 허둥거린다.

"저, 저, 저, 저는 신자가 아닙니다. 간다묘진神田明神 도쿄 지요다 구의 소토칸다에 있는 신사 님께 맹세할 수 있습니다."

"그럼 어떻게 아는 건가!"

도미지로의 심장은 벌렁벌렁 뛰어 당장이라도 입에서 튀어나올 기세다.

"물들지 않았다면 그런 걸 접할 기회가 우선 없지 않은가."

"우연히, 이게 노래였기 때문입니다."

옛날에 가요집에서 읽은 적이 있다고 한다.

"가요집이라고?"

"예. 그런 쪽의 호사가가 오래된 가요를 모아 엮은 책 안에, 예수교 신자가 모임 때 신을 찬양하며 부르는 노래의 가사가 몇 개 수록되어 있었습니다. 아까도 말씀드렸다시피 아주 쉬운 말이라서 기억하고 있었지요."

간이치가 바쁘게 눈을 깜박인다.

"효탄코도는 어쩌다 그런 위험한 가요집을 다루게 된 거야?"

"십 년쯤 전에, 어느 다이묘 가의 시모야시키下屋敷 에도에 있는 다이묘의 저택 중 평상시에 다이묘가 거주하는 저택을 가미야시키上屋敷라고 하고, 교외 등에 따로 두던 별저를 시모야시키라고 했다에서 오래된 서책을 처분하셨을 때, 우연히 저희가 연락을 받아 사정을 모르는 채로 사들이게 되었을 뿐, 다른 이유는 없습니다. 정말입니다."

"왜 읽었어!"

"읽지 않으면 내용을 알 수 없으니까요."

"그냥 내버려둬도 되었지 않나!"

큰소리를 내고 큰 숨을 내뱉자 도미지로의 가슴 안쪽에서 무리하게 뛰던 심장이 겨우 원래대로 돌아가 주었다.

답답하다. 후우——하고 다시 한번 크게 숨을 내쉰다.

간이치도 한숨을 쉬었다.

두 사람은 서로를 마주보았다.

"미안. 너무 흥분했군."

"아뇨, 그게 당연하지요."

간이치는 어깨를 움츠렸다.

"형님도 제가 미시마야에 드나드는 세책상일 뿐이라면 그렇게까지 화를 내시지 않았겠지만 지금의 저는 오치카의 남편이니까요."

어떤 상황과 부딪치든 태연자약함이 무기였던 이 남자도, 남편이 된 지금은 오치카가 약점인 것이다. 부럽다고, 문득 생각했다.

"아니, 따지고 보면 내가 가져간 난제지. 정말 미안하네. 오치카를 이혼시키겠다느니, 주제넘은 헛소리까지 해 버렸어."

이번에는 둘 다 서로에게 머리를 숙였다.

그때 당지문 바깥에서 부드러운 여자의 목소리가 났다.

"실례합니다."

도미지로는 펄쩍 뛰어오르고, 간이치는 그 자리에서 얼어붙었다.

당지문이 열린다. 우후후 하는 웃음을 띠며 오카쓰가 얼굴을 내밀었다.

"오지랖인 줄 알지만 이혼이라는 말이 귀에 들어와서요……."

라는 말을 하면서도 차와 과자를 쟁반에 담아 들고 있다. 과자는 '오월비 구즈시'라는 구즈요세로, 벌꿀의 고급스러운 단맛이 끝내주는 명품이다.

"오카쓰 씨는 천리안이로군."

"굳이 따지자면 천리이千里耳겠지요."

결국 당지문을 등지고 앉은 오카쓰에게 지금까지의 이야기를 들려주기로 했다.

"의외로 큰일이었군요."

오카쓰는 상냥하게 미소를 지었다. 그러고는 웃는 얼굴 그대로 요염하게 간이치를 바라보며,

"제아무리 태연자약한 효탄코도 씨라도, 사랑하는 아내에게 해가 되는 일이라면 당황할 수밖에 없다는 사실을 알게 되어서 저는 기쁩니다."

간이치가 또 얼굴을 붉힌다.

"하지만 도련님께는 조금 실망했어요."

인정한다. 입 안에 꿀의 단맛이 돌자 비로소 한숨 돌린 도미지로도 반성하고 있다.

"너무 소란을 피웠지."

"아뇨, 소란을 피우셨기 때문이 아니에요. 후타바야에서 가져오신 하녀의 시루시반텐 수수께끼를 풀려는 마음이 완전히 시들어 버리신 것 같아서 유감이라고요."

오카쓰의 유감에는 할 말이 없지만, 본래 이 수수께끼에는 이헤에가 더 적극적이었는데——라는 하나 마나 한 변명을 떠올리자니,

"그래도 효탄코도 씨를 찾아가 시루시반텐 수수께끼에 대해 상의해 보자고 했던 도련님의 판단은 옳았네요" 하며 슬쩍 칭찬해 준다.

"뭐, 그렇지."

"그 수수께끼 같은 글씨를 보았을 때, 저도 이국의 말일지도 모른다고 말씀드렸는데요. 도련님도 같은 생각을 하셨지요."

살짝 스쳤다고 할까, 맞히지는 못했지만 빗나가지도 않았던 셈이다.

"이국에서 들어오는 문물에 대해서는 많든 적든 막부가 눈을 빛내고 있으니 아무리 조심해도 지나치지 않아요."

그래도 너무 겁먹을 필요는 없겠지요, 라고 오카쓰는 말했다.

"후타바야의 하녀가 가게 주인에게 부탁해 시루시반텐을 보내면서 '조금 독특한 괴담 자리를 마련해 오고 있는 그 미시마야가 맞지요?' 하고 확인했으니 이건 어디까지나 괴담 이야기의 일종으로 봐야지, 당사자인 하녀가 금제를 건드린 예수교의 신자, 크리스천이라고 단정할 필요는 없다고 생각해요."

만일 진짜 신자라면 굳게 입을 다물고 조금도 흘리지 않았으리라.

"그러고 보니 간이치는 후타바야에 대해서도 조사하지 않았나?"

예수교라는 말에 사로잡혀 다른 기억을 상실한 듯했던 도미지로의 머리가 조금씩 돌아가는 모양이다. 여전히 면목이 없다는 얼굴이지만.

"조사라기보다는 몰래 평판을 알아본 정도인데요."

후타바야는 대대로 전당포를 경영해 왔다. 지금의 주인이 삼대째라고 한다.

"쓸데없는 사실이지만 세 명의 주인이 모두 멋진 금귤 머리라고 하더군요."

황금색 금귤의 신 같은 전당포 주인은 어느 모로 보나 주머니 사정이 좋을 것 같은 느낌이다.

"지금의 주인은 하루 벌어 하루를 먹고사는 일당 목수가 끌이나 대패를 담보로 넣으면 대신할 도구를 빌려주는 분이라고 합니다."

그만큼 금리는 높게 받는다.

"시루시반텐을 보낸 하녀는, 후타바야 씨도 얌전하고 부지런한 사람이라고 말했다는데요."

이름은 오아키. 나이는 서른으로 후타바야에 들어가 살면서 고용살이를 한 지 십오 년째 되는 여자다.

"후타바야 씨는 재작년 여름에 아내를 여의었는데, 오랫동안 앓아누워 있던 안주인을 오아키가 혼자서 극진하게 돌보았다고 합니다."

안주인이 죽은 후, 오아키는 주로 후타바야의 부엌을 꾸려나가고 있다. 다른 고용살이 일꾼들과 다툼이 있는 기색은 없다.

"오아키 씨가 후타바야의 후처가 된다거나, 표면상으로는 여전히 하녀지만 후처 같은 대우를 받고 있지는 않나요?"

좀처럼 묻기 어려운 것을 아무렇지도 않게 물은 오카쓰에게 간이치는 고개를 저었다.

"이웃들에게 물어봤는데 그런 소문은 전혀 없었습니다. 후계자인 장남이 아내를 맞이했고 아이도 태어났으니, 곧 재산을 물려주고 은퇴할 거라고 듣기는 했지만요."

"그럼 오아키라는 사람은 정말로 그냥 부엌 하녀로군."

후타바야가 오아키의 부탁을 거절하지 못하고 낡은 시루시반텐을 맡아 미시마야에 가져온 것을 지나치게 억측할 필요는 없을 듯하다.

"다만 한 가지, 조금 신경 쓰이는 소문이 마음에 걸리기는 했습니다."

간이치의 말에 도미지로는 긴장했다.

"어떤 소문이지?"

오아키가 스무 살 때, 당시에는 아직 건강했던 안주인의 심부름으로 나갔다가 만 사흘이나 돌아오지 않은 적이 있다고 한다.

"친하게 지내던 나가우타 선생이 폐병에 걸려 요양을 위해 센다가야 쪽으로 옮겨 갔기 때문에 안주인의 지시로 오아키가 대신해서 병문안을 갔다는데."

다녀오겠습니다, 하고 나가더니 홀연히 모습을 감추어 버렸다.

"가미카쿠시神隠し 사람의 행방이 갑자기 묘연해지는 것. 예로부터 덴구나 산신이 한 일이라고 믿었다라며 큰 소동이 일어나고, 그래도 가게가 있는 고덴마초 부근의 일이 아니다 보니 일손을 모아 찾아보려 해도 자신이 없어서……."

후타바야 사람들은 그저 걱정만 하고 있었지만 사라진 지 사흘째 되던 날 저녁, 오아키는 갑자기 가게 앞에 모습을 나타냈다.

"등에 짊어진 보따리까지, 나갔을 때 그대로의 모습이었답니다."

다만 병든 선생에게 보양이 될 음식을 보낸다며 안주인이 싸 보낸 삶은 오리알은 껍질을 깨 보니 썩어서 질척질척해져 있었다.

오카쓰가 물었다. "언제쯤의 일이었나요?"

"섣달 중순, 가랑눈이 춤추는 추운 날이었다고 합니다."

"한데 삶은 오리알이 그렇게까지 썩었다니 좀 이상하네요."

어딘가 따뜻한 곳에 있었던 걸까요, 하고 오카쓰는 중얼거렸다.

돌아온 오아키 본인은, 너는 사흘이나 사라졌었다는 말을 듣자 경악하며 매우 당황했다고 한다.

——사흘이라고요? 삼 년이 아니고요?

"본인은 삼 년간 다른 곳에 가 있었다고 믿었던 모양이에요."

그러나 어디에 가 있었는지, 거기에서 누구와 함께 있었는지, 어떤 일을 겪었는지, 무엇을 물어도 오아키는 대답하지 않았다.

——죄송합니다. 기억이 나지 않아요. 전혀 생각나지 않아요.

"꾸짖어도 소용이 없고, 후타바야에 해가 되는 일도 아니고."

손해라고 해봐야 오아키의 사흘치 노동과 삶은 오리알뿐이다.

"그래서 오아키는 아무 일도 없었던 것처럼 하녀 고용살이를 계속했지만."

기묘한 일이었기 때문에 이웃 사람들은 아직도 똑똑히 기억하고 있다.

“오아키 본인은 십 년이 더 지난 지금도 그때의 일은 언급하고 싶지 않은지 입을 다물고 있다네요.”

“그럼 주위 사람들한테 물어봐 준 거로군. 고생이 많았을 텐데.”

“그건 세책상이 잘하는 일이니까요.”

세책상은 커다란 책 상자를 짊어지고 단골손님의 집을 방문하며 일 년 내내 거리를 돌아다니기 때문에 온갖 이야기를 들을 수 있다. 그래도 짧은 시간에 이만큼이나 알아냈다니 대단하다.

“우리 주로는 이야기도 잘하지만 듣기도 잘하거든요.”

주로는 효탄코도의 고용살이 일꾼 중 한 명으로 미시마야에 드나드는데 오시마도 그를 마음에 들어 한다.

“가미카쿠시에는 옛날부터 여러 가지 예가 있는데.”

덴구天狗 깊은 산에 산다는 상상 속의 괴물. 사람 같은 모양을 하고 있으나 날개가 있어 자유자재로 날아다니며, 얼굴은 빨갛고 코는 높으며 신통력이 있다고 한다에게 납치되거나, 야마우바山姥 깊은 산속에 살며 괴력을 발휘한다는 여자 요괴에게 붙잡히거나, 괴조가 커다란 날개로 먼 곳까지 데려가 버린다거나.

“길을 잃고 깊은 산속의 사당에 들어갔다가 결코 텅 비지 않는 뒤주를 받아 돌아온다거나 하는 경사스러운 이야기라면 나도 책에서 읽어 보긴 했지.”

에도 근교에서도 비슷한 가미카쿠시가 있을까.

“옛날이야기에서는 납치되었다가 돌아온 사람이 모습을 감추고 있던 동안의 일을 잊어버렸다는 예도 있고, 똑똑히 기억하고 있어 자세히 이야기했다는 예도 있습니다. 그중에는 장소까지 기억해 내서 다른 사람을 안내하려고 시도한 경우도 있지만."

"두 번 다시 찾아가지 못하지?"

"그렇지요. 다만 본인은 삼 년이라고 생각하는데 실은 사흘이었다――라는 사례는 드물어요. 대개는 반대지요."

"당사자는 겨우 사흘이라 여겼는데 돌아와 보니 삼 년이 지나 있었다?"

"예."

이야기하는 남자들의 얼굴을 번갈아 바라보며 오카쓰가 느긋하게 입을 열었다.

"오아키 씨, 나이는 먹지 않았을까요?"

스무 살의 처녀는 삼 년이 지나면 당연히 스물세 살이 된다.

"글쎄. 보면 곧바로 알 수 있을 정도의 나이는 아니었으니까."

마흔 살의 여자가 마흔셋이 됐다면 삼 년간 백발이나 주름이 얼마나 늘었는지 쉽게 알 수 있다. 쉰 살이라면 더 잘 알 수 있으려나. 아니, 큰 차이가 없어서 오히려 알기 어려울까.

"본인이 '삼 년'이라고 말하는 건 계절의 변화를 보았기 때문이겠지요."

어딘가에 갇혀서 달력만 넘기고 있진 않았으리라.

"겉모습에도 변화가 없었다면 심하게 학대를 당했다거나 굶주림으로 고생하지도 않았을 것 같은데."

"어쨌든 이상한 이야기예요. 그야말로 흑백의 방에 이야기하러 와 주시면 좋을 텐데."

그렇게 말하다가 오카쓰는 문득 눈을 크게 떴다.

"오고 싶은 걸까요?"

도미지로도 같은 생각을 떠올리고 있었다.

"그럴지도 모르지."

후타바야의 하녀 오아키는 십 년 전 자신이 행방불명된 이야기를 미시마야에서 하고 싶은 것이 아닐까.

"그렇지 않다면 후타바야 씨에게 시루시반텐을 맡길 때 일부러."

──조금 독특한 괴담 자리를 마련해 오고 있는 그 미시마야가 맞지요?

"확인하지는 않았겠지요."

간이치가 의아하다는 얼굴로 말했다. "그렇게까지 에둘러 갈 필요가 있을까요? 미시마야의 특이한 괴담 자리를 알고 있다면 절차도 알고 있을 겁니다. 이야기하고 싶다면 이야기하고 싶다고 후타바야의 주인이나 직업소개꾼한테 부탁하면 될 일인데."

"그러면 주위 사람들한테도 알려질 테니까요."

"특이한 괴담 자리만의 비밀로 해 두고 싶은 거야, 분명히."

후타바야 주인에게 시루시반텐을 맡기면, 미시마야에서는 뜯어보거나 빤 후에 다시 쓸 수 있을지 어떨지 살펴볼 텐데 그 과정에서 등의 덧댄 천과 글씨를 발견하고 이상하게 여겨 소유자인 오아키에게 물어봐 줄 것이다.

그렇게 되면 미시마야에서만 이야기할 길이 열린다. 멀리 돌아가는 셈이지만 오아키로서는 최선의 방법이 아닐까.

"내일 당장 제가 후타바야를 찾아가 볼까요?"

맡겨 주신 시루시반텐을 조사해 보니 사람의 이름이 나왔다, 혹시 유품이 아닌지 걱정이 돼서 오아키에게 확인하고 싶다——.

"좋군, 구실로는 아주 좋아."

편한 마음으로 고개를 끄덕이는 도미지로를 간이치가 물끄러미 응시한다.

"오아키가 굳이 에두른 길을 가려는 까닭은 역시 숨은 크리스천이기 때문일지도 모릅니다."

도미지로는 웃는 얼굴을 한 채 꽉 얼어붙고, 오카쓰는 활짝 웃었다.

"글쎄, 진짜 숨은 크리스천이라면 움직일 수 없는 증거가 될 만한 물건을 남의 손에 넘길 리 없다니까요."

괜히 도련님을 놀라게 하지 말아 주세요, 하며 간이치를 노려본다.

"그, 그렇지."

도미지로는 가슴을 쓸어내렸다. 오카쓰의 말이 옳다. 쓸데없는 걱정은 하지 말자.

"알겠습니다. 괴담 자리의 청자와 호위가 입을 모아 그렇게 말씀하신다면 제가 방해할 이유는 없지요."

여전히 노려보고 있는 오카쓰의 시선을 슬쩍 피하며 간이치가 말했다.

"다만, 본인이 신자가 아니라 해도 오아키의 가미카쿠시는 어떠한 형태로든 선교사나 크리스천과 관련이 있을 것 같다는 생각이 듭니다. 실제로 시루시반텐이라는 움직일 수 없는 증거가 있으니까요."

오카쓰의 말을 그대로 받아 되던져 온다. 이 말에 또 도미지로는 마음이 약해졌다.

관여하지 않는 편이 좋다. 소난小難이라고 해도, 있다는 걸 알고 있는 곳에 눈을 뻔히 뜨고 머리를 집어넣는 바보짓을 할 수는 없다.

그러나 신경 쓰인다. 수수께끼도 풀고 싶다.

하지만 금제를 건드렸다가, 만일 이 집 사람들을 끌어들이고 미시마야의 간판이 상처를 입으면 어떡하나.

"전부 우리만 아는 이야기예요."

오카쓰가 부드럽게 말했다. 의도가 다분할 때 오카쓰의 목소리는 기름처럼 매끄럽고 꿀처럼 달큼하다.

"시루시반텐과 덧댄 천은 태워 버린다는 방법도 있어요. 물건은 없어져도 간이치 씨가 그 노래인지 뭔지를 기억하고 계시니 상관없지요."

도미지로는 간이치를 살폈다. 복잡한 표정으로 생각에 잠겨 있던 그가 작은 목소리로 대답했다.

“……역시 후타바야를 찾아가 오아키의 의향을 들어 보고 결정하는 편이 좋겠습니다. 그때까지 물건은 제가 맡아 두지요.”

“부탁드립니다.” 오카쓰가 정중하게 손가락을 짚고 머리를 숙이며 말했다.

“간이치 씨, 잠시 더 시간을 내 주실 수 있을까요?”

“예, 상관은 없는데요.”

“좋은 기회이니 예수교에 대해서 가르쳐 주셨으면 해서요.”

대담한 말을 한다.

“오아키 씨의 가미카쿠시에 예수교가 관련되어 있을지도 모른다면, 이야기를 듣는 이쪽도 사전에 배워 두는 게 좋지 않을까요.”

간이치는 당황하며 오카쓰의 물음을 밀어내듯이 얼굴 앞에 양손을 들어 올렸다.

“저도, 잘 알지는 못합니다. 노래도 우연히 가요집에서 읽은 기억을 떠올렸을 뿐이니까요.”

애초에 금제인 것을, 쇼군가의 앞마당인 에도 시중 한가운데 살면서 어떻게 알 수 있겠는가, 학자도 아니고 양의洋醫도 아니고 평범한 세책상이, 라고 간이치가 허둥거리며 말했다.

“그렇군, 양의” 하고 도미지로가 중얼거린다. “예수교도 마찬가지야. 네덜란드에서 건너왔지.”

“바다 저편에는 많은 나라가 있으니 네덜란드뿐이라고는 할 수 없겠지요.”

“삼가三家 도쿠가와 쇼군의 가문인 오와리尾張, 기이紀伊, 미토水戶 세 집안을 높여서 일컫는 말를 진맥하는 의원조차, 최근에는 양의의 지식을 받아들였다고 하더군. 어려운 병도 양의라면 고치는 경우가 있다면서.”

이것은 오타미에게 들은 이야기지만, 미시마초에서 옛날(미시마야가 이곳에 자리를 잡기도 전)부터 개업해 온 마을 의원이 재산을 전부 털어 외아들을 나가사키로 유학 보냈다. 영특할 뿐만 아니라 성실했던 아들은 다행히 뛰어난 의원이 되어 오와리尾張 도쿠가와 이에야스의 후손 가문 님을 모시게 되었다나.

“서양에서 들어왔다고 나쁘게만 볼 수는 없지. 그런데 왜 예수교만은 그렇게나 심하게 막부의 분노를 건드려, 계속 금제인 걸까.”

단정하게 앉아 무릎에 손을 올려놓은 채 간이치가 눈알만 움직여 천장을 올려다보았다.

“형님, 아까는 식은땀을 흘릴 만큼 허둥대며 예수의 예 자만 나와도 혀를 깨물 것 같은 표정이시더니.”

갑자기 알고 싶어지셨군요. 비꼬듯이 말하니 오히려 분별 있게 느껴진다.

“그건, 으음.”

도미지로는 웃으며 얼버무렸다. 소심한 주제에 호기심이 많아 죄송합니다.

“두려워하고 꺼리기 때문에 더더욱, 제대로 다룰 수 있게 지식을 가져야 하지 않겠나?”

"저도 같은 생각이에요."

가세해 주는 오카쓰는 결코 장난을 치는 것이 아니다. 도미지로의 기운을 북돋우기 위해 끊임없이 웃음을 짓고 있지만 눈은 진지하다.

오카쓰에게도 예수교는 미지의 존재다. 괴담 자리의 호위 역으로서 미지의 존재와 맞서려면 우선 잘 알아야 한다.

그 기개를 헤아렸는지 간이치는 비꼬는 말투를 거두고 다시 한 번 한숨을 쉬었다. 이 작은 나리가 오치카를 만나고 도미지로와도 친해진 지 대략 이 년쯤 될까. 지금껏 걱정스러운 얼굴로 연달아 한숨을 쉬기는 처음이다.

"이 나라에는 무수히 많은 신이 계십니다."

간이치는 목소리를 낮추고 천천히 입을 열었다.

"좋은 신이 있는가 하면 나쁜 신도 있어요. 큰 신이 있는가 하면 작은 신도 있지요. 산에도 바다에도 강에도 신이 깃들어 있습니다."

"측간에도 신이 있으니까" 하고 도미지로는 말했다. "어릴 때 야소스케가 가르쳐 주더군. 섣달 그믐날 밤에 측간에 들어가서 측간 신의 이름을 세 번 외면 일 년 동안 요괴로부터 지켜 준다고."

간이치는 무심코인 듯 웃었다.

"'간바리뉴도'라고 합니다. 신이 아니라 역시 요괴의 일종이지요. 하지만 '뉴도'入道 '뉴도'란 불도에 들어 수행하는 사람을 가리키는 것으로, 삭발을 하고 승복을 입기 때문에 '대머리'를 가리키는 말이기도 하다. 또한 까까머리를 한 요괴를 '뉴도'라고 부르기도 했다라고 할 정도이니 어떠한 형태로든 불법과 관련이 있으려나요."

다음에 조사해 봐야겠어요, 하고 중얼중얼 말하는 바람에 오카쓰가 "네, 그래서요?" 하고 재촉한다.

"아아, 죄송합니다. 실제로 오카쓰 씨는 포창신이라는 강한 역병신으로부터 수호의 힘을 받으셨지요. 이처럼 우리는 병 속에서조차 그것을 관장하는 신을 찾아냅니다."

그러나 예수교는 다르다고 한다.

"크리스천이 섬기는 것은 유일한 신입니다. 이 세상을 만든 신. 사람도 모든 생명도, 산천초목도 이 신이 만들었다고 생각하지요."

유일신이야말로 절대적인 선이다. 가르침을 어기는 자, 적대하는 자는 모두 악이다.

"그러니 예수교 입장에서 보면 우리가 섬기는 신불神佛은 모두 이교——사교이며 나쁜 것이라는 뜻이 되지요.

이것이 예수교가 이 나라에서 심하게 탄압을 받아 온 이유 중 하나일 거라고 간이치는 말했다.

"끈질기게 되풀이하지만 저도 자세히는 모릅니다. 각지의 향토사鄕土史나 문인의 일기 등에, 옛날에 그 지방을 찾아온 선교사나 거기에서 한때 포교되었던 예수교에 대해 드문드문 적힌 내용을 읽은 적이 있는 정도지요."

이 표표한 남자가 우물쭈물하며 똑같은 말을 반복하기도 처음이다.

"알겠네, 음."

"전부 여기서만 하는 이야기고, 듣고 버릴 테니까요."

오카쓰와 도미지로가 간이치를 둘러싸는 듯한 모양새로 각각 무릎을 더 바싹 모은다.

"크리스천이 이 신의 이름을 함부로 입에 담는 것도 허락되지 않습니다. 그만큼 큰 신이기 때문에 하찮은 인간의 몸으로 이름을 불러서는 안 되거든요."

하찮은 인간의 몸이라. 근처 절에 있는 주지승의 설교 때도 듣는 말이다. 우리 중생은 번뇌 덩어리다. 부처님의 가르침을 따라야만 비로소 성불할 수 있다고.

"예수교의 신은 신자의 신심을 확인하기 위해 종종 시련을 준다고 합니다. 그렇지만 신자의 소원을 일일이 들어 주지는 않아요."

도미지로는 눈을 휘둥그렇게 떴다. "시련은 주지만 소원은 들어 주지 않는다니, 꽤 엄격하군."

도미지로의 신불은 좀 더 친근하고 따뜻한 존재다. 근처 이나리 신사에서는 유부만 공물로 바쳐도 소원을 들어 주신다. 그래서 모두 부담 없이 손을 모으고 기도를 한다.

"말씀대로 엄격한 신입니다." 간이치는 말을 이었다.

"따라서 크리스천이 해야 하는 일은 유일신의 가르침을 믿고 따르며 선행을 쌓고, 신을 찬양하고, 기도하는 것뿐이지요."

덧댄 천에 적혀 있던 글자도 신자들이 집회에서 부르는 노래라고 한다.

"노랫말이 신을 찬양하고 신의 은혜에 감사하는 내용으로 되어 있어요."

흐음 하며 듣고 있던 도미지로는, 언제나 부드럽고 요염하며 흔들림 없는 관용을 담고 있던 오카쓰의 눈동자에 작고 날카로운 빛이 있어 놀랐다.

"그만큼 사람에게 엄격한 신이, 대체 어떤 은혜를 주신다는 건가요?"

묻는 말투도 살짝 뾰족하다.

"은혜란 사람이 이곳에 살아 있다는 겁니다" 하고 간이치는 대답했다.

"이 세상에 사람으로 만들어져서 살아가게 해 주시고 있다. 그게 은혜지요."

도미지로는 팔짱을 끼며 신음했다. 오카쓰는 입술을 다물고 생각에 잠겨 있다.

"그리고 하나 더."

간이치는 두 사람의 얼굴을 둘러보았다.

"크리스천은 오롯이 신을 섬김으로써 모든 죄가 용서된다고 믿습니다."

"죄? 악행이라는 뜻인가?"

"네. 모든 악한 짓이나 더러움이 신앙에 의해 용서받고 깨끗해지고, 신자는 신의 나라에 들어갈 수 있어요."

신의 나라란 극락을 뜻하는 말일까. 정토에 가는 것? 그렇다면 나무아미타불도 마찬가지다. 염불도 아무 사심 없이 외면 되니까.

"예수교를 나라에서 엄하게 금지해 온 까닭은 사람들이 이 가르침을 믿고 따르면 천자님이나 쇼군가보다도 예수교의 신이 더 위가 되어 버려서 곤란해지기 때문이겠지요."

"아아…… 그렇군."

"게다가 아까 형님도 말씀하셨지만 선교사가 가지고 들어오는 건 예수교의 가르침만이 아니거든요. 서양의 학술이나 기술, 의학도 가져오지요. 그게 막부의 눈을 통과하지 않은 채 항간에 퍼지면 역시나 통치의 질서가 흐트러질 수 있고요."

간이치가, 아직도 입매를 한일자로 다물고 생각에 잠겨 있는 오카쓰의 얼굴을 바라보았다.

"이와 같은 문제들이 전부 해결된다 해도, 익숙하지 않은 예수교의 신만을 섬기고 다른 신불은 전부 악이라고 결정지어 버린다면, 본래 무수히 많은 신들에게 익숙한 이 나라 사람들은 싫은 기분이 들 테지요."

도미지로도 동감이다. 크게 고개를 끄덕이던 도미지로가 퍼뜩 며칠 전 기억을 떠올렸다.

"요전에 골동품 가게에서 서양 마물의 그림을 봤네!"

그러고 보니 나가사키에서 그렸다고 했던가.

"요염한 여자로 둔갑한 마물인데 남자를 현혹해서 생피를 빤다더군."

도미지로가 골동품 가게의 그림에 대해 이야기하자 간이치는 살짝 눈썹을 찌푸렸다.

"우연히 겹쳤을 뿐이겠지만 좀 으스스하네요."

후타바야에서 크리스천의 말을 가져오는가 싶더니, 도미지로가 서양 여자 마물의 눈길을 받고 골동품 가게에 이끌려 들어갔다.

과연, 지나치게 들어맞는다.

"아까도 말씀드렸지만 예수교에서는 유일신에게 등을 돌리는 전부가 다 악입니다."

원래는 예수교 신의 종복이었는데 타락하거나 가르침을 배신한 존재, 또는 이교도, 예수교의 가르침에서 삐져 나가 버리는 신들, 그리고 예수교의 가르침을 받아들이지 않는 사람들이나 탄압하는 사람들.

"예수교 신의 종복이라는 건 신사의 사자使者랑 비슷한가? 이나리 신사의 여우 님이라든가, 하치만 신사의 비둘기 같은."

도미지로의 멍청한 질문에 간이치는 미소를 지었다.

"그렇지요. '하늘의 사자'라고 한다는군요. 천자님이 아니라 천사지요."

"남자도 여자도 있고?"

"글쎄요…… 거기까지는 저도 모르겠습니다."

어쩌면 그림 속 여자 마물도 원래는 여자 천사였을지 모른다. 아니면 이교의 천녀라든가. 혹은 예수교의 가르침을 받아들이지 않았을 뿐인 이름도 없는 평범한 여자였을지도.

"어쨌든 저로서는 좀처럼 받아들이기 힘든 가르침이네요."

오카쓰가 말하며 가볍게 고개를 저었다.

"신심의 정도를 시험하기 위해 사람에게 시련을 준다니, 아무래도 이해하기 어렵고 용납할 수도 없어요. 저에게 신불은 괴로운 일이나 재앙이 많은 이 세상을 살아가기 위해 매달릴 대상이 되는 고마운 존재니까요."

말투는 온화하고 눈 속의 날카로운 빛도 사라졌다. 하지만 오카쓰가 이처럼 무언가를 덮어놓고 싫어하는 일은 드물다. 그 모습을 보고 도미지로는 가슴이 술렁거렸지만 얼굴에 드러내지 않으려고,

"나도 별로 와 닿지 않아."

하며 웃어 보였다.

"금제되어 있어서 다행이라고, 가볍게 말하면 안 되겠지만."

두 사람의 대화에 간이치는 진심으로 안도한 기색이다. 지금까지 중에서 가장 깊은 한숨을 내쉬었다.

"그럼 정말로 여기까지만 하지요. 형님이나 오카쓰 씨의 생각이 그러하다면 후타바야의 오아키에게는 시루시반텐을 어떻게 할지만 물어보고 이야기꾼으로 초대하지는 않는 편이 낫지 않겠습

니까?"

던져진 수수께끼는 모르는 척하자는 뜻이다.

"글쎄요……."

오카쓰는 눈을 내리깔며 작게 중얼거렸다.

"그건 도련님이 결정하실 일이고 호위는 더 이상 이러쿵저러쿵 하지 않겠어요."

효탄코도로 돌아가는 간이치에게는 '오월비 구즈시'를 싸 보냈다. 간이치의 아버지, 오치카의 시아버지도 단것을 즐기신다니 기뻐해 주셨으면 좋겠다.

이튿날 아침, 도미지로는 신타에게 전언을 들려 후타바야로 심부름을 보냈다. 일전에 받은 헌옷은 감사히 사들이겠지만, 하녀 오아키의 시루시반텐만은 너무 낡아서 이쪽에서도 쓸 수가 없다고.

"도련님이 시키신 대로, 돌려드릴까요, 하고 여쭤보았더니 후타바야 씨가 그 하녀를 불러 주셨어요."

잠시 후 주인의 부름을 받고 신타를 만나러 온 오아키는, 그렇다면 자신이 미시마야까지 시루시반텐을 가지러 가겠다고 말했다고 한다.

"어떤 느낌이었지?"

신타는 어리둥절했다. "어떤 느낌이라니……."

"당장 가지러 가겠다고 서두르더냐?"

"아뇨, 서두르지는 않았어요. 찾아뵙겠습니다, 하면서 살갑게 웃던데요."

웃고 있었단 말인가.

신타의 대답에, 도미지로는 발끈했다.

——왜 웃는 거야.

크리스천의 주문, 이 아니라 노래라고 했던가. 그런 위험한 것이 숨겨져 있는 물건을 억지로 떠맡겨 놓고, 어머 그래요? 그럼 돌려주세요 가지러 갈게요, 라니 좀 너무하지 않나?

"후타바야는 하녀에게 무른 건가? 아무래도 예의가 없는 모양이군."

도미지로의 말투에 가시가 있다. 공연한 화풀이를 당한 셈이나 마찬가지인 신타는 "죄송합니다" 하며 꾸벅 머리를 숙였다.

"너 때문이 아니다. 그럼 내가 얼른 서찰을 쓸 테니 이번에는 효탄코도에 다녀와 주렴."

오아키는 시루시반텐을 되찾고 싶어 한다, 게다가 (여유로운 건지 비꼬는 건지) 웃고 있다. 자신은 조금 화가 난다, 라는 내용을 휘갈겨 쓴 서찰을 전한 신타가 시루시반텐 꾸러미를 안고 돌아왔다.

도미지로가 방에서 꾸러미를 풀어 보니, 개킨 시루시반텐 위에 간이치의 글씨가 적힌 종이가 한 장 있었다.

'모르는 척하는 것도 지혜.'

덧댄 천은 등에 꿰매어져 크리스천의 노래는 원래대로 숨겨졌다. 오치카가 꿰매 주었겠지. 그렇다면 이 문장은 특이한 괴담 자리에서 듣는 역할을 먼저 했던 오치카로부터의 충고라 여겨도 무방하리라.

역시 더 이상 발을 들여놓지 않는 편이 좋다. 도미지로는 마음을 굳히고, 후타바야의 오아키가 시루시반텐을 가지러 오기를 기다렸다. 와도 자신이 응대할 생각은 없다. 오카쓰에게도 시키지 않을 것이다. 사정을 모르는 오시마에게 맡기고 얼른 돌려보내자. 그걸로 끝이다.

——안 낚일 거야.

그러나 오아키는 오지 않았다. 이틀이 지나도 사흘을 기다려도.

미시마야 안에 금제의 물건이 있으니 위장에 뭔가가 얹힌 느낌이다. 오월비가 지나가 상쾌한 초여름 날씨가 되고, 이헤에가 부른 단골 메밀국수 장수가 미시마야의 부엌까지 와서 방금 만들어 뽑은 메밀국수를 먹는 즐거운 일이 있었는데도, 아니, 그렇기 때문에 더더욱 석연치 않은 기분이었다. 입 밖에 내지 않고 속에 쌓아 두고 있어서인지, 족자의 여자 마물 꿈까지 꾸는 바람에 도미지로는 한층 더 울적해졌다. 우연이겠지만 으스스하다며 간이치가 눈썹을 찌푸렸었지. 시루시반텐에 관한 일이 끝나기 전에는 계속 여자 마물이 꿈에 나타날 것 같은데.

——요괴가 뒤를 밟고 있어.

그렇다, 도미지로는 겁쟁이다.

스스로도 절실하게 깨달았다. 나는 소심하고 덜렁댄다. 금세 거품을 물고 만다.

하지만 그게 나쁜가. 자신은 차남이니 장래에 미시마야를 짊어질 입장은 아니지만, 무언가 잘못을 저지르면 반드시 가게에 폐를 끼치게 된다. 부모님을 울리고 고용살이 일꾼들을 불안에 빠뜨리고 만다. 모두에게 피해가 가지 않도록 조심하려는 태도를 부끄러워할 필요는 없다고 생각한다.

도미지로의 심중을 눈치 챘는지 오카쓰 역시 아무 말도 하지 않았다. 시루시반텐 따위는 처음부터 알지도 못했다는 얼굴을 하고 있다.

고민이 점차 깊어지는 가운데 오아키의 '찾아뵙겠습니다'로부터 보름이 지났다.

이제는 도미지로도 넌더리가 나서, 이쪽이 후타바야로 가서 돌려줄까, '기다려도 오지 않아서 버렸습니다'라고 잡아떼고 태워 버릴까 생각하기 시작했다.

오늘이야말로 태워 버릴까, 하고.

그러던 차에, 질 좋은 검은색 비단 짓토쿠+德 유학자나 의원, 화공 등이 외출할 때 입었던 옷. 성기고 얇은 비단 등으로 만들었다를 입은 직업소개꾼 도안 노인이 미시마야를 찾아왔다.

"특이한 괴담 자리의 다음 이야기꾼에 관해 상의할 일이 있어서요."

흐르는 물에 금붕어가 그려져 있는 부채를 펼치고, 오시마가 내놓은 차가운 메밀차(단골 메밀국수 장수가 준 것이다)를 벌컥벌컥 마신다. 사양하는 구석이라곤 전혀 없다.

"어떻게 해서라도, 어떻게 해서라도 급히 특이한 괴담 자리에서 이야기하고 싶다는 손님이 있어서요."

저희도 곤란합니다, 하며 생색내듯이 입 끝을 구부린다.

"요즘 저희 사정 때문에 이야기꾼을 보내지 말아 주십사 하고 있었으니까요."

문제의 시루시반텐이 미시마야의 지붕 아래에 있는 동안에는 새 이야기꾼을 불러들이지 말자고 도미지로는 생각했던 것이다.

"그렇지요. 급하다는 손님을 끼워 넣으면 본래의 순서였던 손님이 또 기다려야 합니다. 한데――."

두꺼비 신선이 흰자위를 부릅떴다. 소위 말하는 삼백안이라 아래에서 치뜨는 듯한 눈을 하면 몹시 으스스한 얼굴이 된다.

"급하다는 손님이 일을 성사시켜 준다면 큰돈을 내겠다고 하셔서요."

"큰돈이라니, 얼마나요?"

두꺼비 신선은 말없이 오른손을 들더니 뚱뚱한 몸통에 어울리지 않는 고목 같은 손가락을 쫙 펴며 말했다.

"오십 냥."

"설마! 너무 과합니다."

두꺼비 신선은 태연하다.

"너무 과하다는 것은 바가지를 쓸 때 하는 말입니다. 참말이지,

밥벌레는 말을 어떻게 해야 하는지도 잘 모르니 곤란하군."

"뭐, 아무래도 좋습니다. 다만 그분은 왜 큰돈을 내면서까지 서둘러 우리 괴담 자리에 오시겠다는 건지 궁금하군요."

도안 노인은 끈적한 눈빛으로 도미지로를 응시한 채 입으로만 웃었다.

"그분 말씀으로는, 당신이 더 잘 아실 거라던데요."

"제가요?"

"네. 당신 손에 있는 시루시반텐과 관련된 이야기라더군요."

도미지로는 할 말을 잃었다. 이마에 땀이 배어난다. 등줄기가 오싹해졌다. 마치 여자 마물의 하얀 손가락이 스윽 어루만진 것처럼.

"짐작 가는 데가 있나 보군요."

두꺼비 신선의 삼백안이 불길하다.

도미지로에게는 아직 '무슨 말인지 전혀 모르겠군요' 하고 튕겨낼 수 있을 만큼의 담력이 없다.

——오치카, 어쩌지.

오카쓰에게 상의하고 싶다. 간이치는 뭐라고 할까. 혼자서는 결정하지 못하겠다.

찾아뵙겠습니다, 하며 살갑게 웃었다는 오아키는 그 여자 마물 자체가 아닐까. 하지만, 하지만.

——젠장, 분하잖아.

겁쟁이지만 지기 싫은 마음은 더 강한 도미지로였다.

"알겠습니다. 그분을 초대해 주십시오."

급하다는 이야기꾼은 가두 가마길거리에서 기다리다가 손님을 태우던 가마를 타고 미시마야 앞까지 왔다.

한눈에 보기에도 상가의 주인쯤 되는 신분이리라 짐작이 되었다. 변변찮은 장사치의 풍채가 아니다. 피부의 윤기나 혈색으로 보아 나이는 대략 마흔, 아니면 살짝 아래일까. 자그마한 이초마게의 사카야키에도 시대에 남자가 이마에서부터 머리 중앙까지 머리털을 깎은 부분. 성인의 표식이기도 했다는 깨끗하게 깎여 있다. 자주 이발소에 다니거나 이발사를 불러 손질하는 모양이다.

명주 위에 잔무늬가 들어가 있는 비단 하오리는 히키즈리옷자락이 땅에 질질 끌린다는 뜻 하오리라고도 불리는 긴 하오리로 가슴 부근에서 묶는 끈까지 길다. 문금풍文金風 문자금(文字金, 에도 시대에 주조한 '문文' 자가 찍힌 금화)과 함께 시작된 머리 모양이나 옷 입는 모양이라고 불리며 유행하는 매무새임은 도미지로도 알고 있다. 멋쟁이인 단골손님이 입고 있는 모습을 몇 번인가 보았었다. 참고로 에도의 후다사시札差 에도 시대에 하타모토나 고케닌 등 고위 관료들을 대신하여 저장미를 수취하거나 판매하는 사무를 관할하고 그 수수료를 받으며, 또 그 곡물을 담보로 대부업을 하던 사람 사이에서는 이것이 당연하고, 오히려 평범한 하오리가 더 드물 정도다. 다시 말해서 고급스러운 긴 하오리는 한눈에 알 수 있는 유복함의 표식이기도 하다.

하긴, 특이한 괴담 자리에 끼어들기 위해 오십 냥을 턱 지불하겠다는 사람이니 돈 씀씀이가 남다르리라는 짐작은 도미지로도 하고 있었다. 자신의 가게 옥호를 새긴 가마도 있을 테지만, 오늘은 신원을 숨기기 위해 가두 가마를 타고 왔다고 해도 이상하지 않다.

그래도 이 이야기꾼에게는 놀랄 일이 많이 있었다.

우선 안색만 보면 마흔 안짝인 듯하지만 머리카락은 거의 새하얗다. 오른쪽 부분의 머리가 빠졌기 때문에 숱이 적어서 두피에 경련이 일어난 것처럼 퍼져 있는 검붉은 흉터가 훤히 들여다보인다. 흉터는 오른쪽 귀 밑에서 끊기고 목덜미는 아무렇지도 않지만, 긴 하오리의 소매 아래로 엿보이는 오른손 손목부터 손등에 걸쳐서는 또 검붉은 흉터에 감싸여 있다. 그리고 오른손 검지와 중지 끝이 없었다. 잘려서 떨어져나간 모습이 아니라 녹아내린 모양이다.

응대하러 나간 야소스케에게도 오시마에게도 손을 빌리지는 않았지만, 다리에도 상처가 있는지 걸음이 약간 어색하다. 보폭이 좁은 발놀림으로 느리게 걸었는데, 하얀 버선의 왼쪽 엄지발가락이 있어야 할 자리에는 아무래도 사라진 발가락을 대신할 다른 무언가가 채워져 있는 것 같다.

대체 어떤 재난을 당했기에 머리부터 발끝까지 이와 같은 흉터가 남게 되었을까. 도미지로는 동정과 연민에 앞서 몹시 위험한 기운을 느꼈다. 굳은 표정의 이야기꾼이 도미지로를 뚫어져라 응시하고 있다. 뭔가를 샅샅이 조사하고 있는 듯한 눈빛이다. 마음을 단단히 먹고 버티지 않으면 금방이라도 튕겨 날아가 버릴 것 같다.

흑백의 방 상좌에 자리를 잡고 앉을 때도 이야기꾼의 움직임은 어색했다. 평소에는 시중을 드는 사람이 있어서 그가 움직일 때마다 앞질러 거들고 있으리라.

하지만 손님으로 초대되어──조금은 억지로 초대하게 만들어 혼자서 이곳을 찾은 만큼 누구의 손도 빌리지 않겠다는 기개가 전해져 왔기 때문에 도미지로는 일부러 거들지 않았다. 조마조마해하면서 지켜보는 오시마도 눈으로 제지해 두었다.

오늘의 도코노마에는 색이 들지 않은 수국 꽃이 꽂혀 있다. 장마의 도래가 가까워져 아침저녁으로 습기가 섞인 바람이 부는 요즘, 수국은 제철 꽃이다.

그러나 감상하기에는 한 발 이르다. 아직은 하얀 바탕에 연한 녹색을 띤 꽃잎 덩어리에 불과하다. 한데 오카쓰는 왜 하필 수국을 골랐을까. 일부러 묻지는 않았지만 도미지로 나름대로 짐작하고 있었다. 자세히 들어 보지 않으면 무슨 색깔인지조차 짐작이 가지 않는 이야기꾼의 이야기를 빗댄 결정이 아니었을지. 색깔이 없는 수국의 예사롭지 않은 모습도, 오늘의 이야기꾼을 상대하는 도미지로의 기분에 꼭 맞는다.

도미지로와 마주 앉아, 긴 하오리의 옷깃을 대강 정돈한 후 이야기꾼이 입을 열었다.

"오래된 흉터 때문에 보기가 흉한 점, 용서해 주십시오."

도미지로는 또 한 번 놀랐다.

목이 망가져 있다. 구깃구깃하게 뭉친 종이를 마주 비비는 것 같은 목소리다.

도미지로가 놀라는 모습을 보면서도 이야기꾼은 전혀 개의치 않는 기색이었다. 오히려 재미있어하고 있다.

"제 목소리에 대해서도 차차 말씀드리겠습니다만."

미리 사과를 드리지요――.

"큰 화재를 당해서요."

불에 쫓기고 연기에 휩싸이며, 목숨을 걸고 도망쳤다.

"열기에 목구멍이 타서 목소리가 망가졌습니다. 몸에도 화상을 입어, 다 낫지 않은 흉터가 이렇게."

하며 가볍게 팔을 들어 오른손 손등을 보여 준다. 긴 하오리와 기모노의 소매가 스르륵 미끄러지자 팔꿈치 가까이까지 덮여 있는 검붉은 흉터가 보였다.

"불에 쫓길 때 손가락과 발가락도 몇 개 잃었습니다. 마찬가지로 차근차근 말씀드리지요."

"알겠습니다."

등을 펴고 무릎 위에 양손을 짚으며 도미지로는 절을 했다.

"무언가 필요하거나 잠시 쉬고 싶으시면 사양 말고 말씀해 주십시오."

이야기꾼은 활달해 보이는 웃음을 띠었다. 생기발랄하다. 어쩌면 서른 중반일지도 모른다.

"그럼 먼저 사방침을 좀 빌려주시겠습니까."

도미지로는 오시마를 불렀다. 오시마는 놀랄 정도로 빨리, 칠기 대좌에 비단 방석을 덧댄 사방침을 가져왔다. 미리 준비하고 있었던가.

"어느 쪽에 놓을까요?"

"제 왼쪽에."

이야기꾼이 오시마에게도 미소를 짓는다. 오시마는 일전의 중후하고 멋진 파발꾼에게 홀딱 반했다는 표정을 지었을 때와는 완전히 딴판으로 긴장한 얼굴을 숙이며 손가락을 바닥에 짚고 말했다.

"지금 차를 가져오겠습니다."

"고마워요. 아아, 딱 좋습니다."

사방침에 기대며 이야기꾼이 고개를 끄덕인다.

"일 년 중, 장마가 시작되는 지금과 가을에서 겨울로 바뀔 무렵이 되면 옛 상처가 너무 심하게 욱신거려서 몸이 좀처럼 생각대로 움직이지 않습니다."

"괴로우시겠군요" 하고 도미지로는 말했다.

오시마가 다과를 가져왔다. 오늘의 과자는 생과자가 아니라 단단하게 구운 밀기울에 꿀을 묻힌 과자다. 조금 끈적거리지만, 마음만 먹으면 손가락으로 집어서 먹을 수도 있다(도미지로도 평소에는 그렇게 먹는다).

이 이야기꾼에게 숟가락이나 이쑤시개로 뜨거나 자르거나 찌르는 수고가 드는 과자를 내놓지 않아 다행이다——라는 것은 나중에 갖다 붙인 말이고, 어쨌거나 긴장되는 자리가 될 테니 과자에 손을 대지 않고 그대로 물리게 될지도 모르니까 공들인 과자는 준비하지 말자고 생각했을 뿐이다.

——나도 참 쩨쩨하단 말이야.

겨우 과자를 준비하는 문제를 두고 쩨쩨하네 어쩌네 하며 머릿속으로 허세를 부리고 있다. 처음부터 상대에게 주눅이 들었기 때문이다.

오시마가 탕, 하고 당지문을 닫는 소리를 내며 사라졌다. 문이 닫힐 때 나는 소리조차 축축하게 들린다.

"미시마야의 특이한 괴담 자리에서는."

망가진 목소리로 이야기꾼이 입을 열었다.

——자, 시작이다.

"제 자신을 이름 없는 시골뜨기로 생각하고 이야기해도 되겠지요."

도미지로는 고개를 끄덕였다. "예. 이름이나 지위나 사는 곳, 전부 덮어 두어도 괜찮습니다. 곤란한 대목이 있으면 마음대로 가명을 붙여 주십시오."

바로 앞에 앉은 이야기꾼은, 이렇게 보니 이목구비가 수려하다. 머리카락은 새하얗지만 남자답게 굵고 모양 좋은 눈썹에는 한 올의 백발도 섞여 있지 않다.

이야기꾼도 고개를 끄덕이며 긴 하오리의 가슴에 달린 끈을 만지작거렸다.

“제 가업은, 이 옷차림으로 짐작하셔도 됩니다.”

도미지로는 눈을 깜박였다. 그럼 긴 하오리가 세련됨의 상징인 후다사시일까.

“다만 저는 삼남이고, 지금껏——몸도 이렇다 보니 장사에는 관여하지 않고 있습니다. 셋집을 맡아 관리인과 의견을 주고받으며 매달의 집세를 장부에 적지요. 고작해야.”

거기에서 일단 말을 끊고 도미지로의 눈을 보며,

“본가에서는 더부살이 같은 사람입니다. 실례되는 말씀입니다만 당신도 저와 같은 입장이 아닐까 짐작했습니다. 미시마야의 도미지로 씨.”

역시 흥분한 탓인지, 아니면 평소와 절차가 조금 달랐기 때문인지 도미지로는 아직 자기소개를 하지 않았다.

“직업소개소에서 듣고 왔습니다.”

하며 남자가 고른 이를 드러낸다.

“도안이라는 할아버지는 젊은 사람이 다 얄미운 걸까요. 제게도 겉으로는 정중하게 대했지만 무례했고, 듣자니 당신도 꽤 미운털이 박혀 있는 모양이더군요.”

얼굴을 맞대고 얘기를 나누는 자리에서도 벌레라고 불리는 도미지로이니 더 무슨 말이 필요하랴.

“하지만 저 같은 더부살이한테 손님을 주선해 주고 도안 씨는 오십 냥을 벌었으니까요. 조금은 고맙게 생각해 주어도 벌은 받지 않을 것 같은데요."

도미지로가 냉큼 대답하자 뜻밖의 맑은 눈빛으로 이야기꾼은 웃었다.

"그러게 말입니다."

사레가 들린 듯한 웃음소리. 겉보기에는 알 수 없지만 열기에 탄 목구멍에도 흉터가 남아 있을지 모르겠다고 도미지로는 생각했다. 목숨이 위태로웠을 정도의 상처를 전부 고치고 원래대로 돌아오는 일이 쉽지는 않을 테니까.

"장사를 하다 보면 빌려줄 때도 있고 빌릴 때도 있는 법입니다. 지금은 부모의 신세를 지고 있지만 도미지로 씨도 언제 출세할지 모르니 도안 씨는 좀 더 조심해야지요."

장사를 하다 보면 빌려줄 때도 있고 빌릴 때도 있는 법이라니, 도미지로 같은 주머니가게 사람의 머리로는 좀처럼 떠올릴 수 없는 생각이지만 후다사시라면 쉽게 할 수 있는 말이 아닐까.

가볍게 기침을 하며 웃음을 멈추고 이야기꾼은 다시 사방침에 기댔다.

"제가 무리한 비용을 지불하면서까지 일을 서두른 까닭은 미시마야가 안고 있는 두려움을 너무 오래 방치해 두고 싶지 않아서입니다."

상대는 편안한 자세지만 도미지로는 여전히 자세를 바르게 하고 앉아 있다.

"……지금 하신 말씀은, 고덴마초의 전당포, 후타바야의 하녀 오아키가 가지고 있던 시루시반텐에 관한 일이로군요."

이야기꾼과 눈이 마주쳤다. 이제는 눈동자에서 지력이 느껴진다.

그 눈을, 이야기꾼 쪽에서 먼저 피했다.

"제 뒤에 있는 반지半紙는, 무슨 주술 같은 건가요?"

돌아보지도 않고 족자의 반지에 대해 묻는다.

"주술이 아닙니다. 이야기를 듣는 제가 마음을 하얗게 비우고 이야기를 듣고, 다 듣고 나면 다시 하얗게 되돌린다. 이야기하고 버리고, 듣고 버린다는 미시마야 괴담 자리의 규칙을 반지에 빗대어 나타낸 겁니다."

이 이야기꾼에게는 지금까지와는 약간 다르게 설명해 주었다.

"늘 하시는 일이란 말씀이시군요."

"예."

"정말로 이야기하고 버리고 듣고 버려 줄 거라고 믿으려면 방금 한 설명만으로는 부족하다, 라고 제가 말씀드린다면 도미지로 씨는 어떻게 하시겠습니까."

호흡을 가다듬고 싶었지만 도미지로는 참았다. 나는 벌레다. 벌레에게는 벌레의 기개가 있다.

"듣는 이로서 믿음을 얻어내지 못했다는 뜻이니 유감스럽지만 포기할 수밖에 없습니다. 손님께는 돌아가 달라고 해야겠지요."

또 이야기꾼과 눈이 마주쳤다. 눈빛에 밀렸다가 도로 밀어낸다.

편안한 자세 그대로 이야기꾼은 천천히 웃었다. 매듭을 푸는 것 같은 웃음으로 눈빛도 따뜻하게 느껴진다.

"저는 오아키를 꾸짖었습니다."

경솔한 짓 하지 말라고.

"하지만 그 사람은 십 년 전에 그 저택에서 우리가 보고 들은 일을, 이대로 죽을 때까지 가슴에 담아 두기는 싫다고 우기더군요. 늘 다부지고 한 번 말을 꺼내면 물러서지 않는 구석은 스무 살 때와 전혀 달라지지 않았어요."

이제 무사히 본론으로 넘어온 듯하다. 팽팽하게 당겨져 있던 실이 끊어지고 도미지로는 한순간 어지러움을 느꼈다.

"저는 우메야梅屋 진자부로라고 불러 주십시오."

새하얀 머리카락, 굵은 눈썹, 야무진 눈매. 사방침에 몸을 기대고 이야기꾼은 말을 이었다.

"저희 가게의 옥호를 말씀드릴 수는 없지만 저는 매화梅가 한창 필 무렵에 태어난 셋째 아들이고, 진자부로甚三郎라는 것은 부모님이 지어 주신 진짜 이름이니 둘을 합치도록 하지요."

알겠습니다, 하고 도미지로는 대답했다.

"저는 매우 방탕한 아들이었습니다."

왠지 그리운 듯이 말한다.

"아버지한테는 혼나고, 형님들에게 설교를 듣고, 어머니는 울며 매달렸지만 술을 마시고, 도박을 하고, 무분별한 지출을 멈출 수가 없었지요. 특히 도박에 빠져서, 부모님이나 형님들이 돈을 주지 않으면 고용살이 일꾼들을 협박하거나 얼러서 문갑을 열게 하고 돈을 빼내 도박장에서 도박장으로 돌아다니다가."

겨우 돈이 떨어졌을 때만 집에 들르곤 했다.

"계속 이겨서 주머니 사정이 좋으면 술을 마시든 사치를 부리든 화끈하게 합니다. 자연히 유곽에서도 잘난 척을 하게 되고. 이를 유지하려면 또 돈이 필요하니까."

빙글빙글 쳇바퀴를 돌며 방탕의 길로 떨어져 갔다.

"열일곱 살부터 주사위 도박에 빠져 지내다가 열아홉 살이 되던 해의 정월에 처음으로 아버지한테 의절이라는 말을 들었지요."

도소주屠蘇酒 중국의 명의 화타가 처방한 도소산이라는 약을 넣은 술. 연초에 도소산을 술에 담가 마시면 일 년의 잡귀를 쫓아 수명이 연장된다고 하여 설날에 많이 마신다 정도는 집에서 마실까 싶어 훌쩍 집으로 돌아온 진자부로였으나,

"새해 인사를 하러 온 손님과 친척들이 있는 앞에서 정좌로 꿇어앉혀 놓고 고함을 질러 대시더군요."

진자부로는 크게 놀랐고 겁을 먹었다. 태어나서 처음으로 아버지의 노성을 들었기 때문이다.

"아버지는 장사에 남다른 소질이 있어서 잇속을 챙기는 데 능했고 큰 거래도 대담하게 추진하여 성사시키곤 했습니다. 결코 마음 약한 양반이 아니었지만 저한테는 약했어요. 또 형님들은 아버지를 본보기로 삼아 틀에서 찍어낸 것 같은 착한 아들이었으

니 야단칠 필요도 없었지요."

왠지 셋째 아들만은 그 틀에 들어맞지 않았다.

"나쁜 의미로요. 그래서 아버지도 저에게는 한 수 접어 주었지만 더 이상은 참을 수 없었나 봅니다."

분별도 날아가 버려 "의절이다!" 하고 고함쳤다. 진심이 전해져 왔기 때문에 진자부로도 벌벌 떨었다.

"제가 새파래져서 훌쩍훌쩍 울고 있자니 주위 사람들이 수습해 주어서."

우선 의절은 보류되고, 이제부터 진자부로가 마음을 고쳐먹는다면 집에서 쫓아내지는 않겠다, 는 정도로 수습되었다.

그게 잘못이었다――고 한다.

"한 번 핏기가 가실 정도로 놀랐는데, 그날 바로 '자, 자, 그러지 말고'라는 중재로 흐지부지되었잖습니까?"

――뭐야, 별거 아니군.

"우습게 보고 말았지요. 방탕을 멈출 수가 없었어요."

여기서 우메야 진자부로가 몸을 일으키더니 오시마가 내주고 간 전차의 찻잔 쪽으로 손을 뻗으려 했기 때문에, 재빨리 자리에서 일어난 도미지로가 먼저 찻잔을 집어 들고 진자부로가 사방침에 기대어 있어도 되도록 "드시지요" 하며 내밀었다.

"고맙습니다."

진자부로는 찻잔을 떨어뜨리지 않도록 움켜쥐었다.

"눈치가 빠르시군요. 젊은 시절의 저도 그랬습니다. 그래서 여자들은 저를 좋아했지요. 도미지로 씨도 그렇지요?"

"글쎄요, 잘 모르겠습니다."

진자부로가 목을 축이고는 씩 웃는다.

"여자한테 자신이 어느 정도의 남자인지, 진심으로 시험해 본 적이 아직 없으시군요."

대충 비슷하다. 내내 장사를 배우는 나날이었고 다쳐서 미시마야로 돌아오니 오치카가 있어서 즐거웠고.

"제 이야기는 관두지요."

도미지로도 웃으며 피했다.

"우메야 씨의 아버님은, 젊었을 무렵에 방탕하지 않으셨나요? 성실하기만 한 분이셨기 때문에 놀러 다니는 진자부로 씨를 제대로 다루지 못하셨던 걸까요?"

아뇨, 아뇨, 하며 진자부로가 고개를 젓는다.

"아버지도 형님들도 그럭저럭 도락은 즐겼습니다. 저희는 가업이 가업이다 보니 가만히 있어도 화려한 곳에 초대를 받지요."

다만 아버지와 형님들이 즐긴 '도락'과, 진자부로에게 씐 도박열은 전혀 성질이 달랐다.

"푹 빠져 있을 때는 전혀 몰랐습니다. 도박을 하며 놀고 있다고 생각했으니까요."

도락이야. 즐기고 있는 거지.

하지만 당시의 진자부로에게 주사위의 눈에 가진 전부를 거는 도박은 놀이가 아니었다.

“주사위를 던지고 바라던 대로의 눈이 나온다, 좋은 운이 몇 번이나 이어진다, 오늘은 대승이다, 그럴 때는 말이지요.”

말을 찾듯이 뜸을 들이고 나서 진자부로는 도미지로의 얼굴을 보았다. 눈동자가 그윽하게 빛난다.

“세상이 완전히 자기 손바닥 안에 들어 있는 것 같은 기분이 들거든요.”

세상을 손아귀에 쥐고 주사위처럼 굴릴 수 있다.

“생각하는 대로 말이지요.”

운이 다해서 계속 꽝이 나오면 손 안에 있던 세상을 빼앗겨 억울한 기분이 든다.

“되찾아야 해, 무슨 일이 있어도 되찾아야 해, 저건 내 거야, 하고.”

저건 무엇일까. 세상일까, 운일까.

“돈은 아니에요. 확실하게 말할 수 있습니다. 돈이 벌리기 때문에 도박을 그만둘 수 없는 게 아니에요. 돈이라면, 가업에 조금만 힘을 써도 훨씬 쉽게 벌 수 있었으니까요.”

진자부로로 하여금 주사위를 굴리게 만드는 힘은, 세상을 손아귀에 쥐고 굴릴 수 있다는 쾌감이었다. 그것이 잠시라도 오래 이어지기를. 영원히 끊이지 않기를.

“나중에 그 저택에서 알게 된 사람들이 말하더군요. 저는 그냥 방탕아가 아니라 뿌리부터 도박꾼이라고.”

──‘그 저택’.

이걸로 두 번째다. 어디를 말하는 걸까. 재촉해서는 안 되니 도미지로는 고개를 끄덕이며 듣기만 했다.

"저는 도락을 멈추지 않았습니다. 술과 여자에는 그나마 질렸지만 주사위 도박만큼은 그만두기는커녕 점점 더 깊이 빠져서 헤어나지 못하는 동안 아버지는 몇 번이나 의절하겠다며 고함을 쳤고, 큰형님은 저를 때리기도 했지요."

"정말로 의절 수속을 하시는 데까지는 가지 않았습니까?"

입으로야 말하기 쉽지만 정식 의절은 엄청나게 수고가 드는 일이다. 일족의 양해를 얻고 문서를 만들고 나누시名主 신분은 평민이지만 국가의 지휘 감독을 받으며 민정을 수행하던 사람에게 도장을 받고 봉행소奉行所 봉행이 사무를 보던 관청. 봉행이란 관직명 중 하나로, 에도 시대에는 재무를 담당하던 감정봉행勘定奉行, 절이나 신사 관련 업무를 담당하던 사사봉행寺社奉行, 시중 관련 업무를 담당하던 마을봉행町奉行이 있었다에 신고를 해야 한다. 의절의 이유와 경위에 불명확한 점이 있으면 부모형제와 당사자가 재판소에 불려나가 조사를 받을 수도 있다.

에도 시중에 풀리는 쌀의 가격을 정할 권한을 가지고 있는 후다사시 집안의 의절 사태라면, 친인척과 동업조합의 허락을 득하는 과정에서 이미 큰 소동이 벌어졌을 법한데.

아니나 다를까,

"귀찮았겠지요, 아버지도"라는 대답이 돌아왔다.

집안의 체면도 엉망이 될 테고요.

"그러다 보니 더욱더 우습게 보이더군요. 아니, 저는 더 이상 부모님이나 형님들의 말에는 신경 쓰지 않았어요. 돈이 있을 때는 도박으로 머리가 꽉 차 있고, 주머니가 허전해져야 비로소 부모의 얼굴을 떠올렸지요."

"주머니가 완전히 텅 비기도 하나요?"

"그야 운에 달려 있으니까요."

"아무리 강한 사람이라도 운이 다하면 질 테지만, 그래도 평균을 내어 보면 벌어들인 돈이 더 많아서 셋집을 샀다는 도박사는 없을까요?"

진자부로는 도미지로의 얼굴을 바라보며 쿡쿡 웃었다.

"아아, 귀여우시네요. 제 둘째 형이 꼭 당신 같은 사람입니다."

몇 번째인가 진자부로와 의절하겠다며 아버지가 화를 냈을 때,

——저 녀석이 도박에 푹 빠져서 살 수 있다면, 도박으로 집을 한 채 지을 수 있을지도 몰라요. 내버려 둬도 되지 않을까요, 아버지.

"아주 진지하게 느긋한 충고를 했다가, 너도 나가라는 고함을 들은 태평한 사람입니다. 세상물정을 모르는 건 아니지만 귀엽지요."

진자부로의 말에 도미지로는 겸연쩍은 표정을 지었다.

"저도 제가 정상이 아니라는 사실쯤은 알고 있었어요."

찻잔 안을 무심히 들여다보며 진자부로가 말을 잇는다.

"하지만 운이 따를 때의 기분——세상을 손아귀에 쥐고 흔드는 듯한 기분을 잊을 수가 없더군요."

"실제로는 단 두 개의 주사위 눈인데."

도미지로의 말에 진자부로가 움찔한 것 같았다.

"흐음. 방금 하신 말씀은 그 저택에서 오아키가 제게 한 말과 똑같습니다."

——그게 진 씨의 잘못이에요. 겨우 두 개의 주사위와 이 세상은 저울에 올려놓을 수 없는데.

오아키가 했다는 말을 귀에 새기며 도미지로가 물었다.

"당신과 오아키 씨는 어딘가의 저택에서 같이 살았던 적이 있는 거로군요."

도미지로의 눈을 바라보며 진자부로는 천천히 고개를 끄덕였다.

"지금으로부터 십 년 전, 저는 스물넷이고 오아키는 스무 살이었습니다. 저도 그 여자도 가미카쿠시를 당해 그곳으로 끌려갔지요."

우메야 진자부로의 이야기

주머니가 비었다.

지난 사흘가량 진자부로는 전혀 운이 없었다.

가랑눈이 코끝에서 춤춘다. 음력 섣달 중순, 솜옷을 껴입고 목도리를 단단히 두르고 있어도 몸이 떨릴 정도로 춥다. 거기에 빈 주머니가 겹쳐, 걸어가는 동안 얼어붙을 것 같다.

——그렇게 되면 나는 불효자의 본보기로 료고쿠 가로나 아사쿠사의 절 뒤에 있는 흥행장에 전시되어 구경값을 받을 수 있겠군.

여러분, 부모를 울리던 방탕한 아들이 보시다시피 해님을 꺼리며 살금살금 걷던 모습 그대로 딱딱하게 얼었습니다!

자주 가는 도박장은 몇 군데 있지만, 도모토胴元 노름판을 빌려 주고 자릿세를 받는 사람들에게 진 빚이 늘어 어디에도 얼굴을 내밀기가 어려워졌다. 돈놀이꾼에게도 정월에는 반드시 본가에 돌아가 어떻게든 돈을 얻어 오겠다는 변명을 늘이고 또 늘이고 있는 참이라, 더욱 내밀 얼굴이 없다.

본가 쪽은 언제 얼굴을 내밀어도 아버지가 고함치고, 어머니는 울고, 형들은 설교를 한다. 슬슬 어른이 돼라, 돈 버는 게 얼마나 힘든지 알아야지, 놀다가 나이를 먹어 버리면 앞으로의 인생에서 아무리 후회해도 따라잡을 수 없다 운운.

——나도 다 안다고.

그래도 그만둘 수 없는 것이 도박이다. 아버지도 형님들도, 그 묘미를 모른 채 지루하게 살다가 죽어 간다. 차라리 그쪽이 더 불쌍하다고 진자부로는 생각했다.

그러나 이 해 겨울 초, 용무를 보러 나온 대행수를 기다리고 있다가 자신도 함께 데리고 돌아가 달라고 했을 때, 가게 안쪽에서 눈썰미 좋게 진자부로를 발견하고 노성을 지른 아버지가 곧 얼굴을 붉히며 기침을 하기 시작해, 허둥지둥 달려온 고용살이 일꾼들에게 보살핌을 받는 모습은 큰 충격을 주었다.

——환절기에 감기에 걸리시다니.

아버지도 늙어 가는 것이다.

진자부로의 집은 후다사시로서는 지체가 높지 않지만 가문은 오래되었다. 대대로 당주 중에는 젊은 시절에 방탕함으로 이름을 날린 사람도 있는 모양이다. 애초에 후다사시는 에도의 풍류와 멋을 체현하는 화려한 상인이니, 전혀 놀지 않는 쪽이 보기에 좋지 않을 정도다.

아버지도 벽창호는 아니었고, 큰형도 둘째 형도 아내를 맞아 자리를 잡기 전까지는 유곽에 몰려가 사람들을 모아 놓고 즐겁게 요란법석을 피울 때도 있었다. 그것도 장사에 속하고, 후다사시의 집안에 태어난 남자가 제 몫을 하는 어른이 되기 위한 인생 수업 중 하나다.

그런데 왜 진자부로만 야단을 맞는 걸까. 오직, 그가 탐닉해 있는 쪽이 도박이기 때문이다. 술을 마시거나 게이샤와 노는 것은 '젊을 때는'이라며 용서가 되지만, 도박에 미치는 건 안 된다는 것이다.

"술과 여자로 몸을 망치는 후다사시는 없지만 도박은 절대로 안 돼. 근성이 썩는다."

그렇다면 진자부로는 매일 산 채로 썩어 가고 있다.

머잖아 늙은 아버지가 은퇴하고 큰형이 가게의 주인이 되면 진자부로는 방탕한 셋째 아들에서 더부살이 동생으로 전락하리라.

그렇게 되기 전에,

——지금 잘 생각해야 한다.

가랑눈을 쫓아 내딛는 발끝에 희미한 망설임이 생겨난다.

본가의 문지방이 높을 때——평소에는 우는 소리나 잔소리를 하면서도 용돈을 주는 어머니가 "오늘만은 안 돼" 하며 한 푼도 주지 않을 때, 친한 돈놀이꾼이 "적어도 지금 지고 있는 빚의 이자만이라도 넣어 주지 않으면 좀 어렵겠는데"라며 떨떠름해할 때, 저당 잡힐 담보도 더 이상 없을 때는, 많이는 빌릴 수 없지만 가장 돈을 뜯어내기 쉬운 곳에 의지하게 된다. 예전에 우메야에서 일했던 고용살이 일꾼들이다.

오래 일했던 사람은 그만둘 때 꽤 많은 은퇴금을 받거나, 다음 일자리를 알선받기 때문에 우메야의 나리, 마님, 도련님쯤 되면 신神에서 다음 정도로 떠받들어 준다. 물론 그들이 큰돈을 변통할 수 없음은 잘 알고 있다.

하지만 석 달이나 운이 따르지 않으면 돈을 뜯어내기 쉬운 상대에게도 두 번, 세 번 다니게 되고 (진자부로도 악귀는 아니니) 네 번이나 찾아가기는 역시 거북하다. 그래서 지금까지 찾아간 적이 없는 고용살이 일꾼의 집을 향해 진자부로는 한기에 목을 움츠리며 걷고 있었다.

상대는 우메야 삼형제의 유모였던 오키치라는 여자다. 형제 중 가장 약하고 늘 열이 나거나 배탈이 나곤 했던 진자부로는 특히 이 유모의 신세를 졌다.

체격이 크고 전체적으로 뚱뚱했던 오키치의 살집 많은 등이나 무릎의 온기는 여전히 추억 속에 남아 있다.

오키치는 진자부로가 일곱 살이 되었을 때 우메야를 그만두고 시집을 갔다. 서른이 넘었기 때문에 후처 자리이기는 했지만 시댁은 메지로의 유복한 농가였으니 뒷골목 공동주택에서 태어난 오키치에게는 더할 나위 없는 혼담이었다.

그곳에서는 지금도 계절이 바뀔 때마다 제철 채소나 과일을 든 심부름꾼이 인사를 하러 온다. 오키치는 잘 살고 있는 것이다. 자신의 아이는 없어도 의붓자식은 있었으니 손자가 생겨 할머니가 되었을지도 모른다. 그리운 '진자부로 도련님'이 찾아가면 분명 기뻐하리라.

——실은 연말이라 사정이 여의치 않아서 곤란해하고 있어.

라고만 얘기해도 알아서 챙겨 줄 정도의 눈치는 있는 사람이니까.

일곱 살 때의 진자부로는 오키치가 시집을 가자 외롭고 쓸쓸해서, 일 년 정도인가 세 살짜리 어린아이로 돌아간 것처럼 밤에 울거나 오줌을 싸곤 했다. 오키치는 우리 집에서 시집을 갔으니 무슨 일이 있을 때는 우리 집으로 돌아오겠지, 언제 돌아오느냐, 데리러 가겠다고 묘하게 이치에 맞는 떼를 쓰기도 했다. 떠올려 보면 간지럽고 부끄럽다.

옛 유모에게 돈을 빌리려고 하는 자신의 마음과, 그런 빚이 필요한 생활은 부끄럽지 않은가. 물론 부끄럽다. 때문에 더더욱, 여태껏 찾아가지 않았다. 하지만 지금은 부끄러움을 무릅쓰고서라도 갈 수밖에 없다. 그만큼 절박한 상황이었기 때문이다.

다만 그의 절박함은 보통 시중의 도박을 좋아하는 사람의 절박함과는 다르다. 진자부로는 그날의 수입을 도박판에 쏟아 부어 처자식을 굶기는 목수나, 도박으로 진 빚을 갚기 위해 딸을 팔아치우는 행상꾼 등과는 처음부터 다른 곳에서 주사위를 던지고 있으니까.

그가 우메야의 셋째 아들임은 도모토들 사이에 널리 알려져 있다. 진자부로의 빚은 우메야에서 받아내면 된다는 것을 놈들은 알고 있다. 그때 자칫 실수해서 우메야의 간판에 상처를 내면, 일이 공공연하게 드러나 자신들 역시 무사할 리 없다는 사실도 알고 있다.

따라서 아무도 거칠게 굴지는 않는다. 요는, 여차하더라도 우메야가 지불할 수 있는 한도까지 진자부로를 놀게 해 두고, 원만하고 원활하게 뽑아먹을 수 있는 만큼만 뽑아먹자는 속셈이다. 가령, 만일 진자부로가 완전히 미쳐서 우메야의 재산을 탕진해 버릴 정도의 빚을 질 수도 있는 상황이 된다면, 놈들 쪽에서 말릴 것이다. 황금알을 낳는 새를 죽여 봐야 자기들만 손해니까.

이전에 큰형한테도 그런 말을 들은 적이 있다.

——그러니까 너는 우리 재산이라는 손바닥 위에서 놀고 있을 뿐이야. 진짜 도박사가 아니지. 그래도 즐거우냐? 그래서야 사내라고 할 수 있을까? 꼴사납다고는 생각하지 않느냐?

——아버지가 몇 번이나 '의절이다' 하고 고함치면서도 너와의 인연을 끊지 못하는 이유는 우메야라는 뒷배가 사라지면 네가 평범한 건달로도 사흘도 버티지 못할 것을 알고 계시기 때문이다. 너는 그걸 모르겠느냐?

알고 있다. 잘 알고 있다. 돈을 운운한다면 자신은 허리까지 미지근한 물에 잠겨 있는 도박사다.

하지만 진자부로의 아버지도 큰형도 모르는 사실이 있다. 어쩌면 도모토들조차 잘못 생각하고 있을지도 모르는 사실이 있다.

진자부로는 돈 따위는 아무래도 좋다. 도박의 한순간 한순간에 탐닉해 있을 뿐이다. 주사위의 눈이 생각한 대로 나온 순간의, 세상 전부를 자신이 조종하고 있는 듯한 사나운 기쁨을 위해서라면, 전부 다 내던져도 좋다고 생각한다.

지금의 이 절박함은 계속 도박에 져서 잔돈조차 마음대로 쓸 수 없게 되고, 증문도 더 쓸 수 없게 되고, 조금이라도 정산하지 않으면 어느 도박장에도 출입할 수 없어서, 순수하게 승부에서 멀어져 있기 때문이다. 그 한순간에 굶주려 있기 때문이다.

만일 팔다리를, 또는 목숨을 조금씩 잘라 팔아서 도박을 할 수 있는 도박장이 있다면, 진자부로는 기꺼이 그곳에 다닐 것이다. 목숨의 마지막 한 조각을 걸고, 지면 죽는다는 상황에서도 두려워하지 않으리라. 그 정도의 승부에 이긴다면, 그 사나운 기쁨 또한 수십 배, 수백 배나 되어 진자부로를 채워 줄 테니까.

다정했던 유모 오키치는 지금의 진자부로가 어떤 생활을 하는

지 알면 한탄할까. 돈을 빌려 드리지는 않겠어요, 그냥 드리지요, 하지만 도련님, 모쪼록 마음을 고쳐먹어 주세요, 하며 울까.

흩날리는 가랑눈은 얼굴에 닿으면 차갑고 아프다. 오키치를 찾아가지 마, 되돌아가, 하고 타일러 주고 싶은 모양이다. 귀여운 진자부로 도련님의 추억을 더럽히지 말라고.

흠——하고 진자부로는 콧김을 내뿜는다.

메지로는 붉은 선 바깥, 숲과 논밭밖에 없는 곳이겠지만, 우메야와 계절 인사를 계속 나누어 왔으니, 오키치는 지금의 진자부로의 평판 정도는 이미 옛날에 알았을지도 모른다. 겉을 꾸며 봐야 이미 늦었다. 소중하게 키워 주었는데, 이런 도박사로 전락했습니다, 하고 정직한 모습을 보여 주는 편이 유모에 대한 최소한의 도리가 아닐까.

양손을 품에 집어넣고 더욱 목을 움츠리며 걸음이 빨라진다. 누구에게, 무엇에 대해서인지 알 수 없지만 버럭 화가 치민다.

"빌어먹을."

짧게 내뱉자 말과 함께 새어나온 호흡이 하얘서 놀랐다.

몹시 춥다. 소한小寒 때부터 지금껏 임시 거처로 삼고 있는 우시고메벤텐초의 셋집을 나왔을 때만 해도 이렇게까지 춥지는 않았다는 기분이 드는데.

오키치의 시댁이 어딘지는 대강 알고 있다. 넓은 논밭을 가진 농가이니, 근처까지 가서 사람들에게 물으면 쉽게 찾아갈 수 있겠지. 그렇게 생각하고 대강 방향만 짐작하여 걸어왔지만 어느새 길은 좁아지고, 스쳐 지나는 사람들의 모습은 사라지고, 눈을 드니 주위는 무성한 나무에 둘러싸여 있다.

완전히 숲속이다.

검은색에 가까운 진녹색의 뾰족한 잎을 단 나무들과, 모든 잎이 말라 떨어져서 알몸이 된 나무들. 가지를 서로 겹치고, 앞서거니 뒤서거니 줄을 짓고, 또는 어지럽게 뒤섞여 이어지고 있다. 나무숲 사이는 덤불로 가득 메워져 있어서 거의 앞이 보이지 않는다.

어둑어둑하다. 하늘을 올려다보아도 두꺼운 구름이 뚜껑을 덮고 있다. 거기에서 춤추며 떨어지는 가랑눈이 진자부로의 코끝을 콕 찔렀다.

생각에 잠겨 있다가 길을 잘못 들었나. 혹시 메지로 부근은 이미 지나쳤고, 엉뚱한 방향으로 걷고 있는 걸까.

그러고 보니 에도가와바시 다리를 보지 못했다. 메지로의 부동명왕 사당도, 시야 구석에서조차 보지 못한 채 여기까지 와 버렸다.

진자부로는 깜짝 놀랐다. 걸으면서 꾸벅 졸기라도 했나.

이건 꿈이 아닐까. 손으로 뺨을 가볍게 때려 본다. 깨지 않는다.

"멍청하긴."

스스로에게 말하며 저도 모르게 혀를 찼다. 그러다 문득 어린 시절을 떠올렸다.

누구에게 배웠는지 큰형이 혀 차는 법을 배웠고, 형이 하는 행동을 무엇이든 따라하는 둘째 형도 흉내를 냈다가 오키치에게 심하게 야단을 맞은 적이 있다. 그 전에도 그 후에도, 다정한 유모가 형제에게 그런 얼굴을 보인 것은 그때 한 번뿐이었다.

——혀를 차다니, 태생도 자란 환경도 비천한 사람이 하는 짓입니다. 도련님들이 하시면 안 돼요. 나쁜 것을 불러 모아 집안에 해가 됩니다.

해란 뭐냐, 그딴 건 모른다고 지기 싫어하는 어린애 같은 마음으로 큰형이 대꾸하자, 오키치가 날카롭게 노려보며 덧붙였다.

——귀신이 혀를 베어 가 버린답니다.

진자부로가 다섯 살 무렵이었던가. 그래서 당시에는 의미의 차이를 알지 못했지만, 오키치가 '잘라 간다'가 아니라 '베어 간다'고 말한 것은 기억하고 있다. 지옥의 귀신은 혀를 차는 행동을 하는 버릇없는 자를 찾아 늘 어슬렁거리고 있고, 발견하면 모조리 베어, 또는 '사냥해' 간다고.

뼈에 사무칠 듯한 한기 속에서 떠올리기에는 기쁘지 않은 추억이다. 진자부로는 품에 넣었던 손을 빼고 양손을 입가로 가져가 숨을 불었다. 호흡의 온기에 오히려 몸이 떨리기 시작했다.

버스럭.

그때 등 뒤의 덤불에서 소리가 났다.

진자부로는 몸을 돌려 뒤를 돌아보았다. 환청이 아니라 덤불의 일부가 흔들리고 있다. 마른 가지와 뾰족한 풀잎. 하얀 반점이 있고, 한쪽에만 날이 달린 단도 같은 모양의 잎이다.

완전히 숲속이다. 여우나 너구리가 있어도 이상하지는 않다.

──홀린 건가?

진자부로는 담뱃대도 살담배도 가지고 다니지 않는다. 여우나 너구리에게 홀리면 한 대 피우라고 흔히들 말하지만, 담배를 즐기지 않는 사람은 어떻게 하면 좋을까.

다시, 버스럭. 또 뒤쪽에서 덤불이 움직였다. 돌아보면 뒤에서 버스럭. 그쪽을 보면 반대쪽에서 버스럭.

놀림을 당하고 있다. 분명히 여우나 너구리의 짓이다. 쫓아내야 한다.

진자부로는 품속에 가만히 오른손을 넣었다. 지금까지 칼부림 사태에 휘말린 적은 없지만, 엇비슷한 상황과 맞닥뜨리고 만 적은 몇 번인가 있어 품에 가느다란 비수를 숨겨 다니게 되었다.

검도를 배운 적은 없으니 여차할 때에 쓸 수 있을지 스스로도 불안하다. 그래도 비수 자루를 움켜쥐면 마음이 든든하고, 요괴는 날붙이를 싫어하니 부적은 될 것이다.

버스럭. 등 쪽에서 덤불이 수런거린다. 진자부로는 고개만 비틀어 돌아보는 것이 아니라 몸까지 함께 기세 좋게 뒤를 향했다.

무언가와 눈이 마주쳤다.

덤불 속에서 하얀 얼굴을 내밀고 있다. 지장보살만 한 작은 얼굴이다.

그렇다, 사람의 얼굴이다. 눈이 있고 코가 있고 입이 있다.

하지만 무언가다. 사람이 아니다. 뱀 같은 피부. 치켜 올라간 눈꼬리와 가지런히 돋아 있는 날카로운 이빨. 그리고 금색 눈동자에 뾰족하고 가느다란 눈동자. 고양이의 눈은 아니다. 이 또한 뱀이나 도마뱀류의 눈.

괴, 물.

"갸!"

진자부로가 소리를 지른 것이 아니다. 그 무언가가 소리를 지른 것이다. 또 이어서,

"갸!"

"갸!"

"갸!"

좌우와 뒤쪽, 덤불의 세 방향에서 고함 소리가 난다. 뾰족한 풀잎이 크게 휘고, 마른 가지가 흔들린다.

포위되었구나.

순식간에 깨달은 진자부로가 목소리도 내지 못하고 고꾸라질 듯이 달리기 시작했다.

등 뒤에서 덤불이 수런거리고, 파닥파닥 날개 소리가 났다. 저 괴물에게는 날개가 있나. 덤불에서 날아올라 쫓아오는 걸까.

공포와 당혹에 휩싸여 진자부로는 숨을 멈추고 내달렸다. 길은 덤불 사이로 구불구불하게 뻗어 있다. 가랑눈이 눈보라가 되고, 길을 막아 방해를 한다. 쏟아지는 눈을 양손으로 가르며 허공을 헤엄치듯이 달려간다. 날갯짓 소리는 집요하게 쫓아온다.

"갹!"

귀 바로 옆에서 고함 소리가 튀고, 무언가가 왼쪽 관자놀이를 스쳤다.

"와아아아아아!"

진자부로는 숨을 확 토해 내고, 헐떡이며 목이 찢어져라 소리를 지르고 말았다.

"사, 살려 줘, 누가, 누가 좀!"

갑자기 탁 트인 장소가 나왔다. 좌우에 바싹 다가와 있던 숲도 덤불도 사라졌다. 가랑눈도 한꺼번에 멈추고, 얼굴이며 팔을 찌르던 차가운 눈의 가시도 사라졌다.

갑작스러운 변화에, 진자부로의 다리가 꼬였다. 짚신 끝이 땅바닥에 걸려, 앞으로 고꾸라지며 구른다. 그래도 더 도망치고 싶어서 양손의 손가락으로 땅바닥을 긁으며 기다시피 앞으로 나아갔다.

흙이 부드럽다. 희미한 바람이 느껴진다. 온기가 있는 부드러운 바람이다.

진자부로는 아래턱을 떨고 눈물과 침을 흘리면서, 머뭇머뭇 뒤를 돌아보았다. 숲 가장자리까지 벌써 1정은 떨어졌다.

어떻게 도망쳐 올 수 있었을까. 아까 저 안을 걷고 있을 때, 숲도 덤불도 저렇게 깜깜했을까.

달려서 도망치는 진자부로를 한 발짝 거리에서 놓치고 숲과 덤불과 어둠 속에 숨어 있는 저 괴물이 포기하고 물러간 것처럼 여겨지기도 한다.

"갹."

다시 한 번, 고함 소리가 울렸다. 어두운 숲속으로 멀어져 간다. 떠나간다.

——사, 살았다.

진자부로는 손등으로 얼굴을 닦고 천천히 일어섰다. 기모노 자락을 손으로 턴다. 지리멘縮緬 견직물의 일종. 날실에는 꼬임이 없는 명주실, 씨실에는 꼬임이 있는 명주실을 사용해 직조한 후, 소다를 섞은 비눗물에 몇 시간 끓여 만든다. 이렇게 하면 천의 표면에 촘촘하게 오글오글한 주름이 생기게 된다이나 명주는 전당포에 맡긴 후 되찾아오지 못해, 있는 대로 조달한 허술한 무명이다. 안감을 덧대었는데도 입으면 썰렁하다. 하오리 같은 것은 벌써 팔아치워 버렸기 때문에 무명에 솜을 넣은 것을 껴입었는데 헌옷이라 몹시 낡았다.

그래도 별로 추위가 느껴지지 않는다.

정신이 들어 보니 주위는 안개에 감싸여 있다. 희미하게 좋은 향기가 떠돈다.

——매화 향기다.

한 발짝, 또 한 발짝, 더듬거리며 신중하게 진자부로는 나아갔다. 안개 속에 무언가의 그림자가 보여 깜짝 놀랐다. 매화나무다. 진자부로의 키보다 조금 높은 정도로, 옆으로 가지를 뻗은 백매白梅다.

——설마. 만개했잖아.

방금 전까지는 공포로 벌렁거리던 심장이, 지금은 놀라서 뛰고 있다. 대체 어찌 된 일일까?

매화나무는 한 그루만이 아니었다. 걸어가다 보니 차례차례 보이기 시작했다. 백매, 홍매, 가지가 아래로 처진 매화나무. 안개에 감싸인 이곳은 멋진 매화나무 숲이었다.

매화나무들의 밑동에는 재나 모래가 뿌려져 있다. 재는 거름일 테고, 모래는 물빠짐을 좋게 하기 위한 것이리라. 깨닫고 보니 발치의 흙도 평평하게 골라져 있다.

안개가 흐른다. 매화 향기를 옮겨다 주는 이것은 봄 안개일까.

서벅, 서벅. 무슨 일이 있으면 당장 도망칠 수 있도록 엉거주춤한 자세로 걸으면서도, 진자부로는 조금씩 차분함을 되찾기 시작했다. 안개가 짙어서 멀리까지 볼 수는 없지만, 충분히 밝다. 대낮의 밝기다.

——분명 가까이에 집이 있다.

잘 손질되어 있는 매화 숲이다. 아마도 정원일 것이다. 다이묘가의 시모야시키나, 상당한 호농豪農의 집이려나. 시골이라서 생울타리도 울타리도 없는 걸까. 아니면 우연히 울타리가 끊긴 곳으로 들어와 버렸나.

그림지도를 가져올걸 그랬다. 이 정도의 매화 숲이라면 기록되어 있을지도 모르니까. 그러면 여기가 어딘지 짐작이 갔을 텐데.

귀에는 자신의 발소리와 숨소리만이 들릴 뿐이다. 그 괴물의 고함 소리도 날갯짓도, 완전히 사라졌다. 하지만 새가 지저귀는 흔한 소리도 들리지 않는다니 조금 묘하다. 참새도 동박새도 휘파람새도, 삐— 소리 한 번 내지 않는다.

살아 있는 것이 없는 걸까. 그런 생각이 들자 공포가 훌쩍 돌아왔다. 살아서 이곳을 걷고 있는 것은 진자부로뿐일까.

——나도 죽은 건 아니겠지?

당황해서 손으로 자신의 뺨을 문질러 본다. 따뜻하다. 목덜미를 만져 본다. 맥이 느껴진다.

멀리서 희미하게 물소리가 들려왔다. 시냇물일까. 진자부로는 걸음을 멈추고 귀를 기울였다. 어느 쪽이지? 오른쪽 저 앞, 거리가 상당한 듯한데——.

안개가 흔들리며 진자부로의 코앞을 흘러간다. 손을 들어 흩트리자 가까이의 머리 하나 높은 곳에 한 줄로 늘어선 기와가 얼핏 보였다.

멈추어 서서 양손으로 안개를 흩었다. 안개의 흐름이 흐트러지자 더 잘 보였다. 틀림없다, 흙담이다. 토대 부분만 두 자 정도의 높이가 돌담이고, 그 위에 표백하지 않은 색의 거친 흙벽이 서 있다. 납색 기와는 정연하게 좌우로 길게 뻗어 있는 것 같았다.

그대로 멍하니 걷고 있었다간 제대로 부딪힐 뻔했다.

진자부로는 천천히 흙담으로 다가가 오른손 손바닥을 거기에 대고는 흙담을 따라 왼쪽으로 나아가기 시작했다. 손끝에 느껴지는 흙의 감촉이 든든하다. 꿈이 아니다. 분명히 여기에 있는 것이다.

잠시 나아가자 흙담 위의 기와 열列이 흐트러지기 시작했다. 금이 가거나 끝이 깨진 기와도 섞이더니, 이윽고 흙담 자체가 크게 도려내어진 모양으로 망가져 있는 곳이 나왔다.

폭 한 간 정도, 토대인 돌담 부분만을 남기고, 기와도 흙담도 무너져 있다. 그 맞은편을 보고 진자부로는 또 숨을 죽였다——기보다, 이번에는 숨을 삼키고 말았다.

생각했던 대로 집이 있었다. 하지만 막연히 했던 짐작보다 훨씬 더 커다란 집이었다.

2층짜리 집이다. 기와지붕은 우아하고 아름다운 여자의 손끝처럼 끝이 휘어, 짙은 쥐색을 띠고 있다. 올려다보니 그 주변은 안개도 옅어져, 번진 듯한 해님의 윤곽이 보인다.

가문家紋이나 옥호는 눈에 띄지 않는다. 막새기와도 평평하다. 다만 기와지붕 꼭대기 끝에 하나씩, 꼬리를 튕겨 올린 커다란 물고기 모양의 장식물이 놓여 있었다. 판자벽은 숯을 칠한 것처럼 얼룩덜룩 검고, 군데군데 회색 줄이 그어져 있다.

진자부로는 건물을 올려다본 채 흙담의 끊어진 부분에 손을 걸치고 돌담 부분을 타넘었다. 안쪽에 발을 내려놓자 짚신 바닥에 평평한 흙과 풀의 감촉이 느껴졌다.

눈앞에 펼쳐진 광경은 진짜 정원이었다. 가지가 멋지게 뻗은 소나무가 배치되어 있고, 석남과 산사나무가 그 사이를 장식하고 있다. 상당히 오래돼 보이는 고목에서는 이끼 낀 줄기가 물기로 빛나고 있었다.

흙담 안쪽으로 들어가니 매화 향기가 옅어졌다. 안개는 흐르거나 소용돌이치며, 진자부로를 안내하듯이 계속 움직인다.

하얀 자갈로 만들어진 길을 따라가면 건물 정면——지금 있는 곳에서는 왼편 안쪽으로 돌아갈 수 있겠다.

시냇물 소리는 그 반대, 오른편 안쪽에서 들린다. 어느 쪽으로 갈까 망설이고 있는 사이, 부드러운 종소리가 들려왔다. 한 번 치고 쉬고, 두 번 치고 끝났다.

——절인가?

그렇다면 석탑이나 탑두塔頭가 있을 텐데, 당장 눈앞에는 전혀 보이지 않는다.

종소리가 왼편에서 들려왔기 때문에 진자부로는 그쪽으로 향했다.

그가 걸으면 안개는 흐르며 길을 연다. 그러나 안개가 개는 일은 없다. 손으로 흩으면 잠시 사라지지만 곧 돌아와 달라붙는다.

건물 전체는 드리워진 비단 맞은편에 있는 것처럼, 도무지 또렷하게 보이지 않는다. 2층 부분보다 1층이 더 넓고, 해님의 위치로 미루어 보아 남북으로 길게 이어져 있는 모양이다.

——이거, 말도 안 되는 호화 저택이로군.

미닫이로 되어 있는 네모난 창에는 튼튼해 보이는 살이 달려 있다. 세로 살만 있는 것도 있고, 격자인 것도 있다. 굵은 나무틀에 구멍을 뚫어 놓았을 뿐인 작은 창은 성의 총안銃眼 같은 걸까.

자갈을 밟으며 나아가니, 1층 측면으로 이어지는 긴 바깥복도가 보였다. 툇마루라기에는 지나치게 넓다. 그곳의 천장을 받치고 있는 대들보와, 바깥복도와 실내를 나누는 몇 장이나 되는 장지틀에는 전부 검게 옻칠이 되어 있다. 장지는 한 장을 셋으로 나누어 아래쪽 3분의 1은 검고 윤이 나는 장지종이, 위쪽 3분의 1은 하얀 장지종이, 그리고 한가운데의 3분의 1에는 반쯤 투명한, 얼음처럼 아름다운 판이 끼워져 있다.

——저게 '유리 장지'라는 건가.

옛날에 호상豪商 기노쿠니야 분자에몬이 이것을 아낌없이 사용한 놀잇배를 만들어 오카와 강에서 논 적이 있다고 들었다. 이야기로 들은 적은 있지만 보는 것은 처음이다.

이 바깥복도는 어디까지 이어지려나. 즉, 저택의 측면은 얼마나 길까. 자갈길을 걷느라, 진자부로는 지치기 시작했다. 어두운 숲속을, 날개 달린 괴물에게 쫓기며 도망쳐 나온 후로 벌써 꽤 시간이 지났다.

바깥복도를 따라 나 있는 자갈길 위에는 군데군데 섬돌이 놓여 있다. 여기로 올라가 버릴까.

조금 비틀거리면서 진자부로는 바깥복도로 다가갔다. 좌우를 둘러보고, 꿀꺽 목을 울리고 나서,

"시, 실례합니다."

비슬비슬한 목소리가 나왔다.

대답하는 목소리는 없다. 아무 소리도 나지 않는다.

"누구 안 계십니까."

이제 시냇물 소리도 들리지 않는다.

"지나가던 사람인데 길을 잃고 말았습니다. 누구 안 계십니까."

아까의 종소리가 환청이 아니라면 누군가 한 사람은 있을 텐데, 쥐 죽은 듯 조용하다.

"죄송하지만 좀 쉬었다 가겠습니다."

가능한 한 목소리를 돋우어 인사해 두고 바깥복도 끝에 걸터앉았다. 앉으니 순간 몸이 모래 자루처럼 무거워졌다. 긴 복도의 바닥 판자에 흩어져 있는 옹이는 다 셀 수도 없다. 폭은 한 간 남짓이나 된다. 알 수 없는 넓이와 정적에, 피로가 더해 갔다.

무심코 꾸벅꾸벅 졸다가 당황하며 얼굴을 들었다. 하지만 또 금세 꾸벅꾸벅. 머리가 툭 떨어지고, 얼굴만은 들고 있지만 눈은 반쯤 감겨 있다. 제대로 뜨려고 해 보지만 졸음에 져서 눈꺼풀은 서서히 내려간다.

안 된다, 더 이상 앉아 있을 수 없다. 잠깐만, 아주 잠깐만 눕자.

발끝을 흔들흔들 흔들어 짚신을 벗어던지고, 바깥복도로 올라가 솜옷을 끌어당겨 단단히 몸에 두른다. 색다른 장지문 쪽으로 등을 돌리고 팔베개를 했다. 무릎을 구부려 다리를 움츠리고, 고양이처럼 둥그렇게 몸을 만다.

크게 하품을 한 번. 거기에서 실이 뚝 끊어진 것처럼, 진자부로는 잠들고 말았다.

그리고 꿈을 꾸었다.

잠은 깊고, 꿈도 깊고, 몹시 어둡다. 주위는 어둠에 가득 차 있다. 어디일까. 꿈을 꾸고 있는 진자부로는 모른다. 다만 자신이 자고 있다는 사실과, 이것이 꿈이라는 사실은 알고 있다.

깊은 꿈의 어둠 밑바닥 쪽에, 팔베개를 하고 몸을 웅크린 채 자고 있는 자신의 몸이 보이기 때문이다. 그곳만, 달빛이 비추는 것처럼 둥글게 밝다.

달빛은 아름답지만, 이것은 풍아한 풍경이 아니다. 옷을 입은 채 쓰러져 자고 있는 진자부로는 본인이 보아도 한심하고, 몹시 궁상맞다. 아니, 실제로 가난하니 어쩔 수 없다. 기운 자국투성이인 솜옷이 꼴사납다.

스물넷이라는 나이보다 훨씬 더 늙어 보인다. 닮아빠지고 생기 없는 옆얼굴. 아버지를 닮은 매부리코는 큰형과도 작은형과도 닮았을 텐데, 저렇게 뼈가 앙상하고 억센 모양을 하고 있었던가.

그건 그렇고 이 어둠은 무엇일까. 자신은 둥실둥실 떠 있는 것일까.

양손을 움직여 본다. 어둠에는 질척한 느낌이 있다. 벌린 손가락 사이를 빠져 나가는 느낌이 난다.

(헤엄칠 수 있을까.)

어둠을 저어 본다. 몸이 앞으로 쑥 움직인다. 두 다리를 버둥거리니 조금 위로 올라간다. 오오, 헤엄칠 수 있다. 재미있다.

꿈속의 진자부로가 힘차게 헤엄치기 시작하자 어둠의 저 밑바닥 쪽에서 달빛을 받고 있는 본체의 몸은 그만큼 멀어져 간다. 한 번 휘젓고, 한 번 찰 때마다 멀어지고, 작아지고——아니, 작아지는 것만이 아니다. 상태가 이상하다.

초라한 기모노가 더욱 너덜너덜해지고 소매와 옷자락 아래로 보이는 팔다리가 뼈가 된다.

머리카락이 빠지고, 눈알이 없어지고, 얼굴 전체가 썩어 떨어져서 두개골이 된다.

솜옷도 기모노도 먼지가 되어 사라지고, 등뼈와 갈비뼈가 드러난다.

나는 죽어서 뼈가 되고 만다.

거품을 물고 헤엄쳐서 돌아가려고 하는데, 왠지 주위에 가득 차 있는 어둠이 갑자기 무거워지고, 팔로 저어도 다리로 차도 나아가지 않는다. 꿈을 꾸고 있는 진자부로가 버둥버둥 발버둥치는 사이에 진자부로의 본체는 새하얀 백골이 되고 말았다.

그리고 그 해골도 끝에서부터 먼지가 되어 간다.

그것이 무참할 정도로 확실하게, 또렷하게 보인다. 뼈가 미세한 가루가 되어 끝에서부터 무너져 가는, 희미한 소리까지 들려온다.

하지 마!

소리치려다가 어둠을 삼키고 말았다. 폐부 속까지 어둠이 들어온다. 그 감촉이 끔찍해서, 진자부로는 어둠 속에서 날뛴다. 크게 입을 벌리고 소리를 지르려고 하자 더 많은 어둠이 흘러 들어온다.

어디에선가 남자의 목소리가 들려왔다.

(재는 재로, 먼지는 먼지로.)

머릿속에 울리는 목소리.

(그대는 참회해야 한다.)

말투는 온화하고, 좋은 목소리다. 위협하는 것도, 설교하는 것도 아니다.

그저 말을 걸어 온다.

(그대의 죄를 고백하라.)

죄란 무엇일까. 내가 무엇을 했지?

도박에 탐닉해 부모를 울렸다. 이제 정상적인 삶으로는 돌아갈 수 없다. 아니, 아니, 언제든 돌아갈 수 있다. 마음만 먹으면 돌아갈 수 있다. 나는 뼛속까지 방탕한 사람은 아니다.

(참회하고 기도하라.)

젊을 때 놀았을 뿐이다. 우메야 진자부로는, 사실은 성실하고 효성이 지극한 아들이다.

그렇게 생각하는 사이에 목숨이 다하고, 저렇게 뼈가 되고 만다.

"싫어!"

으르렁거리듯이 외친 순간, 진자부로는 잠에서 깨어났다.

자신을 질척하게 감싸고 오장육부까지 들어오는 꿈의 어둠을 토해 내려고, 우웩우웩 헐떡인다. 몸은 식은땀투성이에, 눈이 따끔따끔하다.

세차게 고개를 흔들며 눈을 깜박이자 그 눈이 또 누군가의 눈과 마주쳤다.

"우와아아!"

"꺄아!"

두 사람의 비명이 겹친다. 두 사람? 그렇다, 이번에는 틀림없이 사람이다. 그것도 젊은 여자였다.

자고 있는 사이에, 진자부로는 바깥복도의 장지 옆으로 가까이가 있었다. 잠에서 깰 때 날뛰다가 굴러가 버린 것인지도 모르지만, 어쨌거나 뻔뻔스럽게도 팔다리를 대자로 뻗고 쿨쿨 자고 있었던 모양이다.

여자는 색다른 삼단 장지 안쪽에 무릎을 꿇고 앉아 진자부로를 들여다보고 있었다. 꺅 하고 비명을 지르며 펄쩍 물러났기 때문에 지금은 얼굴도 몸도 절반 정도밖에 보이지 않지만, 두 손을 움츠리고 꼼짝 못 한 채, 분명히 두려워하고 있다.

"자, 자, 자."

잠깐 기다려 달라고, 수상한 사람이 아니라고 말하고 싶지만 입이 움직이지 않는다. 진자부로는 그 자리에서 순간 정좌하고 머리를 숙였다.

"죄, 죄소, 죄송합니다. 저는 메, 메지, 메지로로 가던 길에, 어, 어어어어어찌 된 셈인지 기, 길을 잃고 말아서."

움직이지 않는 입에 초조해져서 침을 튀기며 변명하는 진자부로를 보고, 젊은 여자는 한층 더 움츠러들어 옷깃을 양손으로 꽉 움켜쥐었다. 수수한 색깔의 격자 줄무늬 고소데에 검은 덧깃, 띠는 꽤 낡은 주야오비의 검은색 천 부분을 바깥으로 해서 매고 있다. 머리카락은 자그마한 시마다마게, 하얀 반점이 흩어져 있는 댕기를 감고 회양목 빗을 꽂았을 뿐이다.

이곳은 저택이지만, 여자는 소위 말하는 대갓집의 하녀가 아니다. 평범한 집 하녀가 분명하다.

진자부로는 안도했다. 어쨌거나 그런 하녀들의 보살핌을 받으며 어른이 된 도련님이라, 그것을 알자 곧 자신 쪽이 위에 선다.

"너, 우선은 물을 한 잔 다오."

명령하면서 정좌했던 다리를 풀어 쭉 뻗는다.

"그리고 이 저택의 요닌用人 에도 시대에 다이묘나 하타모토의 집에서 서무와 회계 등을 맡았던 직책. 가로家老 다음가는 지위였다이나 이에모리家守 에도 시대에 집주인을 대신하여 저택의 관리를 맡던 사람. 지대地代나 집세를 징수하였다나 고용살이 일꾼을 통솔하는 분께 좀 안내해 주었으면 좋겠다. 나는 후다사시 우메야에서 왔다. 제대로 인사를 드리면 수상한 사람이 아니라는 사실쯤은 금방 아실 수 있을 거야."

후다사시 우메야 말이야, 구라마에에 있는 우리 가게 앞을 너도 한 번쯤은 지나간 적이 있지? 우메야는 시중에 아흔여섯 곳 있는 후다사시 중에서도 위에서 세는 편이 빠를 정도로 오래되었거든——하고 한바탕 으스댄다.

"나를 집에 들였다고, 나중에 네가 야단맞을까 걱정할 필요는 없으니까."

몸에 밴 거만한 말투로 말하며 진자부로는 과장스럽게 어깨를 축 늘어뜨려 보였다.

"보다시피 나는 지쳤고, 춥구나. 빨리 인사를 마치고 여기서 좀 쉬게 해 주었으면 좋겠으니, 어서 안내해 다──."

말을 마치기도 전에 굳은 표정으로 가만히 있던 여자가,

"저, 저는 이 저택의 하녀가 아니에요!"

하고 발끈해서 대꾸했다. 아랫볼이 통통하고 얌전해 보이는 얼굴인데 목소리는 강하고 야무지다. 눈빛도 호전적으로 바뀌었다.

여자는 얼른 엉거주춤하게 일어서서, 장지 안쪽에서 바깥복도로 나왔다. 진자부로에게서 조금 떨어지더니 바깥복도 가장자리로 다가가 무릎을 꿇는다.

"저도 길을 잃어버린 거예요. 여기가 어디인지 몰라요."

진자부로는 왈칵 성을 냈다.

"거짓말하지 마라. 장지 안쪽에 있었잖아."

여자는 고개를 저었다. "문 앞에서 몇 번을 불러도, 정원에 들어와 소리를 쳐도 아무도 나와 주지 않아서, 별 수 없이 들어와 사람을 찾고 있었어요."

여자는 눈을 가늘게 뜨고, 수상하게 여기는 듯 진자부로를 살펴보며 물었다.

"당신은 언제부터 여기에 있었죠? 어느 쪽에서 왔어요?"

진자부로는 눈을 휘둥그렇게 떴다.

태어나서 지금까지 '도련님', '진자부로 님', '작은 나리'라고 공

경을 받는 일과, '진', '진 군', '우메야의 진'이라고 (주로 도박 친구들에게서) 친근하게 불리는 일은 있어도 '당신'이라고 막 불린 적은 없다. 전당포나 돈놀이꾼도 이쪽의 가문을 알고 있으니 '씨'를 붙여서 부른다. 도모토들도 (비아냥거림을 담고 있을 때라면 더더욱) '우메야의 작은 나리' 하고 겉으로는 정중하게 구는데.

이따위 시시한 하녀가!

발끈해서는 말로 대답하기도 전에 손이 나갔다. 주먹이 아니라 손바닥이지만, 여자의 입가를 때렸다. 철썩 하고 높은 소리가 나며 주위의 정적을 어지럽힌다.

이번에는 여자의 눈이 튀어나올 것처럼 커졌다. 진자부로에게 맞은 부분이 살짝 붉어진다.

꼴좋다, 버르장머리를 고쳐 주마——.

하고 생각한 순간, 여자에게 도로 얻어맞았다. 역시 손바닥이기는 했지만, 순간적으로 손끝만 움직인 진자부로의 손찌검과 달리 여자의 손찌검은 혼신의 일격이었다.

"무슨 짓이야!"

여자의 손은 무방비한 왼쪽 뺨에 제대로 들어맞아, 칠칠치 못하게 힘을 빼고 있었던 진자부로는 옆으로 벌렁 쓰러졌다.

머리부터 유리 장지에 부딪힌다. 검고 윤이 나는 장지종이는 두꺼워서 꿈쩍도 하지 않는다. 하지만 반쯤 투명한 한가운데 부분은 덜컹덜컹 소리를 냈고, 그 무게로 장지 전체가 흔들렸다. 한 장이 흔들리니 그 좌우도 흔들리기 시작했다.

구웅, 구웅, 구웅.

진자부로가 기가 죽어 있는 사이에, 여자는 바깥복도에서 정원으로 뛰어내렸다. 하얀 버선만 신은 발로, 이쪽을 돌아보지도 않고 도망친다. 깜짝 놀랄 만큼 재빨라서, 진자부로는 아무 말도 하지 못했다.

여자는 곧장 건물 앞쪽을 향해 달려가, 정원을 떠돌며 흐르고 있는 안개에 삼켜져 모습을 감추고 말았다.

――저건 뭐야.

여자는 뭔가를 떨어뜨리고 갔다. 저택 안을 (본인의 말이 맞는다면) 뒤지고 있는 동안에는 등의 띠 매듭에 끼워 두었을 것이다. 나막신 한 짝이다.

정원으로 내려가 주워들어 보니 통나무를 깎아 만든 나막신으로, 나막신 끈은 새것인 티가 나는 삼잎 무늬다. 바꾸어 낀 지 얼마 안 된 모양이다. 그러나 굽은 꽤 많이 닳았다.

통나무 나막신을 만지작거리며 진자부로는 뒤늦게 생각이 미쳤다.

확실히 저 여자는 고참 하녀가 아닐 테고, 안주인이나 아가씨일 리도 없다. 어딘가에서 고용살이를 하는 하녀가 틀림없다. 다만 옷차림은 평상복이나 일할 때 입는 옷이 아니었다. 머리도 단정했고, 애초에 버선을 신고 있었다.

――심부름이라도 하게 되어, 나들이복을 입고 어딘가로 가는 중이었던 거야.

익숙하지 않은 곳에 가던 도중에 길을 잃고 이곳에 오게 되었다. 그렇다면 진자부로와 똑같다.

곤란에 처해 있는 같은 처지에 조금 더 다정하게 말을 걸어 주어도 좋았으려나. 후회했지만 이미 늦었다.

하지만 저 여자도 잘못했다.

누군가 이 집 사람을 찾아내서 사정을 설명할 수 있다면 그쪽한테도 야단쳐 달라고 해야지. 고용살이 일꾼은 어디에 가든, 만에 하나라도 주인의 체면을 망치지 않도록 누구에게나 예의 바르게, 겸손하게 행동해야 한다. 저 여자가 어디에 있는 어느 가문이나 가게의 하녀이든, 예의가 없으면 모시는 가문이나 가게의 수치도 될 것이다.

그렇게 생각하니 기가 살아, 여자가 남긴 통나무 나막신 한 짝과 벗어던져 두었던 자신의 짚신을 품에 넣고, 진자부로는 유리장지 안쪽으로 발을 들여놓았다. 자신은 아까 그 여자보다 훨씬 더 격이 높은 손님이라는 기분이 들었다.

발을 들여놓은 곳은 이렇다 할 세간도 없는 평범한 방이었다. 세어 보니 다다미는 열두 장. 좌우의 벽은 하얗게 회칠을 했고, 다다미와의 경계에 한 자 정도 판자를 깔았다. 바깥복도와 같은 판자인데 옹이가 점점이 흩어져 있다.

천장도 판자로 되어 있는데, 이쪽은 저택의 외벽과 비슷하게 숯을 칠한 듯 얼룩덜룩한 검은색이다. 거의 정사각형인 천장 가득 열십자의 대들보가 놓여 있는 모습은 신기하다. 게다가 대들

보에는 반들반들하게 옻칠을 해두었다.

다음 방으로 이어지는 정면의 당지문은 여섯 장인데 그림도 무늬도 없다. 다만 손으로 뜬 종이를 사용했는지, 미묘하게 고르지 못하거나 섬유가 제대로 풀리지 않은 티가 난다. 손잡이는 구리로 만든 둥근 고리. 여기에도 장식은 없다.

당지 윗변과 천장 사이는 진자부로의 팔 길이만큼 되어 보이는 교창으로 되어 있다. 쇠로 만들었는지, 색깔은 둔한 회색, 모양은 열십자의 조합이다. 아니, 교창이라고 생각하면 열십자의 조합이지만, 얼핏 보기에는 마치 감옥 창살 같다.

대체로 정취라곤 없는 방이다. 그런 의도이다, 여기에 맛이 있는 거라고 한다면 그럴지도 모른다. 청소는 구석구석까지 잘 되어 있고, 먼지도 머리카락도 떨어져 있지 않다.

그래도 묘하다고 진자부로는 생각했다.

저 바깥복도의 안쪽으로 이어져 있는 방이니 앞쪽뿐만 아니라 좌우도 당지나 장지로 만들었어야 하지 않나. 그리고 그것을 열면 방이 이어져 있고.

우메야 안채도 꽤 넓지만, 어쩌다 가족이나 친척이 모이는 넓은 방은 전후좌우의 당지를 열면 다 틀 수 있다. 절의 본당도 그렇고, 큰 요릿집이나 대석에서도 긴 복도에 면해 있는 방이 일일이 벽으로 가로막혀 있는 곳은 본 적이 없다. 그렇게 지으면 불편하기 짝이 없지 않을까.

이 저택에서는 바깥복도에서 안으로 들어가면 더욱 안쪽으로 들어가거나, 되돌아가서 정원으로 나갈 수밖에 없다.

별 수 없이, 진자부로는 앞쪽의 당지문을 열었다. 스르륵 하는 소리도 나지 않고 열린다.

방금 건너온 방과 똑같은 다다미 열두 장짜리 방이 나타났다. 그다음. 또 똑같다. 그리고 그다음. 완전히 똑같다.

여전히 인기척은 전혀 나지 않는다.

유리 장지로 가로막혀 있는 바깥복도로부터 여섯 번째 방에 들어서자 진자부로는 으스스해지기 시작했다. 실제로 여섯 번째 방은 꽤 어둑어둑하다. 철제 열십자 교창에서 새어드는 빛만으로 여기까지 밝히기에는 부족한 것이다.

지나쳐 온 방에는 등롱도 촛대도, 보잘것없는 와등 하나 눈에 띄지 않았다.

다음 일곱 번째 방은 거의 어둠에 가깝지 않을까. 진자부로는 캄캄한 곳을 싫어해서, 이때 처음으로 망설였다. 어쩌면 미닫이로 되어 있을지도――하며 회칠이 되어 있는 벽을 손으로 더듬거나 두드려 보았지만 노력도 허무하게 그저 회칠 가루가 떨어졌을 뿐이다.

당지문을 열어 보고 캄캄하면 정원으로 돌아가자. 그렇게 생각하며 둥근 고리를 당겼다.

"와!"

그렇다고 소리를 지를 정도로 놀라다니 스스로도 어처구니없다는 생각이 들긴 했지만 어쨌든 겨우 저택 안의 복도로 나올 수 있었다. 폭은 저 바깥복도와 비슷하려나. 다만 복도를 따라 당지문 여섯 장 간격으로 배치된 굵은 기둥에 촛대가 달려 있고, 거기에 무게 백 돈짜리 대형 초가 조용히 타오른다는 점이 크게 다르다.

복도를 지나면 그 너머는 또 당지, 분명히 또 아무것도 없는 방이 이어지겠지. 복도 좌우를 둘러보니 백 돈짜리 초가 끝도 없이 줄지어 불빛을 내뿜고 있다. 그런데도 복도 저편은 오른쪽도 왼쪽도 그저 어둡다.

확실히 정원에서 들어온 바깥복도도 길었는데. 하지만 이 정도의 초가 밝히고 있어도 저편이 보이지 않을 정도였을까. 대체 이 저택은 어떤 구조로 되어 있는 것일까.

그냥 이상하다는 단계를 넘어 진자부로는 무서워지기 시작했다.

촛불의 불빛에만 의지해, 이 안쪽 복도를 더듬어 가도 되려나.

흔들리는 백 돈짜리 초의 불빛에 철제 열십자 교창이 둔하게 빛나고 있다. 밝은 곳에서 보았을 때보다도 '감옥'의 느낌이 더욱 강하게 다가온다.

――아까 그 하녀.

본인의 말이 사실이라면, 저택 안을 지나 진자부로가 (부주의하게도) 잠들어 있던 바깥복도까지 다다른 것이다. 하녀 나부랭이가 무사히 지나왔는데 어엿한 남자인 진자부로가 못할 리 없다.

몸을 굳히고 목을 움츠리며 서 있자니 진자부로의 배에서 꼬르륵 소리가 났다. 그러고 보니 아침부터 아무것도 먹지 않았다. 오키치를 찾아가면 분명 환대해 줄 거라고만 기대하고 있었으니까.

지칠 대로 지쳤고 목도 말랐다. 그 하녀에게 한 말은 거짓이 아니다. 이렇게 멈춰 서 있자니 발바닥 쪽으로 올라오는 냉기도 느껴진다.

불기운과 물이 있는 곳, 음식이 있을 만한 곳을 찾자. 말하자면 부엌이다. 그러려면 복도를 따라 가는 편이 나을까. 다시 차례차례 방을 빠져나가는 편이 나을까.

촛불이 줄지어 켜져 있어도 끝이 보이지 않는 어두운 복도는 무섭다. 만에 하나, 걷고 있는 도중에 불이 꺼져 버린다면? 이 저택에서는 도무지 무슨 일이 벌어질지 종잡을 수 없으니까.

결심했다. 정면의 당지문을 열자. 방을 빠져나가면 조금 더 나은 곳에 다다를 수 있을 것이다.

당지문의 둥근 고리에 손을 댔을 때, 복도 오른쪽 안쪽에서 종소리가 들려왔다.

이번에는 한 번 치고 쉬었다가 두 번 치는 식으로 느긋하지 않았다. 한 번 치더니 다음에는 화재를 알리는 경종처럼 땡땡땡 울리기 시작했다.

덕분에 소리가 나는 곳이 어딘지 확신을 가질 수 있었다. 그렇게 멀지는 않다.

땡땡, 땡땡. 진자부로는 소리가 나는 쪽으로 발길을 향했다. 빠른 걸음으로 가니 곧 사람이 부르는 큰 소리도 들려왔다.

"이봐~, 이봐~! 누구 없나? 누구 대답 좀 해 주게!"

남자의 탁한 목소리다. 그래도 진자부로의 귀에는 천녀의 노랫소리처럼 울렸다.

"있소! 여기에 있소!"

자신도 소리를 질러 대답했다. 양쪽 손바닥을 입가에 대고,

"지금 그쪽으로 가는 중이오! 종을 쳐 주시오!"

그쪽에도 목소리가 들렸을 것이다.

"오오! 나는 여기 있소! 자자, 이쪽이오, 들리나?"

시끄러울 정도로 종을 친다. 진자부로는 달리기 시작했다.

흔들리는 촛불의 불빛 너머로, 실처럼 가느다란 빛의 선이 세로로 보인다. 미닫이나 문이 있겠구나 싶어서 달려가 양손을 뻗었다가 미처 기세를 줄이지 못하여 진자부로는 막다른 곳에 몸을 부딪치고 말았다.

빛의 선은 보인다. 하지만 필사적으로 찾아도 여닫기 위한 손잡이는 눈에 띄지 않았다. 아마도 문일 터인데 튼튼하고 무거워, 진자부로가 몸을 부딪쳐도 꿈쩍하지 않는다.

"이보시오~! 여기요, 여기!"

진자부로는 양손을 주먹 쥐고 막다른 곳을 쿵쿵 때렸다. 눈물이 날 지경이었다. 숨은 가빠 헐떡이고 있다.

"부탁이오, 열어 주시오!"

종소리가 그치고, 터벅터벅 발소리가 났다.

"잠깐 기다리시오!"

남자의 탁한 목소리가 들려오고, 어둠에 한 줄기만 보이던 빛의 선이 깜박인다.

절그렁절그렁, 철컥!

진자부로의 눈앞이 트였다. 과연 문이었다. 이쪽 편은 돌로 되어 있다. 어쩐지 붙잡을 곳이 없다 했더니만.

"당신, 괜찮소?"

열린 문의 그늘에서 바싹 야윈 초라한 남자가 나타났다. 백발이 섞인 상투는 무너지고, 사카야키에는 어중간하게 머리털이 자라고 있고, 불그레한 얼굴뿐만 아니라 목덜미까지 불그스레하다.

남자의 호흡에서 냄새가 확 끼쳐 왔다. 술 냄새다. 이 녀석은 주정뱅이구나. 불그레한 얼굴은 술을 마셨기 때문이겠지.

그래도 우선은 생명의 은인 같은 존재인데도, 진자부로는 그 호흡이 꺼림칙해 남자를 확 밀쳐내고 복도에서 문 바깥으로 나갔다. 그곳은 넓은 마루방이었다. 삼면이 살이 들어간 판자문으로 가로막혔는데 지금은 그중 한 장이 열려 있다. 이 저택에 세간이라곤 없을 줄 알았는데 문 저편으로 처음 가구가 보였다.

간소한 부엌이다. 진자부로는 탁한 목소리의 남자에게 아랑곳하지 않고 성큼성큼 그리로 향했다.

분명히 부엌이었다. 판자를 깐 부분은 두 평 반 정도이고, 부엌과 맷돌과 소쿠리가 놓여 있다. 그 너머는 봉당이다. 대략 다섯 평쯤 될까. 커다란 물독이 두 개. 화덕도 두 개이고, 굴뚝이 입을 벌리고 있다. 그리로 저녁 해가 비쳐들어 통이며 요리용 받침대를 희미하게 자줏빛으로 물들이고 있었다.

진자부로도 아까의 하녀처럼 버선발로 봉당에 뛰어내렸다. 앞쪽의 물독에 달려들어 나무 뚜껑 위에 엎어져 있던 국자를 움켜쥐고는 나무 뚜껑을 치웠다.

물독 입 부분까지 물이 찰랑찰랑 차 있다. 무아지경으로 손에 든 국자를 내던지고, 얼굴을 처박아 개처럼 물을 마셨다.

차갑고, 목구멍으로 술술 넘어가는 물이었다. 이렇게 맛있는 물을 마신 적은 없다고 생각했다.

간신히 목마름을 해결하고 얼굴을 들자, 솜옷과 기모노 앞이 튄 물로 흠뻑 젖어 있었다.

"형씨, 조금은 진정이 되었소?"

탁한 목소리의 남자가 실실 웃으며 바로 뒤에 서 있었다. 부엌 마루방 위에서 진자부로를 내려다보고 있다.

"엄청 거품을 뿜던데 안쪽에서 무서운 것이라도 마주쳤소?"

탁한 목소리의 남자는 보면 볼수록 초라하고 지저분하다. 게다가 노인이다. 찢어진 데가 있는 솜을 넣은 창창코옷 위에 입는 짧은 겉옷으로, 소매 없는 하오리. 흔히 솜을 안에 집어넣어 겨울 방한용으로 입는다에, 색깔이 바랜 세로 줄무늬 고소데의 옷자락을 걷어올려 허리에 끼워 넣어 입고, 때가 낀 모모히키좁은 통 모양의 속바지를 입고 있다.

——이만큼 떨어져도 여전히 술 냄새가 난다.

종을 치는 데 사용한 듯한 자그마한 망치를 손에 든 채, 약간 허리를 굽혀 이쪽을 살피고 있다. 실실거리는 웃음을 띤 입가에서 삐뚤삐뚤한 이가 엿보이는데, 몇 개쯤 빠져 틈새가 눈에 띈다.

"그 망치, 어디에서 찾은 거요?"

"어? 아아, 이거?"

노인은 망치를 들어 올리며 부엌 쪽을 돌아보았다.

"저 위에 놓여 있었지."

진자부로는 마루방으로 올라가 돌로 만들어진 문이 있던 방으로 되돌아가 보았다.

문 이쪽 편은 굵은 나무 격자가 끼워져 있었다. 잡아당길 수 있도록 커다란 손잡이가 달렸고 거기에 쇠사슬을 감아 놓았다. 쇠사슬은 벽에 박힌 쇠고리와 연결되어 있다. 그래서 아까 절그렁 절그렁 하고 무거운 소리가 난 것이다.

노인이 시끄럽게 친 종은 문과 부엌 사이, 천장에 매달려 있었다. 큼직한 풍령風鈴이라고 할 정도의 크기로, 초록색 녹이 가득 끼어 있다.

가까이 가 보니 진자부로의 눈높이와 딱 맞다. 재질은 구리인가. 안쪽에는 아무런 무늬도 보이지 않았는데 어째서인지 표면에는 기어 다니는 몇 마리의 뱀이 부조되어 있다. 무늬치고는 특이하기도 했지만 뱀이 모두 굶주림으로 입을 벌린 모습이어서 대번에 싫은 느낌이 들었다.

"이 저택에서는 볼일이 있을 때면 종을 쳐서 알리는 것 같거든."

탁한 목소리의 노인도 진자부로 바로 옆으로 돌아와 있었다.

"하지만 정작 사람이 한 명도 없어. 형씨는 여기서 누군가를 만났소?"

가끔은 형씨라고 불리기도 하니까 넘어가려면 넘어갈 수도 있지만 이 노인에게 불리는 것은 꺼림칙하다.

"할아버지, 어디에서 왔어요?"

탁한 목소리의 노인은 눈곱이 달라붙은 눈을 끔벅거리며 고개를 갸웃거렸다.

"그게, 잘 모르겠소."

"어딘가로 가는 길이었던 건 아니고요?"

"……아니."

애매하게 고개를 저으며 노인은 손 안에서 자그마한 망치를 만지작거렸다.

"어젯밤에 술에 취해 돌아와서 말이오. 공동주택에서 쫓겨난 데까지는 기억나는데."

깨어 보니 이 저택의 흙담 안쪽에 쓰러져 있었다고 한다.

"안개 맞은편에 훌륭한 기와지붕이 보이기에, 이거 드디어 귀찮다고 쫓겨난 건가 했지. 머리 깎고 중이 되라고."

여기가 절이라고 생각한 모양이다.

"누구한테 쫓겨났는데요?"

노인은 거북한 듯 시선을 아래로 향하더니 갈라진 입술을 손가락으로 긁적인다.

"할아버지의 부인한테?"

"마누라는 벌써 죽었소."

딸이지――하고 한숨을 내쉬면서 말한다. "내가 몸이 부서져라 일해서 키워 준 은혜를 잊고 아버지를 버리다니, 피도 눈물도 없는 녀석이오."

이번에는 침을 퉤 뱉는다.

"남편 말만 네네 하면서 듣고, 효도라는 걸 잊어버렸어. 무덤에는 이불을 덮어 드릴 수 없다는 걸 모르나 보지."

깊이 생각하지 않고, 진자부로는 입에서 나오는 대로 말했다. "그야 할아버지가 늘 술을 먹고 게으름을 피우니 그런 거 아닐까요? 당신, 직업은 있어요?"

이쪽의 말투도 난폭해진다.

"나는 배 목수요."

의외라고 여길 만큼 강한 말투로, 노인은 대꾸해 왔다.

"후카가와 강 일대에서 고래잡이배를 만들게 한다면 내 실력을 따라올 목수는 없지. 아니, 없었소."

묘하게 성실히 말을 고친다. 그것이 재미있어서 진자부로는 작게 웃었다. 이 노인은 술이 원수고, 나는 도박이 원수라는 것일까.

비슷한 사람들끼리 만났다――고 생각하다 보니 오싹해졌다. 나는 이렇게까지 비참하지는 않다.

"형씨, 이름은?"

노인이 먼저 물었다.

"진자부로."

"흐음. 진 씨야말로 뭘 해서 먹고 사시오?"

"뭐, 이것저것."

뭐라고 말해서 얼버무릴까 궁리하다가 깨달았다. 노인의 양손 손가락이 가늘게 떨리고 있다. 추위 때문은 아닐 것이다. 하룻밤을 자고 일어나도 술 냄새가 날 정도이니, 평소에도 손이 떨릴 지경으로 마실 만큼 술에 중독된 상태이리라.

겨우 발견한 동지이기는 하지만 당최 의지하고 싶은 구석이 보이지 않는 노인이다. 이쪽이 고삐를 쥐고 실컷 부려먹어 줘야지.

그래서 "돈놀이꾼 밑에서 일하고 있어요. 할아버지가 알기 쉽게 말하자면, 빚을 받아내고 있지요"라고 대답해 주었다.

짐작이 딱 들어맞았다. 노인은 슬금슬금 뒷걸음질을 쳐서 진자부로와 거리를 두었다.

"할아버지와는 처음 만나는 거니까 지금까지 내 직업 관련해서 뵌 적은 없는 거겠지요. 안심하세요."

하지만 노인은 돈놀이꾼의 빚을 받아내는 사람이 얼마나 무서운지 알고 있는 것이리라. 잔뜩 움츠러들어 있다.

"할아버지, 이름이 뭐예요?"

"이, 이노스케."

그렇게 말하고 한 손을 품에 찔러 넣더니 바삐 뒤지기 시작했다. 그러다가 목에 걸고 있는 무언가를 끄집어내 보여 주었다.

"이거, 이렇게 쓴다오."

또 냄새를 맡으려니 지긋지긋했지만 진자부로는 바싹 다가가 살펴보았다. 화투만 한 크기의 나무 표찰에 구멍을 뚫어 끈을 단 것이다.

〈후카가와모토마치 고베이다나 이노스케〉

나무패를 뒤집어 보니 한자로 〈深川元町 幸兵衛店 亥之助〉라고 적혀 있었다.

"할아버지, 돼지띠로군요."

진자부로와 같다.

"할아버지가 늘 술에 취해 행방을 알 수 없게 되니까 미아 명찰을 만들어서 목에 걸어준 모양이군요. 착한 딸이잖아요. 나쁘게 말하면 벌 받아요."

노인은 얄밉다는 듯이 "켁" 하며 얼굴을 돌렸다. 하지만 아까보다 기운이 빠진 표정이다.

"이노스케 씨, 나는 부엌을 뒤져 볼 테니 당신은 이 옆에 있는 마루방을 조사해 줘요. 멀리 가면 안 돼요. 이곳의 양쪽 옆방만 살펴보세요."

그러자 이노스케 노인은 말했다. "나는 저기 있는 뒷문으로 들어왔소."

가리키는 곳은 봉당의 화덕 옆에 있는 미닫이문이다.

"우물이 있고 빨래를 널어 놓는 곳도 있고 장작 창고도 있더군. 장작 다발이 가득하고 숯 가마니도 쌓여 있었소."

그거 고마운 일이다.

"그럼 불을 피우고 물을 끓이지요. 나는 음식을 찾아볼게요."

다시 봉당으로 내려가 통이나 요리용 받침대 아래를 들여다보았다. 냄비, 솥, 주전자, 소쿠리가 몇 개. 쌀뒤주도 찾았다. 자루 아랫단에 마대가 쌓여 있고, 각각의 마대 안에는 쌀과 팥, 새끼토란, 피와 밤과 메밀이 가득 들었다. 마대 입구는 가느다란 끈으로 단단히 묶여 있지만 메밀만은 조금 느슨하게 풀린 상태다.

한가운데의 선반에는 네모나게 가지런히 잘라 둔 떡이 한 자루, 딱딱하게 말라 있다. 그리고 얇게 깎은 가쓰오부시와 자른 다시마. 위 선반에는 나란히 놓인 소금, 간장, 된장 통이 보인다.

진자부로는 무릎에서 힘이 빠질 정도로 안도했다. 실제로 "하하하" 하고 소리 내어 웃고 말았다. 음식이 있다. 자신은 밥을 지은 적도, 떡을 구운 적도, 된장국을 만든 적도 없지만 어떻게든 되지 않겠나.

화덕에는 재도 없고, 깨끗이 청소되어 차디차게 식은 상태지만, 부싯돌과 불쏘시개가 있었다.

"진 씨."

왼쪽 옆방에서 얼굴을 내밀며 이노스케 노인이 불렀다.

"이쪽 방에는 기름병과, 초가 들어 있는 나무 상자가 쌓여 있어요."

그리고 이거——하며 손에 움켜쥔 것을 흔들어 보인다.

"한텐이겠지. 천이 두껍고 바느질이 잘 되어 있소."

"펼쳐 보세요."

감색 무명으로 만든 시루시반텐이었다. 좌우의 옷깃에 작은 글씨로 '구로타케黑武', 등에는 네모에 열십자를 겹친 표식이 하얀색으로 물들여져 있다. 열십자는 네모 안에서 약간 삐져나와 있었다.

"구로타케."

소리 내어 읽고 나서 진자부로는 고개를 갸웃거렸다.

"구로타케 가家는 아닐 테니 옥호인가? 그렇다면 '고쿠부'라고 읽는 건가?"

성이든 옥호이든, 처음 본다.

홑겹이지만 천이 두껍고 바느질이 잘 되어 있는 시루시반텐이다. 이 저택에서 일하는 고용살이 일꾼의 옷일 텐데, 풀이 빳빳하게 먹여져 있다.

——갓 지은 옷이야.

멋대로 빌려 입으면 저택에 사는 사람을 만났을 때 거북해질지도 모른다. 하지만 물을 마셨을 때 적셔 버린 솜옷과 기모노는 아직 마르지 않았고, 진자부로는 추위를 느끼고 있었다.

"수건도 있어요."

이노스케가 옆방으로 가서 몇 장 들고 돌아왔다. 수건도 새것이다. 펼쳐 보니 접힌 자국이 있고 양쪽 끝에 작게 네모와 열십자 표식이 검게 물들여져 있었다.

"진 씨, 엄청 추워 보여요. 이걸 빌리면 어떨까? 나는 수건을 좀 쓸게요."

말하자마자 이노스케 노인은 수건을 목에 둘렀다. 돌아다녀도 손의 떨림은 멈추지 않는 모양이다. 지금 보니 노인의 허리가 구부정하다. 아프거나 굽어 버려서 펴지지 않는 걸까.

망설인 끝에 진자부로는 솜옷을 벗고 시루시반텐에 팔을 꿰었다. 벗은 솜옷은 개켜두고, 그 김에 품에 넣어 두었던 여자의 통나무 나막신 한 짝을 싸서 부엌 구석에 두었다.

"장작 창고는——."

"뒷문을 나가면 오른쪽에 있소."

짚신을 고쳐 신은 진자부로가 뒷문으로 향했다. 한데 미닫이를 열자 눈앞에 그 하녀가 서 있었다.

"아!"

하녀는 왼손에 작은 공기를 들고 오른손으로 무언가를 쥐고 있었다. 진자부로와 얼굴이 마주치자, 오른손 안에 있던 것을 이쪽을 향해 던지더니 발길을 돌려 달아나기 시작했다.

메밀이 와르르 쏟아졌다. 진자부로가 손으로 쳐내며,

"이봐, 잠깐 기다려, 도망치지 마!"

하고 불렀지만 여자는 돌아보지도 않았다.

"아까는 미안했어. 나도 흥분해서 그랬어, 용서해 줘."

그제야 여자가 발을 멈추었기 때문에, 진자부로는 무릎에 양 손바닥을 대고 머리를 숙였다.

"이렇게 사과할게."

이 여자라면 솜씨 좋게 밥을 지을 수 있을 테니 지금은 기분을 맞춰 두는 편이 좋겠다고 진자부로는 생각했다.

여자는 떨어진 곳에서 움직이려고 하지 않았다. 얼굴을 들고 쳐다보니 이노스케 노인이 말한 장작 창고 바로 앞에 있다.

"그 창고 안은 봤어?" 하고 진자부로는 여자에게 물었다. "장작이나 숯이 쌓여 있다고 하던데. 살았지뭐야."

이미 해가 졌다. 안개는 한층 짙어지고 무겁게 흐르고 있다.

"길을 잃은 동지를 한 명 발견했어. 배 목수 할아버지야."

주정뱅이라는 말은 하지 말자.

"이쪽은 부엌이야. 불을 피우고 먹을 걸 만들자. 아무래도 여기는 빈 저택인 모양이야――."

그때 진자부로의 배가 성대한 소리를 냈다.

험악하게 눈썹을 찌푸리고 있던 여자가 웃음을 터뜨렸다. 진자부로도 부끄러운 듯이 웃었다.

여자의 하얀 버선은 흙으로 더러워져 있었다. 통나무 나막신을 한 짝 잃어버리고 나서는 버선발로 돌아다녔으리라.

"당신의 나막신도 주워 두었어."

진자부로의 말에 여자는 후 하고 크게 한숨을 한 번 내쉬더니 이쪽으로 다가왔다.

"부엌이라면 나도 발견했었어요" 하고 말한다. "너무 넓은 곳이라 길을 잃으면 무서우니까 메밀을 가져다가 걸으면서 조금씩 뿌리고 있었지요."

하지만 정원이 어두워지기 시작했기 때문에 부엌으로 되돌아 왔다고 한다.

"흐음, 당신 똑똑하군."

"이제 와서 아부해도 소용없어요."

부엌 봉당에 세 사람이 모였다. 여자는 이노스케 노인의 술 냄새를 눈치 챘을 텐데도 싫은 내색을 하지 않았다. 노인도 붙임성이 좋았다.

그때 처음으로 오아키라고 자신의 이름을 말했다.

"고덴마초의 전당포, 후타바야에서 고용살이를 하고 있어요."

이노스케 노인은 안절부절못하는 얼굴이 되었다.

"진 씨는 돈놀이꾼 밑에서 빚을 받아내는 일을 하고, 오아키 씨는 전당포의 하녀라니, 여기는 내 지옥이군."

웃으며 얼버무리려고 했지만 어지간히 이쪽 장사에 (나쁜 의미로) 신세를 지고 있음을 알 수 있었다. 노인의 허리는 한층 더 굽어지고, 바싹 야윈 몸을 어디에 두어야 할지 모르겠나 보다.

정작 오아키는 노인보다 진자부로의 얼굴을 보았다.

"빚을 받아내는 일?"

하고 중얼거리더니 위에서 아래까지 다시 살펴본다.

"이렇게 초라한 옷차림으로 빚을 받아내는 일을 하는 사람이라니, 나는 본 적이 없는데."

진자부로는 눈을 피하며 시루시반텐의 앞자락을 여몄다.

"하지만 시키세고용살이 일꾼이 입는 시루시반텐도 안 어울리고."

오아키의 비정한 눈은 진자부로의 양손으로 옮겨 간다. "뱅어처럼 깨끗한 손가락이고."

화상 자국도, 물집도, 못 자국도 없다. 주사위보다 무거운 물건을 든 적이 없는 진자부로다. 오아키의 곧은 눈빛이 방탕아임을 꿰뚫어보는 것 같아서 식은땀이 난다.

그러다가 오아키가 갑자기 이야기의 방향을 바꾸었다.

"두 사람은 어떻게 이곳에 온 거예요? 이야기를 맞춰 보지요."

남자들이 이야기하는 사이에 오아키는 주전자로 물을 끓이고 부엌 안에서 차 도구와 차통을 꺼내다가 차를 만들어 주었다. 질 낮은 엽차지만 좋은 향기가 났다. 따스한 차가 위장에 스며들자 진자부로는 겨우 살 것 같은 기분이 들었다.

"저는 나리의 분부로 센다가야까지 뭘 좀 가져다 드리러 가는 길이었어요."

어디에서 길을 잘못 들었는지는 모른다. 정신을 차려 보니 깊은 죽림에 들어와 있고, 주위에는 안개가 흐르고 있었다.

"멀리 훌륭한 기와지붕과 샤치호코용마루 양쪽 끝에 다는 장식의 일종으로, 머리는 용처럼 생기고 등에는 날카로운 가시가 있는 물고기 모양이다 같은 게 보여서 곧장 왔더니, 이 저택의 가부키문대문의 상인방을 두 개의 기둥 위에 건너지른 지붕 없는 문에 다다랐지요."

문 좌우에는 돌담 위에 얹은 흙담이 뻗어 있었다. 흙담은 어디도 무너져 있지 않았다. 문지기 초소도 무사 공동주택도 없고, 바깥을 내다보기 위해 낸 작은 창조차 없다. 아무도 없어서 여기에서 더 갈 곳이 없는 건가 생각했지만 쌍바라지문을 밀어 보니 열리기에 안으로 들어왔다고 한다.

"죽림이라. 내가 들어온 곳은 매화나무 숲이었어. 게다가――."

매화나무 숲에 들어가기 전에는 어둑어둑한 숲과 덤불 속에서 이빨과 날개가 있는 괴물에게 쫓겼다, 라고 말하려던 진자부로는 생각을 바꿔 꿀꺽 삼켰다. 안 그래도 으스스하고 불안한데 이런 이야기까지 보탤 필요는 없겠지.

"게다가?"

"아니, 아니, 매화에 휘파람새고대 중국의 한시에서 유래한 말로, 일본의 시나 그림에서 '잘 어울리는 좋은 조합'이라는 뜻라고들 하는데, 새 소리가 나지 않는 게 이상하더라고. 무엇보다 나는 섣달 중순의 가랑눈이 춤추는 차가운 날씨를 헤쳐 오느라 손발이 곱을 정도였으니까, 만개한 매화와 맞닥뜨렸을 때는 이해가 가지 않았지. 어째서 여기만 이렇게 따뜻한 걸까 싶어서."

"그러고 보니 저도 살아 있는 건 보지 못했어요."

벌레 한 마리 없었어, 라고 중얼거린다.

"이노스케 씨는 길을 걷고 있지도 않았다면서. 누군가가 옮겨 온 걸까."

이노스케는 말없이 엽차를 홀짝이고 있다.

"오아키 씨, 이 저택을 어디까지 뒤져 봤어? 규모가 어마어마한데 설마하니 그 가부키문이 정문은 아니겠지."

오아키는 크게 고개를 끄덕였다.

"저도 같은 생각이지만 장작 창고와 빨래터가 있는 뒤뜰에서 아무리 돌아가도 저택 정면에 다다를 수가 없더라고요."

가져온 메밀도 다 떨어졌고, 불빛도 없는데 해까지 져 버리면 곤란해지겠다 싶어서 허둥지둥 부엌으로 되돌아왔다가 진자부로와 맞닥뜨렸다고 한다.

"왠지, 걸으면 걸을수록 넓어지는 느낌이었어요."

이 저택에는 끝이 없다. 전체의 넓이를 알 수가 없다. 그런 기분이 들어서 무서웠다——.

"설마" 하며 진자부로는 웃었다. "만일 그렇다면 셋이 나란히 여우나 너구리에게 홀린 거지."

맞아! 하고 진자부로는 손뼉을 쳤다.

"이노스케 씨, 살담배 갖고 있지 않아요?"

불그레한 얼굴의 노인은 떨리는 손으로 찻잔을 꼭 움켜쥐고 고개를 젓는다.

"나는 담배는 안 피워요. 그럴 돈이 있으면 술을 사먹지. 아깝게."

뭐야, 하며 입을 삐죽거리는 진자부로에게 오아키가 쓴웃음을 지었다.

"요괴류에 홀린 거라면 화덕에 불을 지폈을 때 제정신으로 돌아왔을 거예요. 그런 것은 불을 싫어하니까."

그렇다면 이것은 어찌 된 일이란 말인가. 이 저택은 어디에 있으며, 누구의 집일까.

"빨래터 너머에는 작지만 밭이 있었어요" 하고 오아키가 말했다. "파와 순무가 심어져 있더군요. 바깥은 어두워져 버렸지만, 국에 넣고 싶으니 좀 캐다 주시겠어요?"

이노스케 노인의 불그레한 얼굴이 밝아졌다.

"밥을 만들어 주려고?"

"네. 오늘 밤에는 이곳에서 하룻밤 잘 수밖에 없으니까요. 이 집에 사는 사람이 돌아오면 셋이서 열심히 사과하도록 해요."

진자부로는 이노스케 노인에게 말했다. "미안하지만 오아키 씨를 좀 도와 주세요. 나는 촛대를 들고 근처에 있는 방을 뒤져볼게요. 입을 것도 먹을 것도 있으니, 이불과 요도 찾을 수 있을지 모르니까."

듣기 좋은 변명이다. 뒤뜰이든 밭이든, 해 질 녘에서 밤으로 옮겨 가는 저택 바깥으로 나가다니, 진자부로는 딱 질색이었다.

추워졌기 때문에 오아키도 이노스케도 '구로타케'의 시루시반텐을 껴입었다. 어깨띠를 꺼내 소매를 묶은 오아키는 어느 모로 보나 부지런한 하녀다운 얼굴이 되었다.

다행히 진자부로의 탐색은 그냥 변명으로 그치지 않아, 부엌에서 세 개 건너에 있는 마루방의 벽장에서 얇은 요와 이불 몇 개를 발견했다. 그곳에는 와등도 있었다. 아마도 고용살이 일꾼들이 기거하는 방인 듯하다. 세 개의 작은 방으로 둘러싸인 안뜰은 한 평 남짓한 크기인데 그 끝자락에 측간을 지어 놓았다.

안뜰에는 남천나무가 한 그루. 그 밑동에 물을 채운 낡은 화로가 놓여 있다. 발로 짠 뚜껑이 절반가량 덮인 화로 위에는 국자가, 안뜰로 내려가는 섬돌 위에는 이가 닳아빠진 나막신이 보인다.

도저히 사람이 살지 않는다고는 생각하기 어려운 광경이다. 하지만 측간은 청결하고, 아무도 사용한 기색이 없다. 반쯤은 으스스하고 반쯤은 양심에 켕기기도 해서, 볼일을 보는 내내 진자부로의 마음은 진정되지 않았다.

오아키는 재빨리 밥을 짓고, 순무와 파를 넣은 된장국과 새끼토란 조림을 만들어 주었다. 음식 냄새를 맡으니 맹렬하게 배가 고파 왔다.

부엌 안에는 밥공기와 젓가락, 사발과 접시가 갖추어져 있었다. 사치스러운 물건은 아니지만 이가 빠지거나 깨지지는 않았다.

세 사람은 게걸스럽게 밥을 먹었다. 먹기 전에 "잘 먹겠습니다" 하고 손을 모은 사람은 오아키뿐이고, 진자부로나 이노스케 노인에게서 그런 기특한 여유는 찾아볼 수 없었다.

"이노스케 씨."

식사가 일단락되자 오아키가 젓가락을 놓으며 말했다.

"부엌에는 술이 한 방울도 없어요. 손이 떨려서 괴로우시더라도 좋은 기회라 여기고 술독을 빼내 버리자는 생각으로 참아 보세요."

마치 딸 같은 설교투다.

노인은 화내지 않고 말대꾸도 하지 않았다. 고개를 떨어뜨린 채로 어떻게 할 수도 없이 떨리는 자신의 양손을 바라보고 있다.

"내가 이상해져서 날뛸지도 모르는데……."

오아키가 가엾다는 표정으로 물었다.

"전에도 날뛴 적이 있으세요?"

"응."

"그럴 때 주위 사람들은 어떻게 했나요?"

"나를 쫓아내거나, 밧줄로 기둥에 묶었지. 개처럼 말이야."

"그렇게 해도 괜찮다면 저도 그렇게 할게요. 장작 창고에 밧줄이 있었으니까."

불쌍히 여기면서도 인정사정없다.

"내가 이노스케 씨랑 같이 잘게."

진자부로가 오아키를 노려보며 말했다.

"오아키 씨한테는 폐 끼치지 않도록 할 테니 상관하지 말고 자."

오아키도 진자부로를 똑바로 쳐다보았다. 전혀 주춤하지 않고, 뒤로 물러날 기색도 없다.

"그럼 부탁할게요. 어지간히 곤란해져도 저는 부르지 말아 주세요."

우물가에 나가기가 무서우니 설거지는 날이 밝으면 하겠다면서, 오아키는 진자부로가 찾아낸 요와 이불을 안고 벽장이 있는 방으로 가 버렸다.

"이로리가 있으면 딱 좋을 텐데."

진자부로는 이노스케 노인에게 웃음을 지었다. 노인은 힘없이 주저앉아 대답을 하지 않는다. 머리도 가늘게 떨리고, 이마에 땀을 흘리고 있다.

"우리는 이 마루방에서 자지요. 화덕에 장작을 지펴 둘까요? 오아키 씨는 구두쇠네요. 깨끗이 불을 꺼 버렸어."

입으로는 큰소리 쳤지만 진자부로는 장작을 지필 줄 몰라서 별수 없이 촛불만 몇 개나 켰다.

이불에 몸을 말고 드러누운 진자부로와 달리, 이노스케 노인은 어깨에 이불을 걸치고 계속 앉아 있었다. 부엌 기둥에 기대어 불상처럼 앉아 있다.

숨소리가 거칠다. 진자부로는 눈을 감고 자려고 했다. 몸은 지칠 대로 지쳤고 배는 부를 만큼 불러서 졸음이 오는데, 꾸벅꾸벅 졸기만 할 뿐 금세 잠이 깨고 만다. 그때마다 노인의 기색을 살펴보았지만 촛불의 불빛 테두리 끝에서 숨을 헐떡이면서도 얌전히 고개를 수그리고 있다.

──이 정도라면 묶지 않아도 되겠군.

오늘 하룻밤만 무사히 지나가 주면 된다. 날이 밝으면 음식을 조달하고, 몸단장을 하고 저택을 떠나자. 매화나무 숲 쪽은 안 된다. 오아키가 빠져나왔다는 가부키문과 죽림을 찾자. 그쪽이라면 어두운 숲과 덤불과 갸악갸악 소리를 지르는 괴물도 없을 것이다.

결심을 하고 나니 그제야 졸음이 가득 찼다. 몸을 뒤척여 이노스케 노인에게 등을 돌리고, 팔다리를 움츠리고 잠이 들었다.

밤이 깊었을 때, 몇 시인지는 모른다.

삐걱.

머리 바로 옆을, 무거운 발소리가 스쳐 지나간다. 진자부로는 눈을 반쯤 떴다.

삐걱, 삐걱.

바로 옆에, 천장까지 닿을 만큼 커다란 갑주 차림의 무사 그림자가 우뚝 서 있었다.

"저는 잠에 취해 있었는데."

쉰 기침을 한 번 하고 나서 우메야 진자부로는 말을 이었다.

"이 저택의 주인이 나타났다——고는 생각하지 않았습니다. 아무래도요."

그때의 일을 돌이키는지 눈빛이 허공을 떠돌며 지금 이곳에, 흑백의 방에는 없는 무언가를 바라보고 있다.

"왜냐하면 태평성세인 이 시대에, 전쟁터에 나갈 채비를 한 무사 따위가 있을 리는 없으니까요. 바보 같지요."

애써 익살스럽게 구는 말투의 밑바닥에, 딱딱하게 얼어붙은 듯한 공포의 울림이 있다.

"그럼 뭐라고 생각하셨습니까?"

"괴물이나 원령 같은 것."

수상한 빈 저택에 자리를 잡고 살면서 길을 잃고 들어오는 사람을 현혹해 위해를 가하는 무서운 것.

그렇게 말하고 진자부로는 눈을 깜박였다. 도미지로의 얼굴을 바라보며 부끄러운 듯이 활짝 웃는다.

“어쨌든 이 세상의 존재가 아니라고 생각했지요, 그래서.”

꼼짝도 하지 않고 눈을 반쯤 뜬 채 가만히 누워 있었다고 한다.

“깜짝 놀랐고 무서웠지만 상대에게 그걸 들키면 안 되겠구나 싶어 잠든 척을 하기로 했습니다.”

갑주 차림의 무사 그림자도 진자부로의 머리 옆에 우두커니 선 채 움직이려고 하지 않았다.

“그런데 뭔가 들리더군요.”

무사의 그림자가 중얼거리고 있었다.

“요곡謠曲 일본의 전통 가면 가극인 노能에 사용하는 음악 노가쿠能楽의 가사에 가락을 붙여서 부르는 노래 같기도 하고 진쿠甚句 7·7·7·5의 4구 형식으로 이루어진 민요의 일종 같기도 한. 그때까지 들은 적이 없는 낯선 가락인데다가 알아들을 수도 없는 말이었습니다.”

이윽고 무사의 그림자가 걷기 시작하고, 이불의 발 쪽으로 돌아 천천히 멀어져 갔다. 또 마루 판자가 삐걱거린다. 어깨에서 팔까지를 덮는 고테籠手 일본 갑옷의 부속품 중 하나. 천에 쇠사슬이나 쇠 장식을 달아 꾸민다의 판이 덜걱덜걱 울리는 소리도 들렸다.

“무사의 그림자가 사라지고 나서도 저는 그대로 숨을 죽이고 있었습니다. 이제 됐겠지, 이제 괜찮다는 생각은 들지 않아서.”

그러고 있는 동안에 다시 잠들어 버렸다——고 할까 기절해 버린 모양이다.

"이튿날 아침, 오아키가 흔들어 깨워서 일어났는데."

갑옷 차림의 무사 그림자에 대해서는 잊지 않았기 때문에 당장 이야기하려고 했는데, 그럴 계제가 아니었다.

"이노스케 노인의 상태가 완전히 나빠져 있었습니다. 안색은 흙빛이고 숨도 끊어질 것 같고 비지땀을 흘리며 이름을 불러도 뺨을 때려도 눈을 뜨지 않는 겁니다."

이미 단정하게 몸단장을 끝내고 깨끗하게 얼굴도 씻은 모습의 오아키는 몹시 걱정하며 허둥거렸다고 한다.

"어젯밤에도, 단지 오랫동안 술을 못 마셨기 때문에 나타난 증세가 아니라 뭔가 병에 걸린 게 틀림없다면서."

——그렇게 심한 말을 하는 게 아니었어요.

"아침 댓바람부터 울먹거리는 얼굴을 하고 있었지만 어떻게 할 수도 없었습니다."

오아키에게는 어쨌든 아침밥 준비를 부탁하고 진자부로는 어딘가에 약상자가 없을까 하고 또 저택 안을 탐색하기 시작했다.

"바깥은 완전히 밝아져 있었지만 여전히 안개가 짙어서 정원 전체를 둘러볼 수도 없었어요."

어제 한 번 지나갔던 복도로 가 보니 어제와 똑같이 백 돈짜리 초가 켜져 있었다. 그러나 촛대에는 녹은 촛농이 흐른 흔적도 없고 길이가 줄어들지도 않았다.

"전에도 충분히 수상하게 여기고 있었지만 이때 저는 분명하게 실감했습니다. 여긴 정상적인 곳이 아니다. 어쩌면 이 세상에 존재하는 공간이 아닐지도 모른다고요."

자신들은 터무니없는 곳에 들어오고 말았다. 유인당했다고 해야 할까, 끌려왔다고 해야 할까, 어쨌든 여기서 쉽게 나갈 수는 없겠다.

——우린 붙잡혔으니까.

"저택 안을 돌아다니다가 또 갑주 차림의 무사와 마주칠지도 모른다고 생각하니 복도 모퉁이를 돌 때마다, 당지문을 열 때마다 무서운 기분이 들더군요."

혼자서 너무 멀리까지——저택 안쪽까지 가 버리면 길을 잃을까 봐 불안하기도 했다.

"휑뎅그렁할 뿐이지 복잡한 구조는 아니지만 그래서 오히려 더 알기 어려웠어요."

방과 당지문과 장지문과 복도에 아무런 특징이 없다 보니 자기가 지금 어디에 있는지, 어느 쪽으로 향하는지 금세 알 수 없게 된다.

"안개 때문에 해님의 빛이 똑바로 비쳐 들어오지 않는 것도 곤란했고요."

밝은 장소는 어디나 똑같이 밝고 어두운 곳은 하나같이 백 돈짜리 초가 비추고 있다.

"어제 오아키가 메밀을 뿌리면서 걸었다고 했는데 그게 얼마나 좋은 방법이었는지 새삼스럽게 깨달았지요."

결국 약상자도, 병자에게 도움이 될 만한 무엇도 발견하지 못한 채 진자부로는 부엌 옆 마루방으로 돌아올 수밖에 없었다.

오아키는 이노스케 노인의 땀을 닦아 주고, 차가운 수건으로 이마를 식히고, 몸은 이불을 겹쳐 덮어 따뜻하게 해 주고 있었다.

"성실한 여자였어요. 똑똑하고 눈치도 빠르고, 저 따위보다 훨씬 더 든든했습니다."

진자부로가 돌아오자 이노스케는 눕혀 두고, 어쨌든 아침밥을 준비하기로 했다.

"오아키는 어젯밤에 밥을 넉넉히 지어서 주먹밥을 만들어 두었다고 했습니다."

――언제 무슨 일이 일어날지 모르니까 음식을 해 두자고 생각하고.

"말씀하신 대로 정말 야무지고 의지가 되는 사람이군요."

도미지로가 맞장구를 치자 진자부로는 살짝 눈을 크게 떴다. 그런가, 혼자서만 이야기하는 줄 알았는데 듣는 사람도 뭔가 말할 수 있구나――하고 처음으로 깨달았다는 눈치였다.

"너무나도 이상한 이야기라 저도 모르게 넋을 놓은 채 듣고 있었습니다. 죄송합니다."

가볍게 머리를 숙이는 도미지로를 보고 진자부로는 마음을 다잡은 모양이다. 가만히 보면 얼굴 생김새는 아니꼬운 데라곤 없는 산뜻한 미남인데. 젊은 시절에는 유곽에서든 어디서든 인기가 많았으리라. 불효자라 울리기만 했다는 어머니도 이 사람의 얼굴에 몇 번이나 넘어갔겠지.

“하지만 오아키가 어젯밤에 만들었다던 주먹밥은 먹을 수 없었습니다.”

다섯 개가 있었는데 전부 썩어 있었다고 한다.

“코앞으로 가져갈 필요도 없이 꺼내기만 했는데도 냄새가 확 나더군요.”

오아키는 매우 놀라, 어떻게 이럴 수 있냐며 겁에 질려 소란을 피우기 시작했다.

“한여름도 아닌데 주먹밥이 하룻밤 만에 썩다니 이상하다고요.”

냄비에 남아 있던 순무와 파를 넣은 된장국도 표면에 곰팡이가 떠 있었다. 파 뿌리나 순무 잎을 잘라낸 것 등, 오아키가 쓰지 않고 치워 둔 채소 찌꺼기도 소쿠리 안에서 새까맣게 쪼그라들어 손가락으로 만지면 부슬부슬 무너졌다.

“저는 본가에 있을 때도 밥상만 받아먹는 생활을 했고, 바깥을 돌아다닐 때는 대충 사 먹었지요. 스스로 만들어 먹은 적이 없기 때문에 음식이 빨리 썩네 어떠네 하며 이상하다고 무서워하는 오아키의 심정을 헤아릴 수가 없어서.”

썩은 건 어쩔 수 없다, 저택 안은 바깥보다 따뜻하니까 그럴 수도 있겠지, 다시 밥을 짓자, 나도 도울 테니까, 하고 달랬다.

그러나 오아키는 고집스럽게 머리를 흔들었다.

——이곳의 음식을 먹으면 우리도 이상해질지 몰라요. 창자가 썩어 버릴지도 모른다고요.

——이노스케 씨의 상태가 제일 먼저 나빠진 이유도, 본래 술로 인하여 약해진 상태였기 때문에 이곳 음식의 독성이 상대적으로 빨리 나타난 게 아닐까요.

"그러더니 갑자기 허둥거리다가 부엌의 자루 안을 뒤져서 작은 보따리를 꺼내 오더군요."

내용물이 무엇일지 짐작이 갔기 때문에 도미지로가 끼어들었다.

"그건 오아키 씨가 가게에서 들고 나온 위문품이겠군요. 삶은 오리알."

진자부로는 도미지로도 깜짝 놀랄 정도로 크게 놀랐다.

"어떻게 아십니까?"

험악하게 따져 묻는 말에, 도미지로는 솔직하게 오아키의 내력을 조사하여 십 년 전의 가미카쿠시 소동의 전말을 알았다고 털어놓았다.

"가미카쿠시에서 돌아온 오아키 씨는 삼 년이 지났다고 여겼지만, 사흘밖에 지나지 않았다고요. 그래도 오리알은 질척질척하게 썩어 있었다고 들었습니다."

도미지로가 말하는 동안 진자부로의 표정이 누그러졌다. 그렇군, 당시에는 꽤 소문이 났었군요, 하고 중얼거린다.

그러더니 시선을 약간 비스듬히 내리깔았다.

"미시마야에서는 특이한 괴담 자리의 이야기꾼에 대해 일일이 조사하십니까."

도미지로는 조금 과장스럽다 싶을 정도로 손을 저었다.

"평소에는 하지 않습니다. 이번이 처음이지요. 사정이 사정이다 보니."

흐음, 하고 신음하며 얼마간 잠자코 있던 진자부로가 끊긴 이야기를 원래대로 되돌리는 김에 본인도 앉은 자세를 고치고 나서 말을 이었다.

"오아키는 어제 처음 저택 부엌에 들어왔을 때, 중요한 위문품을 가지고 다니다가 떨어뜨리면 안 된다는 생각에 자루에 넣었다고 했습니다."

꾸러미를 열어 보니 삶은 오리알은 무사했다.

"삶은 오리알은 상하기 쉽다고 하지만, 하룻밤이니까요. 아직 아무렇지도 않았어요. 그런데 오아키가, 역시 이곳 음식은 이상하다, 밖에서 가지고 들어온 오리알은 무사하지 않느냐면서 순식간에 새파랗게 질려 버렸습니다."

우엑우엑 하며 구역질을 시작하는 오아키를 진자부로는 필사적으로 달랬다. 지나친 생각이다, 과장이다, 어젯밤에 너와 같은 음식을 먹은 나는 괜찮지 않느냐, 정신 똑바로 차려라.

"그때 어딘가 멀리서 사람이 부르는 소리가 들려왔습니다."

이봐요~, 이봐요~.

"남자의 목소리였습니다. 저도 오아키도 깜짝 놀라 긴장한 채 서로 몸을 바싹 붙이고."

이봐요~, 누구 없습니까. 도와주십시오. 남자의 목소리는 계속 들렸다.

"저택 안이 아니었어요. 바깥 정원 어딘가인데 방향을 짐작할 수 있겠더군요. 저는 찾으러 가기로 했습니다."

오아키에게는 이노스케 노인 곁을 지켜 달라, 무슨 일이 있으면 큰 소리로 자신을 부르라고 말해 두었다.

"눈물 어린 표정으로 풀이 죽어 있는 오아키를 보고 처음으로 제 안의 진짜 협기俠氣가 아주 조금 피어오르지 않았나 싶은데."

진자부로는 부끄럽다는 듯이 웃었다.

"본심으로는 무서웠어요. 오아키가 없었다면 좀 더 여러 가지 의심을 했겠지요."

진자부로는 숲속에서 날개 달린 괴물에게 쫓겼고, 밤중에는 갑주 차림의 무사 그림자를 보았다.

"사람의 목소리로 들리지만 정체는 사람이 아닐지도 모른다. 섣불리 찾으러 갔다가 또 무서운 것과 마주치면 어쩌나 하고 엉거주춤하게 있었겠지요. 하지만 그때는 꾸물거리지 않고 움직였습니다."

장작 창고 앞까지 가서 진자부로는 크게 말했다. 이봐요~, 어디 있는 거요, 이봐요~, 들리면 다시 한 번 불러 보시오~.

“곧 대답이 들렸습니다. 여깁니다, 여기 있습니다, 대나무 덤불 속입니다, 여기요~.”

서로 부르면서, 상대의 목소리에 의지해 진자부로는 깊은 죽림에 다다랐다. 안개가 흐르며 몸에 달라붙고 시야를 가렸다.

“바깥에서는 가만히 멈춰 서 있으면 그만큼 안개도 짙게 고이더군요.”

안개 속을 헤엄쳐 죽림과 덤불을 가르고 간신히 목소리의 주인을 발견했다. 기장이 짧은 갓파合羽 우천시 외출 때 입는 외투의 한 종류. 본래 포르투갈 사람의 외투를 본떠 만든 것으로, 의복 위에 넓게 감싸듯이 만들었다를 입은 젊은 남자와 끈이 달린 두건을 쓴 노파, 두 사람이었다.

젊은 남자의 이름은 마사키치라고 했다. 니혼바시혼초 3번가에 가게가 있는 약재상에서 일하며 얼마 전에 대행수가 되었다. 나이는 스물여섯. 갓파는 여행용 옷인데, 그는 약을 팔려고 행상을 나온 것이 아니라 주인의 명령으로 하치오지에 있는 분점에 가는 도중이었다고 한다.

“섣달의 이 바쁜 시기에, 분점의 고용살이 일꾼들 사이에서 끈질긴 눈병이 돌아 아무래도 일손이 부족하다, 누구 좀 보내 주지 않겠느냐는 서찰이 와서요.”

분점은 가게 주인의 친척이 하는 곳으로, 마사키치도 신세를 진 적이 있는 대행수가 일하고 있다. 알겠습니다, 하고 채비를 마친 그는 어제 새벽에 니혼바시를 출발했다.

"에도를 나와서, 제 짐작으로는 센다가야 부근을 지나다가 길을 잃었습니다."

갑자기 피어오른 안개에 현혹되어, 정신을 차려 보니 깊은 숲 속을 헤매고 있었다. 걸어도 걸어도 빠져나갈 수가 없었다.

"아침에 가게를 나와 걷기 시작했을 때는 날이 흐렸고, 요쓰야 문四谷御門 에도에서 고슈 가도로 이어지는 서쪽의 요충지로서, 1636년에 쌓았다. 현재는 철거되어 남아 있지 않다을 지날 때는 가랑눈이 춤추고 있었습니다. 안개가 낄 만한 날씨가 아니어서 좀 이상하다, 무언가에 홀린 걸까, 하고 조심조심 걸어가다가——."

낮은 덤불 속에서 두건을 쓰고 쪼그린 채로 앉아 있는 노파를 발견했다고 한다.

오시게, 라고 자신을 소개한 노파는 두건 밑에 멋진 은발을 숨기고 있었다. 유키 명주 고소데에 바람을 피하기 위한 한텐을 겹쳐 입고, 짚신을 신고 오각형의 작은 주머니를 매달고 있다. 외출하기 위한 옷차림이기는 하지만 멀리 갈 수 있는 차림새는 아니다.

오시게가 사는 곳은 하라주쿠 마을로, 넓은 전답에 많은 소작인을 둔 은퇴한 지주의 아내라고 한다.

"작년 초가을에 남편이 졸중으로 쓰러져, 목숨은 건졌지만 회복이 순조롭지 않아 아직 말도 하지 못하고 돌아눕지도 못하고 있어요."

오시게는 남편의 쾌유를 기원하며 마을에 있는 절의 약사여래를 참배하고, 주지의 권유로 불경 필사에 힘쓰며 다 쓴 경문을 바치러 가곤 했다. 어제도 오전에 하녀를 데리고 집을 나섰다가 반리쯤 되는 익숙한 길을 걷고 있었는데 어찌 된 셈인지 길을 잃고 말았다.

정신이 들어 보니 하녀와도 헤어져 낯선 숲속을 혼자서 헤매고 있었다. 지칠 대로 지쳐 어찌할 바를 모르며 덤불 속에 쪼그리고 앉아 있으려니 마사키치가 다가왔다고 한다.

"왜 길을 잃어버렸는지……. 그러고 보니 오늘 아침에는 안개가 끼었구나, 이상한 날씨라고 생각하기는 했지만요."

은퇴한 노인의 아내라고는 해도 지주 집안의 사람이다. 풍족한 생활을 하고 있겠지. 오시게는 전체적으로 통통했고, 몸에 걸치고 있는 옷도 싸구려가 아니었다. 지금은 지쳐서 후줄근하지만, 평소에는 말쑥한 할머니이리라. 오른쪽 위의 송곳니가 하나 빠져 있고 허리가 약간 굽었지만, 노망이 나서 길을 잃을 것처럼은 보이지 않았다.

"약 장사를 하는 사람이다 보니 저는 몇 가지 약 꾸러미를 늘 가지고 다녔고, 그날은 점심으로 먹을 주먹밥과 물통도 있었습니다."

마사키치는 오시게에게 정신이 드는 약과 주먹밥을 나누어 주고 휴식을 취한 후 둘이서 숲을 빠져나가려고 걷기 시작했다.

"그러다가 해가 지는 바람에 별 수 없이 어젯밤은 숲속에서 지냈지요."

마른 가지와 낙엽을 주워 모아 모닥불을 피우고 온기를 얻었다. 하룻밤이 지나고 구름 속에 흐릿하게 보이는 해님에 의지해 다시 걷다가 죽림에 다다랐다.

"대나무 덤불과 짙은 안개 사이로 커다란 기와지붕과 샤치호코 같은 것이 보여서, 아아! 이제 살았구나 하고 생각했습니다."

그러나 오시게는 더 이상 다리가 움직이지 않았다. 마사키치는 노파를 업고 열심히 죽림을 헤치며 나아갔지만, 멀리 보이는 기와지붕은 전혀 가까워지지 않았다. 게다가 안개에 속아 같은 곳을 빙글빙글 돌고 있는 기분도 들었다.

"참으로 곤란하고 약간 무서워져서 결국 큰 소리로 도움을 청하게 되었지요."

진자부로를 만나 셋이서 저택으로 돌아와, 어엿한 부엌에서 오아키와도 얼굴을 마주하니 마사키치와 오시게는 정말로 살았다고 생각한 모양이다. 두 사람이 가엾어서 진자부로는 적극적으로 움직였다.

"이곳은 이상한 저택이지만 고맙게도 음식이 있습니다. 보세요."

자루 안의 쌀과 잡곡, 말린 떡을 보여 주고,

"간단히 떡을 좀 구울까요. 일단 화덕의 불을 피우고 물도 끓이지요."

그러자 오아키가 참다못한 듯이 발끈하여 소리를 질렀다.

"이곳에 있는 걸 먹으면 안 돼요. 독이에요!"

"독이라고 결정된 건 아니야!" 진자부로도 마주 고함쳤다.

"먹지 않으면 움직일 수 없게 돼 버린다고. 정말 사리분별이 부족한 여자로군."

"하지만."

갑자기 시끄럽게 말다툼을 하는 두 사람을 보고 오시게는 어안이 벙벙한 얼굴로 입을 딱 벌릴 뿐이었지만 다행히 마사키치는 눈썰미가 좋았다.

"저기 누워 있는 사람은 어떻게 된 겁니까?"

마루방의 이노스케 노인을 가리키며 묻는다.

"어떤 상태지요? 제가 갖고 있는 약이 도움이 될지도 모릅니다. 좀 보게 해 주세요."

진자부로에게는 더할 나위 없이 기쁜 도움이었다. 마사키치는 익숙한 손놀림으로 이노스케 노인의 몸을 살펴보며 오아키에게 이것저것 물었다. 술이 깨고 나니, 어제는 식은땀을 흘리며 손을 떨고 있었다? 본인도 그렇게 말했었군요, 그렇군.

"오랫동안 술을 많이 마시던 사람한테는 흔히 있는 일입니다. 오장육부가 술독에 상하고, 특히 간과 신장이 망가졌어요. 이 사람은 가슴에도 물이 많이 차 있는 모양이군요. 아마 수종水腫이겠지요."

노인을 말끔히 고칠 수 있는 약은 없지만 어떻게든 열을 내리고 아픔을 덜어 줄 수는 있습니다. 백비탕을 주십시오. 먹여 보지요——그리하여 이노스케 노인이 정신을 차렸다.

"저는 약장수입니다. 지금 어디가 아프십니까? 설사를 하지는 않고요? 토할 것 같습니까?"

우우, 아아, 네. 노인이 마사키치의 물음에 대답하고 약하게나마 목소리를 내자 진자부로도 안심했지만 오아키는 울음을 터뜨렸다.

"그것 봐, 맞지? 이노스케 씨는 술독으로 약해진 거야. 이곳에 오기 전부터 그랬어. 음식 탓이 아니야. 부탁이니까 굶어죽기 전에 뭘 좀 먹자고."

오아키가 울면서 준비를 시작하자, 지칠 대로 지쳐 있을 오시게도 나서서 거들었다. 할머니가 되어도 여자는 대단하구나, 하고 진자부로는 생각했다. 앉아 있으면 밥이 나오는 생활을 하고 있던 나는 더 부끄러워해야 한다.

떡을 구워서 먹자 오시게의 안색이 돌아왔다. 마사키치는 한층 더 시원시원해졌다.

"병자에게는 미음이 좋겠지요. 저는 탕약도 가져왔습니다. 몸을 따뜻하게 하고 나쁜 땀을 빼내는 효과가 있는 약이지요. 작은 냄비는 없습니까?"

마사키치의 지시에 오아키도 더 이상 이러쿵저러쿵하지 않고 열심히 일했다. 부엌에 김이 가득 차고 음식과 탕약 냄새가 뒤섞인다.

이노스케 노인도 배가 고팠는지 오아키가 만든 그릇에 가득한 미음을 깨끗이 비웠다.

"이노스케 씨, 놀라게 하지 좀 말아요. 기분은 어때요?"

"……아아, 꽤 좋아요."

다행이다. 진자부로에게도 기운이 돌아오고 머리가 돌아가게 되었다.

"우선 당신들은 좀 눕는 편이 좋겠어요. 요도 이불도 한텐도 있고, 측간은 저쪽이에요."

세 사람을 쉬게 해 두고, 진자부로는 오아키와 마주했다.

"저 두 사람의 이야기를 어떻게 생각해?"

"어떻게라니……."

아까 잔뜩 눈물을 흘린 탓에 오아키는 눈이 부어 있었다.

"당신도 대나무 덤불에서 저택으로 왔다고 했었지. 하지만 당신이 지나온 가부키문을 저 두 사람은 보지 못했어. 나도 아까 두 사람을 데리러 갔을 때 문 같은 건 지나지 않았고."

다시 말해서, 아까 진자부로가 헤치고 들어간 죽림은 이 저택을 에워싼 흙담 안에 있다는 뜻이 된다. 아니면 흙담의 일부가 꽤 넓은 폭으로 끊어져 있어서 마사키치와 오시게는 그리로 들어왔고 아까의 진자부로도 스스로는 모르는 사이에 그곳을 지났거나.

"하지만 어떻게든 사리에 맞추어 이해하려고 노력해 봐야 소용없지 않을까 하는 생각도 들기 시작했어."

어제 오아키가 말한 대로, 이 저택은 걸으면 걸을수록 넓어지는 느낌이었으니까. 끝도 없다. 전체의 넓이도 모르겠다. 어디서부터 흙담 안이고 어디서부터가 바깥인지 경계도 확실하지 않다.

"다만 한 가지는 확실해. 내가 들어온 매화나무 숲 쪽은 위험하다는 거야."

진자부로는 마음을 정하고 매화나무 숲 바깥의 숲속에서 날개 달린 괴물에게 쫓겼던 사실을 털어놓았다.

"한두 개가 아니었어——새랑 비슷했으니 한두 마리라고 해야 할까. 뭐, 어느 쪽이든 좋아. 어쨌거나 무리 지어 있었어."

겨우 회복되는 중이었던 오아키의 얼굴에서 또다시 핏기가 빠져나간다. 가엾게도.

"무서운 이야기를 들려주어서 미안해. 하지만 진짜야."

내친김에 진자부로는 어젯밤 갑주 차림의 무사에 대해서도 이야기했다.

"내가 본 건 새까만 그림자뿐이야. 실체가 있는지 없는지 확실하진 않아. 삐걱삐걱 하는 발소리가 났으니까 사람일지도 모르지만, 요즘 같은 때에 갑옷투구로 무장하다니 정상적인 사람은 아니겠지."

오아키가 양손을 가슴에 대고 몸을 움츠린다.

"저는 아무것도 못 느꼈어요……."

"그 편이 좋아. 봐도 기운이 날 만한 건 아니었으니까."

떠올리면 꿈인가 싶기도 하지만 진자부로는 새까만 무사 그림자의 눈빛이 닿았을 때의 느낌을 기억하고 있다. 그놈은 줄곧 나를 내려다보고 있었다.

"우리는 이곳을 떠나야 해."

다섯이서 함께.

"설령 괴물이 존재하지 않는다 해도 계속 여기에 있을 수는 없어. 이노스케 씨를 저대로 내버려둘 수는 없잖아. 마사키치 씨가 가지고 있는 약이 떨어지면 또 상태가 나빠져서 점점 약해지다가 죽고 말 거야."

도망치려면 밝을 때 해야 한다. 음식과 물을 준비해 죽림을 빠져나간다. 숲으로 나갈 수 있으면 헤매 들어온 길을 되돌아갈 수 있지 않을까.

"나는 지금부터 다시 한 번 저택 안팎을 살피면서 도움이 될 만한 물건을 모아 볼게. 짐수레나 손수레가 있으면 이노스케 씨를 태울 수 있을 테니까 편리하지. 당신한테는 음식을 부탁할게. 마사키치 씨한테는 대나무를 베어서 물통을 만들어 달라고 하자."

오아키는 진자부로의 얼굴을 뚫어져라 바라보았다.

"오늘 중에 나가려고요?"

"하루빨리 나가고 싶지만, 오시게 씨가 지쳐 있으니까."

금세 또 움직일 수 없게 되면 나머지 세 사람의 부담이 된다.

"낮 동안에 준비를 하고 밤에는 다함께 모여 부엌에서 잔 다음 내일 아침에 곧장 떠나도록 하지."

오아키가 몸을 움츠린 채 입술을 깨물었다.

"오늘 중에 만든 음식은 내일이 되면 또 썩어 있을지도 몰라요."

이내 당황하며 덧붙인다. "독이라든가 그런 뜻이 아니라."

"응, 알아. 그럼 음식은 내일 아침에 준비하면 돼. 떡으로 하자. 밥을 지을 때보다야 수고가 덜 들겠지."

"그럼 오늘은 밥을 짓고, 밤을 쪄서 밤떡도 만들어 볼게요."

하룻밤이 지나서 썩어 있으면 버리고 간다. 썩지 않았으면 싸서 들고 나간다.

"측간에 가는 경우를 제외하고, 당신은 이 부엌에서 나가지 말아 줘. 이노스케 씨랑 오시게 씨랑 같이 있으라고. 꼭 셋이 같이 있어야 해."

"진자부로 씨는 혼자서 돌아다닐 작정이에요?"

마사키치를 쉬게 하는 동안에는 어쩔 수 없다.

"조심할게. 그렇지, 가끔 부엌의 종을 쳐 줘. 종소리가 들리면 어디에 있어도 장소를 짐작할 수 있을 테니까."

"밧줄을 가져가면 어때요?"

오아키는 봉당의 기둥을 가리켰다.

"저 기둥에 끝을 묶고 가는 거예요."

"그러면 멀리까지 갈 수가 없어."

"수건을 찢어 밧줄에 묶으면서 계속 늘려 가면 되지 않을까요?"

움직이기 어렵고 얽혀 버리면 귀찮겠지만 오아키의 필사적인 눈빛에 진자부로도 굽히기로 했다. 오아키가 자신을 걱정해 주는 마음이 고맙고 기뻤다.

"알았어. 그렇게 할게."

우선은 장작 창고에서부터 저택 주위를 가능한 한 멀리까지 돌아보기로 했다. 저택과 일정한 거리를 유지하며 외벽을 따라 걷다 보면, 적어도 짐수레처럼 커다란 물건은 발견할 수 있지 않을까.

기모노 자락을 걷어 올려 허리띠에 끼우고, '구로타케'라는 이름이 들어가 있는 한텐은 왠지 으스스해져 버렸기 때문에 진자부로는 자신의 솜옷을 입고 밖으로 나갔다. 밧줄 이쪽 편은 왼쪽 손목에 한 바퀴 감고, 나머지는 어깨에 걸친 채 조금씩 풀면서 걸어간다. 품에는 수건을 몇 장 집어넣고, 목에도 목도리처럼 감았다.

안개가 짙다. 걸쭉하게 떠돌 뿐만 아니라 일정한 간격으로 저택을 향해 밀려왔다가는 물러가고, 다시 밀려온다. 살짝 만져 보면 온기가 있다.

——어제보다 더 따뜻해.

어제는 섣달의 가랑눈 아래에서 길을 잃고, 활짝 핀 매화나무 숲과 마주쳐 당황했다. 좋은 향기가 나는 진짜 매화나무 숲이었다. 도저히 환상이라고는 생각할 수 없다. 마찬가지로 지금 걷고 있는 땅바닥도 환상이 아니다.

하지만 이상하다. 지금의 따뜻함은 이미 매화가 활짝 피는 정도를 넘어, 봄이 한창일 때나 느낄 수 있을 텐데. 흐린 날씨라 햇빛은 흐릿하지만 저 구름이 걷히면 어떤 해님이 얼굴을 내밀까. 춘삼월의 햇빛이 넘쳐날까.

천천히 걷는 진자부로의 코끝에서 무언가 팔락거리며 춤추었다. 색깔이 하얗다.

놀라서 멈추어 섰지만 계속 날아와 진자부로의 얼굴에 닿는다.

가랑눈일까. 나는 원래의 장소로 돌아온 걸까.

잠시 가슴이 뛰었으나 하얀 것의 정체를 알게 된 진자부로는 이내 현기증을 느꼈다.

가랑눈이 아니다. 따뜻한 안개에 섞여, 바람을 타고 춤추며 흩어진 벚꽃 꽃잎이다. 눈썹에 앉고 입술에 달라붙는다. 손가락으로 집으니 허무하게 찢어져 버린다.

어깨에 걸친 밧줄은 이제 두 바퀴면 끝나고 만다. 머리로는 밧줄에다가 수건을 묶어야 한다고 생각하면서도, 진자부로는 앞쪽에 펼쳐지는 풍경에 시선을 빼앗겨 어슬렁어슬렁 나아가고 말았다. 밧줄이 어깨에서 떨어진다. 손목에서도 떨어진다.

눈앞은 벚나무 숲이다. 밀려왔다 밀려가는 안개의 바다 속에 두툼한 꽃들이 펼쳐져 있다.

진자부로는 놀라서 숨을 멈추었다. 때마침 안개가 크게 후퇴하자 벚나무 숲이 차례차례 나타난다. 꽃보라가 춤을 춘다.

어제로 매화의 만개는 끝나고, 오늘은 벚꽃이 흐드러지게 피다니.

역시 이곳은 이 세상이 아니다. 시간의 흐름이 완전히 다르다. 음식이 하룻밤 만에 썩어 버리는 이유도 그 탓이 아닐까.

두려움과 당혹으로 심장이 목구멍을 지나 튀어나올 만큼 세차게 두근거린다.

그런데도 만개한 벚나무 숲의 풍경은 얄미울 정도로 아름다워서 진자부로의 눈에는 눈물이 글썽거렸다. 이곳은 대체 어디일까. 왜 우리는 이처럼 이상한 장소에 갇히고 말았을까.

"갸."

벚나무 숲속에서 고함 소리가 튀어나왔다. 진자부로는 몸을 움츠렸다.

"갸."

귀에 익은 고함 소리다. 허둥지둥 몸을 돌려 보았지만 시야가 안개에 막혀 버렸다. 방금 전에 떨어뜨린 밧줄도 보이지 않는다. 허둥지둥 기다시피 더듬기 시작하니 이번에는 머리 위쪽에서,

"갸."

"갸."

"갸."

날갯짓하는 소리도 들린다. 퍼덕, 퍼덕 하고 날갯짓을 할 때마다 벚꽃이 흩어지고 꽃잎이 날아오른다.

땅바닥에 엎드린 채 진자부로는 보았다. 흐르는 안개 틈에서 셀 수 없을 정도로 많은 눈이 이쪽을 바라보고 있다.

흰자위가 아니다. 금색이다. 고양이의 눈처럼 뾰족하고 새까만 눈동자.

괴물 떼가 벚나무 숲속에 숨어 있다.

"갸."

꼼짝하지 못하는 진자부로 앞에서, 그중 한 마리가 벚나무 숲

위로 날아올랐다. 날갯짓을 한 번, 두 번. 점점 높이 오르더니 진자부로 쪽으로 날아온다.

멀리서 바라보며 막연히 했던 짐작보다 훨씬 더 크다. 머리도 몸도 사람 아이——우메야의 사환만 한 크기다. 날개도 길어서 날갯짓으로 일어나는 바람이 진자부로의 얼굴에 확 불어 왔다.

비린내. 쇠 냄새. 피 냄새.

사람의 얼굴에 새의 날개를 가진 괴물이다. 두 개의 다리에는 날카로운 갈고리 발톱이 달려 있다. 게다가 믿기 어렵게도 녀석의 꼬리는 뱀이었다. 꼬리에 달린 뱀이 허공에서 머리를 쳐들었다.

줄줄이 돋은 이빨을 드러내며 진자부로를 향한다. 사냥감을 발견한 맹금처럼 덮쳐 온다.

도망쳐야 해 도망쳐야 해 도망쳐야 해. 하지만 꼼짝도 할 수 없다. 진자부로는 얼어붙은 채 순간적으로 굳게 눈을 감았다.

그때.

"갸!"

괴물의 찢어지는 듯한 비명이 들렸다. 안개를 머금은 바람도, 날갯짓 소리도 흐트러졌다. 진자부로의 얼굴에 뜨뜻한 물기가 튄다.

일순 제정신으로 돌아온 진자부로가 옆으로 뛰어 피했다.

"엎드려 있어!"

누군가 강한 목소리로 소리쳤다. 목소리의 주인이 안개 속에서 뛰어나와 진자부로에게 달려온다.

쓰쓰소데筒袖 통소매로 되어 있는 옷. 활동하기 편하여 무사들이 많이 착용했다에 우마노리바카마馬乗袴 에도 시대에 무사가 입던 승마용 하카마를 입고 손등싸개와 각반을 찬 무사가 오른손에 큰 칼을, 왼손에 말을 탈 때 쓰는 삿갓을 방패처럼 들고, 괴물로부터 진자부로를 감싸듯이 버티며 서 있었다. 눈빛이 형형하고 입은 시옷자로 다문 모습이다.

또 한 마리가 날아 내려온다. 무사는 큰 칼로 힘차게 허공을 베었다. 사락 하고 칼에 무언가가 맞은 소리가 나자 하얀 깃털이 춤추며 흩날린다.

"꺄아아아아아~!"

괴물이 여자 목소리로 비명을 지르더니 뱅글뱅글 춤을 추듯 안개 속으로 사라져 간다. 한 호흡 사이를 두고 털썩 하는 무거운 소리가 났다.

그것이 계기였을까. 안개에 감싸인 벚나무 숲속에서 노호 같은 고함이 일제히 터져 나왔다. 괴물 떼가 저마다 울고, 고함치고, 날갯짓을 하고 있다.

떼로 덮쳐 온다!

진자부로는 엎드린 채로 땅바닥을 긁으며 도망치려고 했다. 우마노리바카마 차림의 무사가 삿갓을 버리고 왼손으로 진자부로의 목덜미를 덥석 움켜쥐었다.

"일어서! 뛰게!"

무사가 너무 힘껏 잡아당기는 바람에 진자부로는 중심을 잃고 땅바닥에 쓰러졌다. 그런 진자부로를 다시 잡아끌어 일으키며 무사가 소리쳤다.

"도망치게!"

강한 질타에 앞뒤를 잊고 진자부로는 달렸다. 무사는 진자부로보다도 덩치가 크고, 움직임은 재빠르고, 동요도 망설임도 없이 과감했다. 진자부로를 감싸듯 버티고 서서 큰 칼을 휘두르다가 괴물들이 물러나면 다시 둘이서 달린다.

"그대는 이 저택 사람인가? 입구는 어디에 있지?"

무사는 괴물들에게서 시선을 떼지 않고 큰소리로 물었다.

"모릅니다. 저도 길을 잃은 참입니다."

얼핏 보니 무사의 얼굴과 가슴에 먹처럼 새까만 물보라가 튀어 있다. 깜짝 놀라 자신을 내려다보니 비슷한 꼴이다.

괴물의 피라는 사실을 깨닫자 진자부로는 속이 나빠져서 토할 것 같았다. 그 사이에도 무사의 큰 칼이 덮쳐드는 괴물들을 베어 나간다. 칼로 상처를 입힐 수 있다. 저 괴물들은 환상이 아니라, 겉모습은 기분 나쁘지만 살아 있으며, 싸우면 승산이 있는 것이다.

땡~, 땡~. 종소리가 들려왔다. 두 사람이 도망치려고 하는 방향의 어딘가. 멀지는 않다. 외벽을 따라 달리면 다다를 수 있다!

"무사님, 이쪽입니다. 저 종이 울리는 곳입니다."

떨리는 입으로 진자부로는 외쳤다. 괴물의 고함이 바로 옆에서 튄다.

진자부로는 솜옷을 벗어 손으로 움켜쥐고, 고함 소리가 난 쪽을 향해 마구잡이로 휘둘렀다. 날아들려던 괴물이 생각지 못한 저항에 방향을 바꾸어 벗어난다.

"좋아, 안내를 부탁하네."

무사가 또 한 마리를 큰 칼로 쳐서 떨어뜨리며 말했다. 날개 한 쪽이 잘려서 떨어진 괴물이 땅바닥을 기며 도망치자 끈적한 검은 핏자국이 생기고 코가 비뚤어질 듯한 냄새가 피어오른다.

땡~, 땡땡. 오아키가 종을 치고 있다. 제발 계속 쳐 줘. 그만두지 말아 줘.

외벽을 따라 도망치는 사이에 괴물들의 고함과 날갯짓이 멀어져 갔다. 안개가 흘러와 가득 찬다.

"진자부로 씨!"

오아키의 목소리다. 전방의 안개 속에서 들려온다. 종은 아직 울리고 있다.

"어디에 있어요?"

"여기야, 여기!"

숨을 헐떡이면서, 진자부로는 목소리를 쥐어짜 대답했다. 그러자 안개 속에 갑자기 등롱의 불빛이 켜졌다.

"불빛이 보여요? 이쪽이에요!"

진자부로와 우마노리바카마 차림의 무사는 상하좌우로 흔들리는 등롱의 불빛을 향해 달렸다. 두 사람이 달리자 바람이 흐른다. 점차 안개가 걷혀 가고 시야가 트였다. 오아키는 진자부로가 떨어뜨리고 만 밧줄을 양손으로 감으며 발돋움을 하듯이 이쪽을 보고 있다. 등롱을 들고 있는 사람은 마사키치로 역시 발돋움을 하고 다리를 동동 구르며 소리친다.

"이쪽이에요, 진자부로 씨!"

두 사람은 장작 창고 바로 옆에 서 있었다. 오아키의 손 안에 있는 밧줄은 한쪽 끝이 여전히 부엌 기둥에 묶여서, 그 거리만큼 팽팽하게 당겨져 있다.

진자부로는 이곳에서 출발해 저택 외벽을 따라 오른쪽으로 나아가고 있었다. 하지만 어제의 죽림은 눈에 띄지 않고 대신 벚나무 숲이 나타났다. 그렇다면 도망치고 도망쳐 빙글 돌아서 같은 장소로 돌아왔다는 것일까.

역시 이 저택은 엉망진창이다. 어제는 있던 것이 사라지고, 어제 없던 것이 나타났다. 저택의 새로운 출입구는 눈에 띄지 않고, 그만큼 걷고 뛰었는데도 아는 곳으로밖에 갈 수가 없다.

그래도 어떻게든 무사히 돌아왔다. 여섯 번째로 붙잡힌 사람이 구해 주어서.

*

우마노리바카마 차림의 무사는 호리구치 긴에몬이라고 자신을 소개했다. 규슈의 작은 번인 이만 석石 다이묘나 무사의 봉록 단위 구리사키번의 가신으로, 에도 가로의 근시近侍를 맡고 있다고 한다. 나이는 마흔 정도일까. 덩치는 크지 않지만 얼굴 표정이 사납고, 몸은 탄탄한데 움직임이 가볍다. 검 쓰는 실력도 아까 괴물을 상대로 한 싸움으로 짐작할 수 있다.

"우리 번의 시모야시키는 메구로의 고지대 한쪽에 있네. 그저께부터 도련님이 머물고 계시고, 오늘 아침에는 말을 타고 멀리까지 나가셔서 나도 함께 갔는데……."

메구로가와 강을 따라 달리는 동안, 갑자기 자욱해진 안개에 휘말려 말이 겁을 먹고 걸음을 멈추고 말았다.

"바로 앞을 달리던 도련님도, 시중드는 이의 모습도 안개에 사라져 버리고, 말발굽 소리도 끊기더군. 불러도 대답하는 목소리도 없었어."

불러도 대답하는 목소리가 없자 의아하게 여긴 긴에몬은 말에서 내렸다.

"주위를 둘러보았지만 안개는 더욱더 짙어질 뿐이고 도련님은 보이지 않았네. 뿐만 아니라 내 말도 어느새 사라졌더군."

말에서 내릴 때 안개 속에서 가까운 나무줄기에 고삐를 매었던 기억은 남아 있다고 한다. 푸릉푸릉 하는 말의 콧김이 거칠고, 내뿜는 숨이 아침의 한기 때문에 새하얗던 기억도.

"그런데 호리구치 님을 현혹시킨 안개는 묘하게 따뜻하지 않았습니까?"

진자부로의 물음에 긴에몬은 가볍게 눈을 치떴다.

"오오, 맞네. 희미하게 벚꽃 향도 머금고 있었지. 섣달인데 봄 안개라니 이상하지 않은가. 게다가 먹구름처럼 짙어서 손끝조차 보이지 않을 정도였으니."

가만히 있어도 사태는 해결되지 않는다. 긴에몬은 흐르는 안개를 더듬으며 계속 걸었다. 얼마나 걸었는지는 알 수 없지만 이윽고 기가 막힐 정도로 만개한 벚나무 숲에 다다랐다.

"만개한 벚나무라니 더욱더 수상하더군. 나는 현혹된 것이라고 생각했지."

도련님은 무사하실까. 긴에몬과 똑같이 안개와 벚나무 숲속에서 길을 잃으셨을지도 모른다. 마음을 가라앉히고 오직 도련님과 시중꾼의 이름을 부르면서 벚나무 숲을 헤치고 들어가다가 날개 달린 괴물 떼에게 습격을 받는 진자부로를 발견했다——고 한다.

"덕분에 목숨을 건졌습니다. 고맙습니다."

진자부로는 부엌 바닥에 손을 짚고 머리를 숙였다. 두 사람의 이야기에 오아키는 다시 창백해져서 양손으로 몸을 껴안다시피 하며 입을 꾹 다물고 있다. 오시게가 걱정스러운 듯이 바싹 다가선다.

"부엌에서 기다리고 있어도 진자부로 씨가 도무지 돌아오지 않아서 오아키 씨가 종을 쳐 보자고 했어요. 몇 번 치다 보니 정원 멀리에서 새가 소란을 피우는 것 같은 소리가 나고."

마사키치가 말하며 오아키의 얼굴을 들여다보았다.

"제가 기둥에 묶은 밧줄을 잡아당겨 보니 술술 끌려오기에 혼비백산했습니다."

"깜박 손을 놓쳐 버렸어요."

결과적으로는 다행스러운 일이었다. 밧줄을 붙들고 있었다면 어떻게 되었을까.

오아키는 밧줄 끝에 진자부로가 없음을 알자, 혼자서 무턱대고 밖으로 나가려 했던 모양이다. 마사키치가 오아키를 말리며 등롱을 켜고 함께 장작 창고 옆까지 갔다.

"그러고는 진자부로 씨를 계속 부르려고 했습니다. 종은 오시게 씨가 쳐 주었고요."

긴에몬도 진자부로도, 괴물의 검은 피를 뒤집어쓰고 있었다. 역겨웠지만 한편으로 긴에몬의 실력이 어느 정도인지 확실히 나타내주는 증거이기도 하다.

기모노의 얼룩을 빼는 일은 오아키가 도와주었다.

진자부로 일행이 설명하는 지금까지의 경위를 긴에몬은 냉정한 얼굴로 들었다.

바보 같다고 부정하거나 믿기 어렵다고 눈썹을 찌푸리는 일은 전혀 없었다.

부엌에 모여 있는 다섯 사람 옆에서 이노스케 노인은 자고 있다. 마사키치의 약이 효과가 있는지 열이 내리고 숨도 편안해졌다. 그러나 안색은 여전히 흙빛이다.

"——구리사키번은 산이 많은 곳이라."

진자부로 일행의 설명이 일단락되자 긴에몬이 입을 열었다.

"산속에 숨겨져 있는 마을이나 야마우바의 집에 잘못 들어가게 되는 옛날이야기가 있다네. 이 저택도 기괴한 옛날이야기에 나오는 장소 중 하나일지도 모르지."

"하지만 붉은 선 바깥이라고는 해도 에도 시중에서 얼마 떨어져 있지도 않은 곳입니다" 하고 진자부로는 말했다. "설마 야마우바가 있을 것 같지도 않은데요."

"흐음, 차라리 야마우바가 식칼을 갈면서 우리를 데치려고 큰 솥에 물을 끓이고 있어 주는 편이 알기 쉬우려나."

긴에몬은 매우 진지하게 말했다.

"나는 메구로가와 강가에서 말을 달리고 있었네. 그대는 메지로로 가고 있던 참이었지."

하고 진자부로를 보더니 마사키치와 오시게에게 시선을 옮긴다.

"그대는 하치오지로, 그대는 하라주쿠 마을, 그대는 고덴마초에서 센다가야로 심부름을 가는 중이었고."

오아키가 긴에몬에게 야무지게 고개를 끄덕인다. 아직 눈이 부어 있지만 열심히 마음을 다잡으려는 기색이다.

"모두 에도의 서쪽이군. 무가 저택이 흩어져 있거나 전답이 펼쳐진 궁벽한 곳인데. 거기에서 안개에 휩싸여 일행과 헤어지고 내 경우는 말을 잃은 채 혼자서 숲에 들어가게 되었다……."

"이노스케 씨는 술에 취해 잠이 들었는데 눈을 떠 보니 이 저택의 흙담 안쪽에 있었다고 했습니다."

"저 병자 말인가?"

"네. 어디에서 취해 있었는지는 듣지 못했지만 후카가와의 배 목수로, 가족이 공동주택에서 쫓아냈다더군요."

흠——하며 긴에몬은 눈을 가늘게 떴다.

"그럼 이노스케만은 길을 잃은 것이 아니로군."

"글쎄요. 취해서 본인이 기억하지 못할 뿐인지도 모릅니다."

마사키치의 말에, 초조해하던 진자부로는 생각했다. 어느 쪽이든 상관없지 않느냐고. 어떻게 이곳에 왔는지 이제 와서 조사해봐야 무슨 도움이 된단 말인가? 그보다 어떻게 나갈지를 생각해야 한다.

오아키가 목을 움츠리며 작은 목소리로 말했다.

"오늘 아침에 미음을 먹여 드렸는데, 그때 이노스케 씨는 숙취에 시달리다가 꿈을 꾸는 기분이라고 했어요. 저도 같은 마음이라서 이해가 돼요."

"하지만 뺨을 꼬집어도 깨지 않으니까요. 꿈은 아니지요."

이들의 대화에 진자부로는 퍼뜩 깨달았다. 꿈? 그래, 꿈이라면 나도 꾸었다. 꿈이라는 것을 똑똑히 알고 있는 꿈이었다.

(재는 재로, 먼지는 먼지로.)

머릿속에 울리던 목소리. 어둠을 삼켜 버리고, 어둠에 빠져 가는 두려움. 뼈가 되어 사라져 가는 자신의 몸의 허무함.

(그대는 참회해야 한다.)

"왜 그러세요, 진자부로 씨?"

네 사람이 나란히 진자부로를 보고 있다.

"아, 아니, 죄송합니다. 어제 이 저택에 도착하자마자 지쳐서 잠들어 버렸거든요. 그때 꾸었던 꿈이 생각나서."

의외로 긴에몬이 몸을 내밀어 왔다.

"어떤 꿈이었지?"

"어. 하지만 그냥 꿈인데요."

"이곳에 오고 나서 꾼 꿈이지 않나. 뭔가 의미가 숨겨져 있을지도 모르지."

그 꿈속에서, 도박에 빠져 부모를 울리는 자신을 반성하고, 싫다며 고함쳤던 진자부로다. 입 밖에 내어 말하기는 거북하다. 그러나 적당히 얼버무리자니 긴에몬의 눈빛을 피할 자신이 없었다.

어쩔 수 없지. 진자부로는 더듬더듬 기억을 되살려 보았다. 그런데 꿈속에서 진자부로가 들었던 설교하는 듯한 남자의 목소리 부분에 접어들자 긴에몬이 갑자기 턱을 당기며 물었다.

"죄를 고백하라, 고 했나?"

"네, 아마."

"그러더니 참회하고 기도하라고. 분명히 그렇게 들렸단 말이지?"

"맞습니다."

긴에몬이 너무나도 진지해서 진자부로는 불안해졌다. 마사키치와 오아키는 얼굴을 마주보고 오시게는 어느새 기도하듯이 양손을 모으고 있다.

"그건 또…… 야마우바와는 전혀 다른 의미로 기묘하군."

긴에몬은 팔짱을 꼈다.

"진자부로 씨가 본 갑주를 입은 무사님도 혹시 꿈이 아니었을까요?" 하고 오아키가 말을 꺼낸다.

"갑주를 입은 무사님?"

"잠깐, 잠깐. 그건 뭐지?"

아아, 귀찮다. 앉아서 하나 마나 한 대화를 나눌 게 아니라 나갈 궁리를 하고 싶은데. 별 수 없이 냉큼 자백하고, 진자부로는 곁눈질로 오아키를 노려보았다. 무서워서 기가 죽어 있던 주제에 쓸데없는 소리나 하고.

"날개 달린 괴물이 꿈이 아니었던 이상, 갑주를 입은 무사도 꿈이나 환상은 아니라고 생각하는 편이 좋겠네."

일동의 얼굴을 둘러보며 긴에몬이 말했다.

"그 무사가 저택의 주인일지도 모르지. 지금까지 탐색을 하면서 가문의 이름이나 문장紋章이 달린 무언가는 찾지 못했나?"

단서는 '구로타케'라는 이름이 들어간 시루시반텐뿐이다. 오아키가 가져와서 긴에몬에게 보여 주었다.

"그러고 보니 등롱 상자에도 등롱에도 이름이나 가문家紋이 들어가 있지 않더군요" 하며 마사키치가 고개를 갸웃거린다.

"호리구치 님은 구로타케 가라는 집안을 모르시나요?"

오아키의 물음에 긴에몬은 고개를 저었다. "당장은 생각나는 게 없네. 적어도 그런 이름의 다이묘 가는 없고, 하타모토 중에도 없어. 이미 끊어진 가문일지도 모르지만."

진자부로는 참을성이 다했다.

"저는 이곳에서 한시라도 빨리 나가고 싶습니다. 호리구치 님도 헤어진 도련님이 걱정되시겠지요."

"물론, 말할 나위가 없겠지."

긴에몬은 단호하게 대꾸했다.

"하지만 괴물이 숨어 있는 숲에 둘러싸인데다가 넓이도 구조도 확실하지 않은 저택이 아닌가. 섣불리 돌아다니면 위험하네."

"우선 괴물도 건물 안까지는 들어오지 않고요."

즉시 맞장구를 치는 마사키치의, 똑똑한 체하는 얼굴이 얄밉다.

"꼭 그렇다고 할 수는 없어. 어두워지면 어떻게 될까. 갑주를 입은 무사는 내 베갯맡을 걸어 다녔으니까."

"그러니까 그건 꿈이었을지도 모르잖아요!" 하며 오아키가 얼굴을 찌푸린다.

우오오오오오오.

저택 밖에서 커다란 무언가가 으르렁대는 듯한 소리가 울렸다.

다섯 사람 모두 숨을 멈추었다. 무심코 그러는 것처럼 오아키가 진자부로의 소매에 매달린다. 마사키치는 목을 움츠리고 오시게는 눈을 감은 채 나무아미타불 하고 중얼거린다.

우오~옹, 우오오오오오, 우오~옹.

살아 있는 짐승의 신음 같기도 하고 거대한 절구를 돌리는 소리 같기도 하다. 진동까지 전해져 오는 느낌이다. 저택의 몸서리. 저택이 있는, 어디인지도 알 수 없는 장소의 몸서리.

"——해가 지는군."

화덕 위의 굴뚝과 부엌 창살 틈새로 비쳐들던 햇빛이 순식간에 자줏빛으로 물들어 간다. 가늘어져 간다. 어두워져 간다.

"여기에서는, 시, 시간의 흐름이 너무 빨라요."

진자부로가 중얼거리며 등을 치달아 올라오는 오한에 떨었다. 어두워지면 바깥으로는 나갈 수 없다. 저택 안에 틀어박혀 있어야 한다. 그리고 내일 아침이 또 올지 어떨지는 확실하지 않다.

"모두들 당황하지 말게."

묵직한 말투로 긴에몬이 말했다.

"움직이지 말고 조용히 있는 거야."

부엌 마루방에서 움츠러든 모습으로 앉아 있는 진자부로, 오아키, 마사키치, 오시게. 계속 자고 있는 이노스케 노인. 천천히 무릎을 세우고 앉아 긴장한 얼굴로 눈을 빛내고 있는 호리구치 긴에몬.

이곳에 오기 전까지는 서로를 모르고 아무런 관련도 없던 생판 남이었다. 그러나 지금은 서로가 이곳에 있다는 사실, 혼자가 아니라는 것만이 마음의 의지다.

진자부로는 오아키의 손을 더듬어 그 차가운 손가락을 쥐었다. 오아키도 세게 마주 잡아 온다. 부지런한 여자다, 손이 거칠구나——하고 생각했다. 이런 때인데도 그것이 몹시 사랑스럽다.

밤이 저택을 감싸 누른다.

우오~옹.

한 번 으르렁거리는 소리가 울리고 정적이 돌아왔다. 창살을 비추던 자줏빛 햇빛의 마지막 한 줄이 빨려 들어가듯이 사라졌다.

"호리구치 님은 갈팡질팡하고만 있던 우리의 선장이 되어 주셨습니다."

뭉개져 버린 목에서 쉰 목소리를 쥐어 짜내며 우메야 진자부로가 말을 이어갔다.

"과연 무사님이구나 싶기도 했지만 굳이 무사라는 신분임을 떠올리지 않더라도 여러 모로 대단한 사람이었지요. 그분이 없었다면 저도 살아남지 못했을 겁니다."

몸에 남은 큰 흉터와 '살아남는다'는 말에 숨어 있는 불온한 울림에 이야기의 행방이 암시되어 있다. 하지만 미처 간담이 서늘해지기 전에, 도미지로는 진자부로의 이마에 밴 미세한 땀과 희미한 손의 떨림이 신경 쓰이기 시작했다.

"피곤하시지는 않습니까? 잠시 쉴까요?"

도미지로가 온화하게 권하자 진자부로는 자신의 양손에 시선을 떨어뜨리며 쓴웃음을 지었다.

"마치 당시의 이노스케 씨 같지만 저의 경우는 술독 때문은 아닙니다. 그 저택에서 돌아온 후 지난 십 년 동안 한 방울의 술도 받아들이지 못하게 되어 버렸거든요."

술이 돌아 몸이 뜨거워지면 화상 흉터가 아프다. 잃어버린 손가락과 발가락까지 아프니 부조리한 노릇이라고, 진자부로는 말했다.

“술을 마시고 잠이 들면 싫은 꿈을 꾸고요. 좋은 일은 하나도 없습니다.”

괴로운 듯이 숨을 헐떡인다.

“잠시 누우시면 어떨까요.”

도미지로의 권유에, 진자부로는 고개를 가로저었다.

“배려는 감사하지만, 이대로 이야기할 수 있는 만큼 이야기하게 해 주십시오. 이야기가 남아 버리면 뒤는 오아키에게 부탁하겠습니다.”

사방침에 기대어 호흡을 가다듬듯이 한숨을 내쉰 진자부로가 다시 입을 열었다.

“아까, 고용살이를 하던 후타바야로 돌아왔을 때 오아키 본인은 삼 년이 지났다고 여겼는데 실은 모습을 감춘 지 사흘밖에 지나지 않았다는 이야기가 있었지요.”

“네.”

“자세히 말하면 조금 다릅니다. 확실히 그 저택에서는 시간의 흐름이 빨랐기 때문에 오아키가 말한 대로 우리 모두는 삼 년치 정도의 계절 변화를 보았습니다.”

그러나 단지 ‘엄청나게 빠르다’는 사실만 인지하고 있을 뿐 저택을 둘러싼 자연 풍경이 반드시 계절대로 변하지는 않았다고 한다.

"좀 더 엉뚱하게 변했지요."

"지금까지 들은 바로는, 대나무 덤불이 있었던 곳이 갑자기 벚나무 숲이 되고 그랬지요."

"맞아요, 맞아. 그리고 또 다음에 대나무 덤불이 나타날 때는 장소가 달라져 있었지요. 처음에 제가 길을 잃었을 때 들어간 만개한 매화나무 숲은 결국 두 번 다시 나타나지 않았고요."

진자부로 등은 호리구치 긴에몬의 지시로 일지를 쓰고 그림 도면을 그리면서 엉뚱한 변화와 미묘한 흐름에 대해 조금씩 파악해 나갈 수 있게 되었다.

"마루방의 벽장에 여러 가지 크기의 새하얀 장부책이 넘쳐났거든요. 마음껏 쓸 수 있었습니다."

이노스케 노인을 제외하고 자신을 포함하여 다섯 명에게, 긴에몬은 여러 가지 일과 역할을 분배했다. 단지 신분 때문이 아니라 풍채와 됨됨이, 그간 보여준 지혜에 감탄한 바 있던 진자부로 일행은 자연히 긴에몬의 말에 의지하고 따르게 되었다.

우선 오아키와 오시게는 매일의 가사를 맡고, 저택 안에서는 부엌을 중심으로 한 마루방에서 나가지 않도록 조심한다. 정원에 나갈 때도 장작 창고와 우물 주위까지만 가고, 그때는 누군가를 불러 함께 간다.

이노스케를 돌보는 일은, 마사키치와 상의하면서 오시게가 맡는다. 오시게보다 젊고 몸이 튼튼한 오아키는 순무와 파가 심어져 있는 밭의 손질을 맡는다. 또 부엌의 자루에 어떤 먹을 것이 얼마나 저장되어 있는지 조사해서 적고 장부로 만든다. 장부에는 매일 먹거나 사용한 양도 적어 나간다. 오아키 혼자서 장부를 쓰기가 어렵다면 마사키치한테 가르쳐 달라고 해서 배우도록 한다.

남자들 세 명은 밭의 손질을 돕고 장작이나 물을 나른다. 이것은 가사에 해당하지만 힘을 쓰는 일이다. 마사키치는 이노스케를 돌보는 한편으로 가지고 있는 약포藥包나 탕약을 관리하고, 저택 안에 도움이 될 만한 도구가 있는지 찾아보거나 무언가 만들 수 없을지 궁리해 본다.

긴에몬이 일지를 쓴다는 말을 듣자, 마사키치는 자신도 쓰겠다고 나섰다.

"보고 들은 내용을 전부 적어 두겠습니다. 외람되지만 호리구치 님과 저는 서로 다른 사실을 깨달을지도 모르니까요."

글씨는 잘 쓰는 모양이다. 진자부로도 글씨는 쓸 줄 알기 때문에, 그 말이 또 시건방지게 느껴졌다. 이쪽도 질 수는 없지 않겠나. 그래서,

"저택 바깥둘레를 탐색하고 밧줄을 사용해 계측하면서 도면을 그리세."

라는 안에는 스스로 손을 들었다.

"또 괴물을 만날지도 모르네."

"호리구치 님과 함께라면 상관없습니다. 저도 할 수 있는 한 힘이 될 수 있도록 노력하겠습니다."

탐색을 시작하기 전에 오아키와 오시게가 수건을 찢어 가늘게

꼬아서 처음부터 있었던 밧줄에 연결해 길게 만들어 주었다.

"이건 제가 허리에 감고 가겠습니다."

긴에몬과 진자부로는 이 탐색을 엿새 동안 계속했다. 부엌 뒷문으로 정원에 나가, 장작 창고를 기점으로 오른쪽으로 돌기를 사흘. 왼쪽으로 돌기를 또 사흘. 밤에는 등롱과 마사키치가 솜씨 좋게 만들어 준 횃불을 들고 갔다. 횃불은 주위를 밝힐 뿐만 아니라 여차할 때는 무기도 되니 마음이 든든했다.

그 엿새 동안 안개는 한시도 사라지지 않았다. 가만히 멈추어 서 있으면 짙어진다고 느낀 것은 착각이 아니었는지 계속 움직이고 있지 않으면 긴에몬도 진자부로도 서로의 모습을 놓치고 만다.

한편, 놀랍게도 괴물은 전혀 마주치지 않았다. 모습도 보이지 않고 '갹' 하는 울음소리도 날갯짓 소리도 들려오지 않았다. 덕분에 긴에몬의 격려를 받으며 저택에서 꽤 멀리까지 갈 수 있었지만, 이렇다 할 활로가 열리진 않았다.

저택을 에워싼 흙담은 어떤 날은 변덕스럽게 버티고 서 있는가 하면, 또 어떤 날은 아무리 가도 눈에 띄지 않았다. 만개한 벚나무 숲은 이삼일 만에 사라지고 빼곡하게 우거진 잡목림으로 바뀌어, 그 안을 나아가다가 한달음에 뛰어넘을 수 있는 시냇물을 발견한 날도 있었다.

"처음에 길을 잃고 이곳에 들어왔을 때 물소리를 들은 기억이 있습니다."

진자부로의 말에 긴에몬은 물가에서 몸을 굽히고 손끝을 물에 담갔다.

"평범한 물이야."

라고 말하고 손을 흔들어 물을 끊는 시늉을 한다.

"물어뜯지도, 말을 걸어오지도 않아. 이것도 벚나무 숲과 마찬가지로 이곳의 장식 중 하나에 불과할 테지."

밧줄과 수건을 엮어 거리를 재고 도면에 그려 표시한 후, 이튿날 다시 같은 장소로 발길을 옮겨 보니 시냇물은 사라지고 없었다.

가장 놀란 것은 장작 창고에서 왼쪽으로 돌아 걸었던 첫날, 해님의 위치로 보아 저택의 정북쪽에 해당하는 곳에서 드넓은 갈대밭에 다다랐을 때다.

물가다. 안개에 가로막혀, 늪인지 연못인지 강가인지조차 확실하지 않다.

"이런 풍경은 처음입니다."

마른 가지를 꽂아 보니 물의 깊이는 한 자 남짓 된다. 철벅철벅 들어가면 먼 쪽에서는 더 깊어질지도 모른다.

"고여 있군요."

시냇물과 달리 갈대 밑동을 적시고 있는 어두운 물은 질척하고 시큼한 냄새를 풍겼다.

"섣불리 발을 들여 놓으면 안 되네. 배를 찾지."

긴에몬의 조언에 따라 젖은 바람을 맞으며 물가를 탐색해 보았지만 배는 없고 부러진 노 하나를 찾았을 뿐이다.

물가는 축축하고 무더워 움직이면 땀이 밸 정도였다. 두 자루의 칼을 내려놓은 긴에몬은 속옷 하나만 남기고 다른 옷은 전부 벗었다.

"내 허리에 밧줄을 감아 주게."

그러고는 두 자루의 칼 중 작은 칼을 뽑아 오른손에 들고, 왼손으로 거추장스러운 갈대를 헤치면서 천천히 갈대밭 속으로 발을 들여 놓았다.

"조심하십시오."

보고 있는 진자부로 쪽이 조마조마해졌다. 물속에 괴물이 숨어 있다가 긴에몬을 끌고 들어가려고 할지도 모른다. 그러면 진자부로의 힘으로는 구할 수 없다. 그럴 배짱도 힘도 없다.

"바닥에는 진흙이 쌓여 있는 모양일세."

긴에몬은 발끝으로 더듬으면서 말했다.

"물고기는 없어. 물새 소리도 안 나는군."

역시 이곳에는 평범한 생물이 살지 않는다.

"진자부로, 내 모습이 보이나?"

"예, 보입니다."

"좀 더 나아가 보지."

찰박, 찰박. 긴에몬이 걷는 소리가 들려온다. 물가에 서 있는 진자부로에게는 불쾌한 안개가 들러붙었다.

"호리구치 님, 등이 보이지 않습니다."

대답이 없다.

"호리구치 님!"

시큼한 물 냄새가 계속 난다. 안개 속에 줄줄이 서 있는 갈댓잎은 자세히 보니 전부 말라 있다. 아니, 아닌가? 아까 보았을 때는 푸릇푸릇했는데 점점 시들어 가는 걸까.

"호리구치 님!"

안개는 심술궂은 기세로 진자부로의 목소리도 웅얼거리게 만들며 방해했다. 긴에몬을 혼자 두는 것은 무섭다. 자신도 혼자 남는 것은 무섭다.

다시 한 번 큰 소리를 지르려고 했을 때, 긴에몬이 안개 속을 뒷걸음질 쳐서 돌아왔다. 서두른 나머지 휘청거린다.

"왜, 왜 그러십니까!"

진자부로가 다급하게 불렀다.

진흙에 발이 미끄러져 엉덩방아를 찧을 뻔했던 긴에몬이 칼을 꽂아 가까스로 버텼다.

두 사람의 등 뒤에서 한 줄기 바람이 불어 닥쳤다. 안개가 밀려나고 갈댓잎이 일제히 머리를 숙여 눈앞이 트이자, 긴에몬이 보고 온 풍경이 진자부로의 눈에도 들어왔다.

드넓어 보이던 갈대밭은 안쪽까지의 길이가 겨우 4, 5간 정도밖에 되지 않았다. 그 너머는 온데간데없이 갈대가 사라지고 푸른 물이 가득하다. 호수인가.

지금 막, 호수 깊숙한 곳에서 무언가가 온몸을 흔들어 꿈틀거리며 수면으로 올라오는 참이었다.

큰 파도를 일으키고 물보라를 튀기면서 무언가가 물속에서 튀어나왔다. 진자부로가 양손을 펼쳐도 어림없을, 물고기의 꼬리지느러미다.

철벅! 꼬리지느러미가 힘차게 수면을 때린다. 칼을 붙잡고 서 있던 긴에몬이 튄 물을 머리에서부터 뒤집어쓰고 만다. 다리가 풀려 물가에 주저앉은 진자부로는 엉덩이를 질질 끌며 그 자리에서 도망쳤다.

호수의 수면으로 거품이 올라온다. 거대한 물고기가 또 나타날까. 이쪽으로 다가오려나.

머리를 흔들어 물을 튕겨 낸 긴에몬이 우향우해서 갈대밭을 달려 돌아오려 하자, 어느새 그친 바람 덕분에 머리를 꼿꼿하게 쳐든 마른 갈댓잎들이 앞길을 가로막았다. 긴에몬이 손으로 헤쳐도 도로 튕겨 와 방해한다.

진흙에 발이 미끄러져 좀처럼 속도를 내지 못하다가 겨우 마른 땅으로 올라온 긴에몬이 어깨를 들썩이며 숨을 쉰다.

"저, 저, 저것은, 저것은 뭘까요."

진자부로는 긴에몬의 다리를 붙잡고 부들부들 떨며 물었다.

"모르겠네. 터무니없이 커다란 물고기 그림자가 보이기에 되돌아왔는데 다행히 목숨은 건진 모양이군."

괴물이다. 요괴다.

"배가 있어도 저런 곳으로 가는 건 질색이야."

분별 따위 내팽개쳐 버린 진자에몬이 반말로 내뱉었다. 이가 딱딱 울리고 무릎이 후들거린다.

긴에몬은 벗어던진 쓰쓰소데의 품에서 수건을 꺼내 몸을 닦으며,

"뭐, 다음에 왔을 때는 풀밭으로 바뀌어 있을지도 모르지" 하고 웃었다.

어쨌거나 도면에는 커다란 호수를 그릴 수밖에 없었지만 진자부로는 두 번 다시 이곳에 발을 들여놓을 마음이 들지 않았다.

그리하여 엿새 동안의 탐색으로 알게 된 사실은 오직 하나뿐이었는데.

"아무래도, 아무리 저택 밖을 찾아보아도 출구는 찾아낼 수 없을 것 같군."

풍경은 자주 바뀐다. 즉 사전에 준비해 봤자 아무런 소용이 없을 수 있다는 뜻이다. 새로운 괴물이나 요괴의 습격을 받을 가능성도 염두에 두어야 한다.

——호수가 사라져 숲이 되었다고 안심해서 걷다 보면 2층집만 한 크기의 곰이 나온다거나.

지형이 바뀌면서 닥칠 위기를 떠올리는 것만으로도 진자부로는 간이 콩알만 하게 쪼그라들고 만다.

그러나 긴에몬은 두려워하지 않았다.

"이만큼 꼼꼼하게 밖으로 도망칠 수 없도록 만들어져 있다는 것은, 저택의 주인이 우리로 하여금 저택에 머물며 뭔가를 끝마

치기 전에는 보내 주지 않겠다는 뜻이 아닐까."

그렇다면 계속해서 차분하게 건물 안을 탐색해야 하리라.

"우리가 왜 무언가에 홀리듯 이곳으로 들어와 붙잡혔는지, 수수께끼에 대한 해답도 저택 안에 있을 걸세."

저택 주인의 의도를 파악하면 이곳에서 해방되기 위해 해야 할 일도 알게 될 거라고 한다.

"그럼 진자부로 씨가 봤다는 갑주 차림의 무사를 찾아야 할까요?"

다행인지 불행인지 이후로는 나타나지 않았다.

"그 무사가 주인이라는 보장은 없지만."

역시 요괴일 수도 있고, 주인의 종자로 진자부로 일행이 도망치지 못하도록 감시하고 있을 뿐인지도 모른다.

털썩 주저앉아 있는 진자부로 옆에서, 마사키치와 오아키가 얼굴을 마주보더니 곧 마사키치가 몸을 내밀었다.

"호리구치 님, 잠깐 이걸 좀 봐 주십시오."

두 권의 장부책이다. 빼곡하게 글씨가 적혀 있다.

"오아키 씨와 오시게 씨한테도 도와 달라고 해서 저택 안에 있는 도구나 의류 따위를 전부 적어 보았습니다."

밥그릇이나 접시, 젓가락, 작은 사발, 이불과 베개와 무명 홑옷, 등롱, 초, 측간의 종이까지 세어 두었다.

"이쪽은 먹을 것인데요" 하며 오아키도 장부책을 펼쳐 가리켰다.

"마대에 들어 있는 쌀도 잡곡도 토란도 말린 떡도, 오늘 먹은 몫만큼은 하룻밤이 지나면 원래대로 돌아와 있어요. 밭의 채소도 마찬가지예요. 파도 순무도 뽑으면 다시 똑같은 것이 자라서."

당분간 굶어죽을 걱정만은 없다는 뜻이다.

"도구나 의류도 다 사용할 수 없을 정도로 많이 있습니다. 초는 닳지 않고, 사방등에 사용하는 질 좋은 채종유 역시 써도 써도 다시 가득 채워져요."

긴에몬과 진자에몬이 밖에 나가 있던 엿새 동안 저택에 남은 사람들도 열심히 찾고 조사한 것이다.

"다만 제가 가져온 약포와 탕약은 사용하면 확실하게 수가 줄어듭니다."

마사키치의 말을 들으며 긴에몬은 흥미롭다는 듯이 장부책을 넘기고 있다.

"그러니까 원래 이 저택에 있던 것은 수도 많고 써도 줄어들지 않습니다. 수십 명이라도 먹을 수 있는 셈인데."

단 한 가지, 수에 제한이 있는 것이 발견되었다고 말을 이었다.

"시루시반텐입니다."

감색 무명의 시루시반텐. 좌우의 옷깃에 작은 글씨로 '구로타케', 그리고 등에는 네모에 열십자를 겹친, 문장紋章은 아닌 것 같은 보기 드문 표식이 하얗게 물들여져 있다.

"이 시루시반텐만은, 딱 여섯 벌밖에 없습니다."

지금 모여 있는 사람 수와 똑같다.

여섯 명의 포로.

"저택의 주인은 우리에게 시루시반텐을 입고 고용살이 일꾼이 되라는 명령을 하고 있는 게 아닐까요."

마사키치의 말투는 시원시원하고 두려워하는 기색은 없지만 오아키의 얼굴은 비통하게 굳어 있다. 이곳에서 고용살이를 해라. 언제 끝날지는 알 수 없다.

"그렇군."

긴에몬이 고개를 끄덕이며 낮게 중얼거렸다.

"그렇다면 우선 모두 시루시반텐을 입기로 하세."

저택의 뜻에 따르면 괴물이나 갑주 차림의 무사에게 습격을 당하지 않게 될지도 모른다.

"고용살이 일꾼은 주인의 허락을 얻지 않고 멋대로 저택을 떠나지 않는 법일세. 우리도 저택 주인의 뜻에 따라 명령을 다할 때까지 도망치지 않겠다는 의사를 보이면 다음에 무엇을 해야 할지 자연스레 알게 되지 않을까."

고용살이 일꾼으로서 이 저택을 섬기겠습니다, 라는 자세를 보이면 저택의 주인이 명령을 내린다. 그것을 해내면 언젠가는 고용살이가 끝날 때도 오리라――.

"그런, 아무런 근거도 없는 말에 운명을 맡기기에는 너무 불안합니다!"

진자부로가 저도 모르게 말했다.

"저택의 주인이 고용살이 일꾼을 모조리 죽일 셈이라면 어떻게 하실 겁니까?"

긴에몬은 침착했다. 그의 눈에 아주 잠시 버러지를 보는 것 같은 빛이 스쳤음을 깨닫고 진자부로는 기가 죽었다. 호리구치 님은 나를 겁쟁이로 여기고 있다.

"그럼 다른 묘안이 있나?"

되묻는 말에 말문이 막힌다.

"시루시반텐을 입음으로써 안심하고 저택 안을 돌아다닐 수 있게 된다면 그것만으로도 아주 좋지 않은가?"

입가를 파르르 떨면서도 오아키 역시 긴에몬을 보며 고개를 끄덕이고 있다.

"호리구치 님의 말씀이 옳다고 생각해요. 저는 저택 전체를 깨끗하게 청소하겠어요. 빨래도 할게요. 수선이 필요한 곳이 발견되면 수선할게요. 식사 준비도 계속하고요. 여러분의 몫뿐만 아니라 주인님 몫의 밥상도 차리면 되겠지요."

오시게가 뼈가 불거진 주름투성이 손을 들어 올려 오아키의 등을 살며시 쓰다듬었다.

"허리가 굽은 늙은이이긴 하지만 일하는 것은 어렵지 않아요. 젊은 시절을 떠올리면서 밭일도 하겠습니다."

뭐야, 뭐야, 왜 다들 열심히 하겠다는 거야. 진자부로는 초조해졌다. 나도 겁먹고만 있어서는 안 된다, 제대로 생각해야 한다.

그때 오랜만에 듣는 목소리가 끼어들었다.

"나는 배 목수요."

이노스케다. 어느새 침상에서 기어 나와 일동이 모여 있는 마루방 칸막이에 매달려 있다.

"마사키치 씨의 약 덕분에 상태가 많이 좋아졌소. 재료와 도구가 있으면 무엇이든 만들고 수선도 하겠소."

오아키가 허둥지둥 달려가 이노스케를 부축해 일으키더니 사람들 사이로 데려왔다. 마사키치가 눈치 빠르게 시루시반텐을 펼쳐 잠옷 대신 입은 홑옷의 등에 둘러 준다.

"도구상자라면 장작 창고에 있었습니다. 내용물을 조사해 보지요."

마사키치는 웃음을 띠며 이노스케의 어깨에 손을 올려놓았다.

"저도 돕겠습니다. 그리고 약은 꼭 드셔야 해요."

"배, 배, 배를 만들어 줄 수 있다면."

퍼뜩 떠오른 생각이 진자부로의 입에서 나왔다.

"그 호수를 건너서 도망칠 수 있을지도——."

긴에몬은 상대해 주지 않았다. 다른 사람들도 딴 데를 보고 있다.

"좋아, 그럼 나는 저택 안을 탐색하며 그림 도면을 그리도록 하겠네. 오아키, 시루시반텐을 이리 주게."

긴에몬이 시루시반텐에 팔을 꿰자 오아키 등 세 사람도 따라 했다.

"진자부로 씨는 어떻게 할 거예요?"

진자부로 몫의 한텐을 손에 들고 오아키가 무릎으로 서서 그제야 이쪽을 보았다.

"납득이 가지 않는다면 자신의 생각대로 하셔도 됩니다."

라고 말하는 마사키치를 보며 진자부로는 생각했다. 시건방진 자식, 이렇게 싫은 놈이었나.

"——이리 줘 봐. 나도 한텐을 입겠어."

그러고는 긴에몬의 옆얼굴을 올려다보았다.

"호리구치 님, 저택 안을 탐색할 때 저를 또 데려가 주십시오. 제발 부탁드립니다."

말없이 일어선 긴에몬은 조금 생각하듯 뜸을 들이고 나서 말했다.

"탐색 중에 목숨이 위험하다고 생각하면 나는 상관하지 말고 도망치도록 하게. 우리는 같은 입장에 있는 고용살이 일꾼이니까."

용서해 주십시오. 그런 사나운 얼굴을 하고 비꼬는 말을 하지 말아 주십시오. 불평이 목구멍까지 치밀어 올라왔지만 진자부로는 말없이 머리를 숙이고 참았다.

"지금까지 신경 쓰지 않았지만 진자부로 씨의 직업은 뭡니까? 오아키 씨는 아십니까?"

마사키치의 시치미 떼는 비아냥거림도 들리지 않는 척했다.

저택 탐색의 시작은 부엌이다. 긴에몬은 커다랗고 새하얀 장부책을 펼치더니 첫 장 구석에 네모나게 부엌을 그리고 이웃한 마루방을 덧붙여 그렸다.

과연. 시루시반텐을 껴입은 여섯 사람에게 저택은 선선히 그 뜻을 알려 왔다. 탐색 첫날 오후, 부엌에서 열다섯 번째 방을 나와 백 돈짜리 초가 켜진 긴 복도를 오른쪽으로 나아가던 긴에몬과 진자부로가 막다른 곳에 있는 곳간처럼 두꺼운 쌍바라지문을 발견한 것이다.

손잡이는 있지만 잠겨 있지는 않다. 문은 매끄럽게, 천천히 앞쪽으로 열리고——.

그 너머에는 연기를 내뿜는 칠흑의 화산이 기다리고 있었다.

"거기에는 끝에서 끝까지 한 번에 둘러볼 수 없을 정도로 커다란 장지 그림이 있었습니다. 지금까지 보아 온 중에서 가장 넓은 방이었습니다. 엄청났어요. 대략 백 평——더 되었으려나."

그만큼 큰 방의 천장을 떠받치듯이, 같은 간격으로 굵은 기둥이 세워져 있다. 장지 그림이 있는 곳은 북쪽으로, 서쪽과 남쪽은 흰색 회반죽을 칠한 벽, 동쪽이 그들이 지나쳐 온 문이 있는 벽이다.

삼면의 하얀 벽에는 아무런 장식도 없다. 넓은 방 안을 가르는 문을 세우기 위한 문지방도 없고, 교창도 없고, 조각 같은 것도 없었다. 비품도 가구도 없는 휑뎅그렁한 큰 방으로, 거대한 장지 그림만이 또렷하게 떠오르도록 꾸며져 있었다.

"장지 그림도, 발을 들인 직후에는 온통 새까맣게 보였을 뿐입니다. 그만큼 검은 부분이 많았어요."

점차 놀랐던 감정이 가라앉고 새카만 줄로만 알았던 그림 속에서 칠흑처럼 거대한 산의 능선을 알아보았을 때는 새삼 숨을 삼키며 걸음을 멈추었다. 그림 안으로 빨려 들어가는 듯한 기분이 들었다고 한다.

"높은 산은 아니었어요——아니, 높을지도 모르지만 전체적으로 완만해서, 뭐라고 할까, 후지산 같은 모양은 아니었는데."

표현하기가 좀처럼 쉽지 않자 진자부로는 답답한 모양이다. 도미지로가 무릎걸음으로 다가갔다.

"괜찮으시다면 제게 그리게 해 주시지 않겠습니까."

"예?"

"그저 장난 수준이지만, 저는 그림을 그립니다. 저쪽 책상에 먹도 붓도 종이도 있으니, 우메야 씨가 말씀해 주신 대로 장지 그림을 대강이나마 그려 보면 이야기를 이어나가는 데 도움이 되겠지요."

다행히 우메야 진자부로가 기분 상한 기색은 없다. 잠시 등 뒤의 족자를 돌아보더니,

"그림을 그리실 줄 안다면 저 반지에도 나중에 그림을 그리실 겁니까?"

"예, 실은 그렇습니다."

이야기꾼의 이야기를 그림으로써, 도미지로의 마음에서 듣고 버리는 것이다.

"물론 누구에게도 보여 주지 않습니다."

그 점은 확실하게 강조해서 설명했다.

"흐음. 아까 '마음을 하얗게 하고 이야기를 듣는다'는 말씀도 그럴듯하지만, 저는 그림을 그리신다는 쪽이 더 납득이 가는군요."

진자부로의 대답에 안도하며 도미지로가 양손을 마주 비빈다.

좋았어.

얼른 책상을 옆으로 옮기고 벼루 상자를 열며 준비를 하던 도미지로가 물었다. "큰 방은 백 평 남짓이나 된다고 하셨지요. 장지 수는 아십니까?"

"세어 보았으니까요." 진자부로는 고개를 끄덕이며, "그렇군, 먼저 그걸 말하는 편이 알기 쉽겠군요. 마흔아홉 장 있었습니다" 하고 대답했다.

마흔아홉. 어중간하고, 참으로 불길한 숫자다.

"당시에 저도 그렇게 생각했습니다. 왜냐하면 큰 방의 북쪽은 장지가 정확하게 오십 장 놓일 만한 폭이 되었거든요."

그런데도 출입구인 문 옆에서 보았을 때 가장 안쪽의 한 장은 장지도 아니고, 회칠을 한 벽도 아니고, 왠지 장지 모양의 판자를 붙여 둔 것이었다.

"의미심장하지요. 이 판자 부분은 다음 이야기에 나옵니다."

"알겠습니다. 그럼, 마흔아홉 장."

도미지로는 눈앞의 다다미 위에 반지를 가로로 다섯 장 늘어놓았다.

"이 한 장이 장지 열 장 분량. 왼쪽 끝의 여기가 판자를 붙인 것으로 되어 있고 장지는 아니라고요."

크기를 가리켜 보여 주고, 붓을 든다.

"산기슭이 넓은 산이었습니까?"

"아뇨, 기슭이 이어져 있는 것이 아니라 전체적으로 부풀어 올라 있다고 할까……."

주먹을 쥔 오른손을 입가에 대고, 그 김에 목 쉰 기침을 한 번, 두 번. 적당한 비유를 찾던 진자부로의 머리에 뭔가가 떠오른 모양이다.

"그렇지, 조림을 담는 대접이요. 대접의 뚜껑을 떼고 거꾸로 엎어 놓은 모양이었습니다."

그렇게 하면 대접의 바닥 실굽 부분이 산 정상이 되는 셈인데,

"그곳은 크게 패어 있고 새빨갛게 녹은 바위가 고여서 연기를 내뿜고 있었습니다."

"그런가, 화산이었군."

그림에 열중하다 보니 도미지로의 말투도 편해지고 만다.

"산 정상은 어디쯤에 있었습니까?"

"거의 한가운데입니다. 아아, 큰 방 한가운데라는 뜻입니다."

"높이는 어떻습니까? 장지 윗변에서 얼마나 내려와 있었지요?"

"한 자 정도 남아 있었으려나요."

거대한 화산의 배경은 회색 하늘인데 진흙을 바른 것처럼 얼룩덜룩하고, 그 안에 붉은색과 노란색, 금색 입자가 흩어져 반짝반

짝 빛나고 있었다고 한다. 안료에 운모가 섞여 있었을 거라고 도미지로는 짐작했다.

"그렇다면——이런 식——이려나."

왼손으로 반지가 움직이지 않도록 하나하나 누르면서 크게 붓을 움직였다. 진자부로는 그 손을 바라보고 있다.

"맞아요, 맞아."

이만한 크기의 산이고, 정상의, 크게 패어 용암이 고여 있는 곳은,

"장지 다섯 장 정도는 되었으려나. 정상 자체도 넓었어요. 평평하달까, 이렇게, 대지臺地 같았습니다."

진자부로가 손으로 허공에 그려 보인다. 발판 같은 모양이려나.

"그렇다면, 음."

새 반지 다섯 장을 나란히 늘어놓은 도미지로가 바닥이 넓고 밑바닥에 실굽이 없는 대접을 엎은 것처럼 새로 그렸다. 용암이 고여 있는 정상의 패인 곳은 세 장째 반지의 절반 정도 되는 폭으로 해 본다.

"여기는 깊이 패어 있던가요?"

"……글쎄요. 바위가 무너져 삐죽삐죽하게 되어 있고 그 틈새로 새빨갛게 녹은 바위가 넘쳐날 것 같았는데."

도미지로가 움직이는 붓끝을 진자부로의 눈이 좇아간다.

"아아, 맞아요. 그 새까만 산은 이런 모양이었습니다."

몇 번이나 고개를 끄덕이면서 진자부로는 반지에 그려진 모양을 확인하고 있다.

"당신은 실력이 좋으시군요. 정말 그건 이런 풍경이."

거기에서 말이 끊겼다. 도미지로는 붓을 손에 든 채 눈을 들었다. 진자부로가 긴장한 표정을 지으며 양팔로 몸을 단단히 감싸고 있다.

"우메야 씨, 괜찮으십니까?"

우메야 씨. 다시 한번 부르자 진자부로는 비로소 주박이 풀렸다는 듯,

"미안합니다. 한기가 들어서요."

하고 대답했다. 이마와 콧날에 살짝 땀이 배어 있다. 소매 아래로 보이는 팔에는 소름이 돋아 있다. 다만 화상 흉터가 있는 곳만은 땀도 흘리지 않고 소름도 돋지 않는다.

"이렇게 그려 주시니 잘 알겠습니다. 이 검은 화산은 계속 제 안에 자리 잡고 있었군요."

마음 깊은 곳에서 연기를 뿜고, 울리며 진동하고, 용암을 펄펄 끓어오르게 하면서.

부글, 부글, 부글.

큰 방에 발을 들여 놓은 진자부로의 귀에는 분명히 소리가 들렸다.

그냥 장지 그림인데. 어이가 없을 정도로 크기는 하지만 장식

에 지나지 않는데.

하얀 연기가 오르고, 바람에 흘러가는 모습이 보인다. 용암은 정상의 움푹 팬 곳의 깊은 부분에는 심홍색으로 고여 있고 가장자리로 갈수록 검은색을 띤 붉은색이 되어 부풀어 오른다. 가끔 작은 거품이 뿜어져 나오다가 탁 터진다.

게다가 몸 전체에 전해져 오는 울림은, 화산의 진동이 아닌가.

칠흑의 화산 맞은편 하늘은 회색으로 흐려져 있고, 이 또한 바람에 휘저어져 시시각각 농담濃淡을 바꾸어 간다. 그 안에 가끔 금색 입자가 빛나고 새빨간 불꽃이 튄다.

"……바람이 뜨거워요."

떨리는 듯한 속삭임이 들렸다. 옆에 서 있는 오아키가 장지 그림을 마주한 채 움츠러들어 있다.

"무, 무슨 소리야, 바보같이."

순간적으로 비난하는 식의 말을 내뱉은 진자부로지만 무릎이 덜덜 떨리고 있었다. 무섭기 때문이다. 눈앞에 마주한 광경을 믿을 수 없고, 똑바로 보고 싶지도 않다. 꿈이었으면 좋겠다.

하지만 소용없다. 진자부로는 깨어 있으니까. 눈도 뜨고 있다. 오아키의 말대로 열풍 때문에 숨이 막힐 정도로 덥다. 시루시반텐의 옷깃에 배어드는 자신의 땀이 축축하다.

더위도 참기 힘들지만 냄새 또한 대단하다. 뭘까, 이 냄새. 숨을 쉬려니 코가 삐뚤어질 지경이다.

부웅.

끈적하고 무거운 소리를 내며, 장지 그림 속 화산의 정상에서 검붉은 용암이 파도쳤다. 작열하는 물방울이 화구 가장자리에서 넘쳐나, 칠흑의 산자락에 붉은 실을 그으며 흘러 떨어지다가 식어서 검게 굳은 채로 산자락에 뒤섞였다.

눈앞의 광경이 어떻게 가능한지 짐작도 못 하겠다. 단순히 장지 그림일 뿐인데.

일동은 아무 말도 없이 우두커니 서 있었다.

"대, 대, 대체."

비틀거리며 발을 내디딘 마사키치가 장지 그림에 가까이 가려고 했다. 손을 들고, 손가락을 뻗고, 그러나 마사키치의 팔을 긴에몬이 덥석 움켜쥐어 도로 끌어당겼다.

"가까이 가면 안 되네."

무겁고 엄한 목소리다. 그 관자놀이에서 땀이 뚝뚝 흘러 떨어졌다.

"그냥 장지 그림이 아닐세. 진짜 화산이야. 건드리면 살아남을 수 없을 걸세."

모두 물러나게. 긴에몬은 양팔을 벌리고 다른 다섯 명을 밀어냈다.

"벽 쪽까지 물러나. 빨리."

강한 재촉에 가장 먼저 오아키가 반응했다. 오시게의 손을 잡고 장지 그림 앞에서 달아났다. 허리가 굽은 오시게는 오아키가 감싸 주는 대로 비틀비틀 걸어, 무릎에서부터 무너지듯이 벽 쪽에 주저앉고 만다.

두 사람을 보고 제정신으로 돌아왔는지 이노스케 노인이 꼴사납게 엎드려 기며, 그냥 물러나는 것만이 아니라 장지 그림 반대쪽 벽에 등과 엉덩이를 바싹 붙이고 달라붙었다.

"숨을 깊이 들이마시면 안 되네. 가늘고 얕게 들이마시고 내쉬어. 이건 유황 냄새일세. 조심하지 않으면 폐부까지 독이 돌 거야."

장지 그림을 노려보며 긴에몬은 입을 한일자로 다물고 있다. 마사키치는 긴에몬의 옆모습을 살피면서 천천히 장지 그림에서 멀어져 벽 쪽으로 다가갔다. 오아키가 그 소매에 매달린다.

진자부로는 두세 걸음 뒤로 물러나다가 다리가 꼬여 엉덩방아를 찧었다. 무서워서 간담이 서늘한데 땀이 줄줄 흐른다.

또 낮은 진동이 들려왔다. 몸으로 느껴진다. 장지 그림의 화산이 내는 진동이, 지금 일행이 모인 큰 방뿐만 아니라 저택 전체를 흔든다.

바닥이 흔들리기 시작했다. 지진이다. 오아키가 작게 비명을 지르며 오시게와 함께 몸을 움츠린다. 이노스케 노인은 으아악 하고 소리를 지른다. 긴에몬은 엉거주춤한 자세로 한 손을 방바닥에 짚었다.

흔들린다. 흔들린다. 바깥 복도에서 무언가가 덜컹덜컹 소리를 낸다. 그런데도 이 큰 방에서는 장지가 울리는 소리가 나지 않는다. 장지 그림은 흔들리지 않는다.

겨우 흔들림이 가셨다. 지진이 가라앉는다. 연기가 장지 그림의 하늘을 흘러간다.

그때, 그림 속에서 산자락의 일부가 무너졌다. 방금 전 일어난 지진 때문임에 틀림없다. 작은 돌과 흙덩어리가 데굴데굴 굴러 떨어진다. 눈을 크게 뜨고 꼼짝도 못한 채 지켜보는 일동 앞에서, 그것은 장지 그림을 빠져나와 큰 방의 다다미 위로 굴러 떨어졌다.

한 움큼의 흙덩어리다. 슈욱슈욱 김을 내뿜고 있다. 곧 스스로의 열로 증발해서 사라지고 말았지만, 다다미 위에는 그을린 자국이 남았다.

장지 그림 속에서 나온 뜨거운 흙이 진자부로 일행이 서 있는 자리의 다다미를 태웠다.

있을 수 없는 일이다. 하지만 눈앞에서 일어났다.

"저건, 내 눈이 잘못 본 게 아니겠지."

장지 그림을 응시한 채 긴에몬이 물었다. 턱끝에서 땀이 떨어진다.

"다들 보았나? 마사키치는 어떤가. 진자부로는."

진자부로는 혀가 목구멍 안쪽으로 들어가 버리기라도 한 듯 목소리가 나오지 않는 모양이다.

"네, 네. 네."

마사키치가 뒤집어진 목소리로 대답했다.

"분명히 보았습니다. 그림 속에서 흙덩어리가 굴러 나왔습니다."

다다미의 그을린 자국은 사라지지 않았다. 거기에 있다. 눈을 비벼도 똑똑히 보인다.

"그래?"

긴에몬의 목소리는 여전히 엄하지만 말투는 침착했다.

"내가 제정신을 잃은 것은 아닌 모양이군."

그러고는 조용히 뒤로 물러서더니, 우마노리바카마의 옷자락을 걷고 진자부로 옆에 쪼그려 앉아 한쪽 무릎을 세웠다.

"다들 다친 데는 없나."

사람들을 둘러본다. 휑뎅그렁한 넓은 방에는 화산이 내뿜는 열이 가득 차 있다.

더위를 견디다 못해 이노스케 노인이 시루시반텐을 벗으려고 했다. 별난 일에 놀라서 지금껏 아무도 생각지 못한 일이다. 그러자 긴에몬이 날카롭게 제지했다.

"벗으면 안 되네!"

이노스케 노인이 헉! 하며 그대로 굳어진다.

"입고 있어야 몸을 지킬 수 있어. 오래 있게 하지는 않을 테니 그대로 있게."

노인은 거품을 뿜으며 시루시반텐에 다시 팔을 꿰고 오아키와 마사키치는 옷깃을 단단히 여몄다.

진자부로도 비로소 납득할 수 있는 기분이 들었다.

이것이야말로 저택의 고용살이 일꾼이라는 증거이니 꼭 껴입고 있어야겠구나. 그럼 적어도 저택 안을 돌아다니는 동안에는 아무 일도 없겠지.

긴에몬은 한쪽 무릎을 세운 채, 몸을 비틀어 장지 그림 쪽을 돌아보았다.

"다들 보는 대로일세. 어떤 저주인지 모르겠지만 이 장지 그림은 살아 있고, 화산도 살아 있어."

그런 바보 같은. 그런 바보 같은.

"더군다나 땅울림과 연기를 내뿜는 모습으로 미루어 분화가 멀지 않아 보이는군."

오아키와 오시게는 서로를 껴안았다. 이노스케 노인은 벽에 달라붙어 울먹이는 얼굴이다. 약삭빠르고 아니꼬운 마사키치는 땀에 흠뻑 젖은 채 고집스럽게 얼굴을 들고 있다. 강한 척하는 것이다. 사실은 이 녀석도 소변을 지릴 정도로 무서울 테지. 나도 마찬가지다.

아아, 숨 쉬기가 힘들다. 덥다, 냄새가 난다.

"우리를 저택으로 불러들여 가두고 있는 주인의 의도는 알 수 없네. 하지만 화산이 있는 이상 우리에게는 언제까지나 유폐된 신세에 안주하고 있을 시간은 없을 것 같군."

장지 그림 속의 화산이 분화하면 큰 지진이 일어난다. 불타는 암석이 날아오고, 큰 방에 용암이 넘쳐흐른다. 조금 전의 흙덩이와는 비교도 되지 않는다. 저택이 지진으로 흔들리면 기둥이 쓰러지고 천장도 무너질 테지. 거기에 밀어닥치는 용암은 맹렬한 불을 일으켜 모든 것을 태워 버리리라.

"화산이 분화하기 전에, 어떻게 해서든 저택을 빠져나가야 해."

그런 바보 같은. 그런 바보 같은. 아무 소용도 없음을 잘 알면서 진자부로가 염불처럼 계속 왼다. 요술도 아닌 마당에 그림으로 그린 떡을 먹을 수 없듯, 그림으로 그린 화산이 불타는 일은 있을 수 없지 않은가.

"이 장지 그림이야말로 이 저택의 혼일세."

긴에몬의 말과 동시에, 쿠궁! 하고 커다란 소리가 났다. 진자부로 일행은 펄쩍 뛰어올랐다. 긴에몬이 재빨리 몸을 돌려 주위를 살핀다.

장지 그림 끝의, 장지 한 장 분량만큼 판자가 붙어 있던 곳이 뻥 뚫려 있었다.

"——그곳이, 문이었습니다."

우메야 진자부로의 이야기를 들으며 도미지로는 새 반지를 놓았다.

"장지 모양의 판자가 아래로 떨어지자 문이 열린 셈이네요."

"그렇습니다. 안에 들어가 보니 길이가 한 간 반 정도 되는 짧은 복도가 나왔습니다."

폭은 장지 한 장보다도 조금 넓은 정도다. 벽도 천장도 판자로 되어 있다. 바닥 판자는 세로로 깔려 있다. 작은 방은 아니다. 아무리 보아도 복도다.

그 막다른 곳에는 또 판자가 붙어 있었다.

도미지로는 '판자가 떨어져야 열리는 문'을 나타내려고 반지에 네모를 그렸지만, 곧 생각을 바꾸었다. 겨냥도처럼 위에서 본 모습을 그리는 편이 좋겠다.

"오아키와 오시게 씨와, 완전히 겁을 먹어서 도움이 안 되는 이노스케 노인을 큰 방에서 도망치게 하고, 우리 셋이서 들어가 보았습니다."

저도 겁을 먹고 있었지만요——하며 진자부로가 쓰게 웃는다.

"뭔가 알 수 있다면 알고 싶다고 생각했습니다. 무엇보다 호리구치 님과 함께라면 든든했으니까요. 하지만 곧 후회하는 처지가 되고 말았습니다."

보는 게 아니었어요, 라며.

진자부로가 이를 악물고 몸을 굳히자, 목덜미에 있는 화상 흉터의 오그라든 피부가 움찔거린다.

"짧은 복도 곳곳에, 셀 수 없을 정도로 많은 손바닥 자국이 나 있었습니다. 천장에도요. 불타고 그을린 손자국이."

도미지로는 붓을 멈추었다. 그림으로 그릴 기분이 나지 않는다. 어떻게 하면 천장에 손이 닿을까? 용암의 흐름에 휩쓸려 그 높이까지 밀어 올려졌다고밖에 생각할 수 없다.

얼마나 살아 있었을까. 용암의 열에 타고, 끓으면서.

"많은 사람이 밀거나 두드리거나 긁은 자국처럼 보이더군요. 손톱을 세워서 쥐어뜯은 게 분명해 보이는 자국도 있었을 정도입니다."

진자부로는 눈을 감고 숨을 한 번 내쉬더니 찻잔으로 손을 뻗었다. 반쯤 남아 있던 식은 엽차를 비운다.

"출구를 찾는 사람들의 비명까지 들려올 듯했습니다. 한심한 이야기지만 저는 콧물을 흘리며 울고 말았어요."

도미지로는 잠자코 회지를 내밀었다. 진자부로가 눈을 닦고 코를 풀었다.

"마사키치도 새파랗게 질려 있었지만 그래도 저보다 다부졌지요. 열심히 납득하려 하고 있었습니다."

이 장지 그림이 저택의 혼임을 자신들이 이해했기 때문에 출구가 열렸다, 밖으로 도망칠 수 있는 길이 보이기 시작했다——.

"그래, 여기가 유일한 길일세."

긴에몬이 그렇게 말하며 막다른 곳에 있는 '판자가 떨어져야 열리는 문'에 손을 댔다. 흩어져 있는 손바닥 자국 중 하나에 두려워하지 않고 자신의 손바닥을 겹치며 말했다.

"하지만 이 문을 열려면 또 무엇을 밝혀내고 이해해야 할까."

주먹을 쥐고 눈앞의 문을 두드린다. 통. 진자부로는 그 울림이 가볍다는 사실을 깨달았다. 이 맞은편은 비어 있다.

"하, 하지만, 하지만."

마사키치가 어색하게 말을 더듬는다.

"이걸 열 수 있더라도 또 너머에는 똑같은 문이 버티고 있지 않겠습니까."

이 짧은 복도는 몹시 부자연스럽다. 본래는 더 긴 복도를 막아서 이렇게 만들었으리라. 그래서 두드리면 가벼운 소리가 나는 것이다. 진자부로도 같은 생각을 하고 있었다. 입 밖에 낼 기력이 없었을 뿐이다. 아니, 입 밖에 내려니 무서웠기 때문이다.

긴에몬이 다시 한번 두드린다. 통.

"열어 보지 않으면 알 수 없지."

확인도 해 보지 않고 포기해 버릴 수는 없다면서.

예, 예, 하며 마사키치가 그의 힘찬 말에 부화뇌동하려고 한다. 그러나 얼굴은 공포로 일그러져 갈 뿐이다.

"차라리 다른 길을 찾아보면 어떨까요. 아직 발견하지 못한 길이 있을지도 모르잖습니까."

시루시반텐의 소매로 땀을 닦으며 긴에몬은 마사키치의 매달리는 듯한 말에 고개를 저었다.

"유감스럽지만, 있을 수 없는 일이야. 이 저택은 우리를 현혹해 왔어. 아직도 전체적인 구조조차 확실하지 않네."

저택의 주인이 가리키는 출구는 이곳뿐이다. 우리는 이곳에 이끌려 왔다. 다른 출구가 있을 리 없다.

가슴 깊은 곳에서 단단한 분노가 치밀어 올라왔다. 그것을 토해 내듯이 진자부로가 소리쳤다.

"그럼 다음은 어떻게 하면 됩니까? 말이 쉽지, 뭘 이해하란 말입니까. 전부 다 이상하고 종잡을 수 없는 일뿐이잖아!"

하지만 긴에몬은 전혀 동요하지 않는다. 이래서 무사는 질색이다. 우리의 목숨 따위는 벌레처럼 생각하니까.

“흐트러지지 말게. 찾아내고 이해해야 할 것은 많이 있어. 다음 길잡이가 보였다는 사실만으로도 다행이라고 생각해야지.”

시련이라고, 긴에몬은 말했다.

“넘지 못하면 이곳에 손바닥 자국을 남긴 자들과 마찬가지로 명운이 다할 뿐.”

더위로 몸에서는 땀이 나는데 머리는 절망으로 싸늘해져 간다. 도미지로의 어금니가 덜덜 떨렸다.

“뭐가 뭔지 모르는 사이에 끌려 들어오고, 갇히고, 이번에는 시련입니까.”

우는 소리를 늘어놓으면서 또 눈물과 콧물을 흘린다.

“이런 심한 일을 당하다니, 무슨 벌이야. 우리가 뭘 어쨌다고. 아무것도 안 했어. 용서해 줘.”

이제 자신의 약함도 두려움도 신경 쓰지 않는다. 부끄러움을 느낄 여유가 없어지고 말았다.

“뭘 어쨌다고, 라.”

긴에몬은 곱씹듯이 되풀이하더니 진자부로를 돌아보았다.

“그대, 이곳에 들어오자마자 악몽을 꾸었다고 했지.”

싫다고 소리치며 눈을 떴다——.

“어둠에 삼켜져 뼈가 되어 가는 꿈을 꾸었다, 꿈속에서 누군가의 목소리를 들었다고.”

아아, 그렇다. 그 목소리는 뭐라고 말했던가.

(재는 재로, 먼지는 먼지로.)

(그대는 참회해야 한다.)

(그대의 죄를 고백하라.)

(참회하고 기도하라.)

진자부로가 다시 한번 입 밖에 내자, 긴에몬의 표정이 달라졌다. 당황한 것 같기도 하다.

"좋아, 지금은 오래 있을 필요가 없네. 장지 그림에서 떨어져 벽 쪽으로 달려야 해."

큰 방을 가로지른다. 끊임없는 진동. 뿜어져 올라가는 연기. 숨을 들이쉬면 폐부가 탈 것 같은 열풍. 숨이 막힐 듯한 유황 냄새.

세 사람이 문을 빠져나갈 때, 다음 지진이 있었다. 이번에는 짧아서 흔들 하더니 곧 가라앉았지만, 마치 못박아 오는 것 같았다. 너희들에게 시간은 없다, 고.

*

붙잡힌 신세의 여섯 사람은 무엇을 찾아내고 이해해야 할까.

이 저택의 주인은 누구일까.

왜 사람을 붙잡아 가두었을까.

여섯 사람이 해방되려면 어떻게 해야 하나.

저택의 주인이 원하는 것은 대체 무엇일까. 무엇을 내놓으면 여섯 사람을 용서해 줄까.

"저택 탐색을 계속하지. 단서를 찾아야 해."

그것이 호리구치 긴에몬의 생각이었다.

"앉아서 분화를 기다릴 수는 없네. 나와 마사키치, 진자부로와 이노스케 두 조로, 동서로 나뉜다. 오아키와 오시게한테는 일상의 일을 부탁하지. 우리는 아직 살아 있으니까 먹고 자고 살아야 해."

나머지 다섯 명에게는 '예'고 '아니요'고 없었다. 멋대로 도망치려 해도 숲속에서는 괴물이 기다리고, 갈대밭 너머로 펼쳐진 호수에는 거대한 괴어怪魚가 숨어 있다.

"다들 자포자기하지 말게. 반드시 길은 열릴 거야. 마음을 강하게 갖게."

큰 방의 화산도 악몽으로 치부하고 싶었지만, 유황과 땀 냄새가 밴 옷이나 재투성이가 된 손발, 몸 여기저기의 따끔거리는 화상이 그런 도피를 허락해 주지 않는다.

무엇보다 여섯 사람이 큰 방을 찾아냄으로써 사태가 한 단계 앞으로 나아갔는지, 저택 어디에 있어도 하루에 몇 번씩 화산의 진동과 작은 지진을 느끼게 되었다.

시시각각 분화가 다가온다.

한편으로 어떤 의도가 작용하고 있는지 전혀 짐작도 못하는 가운데 시간의 흐름은 더욱 빨라졌다.

하룻밤이 지나니 저택 바깥은 여름이 되어 있었다.

여전히 안개는 끈질겨서 하늘을 덮고 풍경을 흐리게 만든다. 그래도 뒤뜰의 작은 밭에서 자라는 작물은 단숨에 잎이 늘어났고, 우물물은 (더위로 인해) 미지근해졌다.

바람도 축축하니 무덥다.

지금 같은 기세로 간다면 사오일쯤 뒤에는 가을이 오고 열흘가량 지나면 서릿발이 치지 않을까. 마치 여섯 사람을 몰아세우듯이. 아니면 얼마 남지 않은 목숨을 부지하는 동안이나마 제대로 된 사계절의 모습을 보여주려는 것처럼.

"우리가 여기 갇힌 동안 원래 살던 곳에서는 몇 년이나 지나가 버리지 않았을까요?"

아무도 오아키를 기억하지 못한다. 진자부로 따위는 잊었다. 여섯 사람은 먼 옛날에 모습을 감추었기 때문에 누구도 더 이상 찾으려고 하지 않는다. 이미 포기했다.

"걱정하지 말게" 하고 긴에몬은 타일렀다.

"지금은 무사히 이곳에서 도망쳐야겠다는 생각만 하게. 다른 일까지 고민하면 현혹되어 마음이 약해질 뿐일세."

다만 한 가지만큼은 생각해 봐 주었으면 한다.

"나도 확신은 없지만."

각자 지금까지 자신의 인생을 돌아보고 무언가 죄를 짓지는 않았는지, 나쁜 짓을 하지는 않았는지 돌아봐 주었으면 좋겠다.

"무슨 말씀을 하시는 겁니까, 호리구치 님."

약삭빠른 마사키치는 어느 모로 보나 그답게 분개했다. 하지만 긴에몬은 물러나지 않는다.

"뜻밖이겠지. 나도 알고 있네. 하지만 한 번 돌아봐 주게. 떠오르는 바를 입 밖에 내지 않아도 괜찮네. 대신 마음에 담아두게."

진자부로는 그가 꾼 악몽 속의 목소리를 생각했다. 자신의 이야기를 들으며 뭔가를 깨닫고 당황한 듯했던 긴에몬의 모습도 떠오른다.

"제가 꿈속에서 '회개하라'는 말을 들은 것과 관련이 있군요."

긴에몬은 분명한 말을 피했다. "아직 알 수 없네. 알 수 없으니 이렇게 부탁할 수밖에 없어. 자, 탐색을 시작하지."

남자들 네 명은 두 패로 나뉘어 다시 저택의 도면을 만들기 시작했다. 하루, 또 하루. 도면은 커져 가지만 새로운 발견은 없다.

긴에몬과 마사키치는 다시 장지 그림이 있는 큰 방에 들어가 보았다. 그 큰 방에는 가려고만 하면 언제든지 다다를 수 있다. 만약을 위해서라며, 긴에몬은 도면에 그 길을 적어 넣었다.

이노스케 노인과 한 조가 된 진자부로는 자신의 기분을 북돋우는 것만으로도 힘든데 노인의 우는 소리도 들어 주어야만 했다. 정말이지 보통 일이 아니었다.

집에 돌아가고 싶은 마음이야 진자부로도 마찬가지다. 감금당해야 할 이유를 모르겠다는 점도 마찬가지다. 무서운 것도, 괴로운 것도 마찬가지다. 구시렁거리지 마. 일어서서 걸어. 주저앉아서 울고 싶다면 마음대로 해.

처음부터 술독으로 약한 상태였던 이노스케 노인은 가장 녹초가 되어 있었다. 오아키와 오시게가 밥을 만들어 주는데도 제대로 먹지 않고 술을 찾는다. 화상이 아직도 당긴다, 긴에몬의 명령을 따르기도 싫다며 불평을 한다.

"이렇게 찾아다녀봤자 소용없어어."

진 씨, 역시 호수를 건너서 도망칩시다.

"내가 배를 만들 테니까. 재료는 숲에서 베어 오면 돼. 뭔가 찾을 거라면 도구를 찾읍시다."

"호수로는 도망칠 수 없어요. 몇 번을 말해야겠어요?"

이노스케 노인은 커다란 괴어를 보지 못했으니 어쩔 수 없다. 그렇게 생각하면서도 진자부로 역시 초조하긴 마찬가지다.

"꼭 가야겠으면 한 번 호수로 가 봐요. 나는 질색이니까 혼자서 가고."

그때 두 사람은 새롭게 다다른 백 돈짜리 초가 켜져 있는 복도에 있었다. 부엌의 서쪽에서는 이것으로 열 번째다. 이런 종류의 복도는 전부 똑같다. 발을 들여놓았을 때는 전모가 보이지 않고 앞쪽에서는 그저 촛불의 불꽃이 어둠 속에 흔들리고 있을 뿐이다.

"아아, 지쳤어. 이제 못 걷겠어어."

이노스케 노인은 쪼그려 앉고 말았다.

"밥을 제대로 안 먹으니까 그렇지요."

"배가 아파아."

"그럼 여기에 있어요. 나는 저 앞을 확인하고 올 테니까."

"싫어요, 진 씨도 같이 있어 줘요오."

다리에 매달리는 손을 험악하게 뿌리치자 노인은 허둥거렸다.

이번에는 손이 진자부로의 얼굴에 닿았다.

"무슨 짓이야, 빌어먹을 영감!"

시루시반텐의 멱살을 움켜쥐고 힘껏 끌어당겨 일으키자 두 사람의 얼굴이 가까워졌다.

이노스케 노인의 입가에서 술 냄새가 났다.

설마 하고 생각했다. 하지만 냄새가 난다.

"영감, 술을 마셨군!"

진자부로는 고함쳤다.

"대체 어디에서 술을 찾았지?"

"안, 마셨, 소."

목이 졸린 노인이 더욱 버둥거린다. 목소리가 막히고 얼굴이 빨개진다.

"그럼 왜 술 냄새가 나! 이 더러운 주정뱅이 영감이!"

진자부로는 이노스케 노인을 떠밀었다. 목각인형처럼 벽에 부딪혔다가 그대로 복도를 구르던 노인이 몸을 웅크리고 엉엉 울기 시작했다.

"나는 주정뱅이야. 술을 끊을 수가 없어. 마셔도 마셔도 모자라. 딸을 사창가에 팔아넘겨서라도 술이 마시고 싶다고오."

쉰 목소리로 울부짖는다. 진자부로는 깜짝 놀랐다. "할아버지, 지금 뭐라고 했어요?"

딸을 사창가에 팔았다고?

"당신, 딸과 함께 후카가와에 있는 공동주택에서 산다고 하지 않았어요?"

딸이 남편의 말만 듣는다고 불평을 하지 않았던가.

"거짓말이었어?"

진자부로의 목소리가 착 가라앉았기 때문인지 이노스케 노인은 몸을 웅크린 채 얼굴만 들고 눈치를 살피듯이 이쪽을 올려다보았다.

"으음, 딸꾹."

"어떻게 된 거예요!"

그 딸이, 술에 취해 길을 잃었을 때를 대비해 미아 명찰을 만들어 목에 걸어 주었을 텐데.

"팔아치운 건 큰딸이오오."

칠 년 전이라고, 웅얼웅얼 말한다.

"마누라가 죽고 나자 나는 더 술 없이는 살 수 없게 되어서."

마시고 또 마시다가 술값을 밀렸다.

"마누라의 약값 빚도 있어서 빚이 불어나 버렸거든."

불평하듯이 입을 삐죽거린다.

"둘째 딸은 아직 어려서 한 사람 몫의 일을 감당하기 어려우니까. 달리 어떻게 할 수도 없었소오."

"할아버지, 자기 빚을 딸에게 뒤집어씌워서 몸을 팔게 했어요?"

그러자 이노스케 노인은 벌떡 일어났다. 얼굴은 눈물과 콧물로 더러웠지만 눈은 번쩍번쩍 빛나고 있다. 노인은 침을 튀기며 떠들어 댔다.

"딸이 나한테 효도하는 게 뭐가 잘못이야!"

진자부로는 숨을 삼키고 말았다.

"본인이 사창가로 가겠다는 말을 꺼냈다고. 그게 제일 이야기가 빠르다면서. 여동생을 먹여 살려야 하고, 어머니 약값을 갚지 않을 수는 없다면서."

갑자기 격노한 탓에 숨을 헐떡이며,

"나는 진 씨처럼 마음 편한 한량이 아니오. 돈이 없으면 술을 마실 수가 없어. 술을 못 마시면 손이 떨리고, 곱자도 톱도 쓸 수 없거든. 그러면 일당도 못 벌지. 어쩔 수 없잖아!"

진자부로의 몸이 떨린다. 얼굴이 뜨거워졌다. 가슴 밑바닥은 싸늘해져 간다.

확실히 나는 한량이다. 게으르고 도박을 좋아하는 방탕아다. 땀 흘려 일한 경험도 없다. 본가에 들러붙어 편하게 살아왔다.

그러나 딸을 팔아 술값을 대고, 그것을 효도라 생각하는 이 노인만큼 근성이 썩지는 않았다.

"그래서 빚은 갚았어?"

목소리를 억누르며 묻자 이노스케 노인은 도망치듯이 시선을 피했다.

"하지만 네놈은 술을 끊지 않았지. 큰딸에게 몸을 팔게 하고, 그러고도 여전히 술꾼으로, 이번에는 작은딸한테 들러붙은 거냐."

노인의 목에 걸린 미아 명찰을 보았을 때, 내색을 하지는 않았지만 진자부로는 문득 마음이 온화해짐을 느꼈다. 이 주정뱅이 할아버지는 딸 부부와 검소하게 공동주택에서 살고 있구나, 하고 생각했다. 가난한 주정뱅이라도 배 목수라고 하니, 그런 인생도 있겠구나 싶어서 납득했던 것이다.

제멋대로 한 착각이기는 했다. 영감이 이렇게까지 몹쓸 인간일 줄이야 그때 어떻게 알았겠는가. 세상에 이토록 썩어빠진 아버지가 있다니.

흐흠――하고 이노스케 노인은 코웃음을 치더니 입을 일그러뜨리며 웃었다.

"여자는 편해서 좋지. 여차하면 몸으로 돈을 벌 수 있으니까."

빌어먹을 영감, 무슨 헛소리를.

"작은딸한테도 그런 말을 했나? 그 애한테는 남편도 있다면서. 네놈 같은 썩어빠진 아버지가 없어져도 살기 곤란하지는 않을 텐데. 쫓겨나는 게 당연하지."

공교롭게도, 하고 주정뱅이 영감은 얄밉게 큰소리를 쳤다.

"내 딸들은 효녀거든. 나를 위해서라면 어떤 고생이라도 하지."

분노로 눈이 돌아갈 지경이다. 이 영감의 목을 비틀어 주마. 목을 졸라 죽여 버리겠어.

그때 발밑에서 진동이 느껴졌다. 또 지진이다. 오늘만 벌써 네 번째인가.

회개하라.

어두운 복도에 울려 퍼지는, 굵은 목소리.

진자부로는 눈을 크게 떴다. 이노스케 노인이 깜짝 놀란다.

회개하라, 죄인이여.

믿을 수 없다. 복도 끝 어둠 속에서, 흔들리는 백 돈짜리 촛불의 불빛을 받은 사람 그림자가 떠올라 보인다.

검게 빛나는 갑주. 우뚝 서 있는 모습.

삐걱. 칠흑의 무사 그림자가 한 발짝 이쪽으로 발을 내딛자 그림자 주위에 있던 촛불이 훅 꺼졌다.

회개하라.

삐걱, 삐걱, 삐걱.

한 발짝, 두 발짝, 세 발짝. 칠흑의 갑주 그림자가 다가온다. 그림자가 스쳐 지나가면 촛불이 꺼진다.

삐걱삐걱삐걱! 무사의 걸음이 빨라진다. 달려온다.

기겁을 해서 비명을 지르며 진자부로는 도망쳤다. 넘어진다, 넘어지고 만다, 안 돼 싫어 안 돼, 따라잡힌다——.

복도의 출구는 바로 저기다. 장지문이 하얗게 빛나고 있다. 진자부로가 가까스로 손을 댔을 때, 이노스케 노인의 비명이 들렸다. 동시에 사악 하고 무언가가 허공을 베는 소리가 난다. 갑주 차림의 무사가 큰 칼을 뽑은 것이다.

진자부로는 장지문을 열고 그 안쪽으로 굴러 들어갔다. 정신없이 손을 더듬어 열었던 장지문을 닫았다. 지나친 기세에 장지문이 도로 튀어, 다시 한 치 정도 열리고 말았다.

그 틈새로 들려왔다.

"끄악."

탁한 비명이 점차 뭉개진다. 뒷걸음질 치는 진자부로의 눈앞에서 새하얀 장지 종이에 피보라가 튀었다. 돌팔매를 던진 듯한 소리가 들린다.

진자부로는 다리가 풀렸다. 엉덩이를 미끄러뜨리며 도망치려고 했지만 새빨갛게 물든 장지 종이에서 눈을 뗄 수가 없다.

어느새 지진은 멈추어 있었다. 진자부로는 굴러 들어간 방의 반대쪽 장지문에 등을 바싹 붙이고, 그래도 뒤로 더 물러나려고 팔다리에 힘을 주었다.

그의 힘에 밀려 장지문이 떨어지더니 뒤로 쓰러졌다. 진자부로도 함께 벌렁 나자빠진다.

삐걱, 삐걱, 삐걱.

백 돈짜리 초가 켜져 있는 복도가 삐걱거린다. 소리가 점점 멀어져 간다. 칠흑의 무사 그림자가 떠나가는 것이다.

회개하라.

이노스케 노인은 마음씨 좋은 주정뱅이 영감의 얼굴을 버리고 딸을 잡아먹는 아버지의 얼굴을 드러냈다. 저지른 죄를 입 밖에 냈다.

일어설 수가 없어서 진자부로는 기어갔다. 백 돈짜리 초가 켜져 있는 복도로 돌아가야 한다. 이노스케 노인이 어떻게 되었는지 확인해야 한다.

붉게 물든 장지문으로 다가가자 한 치쯤 되는 틈새로 피 냄새에 썩은 창자 냄새가 섞여 코를 찌른다.

진자부로는 숨을 멈추고 떨리는 손으로 장지문을 활짝 열었다.

이노스케 노인의 잘린 머리가 피바다 속에서 이쪽을 올려다보고 있다. 피는 문지방 위까지 흘러, 아무것도 신지 않은 발가락에 더운 기운이 느껴지고 밟으니 끈적했다.

멀리서 두 번째 판자문이 떨어지는 소리가 희미하게 들렸다.

*

장지 그림을 본뜬 다섯 장의 반지 앞에서, 도미지로는 몸을 지키듯이 단단히 팔짱을 끼고 생각했다

옛날 일이라 다행이다. 이미 끝난 일이라 다행이다. 한편으로 우메야 진자부로의 몸에 남아 있는 무참한 화상 자국과 잃어버린 손가락과 발가락이 새삼 무서워진다.

지금 흑백의 방에서 이야기할 수 있으니, 진자부로는 살아남아 수수께끼의 저택에서 도망쳐 나온 것이다. 오아키도 함께였다. 하지만 나머지 사람들은 어떻게 되었을까?

빨리 다 이야기해 주었으면 좋겠다. 들려주었으면 좋겠다. 듣고 버리고 안심하고 싶다. 이런 기분이 들기는 처음이다. 듣는 이는 괴롭구나, 오치카. 어떡하지, 나는 견딜 수 없을지도 모르겠다.

"계속해도 될까요?"

상대의 물음을 듣고 제정신으로 돌아왔다. 진자부로가 도미지로의 얼굴을 보고 있다. 계속 이야기하느라 지쳤는지 사방침에 기대어 축 늘어진 모습이다.

안 된다, 안 돼. 듣는 이가 먼저 녹초가 되어 버리면 어쩌란 말인가.

"우메야 씨는 어떠십니까? 얼굴색이 좋지 않습니다. 조금 쉬시겠습니까? 아니면 그다음 이야기는 날을 새로 잡아서 하셔도 괜찮습니다."

흙빛을 띤 얼굴. 핏기 없는 입술. 그러나 우메야 진자부로는 고개를 가로저었다.

"전부 이야기해 버리지 않으면 제 속이 후련하지 않습니다."

신음하면서 몸을 일으키더니 다시 앉으려고 애를 쓴다.

"자백하자면 저는 이제 살날이 많이 남지 않았습니다."

진자부로가 침착한 얼굴로 말했다.

"목숨에 지장을 주는 병에 걸린 건 아닙니다. 다만 온몸이 약해질 대로 약해져서요. 의원을 찾아갔더니 오장육부가 상했다더군요. 더러운 이야기라 죄송하지만, 요즘은 측간에 가도 소변인지 피인지 구분이 되지 않는 것이 나오는 지경이니까요."

대꾸할 말을 찾을 수가 없어서 도미지로는 팔짱을 풀고 무릎에 손을 올려놓으며 고개를 숙였다.

"말하자면 그 저택에서 입은 상처나 화상이 계속 저를 좀먹어

온 셈입니다. 몇 번이나 유황과 열기를 들이마신 것도 좋지 않았겠지요."

문득 진자부로의 눈빛이 부드러워졌다. "오아키가 시루시반텐을 이 댁에 보내서 수수께끼를 내는 것 같은 무례한 짓을 한 까닭도, 제 목숨이 얼마 남지 않았음을 알고 있기 때문입니다."

——이대로 진 씨를 죽게 하고 싶지 않아요.

"우리에게 무슨 일이 일어났는지 입을 다물고 뚜껑을 덮은 채로 내버려두고 싶지 않다, 어디에선가 누군가에게 들려주자면서요."

도미지로는 마음을 다잡고 얼굴을 들었다.

"감사합니다, 미시마야를 선택해 주셔서."

자긍심 가득한 말과는 달리 흐물흐물하고 약한 목소리가 튀어나왔다. 그래도 진자부로는 미소를 지어 주었다.

"그리 말씀해 주시니 여기에서 또 용서받은 것 같은 기분이 듭니다. 고맙습니다."

몸을 굽혀 머리를 숙이려는 진자부로를 도미지로가 당황하며 말렸다.

"편히 하십시오. 차를 새로 끓이지요. 아니면 찬물이 더 좋을까요?"

"그럼 백비탕을 부탁드립니다. 쉬엄쉬엄, 혀를 축이면서 계속 이야기할 테니까요."

도미지로는 주전자를 들어 진자부로의 찻잔에 더운물을 따랐다. 희미하게 김이 오른다.

폐부를 상하게 할 정도의 뜨거운 증기를 들이마신다. 그러면 어떻게 될까. 펄펄 끓는 솥에 얼굴을 가까이 하면 경험할 수 있을까.

"오아키는 저보다 젊으니 아직 괜찮을 것 같기는 하지만."

환절기에는 마른기침이 난다고 한다.

"침에 피가 섞이는 일도 있다고 하고요."

오아키 안에도 십 년 전의 일이 남아 있을 테니까.

"그래도 몸은 튼튼합니다. 후타바야에서 쫓겨나지 않아서 다행이다, 일할 수 있는 동안에는 하루라도 오래 고용살이를 하고 싶다더군요."

"두 분은 자주 연락하십니까?"

찻잔의 물을 후우 한 번 불고 잠시 뜸을 들이고 나서 진자부로가 대답했다.

"결국 살아남아서 돌아온 사람은 저와 오아키뿐이었으니까요."

어렴풋이 짐작만 하고 있었는데 역시 그랬구나.

"머리를 맞대고 상의하진 않았지만 둘 다 저택에 대해서는 누구에게도 말하지 않았습니다."

아무도 믿어 주지 않을 테고, 지어낸 이야기라는 식으로 의심받으면 괴로우리라. 만일 비웃음을 당한다면 화가 나서 정신이 나갈지도 모른다.

"게다가 막 돌아왔을 무렵에는 어쨌거나 빨리 잊고 싶어서."

저택 이야기를 입 밖에 내지 않고 입을 꾹 다물었다.

"저는 큰 화상을 입었기 때문에 본가에서는 난리가 났지요. 집안사람들이 어떻게 된 일이냐고 물으면 인과응보라고만 말하기로 했습니다."

——지금까지의 도락에 대한 대가가 돌아온 겁니다. 다행히 목숨은 건졌으니 다시 태어난 마음으로 착한 아들이 되겠습니다.

"실제로도 인과응보였으니, 거짓말은 아닌 셈이지요. 누구도 그 이상은 묻지 않고 정양하라며 위로해 주더군요. 고마운 일이었습니다."

겉으로 보기에는 무사했던 오아키도, 가미카쿠시에서 불쑥 돌아온 것이니 후타바야에서는 조심스럽게 대했다고 한다. 사실을 이야기하고 싶어 하지 않았던 오아키에게는 차라리 편했다.

"그렇군요, 두 분이 수수께끼의 저택에 함께 있었고, 함께 살아서 돌아온 사실도 주위 분들은 모르시는군요."

"예. 다만 저는 이런 불가사의한 인연이니 차라리 오아키를 아내로 맞을까 생각한 적도 있었는데요."

차였습니다, 하며 쓴웃음을 짓는다.

"악연은 빨리 끊는 편이 좋아요, 라고 하더군요. 하지만 제게는 오아키밖에 없었습니다. 그 여자도 저택의 무서웠던 기억을 나눌 수 있는 상대는 저뿐이었고요. 그래서 가끔 이쪽에서 연락하면 무시하지는 않았습니다."

참으로 기묘한 남녀의 인연이다.

"제가 죽고 나면 앞으로 오아키는 외톨이가 됩니다. 오직 혼자서 기억을 짊어진다면 어떨까요. 괴롭겠지요. 그래서 이야기하고 싶다는 마음이 생겼을 텐데 미시마야에는 유쾌하지 못한 방식이라 죄송했지만 모쪼록 용서해 주십시오."

이야기는 무섭고, 이제 약해질 대로 약해진 우메야 진자부로의 모습은 슬프다. 그러나 도미지로의 마음속에는 작은 불빛이 하나 켜졌다.

진자부로는 오아키를 좋아하고, 오아키도 그를 좋아한다. 각자에게 당연한 삶을 살았다면 이어질 리도 없었던 인연, 만날 기회조차 없었을 남녀지만, 서로 생각하는 마음이 지금까지의 두 사람을 지탱해 온 것 아닐까.

"그럼 계속 이야기하겠습니다."

우메야 진자부로의 눈 속 깊은 곳에도 희미한 빛이 깃들었다. 도미지로의 마음속에 켜진 빛과는 결이 다른, 단단한 의지의 빛이었다.

*

과연. 진자부로는 잘못 듣지 않았다. 큰 방에 있는 장지 그림의 가장 안쪽에서, 두 번째 판자문이 떨어져 있었다.

진자부로를 앞질러, 같은 소리를 듣고 긴에몬과 마사키치가 달려와 있었다. 두 사람의 얼굴을 보자 무릎이 풀린 진자부로는 힘없이 주저앉았다.

식은땀투성이가 되어, 이노스케가 자신에게 무슨 얘길 했는지, 칠흑의 갑주 차림으로 나타난 무사가 어떤 일을 벌였는지, 전부 알리고 나서 오열했다. 당시의 광경을 떠올리자 속이 메스꺼워 왈칵 구역질이 났다.

"……저는 갑주 차림의 무사도 진자부로 씨의 꿈이 아닐까 짐작하고 있었습니다."

마사키치가 그런 말을 하며 어리둥절해하고 있다. 직접 보지 못한 채 아직은 목격담을 들었을 뿐이니 와 닿지 않는 것이리라.

"정말 있습니까? 이 저택 안을 돌아다니고 있나요?"

"잠깐. 이노스케에게는 미안하지만, 지금은 이쪽이 먼저일세."

아니나 다를까, 두 번째 판자문 너머에도 한 간 반쯤 되는 짧은 복도가 이어져 있었다. 구조는 첫 번째인 지난번과 똑같다. 다만 이쪽 복도는 재투성이였다. 까칠까칠한 모래 같은 재와, 무언가가 타서 생기는 검은 재가 섞여 있다.

그리고 막다른 곳에는 다음 판자문이 버티고 있었다.

천장에도 벽에도 발자국이나 손자국은 남아 있지 않다. 대신 왼쪽 판자벽에 도로에泥絵 점토를 안료로 혼합한, 진흙 같은 싸구려 그림물감으로 그린 그림. 에도 시대 말기에서 메이지 시대 초기에 걸쳐 연극 간판이나 나무 액자, 만화경 등에 그려졌다. 대개 무명 화가들에 의해 그려졌으며, 서양화의 영향을 받은 유명한 명소의 그림이 많다의 물감으로 커다란 그림이 그려져 있었다.

재를 뒤집어쓰고 검댕에 더러워진데다가 칠이 절반쯤 벗겨져 있었지만 가까스로 무엇을 그렸는지는 알아볼 수 있었다.

"……화산이군요."

마사키치의 말대로, 판자벽에는 화산이 그려져 있었다. 크기는 다다미 반 장 정도로, 큰 방의 장지 그림과 똑같다. 다만 이쪽의 화산은 죽어 있었다. 연기도 용암도 움직이지 않는다. 열기도 진동도 없다. 평범한 그림이다.

그림에 얼굴을 가까이 하고 뚫어져라 관찰하던 긴에몬이, 화산의 산자락 한쪽 끝을 가리켰다.

"여기에 글씨가 있네."

마찬가지로 벗겨지고 더러워져서 전부 읽을 수는 없다. 그 이전에 진자부로도 마사키치도 한자는 잘 몰랐다.

"희미하기는 해도 이 두 글자는 '오시마大島'겠지. 다음 세 글자는——'야마山'밖에 보이질 않는군."

그다음 세 글자는 거의 벗겨지지 않고 남아 있었다.

어신화御神火.

"어신화, 일세."

긴에몬이 눈을 가늘게 뜨고 중얼거렸다.

"그렇다면 이 산은 '미하라야마三原山'가 틀림없어."

그때 마사키치와 눈이 마주친 진자부로는 생각했다. 지난 며칠 사이에 아니꼬운 약장수의 뺨도 홀쭉해지고 말았구나, 나도 많이 지쳤지만 이 녀석도 견디고 있구나 하고.

"호리구치 님, 아시는 곳입니까?"

긴에몬은 고개를 끄덕였다.

"그대들은 모르나? 에도 항에서 멀리 남쪽에 있는 해원海原에 점점이 이어져 있는 이즈의 섬들 중 하나인데, 오시마 섬은 에도와 가장 가까운 곳에 있네."

벗겨지고 더러워진 벽의 그림을 응시하는 눈빛이 날카롭고 뾰족해졌다.

"옛날에는 유배인의 섬이었지."

유배인. 마사키치가 눈을 동그랗게 뜬다.

"도적이나 살인자는 미야케지마三宅島 섬이나 하치조지마八丈島 섬으로 가지 않습니까?"

"예전에, 대략 간세이寬政 1789~1801년 사이에 사용되었던 일본의 연호 무렵까지일까, 오시마 섬에도 많은 죄인이 유배되었네."

이 또한 불길하고 불온한 섬이다.

"나도 항간의 도적이나 강도에 대해서까지는 모르네. 쇼군가 소동에 관련된 죄인이나, 나라에 대한 반역죄로 유배를 간 무사들의 예를 몇 가지 기억하고 있을 뿐이네만."

목소리를 낮추며 말한다. 눈썹을 찌푸리고 무언가 골똘히 생각하는 표정이다.

"좀 전에 말씀하신 '어신화'란 무엇입니까?"

마사키치의 물음에 긴에몬은 아까의 세 글자를 가리키면서,

"귀한御, 신神의 불火이라고 하네. 화산에는 신이 깃든다는 생각으로 섬기는 풍습은 어디에나 있지. 내 고향에도 있지만, 어신화라고 하면 그것은 이 오시마 섬 미하라야마 산을 가리킨다네."

유배지로서 오시마 섬의 역사는 길고, 따라서 하늘을 태울 것처럼 커다란 화산은 옛날부터 시나 그림의 소재가 되었다고 한다.

"언제 누가 그런 이름을 붙였는지는 모르네. 죄인들이 유배되는 섬이다 보니 타오르는 신의 불에 더욱 두려움을 품고 그렇게 불러 왔을 테지."

유배지라――하고 험악한 얼굴을 한 채 더욱 낮게 중얼거린다.

"거기에 의미가 있는 건가."

수수께끼 같은 중얼거림이지만 진자부로는 생각할 기력도 없었다.

"이노스케의 시체를 살펴봐야겠네. 진자부로, 안내해 주게."

재촉을 받은 진자부로가 비틀거리며 두 사람과 함께 백 돈짜리 초가 켜져 있는 복도로 향했다.

도면에 그려둔 대로 복도와 방의 수를 세고 방향을 확인하면서 걸어갔다. 종종 풍경이 바뀌어 버리는 저택 바깥이 아니라 안쪽이니 길을 잃을 리가 없다.

한데 열 번째의 백 돈짜리 초가 켜져 있는 복도에 세 사람이 도착했을 때, 이노스케 노인의 시체는 사라지고 없었다. 피바다도 보이지 않았다.

칠흑의 무사가 다가오는 동안 순서대로 꺼졌던 백 돈짜리 촛불도, 지금은 전부 켜져 있다. 원래대로다.

진자부로가 목격한 광경은 전부 꿈이었을까. 그럴지도 모른다.

누구보다도 진자부로 본인이, 꿈이었기를 간절히 바란다.

하지만 그 자리에 딱 하나, 참사를 뒷받침하는 증거가 남아 있었다.

이노스케 노인의 시루시반텐이다. 백 돈짜리 초가 켜져 있는 복도 바로 안쪽, 피 웅덩이가 생겼던 곳에 등 쪽을 위로 한 채 놓인 시루시반텐이 보인다.

시루시반텐의 등에는 네모에 열십자를 겹친 표식이 하얗게 물들여져 있다. 열십자는 네모 안에서 약간 삐져나와 있다.

그 열십자와 네모가 지금은 새빨갛다.

피가 스며들어 있다. 생생한 냄새가 난다.

"진자부로는 꿈이나 환상을 본 것이 아니야."

시루시반텐을 손에 들고 긴에몬이 천천히 곱씹듯이 말했다.

"이노스케는 목숨을 잃었네. 이 저택에 삼켜져서——먹히고 말았어."

그럼으로써 '판자가 떨어져야 열리는 문'이 하나 열렸다.

"이노스케는 돈 때문에 딸을 팔아치웠다고 자신의 죄를 자백했지. 그 때문에 처벌되었네."

"그, 그러지 마십시오!"

저도 모르게 예의를 잊은 듯 마사키치가 뒤집어진 목소리로 소리치며 긴에몬의 손에서 시루시반텐을 빼앗았다.

"속임수예요. 이노스케 씨의 시루시반텐이 아니에요."

마사키치의 말이 끝나기 무섭게 감색 무명으로 만들어진 시루시반텐에서 피가 배어나왔다. 시루시반텐을 움켜쥐고 있던 마사키치의 손가락도 어느새 빨갛다. 네모와 열십자 부분에서 피가 흘러나온다.

이상하다. 천에 배어 있을 뿐인 피가 어떻게 이렇게 많이——

뚝. 진자부로의 이마에 미지근한 물방울이 떨어졌다.

뚝. 눈앞에 있는 긴에몬의 머리에도.

뚝. 마사키치의 목덜미에도.

세 사람은 머리 위를 올려다보았다. 백 돈짜리 촛불의 고리 안에 떠올라 보이는 천장의 나뭇결에서, 비가 내린다.

피의 비다. 올려다보는 콧등에, 미간에, 머리카락에 어깨에 입술 위에.

"우와, 아아아아아아!"

시루시반텐을 내팽개치고 마사키치가 달아났다. 긴에몬은 그것을 받아 들고는 목각인형처럼 우두커니 서 있는 진자부로의 팔을 잡고 복도 앞쪽 방으로 뛰어 돌아갔다.

정신을 차려 보니 세 사람 다 피에 젖어 있지 않았다. 시루시반텐에도 피가 배어 있지는 않다. 열십자와 네모는 방금 빨아서 말린 것처럼 새하얗다.

"환영일세. 정신 똑바로 차려. 현혹되지 마."

긴에몬이 목소리에 힘을 준다.

그때 진동과 함께 발치가 흔들리기 시작했다. 지진이다. 저택 전체가 크게 삐걱거린다. 세 사람은 순간 자세를 낮추고 서로를 부축했다.

진자부로의 귓속에, 배 밑바닥에, 커다란 목소리가 울려 왔다. 으르렁거리는 것처럼 위협적인 듯한 울림이었다.

또 자신에게만 들리는 건가, 하고 진자부로는 생각했다. 아니었다. 마사키치는 눈이 튀어나올 지경이다. 긴에몬의 얼굴에서는 핏기가 가신다.

목소리는 이렇게 말했다——앞으로 네 명!

한 명이 죽자 문이 하나 열렸다.

그때 커다란 목소리가 말했다.

앞으로 네 명, 이라고.

이노스케를 제외하면 저택에 붙잡혀 있는 사람은 다섯이다.

한데 '앞으로 네 명'이라니, 무슨 의미일까.

'판자가 떨어져야 열리는 문'이 네 장 남았다는 뜻이 아닐까.

네 명이 목숨을 잃으면 네 장의 문이 열린다. 밖으로 도망칠 길이 생기고——,

단 한 사람만이 구원받을 수 있다.

그런 시련이 아닐까.

그렇다면 어떻게 하면 될까? 어떻게 해야 할까.

앞으로 네 명. 앞으로 네 장의 문.

"그 생각에 집착하지 말게."

긴에몬이 일동을 향하여 엄하게 타일렀다.

"다섯 명 중 한 명밖에 살아남을 수 없는 길이라니, 말도 안 돼. 그런 협박에 굴복해서야 안 될 일이지."

긴에몬처럼 강해질 수 없고 애초에 과감함과는 거리가 멀었던 진자부로는 이제 공포와 피로에 짓눌려 흐트러질 대로 흐트러졌다. 그래도 가까스로 버틸 수 있었던 까닭은, 얄궂게도 이노스케와 피의 비로 인하여 마사키치가 완전히 망가져 버렸기 때문이다.

잔재주가 많은데다가 성실하며 긴에몬에게는 예를 다하고 도움이 안 되는 진자부로를 깔보는 듯한 구석이 있었던 이 약장수는, 알고 보니 누구보다도 마음이 물렀다. 쉽게 꺾여, 진짜 목각인형이 되고 말았다.

마사키치의 가엾은 모습은 판자가 떨어져야 열리는 문 저편에 있던 손바닥 자국이나 이노스케의 최후를 목격하지 않은 오아키와 오시즈에게도 사태가 절박하다는 것을 충분히 호소했다. 두 사람 다 울거나 소란을 피우지는 않고 긴에몬의 말에 귀를 기울이며 이노스케를 위해서는 합장을 했다.

여자들의 침착한 행동은 진자부로에게도 약간의 생기를 불어넣어 주었다. 마사키치는 미쳐 버렸다, 그다음이 자신이라면 너무 부끄럽고 한심하지 않겠나.

"나는 탐색을 계속하겠네."

긴에몬은 단호하게 말했다.

"진자부로가 보았다는 갑주 차림의 무사가 이 저택의 주인이겠지. 앞으로 네 명이라고 말한 이도, 주인일 게야.”

주인을 찾아내, 대체 무엇을 원하는지, 왜 이토록 잔혹한 시련을 강요하는지, 의도를 알아내야 이곳을 빠져나갈 수 있다.

“그대들 네 사람은 가능한 한 한곳에 모여 있게. 뿔뿔이 흩어져선 안 돼.”

오아키와 오시게에게는 마사키치를 돌보는 일과 매일의 침식을 부탁하네. 진자부로는 세 사람을 지켜 주게.

“호리구치 님은 혼자서 탐색할 생각이십니까.”

“내 몸이라면 걱정하지 말게.”

긴에몬은 실력이 좋다. 괴물의 습격을 받고 있을 때 구해 주었으니 그의 실력이 얼마나 대단한지는 진자부로도 알고 있다.

“저택의 주인도 무사라면, 나도 무사. 그 혼에 말을 걸면 서로 통하는 부분을 찾을 수 있겠지.”

“저를 데려가 주십시오.”

지금까지 두 번, 칠흑의 무사를 본 사람은 진자부로뿐이다. 꿈속에서 ‘회개하라’는 목소리를 들은 사람도 자신뿐이다.

“호리구치 님이 혼자 계시면 그놈은 나타나지 않을지도 모릅니다. 왜인지 알 수 없지만 그놈은 제 앞에만 모습을 보이고 있어요.”

진자부로는 선택되었다.

“그 무사의 기준으로는 저의 죄가 제일 크고 깊으니까. 그래서 제 앞에 나타나는 거예요.”

즉흥적으로 입 밖에 낸 말에 오아키가 날카롭게 되물었다.

"진자부로 씨는 그렇게 나쁜 짓을 했나요?"

모두가 오아키를 보았다. 긴에몬이 뭔가 말하려고 했지만 오아키가 먼저 다그쳐 물었다.

"이노스케 씨는 딸을 팔아넘겼잖아요. 그보다 더 나쁜 짓을 진 씨는 했다는 뜻인가요?"

진 씨, 라.

"마사키치 씨를 한번 보세요."

오아키와 오시게 사이에 끼어, 마사키치가 힘없이 앉아 있다. 눈은 흐려져 초점을 잃고 입은 반쯤 벌어져 침이 고여 있다. 불러도 대답하지 않고 흔들어도 두부처럼 흐늘흐늘하다.

"마사키치 씨는 진 씨보다 더 나쁜 짓을 했으니까 이렇게 된 거 아니에요? 이상하잖아요. 제일 나쁜 짓을 한 진 씨는 무사한데."

시끄럽게 덤벼든다. 오아키는 두려운 것이다. 참을성도 인내도 다하려 하고 있다.

"나는 도박에 미쳤어."

진자부로는 선뜻 고백했다. 스스로도 깜짝 놀랐다.

"우리 집은 후다사시거든. 돈이 없어서 곤란한 적은 없었지. 그 핑계로 주사위 도박에 빠져서 도박장을 전전하며 살았어."

가업을 돕기는커녕 손님의 신을 가지런히 정돈하는 사소한 일조차 한 적이 없다. 돈을 펑펑 쓰고 맛있는 음식을 먹고 취하도록 술을 마시고 즐거운 일만 하는 동안, 머릿속에서는 늘 주사위가 구르는 소리가 났다. 도륵도륵. 세상에서 제일 좋은 소리지.

나는 세상에 도움이 안 되는 게으름뱅이다. 죽어도 아무도 곤란해지지 않는다.

"이노스케 씨가 빚 때문에 딸을 팔아치웠다고 말했을 때 나는 엄청 화를 냈거든. 하지만 내가 했던 짓도 그 할아버지랑 큰 차이가 없어. 나는 쓰레기야. 쓰레기 중에서 제일가는 쓰레기지."

조용하고 담담하게 딱 잘라 말했다.

저택 깊은 곳에서 진동이 전해져 왔다. 장지 그림의 화산이 으르렁거린다.

지진이다. 바닥이 경미하게 좌우로 흔들렸다. 천장에서 모래며 먼지가 투둑투둑 떨어진다.

"흐아아."

흐릿한 표정을 한 채 마사키치가 얼빠진 소리를 지르며 목을 움츠렸다.

"……지요."

쉰 목소리가 들렸다. 오시게다.

"오시게, 뭐라고 했나."

긴에몬의 물음에 오시게는 등을 웅크리다시피 하며 머리를 숙였다.

"늙은이가 주제넘게 나서서 죄송합니다."

지진이 가라앉았다. 진동도 사그라들어 간다.

"상관없네. 말해 보게."

공손한 태도로 오시게는 얇은 입술을 열었다.

"우리끼리 이런 대화를 해봐야 거북해질 뿐입니다. 그야말로 저택 주인이 바라던 바가 아닐까요."

오시게가 이렇게 정곡을 찌르는 말을 하다니.

"저는 이만큼이나 나이를 먹었습니다. 짐작이 가는 일도 있고, 저도 모르는 사이에 저지른 나쁜 짓도 있을지 몰라요. 저택의 주인이 그 죄로 제 목숨을 빼앗겠다고 한다면 포기할 수밖에 없겠지만."

오시게는 평범한 농가의 할머니가 아니다. 새삼스럽지만 지금 가까이에서 자세히 보니, 비로소 알겠다. 오시게는 남부럽지 않게 살며 안주인으로서 가족의 우러름을 받고 사람을 부리는 입장에 있던 할머니였으리라.

그동안 잠시 잊고 있었지만 진자부로는 문득 돈을 조르러 찾아갈 작정이었던 예전의 유모 오키치를 떠올렸다. 나이는 오시게보다 젊지만 오키치도 이렇게 관록과 품위가 있는 할머니가 되었으려나.

이제 만나기는 힘들겠지. 진자부로는 길을 잃고 어딘지 알 수 없는 곳에 들어와 나갈 수가 없으니까.

"아니, 포기해선 안 돼."

오시게의 말을 가볍게 여기지 않고, 긴에몬이 온화하게 대답했다.

"죄를 묻는다면 내게도 생각나는 바는 있네. 현세를 살아가는 중생이라면 누구나 마찬가지야. 무엇 하나 짐작 가는 죄가 없다고 단언하는 사람이야말로, 스스로를 강하게 믿고 교만을 부리는 죄를 저지르고 있는 셈이 아닐까."

죄송합니다, 하고 오아키가 속삭이듯이 말했다.

"쓸데없는 말씀을 드렸어요."

그 눈에 눈물이 고여 있다.

"저도 나쁜 짓을 했어요."

눈물이 한 방울, 무릎에 올려놓은 손등으로 떨어진다. 빗방울처럼 굵은 눈물이다.

"제가 저지른 나쁜 짓에 대한 벌을 받느라 이곳에 끌려왔다고 생각하니 무서워서 견딜 수가 없었어요."

"설령 그대가 정말 나쁜 짓을 저질렀다 해도 저택의 주인에게 재판을 받을 이유는 없어."

격려하듯이 긴에몬은 말했다.

"모두 마찬가지일세. 저택의 주인이 멋대로 벌하게 놔둘 수는 없지. 그건 정의가 아닐세. 무법에 불과하지."

장지 그림 속 화산의 진동이 없으면 저택 안은 너무나도 조용하다. 덕분에 긴에몬의 목소리가 마루방 구석구석까지 울려 퍼진다.

무법에 불과한 것에 질까 보냐.

덜컹덜컹, 덜컹. 아아, 젠장, 또 지진이다.

"탐색은 내게 맡겨 주게."

긴에몬이 진자부로를 향해 말했다.

"단, 그대가 또 저택 주인을 만나게 되면 곧장 알려주게. 절대 혼자서 깊이 쫓아가서는 안 돼."

진자부로는 고개를 끄덕였다. 콧속이 찡하다.

이곳을 나가고 싶다. 다섯 명이 함께 도망쳐야 한다. 누구도 뒤에 남겨 두지 말자.

앞으로 네 명?

흥, 멋대로 떠들라지.

붙잡힌 사람이 다섯으로 줄어들자 저택의 계절은 한층 더 빠른 변화를 보여주었다.

여름이 끝나고 단풍이 펼쳐지는가 싶더니 겨우 하루 만에 늦가을의 쓸쓸한 풍경으로 바뀌었다. 아침에 바람과 함께 바스락거리며 춤추는 낙엽을 바라보고 있자니 그날 해 질 녘에는 진눈깨비가 내리기 시작했다.

끈질긴 안개는 어떤 때에도 고집스럽게 사라지지 않는다. 하늘은 구름으로 뚜껑이 덮여 있고, 여전히 주위를 멀리까지 둘러볼 수는 없다.

이제 진자부로는 더 이상 사사건건 이상하게 여기지 않기로 했다. 이 저택은 사악한 꿍꿍이를 숨긴 연극 무대라고 생각하자. 안개와 구름은 저택의 주인이 자신의 속셈을 간파당할까 봐 만들어 놓은 눈가리개일 뿐이다. 전부 다 진짜가 아니다.

이노스케 노인이 목을 베이고 시루시반텐만 남긴 채로 모습을 감춘 지 겨우 닷새 만에, 바깥은 얼어붙을 것 같은 겨울이 되었다. 활짝 열어 둔 뒷문에서 가루눈이 살랑살랑 들어온다.

"길을 잃고 이곳으로 오기 직전에 후타바야를 나섰을 때도 가루눈이 내리고 있었는데."

부엌 앞귀틀에 걸터앉아 양손을 비벼 데우면서 오아키가 말했다.

긴에몬의 말에 따라 그들은 되도록 늘 함께 있고 가사를 분담하며 지냈다. 진자부로의 손가락은 순식간에 거칠어졌다. 며칠에 불과하더라도 겨울이 지나는 동안 살이 틀 것이다. 어차피 눈 깜짝할 사이에 봄이 될 테니까 크게 괴롭지는 않지만.

아프다는 것은 살아 있다는 뜻이다. 이상한 곳에 갇혀 있어도 자신들은 팔팔하다.

긴에몬은 도면을 손에 들고 저택 안뿐만 아니라 바깥으로도 탐색을 하러 나가곤 했다. 한 번 퇴치당한 기억 때문인지 그 후로 긴에몬 앞에 괴물은 나타나지 않았다.

"나타나 준다면 생포할 텐데. 괴물은 사역마일 테니, 붙잡으면 주인을 끌어낼 수 있을지도 모르지."

대담한 말을 하지만 그만큼 저택 주인에 대한 탐색은 전혀 진척이 없었다.

배 목수가 사라져 버렸으니 어차피 이제 호수를 건널 수는 없지만,

“애초에 그 갈대밭과 호수가 아직도 존재하리란 보장은 없지. 매화나무 숲처럼 다른 무언가로 바뀌어도 이상하지는 않아.”

상황을 보러 가겠다고 하는 긴에몬에게 그때만은 간곡히 부탁해서 진자부로도 따라갔다.

“저도 지난번에 봤던 커다란 물고기를 제대로 한번 확인해 보고 싶습니다.”

겨울의 한기 속에서 갈대밭은 시들어 있었다.

호수는 분명히 있고 살짝 얼음이 얼었다. 긴에몬도 발을 들여놓으려고 하지는 않고 둘이서 기슭을 따라 걸어 보았다.

“좀 더 단단하게 얼면 이 위를 걸어서 건널 수 없을까요?”

진자부로의 말이 들린 것처럼 갑자기 호수의 얼음을 깨고 거대한 회색의 물고기 머리가 물속에서 튀어나왔다.

몸을 꿈틀거리고 얼음을 깨 휘저으면서 헤엄쳐 간다. 거대한 꼬리가 수면을 때리자 성대하게 튄 물보라가 긴에몬과 진자부로 위로 비처럼 쏟아졌다.

차가운 물이 시루시반텐에 스며든다. 얼음 조각이 기슭에서 반짝반짝 빛난다. 무대 장치인데도 차가워서 견딜 수가 없다. 정말 성가시고 화가 난다.

무대 장치야. 진짜가 아니라고. 스스로에게 그런 말을 들려주다가 진자부로는 문득 떠올렸다. 저 커다란 물고기. 회색 몸에, 비늘이 없이 맨들맨들하고, 머리가 두껍고. 저택에 오기 전에 어디선가 본 듯한 기분이 드는데. 어디서 봤더라.

"호리구치 님, 저 괴물을 어디선가 본 기억이 있습니다."

긴에몬은 수건으로 물방울을 털고 있다. 시루시반텐 밑에 오시게가 홑옷과 이불솜을 이용해 급조한 솜옷을 껴입고 있다. 우마노리바카마는 꽤 더러워지고 낡았다.

"지붕 위에 있는 한 쌍의 샤치호코는 저 괴어를 본뜬 것 같네만."

예? 진자부로는 미처 깨닫지 못하고 있었다. 바깥에 나가지 않으면 지붕을 올려다볼 기회도 없기 때문이다.

"슬슬 돌아가지. 얼어붙은 호수가 있다는 사실을 알았으니 볼일은 다 보았네."

긴에몬의 재촉에 저택으로 되돌아가면서 진자부로는 생각했다. 어디에서 보았을까. 물론 실물은 보지 못했다. 직접 보았다면 굳이 떠올리지 않아도 기억하고 있으리라. 실물이 아니라면 무엇일까. 혹시 그림이었나. 그런가.

맞다, 하며 무릎을 칠 뻔했다.

"요릿집에서 보았습니다!"

아자부였나, 아카사카였나. 도박 관련은 아니다. 아버지에게 이끌려 외출했을 때다.

"저희 집은 후다사시라고 말씀드렸지요. 아버지의 도락 모임에서."

노래인가, 하이카이俳諧 무로마치 말기부터 시작된 익살스러운 형식의 시가였을까.

"가끔은 이런 곳에 얼굴을 내밀어 두라며 저를 끌고 가셨지요."

머리도 옷차림도 가다듬고 인형처럼 얌전히 있었기 때문에 재미없고 거북할 뿐이었다만.

"나중에 아버지한테 용돈을 뜯어내야겠다고 생각하면서 빨리 끝났으면 하고 기다리는데."

방에 장식되어 있던 족자 중 하나가 눈에 들어왔다. 보기 드문 그림이 그려져 있었기 때문에 한바탕 심심풀이는 되었다.

"커다란 물고기 그림이었습니다. 먹으로 그렸는데, 작은 배에 탄 어부가 작살을 꽂아 잡으려고 하는 장면이었지요."

이야기하다 보니 흐릿했던 기억이 점차 선명해졌다.

"고래예요" 하고 진자부로는 말했다. "고래입니다. 바다 깊은 곳에 있는, 돛단배보다도 큰 물고기라고 들었습니다."

맞다. 그림 속 고래가 저 괴물과 꼭 닮았다.

"고래 그림이라."

"아십니까?"

"에도 번저에 물고기의 모습을 소재로 한 병풍이 있네. 쓰쿠시筑紫 규슈의 옛 이름의 화공이 그렸다고 들었는데, 아무래도 괴어와는 모습이 다른 것 같은——."

갑자기 말을 끊은 긴에몬이 걸음을 멈추었다.

"잠깐. 갈 때와는 다른 곳에 와 있네."

진자부로는 당황하며 주위를 둘러보았다. 정면에는 저택의 기와지붕이 올려다보인다. 건물 측면이다. 추위에 얼어붙어 한층 더 짙어진 안개와 드리워진 구름에 가려, 아까 긴에몬이 말한 샤치호코는 보이지 않는다.

오른쪽에는 겨울나무의 숲이 웅크리고 있다. 매화나무도 벚나무도 아니고 죽림도 아닌, 그냥 잡목림이다. 옆으로 부는 바람에 얼핏 눈발이 섞이기 시작해, 진자부로는 눈을 가늘게 떴다.

"아아, 여기는 긴 툇마루가 있는 곳입니다."

처음 길을 잃고 들어왔을 때 잠시 쉬다가 그만 잠들어 버린 곳이다.

재빨리 다가가 보니 틀림없다, 어이없을 정도로 긴 툇마루에 면하여 색다른 장지문이 늘어서 있는 곳이다.

"이런 것은 처음 보네."

긴에몬도 놀란다.

장지 한 장을 셋으로 나누어 아래쪽 3분의 1은 검고 윤이 나는 장지 종이, 위의 3분의 1은 하얀 장지 종이, 한가운데의 3분의 1에는 반쯤 투명한 판이 끼워져 있다.

"이거, 유리지요?"

"음. 내 고향에서는 촛대에 이것으로 만든 통을 세워서 바람막이로 사용할 때가 있네."

채종유 접시를 둥근 대에 올리고 유리 갓을 씌운, 네덜란드에서 건너온 '램프'라는 이름의 등불도 있다고 한다.

"둘 다, 작아도 값이 비싸지. 완전히 투명하지 않더라도 이만한 크기의 유리판을 이렇게나 많이 갖추려면 상당히 돈이 들 걸세."

무대 배경이라고 해도 직접 알고 있거나 사용해 본 적이 없다면 생각해 내기가 어려울 텐데. 부유한 생활에서나 가능한 일이다.

“내 도면에 이 툇마루와 복도는 없는데.”

“저도, 온 건 이번이 두 번째입니다.”

진자부로의 가슴이 술렁거렸다.

“처음에 왔을 때 여기에서 꿈을 꾸었습니다.”

회개하라는, 그 목소리를 들었다.

“여기는 다른 장소보다도 저택의 주인과 가깝다는 뜻이 아닐까요?”

“그랬으면 좋겠는데.”

조용히 말하던 긴에몬이 칼자루에 손을 얹었다. 약간의 눈이 그 손등에도 내린다.

“불려온 것이라면 더욱 고맙지.”

여기에서 그놈이 나타난다면.

——역시 내가 있으면 모습을 나타내는 건가.

저택이 진동을 시작했다. 장지 그림이 있는 큰 방은 여기에서 꽤나 멀 텐데. 그래도 들린다. 발바닥에서 전해져 온다.

진자부로는 바싹 마른 목을 꿀꺽 울렸다.

차가운 바람에 뺨이 굳는다. 움직이고 있는 것은 눈뿐이다. 들리는 소리라고는 바람에 휘저어지는 잡목림의 술렁거림뿐.

긴에몬이 머리를 움찔하더니 앞쪽을 바라보았다. 진자부로의 눈도 그리로 향했다.

두 사람의 정면에 있는 장지문이다. 한가운데의 유리 부분 맞은편을, 무언가가 지나갔다.

비치기는 해도 얇은 얼음을 통해 보는 느낌이다. '무언가'라는 것밖에 알아볼 수 없다.

"여기에 있게."

긴에몬이 낮게 중얼거리고는 툇마루로 뛰어올라 단숨에 장지문을 열어젖혔다.

거기에 마사키치가 서 있었다. 눈을 크게 뜬 채 흥분한 모습이다. 기모노 옷깃이 빠져 있고 시루시반텐은 입지 않았다.

놀라는 긴에몬과 진자부로 앞에서 마사키치의 입이 뻐끔뻐끔 열렸다. 잠에 취한 것처럼 느릿한 말투로 그가 말했다.

"요, 용서해, 주십시오."

가까이에 있는 긴에몬의 모습은 눈에 들어오지 않는 모양이다. 그러더니 비틀비틀 걸어서 툇마루로 나온다. 맨발이다. 한기에 발가락이 전부 새빨개져 있다.

"왜 그래, 마사키치, 정신 차리게."

긴에몬의 부름에도 대답하지 않고 마사키치는 몸을 비틀거리며 툇마루에서 땅바닥으로 뛰어내렸다. 몸이 움직여 진자부로에게 얼굴이 향했지만 눈빛은 그를 보지 않고 그대로 지나친다.

"용서를, 부디, 용서를."

중얼중얼거리는 말투가 수상하고 억양도 이상하다. 눈동자가 이리저리 움직인다.

진자부로는 두려움을 느끼고 뒷걸음질 쳤다. 마사키치가 옆을 지나쳐 간다. 무릎을 굽히고, 어깨를 기울이고, 어색하게 걸어간다.

그때 유리 장지 안쪽에 있는 방에서 오아키가 발소리를 내며 이쪽으로 달려왔다.

"아, 마사키치 씨!"

하고 외치듯이 부른다.

"어느새 모습이 보이지 않아서 찾고 있었어요."

긴에몬이 툇마루에서 뛰어내려 큰 걸음으로 마사키치를 쫓아갔다.

"마사키치, 저택 안으로 돌아가세."

어깨에 손을 올리고 끌어당기려 했지만 마사키치는 돌아보지도 않은 채 뱀장어처럼 스르륵 그 손을 피했다.

"이렇게 사과드릴 테니, 용서해 주십시오."

중얼거리면서 발을 멈추지 않고 나아간다. 갑자기 눈이 먼 것 같은 걸음걸이인데도 묘하게 결연하다.

"——어디로 가려는 건가."

긴에몬도 낮게 중얼거리며 마사키치의 뒤를 따랐다. 진자부로는 툇마루에서 내려오려고 하는 오아키를 제지했다.

"오시게 씨를 혼자 두면 안 돼. 당신은 돌아가."

"하지만."

"마사키치는 꼭 데려올 테니까."

진자부로가 센 척을 하며 말했다. 본심은 마사키치를 긴에몬에게 맡기고, 오아키와 함께 이곳을 떠나고 싶었는데.

불길한 예감이 들었다. 오한이 스친다. 마사키치를 따라가는 것은 무섭다. 하지만 여기에서 도망치면 나는 더욱더 쓰레기가 된다.

오아키와 대화하는 사이에 마사키치와 긴에몬은 잡목림 옆에 있는 오솔길로 나아가고 있었다. 아까 진자부로와 긴에몬이 호수 쪽에서 되돌아온 그 오솔길이다.

마사키치의 발걸음이 빨라졌다. 긴에몬은 그 모습을 지켜보면서 따라간다. 두 사람을 따라잡으니 마사키치의 단조로운 말소리가 또 들려왔다.

"——고 생각했습니다."

잘못을 고백하는 중얼거림 같기도 하고 누군가의 기분을 맞춰 주려는 속삭임 같기도 하다.

"나도, 서로 반해 있다면 괜찮지 않겠냐고."

당신한테 그런 마음이 없을 거라고는 생각하지 않았어요.

"오쓰유 씨도 잘못이지요. 나를 그런 기분으로 만들었으니까."

진자부로는 긴에몬의 옆얼굴을 살폈다. 냉정한 기색으로 언제든 마사키치를 붙잡을 수 있도록 긴장하며 나아가고 있다.

"남편한테 알려지지 않으면 상관없는 거였잖아요?"

진자부로에게는 마사키치의 얼굴이 보이지 않았지만, 헤헤헤

하고 징그럽게 웃는 모습이 눈에 보일 듯했다.

"나도 억지를 부릴 생각은 없었습니다. 오쓰유 씨랑 나는 좋은 사이였잖아요."

눈앞에 시든 갈대밭과 얼어붙은 호수가 나타나기 시작했다. 아까 괴어가 튀어나온 곳은 여전히 얼음이 깨져 있다. 흩어진 미세한 얼음 조각은 이미 녹아서 진흙탕에 섞였지만 커다란 얼음 조각은 깨진 틈으로 튀어나와 있었다.

한데 얼음 조각이 들썩들썩 움직인다. 괴어가 헤엄치며 밑에서 건드리고 있는 것이다.

"정말 미안한 짓을 저질렀습니다."

비틀비틀 걸으면서 마사키치는 꾸벅꾸벅 머리를 숙이기 시작했다.

"이렇게 사과드립니다. 용서해 주십시오."

마사키치——하고 긴에몬이 굵은 목소리를 냈다.

"멈추게. 더 이상 앞으로 가면 안 돼."

재빨리 간격을 좁혀 마사키치를 뒤에서 단단히 붙잡는다.

"진자부로, 도와주게. 억지로 끌고라도 돌아가야 해."

노기와 공포가 진자부로에게도 전해졌다. 순식간에 알았다. 그렇다, 멈추게 해야 한다.

마사키치는 지금 자신의 죄를 고백하고 있다.

언제의 일인지 알 수 없지만 녀석은 '오쓰유'라는 이름의 유부녀에게 접근해 정을 통한 모양이다. 상대에게는 그럴 마음이 없었다. 약 가게의 젊은 남자를 상대로 다소는 들뜬 기분이 있었다고 해도 간통할 정도의 마음은 없었다.

그런데 서로 반해 있다고 믿은 마사키치가 유부녀에게 '억지'를 부린 것이다.

"더 이상 말하게 해선 안 돼!"

긴에몬이 고함치며 왼팔로 마사키치의 목을 끌어안고 쓰러뜨리려 했다.

그때 호수 수면에서 얼음 조각이 터져 나왔다.

물이 소용돌이친다. 깨진 얼음 사이에서, 괴어가 회색의 두꺼운 머리를 들어 올렸다. 얼음 조각이 섞인 물이 흘러 떨어진다.

진자부로는 보았다. 긴에몬도 보았다.

괴어의 눈을.

사람의 눈이었다. 흰자위는 충혈되고, 검은 눈동자는 형형하게 빛나고 있다.

똑바로 마사키치를 노려본다. 죄를 고백하고, '용서해 주십시오' 하며 사과하는 남자를.

아아, 큰일이다.

진자부로는 돌이 되어 버렸다. 괴어의 눈이 쏘아보니 움직일 수가 없다. 손가락 하나 까딱하기 어렵다.

긴에몬도 마찬가지였다. 호흡마저 멈춘 것인지 "크, 크" 하고 짓눌린 듯한 목소리를 내뱉는다.

마사키치가 맥없이 쓰러지더니 긴에몬의 팔에서 빠져나갔다.

질척거리는 땅바닥에 양손을 짚고 엎드렸지만, 곧 일어선다. 보이지 않는 실이 잡아끄는 것 같다.

"용서해 주십시오, 용서해 주십시오."

되풀이해서 중얼거리며 걸어간다.

갈대밭 안으로 발을 들여놓는다. 맨발의 발끝이 시든 갈대 밑동에 얇게 언 얼음을 밟아 부수자 진흙이 섞인 흙탕물이 튄다.

긴에몬은 마사키치의 이름을 부르려 하고 있다. 필사적으로 입을 움직이자 울대뼈가 불거진다. 하지만 목소리는 나오지 않았다.

마사키치는 이제 괴어가 깬 얼음 근처에 다다랐다. 하지만 그는 멈추지 않고 깨진 얼음 사이로 걸어 들어갔다. 그 발걸음은 더욱 빨라져 곧 무릎까지 잠기고, 이어서 허리까지 얼음물에 잠겼다.

점점 가라앉는 마사키치를 보며 기뻐하는 것처럼 눈을 깜박이던 괴어가 거대한 몸을 틀어 호수 안으로 사라졌다.

순간, 포박이 풀린 듯 긴에몬과 진자부로도 몸의 움직임을 되찾았다.

"마사키치이!"

마사키치는 이제 물에 잠겨 얼굴만 간신히 보인다.

삐걱삐걱 하고 얼음이 삐걱거린다. 얼어붙은 수면 아래에서 괴어가 움직이고 있다. 일단 깊은 곳까지 가라앉았다가 마사키치를 향해 기세 좋게 튀어 오르려는 속셈이다.

긴에몬도 진자부로도, 진흙탕에 발이 잡혀 나아갈 수가 없었다.

호수 수면에 얼어붙은 모든 얼음을 부수고 튕겨낼 정도의 기세로 괴어가 부상했다. 회색 머리를 이쪽으로 향한 채 입을 한껏 벌리고 있다. 돋아 있는 긴 벽 같은 것은 무엇일까. 저놈의 이빨일까.

"용, 서해, 주십시오."

마지막 한 마디를 남기고, 마사키치는 괴어의 입속으로 사라져 갔다.

진자부로는 그 자리에 웅크렸다. 긴에몬은 달리려고 하다가 또 미끄러져 무릎을 꿇었다.

마사키치를 삼킨 괴어가 거대한 몸을 비틀며 호수 속으로 가라앉는다. 커다란 배 같은 몸통. 높이 쳐들린 꼬리지느러미는 한기가 피어오르는 하늘을 두세 번 때리더니 차가운 거품을 일으키며 물속으로 돌아갔다.

진자부로는 머리를 끌어안고 웅크렸다. 그러고 나서 양손으로 귀를 막았다. 그래도 들렸다.

장지 그림 속 화산이 있는 큰 방에서 다음 판자문이 떨어지는 소리가.

이어지는 커다란 목소리가.

앞으로 세 명!

*

"세 번째 판자문 너머에는 낡은 갑주궤가 하나 놓여 있었습니다."

우메야 진자부로가 이야기를 계속한다. 미시마야 안쪽의 흑백의 방에는, 어디에서 틈새바람이 들어왔는지 진자부로 뒤에 있는 족자의 반지 끝자락이 얼핏 움직였다.

"바닥은 재와 검댕으로 더러웠지만 고맙게도 이번에는 사람의 손자국도 발자국도 남아 있지 않았습니다."

갑주궤란 갑주를 넣는 상자다. 다이묘 행렬 등의 여행길에서는 짊어지고 운반할 정도이니 그리 크지는 않다. 대개는 옻칠을 해서 가문의 문장을 붙여 두었다.

"그 갑주궤는 검게 옻칠이 되어 있었지만 여기저기 벗겨지고 떨어져 너덜너덜했습니다. 문장도 붙어 있었던 모양인데 마찬가지로 벗겨져서 한쪽 끝밖에 남지 않았지요. 어떤 문장인지는 알 수 없었습니다."

갑주궤도 재를 뒤집어쓰고 있었다. 긴에몬이 조심스럽게 닦아 깨끗이 하니, 옻칠이 벗겨졌을 뿐만 아니라 불에 타고 그을리기도 했음을 알 수 있었다.

"안을 살펴보니 갑옷은 없고 얇은 문서가 한 권 들어 있었습니다."

타고 상하고 철한 부분이 풀려 반쯤 흩어진 문서였다.

"표지가 특히 많이 상해서 어떤 문서인지 알아볼 수가 없었습니다. 펼쳐 보니 한자투성이더군요."

진자부로도 오아키도 오시게도 한문은 읽지 못한다.

"호리구치 님께 맡길 수밖에 없었습니다. 이럴 때는 그편이 안심이 되었고요."

괴어가 마사키치를 삼키는 모습을 눈앞에서 속수무책으로 바라보기만 했던 긴에몬은 낙담하고 있었다.

"만일 이노스케 씨, 마사키치 다음으로 호리구치 님이 사라져 버린다면 정말 큰일이 아닙니까. 저를 포함해서 남은 세 사람은 전혀 미덥지 못했으니까요. 이제 저택 안팎의 탐색을 그만두고 호리구치 님도 우리와 함께 있어 주었으면 싶었습니다. 마침 우리 앞에 나타난 문서를 읽어 달라고 하는 일은 좋은 구실이 되었지요."

부엌 옆의 마루방에, 저택에 있던 나무상자를 놓아 책상 대신으로 삼고 긴에몬은 문서를 탐독했다.

"어쨌거나 심하게 상했고, 꽤 옛날에 만들었는지 글씨의 먹도 흐려져 있었습니다. 읽는다기보다 찬찬히 해석해야 했어요."

그래도 곧 긴에몬은 다른 세 사람에게 가르쳐주었다. 이것은 일지라고.

——필체를 보니 한 사람이 썼군. 아직은 실마리를 열었을 뿐이지만 여기에 적힌 내용을 파악하면 저택의 수수께끼를 풀 수 있을지도 몰라.

며칠 동안 계절은 또 바뀌어 봄이 오고 벚꽃이 만개했다.

"호리구치 님 옆에는 오시게 씨를 남겨 두고 저와 오아키는 자주 밭에 나갔습니다."

서리가 녹아 진창이 되고 그것이 마르자 땅바닥은 단단해졌다.

"가래나 괭이를 쓰는 방법은 오아키한테 배웠습니다. 그 여자도 농가 사람은 아니니 어깨너머로 배웠겠지만 저보다는 그럴듯했지요."

흙을 일구고 고랑을 만들고 메밀이나 콩을 뿌린다.

"무리해서 밭을 일구지 않아도 부엌에는 음식이 충분했습니다."

부엌의 마대 안에 든 메밀이나 밤, 팥이 줄어들지 않는 것처럼, 밭의 작물 역시 진자부로 일행이 가꾸지 않아도 때가 되면 알아서 돋고 새파랗게 자랄지 모른다. 하지만,

——뭔가 하지 않으면 미쳐 버리겠어요.

"오아키는 그렇게 말하며 부지런히 일했고 제 엉덩이도 때려서 일하게 해 주었습니다. 오시게 씨도 쉬엄쉬엄이기는 했지만 늘 뭔가 집안일을 하고 있었으니까, 같은 기분이었겠지요."

익숙하지 않은 밭일을 하느라 손에 물집이 생긴 진자부로지만 씨가 싹을 틔웠을 때는 기뻤다고 한다.

"이상했습니다. 이 저택에는 죽음이 가득 차 있는데 작은 싹은 살아 있으니."

자신들도 죽지는 않았다. 살아 있다. 앞으로도 살아갈 수 있다.

그렇게 믿을 수 있었던 것이다.

어깨를 나란히 하고 일을 하면서 두 사람 사이에는 지금까지와 다른 친밀감이 생겨났다.

"둘이 나가서 밭일을 하는 동안 오아키가 도박에 빠져 있던 과거에 대해 물어보더군요."

진자부로는 솔직하게 대답했다. 소위 말하는 '어깨징금을 푼 순간(어깨징금이란 어린아이의 옷 등솔기에서 소매까지의 부분을 어깨 부분에 꿰매 두는 것. 어느 정도 나이를 먹으면 이것을 풀었다)'부터 도박열에 씌었다고. 본가가 도락에 관대해서 겨우 사오 년 전까지는 진심으로 꾸중을 들은 적조차 없었다.

아버지가 안색을 바꾸며 설교했을 때도 진자부로는, 질리면 그만둘 수 있다, 마음만 먹으면 내일이라도 당장 도박장에 발길을 끊겠다고 가볍게 생각했다.

이기면 유곽에서 추어올려 주고 맛있는 술과 음식도 끊이지 않는다. 그러나 진자부로는 뼛속까지 도박에 미쳐서, 구르는 주사위의 눈이 아니면 진심으로 마음이 움직이는 일은 없었다.

——도박이 뭐가 재미있어요? 다른 도락도 얼마든지 있잖아요. 진 씨는 집안이 좋았으니 노래나 춤 같은 예능에 힘썼더라면 그쪽으로 대성해서 사람들에게 떠받들렸을지도 모르는데.

"오아키가 어린애처럼 이상하게 여겨서 저도 열심히 지혜를 짜내 대답하다가."

스스로에게도 와닿았던 말이 있었다고 한다.

“생각한 대로 주사위 눈이 나오면 세상을 주사위처럼 굴리는 기분, 세상이 완전히 손아귀에 들어오는 기분이 들어서 참을 수 없다고.”

고작해야 주사위 눈, 고작해야 짝수와 홀수, 둘 중 하나가 나오도록 정해져 있을 뿐인데도.

“그렇습니다. 기껏 따져봐야 ‘둘 중 하나’지요. 하지만 저는 열다섯 번 연속으로 제가 걸었던 눈이 나온 적이 있어요. 열 번 이내라면 셀 수 없을 정도로 많고요.”

도미지로는 저도 모르게 묻고 말았다. “반대의 경우도 있었겠지요? 열 번이고 스무 번이고 연달아 진 적도.”

물론입니다, 하며 진자부로는 활짝 웃었다.

“나쁜 운을 뒤집으며 자신의 생각대로 할 수 있는 운을 끌어오는 찰나가 기쁜 겁니다. 지면 질수록 그다음 이기게 되었을 때는 천하를 얻은 기분이 되지요.”

세상만사가 자신의 생각대로 된다. 우메야 진자부로는 천하제일의 남자라며 가슴이 부풀고 머리가 맑아지고 온몸에 힘이 가득 찬다.

무서운 것 따위는 없다.

“실은 침식을 잊은 채로 계속 도박장에 있느라 몸에는 때가 끼고 얼굴은 기름기로 번들거리지만.”

마음은 다르다. 생각은 다르다. 강하고 씩씩하고 맑고 존귀하고, 세상에서 유일한 존재가 된다.

"몸의 살이 빠지고 눈이 퀭해지고 술을 너무 많이 마셔서 뺨은 흙빛으로 변하는데도," 하며 진자부로는 웃었다.

"자신은 무엇과도 바꿀 수 없는, 모든 것을 꿰뚫어볼 힘을 가진 남자라고 느끼지요. 저는 그런 기분에 탐닉해 있었던 것입니다."

하지만 곧 웃음을 지웠다.

"당시 탐닉에 빠져 있던 제 눈은 어쩌면 마사키치를 집어삼킨 괴어의 눈과 꼭 닮았을지도 모르겠군요."

오아키는 여러 가지를 물을 뿐 자신의 처지에 대해서는 별로 말을 하지 않았지만,

"계속 대화를 나누다 보니 의지할 만한 가족이 없는 모양이라는 느낌이 들었습니다."

후타바야에서는 아이를 돌보는 고용살이가 시작이었다고 하니, 오아키 본인도 소녀 시절부터 일하러 나왔으리라.

"가게 사람들에게 폐를 끼쳤고 많이들 걱정하고 있을 텐데 어떻게든 무사히 돌아가고 싶다며, 앞으로의 일을 말할 때만은 몹시 불안한 듯한 얼굴을 하고 있었습니다."

무사히 돌아갈 수 있어. 꼭 돌아가자. 내가 데리고 돌아가 줄게.

"저 따위야 말뿐인데도 격려해 주면 고개를 끄덕였습니다. 저를 믿었다기보다 '돌아갈 수 있다'는 말에 매달렸던 거겠지요."

안개가 자욱한 밭에서 흙으로 얼굴을 더럽히며 땀을 닦고 서로 도우며 괭이질을 하는 남녀의 모습이 눈앞에 떠오른다. 두 사람

의 등 뒤로 감옥 같은 저택이 오연하게 버티고 서 있는 모습도.

도미지로의 가슴에 진자부로에게 묻고 싶은 질문이 엉겨 왔다.

저택에 붙잡힌 여섯 사람의 죄란 무엇일까.

배 목수인 이노스케는 술에 빠져 딸 하나를 사창가에 팔았다.

약재 도매상의 마사키치는 유부녀를 짝사랑하여 억지로 통정했다.

우메야 진자부로는 도박에 탐닉해 의절까지 당한 방탕아다.

나머지 세 명, 오시게의, 호리구치 긴에몬의, 오아키의 죄는 무엇일까.

그들은 선택되었다. 우연이 아니다. 그곳에 끌려 들어온 여섯 사람에게 저택의 주인은, 자신의 죄를 자백하면 한 사람만 살려 주겠다고 말했다.

저택에 삼켜져 주살당하는 다섯 사람과, 살아남는 한 사람을 나누는 경계는 무엇일까.

살아남아야 할 이유를 찾기 위해 서로를 탓하고 다투는 일은 없었을까. 진자부로는 스스로를 게으름뱅이, 방탕아, 쓰레기라고 몇 번이나 되풀이했다. 하지만 그거야 심한 상처를 입었어도 살아서 지금 도미지로와 마주앉아 있으니까 하는 말이고, 무서운 덫 안에 사로잡혀 있을 때는 얼마간 다른 마음이지 않았을까.

단지 도박을 좋아한다는 이유만으로 어째서 이렇게까지 부조리한 일을 당해야 하는가? 도박에 미친 사람은 자신 말고도 세상에 많은데, 라고 생각하지 않았을 리 없다.

사람이라면 누구나 마찬가지 아닐까. 모두들 자신이 소중하니까.

이노스케와 마사키치는 분명히 나쁜 짓을 했다. 그들이 악인이었던 덕분에 저택이 요구하는 산 제물 다섯 명 중 두 명까지는 정해졌다. 나머지 세 명 안에는 들어가고 싶지 않다고, 필사적으로 경쟁하는 기분이 되는 것이 당연하다.

만약 우메야 진자부로가 사실을 말하지 않고 있다면. 아니, 사실을 일부만 말한다고 해야 할까.

듣기 좋은 말을 고르는 이야기꾼에게 듣는 이가 파고들어 물어도 된다면, 묻고 싶다. 오아키 씨에게 해주었다는 다정한 말은 전부 진심이었습니까. 나만은 살고 싶다고 식은땀을 흘리며 필사적으로 그 방법을 찾은 적은 없었습니까.

몇 개나 되는 질문이 가슴을 휘젓고 있는 사이에 진자부로가 다시 입을 열었다.

"밭에 콩잎이 우거지기 시작했을 무렵, 호리구치 님이 우리에게 말씀하시더군요. 저택의 수수께끼가 풀린 것 같다고."

여전히 계절의 변화가 이상하리만큼 빨라서 저택은 어느덧 여름을 맞이하고 있었다. 집요하게 머리 위를 가리고 있는 두꺼운 구름과 흘렀다가 고이기를 변덕스럽게 반복하는 자욱한 안개에 가슴이 답답해진다. 매미가 우는 소리는 들리지 않고 반딧불이의 불빛 역시 보이지 않지만, 온기溫器에 뚜껑을 덮어놓은 듯한 무더움은 틀림없는 여름이다. 유일한 구원은 상쾌한 신록을 두르고 있는 주위의 숲뿐이었다.

선달 무렵 이곳에 도착한 여섯 사람은 모두 겨울옷을 입고 있었다. 이후로 쭉 단벌 신세이다 보니 입고 있던 옷들도 상하기 시작했다. 다행히 홑옷은 몇 장이나 있었기 때문에 보기 흉하지 않도록 적당히 입으며 더위를 견뎠다.

문제는 시루시반텐이다. 추위를 막는 데 쓸 수 있었을 정도이니 여름철에 껴입기에는 아무래도 두꺼워 자연히 벗고 지내게 되었다.

이노스케 노인은 이것을 입고 죽었고 마사키치는 벗어 던지고 죽었다. 시루시반텐이 몸을 지켜 준다는 보장은 없다. 입고 있으면 고용살이 일꾼으로서 저택 안팎을 무사히 돌아다닐 수 있지 않겠느냐고 했던 긴에몬의 말은 부질없는 기대에 지나지 않았다. 지금은 오히려 시루시반텐을 입고 있으면 죄인이라는 증표처럼 보인다.

결국 모두가 벗어 던진 시루시반텐을, 오아키와 오시게는 빨아서 말리고 올이 풀린 부분이나 찢어진 부분을 수선했다.

"뭘 하는 거야. 그냥 내버려둬."

그러자 오아키는 의외의 말을 했다.

"조심스럽게 다루면 저택의 주인에게도 마음이 통하지 않을까 싶어서요."

그런가, 오아키는 칠흑의 무사를 보지 못했지, 하고 진자부로는 떠올렸다. 한 번이라도 보았다면, 그런 놈에게 마음이 통할지도 모른다는 어수룩한 생각을 할 수 있을 리가 없다.

그러나 솔직하게 되받아쳐서 오아키를 괴롭혀 봐야 소용없는 일이다. 진자부로가 입을 다물고 있자 오시게가 갑자기 말했다.

"이 등의 덧댄 천은 무엇일까요."

시루시반텐을 펼쳐 안쪽을 보여 준다. 확실히 등 안쪽에 네모난 덧댄 천이 꿰매어져 있었다.

"땀받이나, 추위를 막기 위한 용도가 아닐까요."

"한텐에 그런 건 하지 않아요. 오아키 씨네 가게에서는 그렇게 했나요?"

오아키도 애매하게 고개를 갸웃거린다.

"안 했어요."

"꼼꼼하게 꿰매어져 있긴 한데……."

그럼 뜯어보지요, 하며 오아키가 자기 몫의 시루시반텐의 덧댄 천을 떼어 보았다.

안쪽에는 묘한 히라가나가 줄줄이 적혀 있었다. 묘하다는 느낌이 들었던 까닭은 읽어도 의미를 알 수 없고 말이 되지도 않았기 때문이다.

"싫어라, 기분 나빠요."

오아키는 벌레가 뀐 것처럼 격렬하게 손으로 쳐냈다.

"무서운 주문이 아닐까요? 이 히라가나 때문에 마사키치 씨가 제정신을 잃어버렸을지도 몰라요."

"그렇다면 우리도 벌써 당했을 거야."

진자부로가 즉시 타일렀지만 자신도 으스스하다고 느꼈다. 히라가나는 시루시반텐을 물에 빨아도 지워지지 않았다. 한 글자씩 적은 게 아니라 한번에 물들였기 때문일 텐데 어쨌거나 무섭긴 마찬가지였다. 대체 무슨 내용일까.

소란을 피우고 있자니 긴에몬이 얼굴을 내밀었다.

"왜 그러나."

문서를 탐독하기 시작하면서 긴에몬은 조금씩 야위어 갔다. 턱선이 뾰족해지고 입가의 주름이 깊어졌다. 그것이 문서의 내용 때문인지, 열중해도 내용이 전혀 해석되지 않기 때문인지, 진자부로는 무서워서 물어볼 수가 없었다.

"호리구치 님, 시루시반텐에."

진자부로가 긴에몬에게 덧댄 천을 내밀었을 때, 저택 바깥 어디에선가 으르렁거리는 소리 같기도 하고 신음 소리 같기도 한, 기분 나쁜 소리가 울려 퍼졌다.

우오~옹, 우오오옹.

진자부로는 오싹한 기분을 느끼는 한편으로, 이 소리라면 이전에도 들었던 기억이 있음을 떠올렸다. 틀림없다. 여섯 사람이 모여 저택에서 처음으로 맞이하던 밤. 사라져 가는 저녁 해의 마지막 빛줄기를 바라보던 중에 저택 전체의 떨림 같은, 괴이한 소리를 들었다——.

"이거, 전에도 들었지요."

"조용히."

긴에몬이 진자부로를 제지한다. 오아키와 오시게는 바싹 붙어 있다.

오오오, 우오오오오. 소리가 이어진다. 짐승이 으르렁대는 소리는 아니다. 가만히 귀를 기울여 보면 아무래도 사람 목소리 같다. 뭔가 말하고 있나?

아니. 진자부로는 문득 깨달았다. 이것은 그냥 밖에서, 정원 한쪽에서, 지붕 위 어딘가에서 들려오는 소리가 아니구나.

저택 전체가 으르렁대고 있다.

"빌어먹을, 위협하고 있어."

손에 들고 있던 덧댄 천으로 진자부로는 얼굴의 땀을 닦으려고 했다. 그러자 긴에몬이 낚아채듯이 빼앗았다.

"뭔가, 이 글씨는?"

"시루시반텐의 등에 꿰매어져 있었습니다."

긴에몬은 수수께끼 같은 히라가나의 나열을 뚫어져라 살펴보았다. 그 사이에 저택의 신음 소리는 점점 줄어들고 가늘어지더니 이윽고 사라졌다.

긴에몬이 얼굴을 들었다. 벗겨진 이마에 희미하게 땀이 배어 있다.

"——그랬나."

무엇인가 알아낸 모양인지, 스스로에게 들려주고 곱씹는 듯한 말투였다.

"그렇다면 이제 틀림없네. 자네들에게도 들려주어야겠군."

긴에몬의 표정은 딱딱하게 굳어 있다. 어떤 답이든, 희망으로 이어지진 않는다는 의미이리라. 지금까지 진자부로 일행을 통솔하고, 지시하고, 지켜 주었던 이 노련하고 과감한 무사가 처음으로 겁을 먹은 것처럼 보이기까지 했다.

그러지 마십시오, 저는 듣고 싶지 않습니다. 더 이상 무서운 사실은 알고 싶지 않아. 어차피 여기서 나갈 수 없다면 모르는 쪽이 편해.

치밀어 올라오는 외침을 진자부로는 남몰래 억눌렀다.

책상을 대신하는 나무 상자 위에 놓인 문서를 둘러싸고 네 사람이 마주했다.

"이 저택의 수수께끼——전부는 아니지만 수수께끼를 풀어낼 토대를 이 문서에서 발견할 수 있었네."

진자부로, 오아키, 오시게의 얼굴을 순서대로 둘러보던 긴에몬이 문서 옆에 시루시반텐의 덧댄 천을 펼쳤다.

"우선 여기에 적힌 히라가나가 무엇을 의미하는지를 밝혀 두지. 이건 예수교의 신도, 크리스천이 외는 오라티오'말'을 의미하는 라틴어. 박해를 피해서 숨은 일본 가톨릭 교도 사이에서 '기도'의 의미로 사용되고 발음도 '오라쇼'로 바뀌었다의 한 구절일세."

크리스천? 오라티오?

그게 뭡니까. 알지도 못하고 들은 적도 없다. 진자부로 일행은 당혹스러울 뿐이다.

"예수교를 믿는 일은 나라에서 굳게 금지하고 있으니 당연히 그대들의 삶과는 인연이 없었겠지. 지식이 없어 당혹스러워하는 것도 무리는 아니야."

예수교는 남만에서 건너온 종교다. 멀리서 바다를 건너 이 나라에 찾아온 선교사에 의해 들어왔고, 포교되었다.

"예수교는 그 주신만을 한결같이 섬기는 것이 교의의 중심에 있네."

세상을 만들고, 사람을 사람의 모습으로 만든 주님이다.

"주군의 가문에 충의를 다하고, 주군에게 목숨을 바치는 우리 무사의 길과는 맞지 않는 가르침이기 때문에, 이에야스 공이 에도에 막부를 열고 천하를 통일하기 전부터 예수교는 엄하게 금지되어 온 걸세."

지금도 예수교를 믿는 사람은 반드시 처벌된다. 이 죄만은 눈감아 주는 일이 없다. 외딴 섬으로 유배를 가거나 책형, 효수 등 엄벌에 처해진다.

"예전에 전국 시대에는 신도의 수가 늘어나 다이묘 중에도 예수교를 받드는 크리스천 다이묘가 있었을 정도인데, 그것이 몇 번의 무서운 동란이나 반란의 원천이 되기도 했네."

예수교 신도에게 그들의 주님 외에 받들 존재가 없다는 것은 영주나 다이묘, 주군의 명에 거역해도 된다는 뜻으로 이어지기 때문이다.

"크리스천이 늘어나면 세상의 질서가 흐트러지고 정사政事에 방해가 된다는 역사를 돌이켜보며 나라에서는 금교禁教로 탄압해 왔네."

오라티오란 크리스천이 그들이 섬기는 주님과 '이 세상을 구원할 자'나 '소식을 가져오는 자'를 칭송하는 말을 시로 만든 것인데,

"불경과 비슷하다고 생각하면 되네."

"하지만 무슨 소린지 종잡을 수가 없습니다."

"불경도 저한테는 종잡을 수 없는걸요. 스님의 목소리가 좋은지 나쁜지는 들어보면 알지만."

"염불 정도는 알잖아. 나무아미타불 말이야."

"후타바야에서는 나무묘법연화경이에요. 불단에 멋진 다이모쿠가 장식되어 있답니다."

그다지 인연이 없는 이야기이다 보니 잠깐 경계심이 사라진 진자부로와 오아키가 서로 가벼운 대화를 주고받았다. 반면에 조용히 듣고 있던 오시게는 안색이 창백하다.

"막부에서 금지하고 있다면, 알고 싶지도 않아요."

덧댄 천에서도 얼굴을 돌린다.

저도 모르는 사이에 이딴 게 등에 지워져 있었다니. 꺼림칙하고 화가 난다. 오시게의 모습을 보고 긴에몬은 덧댄 천을 뒤집어 나무 상자 위에 엎어 놓았다.

"저택의 주인이 아까 신음하듯이 외고 있었던 것도 오라티오일

세."

그제야 진자부로의 머리에도 사안의 중대함이 스며들어 왔다. 긴에몬의 말인즉, 저택의 주인이 크리스천이라는 뜻이 아닌가. 칠흑의 무사가 막부에서 금지하는 남만의 종교에 감화된 어리석은 자였다니.

"갑주궤 안에 있던 문서는 예전에 크리스천이라는 이유로 죄를 받고 오시마 섬에 유배된 저택의 주인이 쓴 일지일세."

상하고 그을어 있었던 이유는 아마도 화산의 열풍 때문일 거라고 한다.

"유배지인 오시마 섬에서 어신화를 올려다보며 분노로 타오르던 당시의 심경이 적혀 있어, 띄엄띄엄이긴 하지만 읽어낼 수 있었네."

"분노라니……."

진자부로도 화가 났다.

"금교임을 알면서도 예수교를 섬기다가 벌을 받아 유배된 것이지 않습니까. 왜 화를 낸다는 겁니까."

자업자득이 아닌가. 나처럼 도박에 환장한 놈도 막부의 금제는 건드리지 않는다고.

진자부로의 얼굴을 바라보며 긴에몬은 달래듯이 목소리를 누그러뜨렸다.

"어쨌거나 일지가 상해 있어서 문장에 빠진 데가 많네. 그래서 판독이 안 되는 부분도 있지만, 나는 저택 주인의 영지가 어디쯤에 있고, 언제쯤의 일인지 대강 짐작은 가더군."

"아!"

저도 모르게 소리를 지른 오아키가 손으로 입가를 눌렀다.

진자부로는 물었다. "혹시 호리구치 님의 고향입니까?"

오아키가 더욱 당황한다. "진 씨, 실례되는 말을!"

긴에몬은 동요하지 않았다. 오아키를 바라보며,

"우리 번에도 종교를 철저하게 검사하고 크리스천을 알아내 탄압한 역사가 있네."

먼 옛날의 이야기지, 라고 말했다.

"나 따위는 태어나기도 전, 번보藩譜에 기록되어 있는 과거의 일이지만 우리 번 치세의 어두운 부분임에는 틀림없어."

덕분에 저택 주인의 신상과 그 영지에서 일어난 일도 추측할 수 있었지, 라고 한다.

"일지를 쓴 저택의 주인은 니노야ニノ谷라는 가문의 당주일세. 이름은 불타 지워져 있어서 읽어낼 수 없었네. 단, 내가 아는 바로 니노야라는 성은 서국西國 간사이 이서 지방을 가리키는 말. 특히 규슈를 가리킨다의 것일세. 동쪽에서는 찾을 수가 없지."

에도에서 나간 적이 없는 진자부로에게는 전혀 친숙하지 않은 성이다.

"원래는 두 개의 골짜기 사이에 있는 험한 지형을 가리키는 말일세. 그것을 성으로 받은 집안이니 영지는 비옥한 곳이 아니지."

긴에몬의 고향, 번 안의 이야기인지 아닌지는 확실히 하려고 하지 않는다.

"유배형에 처해졌을 정도이니, 니노야라는 사람은 평범한 가난뱅이 무사는 아니군요. 상응하는 신분이 있었을 텐데요. 다이묘입니까?"

진자부로의 직설적인 물음에 긴에몬은 대답하지 않는다. 대신 오아키가 곧 말했다.

"저희가 캐물으면 지장이 있는 거로군요."

긴에몬은 문서에 시선을 떨어뜨리고 생각에 잠겨 있다. 미간에 옅은 주름. 뺨의 선이 딱딱하다.

긴에몬의 이런 얼굴은 처음 보았다.

──우리한테는 들려주면 곤란한 일이 있는 것이다.

진자부로의 가슴이 술렁거린다.

"그대들은 살아서 여기를 나갈 걸세."

시선을 들고 긴에몬은 말했다. 침착하고 온화하고 항상 사람들을 격려해 온 그 표정과 목소리다.

"원래의 생활로 돌아갈 테니, 먼 옛날의 크리스천 탄압 이야기나, 그로 인하여 유배형에 처해진 무사 따위는 가슴에 품고 가지 않는 편이 좋을 거라고 생각하지 않나?"

모르는 게 약일세, 라고 한다.

"모르면 떠올릴 일도 없겠지. 섣불리 입에 올리는 일도 없을 테고."

그 얼버무리는 말은 뭐란 말인가.

"누군가에게 이야기하거나 퍼뜨리는 짓은 결코 하지 않을 거예요. 하지만 호리구치 님의 말씀이 옳네요."

오아키는 앉은 자세를 바로하며 머리를 숙였다.

"모르는 게 약인 것으로 하겠습니다. 주제넘은 말씀을 드려서 죄송합니다."

오시게는 말없이 고개를 숙이고 있다. 진자부로는 호흡이 흐트러져 입술을 깨문다.

"고맙네. 오아키, 그대의 현명한 생각에 감사하네."

상냥한 말이다.

"내가 이 저택에 붙잡힌 것은 이곳의 주인과 나의 신분, 입장이 멀기는 할지언정 인연이 있기 때문일세."

일지의 기술을 읽고 알았다고 한다.

"하여 그대들에게는 자세히 밝힐 수 없는 부분도 있네. 그것을 지장이라고 부른다면 오아키의 말이 옳아. 그렇게 말해 두지."

진자부로는 깜짝 놀랐다. 한 줄기의 식은땀이 등을 타고 흘러 떨어진다. 인연이 있다. 인연이 있다. 인연이 있다.

우리가 이런 일을 당하는 것은 호리구치 님의 인연 때문이 아닐까. 우리는 그저 휘말렸을 뿐인 게 아닐까.

"다시 한번 말해 두는데, 이것은 옛날 일일세."

진자부로의 생각에 아랑곳하지 않고 긴에몬이 침착하게 말을 잇는다.

"이 저택의 주인——니노야의 모 님이라고 부를까. 모 님은 옛날에 나라의 선교사 추방령을 거역하고 자신이 통치하는 땅에 들어온 선교사를 쫓아내지 않았네. 오히려 몰래 보호하고 보살폈지."

왜 금교를 퍼뜨리는 선교사를 품에 들였을까.

"선교사가 가지고 들어온 남만의 지식이나 기술을 원했기 때문일세. 가난하고 약한 모 님의 영지와 영민들에게 선교사의 지혜가 많은 이익과 구원을 가져다줄 거라고 믿었기 때문이야."

진보한 의료, 약에 관한 지식. 새로운 작물 품종이나 병충해를 막는 방법.

"옛날에 우리 번에서도 같은 이유로 예수교가 퍼졌지."

긴에몬의 목소리가 고통스러운 듯 뭉개졌다.

"선교사의 지혜를 빌리면 그때까지는 손쓸 수 없던 병이나 상처를 고칠 수 있었거든. 이듬해에도 그 이듬해에도 흉작으로 고민하고, 알맹이가 없는 텅 빈 이삭을 쓸며 탄식할 뿐인 곳에 가뭄에 강하고 해충을 얼씬도 못 하게 하는 모종이 주어졌네."

금지된 이국의 가르침을 전하는 선교사는 새로운 지식을 가져다주는 사자使者이기도 했다.

"놀라운 지혜와 기술 또한 예수교의 신이 내린 은총이라는 설법을 들으면, 매료된 마음은 가르침을 받아들이게 되지."

현세의 이익을 좇아 신앙에 발을 들이는 무구함과 순진함, 더 좋은 삶에 대한 갈망을 어리석다고 비난하기는 쉽다. 하지만 그것이 사람의 정이고, 사람의 약함이다.

"아무리 아미타불을 참배해도, 토지의 산신과 밭의 신을 섬겨도 영지민들은 굶주리고 밭은 말라 가네. 그렇다면 선교사가 가르치는 '만물을 만들고, 모든 인간의 죄를 용서하고, 우리를 천국으로 이끈다'는 그들의 주님에게 영혼을 맡기고 수호와 은혜를 청하자며."

담담하게 말하던 긴에몬은 눈을 감았다.

"니노야의 모 님은 크리스천이 되었네."

저택 바깥을 흐르는 안개처럼 나무 상자를 둘러싼 네 사람 사이에도 침묵이 흘렀다.

조금씩 떨림이 느껴진다. 지진이다.

장지 그림 속 화산이 뜨거운 증기를 토해 내고 있다. 녹은 바위가 산자락을 흘러간다.

진자부로는 문득 생각했다. 저택의 주인, 칠흑의 갑주를 입은 무사가 우리 바로 옆에 숨어 있지 않나 하고. 긴에몬이 이야기하는 목소리를 듣고 있지 않을까 하고.

고개를 돌리면 진자부로는 또 그 모습을 볼 수 있을지도 모른다. 놈은 우리를 보고 있다. 우리가 어떻게 하는지 바라보고 있다. 붙잡은 목숨을 모조리 불태우기 전에 발버둥치는 모습을 즐기고 있다.

그래서 지금은 아직, 이다.

지진이 물러간다.

"그대로 세월이 흘렀다면 니노야 가문에도, 영지민들에게도 그 이상 다행스러운 일은 없었겠지만."

눈을 뜨고 긴에몬은 말을 이었다. 그의 눈 속에 어두운 빛이 보인다.

"어느 해 여름, 모 님의 영지에서 돌림병이 생겨 순식간에 퍼져 나갔네."

그때까지 본 적도 없던 돌림병에 영지민들은 차례차례 쓰러져 갔다. 사람들은 두려워 떨었다. 예수교에 귀의한 자들과 함께 모 님은 진지하게 치유의 기적을 빌었다. 기도하면서 선교사의 의료를 이용해 치료를 했다.

그러나 돌림병은 가라앉지 않았다.

"남만에서 건너온 의료가 아무리 진보했어도 모든 병을 고칠 수는 없었겠지만."

신앙에 영혼을 던져 넣어 버린 니노야 모 님은 그 사실을 받아들일 수가 없었다.

온 마음을 다해 기도하고 있는데 주님은 돌림병을 던져 왔다. 왜냐! 선교사는 지상에 일어나는 일이 모두 주님의 시련이라고 가르친다. 시련? 이제 와서 무엇을 시험해야 한단 말인가.

이것은 배신이 아닌가. 만능이라는 이방의 신은 금기를 범하면서까지 그 힘에 매달리려고 한 우리를 속이고 있지 않은가.

모 님은 혼란에 빠져 새삼스럽게 선교사를 추방하고, 또는 붙잡아 다그쳤다. 신앙의 증명이라면 충분히 해 왔다.

그런데 주님은 왜 나를 괴롭히느냐?

"결국 모 님의 난행과 영지 내의 소동을 막부가 알게 되어 모 님 쪽이 엄한 벌을 받는 처지가 된 것은 공교롭다고 해야 할까 비참하다고 해야 할까."

유배형에 처해져 오시마 섬의 어신화가 타오르는 화구를 바라보며 사는 동안 모 님의 마음에는 분노가 끓어올랐다.

내가 무엇을 잘못했던가.

예수교의 신도가 되어 예전에는 이교도였던 자신의 죄를 참회하고 지상 낙원을 성취시키려 마음을 다해 왔을 뿐인데.

이렇게 벌을 받아 고향에서 멀리 떨어지게 되었으니, 이러고 있는 동안에도 굶주려 가는 영지민들을, 말라 가는 땅을, 누가 구해 준단 말인가.

그것도 주님이 주는 시련이라고 선교사는 가르친다. 오직 기도하고, 기도하고, 또 기도하라. 자신의 죄를 고백하라. 순교를 두려워하지 마라. 당신은 천국에 들어갈 수 있으니까, 라며.

천국? 지금의 이 몸을, 내 치세에서 떨어져 나간 영지민들을, 주님은 구해 주지 않겠다는 말인가.

대체 언제까지 시련을 겪게 할 참인가. 자신이 믿은 것은 덧없는 기만에 불과할 뿐이지 않은가.

이렇게 되어서 의심하는 것도 죄라는 말인가. 목각인형처럼, 멍청이처럼, 그저 계속 기도하고 계속 오라티오를 부르면 된다는 말인가.

그러더니 순교를 두려워하지 말라고? 무사라면 대의를 위해,

충의를 위해 얼마든지 두려워하지 않고 목숨을 버릴 수 있다. 그러나 지금 여기에는 조금의 대의도 없지 않은가. 한데 나의 충성과 신심을 돌림병으로 되돌려 준 예수교의 신을 위해 어찌 순교할 수 있단 말인가.

"띄엄띄엄 남아 있는 일지의 글씨를 읽으면서 나도 생각했네."

온화했던 긴에몬의 말투가 희미하게 냉철한 가시를 띠었다.

"나는 예수교의 교의를 몰라. 크리스천이 한결같이 섬기는 신의 위광도 모르네. 하지만 신심이란, 그 대가로 무언가를 얻기 위한 방편이 아니라는 것쯤은 알고 있네."

니노야 모 님은 슬플 정도로, 아무래도 잘못 생각하고 있었던 모양이다.

"이 저택은 자신의 잘못을 받아들이지 못하는 니노야 모 님의 분노가 형체를 이룬 것, 원념이 만들어 낸 환상일세."

금교인 줄 알면서도 굳이 이방의 신을 섬기는 위험을 저지르고, 그 무릎에 엎드려 영혼을 내던졌는데도 보답받지 못했다며 원망하고 분노한다.

"니노야 모 님은 자신의 원념에 사로잡혀 있네. 우리처럼 알지도 못하는 자들을 이곳에 끌어들여 덫에 빠뜨리고 붙잡아 괴롭히는 것은, 예전에 자신이 맛본 고통과 실의를 우리에게도 줌으로써 쌓인 원념을 더욱 강하게 살찌우기 위해서일세."

참회하라.

그 참회를 들어 주지는 않을 테지만.

자신의 죄를 고백하라.

그 고백에 죄 사함은 주어지지 않을 테지만.

어차피 만능의 신 따위는 없다.

그러나 이곳에서는, 이 원념의 저택에서는,

——내가 바로 신이다.

"진자부로가 악몽 속에서 죄를 고백하라는 목소리를 들었다고 말했을 때부터 나는 예수교와의 관계를 의심하기 시작했네. 진자부로의 말 속에 금교 특유의 가르침이 있었으니까."

진즉에 눈치 채고 있었단 말인가. 그러고 보니 당시 분위기가 이상하긴 했다.

——예수교에 대해서도, 사실은 더 자세히 알고 있는 게 아닐까.

진자부로의 마음에 의심의 틈이 생겼다. 이에 아랑곳하지 않고 긴에몬이 말을 잇는다.

"시루시반텐의 덧댄 천까지는 몰랐지만 등의 표식도 의심하고는 있었지."

네모에 열십자가 겹쳐 있다.

"동그라미에 열십자라면 사쓰마薩摩 현재의 가고시마 현 서부를 가리키는 옛 지명번 시마즈 님의 문장이지만 네모에 열십자는 어느 가문의 문장도 아닐세. 만들어 낸 것이지. 단, 크리스천에게는 열십자가 귀한 의미를 가진 모양이라고 하더군."

네모로 열십자를 가두려 하고 있다. 짓누르려 하고 있다. 오라티오는 덧댄 천 아래 숨겨진 채, 아무것도 모르고 시루시반텐을 입는 진자부로 일행의 땀을 흡수하며 더러워져 갔다.

"우리를……."

오아키가 망연자실하여 중얼거린다.

"살아서 돌아가게 할 마음이 없는 거군요. 모두 죽일 셈이에요."

얼굴에서 핏기가 사라졌다. 늘 서로 격려하던 오시게의 존재마저 잊은 듯, 스스로 자신의 몸을 껴안고 있다.

"판자문의 장치도 그저 보여 주기 위해서 만들었겠지요. 앞으로 몇 명이라느니 하면서 우리를 괴롭히고 있을 뿐이에요."

아무도 살아남을 수 없는데도.

"흐흠, 꽤나 수고를 들이시는군요."

아래를 향한 채 진자부로는 내뱉었다. 그러자 긴에몬이 말했다.

"모 님은 우리를 싸우게 하고 서로 죽이게 하고 싶은 걸세."

무서운 말을, 조용히 딱 잘라 말한다.

"우리 사이에 불신을 불러일으키고, 싸우게 하고, 나만 살 수 있으면 된다는 아욕을 드러내게 하고 싶은 거야."

진자부로와 오아키는 아무 말도 없이 얼굴을 마주보았다. 고개를 숙인 오시게의 웅크린 등이 떨리고 있다.

"예전에 누가 크리스천인지를 알아내기 위해, 종종 밀고자를 모을 때가 있었네. 니노야 모 님은 우리에게도 그 흉내를 내게 하려는 거야."

죽어야 할 사람은 자신이 아니다. 다른 누군가다.

주님, 나보다 더 죄가 많은 놈이 있습니다, 하고 서로 손가락질을 하게 하고, 단죄하게 한다.

"지금까지 저택 주인의 꿍꿍이에 넘어가지 않고 지내 온 것을 자랑스럽게 생각하세. 우리는 서로를 돕고 격려하면서 잘 지내왔어."

다정한 말이다. 고마운 말이다. 그런데도 진자부로는 맹렬하게 반발을 느꼈다.

"어쩌다 보니 그렇게 된 겁니다."

막상 입 밖에 내고 나서 오아키가 당황하는 모습을 보니 더욱 속이 부글부글 끓기 시작했다.

"호리구치 님은 무사님이지요. 우리와는 신분이 다릅니다. 그래서 모두 호리구치 님을 의지하고, 호리구치 님이 말씀하시는 대로 해 온 겁니다. 그래서 어쩌다 보니 싸우지 않았을 뿐이에요."

하지만 지금부터는 다르다.

"호리구치 님이 저택의 주인과 인연이 있다면 우리는 그냥 휘말린 것인지도 몰라요. 더 이상 호리구치 님이 말하는 대로 하고 싶지는 않습니다!"

면도칼로 한 번 그은 것처럼 이 자리의 공기가 찢어졌다.

진자부로의 마음속에 분노의 불이 타오른다.

단 한 사람만 살아남을 수 있다면, 무사인 호리구치 긴에몬이야말로 적격이고 진자부로 일행처럼 신분이 낮은 상인이나 직인, 농민이나 고용살이 일꾼쯤은 버려져도 어쩔 수 없지 않은가.

여태껏 자신들을 통솔해 준 긴에몬도 내심으로는 같은 생각을 하고 있지 않을까. 저택의 수수께끼가 풀린 지금, 드디어 본색을 드러내려는 게 아닐까.

철썩!

오아키가 진자부로의 뺨을 때렸다. 나긋나긋하고 부드러운 손바닥이 아니다. 일하는 여자의 물집과 튼 자국투성이인 손바닥이다.

아팠다.

"그런 말을 아무렇지도 않게 입 밖에 낼 수 있는 사람이니까, 진 씨한테만 저택의 주인이 모습을 보이는 거예요. 당신이 제일 죄가 많으니까."

눈물이 오아키의 뺨을 타고 흐른다. 그것을 보고 진자부로 안에 타오르던 분노의 불이 꺼졌다.

"미안합니다."

오아키는 소매로 얼굴을 덮고, 몸을 구부려 엎드려 버렸다. 와앙 하고 터져 나오려는 울음을 열심히 참으며 흐느낌 같은 소리를 낸다.

또 지진이다. 멀리서 파도가 밀려오듯이 흔들림이 온다.

화산이 울부짖는 울림도 들려왔다. 구구구구구구. 기분 탓이 아니다. 환청도 아니다.

싸움을, 저택의 주인이 기뻐하고 있다.

그날 밤, 진자부로는 혼자서 장지 그림이 있는 큰 방으로 걸음을 옮겼다.

백 돈짜리 초가 켜져 있는 복도를 더듬어 두꺼운 쌍바라지문 앞에 선 것만으로도 얼굴이 뜨거워졌다.

문을 잡아당겨 연다. 한 발짝 들어서자 호흡을 멈추고 있는데도 유황 냄새가 느껴졌다.

장지 그림의 화산 화구가 끓어오르고 있었다. 녹은 바위가 새빨갛게 솟아오른다. 부글, 부글, 하고 무거운 소리를 내며 거품이 튄다.

화구 근처뿐만 아니라 이제 산자락 여기저기에서도 증기가 뿜어져 나오고 있었다. 끈적하고 짙은 증기가 큰 방을 가득 채워, 문 앞에서는 안쪽이 보이지도 않는다.

한 발짝 더 걸음을 옮기자 흐르는 땀이 눈에 들어갔다. 홑옷 소매로 얼굴을 닦으며 저도 모르게 숨을 들이쉬었다. 콧속과 목구멍이 타들어가는 듯하다.

분화는 가까이 다가오고 있다. 붙잡힌 사람들이 수수께끼를 풀고 비밀을 알아내려 하자, 저택의 주인은 그 악의를 해방하려 하고 있는 것이다.

진자부로는 용기를 내어 고함쳤다.

"내가 제일 죄가 많은가!"

그렇다면 나를 죽이고 끝내. 어차피 쓰레기다. 살아 있어도 아무 도움도 되지 않는다.

"하지만 나는, 이 세상 전부를 생각대로 할 수 있는 순간을 알고 있다고."

나도 도박장에서는 신이 될 수 있다. 만능의 한순간을 손아귀에 움켜쥔 적이 있다. 너 따위에게 굴복할까 보냐.

<u>즈즈즈즈즈즈즈</u>. 땅울림이 시작된다. 열풍이 산을 타고 불어 내려온다. 뜨거운 증기가 뜨거운 바람에 휘저어진다.

저 바람을 제대로 몸에 맞으면 잠시도 버티지 못할 것이다. 돌아가자. 땀 때문에 발이 미끄러진다. 눈이 보이지 않는다. 숨 쉬기가 힘들다.

갑자기 등 뒤에서 팔이 뻗어 와 진자부로의 어깨를 잡았다. 힘껏 끌어당긴다.

"무슨 짓인가!"

긴에몬이었다. 그 얼굴도 머리도 팔도 땀에 젖어 있다.

둘이서 복도로 굴러 나왔다. 바람과 증기를 밀어내고 문을 닫는다. 손잡이가 뜨거워서 손바닥이 탈 것 같았다.

"죄송합니다."

진자부로는 헐떡이며 울었다.

"제가 저놈과 똑같기 때문에, 저놈이 제 앞에 나타나는 겁니다."

자신을 신이라고 생각할 만큼 어리석고 오만하니까.

"잘 알겠네" 하고 긴에몬은 말했다.

"자, 돌아가지. 오아키를 울리지 말게."

그날을 경계로 무서운 변화가 일어났다. 음식이 없어진 것이다.

음식이 먹은 만큼 줄어들었다면 당연해졌을 뿐 이상하게 여길 일도 아니다. 쌀도 밤도 말린 떡도, 먹어도 먹어도 하룻밤이면 양이 돌아와 있는 쪽이야말로 이상하고 무섭지. 하지만 이건 다르다.

부엌 선반에 있던 마대가 전부 연기처럼 사라졌다. 쌀도 밤도 메밀도, 한 톨도 남아 있지 않다. 전날 오아키가 캐 와서 소쿠리에 넣어 둔 파도 없다. 된장도 간장도 소금도 사라졌다. 물독을 채우고 있던 물은 바닥이 드러나고, 물을 뜨러 갔더니 우물도 말라 있었다.

저택 바깥의 계절은 이제 가을이다. 숲은 단풍으로 물들고 바람은 쌀쌀할 정도다.

작물은 어떻게 되었을까. 진자부로 일행은 뒤뜰의 밭으로 달려갔다.

오아키와 둘이서 일군 이랑에는 벌거숭이가 된 콩 줄기가 줄줄이 서 있을 뿐이었다. 그동안 전혀 가꾸거나 돌보지 않았지만 알아서 잘 자라던 파와 순무도 마찬가지로 잎이 노랗게 시들어 못 쓰게 되어 있었다.

다만 잎이나 줄기가 그냥 시들기만 하진 않았다는 점이 기묘했다. 구멍이 뚫리거나 뭔가가 파먹은 것처럼 까끌까끌해졌다.

한눈에 그 의미를 깨달은 사람은 농가에서 생활해 온 오시게였다.

"이건 벌레예요. 벌레의 짓이에요."

진자부로는 믿을 수 없었다. 무슨 소리야. 지금까지는 벌레 한 마리, 작은 새 한 마리의 기척조차 없었는데. 갑자기 떼거리로 솟아나오기라도 했다는 말인가.

그때, 무언가 술렁거리는 소리가 들리기 시작했다.

네 사람은 주위를 둘러보면서 귀를 기울였다. 안개에 가라앉은 단풍의 숲. 구름에 덮인 하늘에 희미하게 비쳐 보이는 해님. 저택 지붕에 올라가 있는 한 쌍의 괴어.

"저건 뭘까요."

오아키가, 언젠가는 벚나무 숲이었다가 한때는 또 죽림이었다가 지금은 단풍잎이 서로 겹쳐 있는 숲의 한 모퉁이를 가리켰다.

부부부부부부부부부부.

진자부로가 눈을 가늘게 뜨고 바라보았다. 이쪽이 눈치 챘음을 알고 그 기묘한 소리는 한층 더 높아졌다. 진자부로에게는 그렇게 느껴졌다.

단풍 사이에서 한 덩어리의 검은 구름이 피어올랐다. 소리가 나는 곳은 거기다. 부부부부부부부. 우왕우왕.

으르렁거리면서 모습을 바꾸고, 혼란스럽게 위아래로 이동하면서 서서히 다가온다.

나무 사이를 메우고, 시들고 남은 잎을 흐트러뜨리고, 부푸는가 싶으면 쪼그라들고, 올라가는가 싶으면 내려가고, 부부부부부.

붕――한층 더 큰 소리를 내며 검은 구름 속에서 무언가가 날아왔다.

오시게가 "악" 하는 소리를 질렀다. 본래 허리가 굽었는데 더욱 힘이 풀려 그 자리에 주저앉을 것만 같다.

"저런, 커다란."

놀란 외침. 목소리가 뒤집어진다.

또 한 마리. 붕. 그리고 두 마리. 붕, 붕. 꿈틀거리는 검은 구름이 다가온다. 그 안에서 차례차례 튀어나와 진자부로 일행에게 날아오는 것이다.

붕!

오아키가 비명을 지르며 손으로 얼굴을 감쌌다. 뭔가가 손목 부근으로 날아와 부딪히며 둔한 소리를 냈다.

"메뚜기다!" 하고 긴에몬이 고함쳤다.

설마, 하고 진자부로는 생각했다. 에도 사람인 나는 밭에 꾀는 벌레 따위는 모른다. 하지만 메뚜기가 이렇게 클 리 없다. 이건 어린아이의 주먹만 하지 않은가.

붕, 붕, 붕. 검은 구름은 괴물처럼 커다란 메뚜기 떼였다.

"안 돼, 도망쳐."

긴에몬이 오시게를 끌어 일으키며 진자부로와 오아키를 재촉했다. 오아키는 멍하니 날아온 메뚜기가 부딪혔던 손목을 보고 있다. 거기에서 피가 흐르고 있었다. 대체 어떻게 된 거야? 무슨 일이 일어난 거야?

괴물 메뚜기에게 물어뜯긴 것이다. 진자부로는 소름이 돋았다.

"오아키, 이리 와!"

손을 내밀어 팔을 잡으려고 했다.

대군의 본체가 밀어 닥친다. 우왕우왕 하는 소리는 날개 소리였다. 이 세상의 것이 아닌 벌레들의 날갯짓 소리.

진자부로의 얼굴에도 몇 마리나 되는 괴물 메뚜기가 날아들었다. 긴에몬은 오시게의 몸을 부축해 일으켜 세우면서, 다른 한쪽 팔을 휘둘러 메뚜기를 쫓아내고 있다.

"진자부로, 오아키, 뛰어!"

당혹스러워 한 발짝도 내딛지 못하는 사이에, 오아키는 벌레 떼의 선두에 둘러싸여 아아, 아아 하고 소리를 지르며 뛰어오르고, 마구잡이로 손을 휘두르고, 도망치려다가 방향을 잃고 빙글빙글 돌고 있었다.

진자부로는 오아키의 몸에서 괴물 메뚜기를 쳐서 떨어뜨리고, 손을 잡고 달리기 시작했다. 오아키의 뺨과 목덜미에 피가 흐르고 있다.

괴물 메뚜기의 대군이 소용돌이치면서 부부부부부 하고 오른쪽으로 왼쪽으로 변덕스럽게 흐르다가, 우왕우왕 하고 상승하는가 싶더니 허공에서 선회하고, 부부부부부 하며 다시 이쪽으로 다가온다.

앉을 수 있는 곳에는 어디에든 앉는다. 꾈 수 있는 것에는 무엇에든 꾄다.

그리고 무엇이든 먹어 치운다.

긴에몬이 열심히 부축하여 데려가려고 하지만, 늙은 오시게의 다리가 따라가지 못한다. 비틀거리다가 무릎이 털썩 꺾였다. 긴에몬은 기세를 이기지 못하고 두세 발짝 헛걸음을 디뎠다.

"오시게 씨!"

소리를 지르며 멈추려고 하는 오아키를 진자부로가 다그쳤다.

"가, 부엌으로 도망쳐, 들어가라고!"

자신은 재빨리 긴에몬과 오시게 옆으로 달려 돌아간다. 긴에몬이 오시게를 짊어지려 하고 있었다.

"진자부로, 도와주게."

둘이서 오시게를 안아 일으켰다. 노파의 몸에서는 힘이 빠져 자력으로 서지도 못한다.

"정신 차리게."

긴에몬의 격려에 오시게가 얼굴을 들었다. 주름이 겹쳐 무겁게 처진 눈꺼풀 속에서 눈동자가 쪼그라들어 있다. 거기에 깃든 것

은 공포와,

"가세요."

어떤 결심.

"저는 뛸 수 없어요. 두고, 도망치세요."

"무슨 어리석은 소리를. 자, 일어서."

오시게는 고개를 젓고 뭔가 더 말하려고 했다. 그때 곧장 날아온 괴물 메뚜기 중 한 마리가 목덜미를 물어뜯었다.

오시게의 몸이 움찔 경련한다. 두 눈이 벌어지고, 입도 반쯤 벌어진다. 목덜미에서 물이 뿜어져 나오듯이 피가 뿜어져 나와서 진자부로와 긴에몬의 얼굴에도 튀었다.

붕. 또 한 마리. 오시게의 머리, 묶은 은발 위에 앉는다. 진자부로는 괴물 메뚜기의 금색 눈을 보았다.

믿기 어렵지만 괴어의 눈과 똑같았다. 사람의 눈이었다.

이놈도 저택 주인의 화신, 악의가 변한 괴물이구나.

"이 괴물 놈이!"

긴에몬이 노성을 질렀다.

붕, 붕, 부부부부부!

분노를 담은 금색 눈을 빛내며 괴물 메뚜기들이 오시게에게 날아든다. 진자부로와 긴에몬이 털어도 털어도 피 냄새에 미친 괴물은 두려워하지 않고 꾀어든다.

대군은 벌써 코앞까지 다가와 있다. 귀를 멀게 할 듯한 날개 소리에 더해, 딱딱 하고 이를 울리는 소리까지 들린다. 튼튼한 턱과 날카로운 이빨이 보인다. 꾀이면 머리부터 먹히고 만다.

"도망, 치세요."

오시게가 목소리를 쥐어짠다. 그것이 한계였는지 흰자위를 드러내고 머리가 털썩 기울었다.

"호리구치 님, 더 이상은 안 돼요."

진자부로는 긴에몬의 소매를 잡아끌며 도망치기 시작했다.

한 호흡 사이를 두고 견디다 못한 듯 긴에몬도 도망쳤다. 오시게의 몸은 순식간에 괴물 메뚜기에게 둘러싸이고 말았다. 서걱서걱 소리가 난다. 괴물들이 노파의 건조한 피부에 꾀고 기모노 옷깃이나 소매로 들어가 야위고 뼈가 불거진 몸을 먹고 있는 소리다.

"빨리, 빨리!"

부엌 판자문에 매달려 오아키가 울면서 소리치고 있다. 그 앞에서, 진자부로는 아무래도 참지 못하고 돌아보고 말았다.

이쪽으로 도망쳐 오는 긴에몬의 뒤쪽으로 뒤뜰 땅바닥에 주저앉은 오시게가 보인다. 거대한 메뚜기 덩어리로 변했지만 아직 노파의 윤곽만은 남아 있다.

지금 그 몸이 무너졌다. 배 부근에서 둘로 꺾이고 그와 동시에 머리가 떨어졌다.

"진 씨, 뭘 하고 있어요!"

오아키의 비명에 진자부로는 눈을 감았다. 달려온 긴에몬에게 떠밀리듯이 함께 부엌문 안쪽으로 굴러 들어갔다.

쪼그려 앉아 몸을 웅크리고 오아키가 울음을 터뜨렸다. 진자부로는 떨림이 멈추지 않고 호흡이 힘들고 눈이 빙글빙글 돌아 토할 것 같았다. 주위가 어두워지고 문득 정신이 아득해졌다.

두웅.

저택 안쪽, 화산의 장지 그림이 있는 큰 방에서, 판자문이 떨어지는 소리가 울렸다.

괴물 메뚜기들의 날개 소리가 사라졌다.

진자부로가 얼굴을 들었다. 오아키는 계속 울고 있다. 봉당에 주저앉은 긴에몬의 얼굴도 창백하다.

정신이 들어 보니 세 사람 다 피투성이였다.

그리고 들려왔다. 웃는 것 같기도 하고 으르렁거리는 것 같기도 한, 저택 주인의 커다란 목소리.

앞으로 두 명!

"이제 시간이 없었습니다."

우메야 진자부로는 회지로 이마의 식은땀을 닦으며 이야기를 계속했다.

도미지로는 돌이나 바위가 된 기분으로 이야기를 듣고 있다. 그러지 않으면 속이 나빠져서 진자부로의 이야기를 가로막아 버릴 것 같았다.

오치카도 이런 경험을 했을까. 이야기꾼의 이야기가 너무나도 꺼림칙하고 무서울 때, 오치카는 어떻게 스스로를 달래고 마음을 다잡으며 계속 듣고 있었을까.

이야기하는 진자부로의 피로도 눈에 보이기 시작했다. 목소리가 조금씩 가늘어지고 호흡이 짧고 얕아진다.

그래도 멈추지 않았다. 반드시 끝까지 이야기하겠다. 그 기백 또한 전해져 와서, 도미지로는 돌이 된다. 귀를 기울이는 돌이.

“음식도 물도 없었으니까요. 우리 세 사람은 겨우 며칠이면 힘이 다해 움직일 수 없게 되고 말겠지요.”

여자인 오아키가 제일 먼저 쓰러질지도 모른다. 지금까지 힘쓰는 일을 맡아 왔던 남자인 진자부로가, 가장 연상인 긴에몬 쪽이 의외로 빨리 힘이 다하고 말지도 모른다.

어쨌든 한 사람이 죽고, 두 사람이 죽으면, 가까스로 살아남은 마지막 한 사람이, 드디어 ‘판자가 떨어져야 열리는 문’을 빠져나가 저택에서 도망칠 수 있다.

“그런 이야기를 받아들일 수 있겠느냐고, 호리구치 님은 말씀하셨습니다.”

네 번째 판자문이 떨어지고 새로운 통로가 나타났으리라. 그러나 거기로 가는 것도 그만두자고 긴에몬은 말했다.

전날 밤, 진자부로가 혼자서 들어갔다가 긴에몬의 도움을 받아 겨우 복도로 나올 수 있었을 만큼, 큰 방은 유황의 독을 품은 뜨거운 증기로 가득 차 있다. 이번에 발을 들여놓았다가 반드시 상처 없이 나올 수 있으리라는 보장은 없다.

“그래도 중요한 발견이 있을지 모르니 세 사람 중 한 명을 고르거나 누군가 자원해서 가보는 편이 좋을까. 일말의 기대를 가지고 위험을 감수하는 게 나을까."

아니, 그 또한 죽음의 위험에 노출될 한 사람을 고르는 일과 다를 바 없다. 저택 주인의 꿍꿍이대로다. 그렇다면.

"셋이서 살아남는 길을 고르세."

말하고 나서 긴에몬은 무언가를 곱씹듯이 입술을 꽉 깨물었다.

"셋이서 살아남거나, 여의치 않으면 셋 다 죽거나, 모 아니면 도의 내기를 하는 길을 고르세."

모두 살거나 전부 죽거나.

저택 주인이 강요하는 선택을 버리고.

"진자부로는 무사인 내가 살아남는 게 순당하다고 말했지."

내 생각은 반대일세──.

"무사는 힘없는 민초를 지키기 위해 심신을 단련하며 무기를 들고 일어서는 존재야. 자신의 목숨이 아까워 민초를 희생시킨다면 그건 무사가 아닐세."

긴에몬도 피로하고 상처를 입어 지쳤을 것이다. 하지만 그 얼굴에는 생기가 넘치고 목소리는 늠름하다.

"내 힘도 지혜도 모자라서 이노스케, 마사키치, 오시게를 두 눈 뻔히 뜬 채 죽게 하고 말았어. 이제는 목숨과 바꾸어서라도 진자부로와 오아키, 그대들 두 사람만은 지켜내려 하네."

그것이 바로 무사가 가져야 할 모습.

하지만 이곳은 저택 주인의 악한 혼이 만들어 낸 그릇, 세 사람은 그 안에 던져 넣어진 개미나 마찬가지다.

"부끄러움을 무릅쓰고 두 사람에게 부탁하겠네. 내게 힘을 빌려주게. 셋이서 길을 열고 싶어. 나를 따라와 주지 않겠나."

진자부로는 오아키의 얼굴을 보았다. 오아키는 긴에몬을 바라보고 있다.

"어떻게 하면 되나요."

속삭이는 듯한 목소리. 하지만 약하지는 않다. 오아키는 결심을 굳혔다.

"저도 저택 주인이 시키는 대로 하는 건 사양이에요."

설령 그렇게 해서 혼자만 살아남는다 해도 기쁠 리 없으니까.

"제 목숨 따위야 그야말로 개미와 마찬가지예요. 하지만 개미에게도 개미 나름의 오기가 있지요."

저택의 주인이 어떤 실의와 절망 끝에 이런 원념을 남기게 되었는지는 모른다. 알아주고 이해해 주어야 할 의리도 없다.

"죄를 고백하라고요? 크리스천에게는 그게 중요한 일이라고요? 흥, 공교롭게도 저와는 상관이 없어요. 더 이상 어울려 줄 수 없다고요."

격렬하게 쏘아붙이는 오아키는 깜짝 놀랄 정도로 아름다웠다.

"금교인 줄 알면서도 손을 대고, 자기 생각대로 되지 않아 유배형에 처해지고, 그래서 어쨌다는 거예요? 어떤 논리로, 우리까지 똑같은 일을 당하게 해도 된다는 거예요?"

이 저택의 주인은 무사 축에도 못 낄 비겁하고 미련 많고 이기적인 악인이다.

"여기에서 목숨을 잃어도 상관없어요. 어머니가 있는 곳으로 갈 수 있겠네요."

갑자기 오아키의 눈에서 눈물이 떨어졌다.

"제 가족은 어머니뿐이었어요."

어머니는 작은 요릿집의 하녀로 일하고 있었는데, 그곳 손님 중 하나가 어머니에게 손을 대어 오아키를 배고 말았다고 한다.

"어머니의 배가 부풀어 오니 그놈은 도망쳤어요. 하지만 요릿집의 안주인이 착한 사람이라 어머니를 쫓아내지 않았지요. 덕분에 어머니는 무사히 몸을 풀 수 있었어요."

오아키를 낳은 후에도 어머니는 그 요릿집에서 고용살이를 계속했다. 모녀 둘이 검소하게 살면 어떻게든 되리라 여기면서.

하지만 어느 날 그 손님이 돌아왔다. 물론 아버지라고 나서서 모녀의 생활을 도우려는 기특한 생각이 있었기 때문은 아니다.

"그냥 한량으로 어머니한테 열을 올리고 있었을 뿐이에요. 실은 돈이 없어 곤란해지니 어머니한테 들러붙으려는 속셈이었지요. 잘 속이면 팔아치울 수 있겠다고 생각했는지도 몰라요."

보다 못한 요릿집의 안주인이 다른 고용살이할 곳을 찾아 모녀를 도망치게 해 주었지만 한량은 끈질기게 따라왔다.

"저는 여덟 살 때부터 밖에서 일하기 시작했어요. 그놈의 눈을 피하려고요. 비겁한 남자라 저를 인질로 삼아 어머니를 협박하곤

하니, 제가 곁에 없는 편이 어머니도 안심이었지요."

오아키의 어머니는 한량에게 쫓기지 않으려고 일당을 버는 일을 해 가며 간신히 살았다. 어딘가에서 고용살이를 하면 한량이 나타나 남편 행세를 하며 급료를 가불해 가고, 주인이 거절하면 고용살이를 하는 가게에 심술을 부리곤 하니, 한 곳에 정착할 수가 없었던 것이다. 사는 곳도 마찬가지여서 이웃 사람의 친절에 매달리거나, 절로 굴러 들어가거나, 어떻게 할 수도 없을 때는 다리 밑에서 자는 일도 있었던 모양이다.

"그런 생활에 몸이 버틸 리가 없지요. 닳아서 해질 대로 해진 어머니가 돌아가시고 만 것은, 제가 후타바야에 들어가 살기 시작한 지 얼마 되지 않았을 무렵이었어요."

소식이 닿지 않게 되어 걱정하던 오아키가 어머니가 있을 법한 곳을 찾아다니다가 겨우 죽었다는 사실을 알게 되었다. 어머니는 신원을 알 수 없는 떠돌이를 묻어 주는 근처 절의 무연고자 무덤에 묻혀 있었다.

"전부 그놈 때문이라고 생각하니 너무나도 분하고 억울해서."

오아키가 있는 후타바야에 한량이 이번에는 아버지 행세를 하며 모습을 나타낸 것은 어머니가 죽고 나서 석 달쯤 지나서였다.

"내가 네 아비다, 네가 이곳에서 고용살이를 하고 있다는 소식을 들었어, 하고 나리께도 실실 웃으며 정중한 척 인사를 했지만."

속에 든 꿍꿍이야 뻔했다. 대낮부터 술 냄새를 풍기고 있었다.

한량에서도 전락해, 나이만 먹은 건달이다. 후타바야의 주인은 가게 앞에서 소란 피우지 마라, 두 번 다시 오지 말라고 타이르며 돈을 조금 쥐여 주어 남자를 쫓아냈다.

"하지만 그놈이 질릴 리가 없지요. 저는 알고 있었어요."

내가 결판을 내자. 어머니의 원수를 갚는 것이다.

"아니나 다를까, 나리의 설교는 효과가 없었어요. 곧 후타바야 주위를 얼쩡거리기 시작해서 제가 말해 주었지요."

어머니는 돌아가시고 말았어요. 이 세상에 아버지와 단둘뿐이니 같이 살고 싶어요. 어딘가에 집을 찾아 주세요.

"그놈은 매우 기뻐하며 승낙했어요. 다만 조건을 달더군요. 후타바야보다 더 많이 벌 수 있는 곳에서 고용살이를 해 달라고, 마침 적당한 곳이 있다면서."

오아키도 사창가에 팔 생각이었던 것이다.

"그 후로 닷새도 지나지 않아 놈이 저를 데리러 왔어요. 새로 고용살이를 할 곳의 나리와 마님께 소개해 주겠다면서."

사정을 눈치 채고 말리는 후타바야의 주인에게, "효도를 하고 싶으니 휴가를 달라고 머리를 숙이고 저는 따라나섰지요."

유곽에 불이 켜지는 해 질 녘이었다고 한다. 마魔를 만나기 쉬운 때다.

"직접 지은 싸구려 기모노를 싸 들고 갔는데."

어두컴컴한 골목길에 접어들었을 때 오아키는 결심했다. 하려면 지금이다.

"이거, 제 기모노인데 헌옷가게에 팔면 새 집의 집세에 보탬이 될지도 몰라요. 좀 봐 주세요, 하고."

남자는 꾸러미를 받아 들고는 그 자리에서 무릎을 꿇고 펼쳐 내용물을 확인하기 시작했다.

"탐욕스러운 놈이니 분명 그렇게 할 거라 믿고 있었어요. 도박이었지만."

오아키는 그 도박에 이겼다.

"기모노를 살펴보는 놈의 뒤로 돌아가 띠에 끼워 두었던 면도칼을 꺼내서."

진자부로는 오아키를 말리고 싶었다.

알았어. 됐어, 알았으니까 이제 그만 얘기해.

그러나 긴에몬이 먼저 이렇게 말했다.

"어머니의 원수를 갚은 거로군."

오아키는 입을 한일자로 다물고 고개를 끄덕였다.

"놈의 목을 갈라 주었지요."

남자는 소리도 내지 못하고 쓰러졌다. 오아키는 면도칼을 내팽개치고 골목길에서 뛰쳐나왔다.

"후타바야로 돌아가선 안 된다. 가게에 폐를 끼치게 된다. 이대로 오카와 강에 뛰어들자. 그렇게 생각하며 달리다가 근처 파수꾼 대기소에 있던 사람에게 붙잡혔습니다."

——얘야, 왜 그러니, 얼굴이 새파랗구나. 누구한테 쫓기고 있니?

"저는 아무 말도 하지 못하고 떨고 있었어요. 그랬더니 파수꾼 대기소 사람이 위로해 주더군요. 무서운 일을 당했니, 이제 괜찮다, 하고."

오아키는 피 한 방울도 뒤집어쓰지 않았다. 남자의 등 뒤에 서 있어서 다행이었다. 어쩌면 돌아가신 어머니의 수호가 있었는지도 모른다.

"면도칼도 버리고 와 버렸으니 제가 스스로 말하지 않으면 방금 살인을 저질렀는지 아무도 알 수 없었어요."

신원을 묻기에, 거짓말이나 지어낸 이야기를 생각할 여유도 없어서 후타바야의 고용살이 일꾼이라고 자백했다. 그러자 파수꾼 대기소에서 심부름꾼이 갔는지, 얼마 안 있어 후타바야의 주인이 직접 데리러 와 주었다.

"파수꾼 대기소에서 고맙다며 머리를 숙였을 뿐, 나리는 제게 아무것도 묻지 않으셨어요."

——성묘는 끝났니? 이제 가게를 나가면 안 된다.

"후타바야로 돌아가고 나서도 언제 붙잡힐지, 언제 파수꾼 대기소 사람이 저를 잡으러 올지, 매일 매일 생각하고 있었어요."

하지만 아무도 오지 않았다.

"건달 한 마리가 어두컴컴한 골목길 안쪽에서 죽은 걸세. 아마 싸웠거나 도둑의 짓이겠지" 하고 긴에몬이 말했다. "그뿐이야."

고개를 끄덕이던 오아키의 얼굴이 구겨졌다. 눈물이 넘쳐 뺨을 타고 흐른다.

"누구에게도 알려지지 않았어요."

"다행이로군."

"네. 하지만 저는 살인자예요."

언젠가 벌을 받을 거라고 생각해 왔다.

"이곳에서도, 붙잡힌 게 벌이라면 어쩔 수 없다고 생각해 왔어요. 하지만."

저택 주인 좋을 대로 당할 이유는 없지 않은가. 사태가 진전되고 사정을 알수록 그렇게 생각하게 되었다고 한다.

"어디 사는 누구인지도 모를 생판 남한테, 멋대로 재판을 받을 수야 없지요."

죽는다고 해도 납득이 가는 죽음이 아니면 받아들일 수 없으니까――.

자, 그렇다면 어떻게 저택을 탈출할 것인가.

긴에몬은 이미 방책을 짜 두었다.

"모 아니면 도라는 것 이상의, 자포자기 같은 방책일세. 잘 된다 해도 셋 다 살 수는 없을지도 몰라."

처음부터 자신은 죽음을 각오하고 있다며, 과감하게 단언한다.

"이 목숨과 바꾸어서 니노야 모 님의 제멋대로인 원념에 반격을 해 줄 수 있다면 만족일세. 하지만 그대들의 목숨도 보장할 수 없는 위험한 방책이야. 함께해 주겠나?"

진자부로에게 이견은 없었다.

"그놈의 허를 찔러 당황하게 만들어 줄 수 있다면 목숨을 거는 보람이 있지요. 우메야 진자부로, 일생일대의 큰 도박이네요."

오아키도 야무진 눈빛으로 고개를 끄덕인다.

"이대로 여기에 있어봤자 음식도, 물도 없어요. 몸이 약해져 버리기 전에 뭐든 하겠어요."

"그렇다면 우리는 지금부터 니노야 모 님과의 싸움에 나가는 동지일세."

긴에몬의 방책은 확실히 자포자기이고, 위험했다.

"큰 방의 불타는 화산이 있는 장지 그림, 그것을 찢어 보세."

그것이야말로 이 저택의 핵심이니까.

"일지의 기술에 따르면 니노야 모 님은 유배지인 오시마 섬에서 돌아가신 모양이야. 마지막 구절에는 오시마 섬의 화구에 몸을 던져, 어신화와 일체가 되어 영원히 분노의 불꽃을 태우겠다고 적혀 있었어."

이 얼마나 무섭고 부덕한 일인가.

"화산에 깃든 신의 불이 단 한 명의 비겁하고 미련 많은 유배인의 원념에 물들다니, 그런 일이 이루어지게 할 수야 없지. 그럴 수는 없어."

큰 방에 있는 것은 가짜 어신화다. 니노야 모 님의 독선적인 원한이 화산의 모습을 빌리고 있을 뿐이다. 그것이 깃든 이 저택도 대규모의 환상에 지나지 않는다.

"내가 환상의 원천인 장지 그림을 찢고, 차서 쓰러뜨려 주겠네.”

긴에몬의 눈도 어신화처럼 불타고 있다.

“하지만 거기에 가까이 갈 수 있습니까?”

어젯밤에 혼자서 발을 들여놓았던 진자부로는 큰 방 안에 있는 것만으로도 열풍에 목이 탈 뻔했고 유황의 독에 쓰러질 뻔했다.

지금 이렇게 머리를 맞대고 있는 동안에도 저택 안쪽에서는 불온한 진동이 높아지고 있다. 셋이서 장지 그림에 맞선다면 그 순간 분화가 일어나고 뜨거운 용암이 흘러나오지 않을까.

“그게 모 아니면 도인 거예요, 진 씨.”

오아키가 창백한 얼굴로 중얼거린다.

“분화하기 전에 장지 그림까지 가까이 갈 수 있을지 없을지, 장지를 걷어차 쓰러뜨릴 수 있을지 없을지.”

공포와 흥분으로, 진자부로는 조금 우스워져서 짧게 웃었다.

“당신까지 걷어찰 필요는 없어. 실례합니다, 하고 손으로 열어.”

“어머나, 그렇군요. 상스러워서 죄송해요” 하며 오아키도 웃는다.

그게 좋다. 웃어넘겨 주마. 지금까지 큰 방의 장지에 가까이 가려고는 생각한 적이 없었다. 하지만 가까이 가서 열어 보는 것이 뭐가 나쁘단 말인가? 훌륭한 그림이 그려져 있다 해도 그냥 장지일 뿐이다.

“그 맞은편이 오쿠노인奥の院 신사나 절의 본당 뒤쪽에 지어 신이나 본존, 개조 등

을 모시는 곳. 주로 본당보다 안쪽, 가장 높은 곳 등에 있다이군요."

진자부로는 말했다. 흥분으로 몸이 떨렸다.

"어쩌면 거기에 그놈이 숨어 있을지도 몰라요."

칠흑의 갑주를 걸친 무사가.

"그자가 있다면, 내가 맞서겠네."

긴에몬 한 사람에게 맡겨 둘 수는 없다. 진자부로도 도울 것이다. 무기는 없어도, 때리고 차고 물어뜯어서라도 싸워 주마.

"어젯밤의 모습으로 보아, 아무런 준비도 없이 장지 그림에 가까이 가려고 한다면 열풍에 타고 숨도 쉴 수 없을 걸세."

큰 방의 중간까지도 가지 못하고 쓰러지리라.

"사전 준비가 좀 필요해. 이리 오게."

두 사람을 재촉해 긴에몬이 향한 곳은, 제정신을 잃은 마사키치와 마주쳤던 긴 툇마루였다.

"이 색다른 장지문을 기억하나?"

긴에몬이 가리킨 것은 유리 장지다. 틀에는 검게 옻칠을 했고, 장지 부분은 한 장을 셋으로 나누어 아래쪽 3분의 1은 검고 윤이 나는 장지 종이, 위쪽 3분의 1은 하얀 장지 종이, 그리고 한가운데의 3분의 1에는 유리판을 끼워 넣었다.

"이걸 열풍을 피하는 방패로 쓰는 걸세."

유리가 들어 있는 탓에 보통의 장지보다는 훨씬 무겁다. 이것을 긴에몬이 혼자서 한 장, 진자부로와 오아키 둘이서 한 장을 들고, 그 그늘에 숨어 장지 그림으로 돌진한다——는 방책이었다.

"검게 옻칠이 되어 있는 덕분에 열풍에 그을려도 틀이 순식간에 불타는 일은 없을 테지. 유리도 나무나 종이보다는 훨씬 열에 강하네."

램프라는 등롱을 덮는 데 사용될 정도니까, 라고 한다.

이 방패가 세 사람이 큰 방을 가로질러 장지 그림으로 가까이 갈 때까지 버텨 주면 된다.

"검은 장지 종이는 흰 장지 종이보다 두껍군. 밥알이 조금이라도 남아 있으면 풀로 만들어서 바꿔 붙일 수 있을 텐데……."

유감스럽지만 밥알은 없고, 솥도 어젯밤에 씻어 버렸다.

"물로 적셔 두면 어떨까요."

우물은 말라 버렸지만 괴어가 있는 호수에서 물을 조달할 수 있지 않을까.

"한시도 서로 떨어져서는 안 되네. 셋이 같이 가지."

물을 길을 그릇이 필요해서 우선 부엌으로 들어갔다. 통이며 냄비를 안고 당장 나가려고 하자,

"죄송해요, 잠깐만 기다려 주세요."

오아키가 봉당으로 뛰어내려 자루 안에 손을 집어넣더니 뒤지기 시작한다. 그러고는 작은 보따리를 끄집어냈다.

"있다!"

진자부로도 본 기억이 있다. 오아키가 이곳에 처음 길을 잃고 들어왔을 때 가지고 있던, 삶은 오리알이 든 꾸러미다.

"바깥에서 가지고 들어온 거라 사라지지 않았네요."

그것을 등에 단단히 비끄러매고 오아키는 말했다.
"부적이에요."
"음, 좋겠지."
격려하듯이 고개를 끄덕인 긴에몬은 시루시반텐과 수건을 몇 개 꺼내 왔다.
"열기와 증기로부터 몸을 지키기 위해서 다시 껴입고 가세. 조금은 보탬이 될 거야. 수건으로 입가를 덮으면 뜨거운 증기를 직접 들이마시는 것도 피할 수 있을 테지."
시루시반텐에 팔을 꿰는 것도 이번이 마지막이다. 오라티오인지 뭔지를 짊어지는 것도 이번이 마지막이다.
준비를 갖추고 셋이서 숲을 빠져나갔다. 갸악갸악 하는 울음소리가 드문드문 들린다. 당장이라도 응전할 수 있도록 긴에몬은 칼집 입구를 헐겁게 해 두고 있었다.
괴어가 사는 호수는 말라 가는 진흙의 바다로 변해 있었다. 갈대밭은 갈색으로 시들고 속을 거북하게 만드는 냄새가 피어오르고 있다.
괴어의 모습도, 물도 없다.
"있을 법한 일이었지요. 우리를 바싹 말리려는 속셈이니 호수도 그대로 둘 리가 없어요."
긴에몬은 동요하지 않았다.
"물은 없어도 진흙은 있네."
젖은 진흙을 퍼서 통과 냄비에 모은다. 그것을 안고 긴 툇마루까지 돌아가, 문지방에서 떼어낸 두 장의 유리 장지에 발랐다.

작업을 하고 있는 동안에 세 사람 다 얼굴이며 기모노에 진흙이 튀어, 흙장난을 하고 있는 어린아이처럼 되었다.

"호리구치 님."

손등으로 턱의 진흙을 닦으며 오아키가 말했다.

"지금에 와서 궁금해해 봐야 소용없겠지만, 여기는 어디일까요."

이 저택은 어디에 있는 것일까.

"저택에서 도망칠 수 있다면, 이 저택이 있는 장소로 나오게 되겠지만."

그곳은 어디일까. 설마 니노야 모 님이 죽은 오시마 섬일까? 아니면 아득히 먼 규슈의 어딘가에 있는 니노야 가의 영지일까.

"설마. 우리는 모두 이곳에 들어왔을 때 있던 곳으로 돌아갈 수 있을 거야."

진자부로가 말하며 긴에몬의 얼굴을 보았다. 긴에몬의 이마와 뺨은 진흙으로 더러워지고 그 위에 땀으로 줄무늬가 생겨 있다.

"미안하지만 그 질문에 나는 대답을 가지고 있지 않네."

여기는 어디일까. 아마 이 세상은 아니고 저세상도 아닐 것이다. 그 정도밖에 말할 수 없다.

"우리 여섯 사람은 각각 다른 장소에서 길을 잃었네. 이노스케를 제외한 다섯 명은 대강 에도 서쪽 근교에 있었다는 공통점이 있지만 걷고 있던 길도, 목적하던 장소도 달라."

그리고 이노스케 노인은 후카가와모토마치의 공동주택 바깥에 있었다. 후카가와는 오카와 강의 동쪽, 진자부로 일행이 있었던 곳과는 성을 사이에 두고 반대쪽이다.

"우리가 선택된 이유도, 각자가 뭔가 죄를 저질렀다——는 것 같지만 오시게의 죄는 무엇이었는지 알 수 없네. 적어도 나는 듣지 못했는데."

그러자 오아키가 조금 당황했다.

"뭔가 알고 있어?"

진자부로가 묻자 오아키는 눈을 내리깔았다. 진흙이 튀어, 하얀 얼굴이 더욱 하얗게 보인다.

"오시게 씨가 시집간 집은 대대로 지주고 큰 농가여서 소작인을 많이 부리고 있었는데."

오아키가 입술을 살짝 깨물더니 이내 작은 목소리로 말했다.

"소작인들은 힘든 생활을 하고 있었겠지요. 지주가 원한을 사는 일도 있었을지 모른다고 말했었어요."

일부러 애매하게 얼버무리고 있다고, 진자부로는 느꼈다.

오시게는 좀 더 확실하게 자신의 죄를 자백했을 테지만 오아키의 상냥함이 그것을 덮어버렸다. 그렇게 무서운 모습으로 죽은 노파의 죄를 이제 와서 들출 필요는 없다고 생각했으리라.

"모두들 도리모노通りもの 순간적으로 지나가면서, 지나가는 길목에 있는 집이나 마주친 사람에게 재해를 입힌다고 하는 마물에게 당한 것처럼 부조리하고 이해할 수 없는 일을 당했다고 생각하세."

두 사람에게 당부하는 긴에몬의 옆얼굴에도 지금까지 보이지 않았던 염려가 배어 있다.

"니노야 모 님과 나는 규슈라는 땅과, 크리스천 탄압의 역사에 의해 연결되어 있네. 어쩌면 모 님이 가장 미워하는 포로는 나고, 그대들은 우연히 휘말렸을 뿐인지도 몰라."

진자부로는 당혹스러워졌다. 긴에몬의 이 말을 그대로 받아들인다면, 니노야 가와 긴에몬이 모시는 주군과의 관계를 의심하고 싶어진다.

——내가 이 저택에 붙잡힌 것은 이곳의 주인과 나의 신분, 입장이 멀기는 할지언정 인연이 있기 때문일세.

사실은 그렇게 '멀지'는 않은 것이 아닐까.

크리스천 탄압에 대해 긴에몬이,

——다시 한번 말해 두는데, 이것은 옛날 일일세.

라고 말한 것도 줄잡아 생각하는 편이 좋지 않을까. 사실은 그렇게 옛날 일이 아니라면? 호리구치 긴에몬의 '죄'가 바로 거기에 있다면——.

"진 씨."

진자부로는 오아키의 부름에 깜짝 놀랐다.

"다른 생각은, 이곳을 빠져나가고 나서 하기로 해요."

눈동자가 밝다. 오아키는 긴에몬에게 얼굴을 향하고는 시원시원하게 말했다.

"진 씨와 저는 어디에 사는 누구인지 말씀드렸으니 무사히 집에 돌아가면 서로 찾아갈 수도 있겠지요. 하지만 호리구치 님은 이제 뵙지 못할 거라고 생각하는 편이 나을까요? 저희들과는 신분이 너무 다르니까요."

아니, 신분만이 이유는 아니다. 오아키는 긴에몬이 밝히지 않는 '인연'에 조심스러운 마음을 품고 있으리라. 여기에서 살아남는다면 전부 다 잊고 없었던 일로 하고 더 이상 아무것도 알아보지 않는 편이 좋을까요, 라고 돌려서 묻고 있다.

긴에몬은 오아키를 똑바로 바라보았다. 진자부로는 숨을 죽였다.

"그럼 내가 두 사람을 찾아가지."

그렇게 말하며 긴에몬은 활짝 웃었다.

"셋이서 서로가 무사한지 확인하고, 이야기하세."

설령 그 말이 진실이 아니어도 지금은 믿자고 진자부로는 생각했다.

두 장의 유리 장지에 듬뿍 바르고도 진흙은 남았다. 세 사람은 각자의 얼굴과 목덜미, 팔다리에 남은 진흙을 발랐다.

"고작해야 진흙이지만 든든해지는군. 열기와 증기에서 피부를 지켜 줄 거야."

새까만 얼굴의 무사와 후다사시의 방탕한 아들과 전당포의 하녀라니, 대체 무슨 조합인가.

아주 좋다고, 긴에몬은 말했다. 검게 칠한 얼굴에 흰자위만이 유난히 맑다.

"갈까."

유리 장지는 무거웠다. 이 저택에 와서 난생처음으로 힘쓰는 일을 맡고 밭일을 배우며 조금은 튼튼해졌을 진자부로지만, 장지 그림이 있는 큰 방까지 가는 일은 좀처럼 쉽지 않았다. 숨이 차고 팔이 아팠다.

——위장이 텅 비어 있어서 그래.

목도 마르고 까끌까끌하다. 물이 마시고 싶다.

문 맞은편에서 화산이 진동하고 있다. 어제보다 울림이 크고, 발치에서 전해져 오는 진동 역시 격렬해졌다.

만져 보니 문손잡이가 뜨겁다. 화상을 입을 정도는 아니지만 쥐면 손가락과 손바닥이 빨개진다.

구웅, 구웅. 녹은 용암이 끓어오르는 소리가 들려온다.

세 사람은 가져온 수건으로 입가를 덮었다. 오아키의 손가락이 떨리고 주춤거려 수건을 잘 묶지 못하자 진자부로가 거들어 주었다.

"내가 먼저 들어가겠네."

긴에몬은 진흙을 바른 얼굴에 벌써 땀을 흘리고 있다. 진자부로의 턱끝에서도 땀이 떨어진다.

"진자부로는 내 옆에 붙어서 두 장의 유리 장지를 세로로 나란히 놓게."

긴에몬이 좌우의 손바닥을 가까이 하며 가리켜 보인다.

"내가 좋아, 하고 말하면 장지를 밀며 나아가게. 무슨 일이 있어도 발을 멈춰서는 안 돼. 가능한 한 호흡을 참고, 눈을 내리깔고, 열기를 견디는 걸세."

진자부로는 주먹을 쥐고 땀을 닦았다. 오아키가 기도하듯 잠시 눈을 감았다 뜬다.

"간다."

긴에몬과 진자부로가 큰 방으로 통하는 문을 열어젖혔다. 뜨거운 증기가 한꺼번에 흘러나온다. 수건으로 입을 덮고 있어도 유황 냄새에 사레가 들릴 것 같다.

문을 통과할 때만 유리 장지를 약간 기울였다. 긴에몬도 진자부로도 양손을 펼쳐 유리 장지를 안고 있어서 게처럼 옆으로 걷게 된다.

"내 뒤에 숨어."

오아키에게 말하고 진자부로는 긴에몬을 따랐다.

큰 방은 어젯밤보다 더 처참한 풍경이 되어 있었다. 증기와 연기의 막 너머로 엿보이는 화산은 화구가 커져 있다. 처음 이곳에 발을 들였을 때 보았던 장지 그림에 비하면 대략 세 배, 아니 다섯 배 정도 되지 않을까. 녹은 용암이 넘쳐나 화구 가장자리를 넓히고 있다.

새빨갛게 끓는 용암은 당장이라도 산자락을 타고 달려 내려올 기세다. 약간씩 흔들리는 희푸른 불꽃. 소용돌이치는 하얀 연기.

배 위를 걷고 있는 것처럼 발치가 흔들린다. 날아오른 불똥이 변덕스럽게 진자부로의 손등에 앉았다가 곧 꺼졌다. 진흙 덕분에 뜨겁지는 않다.

“좋아!”

수건 때문에 긴에몬의 목소리가 웅얼웅얼 들렸다. 그러나 기합은 충분해서 화산의 진동에도 내뿜는 증기 소리에도 지지 않는다.

“예!”

진자부로는 오아키와 둘이서 유리 장지를 들어 올리고 몸을 가까이 붙여 장지 뒤에 숨어서 열풍을 거슬러 걷기 시작했다. 불어닥치는 축축하고 뜨거운 바람에 밀려나는 장지의 무게에, 팔이 떨리고 다리가 후들거린다.

유리 장지를 방패로 삼아, 긴에몬은 발바닥을 바닥에서 떼지 않고 문지르듯이 나아간다. 뒤처지지 않으려고 진자부로와 오아키도 그 옆에서 나란히 보조를 맞추었다.

증기가 구웅구웅 소리를 낸다. 화구 안에서 용암이 파도치고 술렁거린다. 장지 그림 안의 산자락을 희푸른 불꽃이 달려 내려온다.

그냥 그림이다. 진짜가 아니다. 눈이 따가워지는 열기, 숨이 막힐 것 같은 유황 냄새.

전부 다 속임수다.

유리 장지의 무게도, 바싹 붙어 있는 오아키의 떨리는 몸도, 오아키가 숨을 헐떡이면서도 나무묘법연화경 나무묘법연화경 하고 외고 있는 것도. 나쁜 꿈이다. 돌진해 나가면 뿌리칠 수 있다.

"겁먹지 마, 나아가!"

긴에몬의 질타가 진자부로의 귀를 때렸다.

무섭지 않아. 목숨을 걸다니 훌륭하지, 나는 도박사라고. 이 세상 전부를 마음대로 할 수 있는 찰나를 몇 번이나 맛보아 온, 어리석은 도박쟁이에게 무서운 게 있을 성싶으냐.

장지문의 나무틀이 그을린다. 하얀 장지 종이가 끝에서부터 그을리더니 타기 시작한다. 유리 부분에는 새빨간 용암의 색이 비치고 있다.

"조금만 더 가면 되네!"

장지 그림의 화산까지 앞으로 다섯 걸음. 앞으로 세 걸음. 이제 손이 닿는다.

긴에몬이 재빨리 앞으로 나섰다.

"진자부로, 그대로 나아가게!"

큰 소리를 지르는가 싶더니, 긴에몬은 유리 장지를 옆으로 쓰러뜨리듯이 내던지고 자신은 그 그늘에서 뛰어나갔다.

유리 장지는 불타고 불똥이 춤춘다. 유리판이 틀에서 빠져 다다미 위에 떨어지고 새빨간 불꽃을 비춘다.

우선 큰 칼을, 이어서 작은 칼을 뽑아, 긴에몬은 사납게 장지 그림을 베었다.

증기와 연기 속에서도 한 번, 두 번 번득이는 하얀 칼날이 진자부로의 눈을 사로잡았다. 서걱, 하고 기분 좋은 소리가 튀고, 우선 화구 가장자리가 옆으로 길게 찢어졌다. 이어서 화구가 한가운데에서 세로로 찢어졌다.

"니노야, 모습을 나타내라!"

긴에몬이 우렁차게 소리쳐 부른다.

"무사의 본분을 잊고 무고한 민초를 괴롭히는 어리석은 망자여. 내 이름은 호리구치 긴에몬 지카후사, 자, 모습을 나타내라. 정정당당하게 승부하자!"

장지 그림을 베어 찢고, 발로 차서 쓰러뜨린다. 화산이 활활 타오르고 있던 곳에 뻥 뚫린 네모난 어둠이 나타났다. 장지 한 장 넓이. 이어서 두 장 넓이.

이제 장지 그림의 화구 부분은 완전히 사라졌다. 펄펄 끓는 새빨간 화구를 잃은 화산은 목이 베여 떨어진 사람처럼 보인다.

장지 두 장만 한 정적의 어둠. 그 안쪽에서는 희미하지만 신선한 바람이 불어온다.

진자부로가 들어 올리고 있던 장지문도 유리판을 남기고 불타올랐다. 그것을 옆으로 내던지고 오아키의 손을 잡으며, 진자부로는 똑바로 달리기 시작했다. 전방의 어둠 속으로, 신선한 바람이 부는 곳으로.

"달려, 달려!"

등 뒤에서 두 사람을 재촉하며 긴에몬도 달려온다.

진동이 멈추었다. 증기도 멈추었다.

달린다, 달린다, 달린다. 발바닥이 무엇을 밟고 있는지 알 수가 없다. 느껴지지 않는다. 어둠 속을 전력으로 헤엄치고 있는 기분도 든다.

타타타타타타타.

앞쪽에서 어둠의 일부가 술렁거렸다. 신선한 바람이 멈추자 진자부로는 눈을 깜박였다.

우와아앙, 우와아앙.

들은 적이 있는 외침이다. 한탄의 목소리다.

저택 안에서 들었던, 오라티오를 외는 니노야 모 님의 목소리다.

"젠장, 역시 여기에 있어."

세 사람은 발을 멈추고 긴장했다.

바로 정면의 어둠이 꿈틀거리며 칠흑의 갑주를 입은 무사의 모습을 이루었다. 그러더니 이노스케 노인의 목을 베었을 때와 똑같이 번쩍번쩍 빛나는 큰 칼을 들고 질주해 온다.

"나타났느냐, 망자!"

긴에몬의 목소리는 노성이 아니라 환성처럼 들리기까지 했다. 진자부로와 오아키 앞에 버티고 서서, 덤벼드는 칠흑의 무사의 칼날을 묵직하게 받아낸다. 불꽃이 튀었다.

"도망쳐, 진자부로!"

긴에몬과 칠흑의 무사는 사납게 칼을 부딪치고, 뛰어서 멀어졌다가는 다시 맞붙는다.

"호리구치 님!"

오아키가 소리친다. 진자부로는 그 팔을 움켜쥐고, 숨을 헐떡이고, 그리고 보았다.

믿을 수 없다. 믿고 싶지 않다.

뒤돌아 바라본 큰 방은 이제 동굴의 입구처럼 멀다. 그곳만 밝고, 네모나게 잘려 있다.

긴에몬이 베어 찢고, 차서 쓰러뜨린 두 장의 장지의 잔해가 흩어져 있다.

지금 그 잔해 중 한 쪽이 밑에서 찔러 올린 것처럼 튀어올랐다. 이어서 또 한 장, 또 한 장.

찢어진 화구 그림에서 용암이 뿜어져 나오는 것이다.

부아아아. 물이 끓어 솥에서 넘쳐나듯이, 장지 그림의 잔해 속에서 용암이 넘쳐 나왔다. 갑작스러운 홍수처럼 진자부로 일행을 향해 흘러온다.

용암의 거친 흐름이 내는 소리에, 울부짖는 듯한 오라티오의 영창이 겹쳐진다.

"도망쳐, 오아키."

"하지만 호리구치 님이!"

짐승처럼 분노를 드러내며 맞서는 두 무사에게 용암의 거친 흐름이 다가든다.

칠흑의 투구와, 아래턱에서 볼까지를 덮은 보호구를 떨며, 니노야 모 님이 홍소哄笑한다. 긴에몬의 얼굴에 용암의 새빨간 색이 비친다.

굵은 홍소와 오라티오의 영창. 긴에몬의 일격을 받아 니노야 모 님이 몸을 젖히고, 큰 칼의 끝이 허공을 스쳤다.

즉시 긴에몬의 다음 일격이 그 머리를 쳐서 날렸다. 투구와 함께, 머리가 공처럼 허공을 난다.

갑자기 긴에몬의 온몸이 불꽃에 감싸였다.

"안 돼, 도망쳐야 해, 오아키!"

진자부로는 고함치면서 울었다. 머리를 잃은 칠흑의 갑옷은 우뚝 서 있다. 불타오르고, 순식간에 까맣게 그을려 가는 긴에몬의 칼이 높이 쳐들려, 승리의 함성을 올리는 것 같은 몸짓을 했다. 그러고는 곧장 밀어닥치는 용암의 파도에 삼켜져 간다.

진자부로는 오아키의 손을 움켜쥐고 달리기 시작했다. 다가드는 열기와 굉음에 더 이상 돌아볼 여유도 없다.

"진 씨, 진 씨."

왠지 오아키의 목소리가 멀어진다.

"나, 잊지 않을게요."

정신이 들어 보니 잡고 있던 손이 사라져, 진자부로는 혼자서 캄캄한 어둠 속을 달리고 있었다.

용암 소리도 사라졌다. 니노야 모 님의 홍소도, 오라티오의 영창도 들리지 않는다. 진자부로가 달려가는 어둠에는 정적이 가득 차 있다. 신선한 바람이 뺨을 어루만진다.

이제 다리가 올라가지 않는다. 숨이 쉬어지지 않는다. 주위에 차 있는 어둠이 머릿속까지 들어왔다——.

비틀거리며 무릎을 꿇고, 진자부로는 엎드린 자세로 털썩 쓰러졌다.

*

“저를 발견해 준 이는 지나가던 행상인이었습니다.”

우메야 진자부로는 메지로에 사는 옛 유모를 찾아가려던 길에 쓰러져 있었다. 온몸에 심한 화상을 입은 채로.

“또 가랑눈이 춤추고 있었다고 합니다. 섣달 어느 날 그대로였어요. 제가 그 저택에 갇혀 있었던 기간이 겨우 사흘이었다는 사실을 알게 되기까지는, 꽤 시간이 걸렸지만요. 어쨌거나 죽어 가고 있었으니까요.”

긴 이야기에, 초여름의 해도 역시 기울기 시작했다. 흑백의 방장지에 비쳐드는 빛도 살짝 자주색을 머금고 있다.

“근처 인가에 실려 들어가 화상을 치료받고, 이튿날이 되어서야 저는 정신을 차릴 수 있었습니다.”

진자부로가 자신의 이름을 말하고 본가인 가게나 메지로 어딘가의 농가에 있을 오키치에 대해 이야기하자, 친절한 사람이 곧 오키치를 찾아가 알려 주었기 때문에,

“저는 오키치의 집으로 옮겨져 반년 정도는 요양에 전념했습니다.”

오키치의 집으로 옮길 때는 덧문짝에 실려서 갔다. 돈을 얻어낼 속셈이었던 그날을 떠올리고, 누운 채 흔들리면서 저도 모르게 눈물지었다고 한다.

“오키치는 제가 생각했던 것 이상으로 늙어서 어엿한 할머니가 되어 있었지만, 시댁에서는 큰마님의 입장이라 제게 매우 후하게 대해 주었습니다.”

오키치가 즉시 심부름꾼을 보내 사정을 알려 주었기 때문에 우메야에서도 사람이 달려왔다. 진자부로의 어머니와 형수들은 몇 번이나 메지로를 찾아와 오키치에게 금품을 맡기거나, 그 집에 묵으면서 진자부로를 간병해 주곤 했던 모양이다.

“아버지가 화상 치료를 잘한다고 평판이 자자한 마을 의원 선생님을 보내 주었지만 손가락과 발가락은 몇 개 포기해야 했습니다.”

심한 상처를 입은 손가락은 그 부분이 죽어 버려 피가 통하지 않게 되었고, 썩어서 떨어지고 말았다.

“목도 열기에 타서 목소리가 망가졌고요. 얼굴과 목덜미의 화상으로 인해 인상도 변했지만.”

목숨만이라도 건져서 다행이라며, 주위 사람들이 울었다고 한다.

“누가 무엇을 물어도 저는 대답하지 않았습니다.”

——제멋대로만 해 온 벌을 받은 겁니다. 죄송합니다. 앞으로는 마음을 고쳐먹겠습니다.

“몸도 뒤척이지 못하고 화상의 아픔으로 입도 잘 움직이지 못하니, 그냥 그렇게만 말하는데도 몹시 고생이었지요. 그래서 캐묻는 사람도 없었어요.”

이야기하는 동안에는 가끔 괴로운 듯 기침을 하거나 식은땀을 흘렸던 진자부로는 이제 차분한 모습이다. 이야기를 마쳤다는 안도감에 휩싸여 지칠 대로 지쳐 있다.

도미지로는 아직도 궁금한 점이 잔뜩 머릿속에 있었지만 갈피를 잡기가 어려워 난감했다. 게다가 진자부로를 빨리 쉬게 하는 편이 좋겠다, 꾸물거리고 있어서는 곤란하다고 생각하니 더욱 마음이 급해져서 정리가 되지 않았다.

"하지만 저택에 대해서나 긴에몬 씨 등은 잊지 않으셨군요."

진자부로는 고개를 끄덕였다.

"그야말로 오랫동안 나쁜 꿈을 꾼 기분이었지만 전부 다 기억하고 있었습니다. 제가 늘 가위에 눌려서 어머니나 오키치는 무서워했지요."

"당신이 입고 있던 시루시반텐이나 입에 감았던 수건은 어떻게 되었습니까?"

"타고 그을려 너덜너덜해지고 검댕으로 새까맣게 되어 있었다고 하는데, 제가 정신이 들기 전에 누군가 버렸더군요."

우메야 진자부로의 손에는 증거품이 남지 않았다.

"요양을 시작하고 한 달쯤 지나서——손가락과 발가락을 잘라낸 상처도 나았을 무렵, 혹시 돈을 빌렸을지도 모른다는 변명을 하면서 고덴마초의 전당포 후타바야에 물어봐 달라고 부탁해 보았더니."

우메야에서 당장 사람을 보내 주었다.

“우리 집에서 뭔가 가지고 나가서 저당잡히고 돈을 빌린 채 그대로 두었다면 큰일이라고 생각했겠지요. 그때까지의 행실이 나빠서 다행이었던 셈입니다.”

후타바야에 도착한 우메야의 심부름꾼은, 당사자인 진자부로가 크게 다쳐서 죽을 뻔하는 바람에 당시의 일을 잊어버렸다, 그쪽에 담보를 넣고 돈을 빌렸다면 큰일이라며 걱정하고 있다고, 정중하게 설명했다.

후타바야에서는 곧 답이 왔다.

“오아키는 역시 똑똑한 여자였습니다. 제 뜻을 알아주었지요. 덕분에 알고 싶은 것을 알 수 있었습니다.”

──작년 섣달에 저희 가게의 오아키라는 하녀가 우메야 진자부로 씨라는 분께 대부 관련으로 질문을 받았다고 합니다.

하녀는 가게 앞에서 청소를 하는 중이었고, 본래 대부에 대해서 안내할 입장이 아니었습니다. 그러자 우메야 진자부로 씨라는 분은 담보를 준비해서 다시 오겠다고 말씀하셨다는데, 그 후로 찾아오시지 않았습니다.

저희는 일절 돈을 빌려드린 바가 없으니 안심하십시오. 빨리 상처가 나으시기를 기도하겠습니다.

“아아, 오아키는 무사하고, 후타바야에서 고용살이를 하고 있다. 그리고 나와 마찬가지로 저택에 대해서 누구한테도 털어놓지 않았구나, 하고.”

사방침에 깊이 기댄 채 우메야 진자부로는 아득한 눈을 했다.

"잊지 않겠다――는 그 여자의 말은 귀에 남아 있었습니다."

빨리 나아서 오아키를 만나러 가자. 그렇게 결심하고 이후로는 요양에만 전념했다.

"저는 신경 쓰지 않았는데, 어머니와 형수, 오키치뿐만 아니라 오키치네 집 하녀까지 신경을 쓰며 눈이 닿는 곳에서 거울을 치워 버렸습니다."

지팡이를 짚고 산책을 할 수 있게 되자 진자부로는 오키치의 집 부근을 걷다가, 어느 날 관개용으로 물을 모아 놓은 연못 수면에 비치는 자신의 얼굴을 보았다.

"그럭저럭 각오는 했지만 보시다시피 이런 면상이 되어 있어서 놀랐지요. 오아키의 얼굴은 무사하면 좋겠다 싶었는데 걱정이 되어 견딜 수가 없더군요."

진자부로가 이야기하는 동안 도미지로는 몇 번이나 혼을 꽉 움켜잡히는 듯한 기분이 들었다. 어떨 때는 공포로, 어떨 때는 놀람으로, 어떨 때는 감동해서. 하지만 이때는 각별했다.

오아키의 얼굴은 무사하면 좋겠구나.

청아한 배려를 모은, 맑은 물 한 방울 같은 말이다.

"무사하다는 것은 확인하셨습니까?"

도미지로의 물음에 진자부로는 눈을 감고 고개를 끄덕였다.

"지팡이 없이 척척 걷는 모습을 보여 줄 생각이었기 때문에 그 후로도 반년 가까이 더 걸리고 말았지만요."

찾아갔을 때 오아키는 정말로 가게 앞을 빗자루로 쓸고 있었다고 한다.

“제 얼굴을 보고 당장은 말이 나오지 않았나 봅니다. 그건 이쪽도 마찬가지였지만 울거나 하지는 않았습니다.”

오아키는 말없이 진자부로의 얼굴에 있는 화상 자국을 만졌다고 한다.

——심부름꾼이 왔을 때부터 진 씨도 목숨을 건졌구나, 기다리고 있으면 언젠가 꼭 만나러 와 줄 거라고 믿고 있었어요.

진자부로는 눈을 감은 채 이야기한다. 그때의 일을 떠올리고 있는 것이리라.

“오아키는 언뜻 보기에는 특별히 달라진 곳도 없었어요.”

왼쪽 상박과 양쪽 발목 주위에 옅은 화상 자국이 있었지만 쉽게 눈에 띄는 곳은 아니었다.

“안심했습니다.”

진자부로는 눈을 뜨고 미소를 지으며 말했다.

“호리구치 님과 진 씨 덕분이라고, 말해 주더군요.”

이후로 두 사람은 가끔 연락을 주고받으며 오늘에 이르렀다.

“오아키 씨는 시루시반텐도 거의 멀쩡하게 가지고 있었군요.”

“쓸데없는 짓이니까 몇 번이나 버리라고 말했지만 듣지 않았습니다. 그런 부분은 정말 고집스러운 여자예요.”

오아키가 무사하다는 사실을 확인하자 진자부로는 나머지 네 사람을 찾기 시작했다.

“돈도 시간도 있었으니까요.”

약재상의 마사키치와 후카가와모토마치의 주정뱅이 배 목수 이노스케 노인은 쉽게 찾아낼 수 있었다.

"두 사람 다, 전해의 선달 중순에 갑자기 모습을 감춘 후 나타나지 않은 것으로 되어 있었습니다."

하라주쿠 마을의 오시게는 상가의 여자가 아니라서 마사키치나 이노스케보다는 조금 수고가 들었지만,

"쓰치다 가라는 큰 지주 집안의 시어머니가 오시게라는 할머니임을 알아냈습니다."

역시 작년 말에 '가미카쿠시를 당해' 사라졌다는 소문이 마을 안에 났었다고 한다.

"쓰치다 씨는 대대로 욕심 많고 아랫사람을 가혹하게 다루는 지주라서요. 소작인들은 악귀 같다며 두려워하고 있었습니다."

도미지로는 '역시'라고 말할 뻔했다가 가까스로 참았다.

"시어머니인 오시게 씨도, 할머니가 되고 나서 얌전해지기는 했지만 소작인들에게는 물론이고 자신의 며느리를 두 명이나 구박하여 내쫓은 여자였다나요. 그래서 오시게 씨가 가미카쿠시를 당한 것을, 꼴좋게 되었다며 비웃는 사람도 있었습니다."

뭐, 소문이지만요——하고 진자부로는 작은 목소리로 덧붙였다. 큰 소리로는 말할 수 없는 그 지방의 나쁜 소문이다.

"가장 어려웠던 사람은 뭐니 뭐니 해도 호리구치 님이었습니다. 규슈 다이묘 가의 가신이고, 에도 저택에서 말을 타고 나가는 도련님을 수행할 만한 입장에 있는 분이니까요."

생각 끝에 진자부로는 아버지의 힘을 빌리기로 했다.

"후다사시는 다이묘에게 돈을 빌려주고 이익을 얻는 셈이고, 우리도 많은 사람들에게 빌려주고 있었습니다. 그런 만큼 아버지는 발이 넓고 여러 다이묘 가의 사정에도 정통했지요."

그 저택에서 겪은 일을 다 털어놓도록 하자, 그러지 않으면 믿어 주지 않을 거라고 각오하고 있었다.

"하지만 복잡한 이야기이니 천천히 들어 달라고 말해 두고 나서 이야기하기 시작했는데도, 예수교의 예 자를 꺼낸 순간 아버지는 벌벌 떨더군요."

——막부에서 굳게 금지하고 있는 남만의 사교邪教다. 너는 그런 것에 물들어 있단 말이냐!

"거품을 뿜으며 화를 낼 뿐이라 전혀 대화가 되지 않았습니다. 평소에는 신분이 어쩌니 가문이 어쩌니 해도, 가난한 다이묘는 모두 우리한테 머리를 들지 못한다며 거들먹거리는데 말이지요."

막부의 금제에는 약한 것이다.

"결국 저는 예수교와 아무 상관도 없다고 싹싹 빌고, 그 자리를 얼버무린 채 끝나고 말았습니다."

호리구치 긴에몬의 신원과 안부는 확인하지 못했다.

"돌아가셨겠지요."

왜냐하면 저는 이 눈으로 보았으니까요.

"그분이 니노야 모 님의 목을 치고, 다음 순간에는 몸이 타오르고, 녹은 바위에 삼켜져 가는 모습을요."

살아 있기를 바랐지만.

풀어 주기를 바라는 수수께끼도 남아 있었지만.

"호리구치 님은 니노야 모 님에 대해서, 그 저택에서 우리에게 이야기해 주신 것 이상을 알고 계셨을 겁니다. 세월이 지나면 지날수록, 저는 그런 생각이 들어요."

그 의견에는 도미지로도 고개를 끄덕이게 되는 부분이 있었다.

"말하지 않고 봉인해 두어야 할 수수께끼와 함께 저세상으로 가 버리셨어요."

저택에서 도망치면 진자부로와 오아키를 찾아가겠다는 다짐은 역시 그 자리에서의 방편이었으리라. 두 사람을 격려하고 용기를 북돋우기 위한 거짓말이다.

"하지만 저와 오아키를 지켜 주셨어요. 그것만은 거짓이 아닙니다."

진자부로는 또 눈을 감는다. 몸이 무거운지 어깨가 힘없이 내려간다.

"오아키가 시루시반텐을 버리지 않고 놔둔 이유도, 그것을 잊지 않기 위해서겠지요."

도미지로는 "아니, 당신을 위해서이기도 할 겁니다"라고 말하려고 했다. 그때 진자부로가 눈을 감은 채 크게 하품을 했다. 예의가 없다거나 체통이 없다며 삼갈 여유가 없는, 억누를 수 없는 큰 하품이다. 게다가 그 얼굴에 또 땀이 배기 시작했다.

안 된다. 이제 쉬게 해 주어야 한다.

"이야기를 해 주셔서 고맙습니다. 여기에서 일단락을 짓지요."

도미지로는 손뼉을 쳐서 오시마를 부르고 자신도 일어서 작은 방에서 복도로 나갔다.

"손님의 상태가 좋지 않아. 누가 좀 도와주게. 손님의 시종도 이쪽으로 불러 주지 않겠나."

서둘러 돌아왔지만 과연 진자부로는 사방침을 밀어내고 쓰러져 있었다.

그 후로는 큰 소동이었다. 이렇게 되어 버린 이상, 진자부로의 집을 '우메야'로 통칭하고 끝낼 수는 없다. 함께 온 행수라는 젊은이를 보내 구라마에에 있는 가게에 급보를 전하자 진자부로의 둘째 형이라는 사람이 달려왔다.

그날은 진자부로의 둘째 형(만나 보니 흐뭇할 정도로 이목구비가 많이 닮은 형제였다)과도 상의하여 진자부로를 안쪽의 객실에 눕히고 미시마야에서 하룻밤을 맡기로 했다.

이튿날 진자부로는 정신을 차리고 끊임없이 미시마야 사람들에게 황송해하며 백비탕과 미음도 먹을 수 있게 되었다. 이에 도미지로가 다시 진자부로의 둘째 형과 상의하여 구라마에로 기별하자 그쪽에서는 신속하게 들것을 보내주었다.

진자부로의 둘째 형은 특이한 괴담 자리의 평판도, 진자부로가 이야기하러 온 사실도 알고 있었던 모양이라, 미시마야에 대해서는 시종일관 몹시 정중했다.

"동생은 십 년쯤 전에 입은 상처 때문에 몸이 약해졌고, 근래에는 특히 상태가 좋지 않아서 의원한테는 우리 가족들도 슬슬 각오해 두라는 말을 들었습니다."

어제는 본인이 꼭 나가고 싶다, 여한이 없도록 하고 싶다고 조르는 바람에 행수를 붙여 외출을 시켰습니다. 미시마야에 폐를 끼쳐서 정말 죄송합니다. 나중에 다시 날을 잡아 사과와 인사를 드리러 찾아뵙겠습니다——.

도미지로는 아아, 이 둘째 형이 진자부로가 '귀엽다'고 평가했던 사람인가, 하고 작은 감개를 느꼈다. 젊을 때 아버지에게, 진자부로가 도박삼매에 빠져 살 수 있다면 내버려 둬도 좋지 않느냐는 의견을 내었다가, 너도 나가라고 호통을 들었던 사람이다.

지금은 어엿한 풍채의 상인이다. 이 사람이, 목숨의 촛불이 꺼지려고 하는 동생에게 마음을 써 주고 있다는 사실에 도미지로는 손을 모으고 감사하고 싶은 기분이 들었다.

진자부로가 미시마야를 떠나기 전에, 그가 청하여 도미지로는 매우 짧은 대화를 나누었다. 하룻밤을 혼수상태로 보내더니 한층 더 야위고 약해진 모습에 가슴이 에인다.

진자부로는 오아키의 시루시반텐을 신경 쓰고 있었다.

"미시마야에, 떠맡긴, 상태……로 되어, 있지요."

쉰 목소리로 더듬더듬 물었다.

"예, 맡아 가지고 있습니다."

오아키에게는 소중한 물건이다. 지금은 그것이 갖는 의미를 도미지로도 잘 알고 있다.

"번거로, 우시겠지만…… 오아키에게, 돌려, 주실 수 있겠습니까……."

거기에서 약하게 기침을 하기 시작했다. 도미지로는 더 이상 견딜 수가 없어졌다.

"모쪼록 걱정 마십시오. 시루시반텐은 제가 꼭 오아키 씨한테 돌려드리겠습니다. 당신은 몸을 쉬고, 빨리 쾌차하십시오."

진자부로는 베개 위에서 머리를 움직여 도미지로의 눈을 올려다본다.

"마지막에, 터무니없는, 수고를, 끼치는군요."

"뭐, 진자부로 씨와 저는 도락에 빠진 아들들이지 않습니까. 서로 도와야지요. 언젠가 무슨 일로 제가 곤경에 처하면, 그때는 천하의 후다사시의 간판으로 큰소리를 칠 수 있는 당신을 찾아갈 테니까요."

핏기를 잃은 진자부로의 얼굴에 희미하게 웃음이 떠올랐다.

"미시마야의, 도미지로 씨. 도박을 하시면, 안 됩니다."

"예, 명심해 두겠습니다."

이렇게, 우메야 진자부로라고 자신을 소개한 남자는 이야기를 마치고 미시마야를 떠났다.

이야기하고 버리고, 듣고 버리고. 특이한 괴담 자리의 규칙이 있는 이상, 그 후에 어떻게 되었는지를 알아보아서는 안 된다. 그것이 듣는 이의 분별이다. 도미지로는 미련을 삼켰다.

후타바야의 오아키에게는, 처음에는 서찰을 쓰려고 했지만 생각을 바꾸었다. 신타를 불러 매우 간단한 전언을 부탁했다.

"진 씨의 이야기는 들었습니다. 다음에는 당신의 이야기를 기다리고 있겠습니다."

정말 이거면 됩니까, 그쪽에 전해질까요, 하며 신타는 고개를 갸웃거렸지만, 괜찮다 괜찮다 하며 내보냈다. 단, 그 하녀에게만 전해야 한다. 다른 사람의 귀에 들어가지 않도록 조심해 다오.

맑은 하늘 아래, 위타천처럼 고덴마초로 갔다가 돌아온 신타는,

"알겠습니다, 하고 매우 정중하게 인사하셨습니다."

심부름값도 받았어요, 하며 고급 과자 꾸러미를 보여 주었다.

"그건 네가 먹으렴. 수고했다."

전에 시루시반텐을 어떻게 할까 하고 마찬가지로 신타를 심부름 보내어 물었을 때, 오아키는 왠지 웃으며 "그거라면 가지러 찾아뵙겠습니다"라고 말했었다. 이번에는 '매우 정중'이었나.

"도련님" 하고 신타가 말하기 어려운 듯한 얼굴을 한다.

"뭐냐. 말해 보렴."

"다른 사람의 외모를 두고 이러쿵저러쿵해서는 안 되지만, 그 하녀는 아직 할머니가 될 나이도 아닌데 머리카락의 절반 정도가 백발입니다. 저는 좀 으스스했어요."

그런가. 도미지로는 문득 한기를 느꼈다. 진자부로의 머리카락도 거의 새하얬다.

어쨌든 가짜 어신화가 불타오르는, 어디인지도 알 수 없는 장

소에 있는 환상의 저택 이야기는 오아키를 만나기 전에는 끝나지 않는다. 진자부로의 용태도 마음에 걸려서 도미지로는 어쩐지 마음이 차분해지지 않는 나날을 보내게 되었다.

효탄코도에 또 지혜를 빌리러 가자, 오치카와 간이치에게 전부 털어놓고 두 사람의 의견을 듣고 싶다, 는 생각이 들 때마다 스스로를 엄하게 타일렀다. 그건 안 된다. 금지다.

효탄코도에 시루시반텐의 수수께끼를 가져갔을 때만 해도 이 일은 아직 특이한 괴담이 아니었다. 그러니 두 사람에게 상의해도 상관없었다.

하지만 지금은 다르다. 흑백의 방에서 들은 이야기는 결코 밖으로 내보내서는 안 된다. 오치카도 몇 개나 되는 이야기를 줄곧 혼자서 짊어져 왔다. 스스로 나서서 듣는 역할을 물려받은 도미지로가 칠칠치 못하게 규칙을 어겨서야 쓰겠는가.

하물며 이 일에 대해서는 간이치가 '상관하지 말라'고 충고하고 '모르는 척하는 것도 지혜'라고 타일렀었다. 더 이상 효탄코도를 끌어들여서는 안 된다.

유일한 구원은 도미지로의 번뇌를, 특이한 괴담 자리의 호위 역할인 오카쓰는 눈치 채고 있다는 것이다. 하기야 이 훌륭한 하녀는 긴자의 금고 빗장만큼 입이 무겁고 배짱도 두둑해서, 도미지로가 참다못해 뭔가 말하려고 하면,

"오아키 씨가 이야기하러 오기를 기다리지요."

어린아이를 어르듯이 미소 지을 뿐이었다.

"그 이야기를 들으면 도련님은 평소처럼 그림을 그릴 수 있을 거예요."

조금만 더 참으세요.

달력상으로는 24절기의 망종. 에도 거리는 장마에 들어갈 무렵이다.

미시마야에 '우메야'라는 가명을 쓴 구라마에의 후다사시로부터, 셋째 아들 진자부로가 세상을 떠났다는 소식이 전해졌다. 장례는 이미 가족들끼리 끝냈고 당사자의 특별한 희망으로 유해는 화장했다고 한다.

"그때는 정말 크게 신세 졌습니다. 고인을 대신해 후의에 감사드립니다."

심부름꾼의 전언에, 미시마야도 주인 이헤에가 정중한 애도의 말을 돌려보냈다. 도미지로는 자신의 재량으로 백단향의 선향을 싸서 심부름꾼에게 맡겨 보냈다.

아아, 가 버렸나.

어째서 화장해 달라고 부탁했을까. 호리구치 긴에몬과 똑같이 불꽃에 휩싸여 재가 되고 싶었을까. 이해할 수 없는 무서운 저택에 붙잡히는 바람에 몸에 입게 된 흉터로부터 해방되고 싶었을까.

진자부로가 건너갈 피안에는 긴에몬과 이노스케, 마사키치, 오시게가 기다리고 있을까. 그곳은 지옥일까, 극락일까.

다행히 도미지로는 그렇게 며칠이나 괴로워하지 않아도 되었다. 드디어 후타바야의 오아키가 찾아왔기 때문이다.

오아키의 이야기

“건방진 무례를 저질러서 죄송했습니다.”

흑백의 방으로 안내하자, 오아키는 손가락을 바닥에 짚고 머리를 숙이며 죄송하다고 말했다.

신타에게서 들은 대로 머리카락의 절반이 백발이다. 우메야 진자부로와 마찬가지로 오아키의 머리카락도 전체적으로 숱이 적어져서 모양 좋게 틀어 올려 묶을 수가 없기 때문인지, 간소한 지렛타무스비에도 시대의 머리 묶는 방식 중, 아무렇게나 빗에 감아 머리 위에 틀어 올린 머리. 하류 계급의 여성이 주로 했다로 묶여 있었다.

홑겹의 고소데는 색깔이 꽤 바랜 가쓰오지마鰹縞 짙은 색에서 옅은 색으로 변화를 준 줄무늬. 밝은 파란색 계통의 색깔이 사용될 때가 많으며, 에도 시대에는 유카타의 무늬로 많이 사용되었다다. 계절에도 맞지 않을뿐더러 딱 보기에도 무척 낡았다. 그리고 본인도 지쳐 있다——고 도미지로는 생각했다. 자신의 착각일까.

젊은 시절, 적어도 십 년 전에 우메야 진자부로와 만났을 무렵에는 상당할 정도의 미인이었으리라.

“이곳에 시루시반텐을 맡기고…… 맡겨 버렸다고 진자부로 씨한테 알리고 나서 심하게 야단을 맞았어요.”

진자부로도 같은 말을 했다. 저는 오아키를 꾸짖었습니다, 하고.

"그런 것을 함부로 다른 곳에 넘겨주어서는 안 된다고요."

"하지만 당신은 그걸 저희에게 보여 주고 싶었던 거지요?"

당신이라는 호칭에 오아키는 놀란 모양이다. 조금 눈을 크게 뜬다. 도미지로는 신경 쓰지 않았다. 특이한 괴담 자리의 이야기꾼으로서 흑백의 방에 들어왔다면 신분이나 입장은 상관없다. 아가씨든 하녀든 똑같이 대하는 것이 듣는 이의 임무다. 오치카도 그렇게 해 왔을 것이다.

"특이한 괴담 자리를 마련해 오고 있는 미시마야가 시루시반텐──등의 덧댄 천을 보고 어떻게 할지 당신은 시험하고 싶었겠지요."

오아키는 야윈 턱을 끄덕이며 다시 몸을 굽히고 머리를 숙였다.

"정말 무례한 짓을 했습니다."

그만 됐다고 도미지로는 온화하게 말했다.

"당시 저희 나리에게 부탁드리며, 이 시루시반텐에는 약간의 사연이 있는데 미시마야에서도 알아보시지 않을까요, 하고 말씀드렸더니,"

금귤의 신 같은 후타바야 주인은 당초 미시마야에 폐를 끼칠 물건이라면 안 된다며 거절했다고 한다.

"하지만 안 된다면 당장 제가 가지러 가겠습니다, 하고 허락을 받았지요."

오아키의 목소리는 진자부로처럼 쉬어 있지는 않았다. 지금 목소리가 작은 이유는 미안해하고 있기 때문이리라.

"전당포는 사연 있는 물품을 여러 가지 다루거든요. 개중에는 성가신 물건도 있으니 나리도 신경이 쓰이셨겠지만."

——뭐, 미시마야는 특이한 괴담 자리로 평판을 얻고 있는 호사가이니, 그 눈썰미를 시험해 보는 것도 좋으려나.

하며 오아키의 말을 들어 주었다고 한다. 역시 그때 모두 함께 이야기를 나눈 대로 후타바야의 주인도 어렴풋이 눈치 채고 있었구나. 너구리 영감 같으니.

"물론, 그 시루시반텐에는 놀랐지만."

도미지로는 무심코 쓴웃음을 짓고 말았다.

"이쪽에서 후타바야에, 그건 맡을 수 없습니다, 라고 대답하지는 않았지요. 그런데 오늘은 뭐라고 말하고 가게를 나왔나요?"

"제 마음이 바뀌었다고 말씀드렸어요."

하며 오아키가 재빨리 눈을 깜박인다. 그래서 겨우 도미지로는 깨달았다. 오아키는 눈물을 글썽이고 있다.

"미시마야에도 역시 폐가 될지 모르니까요, 하고."

"후타바야도 놀랐을 텐데."

"저희 나리는 시루시반텐 따위는 잊고 계셨는지."

너구리 영감은 잘 잊어버리는 모양이다.

"그럼 얼른 돌려받고 와라, 미시마야에는 사과를 하고 오라면서."

거기에서 오아키는 작게 코를 훌쩍였다.

도미지로는 말했다. "진자부로 씨가 돌아가신 건 알고 있지요."

눈물이 오아키의 눈초리를 적신다. 네, 하고 대답하는 목소리에서 떨림이 느껴졌다.

"진 씨 쪽에서, 만일 무슨 일이 있을 때는 당신에게 전해지도록 손을 써 두었으려나요. 두 분은 저택에서 도망친 후로 가끔 만나거나 연락하곤 했지요."

"네, 그렇습니다."

도미지로는 지금까지의 경위를 돌이켜보면서 오아키에게 확인해 나갔다. 우선은 오아키가 미시마야에 시루시반텐을 보내고, 나중에 알게 된 진자부로가 그에 얽힌 인연을 이야기하러 왔다.

"진 씨가 이곳에서 전부 다 이야기했으니, 당신의 마음도 조금쯤 풀렸겠지요."

자신들이 얼마나 무서운 일을 당했는지. 자신을 구하기 위해 호리구치 긴에몬과 우메야 진자부로가 무엇을 해 주었는지.

누구에게도 알려지지 않은 채 이대로 끝나는 것은 원통하다. 오아키의 그 마음은 풀렸다.

하지만 진자부로는 죽고 말았다. 시루시반텐은 꺼림칙한 기억의 근원이지만, 오아키에게는 유일한 유품도 되었다.

"그러니 역시 가까이 두고 싶다고 생각한 겁니까?"

오아키는 손등으로 얼굴을 눌렀다. 가쓰오지마 고소데의 소매가 흐트러지자 손목에서 팔꿈치 아래까지가 드러났다. 확실하게 화상 자국이라고 알 수 있을 정도로 심하지는 않지만 엷게 흔적이 보인다.

"여러 가지 생각이 있었어요."

오아키가 눈물을 흘리며 떨리는 목소리로 번민을 토해 낸다.

"저도 시루시반텐을 계속 가지고 있자니 무서워서 버리려고 한 적도 있어요."

하지만 그런 것을 버리려고 하면 의외로 번거롭다.

"그대로 버리면 누군가가 주워 갈지도 모르고요."

찢어서 버린다 해도 산산이 찢어지는 물건은 또 아니다. 흔적이 남을 수밖에 없으니, 이건 뭘까, 누가 이런 짓을 했을까 하고 조사할 수도 있다.

"태우려고 한 적도 있었지만, 도저히 무서워서."

그 화산의 불이 생각난다. 호리구치 긴에몬을 태운 업화가.

"거기에 불을 붙이면 오라티오가 들려올 것 같은 기분이 들거든요."

오라티오를 짊어진 시루시반텐은 환상의 저택에서 가지고 나온 유일한 증거다. 어쩌면 니노야 모 님의 원념이 남아 있을지도 모른다. 불꽃이 원념을 되살릴지도 모른다.

"버린다 한들 생생하게 목도한 일을 잊을 수도 없으니까요. 저는 지금도 나쁜 꿈을 꾸고, 가까이에서 작은 불이라도 나면 이가 딱딱 부딪힐 정도로 떨고 말아요."

그만큼 무섭고, 괴롭고, 무거운 것을 마음속에 품고 있었기 때문에, 오아키는 꽤 이전부터 미시마야의 특이한 괴담 자리에 강한 흥미를 느끼고 있었다.

"한 번에 한 사람이 이야기하고 마친 후에는 어디에도 새어나가지 않는 괴담 자리라면, 진 씨와 제 이야기를 해도 되지 않을까 생각했어요."

정말로 있었던 일이라고, 자신들의 몸에 덮쳐 온 일이라고, 다 토해 낸 다음 편해지고 싶다. 위로받고 싶다. 함께 무서워해 주었으면 좋겠다.

한편으로, 나날이 높아져 가는 특이한 괴담 자리의 평판에 화가 나기도 했다고 한다.

도미지로는 놀랐다. 그야말로 나쁜 꿈 속에서도 누군가 화를 내리라곤 짐작하지 못했다.

"우리의 무엇에 화가 나셨는지요?"

오아키가 망설이기에, 사양할 필요는 없다고 덧붙였다. 오아키는 얇은 입술을 몇 번이나 적시고, 고개를 숙이고 어깨를 움츠리더니 겨우 대답했다.

"호기심으로 무서운 이야기를 모으고 재미있어하고."

멋쟁이인 척하고 가게를 선전하고.

"하지만 미시마야는 정말로 무서운 건 모르잖아요. 우리 같은 일을 당하지 않았으니까."

오아키 일행을 덮친 수수께끼와 공포의 근원에는 나라에서 엄하게 금지하고 있는 예수교가 관련되어 있다. 그 한 가지만을 보아도 단순한 괴담과는 전혀 다르다. 오아키가 섣불리 입을 열지 못하고, 진자부로 역시 입을 다물어 온 까닭도 이 때문이다.

"미시마야의 특이한 괴담 자리는 아무리 수가 쌓여도 그냥 놀이다, 그렇게 생각하니 화가 나서 견딜 수가 없었어요."

아아, 그렇구나.

납득이 가고 납득한 마음이 가슴 밑바닥에 묵직하게 가라앉아 도미지로는 신음했다.

"죄송합니다."

오아키는 울음을 터뜨렸다. 닦아도 닦아도 이제 눈물을 얼버무릴 수가 없다.

"괜찮아요, 실컷 우세요. 회지는 가지고 있습니까?"

자신의 품에서 꺼내어 오아키의 손에 쥐여 주고 아무 말 없이 울게 해 주었다.

——당신들은 정말로 무서운 걸 만나지 못했잖아. 이걸 봐. 이 거야말로 지금도 우리를 괴롭히고 있는 무서운 거야.

뾰족한 생각에 쫓겨 시루시반텐을 미시마야에 보낸 오아키가, 울며 호소한다. 아니, 자백한다.

"덧댄 천의 글씨가 예수교의 오라티오라는 걸 미시마야가 모른다면."

아무것도 모르는군, 하고 비웃고,

"안다면 아는 대로 허둥거리는 모습이 재미있겠다 싶어서."

진자부로의 이야기를 듣기 전에 덧댄 천의 글씨를 발견한 도미지로가 신타를 통해 어떻게 할지 문의했을 때 오아키가 웃고 있었던 이유는 이런 속셈이 있었기 때문이구나.

——미시마야는 역시 당황하고 있구나. 꼴좋게 됐다.

"거품을 문 미시마야가 시루시반텐을 이 세상에서 없애 준다면 저도 고맙지요. 일석이조라고도 생각하고 있었습니다."

오아키의 마음——속셈을 알았기 때문에 진자부로는 그녀를 꾸짖고 오십 냥이나 되는 큰돈을 제시하며 급하게 미시마야로 이야기하러 왔던 것이다.

오아키의 방문에 긴장하고 당황한 나머지, 오늘은 백비탕 한 잔도 내놓지 않은 채 마주하고 있다.

어깨의 짐을 내려놓고 가슴속 응어리를 토해 내며 울다 지쳐 가는 오아키를 보면서,

——뭔가 맛있는 음식을 먹게 해 주고 싶구나.

도미지로는 그런 생각을 했다.

당장은 조달할 수 없고, 애초에 후타바야의 고용살이 일꾼인 오아키를 오랫동안 붙잡아 두기도 곤란하니 유감이다.

진자부로의 이야기를 떠올려 보면, 이 여자는 살인자다. 상응하는 이유가 있었다고는 해도 열네 살 즈음에 어른 남자의 목을 그어 죽였다.

하지만 그쪽은 전혀 무섭지 않다.

오히려 불타는 화산이 숨어 있는 환상의 저택과, 거기에 사람을 붙잡아 가두고 죄를 토해 내라며 다그치는 미친 사령 쪽이 무

섭다면 훨씬 더 무섭다고, 도미지로는 새삼 절실하게 깨달았다.

만일 자신이 같은 일을 당했다면.

진자부로처럼 행동할 수 있었을까. 호리구치 긴에몬처럼 싸울 수 있었을까. 자신을 두고 도망치라던 오시게처럼 미련 없이 굴 수 있었을까.

네 죄를 고백하고 참회하라.

"오시게 씨도."

일부러 오아키 쪽을 보지 않고 눈을 내리깐 채 도미지로는 말했다.

"나쁜 시어머니였던 시절이 있었다고 진 씨한테 들었습니다. 당신도 저택에 있는 동안 같은 고백을 들었지요?"

오아키는 회지로 코를 풀었다. 그렇다고도 아니라고도 말하지 않는다. 잠자코 있는 그 얼굴에 대답이 떠올라 있다.

"진 씨의 이야기를 들은 후에 저도 이것저것 생각했지요."

실제로 도미지로는 밤에도 잠을 이루지 못할 정도로 깊이 생각했다.

"호리구치 님은 니노야 모 님에 대해서 당신들에게 이야기한 이상으로 자세히 알고 있었다——."

니노야 모 님과 인연이 있다.

"섬기던 주군가의 사정에 관련된 일이기 때문에 알지만 전부 말할 수는 없었다, 는 추측은 맞을 거라고 저도 생각합니다."

긴에몬은 일찍부터 오아키 일행을 구하는 한편으로 자신의 목숨을 바쳐서라도 니노야 모 님을 벌하겠다는 결심을 했을 테고, 그 결심에는 한 점의 흐림도 있을 리 없다. 하지만 자신이 죽는다고 해서 주군가의 비밀, 어두운 부분을 밝혀 버려도 된다고는 생각하지 않는다. 그거야말로 주군가를 지키는 무사의 긍지 같은 것이리라고 도미지로는 생각한다.

따라서 호리구치 긴에몬은 별도로 치고, 문제는 나머지 다섯 명이다.

"이노스케 노인은 한심한 주정뱅이고, 마사키치도 얄미운 호색꾼이지요."

오아키는 사람을 죽였고, 오시게는 가혹한 지주였다.

"하지만 진 씨는 어떨까요."

부모를 화나게 만들고 슬프게 하기는 했지만 그냥 방탕한 아들이지 않은가.

"다른 사람의 목숨을 빼앗거나 상처를 입히지는 않았지요."

도박에 미쳐서 세상을 손바닥 위에서 굴릴 수 있다는 쾌감에 젖었고, 신이 된 듯한 순간을 잊을 수 없어서 도박장을 전전했을 뿐이다.

"그건 확실히 오만함일지도 모르지만, 죄라고는 생각하지 않아요."

적어도 목숨으로 대가를 치러야 할 만한 죄는 아니다.

이 나라에 사는 사람들의 생활에 깊이 스며들어 있는 수많은 신들 중에는 도박장에서 섬기는 신도 있다. 그 신은 천한가. 그렇지는 않다. 다만 그 신을 모시고 운이 따르도록 점지해 주시는 걸 감사히 여기며 천하를 얻었다는 착각에 빠지고 마는 도박사의 천성이 어리석을 따름이다.

"진 씨가 죄인이 되는 것은, 세상을 만든 유일한 신이 가장 위대하고, 사람은 아무리 노력해도 그 신에게 머리를 들 수 없다는 예수교의 가르침에 비추어 보았을 때뿐이 아닐까요."

혼잣말처럼 중얼거리고 얼굴을 들자 오아키가 이쪽을 보고 있다. 눈도 콧등도 붉다.

틀림없이 피가 흐르고 있다. 오아키는 살아 있다.

이 이야기에도 피가 흐르고 있다. 살아 있는 사람이 마주친 일이었으니까.

그렇게 생각하면 또 등골이 오싹해지지만 도미지로는 스스로를 격려하며 말을 이었다.

"지금에 와서 이런 말을 하는 것도 뭣하지만, 떨어지는 판자문 장치를 따랐다면 혼자 용서받고 살아남을 수 있는 사람은 진 씨가 아니었을까 합니다."

참회하고, 용서받아 집으로 돌아가는 방탕한 아들이다.

"니노야 모 님이 마지막의 마지막까지 진 씨 앞에만 모습을 나타냈었던 이유도 그래서가 아닐까요."

오아키는 코를 훌쩍였다. 그 소리가 묘하게 사랑스럽게 들렸다.

"저는 그런 식으로는 생각도 해 보지 않았지만."

"미안합니다."

"아뇨, 하지만 미시마야 씨의 말씀이 옳을 거라고 생각해요."

도미지로와 오아키는 똑바로 마주 보았다.

도미지로가 먼저 웃었다. "도박은 하지 않지만, 저도 빈둥빈둥 얹혀살며 도락이나 즐기고 있는 불효막심한 아들이거든요. 그래서 지금처럼 생각하고 싶을 뿐이에요. 저는 소심하니까."

만일 자신이 그 저택에 붙잡혔다고 해도 살아날 수 있다고 생각하고 싶은 것이 아닐까.

"오아키 씨도, 저택에서 도망쳐 나온 후에는 미아가 된 장소로 돌아가 있었나요?"

"네. 정신이 들어 보니 혼자 길바닥에 쓰러져 있었어요."

등에 삶은 오리알이 든 꾸러미를 지고 있었다.

"여전히 시루시반텐을 입고 있어서 허둥지둥 벗었지요. 입고 있으면 다시 저택으로 끌려갈 것 같은 기분이 들어서."

벗은 김에 바로 길가에 버렸더라면 좋았겠지만 편하고 이로운 대로만 할 수 없다는 것이 사람 마음의 성가신 점이다.

"지금까지 있었던 일의 증거이고 단 하나뿐인 진 씨와의 연결이었고."

"음, 마음은 알겠어요."

돌아온 오아키의 머리 위에도 가랑눈이 춤추고 있었다고 한다.

"다리가 후들거려서 좀처럼 일어설 수가 없었지만, 지나가던 사람이 수상히 여길까 봐 어쨌든 빨리 후타바야로 돌아가자고 생각했어요."

머리를 텅 비우고 그저 걸었다.

"계속, 나무묘법연화경을 외고 있었어요."

돌아온 오아키를, 후타바야와 이웃 사람들은 크게 놀라고 기뻐하며 맞이해 주었다.

"가게에 돌아온 후에야 몸 여기저기에 입은 화상이나 찰과상이 보이더라고요. 그때까지는 무아지경이라 어디가 아프다고 느끼지도 못했어요."

오아키가 저택에 대해서 말하지 않은 것은 무서워서 입 밖에 낼 수 없었기 때문이지만,

"후타바야에서는 가미카쿠시를 당한 동안의 일을 이것저것 캐묻지 않던가요?"

오아키는 고개를 저었다.

"제가 말하고 싶어 하지 않는 눈치니까, 나리도 마님도 상관하지 않으셨어요."

——너 자신을 위해서라도 이런 일은 빨리 잊는 편이 좋겠지.

"아까도 말씀드렸지만, 전당포는 사연 있는 물건을 다룰 때가 있습니다. 나리도 마님도 약간의 이상한 일에는 익숙하셨고, 제가 무사히 돌아왔으니 더 이상 소란 피우지 말고 그냥 내버려두자는 생각이셨겠지요."

전당포라는 특수한 직종에 종사하는 이들이 가진 처세의 지혜일까.

"화상도 있어서, 가게의 고용살이 일꾼들은 기분 나쁘게 여겼지만."

후타바야의 주인 부부는 오아키를 해고하지도 않고 담담하게 일을 시켰다.

"정말 고마운 일이라고 생각해요."

주인 부부의 따뜻한 배려가 있었기 때문에, 오아키도 나중에 병으로 앓아눕고 만 후타바야의 안주인을 성심껏 돌보았으리라.

앞으로도 그 마음이 변치 않길 바라며 도미지로는 말했다.

"진 씨는 잊을 수 없겠지요. 하지만 그 이외의 일들은 잊어도 돼요. 이 미시마야의 특이한 괴담 자리가, 통째로 듣고 버릴 테니까요."

도미지로의 마지막 당부에 지금껏 고집스러운 험악함을 띠고 있던 오아키의 눈매가 처음으로 느슨해졌다.

"그 시루시반텐도 잊어버리세요. 후타바야에는 미시마야가 벌써 뜯어서 써 버렸다고 하세요."

몸의 긴장이 풀린 오아키가 완전히 안심한 듯 엎드려 절했다.

"고맙습니다."

이로써 겨우, 꺼림칙한 환상의 저택 이야기는 끝났다.

*

도미지로도 가벼운 마음으로 시루시반텐의 처분을 맡겠다고 자처한 건 아니다.

선불리 건드리지 않는 편이 좋다는 사실쯤은 알고 있다. 덧댄 천만이라도 태우려다가,

——정말로 오라티오가 들려오면 곤란하지만.

미시마야에는 오카쓰라는 역병신의 가호를 받은 호위가 있으니까 이대로 놔두어도 괜찮으리라 생각했다. 도미지로의 그림을 넣어 두는 '기이한 이야기책'과 마찬가지다.

하지만 이번 이야기를 그림으로 그리려고 생각을 짜내고 있는 사이에 떠오른 바가 있어,

"잠깐 나갔다 오겠습니다."

하고 시루시반텐과 덧댄 천을 보따리에 싸서, 만에 하나라도 떨어뜨리거나 잃어버리지 않도록 소중히 안고 찾아간 곳은.

"어라, 지난번에 오셨던 손님이 아니십니까. 어서 오십시오."

우에노 이케노하타의 과자가게로 가는 도중에 불쑥 들렀던 골동품 가게다. 활달해 보이는 가게 주인도 도미지로를 기억하고 있다.

그날 도미지로와 눈이 마주친 서양 여자 마물의 족자는 가게 앞에서 사라지고 없었다.

"팔려 버렸나요?"

"예. 좋은 손님이 붙어서요."

가게 주인이 내 준 둥근 방석에 앉아서 차양을 때리는 장맛비의 조용한 빗소리를 등지고, 도미지로는 주인의 이야기를 들었다.

"그런 그림을 기꺼이 사 주는 분은 당연히 호사가지만 그렇다고 해도 보기 드물게 재미있는 분이었습니다."

상가를 운영하다가 은퇴한 노인이라고 한다. 젊을 때부터 유령화만 수집해 왔다고 한다. 집 안의 방 한 칸에 사들인 그림을 죽 걸어놓는데, 전부 걸 수가 없어서 가끔씩 바꾸는 모양이다.

"그 유령화가 시끄럽게 싸운다고 합니다."

조합에 따라 싸움의 크기가 달라진다. 싸움에 진 유령화가 찢어져 버린 적도 있다고 한다.

――놈들한테 이국의 마물을 던져 넣어 주면 어떻게 될까 싶어서요.

"일본의 유령이 떼 지어 덤벼도 남만의 여자 마물을 이길 수 없어서야 한심하다. 우리 유령화들이 열심히 해 주어야 할 텐데――라고 말씀하셨습니다."

껄껄 웃으면서 여자 마물의 족자를 안고 돌아갔다고 한다.

"대담한 분도 다 계시는군요."

벌어진 입이 좀 다물어지지 않는다.

"경과가 어떤가 싶어서 저도 어르신이 다시 오시기를 기대하고 있습니다."

도미지로는 오라티오 시루시반텐 꾸러미를 무릎 위에 올려놓았다. 골동품 가게 주인도 꾸러미에 시선을 떨어뜨렸다.

"오늘은 팔 물건을 가져오셨습니까?"

전당포보다 더욱 사연 있는 물품을 다룰 기회가 많고 취급에도 익숙해 보이는 골동품 가게 주인에게, 도미지로는 처분하기 곤란한 물건을 처분해 줄 연줄이 있는지 물을 요량이었다. 하지만 상대가 대뜸 "팔 물건을 가져왔느냐"고 묻자 자신의 가슴속에는 처음부터 팔아 버리면 된다는 마음이 있었던 것 같은 기분도 든다.

아아, 한심하다. 오아키 앞에서는 가슴을 펴고 떠맡았는데 이 꼴이라니.

골동품 가게 주인은 침착하다.

"보여 주실 수 있을까요."

"아, 네."

도미지로는 꾸러미를 풀었다. 가게 주인은 신중한 손놀림으로 시루시반텐을 펼쳤다.

꼼꼼하게 살펴보고, 뒤집고, 좌우의 소매를 들여다보고, 솔기를 점검한다. 그러고 나서 덧댄 천을 손에 들었다.

그, 히라가나 글씨. 눈을 살짝 크게 떴지만, 골동품 가게 주인은 표정을 바꾸지 않았다.

"그 글씨에, 좋지 못한 무언가가 봉인되어 있습니다."

"아하."

"본래 악한 것은 아닌——아니, 안 좋은 물건인 건 맞지만, 다른 의미의 나쁜 것이 되어 버렸다고 할까요."

스스로 생각해도 한심할 정도로 횡설수설한다. 이제 와서 찬찬히 살펴보니, 시루시반텐에 타고 그을린 흔적 하나도 남아 있지 않다는 점도 새삼 불길하게 느껴진다.

──가지고 나오는 게 아니었어.

"죄송합니다."

"아뇨, 아뇨." 주인은 눈을 가늘게 뜨며, "구로타케라는 성은 어느 지방의 것일까요."

"성인지 아닌지 확실하지 않습니다."

주인과 대화를 나누는 사이에 도미지로는 지금껏 미시마야에서는 하지 못했던 생각이 번뜩 떠올랐다.

"검은 투구와 갑옷을 입은 무사라는 뜻일지도 모릅니다."

미하라야마 산의 어신화에 몸을 던져, 새까맣게 타서 목숨을 끊은 니노야 모 님의 원령의 모습을 말로 나타내면 구로타케黑武가 되지 않을까.

"이런 건 섣불리 버릴 수 없지요. 여기서는 이런 종류의 물품이 들어왔을 때 어떻게 하십니까?"

골동품 가게 주인은 싱긋 웃었다. 비위를 맞추기 위해서라고 해도, 정말이지 매우 숙련된 웃음이다.

"저희는 이런 종류의 물품도 거래합니다. 어떻게고 저떻게고 할 것도 없이 손질해서 가게 앞에 늘어놓고 눈썰미 있는 손님을 기다리지요."

다시, 벌어진 입이 좀 다물어지지 않는다.

"골동품 가게라는 건."

"예, 그런 장사입니다."

가게 주인은 시루시반텐의 등 부분에 덧댄 천을 대 보았다.

"솔기가 남아 있으니 이건 여기에 꿰매어져 있었겠군요."

"예."

"원래대로 해 놓아도 괜찮을까요?"

"마, 맡아 주시게요?"

"손님이 괜찮으시다면, 기꺼이."

그 글씨는 금제인 예수교의, 오라티오라는 것입니다.

그런 말이 도미지로의 목구멍까지 나왔다가 막혔다.

"상관없나요? 성가신 일이 생길지도 모르는데."

"괴담을 듣는 것도 충분히 성가신 일을 끌어들이는 취미라고 생각하는데요."

이번에는, 도미지로가 입을 벌릴 수도 없었다. 숨을 삼키며 가게 주인을 바라본다.

"전에 뵈었을 때는 손님의 얼굴을 몰랐습니다. 나중에 대각선 맞은편에 있는 도자기 가게 주인이 가르쳐주더군요."

저 사람은 특이한 괴담 자리로 평판이 자자한 주머니 가게, 미시마야의 도련님일세, 하고.

"이야기를 모으는 일이 미시마야의 특기라면 오래된 물건을 다루는 일은 제 특기입니다. 안심하십시오."

도미지로는 안도로 눈이 핑 돌 것 같았다.

사들이는 물건이니까, 라며 골동품 가게 주인은 꼭 돈을 치르겠다고 고집을 부렸다. 결국 도미지로는 한 푼을 받기로 했다.

"앞으로 이건 제 부적으로 삼겠습니다."

물처럼 조용한 담력이 있는 골동품 가게 주인에게, 조금이라도 가까워질 수 있기를.

그 후로 며칠 동안 도미지로는 그림에 열중했다. 자, 무엇을 그릴까.

어지럽게 계절이 변하고, 날개 달린 괴물에게 둘러싸여 있고, 괴어가 숨어 있는 호숫가, 백 돈짜리 초가 켜져 있는 복도가 길게 뻗어 있고, 고함치는 듯한 오라티오에 새빨갛게 화내는 화산의 장지 그림이 있는 저택.

그 주인인 칠흑의 무사.

밑그림에 반지를 허비했다. 그려도 그려도 속이 시원하지 않다. 뭉쳐서 버리고, 찢어서 버린다.

역시 갑주 차림의 무사가 서 있는 모습을 그려야 할까. 다른 것은 필요 없을까.

생각을 정하고 윤곽을 그리기 시작했을 때 소매가 걸린 것도 아닌데 먹통을 엎고 말았다. 담아 둔 먹이 흘러 반지가 순식간에 새까맣게 물들어 간다.

도미지로는 잠시 그 앞에서 굳어 있었다.

이번에는 그리면 안 되는 것이다.

생각 끝에 글씨를 썼다. 먹이 마르자 곧 오카쓰를 불렀다.

반지에 쓰인 글씨를 본 오카쓰가 "어머나" 하고 놀라며 말했다.

"그런 거군요."

"응, 그런 거야."

짧게 이야기를 나눈 것만으로 충분했다.

"구로타케 어신화 저택."

이것이 이 이야기에 어울리는 듣고 버리기, 결말이었다.

편집자 후기

대략 8년쯤 라디오에서 책을 소개했다. 방송국마다 사정이 조금씩 다를 텐데, 내가 출연한 프로그램은 피디와 작가와 진행자가 한 부스에서 게스트인 나와 마주보며 앉는 형태였다. 때문에 마이크에 대고 이러쿵저러쿵 떠드는 동안에도 세 사람의 동태랄까 움직임이 훤히 보였다. 그들의 눈빛이 시종일관 흥미진진하게 내 쪽을 향하고 있다면 그날 소개한 책(의 내용)이 괜찮다는 뜻이다. 그렇지 않고 누군가 스마트폰을 만지작거리거나 멍하니 딴 곳을 쳐다보고 있으면 '아, 이번에 고른 책은 별로구나' 혹은 '소개가 재미없나 보네' 하고 생각한다. 그때그때의 분위기에 따라 목소리도 활기를 띠거나 주눅이 드는 식으로 달라졌다. 신통치 않은 반응을 어떻게든 바꿔볼 요량으로 오버하다가 페이스를 잃고 우왕좌왕한 적도 있다. 가장 난감한 건, 담당 피디나 진행자가 교체되는 경우다. 대사를 주고받는 타이밍이나 리액션의 맥락이

미묘하게 달라져 한동안 감을 잡기가 힘들어지기 때문이다. 이전까지는 암묵적으로 양해되던 습관이나 패턴을 바꿔야 할 때도 있다. 하지만 방송국이라는 곳은 매년 '개편'이라는 이름의 변화를 통하여 새로움을 추구하게 마련이니까 게스트 입장에서야 얼른 적응하려고 애쓸 따름이다. 물론 가급적 바뀌지 않았으면 하는 마음은 있지만.

미야베 미유키의 시대소설 '미시마야 변조괴담 시리즈'가 여섯 번째 권을 맞이하며 개편의 바람이 불어 닥친다는 얘기를 들었을 때도 비슷-한 심정이었다. 처음부터 듣는 역할을 맡았던 오치카가 갑자기 시집을 가다니. 대신하여 바뀐 진행자가 미시마야의 차남 도미지로라니. 싫은데. 계속 오치카가 나와 주면 좋으련만. 게다가 특이한 괴담 자리의 두 번째 진행자인 도미지로로 말할 것 같으면, 집안의 대를 이어야 한다는 부담이 없다 보니 (부상으로 오랫동안 요양을 했다 손치더라도) 지금껏 슬렁슬렁 무위도식을 해왔을 뿐인 룸펜이라고 해도 무방한 인간이 아닌가. 어딘가 미덥지 못하다고 할까. 이래서야 더더욱 '싫은데'라는 생각이 강해질 뿐이다. 솔직히 기대보다는 우려가 컸다. 이러한 우려에 대해서 작가 본인은 어떻게 생각하고 있을까. 미야베 미유키는 《선데이 마이니치》와의 인터뷰에서 다음과 같이 말했다.

"당초에는, 듣는 사람은 계속 오치카로 이어갈 예정이었습니다. 하지만 괴로운 과거로 인해 마음에 상처를 지닌 오치카가 할머니가 되어서도 듣는 역할을 계속하는 모습을 상상하니, 딱하다는 생각이 들더군요. '지금까지의 활약만으로도 충분하지 않은가, 이 아가씨도 이제 행복했으면 좋겠다' 싶어서 경사스러운 신부로 행복한 생활을 영위할 수 있도록 해주었습니다. 저도 점점 나이를 먹어가면서 '적당함'이라는 걸 알게 되었어요. 듣는 사람을 교체하게 된 진상은 저 자신이 변화했기 때문입니다. 듣는 사람을 교체했더니, 역시 이야기도 바뀌게 되네요. 듣는 사람이 여성이었다면 나오지 않았을 이야기라는 것도 있다고 생각합니다. 앞선 시리즈에서 듣는 역할을 맡았던 오치카는 시집가기 전의 처녀였기 때문에 꽤나 쓰기 어려운 종류의 에피소드가 있었습니다만, 그것을 도미지로에게 부담시키게 되어 작가로서 감사했던 것이 첫 번째 작품 「눈물점」입니다."

『흑백』이 2008년에 출간되었으니 햇수로 따지면 12년을 이어온 시리즈의 분위기를 이쯤에서 바꿔보고 싶다는 바람도 있지 않았을까. 이에 더하여 베테랑 진행자를 어리바리한 신입으로 교체하더라도 얼마든지 그 갭을 메울 만큼의 힘 있는 스토리와 큰 그림이 작가의 머릿속에 들어 있다는 자신감의 발로이기도 하리라. 작가는 「눈물점」만을 언급했지만 두 번째 에피소드의 이야기꾼 역시 "특이한 괴담 자리로 평판이 자자한 미시마야가 며느리를 맞이하고 안주인이 시어머니가 된다"는 이야기가 귀에 들어오는 바람에 미시마야를 찾은 것이다. 물론 착각으로 비롯된 일이긴 했지만 결과적으로는 청자가 경험이 미숙한 애송이였기 때문에, 즉 기대치가 전혀 없었기 때문에 오히려 어떤 울림을 남기지 않았나 싶다. 마지막 대목에서 도미지로가 오하나에게 들려준 '겉만 번드르르한 격려'야말로 청아한 배려를 모은, 맑은 물 한 방울 같은 말이었다고 생각한다. 「시어머니의 무덤」은 고부간의 갈등이 발단이 되는 이야기지만, 오늘날의 직장 상사나 부하, 동아리 선배나 후배의 관계 등으로 바꿔도 뜻이 통한다. 윗세대가 짊어지고 온 것을 아랫세대에게 떠넘기고 싶지 않다는 사람과, 똑같은 짓을 경험시키지 않으면 불공평하다고 생각하는 사람에 대해 작가는 쓰고 싶었다고 한다. 「동행이인」에서 화자 역시 "사내다운 척하는 파발꾼쯤 되는 자가 요괴의 위협에 소리를 고래고래 지르면서 도망쳤다는 한심한 이야기이니 상대가 도미지로 씨라서 다행이지요"라며 속내를 밝힌다. 특히 「식객 히다루가미」를 연상시키는 세 번째 에피소드는, 일본의 시대소설에서도 좀처럼 찾아보기 힘든 파발꾼에 관해 상세히 알 수 있다는 점이 인상 깊었다. 환전이나 결제 같은 금융까지 담당했던 파발꾼을 묘사하기 위해 열심히 자료조사하며 공부했을 작가의 모습을 떠올리다가, 조선시대 파발꾼에 관해 조사해서 써보면 어떨까 하는 (쓸따리없는) 생각도 잠깐 해보았다.

「구로타케 어신화 저택」은 지금껏 소개된 전체 에피소드 중에서도 가장 스케일이 큰 이야기다. 분량으로 따져도 200자 원고지로 1,000매에 육박한다. 이야기가 이토록 길어진 까닭은 물론 후다사시의 셋째 도련님으로 노름에 정신이 팔려 있던 진자부로와 전당포에서 일하던 오아키, 배 목수였던 술꾼 노인, 약재상의 젊은 대행수, 지주의 아내라는 노파, 규슈의 작은 번에서 에도 가로의 측근으로 일했다는 사무라이, 이 여섯 명에 대한 묘사가 촘촘하게 이루어졌기 때문이겠다. 하지만 그에 앞서 눈에 띄는 것은, 두 번 다시 만나지 못할 줄 알았던 오치카가 등장했다는 점이다. 흑백의 방에서 들은 내용을 외부에 노출하면 안 된다는 원칙에 따라, 작가는 이야기꾼을 등장시키기 전에 오치카와 간이치를 소환했는데, 이를 위해서는 어쩔 수 없이 '길고 긴' 도입부가 필요했던 것이다. 짐작건대 어딘가 부족하고 다소 아슬아슬해 보이는 도미지로가 제대로 된 청자의 역할을 수행할 수 있을 때까지 두 사람(오치카와 간이치)은 앞으로도 그에게 지혜를 빌려주는 모사역으로 종종 등장하게 될 듯하다. 스기무라 사부로 씨를 통해 확인한 바 있듯, 이러한 조련은 또 미야베 미유키의 장기 아니던가.

마지막으로 작가는 같은 인터뷰에서 앞으로의 계획을 명확히 했다. "호러라는 장르에는 죽음을 의사체험하게 함으로써 일상의 빛남을 거꾸로 조명하는 효과가 있다고 합니다. 부모자식간의 애틋한 정을 소설에서 그대로 묘사하면 듣는 사람이 머쓱해질 수 있지만, 그걸 잃어버리거나 위협받는 상황을 그리면 얼마나 소중한가를 비로소 떠올릴 수 있다는 뜻이겠지요. 매일매일의 소소한 일상에서 행복을 느낄 수 있는 평온하고 평화로운 하루를 보내고 싶다, 그런 생활이 얼마나 소중한가. 저에게 있어 괴담은, 그런 소중한 감정을 환기시키게 만드는 장르예요. 더구나 작가로서는 미시마야 시리즈에 몰입할 때야말로 이야기의 가장 재미있는 부분을 쓰고 있다는 기분이 듭니다. 시작으로부터 12년, 이번 책으로 겨우 31화까지 진행하였습니다. 백물어라고 하는 것은 마지막까지 이야기해 버리면 정말로 괴이가 일어나 버리기 때문에 99화에서 완결할 예정입니다." 99화에서 완결, 이라는 목표를 위해 더욱 열심히 쓰겠다고 다짐하는 미미 여사님이다. 그렇구나. 이거 정말 장난이 아니구나. 하지만 이제까지의 페이스로 가늠해 볼 때 99화까지 쓰려면 30년 이상 걸린다는 계산이 나오는데. 미야베 미유키 작가는 1960년생이니까 지금부터 30년 후의 나이는…… 흐음. 생각이 복잡해지네. 그런 와중에 찾아보니 『눈물점』의 후속 미시마야 시리즈의 다음 편을 이미 올초부터 월간지 《야성시대》에 연재중이라고 한다. 아아! 정말이지 부지런한 미미 여사님. 만수무강하십시오, 부디.

마포 김 사장 드림.

초판 2쇄 발행 2020년 9월 21일

지은이 미야베 미유키
옮긴이 김소연

발행편집인 김홍민 · 최내현
편집 조미희
표지디자인 이혜경디자인
용지 한승
출력 블루엔
인쇄 제본 현문

펴낸곳 도서출판 북스피어
출판등록 2005년 6월 18일 제105-90-91700호
주소 (03961) 서울특별시 마포구 방울내로 11길 43 101-902
전화 02) 518-0427
팩스 02) 701-0428
홈페이지 www.booksfear.com
전자우편 editor@booksfear.com

ISBN 978-89-98791-99-5(04830)
978-89-91931-29-9 (세트)

책값은 뒤표지에 있습니다.
파본은 구입하신 곳에서 교환해 드립니다.